남명학의 생성공간

용처럼 나타나고 우레처럼 소리쳐라

남명학의 생성공간

용처럼 나타나고 우레처럼 소리쳐라

정 우 락

역락

머리말

우리 시대의 학문 지형도는 매우 많은 변화를 겪고 있다. 1990년대 후반부터 전국의 여러 대학에서 외국어문학과와 철학과, 그리고 역사 관련 학과가 폐과되거나 유사 전공으로 통폐합되는 사례가 속출하고 있다. 내가 몸담고 있는 국어국문학도 예외는 아니다. 자본과 시장의 논리를 앞세우던 이명박 정부의 신자유주의 정책 하에서, 졸업생 취업률이 저조한 국어국문학과도 문화콘텐츠학과 혹은 미디어창작학과 등으로 명칭을 바꾸거나 인접한 학과와 통합하며 새로운 활로를 찾기 위해 노력하였다. 이것도 여의치 않을 때는 아예 학과가 폐지되기도 했다. 사정의 이러함을 염두에 두면서 남명학을 다시 생각한다. 문제는 현실과의 접목일 터인데 이는 대체로 다음 두 가지 문제로 요약할 수 있다.

첫째, 남명학의 현실 응전력에 대한 문제이다. 그동안 남명의 경의사상과 실천정신 등은 거듭 논의되어 왔다. 이제는 여기서 한 걸음 더 나아가 남명학이 현대인이나 현대의 한국사회에 어떻게 기능할 수 있는가 하는 부분을 구체적으로 이야기할 수 있어야 한다. 주지하듯이 오늘날 우리 사회는 전방위적인 위기에 봉착해 있다. 개인적 위기는 말할 것도 없고 사회적 차원, 나아가 전지구적 차원에서도 마찬가지이다. 이로 볼 때 위기관리는 우리 사회가 당면한 매우 중요한 문제가 아닐 수 없다. 따라서 남명학이 여기에 어떤 봉사를 할 수 있는가 하는 것을 지속적으로 고민해야 할 때다.

둘째, 남명학의 문화론적 접근에 대한 문제이다. 남명학에 대한 실증주의 혹은 구조주의적 이해는 남명학의 정체성을 확인하는 데 있어 중요한 기여를 했다. 그러나 이것이 남명학 연구의 전부가 될 수는 없다. 이러한 자각 하에서 새로운 돌파구가 필요하고, 여기서 제출될 수 있는 것이 바로 문화론적 접근이다. '문화'라는 개념이 그러하듯이 문화론은 융합적이고 포괄적으로 대상을 파악하며, 우리의 삶에 대한 현재적 문제에 민감하게 반응한다. 남명학 역시 이러한 관점에서 새롭게 연구될 수 있으며, 이때 우리는 남명학에 대한 새로운 비전을 발견할 수 있게 된다.

이 책은 남명학에 대한 문화론적 접근을 시도한 것이다. 따라서 위에서 제시한 두 번째의 문제의식에 기반한 것이다. 문화론적 접근 역시 다양하지만, 우리가 주목하고자 하는 것은 남명학의 생성공간이다. 지금까지 이에 대한 관심이 없었던 것은 아니다. 남명의 고향마을인 판현동(板峴洞), 남명이 자주 찾았던 지리산의 용유동(龍遊洞)과 장항동(獐項洞), 일제시기의 덕천서원, 남명 유적 중 비교적 덜 알려진 산해정과 신산서원을 중심으로 한 연구 등이 대체로 이러한 방향에서 이루어진 것이다.

이 책은 내가 1996년부터 사단법인 남명학연구원의 기관지『남명원보』와『선비문화』에 꾸준히 소개해왔던 것을 체계적으로 정리하는 한편, 이와 관련이 있다고 생각되는 것을 여타의 잡지에 실었던 글로 보충하면서 새롭게 다듬은 것이다. 이 책에서 제시되어 있는 몇 꼭지가 이미『남명문학의 현장』(경인문화사, 2006)이라는 소책자로 출간된 바 있으나, 훨씬 많은 자료들이 그대로 남아 있어 부득이 새롭게 기획하지 않을 수 없었다. 이 때문에 글 전체의 성격은 딱딱한 논문 형태를 취한다기보다, 조금 부드러운 답사기 형태로 쓴 것이 대부분이다.

부제는 <용처럼 나타나고 우레처럼 소리쳐라>이다. 이는 남명 생애의 정립기에 해당하는 합천의 뇌룡사(雷龍舍) 시대를 염두에 둔 것이다. 남명은 이 뇌룡사에서 일개의 시골 처사로 살면서도 <을묘사직소> 등에서 보여 주는 것처럼 용처럼 나타나고 우레처럼 소리쳤다. 시연(尸淵)의 침묵이 침묵으로 함몰되지 않게 하고, 오히려 이를 거대한 힘의 원천으로 삼았던 것이다. 우리는 여기서 남명의 정신세계를 구성하는 부동과 역동, 그 사이에서 발생하는 강력한 힘을 감지하게 된다. 사람들은 이를 남명의 기상으로 느끼기도 하고, 조선기절지최(朝鮮氣節之最)로 칭송하기도 했다.

이 책은 모두 3부로 구성되어 있다. 제1부에서는 남명의 국토 사랑과 남명학의 문화론적 접근의 의미를 다루었다. 남명은 국토의 다양한 곳을 옮겨 다니면서 사유했다. 여기에는 경제적인 문제 등 여러 사정이 있었겠지만, 그는 우리 국토를 하나의 유기체로 인식하면서 국토를 기행했다. 이러한 기행과정에서 생성된 자료가 어떤 문화론적 의미가 있는가 하는 점도 여기서 다루었다. 이것은 이 책 전체의 구도를 잡아 서술의 방향을 마련하기 위함이다.

제2부에서는 남명학의 생성공간을 지역별로 살펴보았다. 남명은 합천에서 태어났으나 어릴 때 아버지를 따라 서울로 갔고, 아버지가 타계하자 합천으로 내려와 있다가, 어머니를 모시고 김해로 갔다. 김해에서 어머니가 돌아가시자 다시 합천으로 와서 15년을 살다가, 환갑년을 맞아 지리산에 들어가 삶을 마감한다. 이러한 일련의 사정을 고려하여, 우선 김해·합천·산청지역을 대표적으로 다룬다. 이를 중심으로 하되, 고령, 영천, 거창, 함양, 양산, 경주, 남원, 하동지역을 두루 고찰하여 남명학이 국토 전반에 걸쳐 어떻게 생성되었던가 하는 부분을 살폈다.

제3부는 남명학의 대표적인 생성공간인 지리산과 중국 곡부의 행단(杏壇)을 중심으로 다루었다. 지리산은 남명학에 있어 매우 중요한 공간이다. 그 스스로 답사하여 기행문 <유두류록>을 쓴 적도 있고, 만년에는 지리산 천왕봉을 특별히 사랑하여 그 기슭에 터를 잡고 살기도 했

다. 이를 인식하면서 남명의 지리산 기행을 중심으로 남명학의 주요부면을 부각시켰다. 중국 곡부의 행단은 남명의 상상공간이다. 그가 이곳을 가보지는 않았지만, 공자와 안회의 관계를 생각하며 그가 꿈꾸었던 유가적 이상세계를 제시하고 있어 주목할 만하다. 이로써 남명학의 생성공간이 동아시아적 차원으로 확대될 수 있음을 보였다.

내가 남명학의 생성공간에 주목한 것은 「왜 남명문학의 현장은 조사되어야 하는가」(『남명원보』, 1996)라는 글을 시작하면서 부터이다. 이렇게 시작한 것이 벌써 18년이나 되었다. 이 때문에 글을 쓴 시대적 배경이 지금과 사뭇 달라진 부분도 적지 않다. 이 글에 등장하는 어떤 분은 이미 고인이 되었고, 국제금융기구인 IMF에 대한 이야기도 이미 지난 것이다. 그러나 그것 역시 나름대로 의미를 지니고 있으므로, 당시의 시대적 사정을 참고할 수 있도록 했다. 이것은 내가 언제 그곳을 답사해 이런 글을 썼던가 하는 것을 기억하기 위한 장치이기도 하다.

이 책의 발간에 즈음하여 고 설석규 선생을 생각한다. 이 책에도 등장하지만 그는 나와 함께 여러 번 답사를 했다. 특히 「겨울에 본 남명의 여름 지리산」은 이 과정에서 이루어진 것이다. 그는 한국국학진흥원 수석연구원을 거쳐 내가 근무하는 경북대에 교수로 부임하게 되었는데, 부임 후에는 연구실을 아래 위에 두고 같이 공부하였다. 캠퍼스의 플라타너스 길을 걸으며 남명의 실천정신에 대한 토론을 벌이기도 했다. 그러나 그는 나와의 추억을 뒤로 한 채 2010년 7월, 가야산 높은 봉우리를 향하여 떠나가고 말았다. 아, 명복을 빌 뿐이다.

이 책은 미루고 있다가 급히 낸다. 나의 원고가 한국출판문화산업진흥원의 2014년 우수콘텐츠제작지원 사업에 선정되었기 때문이다. 이 사업에 대한 제안은 도서출판 역락의 이대현 사장이 했고, 나는 여기에 부응했다. 여기에 실린 글은 오랜 시간에 걸쳐 써온 것이기 때문에 글쓰기 방식에 약간의 차이가 날 수 있다. 이를 가다듬기는 하였으나 마음에 들지 않는 부분도 여럿 있다. 시간을 두고 조금씩 고쳐가야 할 부분이다. 교정은 경북대 문학사상연구실의 제생이 했다. 이를 기회로 문학의 생성공간에 대한 관심도 가져보기를 기대한다.

　나는 항상 연구실이 아니면 길 위에 있었다. 연구실이 이론을 정비하는 곳이라면, 길은 그것을 현장에 접목시킬 수 있게 하는 공간이다. 전문성과 대중성이 새의 두 날개나 수레의 두 바퀴에 해당된다는 생각에 기반한 것인데, 어느 것 하나 제대로 된 것이 없는 듯하다. 이 과정에서 나의 가족만 희생시켰다는 생각도 든다. 주중에는 밤늦도록 연구실에 있고, 주말에는 답사를 떠나버리니, 남편과 아버지로서는 영 말이 아니다. 그러나 아내 매화는 나를 믿어 내색하지 않고, 아이들은 어머니를 따라 열심이다. 고맙고 기특할 따름이다.

　이 책에 나오는 남명학의 생성공간은 내가 모두 직접 답사를 한 곳이다. 여기서 수없는 남명의 공간 상상력을 만날 수 있었고, 이를 통해 우리 국토에 내재되어 있는 의로움의 문화역량을 발견할 수 있었다. 이것은 지조를 생명처럼 여기는 처사 남명의 자취이기 때문에 가능한 것이겠지만, 우리 국토가 거느린 사상사적 함의가 간단치 않다는 것을 의미한다. 산은 높지 않아도 신선이 살면 이름나고, 물은 깊지 않아도 용이 서려있으면 신령하다고 하였던가. 우리 국토에서 남명은 신선과 용이었다. 하물며 산이 높고 물이 깊은 데 있어서랴!

2014년 7월, 오하중마실(梧下重磨室)에서
정 우 락

차 례

머리말 5

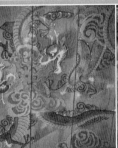

제1부

남명의
국토 사랑과
문화공간

1. 남명의 국토 사랑과 그 기행

1) 유기체적 국토인식

남명의 국토산하에 대한 관심은 그의 삶과 결부되어 있으니 필연적이라 하겠다. 그의 삶에 대한 특징을 조사해 보면 이것은 어렵지 않게 납득이 된다. 남명의 삶에 대한 특징으로 우리는 빈번한 거주지 이동, 불우한 삶, 가정 안팎으로 관련된 사화를 들 수 있다. 이는 그의 정신과 행위에도 일정한 영향을 미친다. 즉 처음의 것은 국토산하 곳곳을 살펴 민중의 삶을 이해할 수 있는 계기가 되었으며, 두 번째의 것은 관념적 유희에 빠지지 않고 자신의 정신을 단련시키는 역할을 담당했다. 그리고 세 번째의 것은 모순된 현실을 직시하면서 불출사(不出仕)의 의지를 강하게 구축할 수 있게 하였다. 이렇듯 국토산하에 대한 인식이 그의 빈번한 거주지 이동과 밀착되어 있으니 여기에 대하여 구체적으로 알아볼 필요가 있다.

남명은 합천 삼가에서 태어났지만 아버지가 문과에 급제함에 따라 서울[5세경]로 올라간다. 함경도 단천군수로 아버지가 외임을 맡자 따라갔다가 서울[18세]로 다시 돌아온다. 아버지가 돌아가시자 고향인 삼가[26세]로 돌아와 장사지내고 만 4년을 살다가 처향인 김해[30세]로 이주한다. 어머니가 돌아가시자 삼가[45세]의 선영에 장사지내고 거기서 생활한다. 그리고 61세 되던 해에는 지리산 아래 덕산으로 이사해서 세상을 마치게 된다. 이처럼 남명은 삼가→서울→단천→서울→삼가→김해→삼가→덕산으로 아버지의 직장을 따라, 혹은 경제적인 이유로 외향이나 처향으로 자주 옮겨 다니게 된다. 마지막에는 자신의 뜻을 후

남명 조식(1501~1572) : 장우성 화백이 남명의 흉상을 먼저 그렸고, 조원섭 화백이 전신을 이어 그렸으니 두 사람의 합작이다. 허리춤에 각성을 위한 '성성자' 방울을 차고 있다. 남명은 이 성성자를 외손서 김우옹에게 전했다.

세에 실현시키기 위하여 지리산 하의 덕산에 자리를 잡고 제자들과 강학에 몰두한다. 다음 자료를 보자.

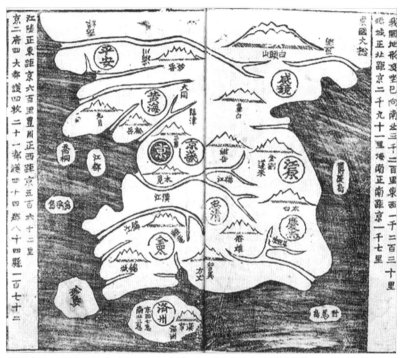

〈동국대총〉: 남명은 서울과 지방, 내륙과 해안을 오르내리며 살았다. 이를 통해 그는 곤궁한 백성과 출몰하는 왜구를 목격할 수 있었다.

남의 집에 살다 보니 날마다 불편한 일이 생기어, 선친께서 계시던 옛 터로 돌아가 뜻을 같이하는 향리의 벗들과 함께 지내고 싶은 생각입니다. …… 지금부터는 하루의 일과가 나의 것이 되도록 해야 하겠습니다. 다만 몸을 의지할 계책이 없어 쉽게 뜻을 이루지 못할까 염려스러울 따름입니다.

위의 글은 김해에서 노흠(盧欽, 1527-1602)에게 보낸 편지의 일부이다. 남명은 여기서 남의 집에 살기 때문에 불편한 일이 많이 생겨 고향인 삼가로 옮겨가고 싶다고 하였다. 그리고 거기서 벗들과 함께 학문을 강마하고 싶은 소망을 밝혔다. 그러나 몸을 의탁할 곳이 또한 마땅하지 않았으니 그것 또한 제대로 될 것 같지 않아, 자신이 생각했던 진실된 공부를 이루지 못할까 염려하였던 것이다. 남명은 이처럼 아버지의 전근이나 경제적 이유로 인하여 자주 거주지를 옮겨 다녔다. 그러나 이 때문에 오히려 폭넓은 체험을 할 수 있었다. 즉 민중의 생활모습을 제대로 관찰할 수 있었으며, 국토산하를 새롭게 인식하는 계기가 되기도 했다. 서울에서 지방까지, 혹은 내륙에서 해안까지 거주지를 이동하면서 남명은 국토 사랑과 함께 현실과 밀착된 사유를 키워왔던 것이다.

남명의 국토 사랑 정신은 이민족에 대한 확고한 경계의식으로 구체화되어 나타난다. 남명이 살았던 당대는 북으로 야인이, 남으로 왜구가 끊임없이 노략질하였다. 이에 대하여 남명은 민감한 반응을 보이며 제자들과 이민족의 격퇴를 논의하기에 이른다. 남명은『동국통감』을 읽으며 우리의 역사를 명확히 인식하고, 국토산하의 여러 곳을 오가며 여기에 대하여 애정 어린 눈길을 보낸다. 가락국의 수도인 김해에 산해정을 지어놓고 생활하면서 수로왕을 떠올리기도 하고, 신라의 수도였던 경주를 지나며 포석정에 들러 신라의 멸망을 안타까워하기도 한다. 또한 고령에 살았던 매부인 정사현(鄭師賢, 1508-1555)을 찾아가서는 주산에 있는 가야왕들의 무덤을 보면서 옛 일을 회고하기도 하고, 죽연정에서 본 가야산과 낙동강의 어우러짐에 대하여 감동하기도 한다. 특히 두어 걸음에 가쁜 숨을 내쉬지 않으면 오를 수 없다는 삼가식현(三呵息峴)에 올라 국토산하를 감회어린 눈길로 내려다 보았다. 이 때문에 국토를 유린하는 이민족, 특히 왜구에 대한 분노는 더욱 강화될 수 있었다.

고령의 대가야왕릉 : 남명은 고령에 살았던 매부 정사현을 찾아가서 주산에 있는 가야왕들의 무덤을 보면서 옛
일을 회고한 바 있다.

서로 더불어 사방을 둘러보니 동남쪽에 파랗게 가장 높이 솟은 것은 남해의 뒷산이고 바로 동쪽에 물결처럼 널리 가득 차서 서리어 엎드린 것이 하동·곤양의 산들이다. 또 동쪽으로 은은하게 하늘에 솟아서 검은 구름과 같은 것은 사천의 와룡산이다. 그 사이에 혈맥과 같이 서로 꿰이고 뒤섞여 엉킨 것은 강과 바다와 포구가 경락처럼 얽혀 있는 것이다. 이처럼 우리나라는 산하의 견고함이 위나라가 보배로 여기는 것 이상이어서, 만경 너른 바다에 다다라 있고 백치(百雉)의 성곽에 의거해 있으면서도, 오히려 거듭하여 백성들이 조그맣고 추잡한 섬 오랑캐에게 곤란을 겪고 있다. 그러니 어찌 그 옛날 길쌈하는 실이 적은 것은 돌아보지 않고 주나라 왕실이 멸망할 것을 근심한 과부와 같은 걱정을 하지 않겠는가?

앞의 글에서 눈여겨 볼 것은 다음 세 가지다. 첫 번째, 국토산하를 사람의 몸에 비유했다는 점, 두 번째, 국토는 대단히 견고한 요새와 같다고 한 점, 세 번째, 왜구에 짓밟혀 백성이 곤란을 겪고 있다고 한 점이 그것이다. 첫 번째에서 남명은 그 자신이 얼마나 국토를 사랑하고 있는가를 극명하게 보여 주고 있다. 즉 먼저 동남쪽에 솟아 있는 남해의 뒷산, 동쪽에 펼쳐진 하동과 곤양의 산들, 그리고 사천의 와룡산을 둘러보면서 그 사이에 있는 강과 바다 또는 포구들이 혈맥과 경락처럼 얽혀 있다는 것이다. 그러니까 남명은 산을 우리의 몸에, 강과 바다를 우리의 몸을 흐르는 혈맥과 경락으로 보았던 것이다. 이는 국토산하를 생명력이 있는 하나의 유기체로 파악했기 때문에 가능한 것이었다.

두 번째에서 위나라의 험한 지세와 비교하면서 우리나라의 지세는 위나라의 것 이상이라고 했다. 그리고 그 이유로 넓은 바다와 높은 산을 들었다. 그런데 문제는 세 번째에 있다. 두 번째와 같은 요새를 갖고 있는데도 불구하고 왜구가 국토를 유린하여 백성이 심각한 곤란에 빠지고 말았다는 것이다. 그러니 남명은 우리의 몸과 같은 국토산하를 왜구들이 유린하고 있다면서 문제의 심각성을 증폭시켰다. 그의 작품 속에 '대마도'가 자주 등장하는 것도 모두 이 같은 문제의식에 기인한 것이라 하겠다. 남명은 급기야 제자들에게 병법을 가르치는 한편, 국난타개를 위한 대책을 묻기에 이르렀다.

우리의 국토산하를 유린하는 왜적에 대한 방책은 <책문제(策問題)>를 통해 고민하였다. 왜구들이 제포를 자신들에게 돌려 달라는 것이나 대장경을 인출해 가도록 요청하는 것은 그들이 모두 조정의 의사를 타진하기 위해서이고, 또한 우리를 우롱해 보자는 심산이라고 보았다. 그러나 조정에서는 사태를 해결하지 못하고 우물쭈물하고 있다는 것이다.오히려 도적에게 예물을 주려고 한다면서 유약한 조정을 비판하고 있다. 이 같은 사태의 원인은 조정 내부에 있다고 했다. 왜구들과 결탁한 역

해인사 팔만대장경 : 고려 현종 때 새긴 초조대장경이 1232년(고종 19) 몽고의 침입으로 불타 없어지자 다시 새긴 재조대장경이다. 몽고군의 침입을 불교의 힘으로 막아보고자 하는 뜻으로 국가적인 차원에서 만들었다.

관이나 신하 혹은 내시들이 정보를 팔았기 때문에 대책을 논의한다고 하더라도 왜구가 먼저 안다는 것이다. 이에 남명은 왜구를 제압할 인재가 우리나라에 없음을 한탄하면서 자신이라도 나서서 여기에 대한 논의를 하지 않을 수 없는 괴로운 심정을 토로하였던 것이다.

요컨대 남명의 국토산하에 대한 관심은 그의 삶의 궤적과 밀착되어 있다. 내륙과 해안, 서울과 지방을 오가면서 우리 국토에 대한 남다른 애착과 함께 그 속에 사는 민초(民草)들의 애환을 절감하였던 것이다. 남명은 이를 바탕으로 국토를 생명 있는 하나의 유기체로 파악하였다. 즉 국토산하를 우리의 몸으로 인식하였던 것이다. 이는 우리의 국토가 인간의 탐욕스러운 물질적 만족 추구의 공급원도 아니며 어떤 외세에 대한 폭압적 침탈행위를 받을 그 어떤 것도 아닌 사랑하고 공경해야 할 대상임을 의미한다. 그런데 조그맣고 추잡한 섬나라 오랑캐들이 국토산하를 유린하고 있으니 남명은 고민하지 않을 수 없었다. 남명은 여기에 대한 대책문제를 제자들에게 심각하게 물었다. 우리는 여기서 남명의 국토 사랑 정신이 백성 사랑 정신과 밀착되어 있음을 이해하게 된다.

2) 국토기행의 방식

남명은 국토를 지극히 사랑하는 마음으로 순례의 길에 오르기도 했다. 이 과정에서 국토산하의 아름다움을 절감한다. 그러나 그 아름다움에 스스로를 매몰시키지 아니하고 끝없이 현실세계와의 긴장 속에서 국토산하를 이해하려 하였다. 일찍이 <유두류록(遊頭流錄)>에서 "산과 물을 보면서 인간과 세태를 본다[看山看水, 看人看世]."라고 했던 것에서 이 같은 사실은 잘 드러나는 바다. 전자는 국토산하를 본다는 것이고, 후자

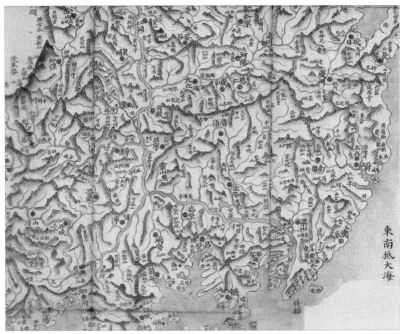

〈해동도〉의 경상도 남부 지역 : 남명의 활동무대는 이곳을 중심으로 하여 이루어졌다.

는 인간 세상을 본다는 것이다. 여기서 우리는 현실과의 관계 속에서 자연을 중시하는 국토산하에 대한 남명의 기본적인 인식을 다시 확인하게 된다. 지리산을 여행하면서 악양현에서 만난 한유한(韓惟漢, ?-?), 화개현에서 본 정여창(鄭汝昌, 1450-1504), 정수역에서 만난 조지서(趙之瑞, 1454-1504)를 '고산대천(高山大川)'과 비교하여 '십 층 산봉우리 위에 옥 하나를 더 얹어 놓은 격', 혹은 '천 이랑의 물결 위에 둥근 달 하나가 비치는 격'이라 할 수 있었던 것도 모두 이 때문이었다.

남명의 국토기행은 여러 갈래로 이루어졌다. 우선 자신이 살았던 합천, 김해, 산청을 중심으로 많은 여행을 하였다. 남명이 산수를 지나치게 좋아했다고 평가할 수도 있겠으나 이미 언급한대로 남명은 거기서 역사를 발견하고 그 역사와 관련된 사람을 이해하기 위하여 노력하였다. 매부 월담(月潭) 정사현(鄭師賢)이 있는 고령, 친구 칠봉(七峯) 김희삼(金希參)·황강(黃江) 이희안(李希顔)·사미정(四美亭) 문경충(文敬忠)·송계(松溪) 신계성(申季誠) 등이 사는 성주나 초계, 그리고 합천이나 밀양 등지를 찾아갈 때도 이 같은 논리가 적용되었고, 영천(永川)지역이나 나주(羅州)지역으로 여행할 때도 같은 논리가 엄격하게 적용되었다. 하나의 살아있는 생명체로 국토산하를 인식하면서, 그 속에서 진행되는 사람들의 역사에 대한 관심과 애정을 보냈다는 것이다.

남명이 김해를 출발하여 밀양과 청도를 지나 영천지역으로 여행을 떠난 것은 42세경이었다. 당시 청도에는 절친한 친구였던 삼족당(三足堂) 김대유(金大有, 1479-1552)가 운문산에 은거하고 있었는데 남명은 김대유를 찾아가 "백성들이 복이 없기 때문에 이 같은 사람이 누런 배처럼 되었다."라고 하면서 안타까워한다. 영천에서는 안증(安嶒, 1494-1553)의 정자인 완귀정(玩龜亭)과 관청 건물인 채련당(採蓮堂) 등 여러 승경지를 둘러본다. 지금의 도남동(道南洞)에 소재한 완귀정에서는 "동쪽 들판은 강가로 뻗어 아득하고, 북쪽 산은 해를 향해 달려가는구나."라면서 광대한 산하를 노래하였다. 그리고 채련당에서는 "들보는 목련, 강가에는 옥모래, 푸른 들 파란 안개 모두 어떠한고?"라고 하며 산하와 어우러져 있는 건물을 노래하기도 했다. 그러나 남명은 아름다운 자연을 완상하는 데서 그치지 않았다. 완귀정에서 운문산에 은거생활을 하고 있었던 김대유의 지조를 그리워하며 "만 길 운문산의 기이함만 못하다."고 하였고, 채련당에서는 "뛰어난 향기를 하늘로 전해주고 싶으나 땅에는 먼지와 노을이 아득하여" 그렇게 할 수 없음을 한탄하고 있기 때문이다. 이는 모두 빼어난 경치를 마주하고도 끝없이 현실적 삶을 영위하고 있는, 즉 인간의 현실 문제를 해결하려는 남명 고뇌의 일단이라 하겠다.

이 기행에서 경주에 들러 옛 신라의 유적을 두루 살펴보기도 했다. 포석정에 들렀을 때는 만감이 교차하였다. <포석정(鮑石亭)>이라는 칠언절구는 이렇게 짓게 되었다. 남명은 이 작품에서 "단풍 든 계림 벌써 가지가 변했으니, 견훤이 신라를 멸망시킨 것 아니라네, 포석정에서 대궐의 군사가 망하도록 자초한 것이니, 이 지경에 이르면 임금과 신하도 어쩔 계책 없는 법."이라고 하였다. 이것은 견훤이 후백제를 세우고 신라를 공격, 포석정에서 연회 중이던 경순왕을 자살케 한 사실을 들어 작품화한 것이라 하겠다. 남명은 여기서 신라의 멸망은 포석정 안에서 극도의 사치와 주연을 벌인 군신 스스로가 초래한 것이지, 견훤이 신라를 멸망시킨 것은 아니라는 생각을 보였다. 여기서 우리는 국토산하에 스며있는 비극적 역사읽기를 시도하며 오늘을 경계하자는 남명의 의식을 이해하게 된다.

나주로 여행을 나선 것은 덕산에 살던 때였고, 63세 되던 해 여름이었다. 나주에 남명의 자씨(姊氏)가 살았기 때문인데 그 아들이 바로 이준민(李俊民, 1524-1590)이다. 이준민이 모친을 모시고 나주목(羅州牧)에 부임했을 때 남명이 산청과 함양을 지나 남원, 다시 담양과 광주를 거쳐 나주에 도착했다. 남원을 지날 때는 오늘날의 주생면(周生面) 영천리(嶺川里)에 있는 사계정사(沙溪精舍)에 묵었다. 이때 집주인 방응현(房應賢, 1524-1589)에게 "소반에 비친 두류산을 먹어도 다함이 없으니 흰 옷 입고 늘 나물 먹는다고 싫어하지 말라."라고 하면서 청빈을 강조하였다. 담양에서는 식영정(息影亭)에 머물면서 석천(石川) 임억령(林億齡, 1496-1568)과 함께 옛날 산해정으로 자신을 찾아왔던 일을 떠올리고 백성들의 고통이 여전하니 경계를 늦추지 말아야 한다고 했다. 우리는 여기서 국토기행

의 과정에서도 끊임없이 곤고한 민생을 걱정했던 남명의 생각을 읽게
된다.

나주로 가기 직전 남명은 오늘날 광주시 광산구(光山區) 신창(新昌) 2동
에 있는 풍영정(風詠亭)에 들렀다. 이 풍영정은 선창산과 극락강이 마주
치는 강변의 언덕 위에 세워진 정자로 1560년 칠계(漆溪) 김언거(金彦琚,
1503-1584)에 의해 세워진 정자다. 이곳은 나주로 가는 길목에 있어 퇴계
(退溪) 이황(李滉)이나 하서(河西) 김인후(金麟厚), 석천(石川) 임억령(林億齡), 제
봉(霽峯) 고경명(高敬命) 등 많은 선비들이 들러 노닐던 곳이었는데, 남명
역시 이곳에 와서 정자 아래 연못에 피어있는 국화를 보면서 <영련(詠
蓮)>이라는 두 수의 시를 남긴다. 남명은 이 작품에서 연꽃이 묵묵히 뻘
속에 있을지라도, 해바라기가 해를 따라 빛나는 것과는 다르다는 것을
강조하면서도 진흙 속에 어울려 살아 유하혜(柳下惠)의 기풍이 있는 것을
사랑한다고 했다. 여기서 우리는 남명이 연꽃을 바라보면서 산림에 묻
혀 수양을 거듭하여 '덕의 향기'를 뿜어내는 처사를 생각하면서도, 유하
혜처럼 진흙으로 상징되는 현실 또한 잊지 않아야 한다는 것을 강조하
고 있음을 알게 된다.

남명의 국토기행은 지리산을 중심으로 가장 본격적이면서도 조직적
으로 진행되었다. 일찍이 남명 스스로가 밝히고 있듯이 지리산은 '덕산
동으로 들어간 것이 세 번이었고, 청학동과 신응동으로 들어간 것이 세
번이었고, 용유동으로 들어간 것이 세 번이었으며, 백운동으로 들어간
것이 한 번이었고, 장항동으로 들어간 것이 한 번'이었다. 이렇게 보면
지리산 유람록을 쓸 당시를 포함하여 모두 열두 번 이상을 유람한 것이
된다. 그 이유를 남명은 지리산의 한 쪽 모퉁이를 빌어 일생을 마칠 장
소로 삼으려고 했기 때문이었다고 밝히고 있지만, 장대한 국토산하를

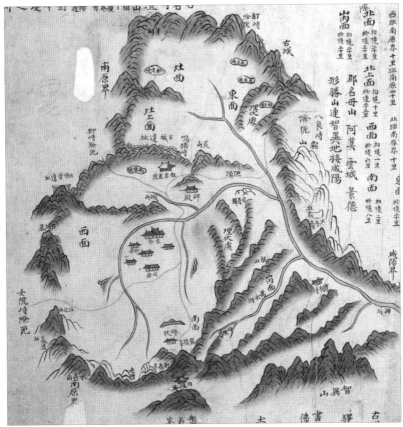

고지도 지리산 지역 : 전라도 운봉현 지역으로 산청의 내원암도 보인다. 남명은 이 내원암에서 오건 및 김우옹 등과 만나 학문적 토론을 벌인 바 있다.

마음으로 느끼며 거대한 기개를 기르기 위함이었을 것이다. 이처럼 지리산을 중심으로 우리 국토에 대한 무한한 애정을 가졌기 때문에 그 기행에 대한 기록인 <유두류록>을 남길 수 있었다.

남명은 58세 되던 해 첫 여름 진주목사 김홍(金泓)·수재(秀才) 이공량(李公亮)·고령현감 이희안(李希顔)·청주목사 이정(李楨)과 함께 지리산을 기행하였다. 1558년 4월 10일 삼가의 뇌룡사(雷龍舍)를 출발하여 진주를 거쳐 사천을 지나 남해와 섬진강, 그리고 쌍계사와 불일암, 청학동, 신응사, 삼가식현, 옥종의 칠송정 등을 거쳐 4월 25일 다시 뇌룡사로 돌아왔으니 모두 16일간이었다. 이 과정에서 남명은 실제로 있었던 일을 객관적 시각에서 서술하기도 하고, 놓칠 수 없는 자연경관을 정서적 감흥에 실어 세밀하게 묘사하기도 하였다. 또한 선인들의 유적을 만나면 거기에 따라 일정한 반응을 보이기도 했다.

이 같이 남명은 국토산하에 대한 독특한 인식을 기반에 두고 여러 갈래로 기행을 나섰다. 자신이 살던 곳을 중심으로 인근의 고을은 말할 것도 없고, 영천지역으로 길을 걸으며 패망한 신라의 아픔을 느끼기도 하고, 나주지역으로 길을 떠나 연꽃을 중심으로 처사적 기품과 현실에 밀착되어 있는 의식을 보였다. 특히 남명 국토기행의 주요 대상이었던 지리산에서도 지리산의 아름다움 자체에 매몰될 수는 없었다. 곤고한 백성들이 그의 의식에서 떠나지 않았기 때문이었다. 쌍계·신응 두 절이 모두 두류산 한복판에 있어 푸른 고개가 하늘에 꽂힌 듯하고, 흰 구름이 문을 잠근 듯하니 오는 사람이 드물겠으나 오히려 관가의 부역은 없지 않아서 양식을 쌓고 무리를 모아서 가고 오는 자가 잇달아 모두 흩어지기에 이르렀다고 하면서 "정사가 번거롭고 부역이 무거워 백성이 끝내 떠돌아 없어지고 아비와 자식이 서로 보전하지 못한다."라고 한탄하였던 것이다. 남명의 국토기행 과정에서는 백성에 대한 이 같은 생각이 일관되게 흐르고 있음이 발견된다.

2. 남명과 문화공간

1) 거주지에 따른 공간

남명의 생애는 크게 네 시기로 나누어진다. 현실에 대한 인식변이에 근거한 '수학기 → 모색기 → 정립기 → 온축기'가 그것이다. 이에 따라 거주지가 네 곳으로 나뉜다. 수학기[1-30세]에는 아버지를 따라 서울을 중심으로 단천을 오가며 지냈고, 모색기[31-45세]에는 어머니를 모시고 아내의 고향인 김해 탄동으로 가서 산해정(山海亭)을 짓고 살았다. 그리고 정립기[45-60세]에는 고향인 합천 삼가로 다시 돌아와 계부당(鷄伏堂)과 뇌룡사(雷龍舍)를 짓고 살았고, 온축기[61-72세]에는 산청 덕산에서 산천재(山天齋)를 짓고 활동하였다. 따라서 이 네 공간은 남명학을 문화적 측면에서 이해하는 데 있어 중요하다. 『편년』을 중심으로 이 공간과 관련된 기록을 조사해 보면 다음과 같다.

> 가) 판교공을 뫼시고 단천(端川)에서 서울 집으로 돌아왔다. 이전에 판교공이 서울 장의동(壯義洞)에 옮겨 살았었다. 대곡(大谷)의 제문에, "예전 서울에서 살 때, 지붕을 나란히 하여 이웃에 살았다네. 아침의 담론이 저녁까지 이어졌고, 밤에는 같은 이불을 덮고 잤다네. 학문을 연마하며 수양하였나니, 오직 도와 덕을 추구하였네."라고 하였다. 이 제문에서 본다면, 이때 선생은 서울에 있었던 것이 분명하다.

> 나) 김해 신어산(神魚山) 아래로 옮겨와 살면서 산해정(山海亭)을 지었다. 선생의 처가가 신어산 아래 탄동(炭洞)에 있었다. 지역이 바다와 가까워 봉양하기에 편리하였으므로, 선생이 어머니를 뫼시고 와서 살게 된 것이다. 작은 언덕 하나에 터를 잡았는데, 거리가 가깝고 주위가 그윽하여 따로 정사를 지어 산해정(山海亭)이라 이름하

고 방의 이름을 계명(繼明)이라 했다.

다) 계부당(鷄伏堂)과 뇌룡정(雷龍亭)이 낙성되었다. 당시 배우러 오는 자들이 날로 많아져서 선생이 계부당과 뇌룡정을 지어 강학하는 장소로 삼았다. '계부'란 함양하기를 닭이 알을 품듯이 한다는 뜻에서 취한 것이며, '뇌룡'이란 연못처럼 깊이 침묵하다가 우레 같이 소리치며, 시동처럼 가만히 있다가 용처럼 나타난다는 뜻에서 취한 것이다.

라) 산천재(山天齋)가 낙성되었다. 정사를 짓고 편액을 달아 산천재라 하였다. 『주역』의 "강건하고 독실하여 광채가 날마다 새롭다."라는 뜻에서 취한 것이다. 창문과 벽 사이에 경의(敬義) 두 글자를 크게 써 붙였으며, 또 좌우에 <신명사도(神明舍圖)>를 걸어두고 명을 지어 "태일진군이, 명당에서 정치를 베푸는데, 안에서는 총재(冢宰)가 주장하고, 밖에서는 백규(百揆)가 살핀다. 승추(承樞)에서 내고들임에, 진실과 믿음으로써 말을 닦는다. 네 글자의 부절을 발하고, 백 가지 금지의 깃발을 세운다. 아홉 개 구멍의 사특함은 입과 눈과 귀에서 처음 생기니, 낌새가 있자마자 용감하게 이겨내고, 나아가 반드시 섬멸토록 한다. 승리를 임금에게 복명하니, 요순의 세월이로다. 세 관문을 닫아두니, 맑은 들이 그지없다. 다시 하나로 돌아가니, 시동 같으며 또한 연못 같다."라고 하였다.

가)는 수학기로 남명이 18세 되던 해의 일이다. 남명은 아버지가 문과에 급제하여 벼슬길에 나아감에 따라 고향 합천을 떠나 서울로 올라가게 되었고, 이때 한양 동부의 연화방(蓮花坊) 근처에 살았던 것으로 추정된다. 그리고 18세를 전후해서는 연화방에서 장의동(壯義洞)으로 이주한 것으로 보인다. 이때 남명은 주로 서울에 살면서 대곡(大谷) 성운(成運, 1497-1579) 등과 어울려 사상을 공유하며 두터운 교분을 쌓았다.

나)는 모색기로 남명이 30세 되던 해의 일이다. 그는 이때 어머니를 모시고 아내의 고향인 김해로 내려가 산해정(山海亭)을 짓고 살았다. 당시 그는 여러 번 과거에 도전하였으나 실패하였는데, 한편으로는 세도가 날이 갈수록 흐려지고 배운 바가 시속(時俗)과 맞지 않는다는 것을 강하게 느끼고 퇴처를 결심하게 된다. 이때 대곡 성운, 청향당(淸香堂) 이원(李源 1501-1569), 송계(松溪) 신계성(申季誠, 1499-1562) 등이 찾아와 여러 날 강학을 하였으며, 37세 때에는 정지린(鄭之麟, 1520-1600)을 제자로 맞아 본격적인 강학을 시작한다.

다)는 정립기로 남명이 48세 되던 해의 일이다. 남명은 어머니가 돌아가시자 고향 합천으로 돌아와 계부당(鷄伏堂)과 뇌룡사(雷龍舍)를 짓고 비판정신에 입각한 현실주의를 예각화하였다. 당시 그는 제자들에게 인사상(人事上)에서 천리(天理)를 구해야 함을 강조하는 한편, 일개 시골 선비로서 당대의 정치사회적 난맥상을 지적하며 준절하게 비판을 가하였다. 우리는 여기서 남명의 역설적 현실대응 논리를 발견하게 되는데, 단성소로 알려져 있는 저 유명한 <을묘사직소>를 통해 이러한 사실을 명확히 이해하게 된다.

라)는 온축기로 남명이 61세 되던 해의 일이다. 아우 조환(曹桓)에게 대대로 내려오던 합천 토동의 전장(田庄)을 모두 넘겨주고, 그는 빈손으로 지리산 덕산에 들어와 산천재를 짓고 제자를 기른다. '산천(山天)'은 『주역』 대축(大畜)의 의미로 크게 축적한다는 뜻이다. 스스로를 수양하며 온축하기를 늘그막에도 그만두지 않았는데, 이 때문에 송시열(宋時烈, 1607-1689)은 "낮에는 부지런히 공부하고 밤에는 두려워하였네. 학덕을 닦는 용기는 늙을수록 더욱 독실하였네."라고 할 수 있었다. 특히 경의학(敬義學)으로 제자를 길러 후세에 그의 실천철학이 계승되기를 간절히 희망했다.

경의검과 성성자 : 남명은 이 둘을 자신의 수양도구로 삼아 수양하고 실천했다. 특히 그는 〈패검명(佩劍銘)〉을 써서 "안으로 마음을 밝게 하는 것이 경이요, 밖으로 행동을 결단하는 것이 의이다(內明者敬, 外斷者義)."라고 하였다.

남명학은 그가 거주했던 공간을 중심으로 강한 구심력을 형성할 수 밖에 없다. 그러나 남명이 수학기에 살았던 오늘날 서울시 종로 4-5가에 해당하는 연화방과 종로구 효자동에 해당하는 장의동에는 남명과 관련된 공간을 찾기 어렵다. 뒤에서 다시 언급하겠지만 오히려 서울 공간은 설화적 문맥 속에 많이 나타나고 있다. 따라서 남명의 거주지로 확인되는 것은 김해의 산해정, 합천의 뇌룡정, 산청의 산천재가 중심이 될 수밖에 없다. 지금도 연구자들은 이들 공간에 대한 중요성을 충분히 인식하고 있다. 그러나 이에 대한 문화론적 접근은 본격화되지 않고 있는 실정이다.

2) 문학창작에 따른 공간

문학창작 공간은 작가가 공간을 통해 이와 관련된 특별한 주제를 표출시키고 있다는 측면에서 주목할 필요가 있다. 시의 창작원리로 널리 알려져 있는 인물기흥(因物起興)도 결국은 작가의 공간 상상력을 의미한다. 모든 영물시(詠物詩)는 이렇게 창작되었다고 해도 과언이 아니다. 공간은 특정한 지역성을 가질 수밖에 없다. 남명문학을 이러한 각도에서 이해하면, 지역은 대체로 넷으로 나누어진다. 대표적인 거주지 공간, 거주지가 포함된 단위 지역 공간, 여타의 지역 공간, 지리산 공간이 그것이다. 이를 순서대로 살펴보자.

첫째, 거주지 공간 자체를 문학적 소재로 삼은 경우이다. 앞서 말한 바대로 남명의 거주지는 크게 넷으로 나누어지며, 이 가운데 지금까지 확인할 수 있는 거주지 공간은 산해정과 뇌룡사, 그리고 산천재 등 셋이다. 이 세 공간 가운데 남명의 문학적 상상력을 적극적으로 자극하며 작품을 다수 생산하게 한 곳은 산해정이다. 이 공간은 남명이 출사와 퇴처 사이에서 현실인식을 예각화하다가 결국 처사적 삶을 선택한 곳이다. 이 때문에 남명의 생애에 있어 가장 많은 고민이 있었던 곳이라 하겠다. 산해정 시대의 남명시는 대체로 이러한 과정을 거치면서 창작되는데, 구체적인 작품의 목록을 제시하면 다음과 같다.

> <숙안에게 부침(寄叔安)>, <산해정에서 우연히 읊조림(山海亭偶吟)>, <산해정에서 주경유의 시에 차운함(在山海亭次周景游韻)>, <산해정에 대를 심으며(種竹山海亭)>, <행각승에게 줌(贈行脚僧)>, <판서 정유길에게 줌(贈判書惟吉)>, <이우옹이 고향으로 돌아왔다는 소식을 듣고(聞李愚翁還鄕)>, <산해정에 궂은비는 내리고(山海亭苦雨)>, <산해정에서 『대학』 팔조가의 뒤에 씀(在山海亭書大學八條歌後)>, <석천자에게 줌(贈石川子)>

이들 시는 모두 산해정에서의 생활 경험을 소재로 한다. 제목에서 볼 수 있듯이 대학팔조가(大學八條歌) 등에서는 학문에 매진하는 모습이, '고우(苦雨)'나 '상자(喪子)'에서는 고뇌하는 자아와 슬픔이 묻어난다. 행각승이나 정유길 등을 만나는 것에서는 여러 사람들과 교유하는 모습이 보이고, 산해정에서 대나무를 심는 것에서는 이 공간을 문화적으로 가꾸어 가는 모습도 포착된다. 이처럼 남명의 생활공간 자체가 문학창작 공간이 되는 것은, 삼가의 뇌룡사와 덕산의 산천재도 마찬가지다. 뇌룡사에서 <을묘사직소>를 올리고, 산천재에서 <덕산우음(德山偶吟)>, <덕산복거(德山卜居)>, <제덕산계정주(題德山溪亭柱)> 등을 짓기 때문이다.

둘째, 거주지가 포함된 단위 지역공간을 문학적 소재로 삼은 경우이다. 거주지가 생활공간이라면 그 인근은 이것이 단위 지역으로 확장된 것을 의미한다. 즉 산해정이 있는 김해지역, 뇌룡사가 있는 합천지역, 산천재가 있는 산청지역이 그것이다. 이들 지역은 남명이 세 거주지를 중심으로 창작의 범위를 가장 손쉽게 넓혀가던 곳인 바, 지금의 경남 일원인 경상우도에 해당한다. 이처럼 남명은 거주지가 포함된 지역 공간으로 그의 공간 상상력을 확장시켜 나갔다. 구체적인 작품을 정리해 보면 다음과 같다.

- 김해시 : 구암사(<龜巖寺>), 함허정(<涵虛亭>, <涵虛亭記>), 사마소 (<司馬所宴>)
- 합천군 : 황강정(<題黃江亭舍>, <書李黃江亭楣>), 함벽루(<涵碧樓>), 황계폭포(<黃溪瀑布>, <遊黃溪贈金敬夫>), 사미정(<次湖陰 題四美亭韻>), 임정(<題宋氏林亭>)
- 산청군 : 단속사(<贈山人惟政>, <斷俗寺政堂梅>), 청향당(<淸香堂八 詠>, <和淸香堂詩>), 야옹정(<野翁亭>), 호접루(<蝴蝶樓>), 문익점 묘사(<三憂堂文公廟祠>)

문익점 효자비 : 문익점의 효행을 기리기 위해 세운 비로 면화시배사적지 내에 있다. 왜적이 침입하였을 때 문익점이 모친의 시묘살이를 극진히 하고 있었는데, 이를 본 왜적이 나무를 다듬어 "효자를 해치지 말라."라고 써서 근처가 모두 평안하였다고 한다.

앞에서 보듯이 남명문학의 창작공간은 김해시의 구암사·함허정·사마소, 합천군의 황강정·함벽루·황계폭포·사미정·임정, 산청군의 단속사·청향당·야옹정·호접루·문익점 사당 등으로 확장되어 있다. 황계폭포처럼 여러 수의 시를 남긴 곳도 있고, 함허정처럼 운문과 산문이 함께 등장하는 곳도 있으며, 삼우당(三憂堂) 문익점(文益漸, 1329-1398)의 사당처럼 산문으로만 제시되어 있는 곳도 있다. 그리고 청향당처럼 이 공간이 지닌 문화적 요소를 여덟 곳으로 구체화하기도 했다. 남명은 이처럼 매우 다양한 글쓰기 방식을 통해 그가 거주했던 지역공간에 대한 문화적 요소를 부각시키고 있었던 것이다.

셋째, 거주 지역을 훨씬 벗어나 전 국토를 문학창작 공간으로 활용한 경우이다. 남명은 국토의 여러 곳을 여행하였다. 빈번한 거주지 이동은 남명 삶의 대표적인 특징 가운데 하나이다. 합천 삼가에서 태어나 지리산 아래 덕산에서 생을 마감하기까지 다양한 곳을 다니며 삶을 영위하였기 때문이다. 그는 아버지의 직장을 따라, 혹은 경제적인 이유로 외향이나 처향으로 자주 옮겨 다녔다. 이 과정에서 그는 민중의 험난한 생활을 관찰하기도 하고, 국토를 새롭게 인식하기도 했다. 따라서 그의 문학 창작공간은 거주지를 포함한 지역 공간으로만 제한할 수 없다. 앞에서 제시한 지역을 제외한 여타 지역은 대체로 다음과 같다. 구체적인 공간과 작품도 함께 제시한다.

- 함양군 : 옥산동(<遊安陰玉山洞>)
- 청도군 : 삼족당(<辭三足堂遺命歲遺之粟>, <寄三足堂>, <贈三足堂>, <題三足堂>)
- 양산시 : 쌍벽루(<次梁山雙碧樓韻>)
- 경주시 : 포석정(<鮑石亭>)
- 영천시 : 완귀정(<題玩龜亭>), 채련당(<題永陽採蓮堂>)
- 보은군 : 금적정사(<贈崔賢佐>, <和健叔呈崔賢佐于金積山齋>)
- 의령군 : 명경대(<明鏡臺>), 자굴산(<寄河君礪>)
- 진주시 : 봉명루(<鳳鳴樓>), 풍월헌(<和風月軒韻>), 영모당(<永慕堂>, <永慕堂記>), 동향사(<送寅叔>)
- 거창군 : 포연(<浴川>)
- 고령군 : 죽연정(<竹淵亭次尹進士奎韻>, <竹淵亭贈尹進士奎>, <竹淵亭次文老韻>), 월담정(<題鄭思玄客廳>)
- 남원시 : 사계정사(<題房應賢茅亭>)
- 광주시 : 풍영정(<영련(詠蓮)>)

남명의 활동무대는 서울에서 지방까지, 내륙에서 해안까지 두루 미쳐있지만, 대체로 지금의 경상남도 일원이 중심을 이루고 있다. 그러나 여기에만 국한되는 것은 아니다. 경상북도의 경주지역과 전라남도의 남원과 광주지역, 그리고 충청북도의 보은지역으로도 여행을 하고 있기 때문에, 이들 지역에도 문학 창작공간이 남아 있다. 이들 공간에서 생산된 작품을 일별해 보면 자연의 아름다움과 그 흥취로부터 인간 사이에서 발생하는 애틋한 정의(情誼), 신라 패망에 따른 역사의식, 수양론과 관련된 문제의식 등이 표출되고 있어 주제가 어느 하나로 한정되지 않는다. 이는 그의 공간 상상력이 매우 자유롭다는 것을 의미하는 것이라 하겠다.

넷째, 지리산을 구체적인 문학 창작공간으로 인식한 경우이다. 지리산은 남명의 정신을 표상하는 산이라 할 만큼 남명학에 있어 중대한 의미를 지닌다. 만년에 깃들어 산 곳도 지리산 기슭의 덕산이며, 최종 안착지를 찾기 위하여 이 산을 12번이나 유람하기도 했다. 이러한 사실을 남명의 <유두류록>은 적실히 전하고 있다. 이처럼 산문의 형식으로 남아있는 것도 있지만 지리산의 특정 공간을 중심으로 펼쳐진 그의 상상력은 다음과 같은 작품에 적시되어 있다.

> 신응동(<遊神凝洞>, <讀書神凝寺>, <神凝寺題姊兄寅叔硯袱>, <次景游韻題僧軸>), 청학동(<靑鶴洞>, <詠靑鶴洞瀑布>), 백운동(<遊白雲洞>), 오대사(<題五臺寺>, <贈五臺僧>), 두류산(<頭流作>)

지리산 지역은 산천재를 포함한 산청지역 전역으로 확대해서 말할 수도 있다. 그러나 그 범위를 산으로 제한하면 대체로 위의 작품을 들 수 있을 것인데, 이 가운데서도 신응동은 남명에게 특별한 공간이었다. 시가 많은 것에서도 알 수 있듯이 남명은 지리산 가운데서 신응동 산수가 가장 빼어나다고 생각했다. 이 때문에 <유두류록>에서 신응동을 들어 "천공(天工)의 빼어난 솜씨를 숨김없이 마음껏 발휘한 곳이라 하겠다.

우리 일행은 그 광경에 서로 더불어 눈을 휘둥그렇게 뜨고 넋을 잃고서는 시 한 구절을 읊조리고자 했으나 마음대로 되지 않았다."라고 할 수 있었다. 이처럼 지리산은 남명의 주요 창작 공간이었던 것이다.

이상과 같이 문학창작 공간을 넷으로 분류하여 두루 제시하였지만 남명의 문학창작 공간은 여전히 남아 있다. <제강교다회연모정창(題姜郊多檜淵茅亭窓)>의 다회연, <기류계선선어사공명월사독서(寄柳繼先魚士拱明月寺讀書)>의 명월사, <제문견사송정(題聞見寺松亭)>의 문견사는 현재 구체적인 위치를 알 수 없는 곳이다. 직녀암 등 확인이 불가능한 암석 등도 수없이 많다. 이들 공간이 모두 조사될 때, 위에서 제시한 여러 공간과 더불어 남명의 문학창작 공간은 총체적으로 이해될 것이다.

3) 상상의 공간 중국

전통시대 지식인들의 글에는 중국 관련 인물과 공간이 매우 많이 등장한다. 이것은 이들이 중국에서 유입된 유가경전을 중심으로 공부하면서 이로써 과거를 보고, 이로써 일상적인 문자생활을 했기 때문에 지극히 자연스러운 일이다. 남명의 경우도 예외가 아니다. 그가 남긴 글에서 검출되는 인용 서목을 일별해보면, 유가서를 중심으로 도가서 등이 다양하게 나타나고 있으며, 중국의 지명이나 중국 역사가 폭넓게 수용되어 있다. 이 가운데 사천성(四川省) 중경(重慶)의 구당협(瞿塘峽), 산동성(山東省) 곡부(曲阜)의 행단(杏壇)과 누항(陋巷), 절강성(浙江省) 항주(杭州)의 부춘산(富春山)은 그 대표적이다. 이에 대해서 남명은 특별히 주목하고 있는데, 이를 차례대로 살펴보기로 한다.

삼협 : 양자강 삼협의 유람선, 현재 삼협에는 많은 관광코스가 개발되어 있다.

첫째, 사천성 중경시의 구당협에 대해서다. 이곳은 중경 중부의 충현(忠縣)에 해당하는 곳으로 양자강(揚子江)이 지자형(之字形)으로 협곡을 이루며 지나간다. 구당협의 어귀에는 급류가 흐르고 있고, 그 남안 쪽으로 강 가운데 절벽의 형태로 염예퇴가 버티고 있다. 배가 지나가면서 여기에 부딪치지 않으려 하다가 자주 선미가 끊어진다고 한다. 이 때문에 이곳을 절미자탄(絶尾子灘)이라 부르기도 했다. 남명은 이 염예퇴의 험한 물살을 생각하며 저 유명한 <민암부>를 짓게 된다. 그 들머리는 이렇다.

유월 어름에 염예퇴가 말처럼 우뚝하여 올라갈 수도 없고 내려갈 수도 없다. 아아! 험함이 이보다 더한 것이 없으리니, 배가 이로 인해 가기도 하고 이 때문에 엎어지기도 한다. 백성이 물과 같다는 말은 예로부터 있어 왔으니, 백성은 임금을 받들기도 하고 백성이 나라를 엎어버리기도 한다.

남명은 이 글에서 민본주의에 입각한 천명사상을 강력하게 표출하고 있다. 『서경』에 보이듯이 천명사상은 '천－군－민'의 관계 속에 설정된다. 이에 의하면 천과 군의 관계는 조건적이고 간접적인데 비해, 민과 천의 관계는 무조건적이고 직접적이다. 군과 민의 관계는 이러한 두 가지 사실에 기반하여 성립되는 것인데, 이 관계 하에서 왕권교체의 가능성은 언제나 전제되어 있다. "하늘이 백성을 냈다."라는 말에서도 살필 수 있듯이 천과 민은 그 속성이 기본적으로 일치하며, 이 둘의 결합이 왕위를 결정하는 중요한 요인이 된다는 것이다. 이러한 생각을 남명은 구당협이라는 중국 공간을 통해 제출하였던 것이다.

둘째, 산동성 곡부시의 행단(杏壇)에 대해서다. 『장자(莊子)』「어부(漁父)」에 행단을 소개하고 있는데, "공자가 치유(緇帷)의 숲 속을 가다가 행단(杏壇) 위에 앉아 쉬게 되었다. 제자들은 책을 읽고 공자는 노래 부르며 거문고를 탔다."라고 한 것이 그것이다. 『장자』의 다른 글이 그렇듯 이 글 역시 우언일 것이다. 1024년에 공자의 45대손 공도보(孔道輔)가 곡부의 공묘를 수리하면서 공묘 정전(正殿)의 옛터에 단을 만들고 주위에 살구나무를 심어 행단이라 하였다고 한다. 남명은 장자보다 더욱 많은 상상력을 펼치며 <행단기>를 지었다. 이 글은 이렇게 시작한다.

> 이 단(壇)을 설치한 것은 오래되었으니, 춘추시대 노나라 대부 장문중(臧文仲)이 이름을 붙인 데서 연유한다. 이곳은 노나라 도성 동쪽, 궐리(闕里)와 가까운 곳이다. 공자께서 치유(緇帷)라는 숲에서 노닐다가 이 단 위에서 쉬면서 바람을 쐬기도 하고 제자들과 학문을 강론하기도 하셨다.

<행단기>는 남명이 공자와 안연, 자로를 등장시켜 장문중이 행단을 쌓았던 내력과 정치의 득실을 기문(記文) 형식을 빌려 논한 것이다. 왕도

정치가 행해지지 않음을 공자 당시로 모의하여 지은 것이니 우언(寓言)의 기법을 활용했다고 하겠다. 장문중은 행단에서 군사의 문제에 대하여 맹약하고 동맹국의 민중들을 위압하였지만 국운이 쇠한 주나라의 운수를 바꾸어 놓지 못했다. 그러나 공자는 이 단에서 도의를 강론하여 천하의 성인이 되었다. 이로써 남명은 그가 살던 이 땅에도 인의를 기반으로 한 왕도정치가 실행되어야 한다는 것을 보이고자 했다. 행단이 그가 직접 체험한 공간은 아니지만 이를 통해 그는 왕도정치의 이상을 드러내고자 했던 것이다.

셋째, 산동성 곡부시의 누항(陋巷)에 대해서다. 누항은 『논어(論語)』 「옹야(雍也)」에서 "어질도다, 회(回)여! 한 그릇 밥과 한 표주박의 물만으로 누항(陋巷)에서 지내는 것을 남들은 괴로움으로 여겨 견뎌내지 못하지만, 안회는 그것을 즐거움으로 여겨 변치 않았으니, 어질구나, 회여!"라는 말에서 왔다. 중국 곡부에 안연과 관련된 다양한 유적이 있다. 곡부시 구성(舊城) 북쪽의 누항가(陋巷街)와 복성묘(復聖廟), 누항정(陋巷井) 등이 모두 그것이다. 남명은 <누항기>를 통해 안연의 성대한 덕을 기리고 있다. 남명의 <누항기> 한 대목은 이러하다.

안씨(顔氏)의 도는 사물의 시초에까지 극진하였고 조화의 시작까지 아득히 닿아 있다. 천지 같은 크기로도 그의 도를 측량할 수 없으며, 일월 같은 광명도 그의 도보다 밝을 수는 없다. 또한 하늘로써 즐기고, 하늘로써 근심하였다. …… 몸은 비록 마소 말굽 정도의 좁은 공간을 벗어나지 않았지만 이름은 우주 밖에 이르기까지 가득 차고, 덕은 우(禹)·직(稷)보다 못하지 않았지만 그의 교화는 제나라와 노나라 사이를 벗어나지 못했다.

곡부의 누항 : 남명은 〈누항기〉를 통해 안연의 성대한 덕을 기려, 그의 도는 "사물의 시초에까지 극진하였고 조화의 시작까지 아득히 닿아 있다."라고 하였다.

남명은 일찍이 산사에서 친구들과 함께 『성리대전(性理大全)』을 읽다가 허형(許衡, 1209-1281)의 말에 이르러 출처에 대한 커다란 깨침을 얻었다고 한다. 이윤의 출사와 안연의 퇴처가 그것인데, 이로써 남명은 안연이 가던 길을 가고자 했다. 이러한 생각의 연장선상에서 남명은 〈누항기〉를 지었다. 이는 결국 남명 스스로가 당대를 부조리한 시대로 판단하여 출사하지 않았지만, 그가 추구하는 세계는 세속적인 봉토와 지위가 아니라 안연이 그러하였던 것처럼 만고에 길이 전할 도덕이라는 것을 보인 것이다. 우리는 여기서 남명의 퇴처가 안연의 누항고사와 만나고 있음을 알게 된다.

넷째, 절강성 항주시의 부춘산(富春山)에 대해서다. 부춘산은 항주시 동려현(桐廬縣)에 있는데, 남명이 이 산에 대하여 특별한 관심을 가진 것

부춘산 : 중국 절강성 항주시에 있는 부춘산과 부춘강

은 엄광(嚴光) 때문이다. 엄광은 하남성(河南省) 여주(汝州) 사람으로 자는 자릉(子陵)이다. 후한의 광무제 유수(劉秀)와 어릴 때부터 친구로 지냈으나, 광무제가 황제로 즉위하자 이름을 바꾸고 숨어 살았다고 한다. 광무제 27년에 무제가 엄광을 간의대부로 제수하며 불렀으나 끝내 제 뜻을 굽히지 않고 부춘산에 가서 낚시질하며 살다가 생을 마쳤다고 한다. 남명은 이러한 사실을 염두에 두면서 <엄광론>을 썼다. 다음은 그 일부이다.

저 자릉은 젊었을 때에 광무제와 더불어 교유했으나, 그가 기량을 한껏 펴더라도 반드시 3대의 도로 다스리지 못할 것을 알고 다시 떠나가 버린 것이다. …… 만약 이윤이 탕임금을 만나지 못했다면 마침내 유신(有莘)의 교외에서 죽었을 것이고, 만약 부열이 고종을 만나지 못했다면 마침내 부암(傅巖)의 들판에서 늙어갔을 것이니 도를 굽혀 가면서까지 벼슬하기를 구하지는 않았을 것이다.

앞에서 보듯이 남명은, 엄광이 광무제가 하은주(夏殷周) 3대의 도로 다스릴 수 없음을 깨닫고 떠난 것이라 했다. 젊었을 때 같이 유학을 했던 처지라 엄광이 광무제의 기량을 잘 알고 있었기 때문일 것이다. 이것은 그가 세상에 나아가기를 싫어했기 때문이 아니라면서 만약 이윤과 탕왕, 부열과 고종의 관계에 있었다면 엄광은 출사하여 그의 도를 폈을 것이라고도 하였다. 여기서 우리는 남명이 당대의 군주를 어떻게 인식하고 있었던가 하는 부분을 분명히 알게 된다. 즉 군주가 왕도정치를 펼칠 기량을 갖추고 있지 못하다고 판단했던 것이다. 이 때문에 그는 엄광이 부춘산에 숨어 산 것처럼 처사로서 산림 속에서 숨어 살았던 것이다.

엄자릉조대 : 엄자릉이 낚시하던 곳을 기념하여 '엄자릉조대(嚴子陵釣臺)', '천하제일관(天下第一觀)'을 벽에 새겨두었다.

남명은 조선에서 중국의 다양한 고사를 활용하며 자신이 하고자 하는 말을 했다. <민암부>처럼 특수한 지역을 제시하는 경우도 있었지만, 대체로 인물에 초점을 두고 이와 관련된 공간 상상력을 펼쳤다. '행단'을 통한 왕도정치의 이상, '누항'을 통한 퇴처의지의 강조, '부춘산'을 통한 명철한 군주 부재에 대한 비판 등이 그것이다. 이밖에도 진나라에 갔다가 이곳을 탈출해 온 제나라 사람 맹상군(孟嘗君)을 소재로 한 <호백구시(狐白裘詩)>, 한나라 무제(武帝) 때 흉노(匈奴)에 사신을 갔다가 억류되었다 돌아온 소무를 소재로 한 <소자경시(蘇子卿詩)>, 천하통일에 커다란 공을 세운 진나라의 명장 왕전(王翦)을 소재로 한 <육국평래양빈상시(六國平來兩鬢霜詩)>, 연회석상에서 엄격한 군율로 기강을 잡았던 한고조의 손자 유장(劉章)을 소재로 한 <군법행주부(軍法行酒賦)> 등 다양한 작품이 있다. 이 역시 남명이 중국 공간을 통해 당대적 문제의식을 드러낸 작품들이다.

3. 남명학의 문화론적 의미

1) 남명학의 체험적 이해

문화론은 미시사적 구체성과 감각할 수 있는 체험성을 특별히 강조한다. 이 때문에 일정한 공간과 사물에 주목하고 이들 공간과 사물이 지닌 의미를 떠올리며 텍스트가 가져다주지 못하는 부분에 대한 생생한 이해를 가능케 한다. 물론 이것은 텍스트에 대한 이해를 전제로 할 때 가능하다. 이러한 전제 위에서 남명이 남긴 유적과 발자취는 남명학

연구를 위한 단순한 보조적인 장치가 아니다. 이로써 남명과 남명학을 체험적으로 이해하는 길이 새롭게 열릴 수 있기 때문이다. 남명학의 체험적 이해는 남명의 직접체험 공간과 후인들의 간접체험 공간으로 나누어서 살펴볼 수 있다.

먼저 남명이 직접 체험한 공간에 대해서다. 앞서 살펴본 대로 남명학은 거주지 중심의 공간, 문학창작 중심의 공간, 중국이라는 상상 공간에 따라 다양하게 생성되고 있었다. 그동안 이를 인식하면서 대중서가 나온 바 있으나 체계적이고 종합적이라 하기 어렵다. 더욱이 이러한 문제의식에 입각하여 일정한 이론에 바탕한 전문적인 연구는 조금의 진척도 없는 상황다. 서정적 자아가 객관 사물을 통해 감지하는 개념은 작가의 사상과 밀착될 수밖에 없다고 볼 때, 공간과 결부된 남명학의 체험적 이해는 본격적으로 시도되어 마땅하다. 의령 자굴산에 있는 명경대(明鏡臺)를 중심으로 이 부분에 대한 가능성을 생각해 보자. 남명은 여기서 다음과 같은 두 수의 시를 짓는다.

가) 바위를 도끼로 깎아 산 북쪽에 세웠나니　　斧下雲根山北立
　　소매로 하늘을 치듯 붕새는 남으로 날아왔네　　袖飜天窟鳳南移
　　훌쩍 떠나 열흘 쯤 뒤에 돌아오리니　　泠然我欲經旬返
　　동행에게 알리고 이로부터 돌아가네　　爲報同行自岸歸

나) 높은 명경대 공중에 솟게 한 이 누군가　　高臺誰使聳浮空
　　하늘 받치던 기둥 부러져 이 골짜기에 박혔네　　鼇柱當年折壑中
　　푸른 하늘 내려오지 못하게 떠받치며　　不許穹蒼聊自下
　　해 돋는 곳까지 볼 수 있도록 하네　　肯教暘谷始能窮
　　속세 사람 오는 것 싫어해 구름이 막아있고　　門嫌俗到雲猶鎖
　　귀신의 시기 두려워 나무가 에워쌌네　　巖怕魔猜樹亦籠

하늘에게 빌어 주인 되고 싶기도 하지만	欲乞上皇堪作主
세상에서 융숭한 은혜를 질투하니 어찌하리	人間不奈妬恩隆

  남명은 <명경대>라는 제목으로 칠언절구와 칠언율시를 각각 한 수씩 짓는데 위의 작품이 그것이다. 명경대는 의령 소재 자굴산의 북쪽 기슭에 위치한 높은 벼랑인데, 남명은 그 아래 있었던 절에서 독서를 했다. 『편년』 29세조에, "정월에 자굴산에서 독서를 하였다. 자굴산은 의령에 있다. 이른바 명경대라고 하는 것이 있는데 매우 높고 탁 트여 선생이 왕래하며 유람하였다. 이때 책을 가지고 승사(僧舍)에 머물면서 책상을 마주하고 조용히 앉아 밤낮으로 글의 내용을 음미하며 굳센 마음으로 힘써 공부했다."라고 기록되어 있다. 우리는 여기서 승사에서 용맹정진(勇猛精進)하는 남명의 모습을 만나게 된다.

자굴산 명경대 : 남명은 명경대 아래의 산사에서 밤낮으로 글의 내용을 음미하며 굳센 마음으로 공부했다고 한다. 남명은 여기서 "높은 명경대 공중에 솟게 한 이 누군가, 하늘 받치던 기둥 부러져 이 골짜기에 박혔네."라고 했다.

남명은 28세에 아버지 상복을 벗고, 29세에 의령의 자굴산에서 독서하고, 30세에 김해로 옮겨 산해정을 짓고, 31세에 서울의 집을 정리한 후 김해로 내려온다. 앞의 시에서는 서울에서 소매를 떨치고 남쪽 고향으로 내려온 일을 언급하며, 함께 독서하던 일행에게 알리고 열흘 정도 잠시 떠났다가 다시 돌아올 것이라 했다. 그가 일행에게 알리고 잠시 다녀온 곳이 어딘지는 분명치 않다. 그러나 이 시를 지은 것이 29세이고 30세부터 산해정 시대가 시작되는 것을 고려한다면 김해로 추측해 볼 수 있을 것이다. 어쩌면 김해로 거주지를 옮기기 전 사전 답사 차 다녀온 것은 아닌지 모르겠다.

당시 남명은 자굴산 산사에서 과거공부를 한 것으로 보인다. 두 번째 작품 나)에서 과거에 자주 실패하는 데서 오는 생각도 읽을 수 있다. 마지막 구에 보이는 '세상의 질투'가 그것이다. 그러나 높이 솟은 명경대에 그의 강인한 자아를 투사시키며, 자신의 뜻이 과거와 같은 세상의 공명에 있지 않다는 것을 보이기도 했다. 그의 장래 행보를 가늠할 수 있는 대목이어서 중요하다. 이처럼 명경대는 남명이 직접 체험한 공간이며, 동시에 산해정으로 떠나기 직전의 남명을 이해할 수 있는 공간이어서 특별하다.

다음으로 후인들이 간접적으로 남명학을 체험할 수 있는 공간에 대해서다. 간접 체험은 대체로 추모의 형식을 통해 나타난다. 남명에 대한 추모는 남명 사후에 바로 일어난다. 『남명집』을 편찬하거나 서원을 창설하는 일, 묘비와 신도비를 건립하는 일, 남명의 유적을 찾아 시문을 짓는 일 등이 모두 그것이다. 오랜 세월을 거치면서 이러한 작업은 지속되어 왔다. 그 가운데 산해정 등의 남명의 거주지는 물론이고 서원도 '설립−훼철−복원'의 과정을 두루 거친다.

정재규의 〈뇌룡정우설〉 시판 : 여기서 그는 '우러러보고 굽어보며 뜰을 걷노라니, 만고의 밝은 달빛이 비쳐 든다.'라고 하였다. '만고의 밝은 달빛'은 요순의 심법(心法)이, 공자와 주자를 거쳐 남명에게 전해지고, 이 것이 다시 뇌룡정 뜰을 거닐고 있는 그에게로 전해지는 것을 의미한다.

　남명이 정립기를 살았던 뇌룡사, 이 집의 중건에 따른 공간구성은 남 명정신에 대한 체험적 이해를 가장 잘 보여 주고 있어 특기할 만하다. 일찍이 남명은 〈신명사도〉를 그려서 벽에 걸어두고 자신을 철저하게 경계하며 찾아오는 제자들도 이로써 가르쳤다. 남명이 이 그림을 언제 그렸는가 하는 것은 명확하지 않다. 다만, 『편년』에서 산천재의 창과 벽 사이에 이 그림을 게시하고 명도 지었다고 했으니 산천재 시대쯤으로 생각된다. 그러나 1883년 허유(許愈, 1833-1904)와 정재규(鄭載圭, 1843-1911) 등 삼가의 유림은 남명이 뇌룡사에 살던 시기에도 이 그림이 활용되었 다고 보고, 뇌룡사를 뇌룡정이라는 이름으로 중건하였으며, 아예 〈신명 사도〉를 설계도 삼아 집과 담장을 구성하였다. 〈신명사도명〉에 특별 한 관심을 가졌던 허유의 생각이 작용한 결과가 아닌가 한다.

　그렇다면 〈신명사도〉와 뇌룡사는 어떤 점에서 구체적으로 결부되는 가? 남명은 〈신명사명〉에서 "아홉 구멍의 사악(邪惡)함도, 세 군데 요처 (要處)에서 처음으로 나타난다."라고 하면서, "세 관문을 닫아 두니, 맑은 들판이 끝없이 펼쳐 있다."라고 하였다. 여기서 '삼요(三要)'와 '삼관(三關)'

은 다름 아닌 입과 눈과 귀이다. 이는 공자의 극기복례(克己復禮)에 근거한 것으로 대표적인 감각기관을 잘 관리할 필요가 있다는 것을 말한 것이다. 이것을 <신명사도>에서는 구관(口關)과 목관(目關), 그리고 이관(耳關)의 관리로 요약하고 있다. 이를 염두에 두면서 뇌룡정 담장에 세 개의 문을 설치하여 이 '삼관'을 표현하였고, 뇌룡정 자체가 <신명사도>속 태일진군(太一眞君)이 사는 신명사(神明舍)가 되게 하였다.

사실 위에 든 두 가지는 남명학의 체험적 이해를 위한 지극히 단편적인 것에 지나지 않는다. 남명이 남긴 유적을 새롭게 주목하며 이를 통한 체험적 이해를 다양하게 제시할 수 있기 때문이다. 산천재에 그려진 세 폭의 벽화를 통해 남명의 추모과정에서 나타난 그의 처사상(處士像)을 확인할 수 있으며, 거창의 포연을 통해 남명의 강렬한 수양의지를 만날 수 있는 것 등이 모두 그것이다. 이처럼 남명학의 생성공간은 남명학의 체험적 이해를 가능하게 한다는 측면에서 특별히 주목할 필요가 있다.

2) 남명학의 대중성 제고

오늘날 우리는 인문학의 위기적 국면을 맞이하고 있다. 그 원인은 여러 가지가 있겠지만, 중요한 원인 가운데 하나가 대중의 외면이다. 대중은 인문학이 지닌 사변적인 개념보다 실생활에 응용이 용이한 실용주의적 입장을 취한다. 남명학이라 하여 예외가 될 수는 없다. 일찍이 남명은 실천성과 실용성을 특별히 강조하였다. 큰 도회를 거닐며 보물의 가격만 흥정하다가 빈손으로 돌아오는 것보다 한 필의 베를 팔아 한 마리의 생선이라도 사오는 것이 더 낫다고 한 것도 이러한 취지에서 한 발언이다.

남명 석상 : 덕산의 남명기념관 경내에 있으며, 2001년 남명 탄신 500주년기념사업의 일환으로 세웠다. 돌은 중국의 운남성 옥석을 사용했다.

우리 시대에 어떤 도움도 주지 못하는 학문은 무용하다. 남명학이 지닌 진면목은 당대의 부조리를 신랄하게 비판하면서 이에 대한 실질적인 개선과 대안을 제시하는 데 있다. 그의 민본주의에 입각한 비판정신과 실용학에 바탕한 실천정신은 모두 이 과정에서 나온 것이다. 이러한 남명 정신의 본질을 생각할 때, 남명학의 실용화 내지 대중화는 시급한 문제가 아닐 수 없다. 우리가 살펴보고자 하는 남명학의 스토리텔링과 동선 개발에 따른 문화관광도 이러한 남명학의 실용성 내지 대중성을 염두에 둔 결과이다.

먼저, 남명학 생성공간에 대한 스토리텔링에 대해서다. 오늘날 우리는 가히 스토리텔링의 시대에 살고 있다고 해도 과언이 아니다. 즉 신구술 시대에 접어든 것이다. 스토리텔링은 'story'와 'telling'을 합성한 용어로, '이야기하다'의 의미를 지닌다. 사실 스토리텔링은 인류가 등장한 이래 사람과 사람 사이에서 끊임없이 생성되고 향유되어 왔다. 이것은 디지털

과학기술시대를 맞아 표현을 욕망하는 대중들에 의해 새로운 방식으로 향유되기 시작한 것이다. 이 때문에 스토리텔링은 이야기의 원형을 중심에 두면서도 구연자가 끝없이 이야기를 만들어 가는 특징이 있다. 이것이 바로 인과관계에 입각한 기존의 서사와는 다른 것이라 하겠다.

　남명학의 경우 그 생성공간과 관련하여 풍부한 설화가 구비되어 있다. 이것은 남명의 스토리텔링이 조선의 다른 선비보다 매우 유리한 조건에 있다는 것을 의미한다. 현재 전하는 남명 관련 이야기는 신이한 탄생에서 천문에 나타난 처사의 죽음에 이르기까지 매우 다양하다. 남명학의 생성공간이 주로 경상우도에 집중되어 있는 데 비해, 남명설화는 경상우도에 제한되어 있지 않다. 지역적 측면에서 비교적 자유로워 서울의 한강과 창의문(彰義門) 등 다양한 곳에서 나타난다. 유몽인(柳夢寅, 1559-1623)이 『어우야담(於于野談)』에서 전한 다음 이야기도 그 가운데 하나이다.

　　남명은 한 세상을 숨어서 살았는데, 영남지역에 숨어 벼슬 보기를 진흙과 같이 여겼다. 그가 서울로 올라왔을 때, 일찍이 탕춘대(蕩春臺) 북쪽, 무계동(武溪洞)의 시냇가에서 노닐게 되었다. 여성위(礪城尉) 송인(宋寅)은, 벼슬이 비록 부마(駙馬)였으나 자못 유학의 의리가 있는 것으로 자처하였다. 그는 남명의 풍모를 흠모하여 산 계곡에서 술 한 잔을 대접하고자 창의문(彰義門) 솔숲 사이에 장막을 쳐두고 길옆에서 두 손을 맞잡고 공손하게 서서 남명이 지나가기를 기다렸다. 남명이 지나가자 하인을 시켜 맞이하게 하였으나, 남명은 그가 귀한 신분에 있는 줄 알고서는 말에서 내리지 않고 취한 척 떠나면서, "장자(長子)는 굽힐 수가 없다."라고 말했다. 여성위가 머리를 들어 남명이 가는 것을 바라보니 아득할 뿐이었는데, 천길의 기상을 가진 봉황과 같았다.

위의 글에서는 창의문을 남명설화 생성공간으로 설정하고 있다. 창의문은 조선시대 서울의 네 개의 소문 가운데 하나로 북소문 또는 자하문이라 하며 현재까지 남아 있다. 여기서 송인(宋寅, 1516-1584)이 남명을 만나고자 하였으나 남명은 이를 거절한다. 그는 중종의 셋째 서녀(庶女) 정순옹주(貞順翁主)와 결혼하여 여성위(礪城尉)가 되고 명종 때 여성군(礪城君)에 책봉되었던 인물이다. 송인의 만남 제의에 대한 남명의 거절은 남명의 기상과 함께 당대의 안일한 관리를 비판하고자 하는 메시지를 담고 있어, 다양한 방향으로 스토리텔링이 가능하다. 이러한 측면에서 남명설화는 새롭게 주목되어 마땅하다.

다음으로 문화관광의 측면에서 남명학 생성공간을 생각해 보자. 문화와 관광은 오늘날 우리 시대를 이해하는 매우 중요한 키워드 가운데 하나이다. 여기에는 품격 있는 여가문화를 성취하고자 하는 현대인의 욕망이 내재되어 있으며, 우리 국토를 하나의 문화적 가치로 이해하고자 하는 자각 역시 포함되어 있다. 이러한 측면에서 남명학 생성공간을 문화관광의 측면에서 새롭게 정비할 필요가 있다. 남명학의 생성공간이 포함되어 있는 지방자치단체는 여기에 특별한 관심을 기울여야 할 것이다. 새로운 문화산업으로 성장할 가능성이 있기 때문이다.

남명학과 문화관광의 결합은 남명학의 대중성을 확보하는 데 있어 매우 유효하다. 이를 위한 다양한 방법론을 생각할 수 있다. 1차적으로는 생성공간 발굴과 정비를 들 수 있고, 2차적으로는 점으로 흩어져 있는 이들 공간을 하나의 선으로 연결하는 것이다. 즉 최적의 동선을 생각하면서 관광의 코스를 개발해야 한다는 것이다. 이 가운데 가장 쉽게 할 수 있는 것은 김해시, 합천군, 산청군 등 각 자방자치단체에서 자신의 지역을 중심으로 남명학 생성공간과 그 주위의 문화유적을 결합시

복원된 남명 생가 : 경상남도 지정 기념물 제148호, 2014년 경남 삼가면 외토리 토동 생가 터에 복원되었다.

커 일련의 문화관광을 위한 동선을 개발하는 것일 터이다. 이때 활용될 수 있는 구체적인 지역별 남명학 생성공간은 앞에서 이미 언급한 바다.

한편 남명학 생성공간에 따른 동선 설정은 단위 지역을 뛰어넘어 구상하는 것이 마땅하다. 남명 본인의 여행 경로는 '김해→밀양→청도→영천→경주→양산'으로 이어지기도 하고, '산청→함양→남원→담양→광주→나주'로 이어지기도 했다. 그리고 '합천→사천→쌍계사→청학동→신응사→정수역'으로 이어지는 지리산행도 있었다. 이 모두가 오늘 문화관광을 위한 중요한 동선으로 개발될 수 있다. 남명은 이 여행의 과정에서 다수의 작품을 창작하였고, 구체적인 장소의 명칭이 등장하는 경우가 대부분이다. 남명이 걸었던 길을 그대로 따를 수도 있겠지만, 오늘날의 도로 사정을 고려하여 새롭게 개발할 수도 있다. 그 일례를 들어보면 다음과 같다.

① 고령 지산의 월담정과 누이 창녕조씨 열녀비 ↪ ② 합천의 함벽루와 이증영유애비 ↪ ③ 합천 용주의 황계폭포 ↪ ④ 합천 삼가의 뇌룡정

과 용암서원 ⇆ ⑤ 합천 삼가의 남명 탄생지 ⇆ ⑥ 산청 배양의 청향당
[배산서당 주변]과 문익점 효자비 ⇆ ⑦ 산청 단성의 단속사지 ⇆ ⑧ 산
청 덕산의 산천재와 덕천서원 일원

위의 동선은 국도를 이용해서 탐방할 수 있도록 설계한 것이다. 고령
에서 시작할 수도 있고, 덕산에서 시작할 수도 있다. 고령은 누이와 매
부 월담(月潭) 정사현(鄭師賢, 1508-1555)이 있어 남명이 자주 방문했던 곳이
고, 합천은 남명의 탄생지와 함께 그의 뇌룡사 시대의 행적을 더듬어
볼 수 있는 곳이며, 산청은 친구 청향당(淸香堂) 이원(李源, 1501-1569)과의
교유와 그의 만년 강학지 산천재 시대의 삶을 이해할 수 있는 곳이다.
특히 덕산은 남명 사후 그가 어떻게 인식되고 있으며, 오늘날 남명이
어떻게 기념되고 있는가 하는 부분을 알게 한다는 측면에서 중요하다.
이처럼 일련의 흐름을 가진 동선 개발은 지속적으로 진행될 필요가 있
을 것이다.

남명학의 대중성 확보, 이는 우리 시대에 남명을 새롭게 살려내는 일
이다. 전문성에 입각한 그동안의 남명학 연구가 이러한 시도를 할 수
있게 하였으며, 동시에 새로운 활로를 찾고자 하는 남명학 연구의 방향
성 모색이 이러한 노력을 가능케 하였다. 이 같은 시각에서 제출될 수
있는 대표적인 예가 앞서 언급한 남명학 생성공간에 대한 스토리텔링
과 문화관광 측면에서의 남명학 생성공간에 대한 동선 개발이다. 이는
물론 이 책의 주제인 남명학 생성공간과 결부시켜 본 것이지만, 남명학의
대중성 확보를 위해 더욱 다양한 기획이 이루어지는 것이 바람직하다.

3) 남명학의 외연 확장

남명학 연구에 있어 가장 먼저 부딪히는 난관은 자료의 부족이다. 이는 남명 스스로가 '정주이후불필저술(程朱以後不必著述)'이라는 생각을 견지해왔기 때문에 발생한 것이다. 남명과 라이벌 관계에 있었던 퇴계의 문집 분량과 견주어 볼 때 그 차이는 확연하게 드러난다. 게다가 남명이 남긴 문헌은 난해한 곳이 많아 일찍부터 선비들 사이에서 그 뜻을 이해하지 못하는 경우가 더러 있었다. 이러한 사정을 고려할 때 남명학의 생성공간은 그 자체가 새로운 연구 자료가 될 수 있다. 이는 남명학 연구를 텍스트 중심에서 현장 중심으로, 한국적 범위에서 동아시아 범위로 그 외연을 확장하는 일이 된다.

남명학 연구를 텍스트에서 생성공간 쪽으로 확대하는 일부터 생각해 보자. 이것은 그동안의 남명학 연구가 텍스트 중심주의에 입각해서 진행되어 온 것에 대한 반성의 결과이다. 텍스트 위주의 남명학 연구는 남명이 직접 창작한 작품이 중심이 되고, 남명에 대하여 기록한 실기 자료가 보조적 자료로 활용된다. 그동안 이것이 연구를 위한 주요 텍스트로 활용되어 왔다. 적은 분량의 『남명집』이 실기 자료를 통해 보충되기는 하였으나 여전히 한계에 부딪힌다. 사정의 이러함을 고려한다면 남명학 생성공간에 대한 연구는 다음과 같은 가치와 의미를 지닌다고 할 수 있다.

첫째, 남명학 텍스트와 남명학 생성공간의 상관관계를 밝힐 수 있다. <함벽루>의 경우를 예로 들면, 텍스트 자체로 보면 남명의 시상(詩像)을 노장서(老莊書)와 결부시켜 이해하는 데서 그치게 된다. 그러나 이 작품의 생성공간을 직접 찾아가 보면 이와는 별도로 이것을 가능케 하는

덕천서원 : 1576년 덕산서원으로 창건되었으며, 임진왜란으로 소실되었다가 1601년 중건하여 1609년 덕천서원으로 사액되었다. 1870년 훼철되었고, 1920년 복원되었다.

덕천서원 답사 : 이성무 원장을 비롯한 남명학연구원 관계자들이다.

'자연'이 있었다는 것을 확인하게 된다. 물론 이 작품의 창작에 남명의 독서경험도 작용하였겠지만 이를 이끌어내는 함벽루 앞의 경관이 없었다면 쉽지 않았을 것이다. 즉 아득히 흐르는 황강과 그 너머에 끝없이 펼쳐진 모랫벌, 이러한 자연경관이 남명으로 하여금 노장적 사유에 입각한 <함벽루>를 짓게 하였다는 것이다. 이처럼 공간은 남명에게 무한한 시상을 제공했다. 텍스트와 생성공간의 상호관계를 심도 있게 따져보아야 하는 이유가 바로 여기에 있다.

둘째, 기념물 조성에 따른 남명정신의 계승을 이해할 수 있다. 남명이 세상을 뜬 후 다양한 방향에서 기념물이 조성되었다. 덕천서원, 용암서원, 신산서원 등의 서원 창설과 산해정, 뇌룡사, 산천재 등의 주요 거주지 복원도 그 일환이었다. 여기서 나아가 남명을 추모하는 특정 단체에서 남명에 대한 새로운 기념물을 조성하기도 했다. 덕산 초입에 건축된 '덕문정(德門亭)'도 그 가운데 하나다. 이 정자의 천정에는 용이 힘차게 날고 우레가 세차게 치는 그림이 그려져 있다. 후인들이 남명의 정신을 '뇌룡'으로 요약해서 표현한 것이다. 우리는 여기서 남명 정신이 오늘날 어떻게 계승되고 있는가 하는 부분을 이해할 수 있다. 즉 기념물 자체를 특별한 안목으로 관찰할 필요가 있다는 것이다.

셋째, 남명학의 문화 향유방식에 대하여 이해할 수 있다. 남명학이 구심체가 되어 하나의 문화제전으로 성장한 것이 매년 산천재 일원에서 거행되는 남명선비문화축제다. 산천재 일원은 남명의 만년 강학지인 산천재라는 구체적인 공간을 확보하고 있고, 그 곁에 현대인을 위한 남명기념관이 건축되어 있다. 전통성과 대중성이 함께 구비되어 있는 셈이다. 이 때문에 이 축제에서는 남명학의 특징을 살려 남명의 삶을 다룬 연극을 공연하거나 그 제자들을 중심으로 한 의병출정식을 하는 등

다채로운 볼거리를 제공한다. 문화전통이 오늘날 우리의 삶 속에 소비되고 있다는 점을 감안할 때, 이 방면에 대한 전문적 관심을 가질 필요가 있다. 남명학과 대중문화의 결합이 제대로 이루어질 때 남명이 우리시대에 의미 있는 존재로 다시 살아날 수 있기 때문이다.

다음은 남명학의 생성공간을 동아시아적 차원으로 확대하는 일이다. 앞에서 살핀 바대로 남명의 삶은 서울, 김해, 합천, 산청지역을 중심으로 이루어지며, 텍스트와 함께 이와 관련된 다양한 현장 자료를 남긴다. 그러나 남명의 작품은 그 소재적 측면에서 국내 공간을 훨씬 뛰어 넘고 있다. 즉 남명의 작품에는 중국 공간이 다채롭게 나타난다는 것이다. 사실 이것은 당대 지식인들의 독서물을 검토해보면 바로 알 수 있다. 전통시대의 선비들은 중국의 고전을 학습하면서 문명한 조선을 만들기 위해 노력하였기 때문이다.

남명의 경우도 마찬가지다. 일례로 남명의 문화활동 가운데 중국 그림에 대한 감상을 들 수 있다. 남명의 생질이자 제자인 이준민(李俊民, 1524-1590)에게는 옛 병풍이 하나 있었다. 그 가운데 한 폭이 중국 호북성(湖北省) 양양현(襄陽縣)에 있는 양양성(襄陽城)을 그린 것이었다. 이 양양성은 한수(漢水) 중류의 남쪽 언덕에 위치한 것으로 화하제일성지(華夏第一城池)로 칭송되며 다양한 그림의 소재가 되었다. 특히 이 성의 남쪽에 위치한 현산(峴山)은 진(晉)나라의 명장 양호(羊祜)가 깃들어 살면서 천하의 명산이 되었다. 남명은 이러한 고사를 바탕으로 이 그림 말미에 다음과 같은 시를 쓴다.

저물녘의 현산 어스름하게 푸른데	峴山西照綠差池
양양과 등현은 아득하고 옛 성은 높구나	襄鄧微茫古堞危

| 그 당시 임금과 신하는 계책을 다 했던가 | 當日君臣籌畫盡 |
| 숙자를 만난다면 나는 할 말이 있네 | 如逢叔子我有辭 |

현산은 양호가 깃든 산이기 때문에 양호산이라 부르기도 한다. 양호는 자가 숙자(叔子)로 정남장군(征南將軍)에 임명되어 사마염에게 오나라 정벌을 청하는 상소를 올렸다. 그러나 이 계책이 받아들여지지 않아 진나라는 절호의 기회를 놓치고 만다. 남명은 이준민이 갖고 있던 양양성 그림과 그 남쪽에 있는 현산을 보면서 양호를 떠올렸다. 그리고 당시 양호가 세웠던 원대한 계책을 생각하면서 "군신이 자신의 역할을 다 하였던가?"라고 했다. 이러한 안타까움이 있었으므로, 양호를 만나면 할 말이 있다고 하였던 것이다. 그림을 통한 중국의 역사를 상상한 것이지만, 역으로 우리는 이를 통해 남명 문화활동의 일면을 엿볼 수 있게 된다.

나아가 남명은 중국의 고사에 입각하여 수다한 중국 지명을 떠올린다. 앞서 살펴본 사천성의 염예퇴, 산동성의 행단과 누항, 절강성의 부춘산은 말할 것도 없고, 절강성 동산(東山, <贈別>), 섬서성 기산(岐山, <無題>, <鳳鳴樓>), 산서성 수양산(首陽山, <無題>) 등의 산, 사천성 양자강(揚子江, <贈崔明遠追送蛇山別>), 하북성 역수(易水, <六國平來兩鬢霜詩>) 등의 하천, 하남성 함곡관(函谷關, <狐白裘詩>) 등의 관문, 광동성 해남(海南, <漫成>) 등의 도서 등 매우 다양한 소재가 등장한다. 우리는 여기서 남명학이 동아시아적 상상력 속에서 이해될 수 있는 가능성을 보게 된다.

자료의 부족은 남명학 연구를 제한할 수밖에 없다. 이러한 한계를 극복하기 위하여, 우리는 한편으로 이들 자료를 섬세하게 검토하는 노력을 지속하면서도, 다른 한편으로 남명학 생성공간을 연구의 새로운 영역으로 확보할 필요성을 느끼게 된다. 이것은 남명학 연구의 외연을 넓히는 것이면서, 동시에 남명학의 생성공간에 대한 문화론적 접근을 시도하는 것이다. 즉 텍스트 중심주의적 한계를 벗어나 문화론적 의미를 확보할 수 있다는 것이다. 이것은 전통문화가 현대사회와 맞물리며 어떻게 발전하고 향유되어야 하는가 하는 문제의식과 결부되어 있는 것이기도 하다.

제2부

남명학의
지역별
생성공간

1. 김해지역

1) 깊은 산 높은 바다, 고뇌하는 남명 – 산해정(1)

수학기의 남명은 아버지와 밀착되어 있었다. 아버지의 임지를 따라 함경도 단천 등에 가서 공부를 하거나 26세 때 아버지가 돌아가시자 서울에서 고향 삼가로 다시 내려와 선영에 장사지내고 있는 데서 사정의 이러함을 알 수 있다. 이에 비해 모색기의 남명은 어머니와 밀착된 삶을 산다. 어머니를 모시고 처향(妻鄕)인 김해의 탄동으로 이사하여 살다가 어머니가 돌아가시자 김해에서 다시 고향 삼가로 돌아오기 때문이다. 아버지와 어머니가 모두 이 세상을 뜬 정립기에는 자신의 세계에 충실한다. 자연 속에 있지만 결코 거기에 매몰되지 않고 구차하게 따르지 않고 구차하게 가만히 있지도 않으면서 우뚝이 자아를 확립시켰던 것이다. 그리고 온축기 남명의 삶은 제자와 밀착되어 있었다. 모색기부터 키워온 수많은 제자들에게 부조리한 시대에서의 바른 삶이란 어떤 것인가를 엄숙한 어조로 가르쳤던 것이다.

산해정은 남명이 세상을 위해서 자신이 무엇을 할 수 있는가를 진지하게 모색했던 곳이다. 그가 30세 되던 해 이곳으로 왔던 결정적인 이유는 어머니를 제대로 모시기 위한 것이었다. 정인홍이 쓴 <행장>에 의하면 "삼가에는 선대의 전답이 매우 적었는데, 흉년이 들기라도 하면 집안사람들이 변변찮은 끼니조차 제대로 잇지 못했다."라고 한 증언을 통해 그 실마리를 찾을 수 있다. 즉 28세에 아버지의 상기(喪期)를 마치고 주위 산사에서 독서를 하면서 굶주리는 어머니를 생각하게 된다. 그리고 아내와 합의하여 아내의 고향인 김해에 가서 살기로 결심한다. 당

산해정 : 산해정은 현재 복원된 신산서원의 강당을 겸하고 있다. 남명은 여기서 산처럼 높고 바다처럼 넓은 학문을 성취하고자 했다.

시의 자녀균분 상속제도에 의해 김해에는 아내의 재산이 많이 있었기 때문이다. 게다가 김해는 지역적으로 바다와 가까워 어머니를 봉양하는 데 여러모로 편리한 점이 있었던 것이다. 남명이 아내의 도움을 받아 이곳에 산해정이라는 정자를 짓게 된다. 그 위치나 이름, 그리고 거기서의 삶에 대하여 남명은 다음과 같이 노래한 적이 있다.

> 가) 왕이 탄강한 곳과는 십 리 거리   十里降王界
>   긴 강물은 흘러 한이 깊구나   長江流恨深
>   구름은 누렇게 대마도에 떠 있고   雲浮黃馬島
>   산은 푸르게 계림으로 뻗어 있네   山導翠鷄林
>
> 나) 그대는 북쪽으로 돌아가는데   君能還冀北
>   산자고새인 나는 남쪽에 산다네   山鷓鴣吾南

| 정자를 산해라고 이름했더니 | 名亭曰山海 |
| 바다의 학이 뜰로 찾아든다네 | 海鶴來庭叅 |

앞의 작품 가)는 산해정에서 우연히 읊조린 <산해정우음(山海亭偶吟)>이고, 뒤의 작품 나)는 판서 정유길(鄭惟吉, 1515-1588)에게 준 <증정판서유길(贈鄭判書惟吉)>이다. 가)에서 남명은 서쪽으로 10리의 거리에는 수로왕이 태어난 구지봉이, 남쪽 바다 건너로는 구름이 누렇게 떠있는 대마도가, 그리고 동쪽으로는 신라의 고도 계림이 있다고 했다. 구지봉과 대마도, 그리고 계림은 남명이 김해의 산해정에 머물 때 즐겨 떠올리던 지역이었다. 김해 시절 사마소에서 베푼 잔치에 참석하여 지은 <사마소연(司馬所宴)>에서 "수로왕이 탄강한 구지봉은 성 북쪽에 옛 모습 그대로요[首露龜峯城北古], 서불(徐市)이 간 대마도는 해 남쪽으로 맑구나[徐生馬海日南淸]."라 한 것이나, 신라의 비극이 서려 있는 포석정(鮑石亭)을 노래하며 "단풍 든 계림 벌써 가지가 변했으니[楓葉鷄林已改柯], 견훤이 신라를 멸망시킨 것은 아니라네[甄萱不是滅新羅]."라 한 것은 그 좋은 사례가 된다.

산해정에서 가야, 신라, 왜(倭) 등과 관련한 강렬한 역사의식을 가진 남명, 그러나 그는 한 마리 산자고새일 따름이었다. 위의 작품 나)에서 제시한 "산 자고새인 나는 남쪽에 산다네."라 한 것이 그것이다. 남명은 정자의 명칭을 '산해'로 하였더니 바다의 학이 뜰로 찾아든다고 했다. 산에 사는 자고새와 바다에 사는 학이 서로 조화로울 수 있기 때문에 이렇게 표현했을 터이다. 여기서 우리는 제2구의 산자고(山鷓鴣)에서의 '산'과 제4구의 '해학(海鶴)'에서의 '해'를 제3구의 '산해'와 만나게 하는 남명 시작법의 묘미 역시 발견하게 된다. 그러나 '산'과 관련되어 있는 '자고', '해'와 관련되어 있는 '학'에 주목할 필요가 있다. 이는 모두 역

남명의 좌우명을 쓴 부채 : 남명은 김해 시절 "항상 신실하고 항상 삼가서 간사함을 막고 성실함을 보존하라. 산처럼 우뚝하고 못처럼 깊숙이 잠기면 환하게 빛나 봄처럼 영화로우리라."라는 것으로 좌우명을 삼았다.

사적 현실 너머에 있는 초월적 사고를 나타낸 것이기 때문이다. 우리는 여기서 남명의 역사의식과 그것에 대한 초월의식이 팽팽한 긴장관계를 이루고 있다는 것을 발견하게 된다. 강렬한 역사의식 반대편에서 떠오르는 초연한 산해의 의지, 이 엄청난 역설적(逆說的) 공간은 우리로 하여금 아찔한 현기증을 느끼게 한다.

남명이 처음으로 정자의 이름을 산해정으로 한 데는 그만한 이유가 있었다. 이는 높은 산에 올라가 넓은 바다를 본다는 의미와 함께 산처럼 높고 바다처럼 깊은 학문을 이루겠다는 의지의 표현이었기 때문이다. '남명'이라는 호를 여기서 비로소 사용한 것에서도 알 수 있듯이 노장적 세계를 받아들이면서 거대한 정신세계를 구축하자는 것이었다. 그러나 이 같은 생각에만 치우치면 학문이 성글고 만다. 그리하여 남명은 자신의 방이름을 '계명(繼明)'이라 하면서 사고를 더욱 치밀하게 할 필요가 있었다. '계명'은 고인의 도를 계승하여 오늘날 다시 밝힌다는 의미이다. 계명실을 들어서면 유가경전을 중심으로 다양한 책들이 쌓여있고, 벽에는 좌우명도 붙어있다. '용신용근(庸信庸謹) 한사존성(閑邪存誠) 악립연충(岳立淵沖) 엽엽춘영(燁燁春榮)', 즉 "항상 신실하고 항상 삼가서 간사함을 막고 성실함을 보존하라. 산처럼 우뚝하고 못처럼 깊숙이 잠기면 환하게 빛나 봄처럼 영화로우리라."라는 의미이다. 여기서 우리는 산해정에서 가졌던 남명의 포부를 구체적으로 읽어낼 수 있다. 즉 자신을 '성실'하게 하는 고인의 도를 계승하면서도 '산해' 같은 거대한 세계를 구축하자는 것이었다.

포부가 있었으니, 과거를 통해 세상에 나아가 민생을 구제하고 싶기도 했다. 이 때문에 남명은 33세와 36세 되던 해 향시에 나아가 각각 1등과 3등을 하게 된다. 어머니의 부탁이 있었기 때문이라고는 하나 그역시 관리가 되어 보다 적극적으로 정치현실에 참여하여 포부를 펴고 싶었던 것이다. 남명은 뒷날 황강 이희안이 고향으로 돌아왔다는 소식을 듣고 이를 회고한 적이 있다. "산해정에서 꾼 꿈이 몇 번이던가[山海亭中夢幾回], 황강(黃江)노인 뺨에 흰 눈이 가득한 모습을[黃江老叟雪盈腮]."이라고 노래한 것이 그것이다. 결국 남명은 산해정에서 황강 등과 과거에 대한 꿈을 버리지 못했던 것이다. 그러나 불행히도 34세에는 회시(會試)에 나아갔으나 성공하지 못했고, 37세에는 아예 회시에 나가는 것도 포기하고 말았다. 궂은비 쓸쓸히 내리던 어느 날, 남명은 산해정에서 이를 괴로워하면서 다음과 같은 작품을 남긴다.

산 속의 거처 늘 어둑어둑한 데 있기에   山居長在晦冥間
해를 볼 기약 없고 땅을 보기도 어려워라   見日無期見地難

하느님은 도리어 경비를 단단히 하여	上帝還應成戌會
얼굴 반쪽도 일찍이 열어 보인 적 없다네	未曾開了半邊顏

<산해정고우(山海亭苦雨)>의 전문이다. 과거를 통해 현실로 나아가고자 했던 산해정에 비가 내렸다. 이 때문에 거처는 어둑어둑하고 해가 보일 기미도 없었다. 여기서 남명은 우주만물의 주재자인 '상제(上帝)'에게 은근한 불만을 갖는다. 경비를 너무 단단히 하여 자신에게 해를 조금도 보여 주지 않는다고 한 것이 그것이다. 이 작품은 얼핏 보아도 그의 괴로운 심정을 궂은비에 의탁하고 있다는 것을 알 수 있다. '해'는 군주를 뜻하고, 이 해를 볼 수 없다고 하였으니 과거 실패에 대한 괴로움을 토로한 것이라 하겠다. 나아가 상제에게 불만을 토로함으로써 그의 불운을 아울러 한탄하고 있다. 여기서 우리는 남명의 인간적 매력을 느끼게 된다. 마치 공자가 공산불뉴(公山不狃)의 반란에 가담하려고 했던 어리석음처럼 말이다. 급기야 남명은 세상의 도리가 날마다 흐려지고, 배운 것이 시속(時俗)과 어긋난다는 것을 절감하고 과거를 통해 적극적으로 현실정치에 참여하는 길을 포기한다. 어머니께 이 사실을 아뢰어 헛된 희망을 버리게 하는 것 역시 잊지 않았다. 남명이 회시를 포기한 37세 되던 해였다.

남명의 출사포기는 대단히 강고한 것이었다. 과거를 포기한 이듬해 이언적(李彦迪, 1491-1553)과 이림(李霖, ?-1546)의 천거로 헌릉참봉을 제수받지만 돌아보지 않았다. 또한 43세 되던 해에도 이언적이 경상도의 안찰사가 되어 남명 보기를 청한 일이 있었다. 이에 남명은 "저는 상공께서 벼슬을 그만두고 전리(田里)에 돌아올 날도 멀지 않다는 것을 알고 있습니다. 그때에 야인들이 쓰는 각건(角巾)을 쓰고 안강리(安康里)의 집으로

신산서원 숭도사 : 이곳에는 남명과 절친했던 신계성이 함께 봉향되어 있다.

찾아가도 오히려 늦지 않을 것입니다."라고 하면서 거절한다. 이처럼 남명 스스로가 정치현실에 참여하는 것을 강하게 부정하였으니 다른 모색이 있어야 할 것이다. 바로 '산해'와 '계명'의 본뜻을 추구하는 것이었다. 그것은 거대한 기상을 갖고 역사현실에 민감하면서도 고인의 도를 제대로 계승하여 밝히는 일이었다. 학문활동으로 이것은 구체화되었다. 산해정에서의 학문활동은 이미 사귀어 왔던 친구들과 학문을 토론하는 일, 제자들을 맞아 교학상장(敎學相長)하는 일이었다.

친구들은 그가 회시를 포기하기 전부터 만나오던 터였다. 산해정을 짓자 대곡 성운이 서울에서 찾아 왔는데, 이때 밀양의 송계 신계성, 단성의 청향당 이원, 초계의 황강 이희안 및 여러 선비 등도 함께 모여서 여러 날을 강독하고 토론하였다. 당시 사람들은 이를 두고 덕성(德星)이 모였다고 칭송하였다 한다. 나아가 남명 역시 곽순과 함께 청도로 가서 삼족당 김대유, 소요당 박하담 등을 만나 여러날 함께 강론을 벌인다. 이들은 모두 남명이 하는 일에 동조하고 학문활동을 통해 고인의 도를 밝히고자 한 사람들이었다. 산해정에 대나무를 심으면서 지은 <종죽산해정(種竹山海亭)>은 이 같은 분위기 속에서 지은 것으로 보인다.

대는 외로운 듯하지만 외롭지 않나니	此君孤不孤
소나무가 이웃해 주기 때문이라네	髥叟則爲隣
바람 불고 서리치는 때 기다리지 않아도	莫待風霜看
싱싱한 모습에서 참다움을 본다네	猗猗這見眞

〈산해정중수운〉 시판 : 하응도가 쓴 것을 새긴 것인데, 대나무가 함께 새겨져 이채롭다.

여기서 남명은 대나무의 물성을 통해 수양원리를 통찰하며 거기에 자기투사를 하고 있다. 제1구에서 대나무는 외로운 듯하지만 외롭지 않다고 했다. '외롭다'고 한 것은 절조를 지키는 데 있어서의 외로움이며, '외롭지 않다'는 것은 제2구에서 보듯이 소나무가 같이 벗해 주기 때문이라는 것이다. 험난한 시대에서 자신을 지켜가는 것은 외로운 투쟁인 듯하나, 함께 자신을 지켜가는 벗들이 있다는 것을 대나무와 소나무의 관계를 들어 말하려 한 것이다. 그리고 이 같은 절조는 바람과 서리라는 외부적 시련으로 증명하지 않아도 그 참됨이 생래적으로 존재하고 있다는 것이다. 세찬 바람이 불거나 혹독한 서리가 내린 후에 비로소 송백(松柏)이 뒤에 시든다는 것을 안다는 보편적인 생각을 부정하면서 소나무와 대나무가 지닌 물성을 강조하고자 했다. 남명은 여기서 자연히 뜻을 같이 하는 벗들에 대한 중요성을 절감하지 않을 수 없었을 것이다.

제자들을 맞아 함께 학문을 연마하는 일 역시 남명에게 중요한 것이었다. 이 시기 남명은 처음으로 제자를 맞이한다. 바로 남명이 37세 때 와서 배운 서암(棲庵) 정지린(鄭之麟)이다. 그는 남명보다 19세 연하로 남명이 세상을 달리하자 심상 3년을 입었고, 스승의 기일(忌日)이 되면 반드시 재계하고 소복을 입었다고 한다. 그리고 41세에는 매촌(梅村) 정복현(鄭復顯), 44세에는 도구(陶丘) 이제신(李濟臣), 45세에는 입재(立齋) 노흠(盧欽)과 청강(淸江) 이제신(李濟臣) 등이 찾아와 제자가 되었다. 특히 노흠에게 경의(敬義)를 깊이 터득하게 되면 도를 들을 수 있다고 평소에 가르쳤고, 다음과 같은 편지를 써서 그의 학문을 독려하였다.

생각건대, 그대는 나이가 젊고 힘이 굳세니, 학문이 벌써 10층의 경지에 올랐을 것입니다. 그대와 한나절 동안이나마 학문에 관한 토론을 할 수 없음이 한스럽습니다. 그대는 물을 거슬러 올라가는 배를 보지 못했습니까? 한 치(寸)를 놓게 되면 10장(丈)이나 떠내려가게 됩니다.

남명 스스로가 힘써 학문을 연마하였기 때문에 제자에게 이처럼 독려할 수 있었을 것이다. 우리가 흔히 알고 있는 청나라 말기의 학자 좌종당(左宗棠)의 언급, 즉 "학문은 물을 거슬러 올라가는 배와 같아서 나아가지 않으면 떠내려가게 된다[學問, 如逆水行舟, 不進則退]."라는 것을 남명의 언어를 통해 훨씬 앞서 듣게 된다.

산해정에서 남명이 가장 열심히 읽은 책은 『심경』과 『대학』이었던 것으로 보인다. 특별히 독후감을 남기고 있기 때문이다. 이준경이 『심경』을 선물하자 마음이 죽는 것보다 슬픈 일은 없다면서 "이 글은 오직 마음을 죽지 않게 하는 약이다. 노력하여 게으르지 않으면 안자(顔子)를 바라는 것도 여기에 있다."고 했고, 송인수가 『대학』을 선물하자 "자신을 잘 반성하게 하는 도구가 온통 이 글에 있다. 나의 벗이 이것으로써 힘쓰게 했으니 단순한 책으로써만 보지 말아야겠다."고 하였다. 사실 남명은 『대학』을 단순한 책으로 보지 않았다. 훗날 산천재에서 산해정으로 다시 와 이를 회고하면서 지었을 법한 다음 작품에 이 같은 사실은 고스란히 담겨져 있다.

한평생 근심과 즐거움 둘 다 귀찮은데	一生憂樂兩煩寃
선현들 있은 덕분에 깃발을 세워 두었네	賴有前賢爲竪幡
저술하고자 해도 학술 없는 게 부끄러워	慙却著書無學術
억지로 회포를 긴 말에 부치노라	强將襟抱寓長言

이 작품은 산해정에서 『대학』 팔조가(八條歌)를 짓고 그 뒤에 쓴, <재산해정서대학팔조가후(在山海亭書大學八條歌後)>이다. 남명은 만년에 덕산의 산천재에서 생활하면서도 가끔 조씨 부인이 있는 김해로 오게 되는데, 위의 작품도 1566년 가을에 지은 것이니 이 같은 상황에서 지은 것이라 하겠다. 당시 정인홍이 와서 보름 동안을 모셨는데, 정인홍이 돌아가려하자 남명은 <격치성정가(格致誠正歌)>를 손수 써 주고 그 뒤에 다시 위와 같은 시를 적어주었던 것이다. 여기서 보듯이 남명은 현실과 관련

된 '근심' 및 '즐거움'보다도 선현, 즉 고인들을 통해 자신의 푯대를 세울 수 있었음을 고백하고 있다. 근심과 즐거움은 어쩌면 과거에 있어서의 승패를 말하는 것인지도 모른다. 하지만 남명은 이를 포기하고 산해의 기상으로 고인의 도를 계승해 밝혔으니 이같이 노래할 수 있었을 것이다.

산해정은 이처럼 남명의 생애에 있어 대단히 중요한 곳이다. 남명은 이 산해정에서 30세부터 어머니가 돌아가시는 45세까지 살게 된다. 이 때 남명은 자신이 세상을 위해서 무엇을 할 수 있을까 하는 것을 심각하게 고뇌하였다. 그 하나의 길은 관리가 되어 민생을 보살피는 일이고, 다른 하나는 고인들의 도를 계승해 밝히는 일이었다. 전자를 위하여 남명은 과거를 보았다. 그러나 이것이 자신의 본분이 아님을 깨닫고 어머니에게 자신의 뜻을 분명히 설명한 후 37세 되던 해에 과거를 완전히 포기한다. 그리고 위기지학(爲己之學)에 근간을 둔 수양공부를 치밀하게 해나가면서 친구 혹은 제자들과의 학문활동을 전개한다. 이는 남명이 일생을 들어 추구했던 집요한 사명의식에 근거한 것이면서 스스로의 존재이유를 명확히 하는 길이었다.

2) 산해정에서 세상을 꿈꾸는 남명 – 산해정(2)

남명 생애에 있어 산해정 시대는 참으로 중요하다. 이 시기 그는 세상을 위해서 무엇을 할 수 있을까를 진지하게 고민했기 때문이다. 정자의 이름에서 보이듯이 산(山)같이 높고 바다(海)같이 깊은 거대한 정신세계를 추구하고자 하였다. 그러나 이로써 성글어질 수 있는 학문을 고인의 도를 계승하여 다시 밝히고자 하였기 때문에, 방의 이름을 '계명(繼

明)'으로 할 수 있었다. 우리는 흔히 남명의 25세를 주목한다. 산사에서
『성리대전』을 읽다가 원나라 허형(許衡, 1209-1281)의 출처에 대한 언급을
통해 깨달은 바가 있어 남명이 위기지학(爲己之學)을 근간으로 한 학문에
만 매진한 것으로 이해한다. 그리고 이후의 출사를 위한 과거시험은 단
순히 어머니의 권유와 당부에 의한 것이라 한다. 그러나 남명의 출사에
대한 꿈은 쉽게 포기되지 않았다. 이것은 30세에 산해정으로 거처를 옮
긴 후, 출사에 대한 꿈을 완전히 접은 37세까지 지속된다.

　남명의 산해정 시절은 현실에 대한 비판적 시각을 확고히 했던 시기
이기도 하다. 남명의 전 생애를 들어 특징적으로 나타나는 것이 여럿
있다. 사화가 가정 안팎으로 관련되어 있었다는 것 역시 그 하나이다. 4
세(1504)에는 갑자사화가 일어나 외계에 속하는 조지서(趙之瑞, 1454-1504)
가 화를 당하고, 19세(1519)에는 기묘사화가 일어나 숙부 언경(彦卿)이 연
루되어 파직된 지 얼마 안되어 돌아가신다. 또 45세(1545)에는 을사사화
가 일어나 평소 친분이 두텁던 이림(李霖, ?-1546), 곽순(郭珣, 1502-1545), 성
우(成遇, ?-1545) 등이 연루되어 희생당한다. 특히 45세에 들은 친구들의
죽음에 관한 소식은 그에게 엄청난 충격을 안겨주었다. "선생께서 말씀
하시다가 말이 이들에게 미치면 목이 메여 눈물을 흘리기까지 하였다."
라는『언행총록』의 기록은 이를 잘 대변한다. 안으로는 가족이 연루되
어 있었으며 밖으로는 친구와 외족이 연루되어 있었던 사화, 남명은 이
사화에 민감한 반응을 보이면서 희생된 이들을 추모하는 한편 자신의
정치에 대한 비판적 입장을 강화시켜 나갔던 것이다.

　그리고 이 시기에는 왜에 대한 인식도 명확히 했다. 바닷가에 살면서
해안에 출몰하는 왜적들을 여러 번 보았기 때문일 것이다. 이 같은 경
험은 그의 작품에 '대마도'가 자주 등장되게 했고, 급기야 조정 대신들

신산서원과 그 뒷산 : 남명의 아들 조차산의 설화가 담긴 곳이다. 1999년 산해정을 확장해서 신산서원으로 복원하였다.

의 안일한 대응을 비판하면서 제자들로 하여금 왜적에 대한 대비책을 강구하게 하였다. 『책문제(策文題)』에 이것은 분명히 나타난다. 즉 "임금이 벌컥 화를 내어 위엄을 더하려고 하면, "변방의 오랑캐를 자극해서 말썽을 일으킨다."라 하고, 뇌물을 받은 역사(譯史) 한 놈을 목 베어서 나라의 기밀을 누설하는 일을 엄히 단속하려 하면 "겸손한 말로 온순하게 대하는 것이 낫다."라고 한다. 사정이 이와 같으니 과연 적을 제압할 말이 없는 것이고 또한 적의 침략을 막아낼 계책이 없다는 것인가? 나는 이에 대한 계책을 듣고자 한다."라고 한 것이 그것이다. 왜에 대한 남명의 이 같은 경계가 그의 사후 문하에 수많은 의병장을 있게 했을 것이다.

이처럼 남명의 산해정 시대는 그의 역사인식을 예각화 할 수 있는 경험적 바탕이 되었다는 측면에서 주목된다. 이 시기 남명이 지은 시편들은 어떤 것이 있으며, 어떤 내용을 담고 있을까? 산해정에서 창작하거나 훗날 산해정 시절을 회고하면서 지은 남명의 시는 다양하다. (1) <숙안에게 부침(寄叔安)>, (2) <산해정에서 우연히 읊조림(山海亭偶吟)>, (3) <산해정에서 주경유의 시에 차운함(在山海亭次周景游韻)>, (4) <산해정에 대를 심으며(種竹山海亭)>, (5) <행각승에게 줌(贈行脚僧)>, (6) <판서 정유길에게 줌(贈判書惟吉)>, (7) <이우옹이 고향으로 돌아왔다는 소식을 듣고(聞李愚翁還鄕)>, (8) <산해정에 궂은비는 내리고(山海亭苦雨)>, (9) <산해정에서 『대학』 팔조가의 뒤에 씀(在山海亭書大學八條歌後)>, (10) <석천자에게 줌(贈石川子)>, (11) <구암사에 씀(題龜巖寺)>, (12) <진극인의 죽음을 슬퍼하며(輓陳克仁)>, (13) <함허정(涵虛亭)>, (14) <사마소의 잔치에서(司馬所宴)> 등이 그것이다. 이 가운데 (2), (4), (6), (7), (8), (9), (14)는 앞에서 이미 다루었으니, 여타의 작품을 중심으로 살펴보자. 우선 눈의 띄는 것이 <재산해정차주경유운(在山海亭次周景游韻)>이다. 유가적 이상정치인 왕도정치에 대한 관심이 드러나 있기 때문이다.

아름다울 손, 풍기(豊基) 군수여	可矣豊基倅
내 집 문을 지나다 말을 매었네	行騑繫我門
왕도(王道)를 자세히 담론하니	箇箇談王口
오늘날 세상 사람들에게 존경 받는다네	於今爲世尊

경유는 주세붕(周世鵬, 1495-1554)의 자이다. 그는 1543년 풍기 군수로 있을 때 우리나라 최초의 서원인 백운동서원(白雲洞書院)을 세운 사람으로 유명하다. 위의 시는 주세붕이 남명의 산해정을 찾아 왕도에 대하여 이야기했던 일단을 보여준다. 왕도정치는 인(仁)과 덕(德)을 바탕으로 하는 유가의 이상적 정치형태이다. 덕을 정치의 원리로 삼는 사상은 이미

『서경(書經)』이나『논어』등에서도 보이지만, 왕도를 패도(覇道)와 대비시켜 명확하게 말한 것은 전국시대의 맹자(孟子)였다. 그는 인의(仁義)라는 덕을 기반으로 하여, 왕도와 패도를 엄격히 구별하고, "힘으로써 인을 가식하는 자는 패(覇)이다. 패는 반드시 대국(大國)을 가진다. 덕으로써 인을 행하는 자는 왕이다. 왕자는 대(大)를 기대하지 않는다. 힘으로써 사람들을 복종시키는 자는 심복(心服)시키는 것

주세붕 영정 : 보물 제717호. 주세붕은 풍기에 최초의 서원인 백운동서원을 건립하여 향촌사림(鄕村士林)의 배양과 교화에 힘썼다.

이 아니며, 덕으로써 사람들을 복종시키는 자는 마음 속으로 참되게 복종시키는 것이다."라고「공손추(公孫丑)」편에서 갈파하고 있다. 이에 따르면 인의의 덕이 안으로 충실하여 그것이 선정(善政)으로 나타나는 것이 왕도이며, 인정(仁政)을 가장하고 권력정치를 행하는 것은 패도라는 것이다. 맹자의 왕패론이 왕도의 요인으로 인에다가 위(威)를 더함으로써 패도정치의 존재의의를 시인했던 순자(荀子)의 것보다 관념적이긴 하지만, 유가에서 지속적으로 지지받아 왔던 대표적 정치형태였다. 왕도정치에 대한 남명의 생각은 훗날 조정에 올린 <무진봉사>와 <을묘사직소> 등의 상소문에도 잘 나타난다.

가) 전하께서 과연 경(敬)으로써 몸을 닦으면서, 하늘의 덕에 통하고 왕도를 행하셔서, 지극한 선에 이른 뒤에 그치신다면, 밝음과 정성됨이 함께 나아가서 사물과 내가 겸하여 다할 것입니다. 이것을 정치 교화에다 베푸는 것은 바람이 일어나자 구름이 몰려가는 것 같으니, 아래 백성이 본받는 것은 반드시 이보다 더한 바가 있을 것입니다.

나) 다른 날 전하께서 왕천하(王天下)의 지경에 이르도록 덕화를 베푸신다면 저는 마구간의 말석에서나마 채찍을 잡고 그 마음과 힘을 다해서 신하의 직분을 다할 것이니 어찌 임금을 섬길 날이 없겠습니까?

앞의 글 가)는 <무진봉사>의 일부이고, 뒤의 글 나)는 <을묘사직소>의 일부이다. 즉 군주가 왕도정치를 시행하는 데 있어서 먼저 '경'으로 자신을 닦아야 한다고 하면서, 스스로의 몸을 닦은 후에 백성을 다스린다면 군주와 백성이 함께 지극한 경지에 이를 것이라 했다. 이때 교화를 베푼다면 그야말로 바람과 구름의 관계처럼 백성들은 모두 본받을 것이라고 역설하였다. 이처럼 군주가 덕으로 사람을 다스리는 왕도정치가 실행된다면 자신은 기꺼이 관직의 말석에서라도 소임을 다할 것임을 분명히 하였다.

제시한 글들이 남명의 산해정기에 쓰인 것은 아니라 해도 그의 왕도정치에 대한 열망을 분명히 읽을 수 있다. 또한 그의 불출사가 무엇 때문에 그렇게 강고했는지를 우리로 하여금 비로소 알게 한다. 인의(仁義)라는 덕에 의하여 위기적 현실을 바로잡고, 사회에 질서와 안정을 부여하고자 하는 왕도는 남명의 관점에서는 요원한 것이었고, 이것이 결국 그의 불출사 의지와 함께 강한 비판의식으로 성장하였다. 남명이 살아 있을 때 왕천하의 현실은 오지 않았고, 따라서 남명은 유가적 출처의식에 의거하여 출사하지 않았다.

임억령의 식영정 : 전남 담양군에 있으며, 조선 명종 때 서하당(棲霞堂) 김성원이 그의 장인 석천 임억령을 위해 지은 정자다. 송강 정철의 성산별곡, 식영정 20영 등의 문학 생성공간으로 널리 알려져 있다.

　남명은 산해정에서 석천(石川) 임억령(林億齡, 1496-1568)을 만나기도 했다. 해남(海南) 출신 임억령이 산해정을 찾아 와서 남명을 보고는, "길이 매우 험하더이다."라고 하자, 남명은 웃으며 "그대들이 밟고 있는 벼슬길이 아마 이보다 더 험할 것입니다."라고 하였다 한다. 험한 산길을 벼슬길에 비유하여 벼슬길에 비하면 산길의 험난함은 아무 것도 아니라는 것을 말하고자 함이었다. 임억령에게 남명의 이 말이 어떻게 작용하였는지는 알 수 없으나 1545년 그가 금산군수로 있을 때 을사사화가 일어나 소윤(小尹)인 동생 백령(百齡)이 대윤(大尹)의 선배들을 내몰자 자책하며 벼슬을 사직하고 은거하고 만다. 당시 출세욕에 눈이 먼 동생을 타이르기 위하여 서울로 올라갔으나 백령이 거절하자, 억령은 동생이 보는 앞에서 초석(草席)을 절단하고 의절을 선언한다. 남명은 이 같은 임억령을 생각하면서 <증석천자(贈石川子)>라는 작품을 남긴다.

지금 석천자가 있는데	今有石川子
그 사람됨은 옛날의 남은 절개라네	其人古遺節
연꽃은 모두 높게 솟아 얽매이지 않는데	芙蓉儘聳豪
어찌 크고 작은 걸 구별해서 말하겠나	何言大小別
옛날 나를 찾았었지	昔年要我乎
산해정 그 작은 집으로	山海之蝸穴
콩이 익을 그 무렵이었는데	看來豆子熟
술자리를 동서로 차려 놓았었지	琬琰東西列
석천(石川)의 천 개의 귤	石川千木奴
단 것을 깨무니 향기가 혀에 가득하도다	破甘香滿舌
돌아와 꽃 키우는 일	歸來花判事
그 행실 고치지 않는구나	其行不改轍
비록 굶주려도 식언을 하지 않으니	雖飢不食言
사람들 사이에서 말썽이 없도다	人益紅爐雪
그대의 현명하고 편안한 훈계 숭상하노니	尙君明逸戒
사무치는 그리움을 풀 길이 없네	有懸非解紲

석천은 임억령의 호이다. 남명은 산해정에서 만났던 임억령을 회고하면서, 그의 인품을 칭송했다. '옛날의 남은 절개', '높게 솟아 얽매이지 않는 연꽃', '입안에 가득한 귤의 향기'가 모두 그것이다. 그리고 그 이유를 밝히기도 했다. "돌아와 꽃 키우는 일, 그 행실 고치지 않구나."라고 한 것이 그것이다. 세상에 나아간 일이 있으나 정치현실에 대한 부당함을 느끼고 산야로 돌아와 자신을 지킨다는 의미일 것이다. 그러나 임억령의 퇴처가 남명의 그것과는 사뭇 달랐다. 남명이 왕도정치가 실행되지 않고, 또한 왕도정치 실행에 대한 군주의 의지를 읽지 못했기

때문에 출사하지 않았다면, 임억령은 동생 백령의 정치적 행위에 의한 것이었다. 그 뒤 임억령이 1552년(명종 7) 동부승지에 등용되어 병조참지(兵曹參知)를 지내고, 강원도관찰사를 거쳐 1557년(명종 12)에는 담양부사가 되었던 사실에서도 잘 나타난다. 여기서 우리는 이 작품의 창작 연대를 대체로 짐작할 수 있다. 즉 이 작품이 임억령의 '귀래화판사(歸來花判事)'를 칭송한 것이니 임억령이 벼슬을 사양한 후이며, '석년요아호(昔年要我乎), 산해지와혈(山海之蝸穴)'이라고 하였으니 산해정 시절 이후, 그리고 임억령이 다시 벼슬한 1552년(명종 7) 이전으로 보아 남명의 뇌룡사 시대 초기에 해당한다는 것을 알 수 있다.

남명은 산해정에 살면서 이처럼 현실에 대한 대단한 관심을 가졌다. 주세붕과 같이 왕도에 대하여 이야기 하는 사람을 기리기도 하고, 임억령과 같이 벼슬을 버리고 초야에 숨은 사람을 칭송하기도 했다. 주세붕에 대해서는 현실에 대한 그의 적극적인 지향이, 임억령에 대해서는 현실에 대한 그의 소극적인 지향이 나타난다고 하겠으나 모두 세상에 대한 지대한 관심의 표명이다. 이처럼 그의 세계가 현실로 열려 있었다. 그러나 이것은 정신세계의 굳건한 확보에서 출발한다는 것을 남명은 알고 있었다. 즉 자신의 정신을 어느 한 곳에 정착시킬 때 비로소 그 정신은 자유로울 수 있다는 것이다. 이 같은 사실을 <증행각승(贈行脚僧)>을 통해 보여 주었다. 문집에는 이 작품의 창작배경을 작품과 함께 제시하고 있다.

> 가) 선생이 산해정에 있는데 어떤 중이 와서 뵈었다. 그가 온 곳을 물었
> 더니, "삼각산에서 왔습니다."라고 했다. 하루 종일 머물러 앉아 있
> 다가 하직하고 갔다. 그 다음 날 이른 아침에도 또 왔다. 이렇게 한
> 지 삼일 된 아침에 하직하면서 말하기를, "소승은 옛날 살던 산으로

돌아가려고 합니다."라고 하고는, 시축(詩軸)을 내밀면서 절구 한 수를 청했다. 선생은 젊은 날 삼각산에서 공부한 적이 있으므로, 중의 말을 듣고 옛날 일에 느껴 이 절구를 지었다.

나) 나도 한양 서쪽에 살면서 　　　渠在漢陽西
　　삼각산을 오갔었지 　　　　　　揭來三角山
　　정녕 도로 말 부치노니 　　　　丁寧還寄語
　　이젠 편안히 다리를 붙여야지 　立脚尙今安

　남명은 젊은 시절의 대부분을 서울에서 보낸다. 그는 4세 내지 7세에 아버지를 따라 서울로 올라가게 되는데, 연화방(蓮花坊 : 현 종로 4·5가) 근처에 살았을 것으로 추정된다. 그리고 26세 되던 해 3월에 아버지가 돌아가시자 고향 삼가로 다시 내려오게 된다. 그러니까 제1구와 제2구의 언급은 26세 전에 서울생활을 하면서 삼각산에 오갔던 것을 기억한 것이다. 이 작품에서 중요한 것은 뒤의 두 구이다. 남명의 번뜩이는 예지가 서려있기 때문이다. 삼각산에 사는 '행각(行脚)'승이 시를 지어달라고 했으니 여기에 의거하여 '입각(立脚)'을 당부하고 있다. '행각'은 떠돈다는 것이고, '입각'은 정착한다는 것인데, 이 두 대립된 단어를 떠나는 승려에게 적용시킴으로써 정신적 안착을 당부한 것이라 하겠다. 서울에서 돌아와 산해정에 정착한 자신과 대비시키면서, 산해정을 떠나 다시 삼각산으로 돌아가 정착하라는 것이다. 행각은 자유롭게 보이나 오히려 얽매임이 있고, 입각이 얽매여 보이나 오히려 정신적으로는 더욱 자유롭다는 것이다. 이것은 다름 아닌 자신의 세계를 확고하게 가짐으로써 비로소 정신적 자유를 누릴 수 있다는 것을 보이고자 함일 것이다. 역시 산해정에서 지은 <기숙안(寄叔安)>에서도 이 같은 의식을 감지할 수 있다.

매화나무에 봄 기운이 감돌고	梅上春候動
가지 사이엔 새 울음소리 따스하구나	枝間鳥語溫
산 속의 달빛 산해정에 환한데	海亭山月白
어떻게 하면 그대 불러 앉게 할 수 있을까	何以坐吾君

숙안은 박흔(朴炘)이라는 사람의 자라고 한다. 세상에는 다시 봄이 와서 사물에는 기운이 맥동(脈動)하고 있다. 앞의 두 구는 이를 말하고자 함이다. 제3구에서 보이는 것처럼 산해정에 달빛이 비쳐 밝다고 했으니 사물에 의해 촉발된 감흥이 더욱 고조되었다. 그러나 제4구에서 보이듯이 박흔은 보이지 않아 안타깝다. 박흔이 어떤 인물인지는 알 수가 없으나 제4구의 '좌(坐)'는 <증행각승> 제4구의 '입(立)'과 같은 의미를 내포한 것으로 보아, 정신적 안착을 말한 것이 아닐까 한다. 일찍이 남명은 32세 되던 해 서울에 있던 집을 매부 이공량에게 부탁하고 김해로 내려온다. 이때 친구 성운(成運, 1497-1579)은 남명에게 <기건중(寄楗仲)>이라는 시로 이별한다.

큰 기러기는 높은 날갯짓하며 남쪽으로 날아가는데	冥鴻矯翼向南飛
정녕 가을 바람 나뭇잎 떨어지는 때였네	正値秋風木落時
땅에 가득한 곡식을 닭과 오리가 쪼는데	滿地稻粱雞鶩啄
구름 아득한 하늘 밖에서 배고픔 잊었구나	碧雲天外自忘飢

제1구에서 '명홍(冥鴻)'이라 했다. 큰 기러기를 의미하지만 '명(冥)'을 붙여 남명임을 알게 했고 여기에 '홍(鴻)'을 붙여 객체화하고 있다. 남명이 32세 되던 해 서울에서 남쪽인 김해로 떠나갔으니 '해남비(海南飛)'로 말을 이었다. 제2구에서는 시간적 배경을 제시하고 있다. 나뭇잎이 떨

어지는 가을날이라고 한 것이 그것이다. 제3구에서는 자신의 마당에서 어지러이 땅을 쪼고 있는 닭을 제시하여 제1구의 기러기와 대비시키고 있다. 제4구에서는 푸른 구름이 떠 있는 하늘가에서 기러기는 드디어 주림을 잊고 온전히 망아의 상태를 이룩했다는 것을 보였다. 성운은 정신적 안착지를 찾아가는 남명을 본 것일지도 모른다. 진정한 정착은 폭발적인 운동의 원천일 수 있다는 믿음과 함께 말이다.

3) 집도 아들도 없는 것이 중과 비슷하고 – 조차산

지금 우리는 재난의 시대를 살고 있다. 어떤 사람은 자동차를 타고 다리를 건너다 그 다리가 무너져 한강에 떨어져죽고, 어떤 사람은 애인에게 줄 선물을 사기 위하여 백화점에 갔다가 그 백화점이 무너져 건물 더미에 깔려 죽고, 어떤 사람은 무거운 책가방을 들고 학교에 등교하다가 지하에서 갑자기 가스가 폭발하여 화염에 휩싸여 죽었다. 죽고, 죽고 또 죽었다. 그야말로 삼경(三更)에 만난 액(厄)이며, 챈 발에 곱 챈 격이며, 맑은 하늘의 날벼락이다.

연일 일간신문의 1면에 등장하는 대형 사고들, 이제 우리는 거기에도 감각이 무뎌져서 웬만한 사고에는 놀라지도 않는다. 내 옆을 지나가는 저 미친 자동차가 언제 나를 덮칠지 모르고, 누가 나의 카드를 빼앗기 위하여 칼을 들이댈지 모르며, 내가 행복하게 살고 있는 이 건물이 또 언제 무너질지 모른다. 닥쳐오는 재난에는 옥석(玉石)이 없다. 옥과 돌은 함께 타서 착하게 산 '님'이나 나쁘게 산 '놈'이나 모두 그렇게 죽어가고 있다. 문명의 그늘진 곳에서 우리는 이렇게 음울하게 살아가고 있는 것이다.

신어산 : 남명은 이 산의 기슭에 산해정(山海亭)을 지었다. 처가가 탄동(炭洞)으로 이곳에 있었기 때문이다.

지난 2002년 4월 15일, 김해시 신어산 부근 돗대산[해발 237m]에서 중국 민항기 추락, 탑승자 166명 가운데 119명 사망, 9명 실종, 39명 생존! 중국 국제항공공사 소속 CCA-129편 보잉 767 항공기가 돗대산에 떨어지는 엄청난 재난사고였다. 사고 비행기는 15일 오전 8시 40분 중국 베이징을 떠나 오전 11시 35분쯤 김해공항에 도착할 예정이었으나 김해공항의 기상악화로 인천국제공항으로 향하다가 다시 김해공항으로 돌아와 착륙을 시도, 오전 11시 45분쯤 추락했다. 이날 공군은 바람방향이 바다쪽에서 육지쪽으로 불었기 때문에 사고 비행기가 착륙지점을 잡기 위해 활주로 서쪽을 이용, 신어산으로 선회하다가 돗대산 정상에 부딪혀 사고가 난 것으로 추정했다.

신어산은 남명의 산해정이 있는 곳이며, 돗대산은 조차산(曹次山) 혹은 차산등(次山嶝)이라고도 하는데 남명이 아들 차산을 묻었던 곳이기 때문에 사람들이 그렇게 불렀다. 『김해부읍지(金海府邑誌)』에 "조차산은 부의 동쪽 20리에 있다. 차산은 조남명선생의 아들 이름인데 이 산에 묻었다. 이로 인하여 이름을 삼아 후세에 전하게 되었다."라고 기록하고 있어 저간의 사정을 알게 한다. 이때 남명의 나이 44세였고 차산은 9세였다. 차산의 죽음과 관련한 문헌설화부터 살펴보자. 『남명집』「편년」에는 이렇게 적어두었다.

> 선생이 44세 되던 해 6월에 아들 차산을 잃었다. 차산은 어려서 뛰어나게 총명하였다. 일찍이 기르는 개가 먹이를 다투어 으르렁대는 것을 보고 탄식하면서, "옛날 진씨(陳氏)의 개는 백 마리가 한 울안에 살았는데 우리 집 개는 그렇지 못하니 실로 마음이 부끄럽구나."라고 하였다.
> 또한 산해정에서 글을 읽고 있는데, 하루는 초헌을 타고 길을 지나가는 행차가 있어 매우 거창하였다. 함께 배우던 아이들은 모두 다투어 구경하고 부러워했지만 차산은 홀로 태연히 글을 읽으며 조용히 말했다. "장부의 할 일이 어찌 거기에 있겠는가?" 선생이 기특하게 여겨 사랑하였으나 불행히도 일찍 죽었다.

이 이야기는 전아한 유학자로 성장할 수 있는 가능성을 차산이 지녔음을 보여준다. 즉 자기집 개들이 먹이를 다투는 것을 보면서 부끄러워했다든가, 출세하는 것에 자신의 뜻이 있지 않다는 것을 명확히 한 점 등이 그것이다. 사랑하는 아들의 죽음은 남명에게 실로 충격적인 것이었다. 아홉 살밖에 되지 않은 아들이었기에 그 충격은 더욱 컸을 것이다. 남명 역시 아홉 살 때 병으로 위독한 적이 있었으니, 아홉 살이 남명부자에게는 커다란 고비였다. 남명은 그 고비를 슬기롭게 극복하였으나, 아들 차산은 그렇지 못했다. 차산이 죽자 남명은 다음과 같은 슬픈 시를 짓기도 하고, 뒷날 조카를 매개로 죽은 아들을 그리워하기도 했다.

가) 집도 없고 아들도 없는 게 중과 비슷하고	靡室靡兒僧似我
뿌리도 꼭지도 없는 이내 몸 구름 같구나	無根無蔕我如雲
한평생 보내자니 어쩔 수 없는 일	送了一生無可奈
여생을 돌아보니 머리가 흰 눈처럼 어지럽네	餘年回首雪紛紛

나) 수많은 근심에도 눈은 멀지 않았지만	百憂明未喪
만사엔 조금도 관심 없다네	萬事寸無關
생질이 천 리 밖으로 떠난 지	姊侄一千里
열두 성상의 세월이 흘렀구나	星霜十二還
궂은 장마에 석 달 동안이나 어둡고	窮霪三月晦
외로운 꿈은 오경에 쓸쓸하구나	孤夢五更寒
방장산(方丈山)을 혹 저버리지는 않았는가	方丈如毋負
소식 전하기는 다시 어렵겠구나	音書亦復難

앞의 작품 가)는 아들을 잃고 쓴 <상자(喪子)>이다. 여기서 남명은 아들이 죽고 난 다음의 슬픈 심경을 승려와 구름에 견주고 있다. 집도 아들도 없는 것이 중과 비슷하다고 했다. 김해에서 처가살이를 하였기 때문이었고, 또 차산이 죽었기 때문이었다. 외로운 삶에 대한 단면을 그렇게 표현한 것이다. 여기서 구름을 떠올리며 더욱 절망한다. 남명은 장자(莊子)처럼 "한 조각 구름이 뭉게뭉게 일어나는 것은 나는 것이요[生], 한 구름이 멸하는 것은 곧 죽는 것이다[死]."라고 말할 수 없었다. 아들의 죽음은 그에게 엄청난 절망감을 가져다주었기 때문이다. 문제는 이 절망 속에서 한평생을 살아가야 한다는 데 있었다. 그 고뇌에 머리카락이 흰 눈처럼 어지럽다고 하면서 남아있는 암흑 같은 생애를 돌아본다. 우리는 여기서 의식을 칼날같이 곧추세운 대사상가로서의 남명이 아니라, 아들의 죽음 앞에 슬퍼하는 자상한 아버지로서의 남명을 만나게 된다.

뒤의 작품 나)는 조카 이준민(李俊民, 1524-1590)에게 준 <기자수질(寄子修侄)>이다. 이준민은 남명의 자형인 이공량의 아들인데 자수(子修)는 그의 자다. 이 작품의 수련에서 보듯이 자하(子夏)가 아들을 잃고 너무 슬피 울어 눈이 멀었다는 고사를 떠올리며, 아들을 잃고 난 다음의 여러 가지 고난을 말하고 있다. 이는 바로 이준민을 통해 죽은 차산을 생각하고 있음에 다름 아니다. 생질은 천 리 밖에 있으나 소식을 전할 수 있지만 죽은 차산에겐 어떤 방법으로도 그 안부를 물을 수 없다. 남명은 이 때문에 "생질이 천 리 밖으로 떠난 지, 열두 성상의 세월이 흘렀구나."라고 노래했을 것이다. 남명은 조카 이준민을 특별히 사랑했다. 이준민은 원래 진주에서 태어났지만 문과급제 후 벼슬살이를 위해 서울로 이사한다. 이 때문에 이준민은 서울과 진주 사이를 오가며 남명에게 서울 소식을 전하기도 한다. 성운의 편지를 전하거나(<與成大谷書>), 김우옹의 벼슬살이에 대한 이야기를 들려주기도 한 것(<與吳御史書>)에서 이러한 사정을 알 수 있다.

남명은 또한 이준민에게 옛 병풍에 글을 써주기도 하고(<題古屛贈子修侄>), 두 번 과거에 급제하여 거듭 승지가 된 것을 칭찬하기도 하였으며(<永慕堂記>), 인편이 이어지지 않아 소식을 전할 수 없는 것을 몹시 안타까워하기도(<與吳子强書>) 했다. 특히 어머니의 상을 당하여 지나친 효행으로 병이 나자 생질의 병을 걱정(<又答子强書>)하였다. "자수(子修)의 증세가 오래도록 낫지 않고 있다는데, 거리가 워낙 멀다보니 더한 지 덜한 지 계속 들을 수 없어, 단지 날마다 근심 속에 탄식만 할 따름입니다."라고 하면서 오건(吳健, 1521-1574)에게 토로한 것에서 저간의 사정을 알 수 있다. 이밖에 지리산 유람길에서 진주의 말고개[馬峴]에서 우연히 아버지를 뵈러 가는 이준민을 만나기도 하고(<遊頭流錄>), 이준민의 사위

조원(趙瑗, 1544-1595)이 장원을 하자 칼자루에 시를 써 주기도 하는(<書劍柄贈趙壯元瑗>) 등 생질과 외숙의 따뜻한 정이 넘치고 있음을 우리는 본다.

자식을 잃은 아버지의 슬픔은 예나 지금이 다르지 않다. 자식을 먼저 저 세상으로 보내며 부모는 그 자식을 가슴에 묻는다고 했다. 김광균은 『문학』(1946.4)이라는 잡지에 <은수저>를 발표하며, 저녁 밥상에 아이는 없고 아이가 앉던 방석에 한 쌍의 은수저만 있다고 하면서 뜨거운 아버지의 정을 토로했다. 다음은 김광균의 <은수저> 전문이다.

> 산이 저문다
> 노을이 잠긴다
> 저녁 밥상에 애기가 없다
> 애기 앉던 방석에 한 쌍의 은수저
> 은수저 끝에 눈물이 고인다
>
> 한밤중에 바람이 분다
> 바람 속에서 애기가 웃는다
> 애기는 방 속을 들여다 본다
> 들창을 열었다 다시 닫는다
>
> 먼 들길을 애기가 간다
> 맨발 벗은 애기가 울면서 간다
> 불러도 대답이 없다
> 그림자마저 아른거린다

자식 잃은 비통한 심경을 간결한 언어로 표현하고 있어 더욱 가슴이 저리다. 은수저는 장수, 행복, 건강, 안녕의 의미를 담고 있다. 이 때문에 자식이 있어야 할 자리에 자식은 없고 은수저만 놓여 있으니 은수저

와 자식의 죽음은 팽팽한 반어
적 의미를 조성하기에 충분하다.
자식의 부재와 은수저에 고인
눈물, 죽은 자식에 대한 환상, 안
타까운 부정(父情)으로 이 시의
시상은 전개되고 있다. 화자는
저녁 밥상에 놓인 주인 없는 은
수저를 통해 아이의 부재를 확
인한다. '저무는 산'과 '잠기는
노을'을 통해 소멸 내지 하강의
이미지를 제시하며, 아이의 은수

김광균(1914-1993) : '시는 회화(繪畫)'다'라는 모
더니즘의 시론을 실천하였으며, 도시적 소재와 공감
각적 이미지를 즐겨 사용했다.

저를 통해 부정(父情)을 강하게 확대시키고 있다. 이어서 한밤중에 창으
로 불어드는 바람을 통해 아이의 부드러운 웃음과 방긋 웃는 얼굴을 감
지하는 환상에 빠지게 된다. 그러나 '먼 들길'로 표현되는 죽음의 세계
로 아이는 '맨발'로 울면서 가고, 아버지가 그 아이를 불러보지만 아이
는 대답이 없다. 아이는 이제 이승에서 더 이상 존재할 수 없음을 인정
하지 않을 수 없었다. 이에 화자는 깊은 절망 속으로 빠져들고 만다.

　김광균의 이 시에 앞서 정지용 역시 1930년 『조선지광』 89호에 <유
리창1>을 발표하여 자식을 잃은 아버지의 애상적 정조(情調)를 드러내고
있다. 남명의 <상자(喪子)>나 김광균의 <은수저>보다 감정이 더욱 절제
되어 있어 또 다른 감동을 주기에 충분하다.

　　유리(琉璃)에 차고 슬픈 것이 어른거린다
　　열없이 붙어 서서 입김을 흐리우니

길들은 양 언 날개를 파닥거린다
지우고 보고 지우고 보아도
새까만 밤이 밀려나가고 밀려와 부딪치고
물먹은 별이 반짝, 보석처럼 박힌다
밤에 홀로 유리를 닦는 것은
외로운 황홀한 심사이어니
고운 폐혈관(肺血管)이 찢어진 채로
아아, 늬는 산(山)새처럼 날아갔구나!

정지용의 시풍은 참신한 이미지의 추구와 절제된 시어의 선택에 있다. 이 시에서는 죽은 자식에 대한 그리움을 극도의 절제된 감정을 비정하리만큼 차갑게 표현하고 있다. 유리창에 가까이 서서 죽은 아이를 생각하는 화자는 창 밖 어둠의 세계로 날아가 버린 어린 생명의 모습을 한 마리의 가련한 '새'로 형상화하여 "차고 슬픈 것이 어른거린다."라고 말하고 있다. '밀려나가고 밀려와 부딪히는 어둠'은 화자의 어둡고 허망한 마음과 조응(照應)이 되고, '물먹은 별'이라는 표현은 별을 바라보는 화자의 눈에 눈물이 어려 있음을 나타낸다. 특히, 이 시에서 '외로운 황홀한 심사'와 같은 관형어의 모순 어법은 독특하다. '외로운' 심사는 자식이 죽은 정황에 비추어 볼 때 당연하거니와 '황홀한' 심사는 유리창을 닦으며 보석처럼 빛나는 별에서 죽은 아이의 영상을 볼 수 있다는 데 기인한 것이라 하겠다.

다시 남명 이야기로 돌아가자. 차산의 죽음과 관련한 구비설화도 있다. 이것은 앞서 제시한 문헌설화와 달리 민중의 의식을 반영하고 있어 중요하다. 민중은 이들 이야기를 통해 그들의 관심사와 그들의 삶을 말하고자 한다. 이를 염두에 두면서 차산의 이야기를 검토해보자.

남명에게는 차산(次山)이라는 도술(道術)을 잘 부리는 아들이 있었다. 이 차산의 도술은 바람과 비를 부를 뿐만 아니라 신출귀몰하여 서산대사(西山大師)도 차산의 도술을 능가하지는 못했다.

이처럼 아들이 도술에 뛰어난 것을 보고 남명은 차산이 혹시 도술을 남용하여 세상을 그르칠까 염려하여 산해정 뒷산에 굴을 파고 감금하였다. 굴에 갇힌 차산은 때에 맞춰 먹을 것을 주는데도 불구하고 굴에서 벗어나기 위하여 온갖 꾀를 다썼다. 그가 탈출하기 위하여 힘을 쓸 때마다 산이 부풀어 올랐다고 한다.

차산이 죽자 그가 묻힌 산을 그의 이름을 따서 조차산(曹次山), 혹은 차산등이라고 하며, 돗대산이라고도 한다.

이 설화는 조차산이라는 이름이 어떻게 해서 불려지게 되었는가를 설명하고 있으니, 지명유래전설이라 하겠다. 그러나 여기에는 자식에 대한 남명의 엄격한 교육, 차산의 대단한 능력, 차산의 요절에 대한 안타까움 등이 두루 나타난다는 측면에서 중요하다. 남명의 엄격한 교육은 감금을 통해 알 수 있다. 바람과 비를 부를 뿐만 아니라 신출귀몰한 도술을 부리니 남명이 세상에 잘못 쓰일

정지용상 : 정지용은 충청북도 옥천(沃川) 출신으로 서울 휘문고등보통학교를 거쳐, 일본 도시샤(同志社) 대학 영문과를 졸업했다. 이 상은 정지용문학관 앞에 세워져 있다.

까를 걱정한 조처였다. 차산의 대단한 능력은 당대 도술로 가장 이름이 있었던 서산대사와 견주어 결코 뒤지지 않았다는 데서 알 수 있다. 그

리고 차산의 요절에 대한 안타까움은 전승 민중이 산 이름과 관련한 전설을 만들어냈다는 그 자체에서 알 수 있다. 조차산 설화는 기본적으로 다음에서 제시하는 아기장수 이야기에 영향을 받아 이루어진 것으로 보인다. 아기장수 이야기의 의미단락은 대체로 다음과 같다.

① 옛날 어느 곳에 한 평민이 살았는데, 산의 정기를 받아서 겨드랑이에 날개가 있고 태어나자 이내 날아다니는 장사 아들을 낳았다.
② 그런데 부모는 이 아기장수가 크면 역적이 되어서 집안을 망칠 것이라고 하여 아들을 돌로 눌러 죽였다.
③ 아기장수가 죽을 때 유언으로 콩 닷섬과 팥 닷섬을 같이 묻어 달라고 하였다.
④ 얼마 후 관군이 와서 아기장수를 내놓으라고 하여, 부모가 이미 죽였다고 하면서 무덤을 가르쳐 주어서 가 보았더니, 콩은 말이 되고 팥은 군사가 되어 아기장수가 막 일어나려고 하는 것을 관군이 성공 직전에 다시 죽였다.
⑤ 그 후 아기장수를 태울 용마가 근처의 용소에서 나와 주인을 찾아 울며 헤매다가 용소에 빠져 죽었다.
⑥ 지금도 그 흔적이 있다.

아기장수는 태어나 며칠이 되지 않아 두 번 죽임을 당한다. 첫 번째 죽음은 무정한 부모에 의해 이루어지는데, '②'가 그것이다. '역적이 나면 집안이 망한다'라는 것이 이유였다. '③'과 같이 재기를 시도해보지만 관군에 의해 두 번째 죽음을 맞이한다. '④'가 그것이다. 관군이 아기장수를 다시 죽인 것은 역적으로부터 통치 질서를 보호하고 유지하기 위해서였다. 이렇게 해서 죽은 아기장수 이야기와 관련된 흔적이 '⑥'과 같이 지금도 남아 있다는 것이다. 이렇게 보면 아기장수 이야기는 '대단한 능력을 가진 아이를 낳은 부모가 나라를 어지럽힐 것을 염려하여 그 아이를 죽였는데, 이와 관련된 흔적이 지금도 남아 있다'는 것으로 요약된다. 이것은 조차산 이야기와 일치되는 부분이다. 즉 도술에 뛰어난 차산을 남명이 장차 나라를 어지럽힐 것을 염려하여 감금해 죽였는데, 그 흔적이 조차산이라는 이름으로 남아 있다는 것이다.

이같이 두 이야기의 기본구조가 같다고는 하나 조차산 이야기는 아기장수 이야기와 같이 극적으로 성장할 수 없었다. 그것은 '①'에서 보듯이 부모가 평민이 아니라는 사실에 기인한다. 아기장수 이야기는 통치자와 평민이라는 상, 하의 계층적 구조로 이루어졌지만 조차산 이야기는 그렇지 못하다. 따라서 '③', '④', '⑤'가 생략될 수밖에 없었고, 용마의 이야기도 없어 '⑥'이 있기는 하나 산이 되고 말았다. 결국 아기장수의 죽음이 관군으로 상징되는 통치질서에 근원하고, 조차산의 죽음이 나라를 그르칠 것을 염려한 까닭이니 이들의 죽음은 개인적인 것이라기보다 사회적이다. 그런데도 불구하고 조차산의 아버지 남명이 처사라고는 하나 양반계층에 소속되어 있으며, 차산 역시 병을 얻어 요절한 역사적 인물이니 그 이야기가 왜소해질 수밖에 없었다. 그러나 차산의 죽음을 아쉬워한 민중의 뜨거운 가슴을 이 이야기는 충분히 감지하게 한다.

차산은 남명과 그의 아내 남평 조씨 부인 사이에서 태어났다. 남명은 조씨 부인과 1522년(중종 17)에 혼인하게 되는데, 당시 그의 나이는 22세였고 부인의 나이는 23세였다. 부인은 충순위(忠順衛) 조수(曺琇)의 따님이었는데, 남명은 그의 아내를 공경하여 손님처럼 대하였다 한다. 그러나 제자들의 기록에 의하면 남명은 아내 남평 조씨와 사이가 그리 좋지 않았던 것 같다. 하항(河沆, 1538-1590)이 "아내가 눈을 흘리고 뜻을 거스르므로, 마침내 떠나서 몇 해를 떠돌아다니다가 비로소 측실을 얻어 토동에 살았다."라고 하거나, 정인홍(鄭仁弘, 1535-1623)이 "선생이 비록 아내와 사이가 좋지 못했으나 종신토록 은의(恩義)를 끊지는 않았다."라는 기록을 통해 충분히 짐작할 수 있다. 남명은 조씨 부인과의 사이에 1남 1녀를 두게 되는데 늦게 본 외아들은 위에서 보았듯이 그가 44세 되던 해에 9세의 나이로 요절하고, 딸은 만호(萬戶) 김행(金行)에게 시집을 가서두 딸을 낳는데, 이들은 각각 김우옹(金宇顒, 1540-1603)과 곽재우(郭再祐, 1552-1617)에게 시집을 간다.

남명의 아내 남평조씨 부인의 묘소는 산해정의 안산(案山)이 되는 조차산 기슭 오미등에 그의 딸의 묘와 나란히 있다. 부인은 남명보다 3년 앞서 죽게 되는데, 그때 그녀의 나이 69세였다. 장지를 정하고 남명의 명으로 비를 세웠으나 왜란에 부숴졌다. 그 후 300여 년이 흐른 뒤 조용상(曺庸相)이 김택영(金澤榮, 1850-1927)에게 '증봉정경부인남평조씨묘갈명(贈封貞敬夫人南平曺氏墓碣銘)'이라는 글을 받아 1915년에 새로 세웠다. 그러나 이 비마저 사라져 버린다. 이는 조유인(曺由仁)으로부터 남평 조씨가 창녕 조씨 창평파(昌平派)에 편입되는 등 문중의 사정에 말미암은 것으로 전해진다. 김택영은 조씨 부인의 묘갈명에서 창녕 조씨와 남평 조씨는 그 본관이 다르다는 것을 밝혀 당시 논란이 되었던 남명의 동본혼인설(同本婚姻說)을 일축하는 한편, 남명이 벼슬에 나가지 않고 학문에 전념할 수 있었던 것은 오직 부인의 음덕이었다는 것도 힘주어 말했다.

남명의 산해정 시절은 산과 같이 높고 바다 같이 넓은 학문을 구축하고자 하였으나 그의 삶은 대단히 고달팠다. 그야말로 재난의 시대를 살았다. 사랑하는 외아들 차산이 여기서 죽었고, 아내와도 불화를 거듭하였다. 이 때문에 그는 아내의 도움으로 산해정을 짓고 사는 이곳 생활에 만족하지 못하고 "집도 없고 아들도 없는 게 중과 비슷하고, 뿌리도 꼭지도 없는 이내 몸 구름 같도다."라며 슬퍼하였던 것이다. 집이 있으나 자신의 집이 아니고 아들마저 죽었으니, 그의 의식은 떠돌 수밖에 없었다. 설상가상으로 45세(1545년)되는 10월에는 을사사화가 일어나 절친했던 친구 이림, 성우, 곽순, 이치 등의 부음을 듣게 된다. 또한 11월에는 어머니마저 돌아가신다. 어머니를 제대로 모시기 위하여 김해에 왔으니 남명은 더 이상 여기에 머물 이유가 없다고 생각했다. 이 때문에 그는 아버지의 묘소 동쪽에 어머니를 안장하고 고향인 합천에서 혁신적인 생활을 시작하게 된다. 과거의 무거운 껍질을 벗어던지고 싶었던 것이다.

4) 태허를 담은 연못 – 함허정과 구암사

남명의 김해시절은 무엇보다 어머니가 중심이 된다. 아버지가 돌아가시고 나서 어머니를 제대로 모시기 위하여 합천에서 아내의 고향인 김해로 갔고, 어머니가 돌아가시자 합천으로 다시 돌아오기 때문이다. 합천으로 돌아오면서 아내 남평 조씨를 김해에 두고 온다. 이런 사실 때문에 사람들은 남명 부부의 불화설을 제기하기도 하였다. 그러나 남명은 이후에도 아내가 있는 김해에 가끔씩 들르며, 69세의 나이로 아내가 세상을 떠나자 그는 예를 다해 상복을 입었다. 이때 남명은 거친 삿갓과 흰색 감투를 쓰고, 포의에 마로 만든 띠를 매었다. 그리고 제자 죽유(竹牖) 오운(吳澐, 1540-1617)에게 퇴계(退溪) 이황(李滉, 1501-1570)의 경우를 묻기도 했다.

남명과 김해를 떠올리면 '죽음'이 연상되기도 한다. 44세에는 외아들 차산(次山)이 죽어 "집도 없고 아들도 없는 게 중과 비슷하다."라고 했고,

45세에는 을사사화가 일어나 성우와 곽순 등 지기들이 화를 만나 죽었고, 그 해에 어머니마저 돌아가신다. 그리고 김해시절에 만난 진극인(陳克仁, ?-1551)이 죽어 만사를 짓기도 했다. 진극인은 제자 진극경(陳克敬, 1546-1617)의 재종형으로 원래 함양 사람인데 김해로 장가를 들어 살고 있었던 것이다. 남명이 지은 <진극인의 죽음을 애도함(輓陳克仁)>이라는 시는 이렇다.

천령은 수로왕의 땅에서 아득한데	天嶺迷迷首露墟
태어날 때는 일찍이 신어산을 알지 못했네	不曾生識有神魚
뜬 구름은 푸른 하늘에서 얽매임이 없으니	浮雲無繫蒼蒼面
지금 누가 그대에게 도리어 못하다고 말하리	誰道君今還不如

천령(天嶺)은 지금 함양의 다른 이름이다. 수로왕은 가락국의 시조를 말하는데, 진극인의 고향인 함양과 그의 처가가 있는 김해의 거리가 아득하다는 것을 이렇게 표현했다. 함양과 김해는 아득한 거리를 갖고 있는 삶의 공간이다. 이 공간 속에서 진극인은 많은 속박 속에 살았을 것이 분명하다. 마치 남명의 김해시절처럼 말이다. 여기서 남명은 죽음이 오히려 자유를 획득할 수 있는 길이라고 생각했다. 위의 시에서 하늘나라에 자유경계가 있어 새로운 삶을 이룬다고 한 것이 그것이다. 그러니까 남명은 진극인의 죽음을 통해 '끝'과 그 너머에 있는 '자유'를 제시하고 있는 것이다.

하늘은 비어 있기 때문에 하늘일 수 있고, 그 비어 있는 하늘에는 구름이 자유롭게 떠다닌다. 남명이 살았던 김해에는 비어있는 하늘을 머금는다는 거대한 이름을 지닌 정자가 하나 있었다. '함허정(涵虛亭)'이 바로 그것이다. 이 정자는 1498년(연산 4) 김해부사로 와 있던 최윤신(崔潤

身)이 지었으며, 함허정이라고 명명한 것은 어세겸(魚世謙)이었다. 이에 대하여 탁영(濯纓) 김일손(金馹孫, 1464-1498)은 <함허정기(涵虛亭記)>에서 이렇게 적고 있다.

> 김해는 오래된 나라이므로 기이한 자취가 많다. 지금 부사(府使) 최후 (崔侯)가 추진력 있게 일을 처리하여 이미 연자루(燕子樓)를 새롭게 하고 또 옛 나라의 문물을 화려하게 꾸며 힘을 다하지 않는 것이 없었다. 이 누대의 북쪽 파사탑(婆娑塔)의 남쪽에 네모난 연못을 파고 호계(虎溪)의 물을 끌어다가 채워 놓고, 그 물 가운데에는 섬을 만들어 점대(漸臺)를 형성하고 그 위에 집을 지어 띠를 덮어 정자가 되게 했다. …… 그 크기는 반이랑에 지나지 않지만 물이 고여 허공이 모두 거기에 담겨 있었다. 최후는 좌상(左相) 어공(魚公)에게 이 정자의 이름을 지어 달라고 하니 어공은 '함허정'이라 명명하였다.

이 글에는 함허정을 지은 사람, 함허정이라 명명한 사람, 함허정의 위치 등이 두루 나타나 있다. '부사 최후'는 함허정을 지은 사람으로 최윤신이고, '좌상 어공'은 함허정이라 명명한 사람으로 어세겸이다. 그리고 함허정의 위치는 연자루 북쪽과 파사탑 남쪽이라고 했다. 연자루 역시 최윤신이 주도하여 신축한 것인데 이 누각은 김해부에 있던 객사(客舍)로 진주 촉석루, 밀양 영남루와 함께 영남 3대루에 속한다. 중수를 거듭하다가 1932년 철거된 후 복원되지 않았으며, 고로(古老)들은 김해시 동상동(東上洞) 허웅 생가골목이 끝나는 자리에서 시장통 쪽 어디쯤이 연자루가 있었던 곳으로 추정했다.

파사탑은 수로왕의 부인 허황옥(許黃玉)이 서역 아유타국에서 갖고 왔다는 파사석탑을 말한다. 이 탑은 현재 경상남도문화재자료 제227호로 지정되어 있다. 『삼국유사』「금관성파사석탑」조에 의하면 건무 24년(48)

수로왕비 허황옥(許黃玉)이 서역 아유타국에서 바다를 건너올 때 파도의 신에게 노여움을 사서 건너지 못했다. 아버지에게 그 까닭을 말씀드렸더니 부왕이 이 탑을 싣고 가게 했고, 이에 파신(波神)의 노여움을 잠재우며 무사히 바다를 건널 수 있었다고 기록하고 있다. 이 탑의 석재는 현재 수로왕비릉 아래에 보관되어 있다.

탁영 김일손이 함허정은 파사석탑 남쪽 연자루 북쪽에 있다고 했다. 그러나 이 역시 지금은 찾을 길 없다. 고로들의 말에 의거해 볼 때 지금의 김해시 동상동 사무소 앞 포교당[蓮花寺] 쯤이 아닐까하고 추측할 따름이다. 남명은 김해시절에 이 함허정에 와서 기문을 쓰기도 하고 시를 짓기도 했다. 함허정은 예로부터 김해의 승경지로 손꼽혔으며 사람들에 의해 '연루원조(燕樓遠照 : 연자루에서 바라보는 먼 경치)'의 연자루와 함께 '함정로우(涵亭露藕 : 함허정에 핀 이슬머금은 연꽃)'로 칭송받으면서 김해 8경 가운데 하나로 인식되었다. 남명은 이 함허정에 와서 무슨 생각을 하였을까? 그의 <함허정기>는 이렇게 시작한다.

가정 정미년(1547) 봄에 영공 김수문(金秀文, 1506-1568)이 이 정자를 넓게 고쳤다. 정자가 낡고 헐었을 때는 초라하기가 거(莒)나라 같더니, 정자를 다시 고치니 크고 당당하기가 초(楚)나라 같다. 사방이 조용하여 묵묵히 깨달으니, 8-9백 리나 운몽(雲夢)이 모두 하나의 거울 속에 담겨 있는 듯하다. 만물 가운데 태허(太虛)보다 알찬 것이 없다. 비어 있으면서 함양(涵養)하여 순백의 상태로 만들어, 안을 방정히 하고 밖을 제어한다. 이와 같은 것을 본 자가 정자를 편액하고 그런 소문을 들은 자가 정자를 지었던가?

파사석탑 : 수로왕의 부인 허황옥이 서역 아유타국에서 갖고 왔다고 한다.

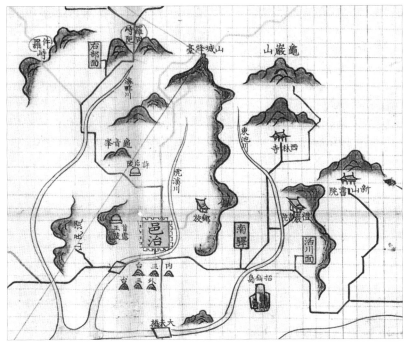

김해고지도(1) : 함허정으로 흘러들었던 호계천, 그리고 남명을 봉향한 신산서원, 남명이 들러 시를 지었던 구암사가 있는 구암산 등이 두루 보인다.

위와 같이 남명은 함허정 중수기를 써내려갔다. 최윤신이 띠집으로 조촐하게 지은 것을 김수문이 증수(增修)하였다고 했다. 이 때문에 작을 때는 '거'나라 같았는데 이를 증수하니 크고 당당하기가 '초'나라 같다고 했다. 여기서 주목할 것은 연못에 대한 남명의 유추심상(類推心象)이다. 사물의 온갖 모습을 담아내는 맑은 연못, 태허를 통해 길러내는 순백의 심성, 경의(敬義)로 관통되는 곧은 내면과 바른 행동 등에 대한 남명의 유추가 그것이다. 이를 좀 더 자세히 살펴보자.

온갖 사물을 담아내는 맑은 연못을 남명은 운몽을 비추는 거울이라 했다. 연못과 거울을 제시한 것은 마음을 비유하기 위해서다. 마음은 연못과 거울같이 수많은 사물을 담아내지만, 그것의 잔영을 머물게 하지 않는다. 머물게 하지 않으므로 다시 수많은 사물을 갈무리할 수 있다. 거울과 연못이 함께 마음에 비유되지만 성리학자들은 연못에 비유하기를 즐겼다. 거울과 연못은 수많은 사물을 담아낸다는 측면에서는 같지만 그 기능이 다르기 때문이다. 즉 연못에는 닦아내는 기능이 있고 거울은 그렇지 못하다는 것이다. 주자의 시 <관서유감(觀書有感)>을 통해 연못과 마음의 관계를 살펴보자.

> 반 이랑되는 모난 연못이 하나의 거울처럼 열리니　半畝方塘一鑑開
> 하늘빛 구름 그림자가 배회를 하네　　　　　　　天光雲影共徘徊
> 묻나니, 너는 어이하여 이처럼 맑을 수 있는고　問渠那得淸如許
> 원두에서 살아 있는 물이 흘러들기 있기 때문이지　爲有源頭活水來

　거울 같은 방당(方塘)은 마음을 의미한다. 모난 연못이 그러하듯 여기에는 수많은 사물이 담긴다. 제2구의 '하늘빛'과 '구름 그림자'가 그것이다. 거울 같은 맑은 연못에 비치는 천광운영! 그것은 마음 속에 깃든 천리 바로 그것이기도 하다. 즉 맑은 연못에 비유되는 마음은 천리를 길러낸다는 것이다. 이 같은 생각에 의거하여 탁영은 "그 크기는 반 이랑에 지나지 않지만 물이 고여 허공이 모두 거기에 담겨 있다."라고 했고, 남명은 '만물 가운데 태허(太虛)보다 알찬 것이 없으며, 비어 있으면서 함양(涵養)하여 순백의 상태'로 만든다고 했던 것이다.

　태허를 수용하는 함허정의 연못, 거기서 남명은 인욕의 때를 씻고 순백의 심성을 길러내고 싶었다. 일찍이 <욕천(浴川)>이라는 시에서 "만약 티끌이 오장에서 생기는 것이라면, 지금 당장 배를 갈라 흐르는 물에 실어 보내리."라고 했던 의지와 동질의 것이다. 나는 여기서 남명이 항

방당 : 중국 복건성에 위치한 주자고거, 그 앞에 주자시 〈관서유감〉에 입각한 방당을 조성해두었다.

상 지니고 있었던 순백의 의지를 감지한다. 그리고 이것이 그의 핵심사상인 '경의'사상과 바로 결합된다는 것도 발견한다. 남명은 〈함허정기〉에서 "안을 방정히 하고 밖을 제어한다."라는 말로 이를 제시하고 있기 때문이다. 이 같은 생각은 다음의 〈함허정〉이라는 시에도 그대로 나타난다.

신기루 같이 솟은 교룡의 집 들보엔 제비 없는데	蜃騰蛟屋燕無樑
허공을 머금어 곧고 바른 것을 본다네	虛箇涵來見直方
남쪽에 이름 난 크고 좋은 집이 있고	傑閣專南謾好大
북쪽에는 늙은 용이 맡아 바람과 서리 많구나	老虯分北剩風霜
우애 좋던 집엔 풍악 소리 그치고	棠華舘裡笙歌咽
서왕모의 못가엔 은하수가 서늘하네	王母池邊河漢涼
쓸쓸한 생애는 줄어든 차가운 물과 같아서	殘落生涯寒落水
장차 한을 묻으려 길이 잔을 끌어당기네	欲將埋恨引杯長

수련에서 훌륭하게 지은 정자와 함께 '함허'를 통한 '직방(直方)'을 제시했다. 원래 작고 낡은 것을 김수문이 다시 크게 지었으므로 신기루같이 솟은 교룡의 집이라 할 수 있었다. 기문에서 이미 말한 것이기도 하지만 '함허를 통한 직방'은 이 작품의 핵심이다. 연못이 태허를 담아 길러내듯이, 우리의 마음은 천리를 담아 길러내야 한다는 것이다. 이 같은 내적 수양이 외적 실천과 결부되어 있으므로 '직방'의 논리를 펼 수 있었다. '직방'은 『주역』의 "경으로 안을 곧게 하고, 의로 밖을 바르게 한다[敬以直內, 義以方外]."라는 구절에서 취해 온 것이다.

경의! 이것은 이의를 용납하지 않는 남명정신의 핵심이다. 남명은 때로 그림으로 그려 이것을 설명하기도 하고, 창벽 간에 써두고 마음을 가다듬기도 하였으며, 칼에 새겨 의지를 다지기도 하고, 방울 소리를 들으며 이를 생각하기도 하고, 세상을 떠날 때도 제자들에게 이것으로 가르쳤다. 이 때문에 그의 제자들은 이 용어를 통해 남명정신을 전수받고자 하였으며, 오늘날 남명을 위한 다양한 사업에서도 이 용어를 적극 내세우며 남명정신의 현대적 계승을 부르짖는다.

덕천서원의 '경의당' 현판 : 남명은 『주역』의 경의사상을 '명료성[明]'과 '쾌연성[斷]'으로 자기화하였다.

『주역』에서는 '경의'를 '직'과 '방'으로 말했다. 이미 언급했듯이 『주역』은 안으로 마음을 곧게 하며 밖으로 행동을 바르게 하는 것으로 이 '경의'를 설명한다. 그러나 남명은 위의 작품과 마찬가지로 '직방'을 그대로 사용하기도 했으나, <패검명(佩劍銘)>에서는 "안으로 마음을 밝게 하는 것이 경이요, 밖으로 행동을 결단하는 것이 의이다[內明者敬, 外斷者義]."라고 하여 『주역』의 것을 다소 변경시켰다. 즉, '경의'를 '직'과 '방'으로 이해하기도 하지만 '명(明)'과 '단(斷)'으로 자기화하였던 것이다. 기실 이렇게 해 두고 보니 '경의'의 개념이 더욱 분명해진다. 내적 수양을 통해 마음을 밝히는 것이 '경'이고, 외적 실천을 통해 행동을 결단하는 것이 '의'라는 것이다. 개인적 수양과 사회적 실천이 상호소통되고 있는 것이다.

경의의 관계는 비유적으로 설명이 가능하다. 여기 하나의 유리창이 있다고 하자. 그 유리창에 색깔이 들어가거나 굴곡이 있으면 외부 사물은 사실과 달리 어떤 색깔이나 굴곡이 있는 것처럼 보인다. 그 상태에서 외부 사물에 대하여 어떤 색깔에 어떤 굴곡이 있다고 판단하게 되면 그 판단은 잘못된 것이며, 그 판단에 의거하여 행동한다면 그 행동 역시 바를 수가 없다. 그러니까 무색의 평면 유리창을 통해서 외부사물을 볼 때 사물은 바르게 보이고 이에 입각한 실천이야말로 바른 실천이 될 수 있다는 것이다.

유리창은 바로 마음의 창이다. 그 무색의 평면 창을 갖는 것이 '경'이며, 그 창을 통해 사물을 보고 바르게 행동을 결단하는 것이 '의'이다. 색깔과 굴곡은 바로 우리의 사욕에 의해 생긴다. 사욕은 방심의 틈을 비집고 파고든다. 우리는 사욕의 낌새를 제대로 살펴 과감하게 처단해야 한다. 남명의 '경의'정신은 바로 이 같은 논리체계 속에서 이해된다.

그러나 경의를 실천하기란 여간 어렵지 않다. 바로 이 때문에 남명은 한이 깊어질 수밖에 없었고, 미련에서 말한 것처럼 쓸쓸한 생애를 느끼며 잔을 끌어 당겨 그 한을 잊고자 했는지도 모른다.

남명은 스스로 '경의'를 모두 행하지 못했다고 고백했다. 이 고백은 진실된 것임에 틀림이 없다. 성인이 아니고서야 어떻게 '밝은 마음'과 '의로운 행동'을 모두 성취했다고 자부할 수 있겠는가? 아니 성인이라도 그렇게 말할 수는 없을 것이다. 성인되기를 스스로 기약하며 학문과 수양에 매진했던 남명은 이 때문에 늙어갈수록 가슴이 답답해짐을 느꼈을 것이다. 이승에서 보낼 세월은 얼마 남지 않았는데 성인의 길은 아득하기만 했기 때문이다. 김해에 있었던 절 구암사(龜巖寺)에서 이를 실감했다.

> 동쪽 고개 위에는 소나무　　　　　　　東嶺松爲木
> 불당에는 사람들이 절을 하는구나　　　佛堂人拜之
> 남명! 나는 이미 늙었기에　　　　　　　南冥吾老矣
> 애오라지 산 속의 지초를 묻노라　　　　聊以問山芝

<구암사에 씀(題龜巖寺)>이다. 이 작품은 얼핏 보아 구암사 주위의 풍경과 자신의 심정을 담담하게 그리고 있는 것처럼 보인다. 동쪽 고개의 소나무와 불당에서 절을 하는 사람들로 구암사와 그 주위의 풍경을 묘사하며, 늙은 자신과 지초로 상징되는 초월성향을 드러내고 있기 때문이다. 그러나 남명은 3구에서 보듯이 그 스스로를 객관화시키면서 '남명!'이라 외치며 늙음에 대하여 탄식한다. 그 탄식은 갈 길이 멀지만 이승에서의 시간적 제한을 강하게 인식한 까닭이다. 결국 남명이 그 스스로를 '남명!'이라 부르며 지초를 물을 수밖에 없는 그의 인식 깊이에는 오히려 처연한 한이 머물러 있었던 것이다.

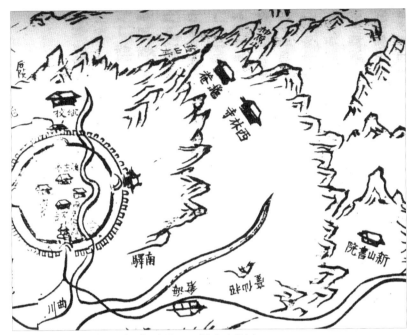

김해고지도(2) : 구암사는 구암, 영구암 등으로 이름이 바뀌었다.

　구암사는 김해를 대표하는 신어산(神魚山) 줄기에 있다. 산 이름인 '신어'는 불교전래와 관련이 있다. 물고기는 인간을 보호하는 영적인 존재로 상징되는데, 중앙아시아의 유목민족인 '스키타이인'들이 이 문양을 널리 사용하였다. 이것이 인도에까지 전해지게 되었고 결국 가락국까지 건너오게 된 것이라 한다. 이 때문에 신전 앞에는 즐겨 쌍어(雙魚)를 그려 놓았는데, 기실 수로왕릉의 정문에도 탑을 가운데 두고 두 마리의 쌍어가 마주보는 그림이 있다. 탑은 물론 파신(波神)의 노여움을 잠재웠던 파사석탑이며, 신어산 역시 이렇게 해서 이름 붙여진 것이리라.

　남명이 보았던 구암사는 신어산으로 이어지는 봉우리인 구암산(龜巖山)에 터로만 전해지다가 조선 후기에 이르러 구암(龜庵)이 세워지고, 이것이 현재는 영구암(靈龜庵, 김해시 삼방동 874)으로 이름이 바뀌어 전해진다. 신어산으로 산행길은 다양하지만 김해시에서는 '산림욕장→은하사→동림사→영구암→신어산 정상[630.4m]→출렁다리→천진암→은하사→산림욕장'을 제시한다. 이 가운데 영구사는 은하사와 동림사를 지나서 만날 수 있다. 은하사는 서림사(西林寺)의 다른 이름으로 박철관 감독의 <달마야 놀자>라는 영화의 배경이 되어 유명하다.

김해의 구암사를 사람들은 수로왕비인 허황옥의 오라버니 장유화상(長遊和尙)이 지었다고 믿는다. 이렇게 믿어온 구암사는 현재 영구암으로 남아 남명이 보았을 법한 동쪽 기슭의 소나무를 아직까지도 간직하고 있다. 그리고 불당에서 절을 하던 사람들의 후손, 그 후손의 후손인 듯한 사람들이 여전히 절을 하고 있다. 영구암 경내에는 오층석탑이 위태롭게 놓여 있고, 대웅전인 법당, 그리고 삼성각과 범종각 등이 있다. 이 가운데 오층석탑은 부서진 옥개석을 모아서 빨간 벽돌로 탑신을 겨우 만들어 놓은 것인데 너무 많이 부서져서 파사석탑을 닮은 듯도 하다.

태허를 담아내는 함허정, 그 연못을 바라보며 남명은 무색의 평면 유리창을 내면에 갖고자 했다. 마땅히 이러할 때 그 창을 통해 바로

'나무관세음보살' 석각 : 영구암 오르는 길목에 세워진 것으로, 여기에 법구경이 새겨져 있다.

보이는 사물은 제자리를 얻게 된다. 인욕으로 일그러지고 인욕으로 채색된 의식의 창, 그 너머로 보이는 사물은 또 얼마나 일그러지고 더럽혀지겠는가? 우리에게 주어진 이승의 시간이 그리 많이 남아있지 않은 것 같다. 우리도 남명과 같이 어느 날 갑자기 "오노의(吾老矣)!"를 외칠지도 모른다. 밝은 내면과 결단성 있는 행위, 그 명단(明斷)의 경의정신과 실천은 이 때문에 더욱 중요하다.

2. 합천지역

1) 용처럼 나타나고 우레처럼 소리쳐라 - 뇌룡사

남명이 장년을 보냈던 뇌룡정은 남명 당대에는 뇌룡사로 불렸다. 정유재란을 거치면서 불타 없어진 적이 있으며, 현재의 것은 1883년에 허유(許愈)・정재규(鄭載圭) 등에 의해 중건된 것이다. 내가 남명학을 공부하게 되면서 이곳은 수십 차례 들렀던 곳이다. 남명이 그의 생애에서 가장 중요한 정립기를 이곳에서 보냈기 때문이며, 남명학의 핵심사상을 그린 <신명사도(神明舍圖)>를 설계도 삼아 집을 건축하였기 때문이며, 남명 사상에 함의되어 있는 '처사로서의 현실 비판하기'라는 역설성이 가장 잘 나타나는 곳이기 때문이다. 우레와 용! 이것으로 남명은 소리치고 또한 나타나고자 하였으며, 연못과 시동! 이것으로 남명은 침묵하고 또한 잠겨있고자 했다. 이 같은 역동과 부동 사이에 남명의 사상은 강한 긴장력을 유지하고자 했다.

여기서 내가 남명학을 공부하게 된 이유에 대하여 잠시 말해야겠다.

나는 고향이 성주로 한강(寒岡) 정구(鄭逑, 1543-1620) 선생의 15대손이다. 어릴 적부터 조부로부터 고학을 배웠다. 조부께서는 사랑 문미에 '후산(厚山)'이라는 현판을 걸어두고, 한강 선조와 회연서원 일, 그리고 집안의 대소사를 여러 측면에서 주관하셨다. 족보에 "문중의 대소사와 회연서원 유사시에 제반사를 관장하고 처리했다."라 한 것도 이 때문이었다. 우리 형제는 그 현판 아래서 글을 배웠으며, 때로는 사정없는 회초리가 우리의 종아리를 향하여 날아들기도 했다. 지금은 참으로 그리운 일이다.

조부를 생각하면 여러 가지가 나의 머리를 스친다. 날카로운 눈매와 갸름한 얼굴, 갓과 전발(全髮), 흰 두루마기와 명아주 지팡이, 긴 곰방대와 타구(唾具) 등은 말할 것도 없고, 문명을 거부하면서 전기 사용을 금하신 일, 들은 이야기지만 단발령을 거부하며 벼루를 일경(日警)에게 던지고 만주로 건너가신 일, 한려시비(寒旅是非)와 입암시비(立巖是非) 등 문중 간 시비의 중심에서 목소리를 높이시던 일 등등. 이 때문에 조부와 오랫동안 함께 글을 읽었던 자계(紫溪) 여기동(呂箕東)공은 <후산정공행장>에서 조부를 들어 "고지소위강개야(古之所謂剛介也), 금지소위인영야(今之所謂人英也)."로 표현하였는지도 모르겠다.

조부께서는 기회가 있을 때마다 한강선조에 대하여 말씀하셨다. 이것이 작용하였겠지만, 대학원에 들어와 석사논문을 구상하던 나는 처음에는 한강문학에 대한 논문을 쓰고자 했다. 그러나 얼마 가지 않아 이 생각을 접었다. 두 가지의 난관에 봉착했기 때문이다. 내가 공부를 열심히 해서 한강선조의 문학세계를 제대로 밝힌다고 해도 학계에서는 객관성에 대하여 의심할 것이고, 반대로 객관적으로 연구한다고 하면서 부정적인 자료를 찾아 비판적 평가를 하게 된다면 문중으로부터 축출을 당할지도 모르기 때문이다. 결국 이 일은 뒤로 미루고, 한강선조의 정신적

원류를 찾아보기로 했다.

『한강연보』에 의하면 한강선조는 13세에 ─ 덕계가 성주향교에 부임한 것을 고려할 때 한강선조의 나이는 17세. 연보에 다소의 착오가 있는 듯하다. ─ 성주 향교의 교수로 부임한 종이모부 덕계(德溪) 오건(吳健)에게 『주역』을 배웠으며, 21세에 퇴계를 찾아가 『심경』에 대하여 질의를 하였고, 24세에는 남명에게 나아가 출처거취(出處去就)에 대한 이야기를 들었다고 했다. 그리하여 나는 예안댁, 내앞댁 등의 택호에서도 볼 수 있듯이, 우리 집안과 깊은 혼맥 관계를 유지하고 있는 퇴계학에 관심을 갖고 공부를 해보고자 했다.

『퇴계집』은 방대했다. 어디서 어떻게 읽어야 할지 모를 일이었다. <과길선생려(過吉先生閭)>로 시작하는 2,100여 수의 시작품들, 교지(敎旨)와 차자(箚子), 사장(辭狀)과 계사(啓辭), 그리고 완곡하고 자상하기 이를 데 없는 무수한 서찰들, 참으로 호한하기 짝이 없었다. 그러나 『퇴계집』을 덮고 느낄 수 있었다. 봄동산의 오솔길을 걸으면서 꽃향기를 맡는 듯한 느낌. 퇴계의 따뜻한 논리가 나에게 전해왔다. 그의 수많은 제자들은 그 자상함과 따뜻함 때문에 그의 주변으로 모여들었으리라.

한강선조께서 24세 때 찾았던 남명, 그의 문집은 퇴계에 견줄 수 없을 정도로 빈약한 것이었다. <서검병증조장원원(書劍柄贈趙壯元瑗)>으로 시작하는 그의 시는 210여 수가 고작이었고, 56편의 서찰, 그리고 상소문이나 논, 묘지(墓誌) 등도 얼마 되지 않았다. 그러나 그의 글은 간단한 것이 아니었다. 『언행총록』에 기록해 두었듯이, 남명의 문장은 바람처럼 몰아치고 번개처럼 빨랐으며 또한 기이한 말로 가득 차 있었다. 비유하자면, 눈 덮인 바위 산을 일정한 거리에서 시원함을 느낄 뿐 함부로 범접할 수가 없는 그런 느낌이라고나 할까? 그의 거대한 기상과 카리스마가 이렇게 전해진 것일 터이다.

　젊은 나로서는 남명의 기상에 매료되지 않을 수 없었다. 일찍이 한강 선조께서는 <자성(自省)>이라는 시를 지어 "대장부의 심사는, 밝은 해와 푸른 하늘이. 맑게 툭 트여 사람들이 모두 보나니, 번쩍이는 빛이여, 참으로 늠름하도다[大丈夫心事, 白日與靑天. 磊落人皆見, 光芒正凜然]."라고 하였다. 이 같은 기상을 『남명집』을 통해 다시 보게 되었던 것이다. 특히 『남명집』을 펼치면 가장 먼저 만나게 되는 <칼자루에 써서 장원을 한 조원(趙瑗)에게 준다>라는 시는 '감전에 의한 경련' 바로 그것이었다. 그 감전의 힘이 결국 나로 하여금 남명학에 입문하게 하였고, 나로 하여금 숱한 날을 잠 못 이루게 했다. 그 시는 이런 것이었다.

화덕에서 하얗게 칼날을 뽑아내니	离宮抽太白
서리 같은 칼빛 달을 치고 흐르네	霜拍廣寒流
견우성·북두성이 있는 넓고 넓은 하늘에	牛斗恢恢地
칼의 정신은 노닐어도 칼날은 노닐지 않네	神游刃不游

　남명이 화덕에서 뽑아낸 것은 용천(龍泉)이라는 천하의 명검이다. 이는 태아(太阿), 설악(雪鍔), 간장(干將), 막야(莫耶), 거궐(巨闕) 등과 함께 대표적인 보검이다. 왕발(王勃)은 <등왕각서(滕王閣序)>에서 이를 인식하면서 "용천검의 빛은 북두성과 견우성이 있는 곳으로 흐른다."라고 하기도 했다. 그렇다면 '용천'은 어떤 칼인가? 이는 초나라 보검으로 일명 용연(龍淵)이라고도 했다. 『진서(晉書)』「장화전(張華傳)」에 의하면, 진나라 무제(武帝) 때 두우(斗牛) 사이에 자줏빛 기운이 감돌자 장화(張華)가 뇌환(雷煥)에게 부탁하여 예장(豫章)의 풍성현(豐城縣)에서 용천과 태아 두 검을 파내게 했다고 한다. 이로 보아 용천이 땅 속에 묻혀 하늘의 두우(斗牛) 사이

에 빛을 내뿜고 있었던 것이다. 남명은 이것을 의식하면서 위와 같이 칼의 노래를 불렀다.

이 시의 이면에는 장자적 세계관이 흐르기도 한다. 『장자(莊子)』「양생주(養生主)」에는 저 유명한 포정해우(庖丁解牛)의 이야기가 있다. 포정은 대단한 솜씨로 소의 뼈와 뼈 사이, 힘줄과 힘줄 사이를 오가면서 소를 잡는다. 포정은 소를 잡는다고 힘들지 않고, 소 또한 고통스럽지 않다. 포정의 칼놀림은 기(技)가 아니라 도(道)였기 때문이다. 그러니 뼈와 뼈 사이는 그야말로 견우성과 북두성처럼 넓었고 거기에 칼의 정신은 자유롭게 흘렀다. 칼날이 뼈에 부딪혀 부러지지 않고, 뼈 또한 칼을 맞아 동강나지 않는다. 포정은 신기(神技)에 가까운 솜씨로 뼈와 힘줄 사이를 오가며 소를 잡았는데, 양생(養生) 역시 이 같은 자연스런 원리로 이룩해야 한다는 것이었다.

나는 남명이 부른 칼의 노래에 잠을 이룰 수가 없었다. 『진서』「장화전」이나 『장자』「양생주」의 이야기도 깊이가 있었지만 나를 잠 못 이루게 한 것은 전혀 다른 것이었다. 이 시에 대한 나의 해석은 이렇다. 이 궁에서 천하의 명검 용천을 뽑아 굳세게 잡고 있으니, 그 칼 빛이 달을 치고 견우성과 북두성이 있는 하늘의 광막한 공간에 흐른다. 여기서 남명은 마지막 구절에서 '칼날[刃]'은 '노닐지 않는다'고 했고, '칼의 정신[神]'은 '노닌다'고 했다. 칼날은 내가 잡고 있는 것이니 부동을 의미하고, 칼의 정신은 하늘로 올라가 흐르니 역동을 의미한다. 여기서 부동과 역동의 두 힘이 발견된다.

용천검을 굳게 잡으면 잡을수록 칼의 정신은 하늘로 더욱 높이 올라가 광막한 하늘에서 자유롭다. 반대로 내가 잡은 칼날이 흔들리게 되면 칼의 정신은 공중으로 얼마 올라가지 못하고 흩어지고 만다. 어쩌면 손을 다칠 수도 있다. 굳게 잡는다는 것은 집중이다. 집중의 힘이 결국 우리로 하여금 대자유의 경계에 들어가게 한다. 집중은 부동이고 대자유는 역동이다. 칼을 든 나는 땅 위에 부동으로 있지만 칼의 정신은 하늘에서 역동적으로 자유롭다. 우리는 땅의 몸과 하늘의 정신을 함께 지니고 있으니, 부동의 몸과 역동의 정신은 함께 역설적 통일구조를 지닌다. 나의 상상력은 이렇게 무한하게 펼쳐나갔고, 결국 남명이 부른 칼의 노래를 중심으로 『남명집』을 꼼꼼히 읽게 되었다.

남명은 어머니가 돌아가시자 아버지 곁에 장사지내고 합천에서 장년을 지내게 된다. 그때 계부당(鷄伏堂)과 뇌룡사(雷龍舍)를 지었다. '계부'는 함양(涵養)하기를 닭이 알을 품듯이 한다는 것이고, '뇌룡'은 우레처럼 소리치고 용처럼 나타난다는 것이다. 얼핏 보아도 앞의 것은 부동을, 뒤의 것은 역동을 상징적으로 표현한 것임을 알 수 있다. 그러나 여기서 더욱 중요한 것은 뇌룡사의 '뇌룡'이 함의하고 있는 깊이와 넓이다. 이것은 『장자』「재유」의 '시거이용현, 연묵이뇌성(尸居而龍見, 淵默而雷聲)'이란 구절에서 갖고 온 것이다. 여기에도 부동과 역동의 역설구도가 나타난다. '시거'와 '연묵'은 부동을, '용현'과 '뇌성'은 역동을 나타내기 때문이다.

나는 여기서 알게 되었다. 남명사상 근저에 역설(逆說)이 있다는 것을. 나를 감전시켰던 칼의 노래에서도 '신유(神游)'와 '인불유(刃不游)'의 역설이 있고, 정립기에 남명이 지었던 집의 당호에도 '계부'와 '뇌룡'의 역설이 있으며, 뇌룡사에도 '시거'와 '용현', '연묵'과 '뇌성'의 역설이 있었다. 상반된 두 힘의 모순적 통일성이야말로 남명 사상을 이해하는 가장 중요한 요소이다. 사실 이뿐만이 아니다. 『남명집』을 보면, <청학동>이나 <함벽루>, <황계폭포> 등의 허다한 시에서도 이 모순된 두 힘을 발견할 수 있다. 뇌룡사는 마음, 즉 신명을 지키기 위해 건립되었다. <신명사명>을 중심으로 이 문제를 잠시 살펴보자.

뇌룡정과 용암서원 : 용암서원은 원래 회산서원으로 건립되었고, 향천서원이라 하였다가 용암서원이라는 이름으로 사액을 받았다. 용암서원은 2007년 뇌룡정 옆에 복원하였고, 뇌룡정은 2014년 용암서원 앞으로 장소를 옮겨 다시 세웠다.

뇌룡정 : 1883년경 토동 냇가에 중건한 것인데, 현재의 뇌룡정은 시내를 넓히면서 2007년 중건한 용암서원 앞쪽으로 옮겨 2014년에 다시 세운 것이다. 사진은 옮기기 전의 뇌룡정이다.

태일진군이	太一眞君
명당에서 정치를 베푼다	明堂布政
안에서는 총재가 주장하고	內家宰主
밖에서는 백규가 살핀다	外百揆省
추밀을 받들어 말을 내고들임에	承樞出納
진실과 믿음으로써 말을 닦는다	忠信修辭
네 글자로 부를 발하고	發四字符
백 가지 금지의 깃발을 세운다	建百勿旂
아홉 개 구멍의 사특함은	九竅之邪
입과 눈, 귀에서 처음 생기는 것	三要始發
미세한 움직임에도 용감하게 이겨내고	動微勇克
나아가 반드시 섬멸토록 한다	進敎厮殺
임금의 뜨락에 와 승리를 복명하니	丹墀復命
태평성세의 그 해와 달이다	堯舜日月
입과 눈, 귀의 관문을 닫으면	三關閉塞
맑은 들이 그지없다	淸野無邊
다시 하나로 돌아가니	還歸一
시동 같으며 또한 연못 같다	尸而淵

　　남명은 그의 핵심사상인 경의(敬義)의 의미를 명확히 하기 위해 구도화하여 <신명사도>라는 '경의도'를 그리고 아울러 거기에 잠명도 썼다. 위의 자료가 바로 그 잠명이다. 이 글에서 남명은 마음을 지키기 위하여 인욕을 막고 천리를 구하자는 것을 '경[家宰]'과 '의[百揆]'를 들어 비유적으로 표현하고 있다. 즉 마음[太一眞君]이 마음의 집[神明舍]에서 안으로 밝게 하는 '경'을 두어 일을 주장하게 하고, 밖으로 행동을 결단하는 의를 두어 살피게 하여, 인욕을 완전히 버리고 천리로 돌아가고자 하였던 것이다. 우리는 여기서 가장 마지막 구에 제시되어 있는 '시이연(尸而淵)'을 주목하고자 한

다. 남명 정신의 역설구도를 살필 수 있는 단서가 되기 때문이다.

'시이연' 역시 『장자』의 '시거이용현, 연묵이뇌성(尸居而龍見, 淵默而雷聲)'에서 용사하였다. 시동처럼 가만히 있으면서도 용처럼 나타나고, 연못처럼 고요하면서도 우레의 소리를 낸다는 것으로 해석된다. 남명은 이 구절을 정자(程子)가 중시한 것이라며 「학기류편」에 인용해 두기도 하고, <신언명>에서는 '시룡연뇌(尸龍淵雷)'라는 축약적 표현을 쓰기도 하였다. 그리고 "우레[雷] 같은 소리를 내려면 몸을 깊이 감추고 있어야 하며, 용(龍) 같은 모습을 드러내려면 바다처럼 침잠해야 한다."라고 하면서 장자의 말을 변용한 명을 짓기도 하였으며, 이를 다시 '뇌룡'으로 축약하여 자신의 당호로 삼기도 했다. 이로써 우리는 남명이 무엇보다 이 말을 중시한 것에 대해 알 수 있다. 그 이유가 무엇일까? 바로 자신의 역설적 세계관과 결합되기 때문이었다.

남명은 <신명사명>에서는 '시이연'이라 했고, 당호에서는 '뇌룡'이라 했다. 전자는 시동이나 연못처럼 고요하다는 것이며, 후자는 우레나 용처럼 소리치며 나타난다는 것이다. 이 둘을 함께 이야기하자니 <신언명>에서처럼 '시룡연뇌'라 축약할 필요가 있었다. 즉 '시'의 고요함은 '용'의 드러남이고, '연'의 침묵은 '뇌'의 소리라는 것이니, '시연'의 부동과 '용뇌'의 역동이 동시에 작용하는 팽팽한 모순의 힘을 만들어낸다. 즉 역설적 구도를 성립시키는 것이다. 그는 이것을 자신의 삶에 그대로 적용시킨다. 즉 이곳 뇌룡사에서 처사적 삶을 살아가면서도, 저 유명한 <을묘사직소>를 올려 명종을 고사(孤嗣)로 문정왕후를 과부(寡婦)로 질타하며 현실 정치의 난맥상을 맹렬히 비판하였던 것이다. 처사적 삶이 시거(尸居) 혹은 연묵(淵默)이라는 부동의 삶이라면, 현실에 대한 관심과 그 비판적 태도는 용현(龍見) 혹은 뇌성(雷聲)이라는 역동적 삶이라 하겠다.

어쩌면 뇌룡이라는 역동적 당호를 내걸고 그 아래 정좌하고 있는 부동의 남명, 그 자체가 역설적이다.

남명은 <신명사도>도 그렸다. 지금 우리가 보는 뇌룡정은 이것을 설계도 삼아 지은 집이라 해도 과언이 아니다. <신명사도명>을 깊이 연구한 후산(后山) 허유(許愈, 1833-1904)의 생각이 반영된 것이다. <신명사도>는 크게 세 부분으로 나뉜다. 둥근 성곽(城郭)의 안쪽과 바깥쪽, 그리고 아래쪽이 그것이다. 성곽 안쪽은 사람의 신체를 의미한다. 여기에 백체를 주재하는 심(心)이 있고, 그 심의 이름은 태일진군이며 신명사(神明舍)에 산다. 성곽 바깥쪽은 신체의 외부로 마음이 만날 수 있는 수많은 사물들이 포진하고 있는 곳이다. 그리고 아래쪽은 공부하는 선비의 목표점이 제시되어 있다. '지선(至善)에 반드시 도달해야 하며, 도달했다면 다른 곳으로 옮기지 말아야 한다는 것을 보였다. 남명의 이 같은 발상은 그가 즐겨 읽었던 『주역참동계』를 중심으로 형성된 것으로 보인다. 이 책에서 관련 문장을 적출해 보자.

> 가) 성(性)은 안을 주관하여 신체 속에 자리하고, 정(情)은 밖을 주관하여 성곽(城郭)을 만든다. 성곽이 완전하면 백성과 사물이 이에 편안하게 되는데, 이때가 되면 정은 건곤에 합치된다. 건(乾)이 움직여 바르고 기가 펼쳐져서 흐른다. 곤(坤)이 고요하게 화합하여 도의 집이 된다.

> 나) 귀와 눈, 그리고 입 삼보(三寶)는 굳게 막아서 움직이게 하지 않으면, 진인(眞人)은 깊은 못에 잠기게 되고 떠돌아 다녀도 법도를 지키게 된다. 살피면서 빙빙 돌고 열고 닫을 때도 모두 합치되니 자신의 요체가 되고 농정에도 다하지 않는다. …… 세 가지를 굳게 잠그고, 몸을 느슨하게 하여 텅 빈 방에 거처한다. 뜻을 맡기고 허무로 돌아가 무념(無念)으로 항상 됨을 삼는다.

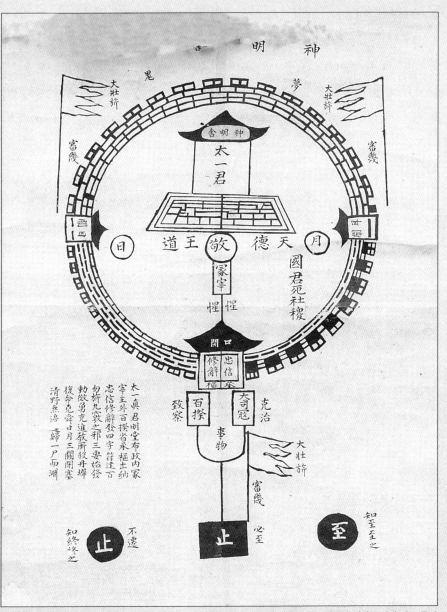

신명사도와 명 : 경(敬)을 통한 내적인 존양(存養), 의(義)를 통한 외적인 성찰(省察), 사욕과 기미를 살펴 바로 물리치는 심기(審幾)와 극치(克治), 이를 통해 지선(至善)에 이르는 과정이 극도의 압축된 그림과 언어로 제시되어 있다.

앞의 가)는 『주역참동계』 「양성입명장(養性立命章)」의 일부이며, 뒤의 나)는 「관건삼보장(關鍵三寶章)」의 일부이다. 이 둘은 남명의 <신명사도명>과 합치된다. 성곽을 설정하여 그 안에 신체가 자리하게 하고, 성곽을 제대로 보전해야 건곤과 하나가 될 수 있다고 한 것이 모두 그것이다. 그리고 귀와 눈, 입을 닫으면 진인이 깊은 못 속에 잠겨 텅 빈 방에 거처하게 된다고 했다. 남명은 이를 '입과 눈, 귀의 관문을 닫으면 맑은 들이 그지없다.'고 했다. 이것은 텅 빈 방으로 돌아가는 것이며, 이를 통해 결국 양성(養性)이 이루진다는 것이다. 그 공효가 자유롭기 때문에 때로는 용처럼 나타나고 때로는 우레처럼 소리칠 수 있다. 부동은 단순한 부동이 아니며, 역동은 또한 단순한 역동이 아니다. 이 둘이 서로 당기고 밀면서 보다 큰 질서와 자유를 만들어 간다는 것이다.

텅 빈 방에 거처할 일이다. 그 방은 비어 있지만 생명력으로 충만하다. 나는 남명의 뇌룡정을 찾을 때마다 나를 반성한다. 텅 빈 충만을 유지하지 못하기 때문이다. 그 충만은 어디로부터 오는가? 바로 침잠에 있다. 우리는 모두 한 마리의 물고기가 되어 귀와 눈, 그리고 입을 닫고 깊은 물속으로 내려가야 한다. 거기 어둡기 때문에 밝은 혼돈이 있다. 그 속에서 오랫동안 유영하여야 한다. 그리하면 죽음의 세포에서 생명이 잉태하리라. 그 생명이 온축되면, 수면 깊은 곳에서 천상에 흐르는 대자유의 빛을 보게 될 것이다.

남명이 부른 '칼의 노래'와 '신명의 노래'에 귀 기울이자. 여기에 부동하기 때문에 역동할 수 있는 역설의 논리가 있다. 부동만 강조하게 되면 경식되고, 역동만 강조하게 되면 산만해진다. 나의 내면 깊숙이 침잠하면서도 끝없는 자유경계를 획득할 수 있는 자야말로 우리가 추구하는 '진인(眞人)'이다. 그러나 우리의 주위를 돌아보면 신명사에 사는 진군(眞君)은 쫓겨난 지 이미 오래다. 입과 귀, 그리고 눈의 관문을 통해 들어온 인욕이 천군의 나라를 점령했기 때문이다. 바쁘게 뛰어다니지만 어디로 가는지를 모른다. 머리 없는 고깃덩이와 같다. 남명이 말하지 않았던가! 정밀하고 한결같은 경지를 추구하려고 하거든 경(敬)을 통해 들어가라고. 경을 통해서 천군을 만나자. 나를 만나자.

뇌룡정 답사 : 경상남도 교육연수원 주최로 중고등학교 교사들과 함께 뇌룡정을 답사했다. 여기서 언제나 용처럼 나타나고 우레처럼 소리치는 남명의 살아 있는 정신을 만나게 된다.

2) 아아, 여기가 내 아버지의 묘소다 – 선고 묘갈

"소금의 고마움은 떨어졌을 때 알고, 아버지의 고마움은 돌아가신 뒤에 안다."라는 인도의 속담도 있고, "상냥하고 다정한 아버지는 아이들을 불행하게 만들고 게으르게 한다."라는 프랑스의 속담도 있다. 동서를 막론하고 아버지는 항상 산과 같이 굳건하고 근엄하여 함부로 할 수 없는 존재이기를 강요받는다. 그러나 아버지는 불덩이 같은 눈초리로 호통을 치기도 하고, 때로는 알 수 없는 괴로움에 휩싸인 채로 담배를 피워대기도 한다. 아버지는 어쩌면 해독이 불가능한 암호 같은 존재다. 따라서, 아버지! 그 이름은 언제나 우리를 깊은 생각에 잠기게 한다. 남명 역시 그의 아버지에 대한 감정은 크게 다르지 않았을 것이고, 돌아가신 후에는 그 사랑을 새롭게 느끼면서 탄식과 통곡을 거듭하였을 것이다.

아버지의 죽음은 남명의 삶에 있어 중요한 역할을 한다. 남명이 이를 통해 서울 생활을 청산하고 삼가로 다시 내려와 새로운 삶을 모색하기 때문이다. 그가 외가인 삼가의 토동에서 나서 구체적으로 언제 서울로 올라갔는지는 분명하지 않다. 다만 아버지 조언형이 1504년 4월에 문과에 급제하게 되고, 이에 따라 가족이 서울로 이주하면서 남명도 함께 올라간 것이 아닌가 한다. 26세 되던 해 3월에 아버지가 세상을 떠나자 다시 고향으로 돌아오게 되니, 그의 청소년기는 아버지와 밀착되어 있었고 주로 서울을 중심으로 생활했다고 하겠다.

청소년기와 아버지와 서울은 밀접한 함수관계에 놓인다. 이 시기 남명은 예민한 감수성을 지니고 여러 친구들과 사귀면서 우정을 쌓아 갔을 것이고, 엄격한 아버지로부터 처음 글을 배우면서 현실에 대한 여러 문제를 고민하였을 것이다. 그리고 역동적인 서울 문화를 접하면서 여느 시골 청년과는 다른 개방적이고 진취적인 성향을 갖게 되었을 것이다. 청소년기의 우정과 함께 싹트는 현실인식, 그리고 개방적이며 진취적인 성향은 이후 남명이 그의 사상을 형성하는 데 중요한 역할을 하였고, 남명학에 대한 이해는 이것을 제대로 연역해 나가는 과정이라 해도 과언이 아니다.

토동마을 표석 : 남명의 생가로 가는 길에 있다. 토동은 인천이씨 집성촌으로, 퇴계의 옛 이름이 '토계(兎溪)'였던 것을 생각하면 매우 흥미롭다.

토동마을 돌담길 : 남명의 생가로 들어가는 길이 돌담으로 이루어져 있다.

남명의 아버지 조언형(曺彦亨, 1469-1526)은 내외의 높은 관직을 두루 겸 었지만 사람들로부터 검소하고 강직하다는 평가를 받았다. 그는 1504년 (연산 10) 정시(庭試)에 합격하여 이조정랑(吏曹正郎), 집의(執義), 수령(守令), 승문원판교(承文院判校) 등을 두루 역임하였다. 제주목사(濟州牧使)로 임명 되기도 하였으나 병 때문에 사직서를 내고 부임하지 않았다. 이에 어떤 사람이 그가 좌천으로 여겨 어려운 곳을 피한다고 무고함으로써 조정 에서는 그의 관작을 모두 삭탈하기도 했다. 이 같은 상황에서 1526년 58세의 나이로 세상을 떠나게 되자, 아들 식은 그 억울함을 조정에 호 소하였다. 그리하여 마침내 판교 이하의 관작을 회복하게 되었다. 박동 량(朴東亮, 1569-1635)이 지은 『기재잡기(寄齋雜記)』에는 조언형과 관련된 다 음과 같은 일화가 나온다.

남명의 아버지 언형(彦亨)의 자는 형지(亨之)이며 본관은 창녕이다. 연산 군 갑자년에 문과에 뽑혀, 정랑(正郎)을 거쳐 벼슬이 판교(判校)에 이르렀다.
조언형과 강혼(姜渾)은 어릴 때부터 죽마고우였으며 성장하여서도 변하 지 않았다.
조언형은 성품이 악한 것을 미워하고 착한 것을 좋아해서, 세속과 더불 어 잘 화합하지 못했기 때문에 전랑(銓郎)에서 집의(執義)에 이르기까지 수많은 고생을 하였다.
강혼과는 어려서부터 친한 사이였으나 그가 연산군에게 한 짓을 보고 분통을 터뜨리며 미워하였다. 그가 1507년과 1508년 사이에 단천군수(端 川郡守)로 있을 때, 강혼이 감사가 되어 그 고을을 순시하러 온다는 말을 듣고, 드디어 돌아갈 행장을 차리고는 집안 사람에게 말하여 탁주 한 통 을 준비하라고 하였다.
이때 아전이 말했다.
"감사가 장차 가까이 오시는데, 예법에 따라 마땅히 나가서 맞이해야 하지 않겠습니까?"

그러나 조언형은 병이 들었다고 하면서 나가지 않았다. 날이 어두워지자 감색 직령(直領 : 깃을 곧게 만든 웃옷)을 입고 귀인이 신는 분투(分套)를 끌면서 종에게 술통을 메게 하고 바로 강혼이 있는 곳으로 갔다. 그리고 큰 소리로 불렀다.

"혼지(渾之 : 강혼의 자) 있느냐! 혼지 있느냐!"

강혼이 그 목소리를 듣고 급히 일어나서 문을 열고 웃으면서 맞이했다.

"나 여기 있네."

조언형이 자리에 앉아 안부도 묻기 전에 먼저,

"날이 찬데 자네 한 잔 마시려나?"

하고는, 스스로 큰 잔을 들어 마시는데 안주가 없었다. 강혼이 역시 제 손으로 부어 마시기를 세 순배가 지났을 때 조언형이 말했다.

"자네의 전날 한 짓은 개돼지만도 못하네. 자네가 먹다 남긴 것은 개돼지도 먹지 않을 걸세. 자네가 젊었을 때에는 총명하고 민첩해서 내가 사귈 만 하다고 여겼더니, 어찌 작은 재주를 믿고 몸가짐을 그렇게도 보잘것없이 하는가? 살아 있다고 하나 죽은 것만 못하다 하겠네. 내가 글을 보내서 절교하려 하다가 한 번 만나보고 꾸짖으려 하던 참이었는데, 마침 이렇게 서로 보게 되었으니 되었네. 나는 내일 떠날 것이네."

조언형이 "다시 한 잔 더 마시자!"라고 하면서 또 석 잔을 연거푸 주니, 강혼은 머리를 숙인 채 아무런 말없이 눈물만 흘릴 따름이었다. 이튿날 조언형은 드디어 벼슬을 버리고 가버렸다.

조언형의 묘갈 : 남명이 세운 것으로 묘갈명 역시 남명이 지었다. 28세 때의 일이다.

강혼(姜渾, 1464-1519)은 1498년(연산 4) 무오사화 때 김종직의 문인이라는 이유로 장류(杖流) 되었다가 얼마 뒤 풀려나와 문장과 시로써 연산군의 총애를 받았다. 연산군이 애희(愛姬)의 죽음을 슬퍼하자 이를 대신하여 궁인애사(宮人哀詞)를 지어 바쳤기 때문이다. 이로 인해 강혼은 사림의 지탄을 받게 되었고, 조언형 역시 "전날 한 짓은 개돼지만도 못하다."라고 하면서 그를 강하게 질타했던 것이다. 이후 강혼은 중종반정에 참여하여 정국공신(靖國功臣) 3등으로 진천군(晉川君)에 봉해지면서 대제학과 한성부판윤 등 고관대작을 두루 거쳤으나, 이윤(李胤)으로부터 폐조가 총애하던 신하라고 하면서 탄핵을 받기도 했다.

박동량은 이 글에 이어서, 남명이 강한 기개를 아버지로부터 받은 것이라는 세간의 말도 함께 전한다. 이에서 보듯이 조언형은 불의를 무엇보다 미워하였던 것 같다. 그가 상관인 친구의 행실이 나쁘다는 이유로 공무를 버리고 떠나갔다는 것은 조금 과장되어 있는 듯하다. 그러나 여기에서 의도한 바는 그것의 사실여부를 떠나 조언형의 기개를 강조하여 이것이 그의 아들 식에게 전해진 것을 보이기 위함이었을 것이다. 남명은 아버지의 관작이 회복되자, 상여를 뫼시고 삼가의 선영 밑에 장사 지냈다. 남명의 슬픔은 이루 말할 수 없었다 하겠는데, 잠깐 당시의 상황을 엿보자.

> 가) 이어서 산 밑에 여막을 짓고 밤낮으로 애모하면서 피눈물을 흘렸다. 모진 병이 아니면 상복을 벗거나 띠를 풀지 않고 자리에서 떠나지 않았다. 조문 온 사람이 있으면 엎드려 울며 절만 할 뿐, 함께 앉아서 이야기를 나누지 않았다. 집에 있는 종들에게도 명하여 상례 기간을 마치기 전에는 특별히 긴요한 일이 아니면 집안일로 와서 말하지 못하게 했다.

나) 기일(忌日)이 되면 애모하기를 초상 때와 같이 하였다. 무릇 제사에
는 반드시 정성껏 제물을 준비하였다. 심지어 굽고 지짐이 적당한
지, 씻고 닦음이 깨끗한지를 반드시 몸소 보살폈다.

모두 『남명집』「편년」의 기록이다. 우리는 여기서 남명이 그의 아버
지에게 보낸 경모의 정을 충분히 알 수 있다. 산 밑에 여막을 짓고 아버
지의 죽음을 애도하는 것은 다른 사람의 경우에서도 많이 보이는 장면
이기는 하지만, 아버지의 관작을 되찾고, 묘갈을 지어 그 뜻을 기리고자
한 것은 우리의 심금을 더욱 울린다. 맨 처음 자신에게 글을 가르쳐 준
분도 아버지이며, 역동적인 서울 문화를 접할 수 있게 한 것도 아버지
였다. 그 아버지의 죽음 앞에서 남명은 자신의 삶을 되돌아보았을 것이
며, 또한 자신의 삶에 있어 중요한 한 페이지가 넘어간다는 것도 느꼈
을 것이다.

아아! 여기가 나의 선고(先考)의 묘이다. 삼대가 같은 산에 있어 고조와
증조, 그리고 조부의 비갈이 모두 여기에 있다. 부군의 휘는 언형(彦亨),
자는 형지(亨之)이다. 타고난 성품이 순후하고 방정하며, 일에 임해서는
공손하고 청렴하였다.

남명이 쓴 아버지의 묘갈명은 이렇게 시작하고 있다. 남명은 3년상을
치른 뒤 정성을 다하여 아버지의 묘갈명을 썼다. 1528년(중종 23) 10월의
일이었으니 그의 나이 28세 되던 해였다. 이 글은 벼슬 등 아버지의 이
력, 아버지의 묘갈명을 쓰는 자세, 아버지의 덕, 아버지의 죽음에 대한
슬픔, 가족사항 등으로 나누어 기술되어 있다. 남명은 이 글을 쓰면서
시종 아버지에 대하여 객관성을 유지하려고 했다. 그리고 아버지의 삶
의 신조는 청렴이라고 하며 이를 자랑스럽게 생각했다.

남명이 쓴 판교공 묘갈명 초고 : 남명은 여기서 아버지가 '자손들에게 남겨 준 것은 분수에 만족하라는 것뿐'이라고 적고 있다. 글씨를 칼끝으로 쓴 듯 기상이 강하게 살아 있다.

가) 임금을 섬기고 백성을 다스릴 때, 기술할 만한 덕이 있으면 사관(史官)이 기록을 하고, 백성들이 한결같이 말을 전한다. 그러니 과장하고 둘러댈 바에야 뇌(誄)를 짓지 않는 것이 마땅하다. 가령 말할 만한 덕이 없다면, 아첨하는 말이 되어서 나의 아버지를 속이는 것이고, 남을 속이는 행동이 되어 나의 아버지를 부끄럽게 만드는 것이다. 아버지를 속이거나 아버지를 부끄럽게 하는 것은 나 또한 차마 하지 못할 일이다.

나) 벼슬살이를 20년 동안 하였지만 돌아가셨을 때 예(禮)를 갖출 수가 없고, 집에서는 먹고 살 길이 없었다. 자손들에게 남겨 준 것은 분수에 만족하라는 것뿐이었다. 두 임금을 내리 섬기면서 특히 수고하고 힘썼지만 품계는 삼품(三品)에 지나지 않았으니, 그가 세상에 구차하게 아첨하여 영화를 취하지 않았음을 알 수 있다. 비록 높은 반열(班列)에 오르지는 못했지만 조정의 고관들이 공에게 의지해서 하루라도 공이 없으면 안 될 정도였으니, 한 시대에 나라 사람들에게 어떤 대우를 받았는지도 알 수 있다.

앞의 자료에서 보듯이 남명은 아버지에 대한 행적을 쓰면서 일방적인 '띄우기'를 하지 않고자 했다. 이것은 아버지의 칭송에 대한 설득력을 얻기 위한 의도일 수도 있겠지만, 그가 다른 묘갈을 쓰면서도 시종 지녔던 태도였다. "여근이 내가 선공과 친분이 있었고, 또 아첨하는 말을 하지 않는 사람이라고 여겨서, 내게 와서 명을 청하였다<통훈대부광주목사신공묘명>.", "내가 남을 보증하는 경우가 대체로 드문데, 유독 천하의 훌륭한 선비로 인정해 주는 사람은 공이다<선무랑호조좌랑김공묘갈>.", "내가 죽은 이에게 아첨하지 않는다는 것을 알고 나에게 명을 지어달라고 요청하였다<효자정백빙묘갈명>."라고 한 것이 그것이다.

남명이 객관성을 유지하며 기리고자 한 아버지의 덕은 '청렴'이었다.

20년 동안 벼슬살이를 하였지만 예를 갖출 수 없을 정도로 가난하였다는 점, 자손에게 남겨준 유훈도 분수에 만족하라는 것이었던 점, 세상에 구차하게 아첨하여 영화를 취하지 않았다는 점 등에서 이를 확인할 수 있다. 그러나 청렴하였으면서도 아버지는 조정에서 꼭 필요한 존재였음을 지적했다. 비록 높은 반열에는 오르지 못했지만 고관들은 그의 아버지에 의지하는 바가 많았다고 한 것이 그것이다. 이렇게 기술한 후 남명은 선고를 속이는 일을 면할 수 있게 되었다면서, "하늘은 어찌하여 훌륭한 덕을 지닌 사람을 세상에 내어놓고는, 그 수명에는 인색하여 고작 오십팔 세에 그치게 하였는가!"라고 하면서 몹시 애통해 했다.

남명은 묘갈명 말미에 그의 가족사항을 적어놓기도 했다. "아들 일곱을 두었는데 모두 일찍 죽고, 나와 막내 환(桓)은 다행히 죽지 않았다. 딸이 네 명 있는데 정운·이공량·정백빙·정사현이 곧 사위이다."라고 한 것이 그것이다. 아들 일곱에 딸이 넷이라고 하였으니 모두 11명이다. 이 가운데 아들 다섯은 일찍 죽었다고 했다. 족보에서는 남명 바로 위에 납(粒)과 그 소생을, 정사현 다음에 이삼(李參)에게 출가한 딸을 더 적고 있다. 이로 보면 남명의 형제는 모두 13명이었던 듯하다. 남명이 살았던 시대에 아이를 낳아 죽는 경우가 특별한 것은 아니었다. 그러나 자녀의 죽음으로 인해 괴로워했을 그 아버지의 가슴은 어떠하였을까? 남명은 이를 생각하며 아버지의 묘소 앞에서 인간적인 슬픔을 느꼈을 것이다.

『남명집』을 보면 남명의 생각이 대체로 사회로 열려 있다는 것을 알 수 있다. 이것은 그가 개인 위주의 소아적인 세계를 넘어 집단과 민중을 더욱 중시하였기 때문에 생긴 자연스런 결과이다. 그러나 남명은 아버지의 죽음 앞에서는 너무나 인간적인 하나의 나약한 아들에 지나지 않았다. 3년상을 치르며 아버지를 몹시 그리워하였고, 아버지가 애통해

했을 형제들의 죽음에 대하여 그 또한 가슴 아파했다. 이것은 분명 그의 카리스마 이면에 흐르는 뜨거운 눈물이다. 남명은 겨우 살아남아 제사를 올린다고 하면서 아버지를 위해 지은 <선고통훈대부승문원판교묘갈명(先考通訓大夫承文院判校墓碣銘)>을 이렇게 마무리했다.

나의 선조는 창산(昌山) 사람	我祖昌山
9세에 걸쳐 평장사(平章事)를 지냈다네	九世平章
아버지께서도 그 일을 거듭하시어	皇考申之
그 바탕을 연마하셨다네	有琢其相
큰 뜻을 품고 큰 일을 맡았으나	懷弘受粗
진실로 그 운명은 덧이 없구나	寔命靡常
사람들은 착한 이가 복받는다 하지만	人曰福善
내 무엇으로 그것을 확인할까	曷予其徵
나는 겨우 죽지 않고	孤鮮不死
철따라 제사를 올릴 뿐이라네	唯以嘗蒸

남명이 그의 아버지를 위해서 쓴 묘갈명은 지극히 소박하다. 중국의 훌륭한 사람을 들면서 그의 아버지를 견주지도 않았고, 고사를 사용하는 등 화려한 수식도 하지 않았다. 자신의 진솔한 마음을 그대로 표출할 따름이었다. 이 때문이었을까? 『남명집』 「연보」에는 남곤(南袞, 1471-1527)이 이 글을 보고 세상에 다시 없는 고문이라고 하면서 "원망하는 듯 비방하는 듯하면서도 어지럽지 않으니 모든 장점이 이 글에 있다."라며 탄복하였다 한다. 남명이 고문을 강조했고, 사람들로부터 고문에 능하다는 칭송을 받기도 했지만, 남곤이 그렇게 이야기했다는 것은 믿기 어렵다. 남명이 아버지를 위해서 지은 글은 남곤이 죽은 뒤에 작성되었기 때문이다.

판교창산조공지묘 : 남명의 아버지 조언형의 묘소로, 묘소 앞에는 여러 가지 석물들이 보인다.

남명은 외가인 토동에서 태어났지만 그의 고향은 판현(板峴)이다. 판현은 오늘날의 하판과 상판, 그리고 지동을 포함하는데, 남명 아버지의 묘소는 지동 뒷산에 있다. 삼가면 소재지에서 가회 쪽으로 조금 가다보면 하판마을의 표지석이 보이고, 여기서 오른쪽으로 돌아가면 지동마을이 나온다. 이곳은 남명의 증조부 안습(安習)이 서울에서 내려와 정착한 곳으로 남명의 선대 묘소가 있는 곳이다. 길목에는 후손 조계명(曹繼明)의 유허비가 있고, 마을에는 창녕 조씨 문중의 재실인 병산재(屛山齋)가 있다. 그리고 남명의 선영으로 올라가는 길에서 오른쪽으로 들어가면 남명의 어머니 인천 이씨의 묘소를 만나기도 한다.

지난 6월 20일, 나에게 수업을 듣는 몇몇 학생들과 함께 고령과 합천에 있는 남명 유적을 답사하였다. 이 답사에 계명대학교 철학과에서 공부하는 예중열 선생도 동참하였다. 당시 우리는 고령의 황산재와 가야왕릉, 합천의 함벽루와 황계폭포 등을 찾아 관련 작품을 읽었다. 뇌룡정과 남명의 선영을 찾아 남명의 정신을 이해하기도 했다. 빠듯한 일정이었지만 학생들은 새로운 풍경과 특이한 이야기에 귀를 세웠고, 예 선생은 전문가다운 솜씨로 카메라로 주변을 스케치했다. 특히 남명이 3년간 여묘살이를 했던 그의 선영을 찾았을 때는 많은 느낌이 교차하였다. 남명이 그의 아버지를 위해서 쓴 묘갈명을 읽으며, 나는 1999년도에 갑자기 세상을 떠난 나의 선고가 떠올라 가슴이 북받치기도 했다.

자녀가 자라나면서 아버지의 영향을 가장 많이 받을 것이다. 내 주위를 둘러보면 생각만 그런 것이 아니라, 걸음걸이며 말투가 그의 아버지를 꼭 닮은 사람도 많다. 인간 생명에 대한 탐구는 결국 아버지로 귀결된다. 어렸을 때의 단순한 추억이 아니라 나에게 남겨진 아버지의 이미지는 나를 이해하는 중요한 요소가 되기 때문이다. 아버지의 지혜와 아버지의 사랑과 아버지의 사상, 그것이 지금의 나에게 어떤 지혜와 사랑과 사상으로 작용하는가? 나에게 유전자를 남기고 아득히 사라지는 듯하지만, 결국 아버지는 나의 생각과 표정에 살아 있다. 하여 쓰러지는 나를 일으켜 세우는 하나의 푯대가 된다. 바로 이러한 점에서 아버지는 나의 영원한 이상이며 하느님이다.

3) 다시 불어오는 높은 바람 – 함벽루

함벽루(涵碧樓)는 행정구역상 경상남도 합천군 합천읍 합천동 203번지에 위치하며 현재 문화재자료 제59호로 지정되어 있다. 합천읍 남쪽 5리 지점의 대야성 발치에 있는 이 누각의 뒤로는 응봉산(鷹峰山) 암벽이 우뚝하고, 앞으로는 남정강(南汀江)이 흐른다. 가야산, 해인사, 홍류동계

함벽루 : 1321년(고려 충숙왕 8)에 합주 지주사 김 아무개가 처음 세웠다고 한다. 여러 번 고쳐 세웠으며, 남명을 비롯한 여러 명사들의 글이 걸려 있다.

곡, 황계폭포, 남산제일봉, 황매산모산재, 합천호 및 그 벚꽃 길과 함께 합천 8경의 하나로도 유명하다. 『합천군읍지』와 『함벽루지』에 의하면 이 누각은 1321년(충숙왕 8)에 김 아무개가 처음 세웠는데 연대가 오래되어 자세한 이름은 알 수 없다고 한다. 1467년(세조 3)에 군수 유륜(柳綸), 1681년(숙종 7)에 군수 조지항(趙持恒), 1871년(고종 8)에 군수 조진익(趙鎭翼) 등에 의해 거듭 보수되고 새로 세워졌다는 것도 기록해 두고 있다.

현재 함벽루에 대한 기문은 여섯 편이 전한다. 안진(安震), 강희맹(姜希孟), 송시열(宋時烈), 조지항(趙持恒), 이채(李采), 그리고 나에게 시를 가르쳐 주신 춘산(春山) 이상학(李相學) 선생 등의 글이 그것이다. 기문이 대체적으로 그러하듯이 이들의 글에서도 사실을 있는 그대로 서술해 나가는 것을 원칙으로 하고, 간혹 감흥을 일으켜 자신이 쓰고 있는 글의 의미를 극대화시키기도 한다. 안진은 함벽루에 대하여 "한 채의 누각이 처마와 기둥은 날며 춤추고 단청과 그림은 눈부시고 빛나서 봉황새가 반쯤 공중으로 날아가는 듯하다."라고 하면서 누각 자체의 아름다움에 대하여 묘사하는가 하면, 춘산 선생은 처마물이 바로 강물에 떨어지는 것을 특기하면서 날아가는 듯한 누선(樓船)이 포구에 정박한 것 같다며 강과 누각의 기묘한 조화에 대하여 묘사하였다. 이와는 달리 강희맹은 강담수(姜淡叟)의 말을 빌어 함벽루 주위의 경치를 다음과 같이 묘사하기도 했다.

함벽루는 군청의 남쪽 4리쯤 되는 곳에 있는데 절벽을 등지고 맑은 내에 다달아 남쪽으로 바라보면 뭇산이 푸른 병풍처럼 둘러쳐져 있고 서쪽 바위 곁에 옛 절이 있어 새벽 종소리와 저녁 북소리가 은은하게 구름 밖에서 들려온다. 누각 동쪽 삼십 보쯤 되는 곳에 통행하는 네거리와 강을 건너는 나루가 있어서 나그네의 왕래하는 모습과 옷을 걷고서 물을 건너는 사람들을 굽어보노라면, 구불구불한 모양이 마치 개미 떼가 개미둑으로 기어가는 것 같다. 이것이 함벽루의 대개이다.

이 글에는 함벽루의 위치 및 주위의 풍경, 함벽루에서 내려다본 풍경 등이 정겹게 묘사되어 있어 마치 직접 보는 듯하다. 송시열은 그의 기문에서 함벽루는 조물주의 힘에 의해 자연스럽게 건립된 것임을 강조하였다. 지난 장마에 큰 나무 몇 그루가 상류에서 떠내려와 강언덕에 걸렸으니 들보와 기둥을 할 만하였고, 모래가 강가에 쌓여 못을 만들 만하였다고 한 것이 그것이다. 이채 역시 이를 기이하게 여기고 그의 글에서는 함벽루 곁에 있는 연호사(烟湖寺)에 대한 언급도 잊지 않았다. "누각 서쪽 바위 모퉁이에 난야(蘭若)의 옛 터가 있으니 세상에 전하길 연호사라고 한다. 다시 남은 재목(材木)과 힘으로 아울러 창건하니 옛터가 기울고 좁아서 돌을 파고 땅을 넓혀 함벽루 곁으로 약간 옮겼다."라고 한 기록이 그것이다. 함벽루를 중심으로 다양한 이름을 짓기도 했다. 동쪽으로는 달을 먼저 바라볼 수 있다고 해서 망월암(望月巖), 뒤쪽으로는 그 모습이 피리를 부는 형상이라 하여 취적봉(吹笛峰), 그 위쪽으로는 바람을 타고 허공을 난다고 해서 능허대(凌虛臺), 연호사를 지나 서쪽으로는 소동파의 <적벽부>에서 그 이름을 딴 망미대(望美臺) 등이 그것이다.

아름다운 누각에 올라 시인들은 감흥이 없을 수 없었다. 함벽루에서 시를 남긴 사람은 참으로 많지만 현재 게판되어 있는 경우를 중심으로 거명하면 다음과 같다. 정이오(鄭以吾), 표근석(表根碩), 이황(李滉), 조식(曺植), 조준(趙俊), 권시경(權時經), 김시영(金始英), 조진익(趙鎭翼), 조두순(趙斗淳), 민치순(閔致純), 이범직(李範稷), 허사렴(許士廉), 이중하(李重夏), 상집(尙集), 김영헌(金永憲), 김대형(金大馨), 문경종(文璟種), 최익현(崔益鉉), 송병선(宋秉璿) 등이 그들이다. 이들은 어부의 피리소리와 차가운 하늘 기운을 노래하기도 하고(표근석의 경우), 공명의 굴레에서 벗어난 여유로움을 읊기도 하였다(이황의 경우). 가만히 구양수의 취옹정(醉翁亭)에 견주는 사람(권시경)이 있는가 하면, 함벽루를 중수하고 난 다음의 풍경과 연회를 묘사한 사람(조진익)도 있었다. 시대를 오르내리며 많은 시인들이 이곳에 와서 저마다의 흥취를 다할 때 남명은 이 함벽루에 올라 무슨 생각을 하였을까? 들보에 걸려 있는 <함벽루>라는 오언절구를 중심으로 살펴보기로 하자.

잃은 것을 남곽자같이 하지는 못해도	喪非南郭子
강물은 아득하여 앎이 없다네	江水渺無知
뜬 구름 같은 일을 배우고자 하여도	欲學浮雲事
높은 풍취가 오히려 깨어버리네	高風猶破之

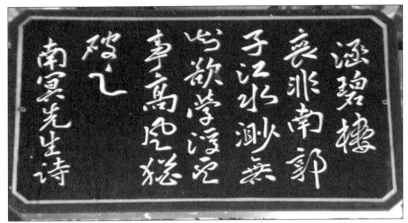

함벽루의 남명 시판 : 남명은 여기서 "뜬 구름 같은 일을 배우고자 하여도, 높은 풍취가 오히려 깨어버리네."라고 했다. 역대로 매우 난해한 시로 알려져 있다.

이 작품을 이해하기 위해서는 『장자』 「제물론(齊物論)」에 제시된 장자의 은미(隱微)한 이상을 읽어낼 수 있어야 한다. 장자는 「제물론」에서 모순과 발전에 대한 인식을 명확히 했다. 사실 현실의 모순은 매우 심하고 복잡하여 사람들로 하여금 수많은 갈래 속에서 헤매게 한다. 장자는 이러지도 저러지도 못하게 하는 현실적 모순들에 대한 정신적 고통을 깊이 체득하였다. 그가 현실을 벗어나고자 안간힘을 쓴 것도 바로 이 때문이었다. 다른 한편으로 이것은 그가 일체의 인간과 사물이 모순의 존재라는 것을 절실히 느끼고 있다는 것을 반증하는 것이기도 하다. 이는 장자 사상에 세계의 모순을 인정하고, 이것에 대한 운동과 발전이라는 변증법적 요소가 있다는 말이 된다. 어쨌든 남명이 제1구에서 '상비 남곽자'라며 탄식하였으니 조금 장황하기는 하나 다음의 글을 통해 남명이 장자를 어떻게 이해하고 있는지를 알아보자.

남곽자기(南郭子綦)가 책상에 기대고 앉아 하늘을 우러러 길게 한숨을 쉬면서 멍청하게 앉아 있는 모습이 마치 짝을 잃어버린 듯하였다.

안성자유(顔成子游)가 그 앞에서 모시고 섰다가 물었다.

"어쩌된 일이십니까? 얼굴은 진정 마른 나무와 같으며, 마음은 진정 죽은 재와 같습니까? 지금 책상에 기대고 있는 분은 예전에 책상에 기대 있던 그분이 아닌 것 같습니다."

자기가 말했다.

"언(偃)아! 네 질문이 훌륭하구나. 이제 나는 나를 잃었는데 너는 알겠느냐? 너는 사람의 음악은 들었으나 땅의 음악은 듣지 못했을 것이며, 비록 땅의 음악은 들었다 하더라도 저 하늘의 음악은 듣지 못했을 것이다."

"무슨 말씀이신지요?"

자유가 묻자 자기가 대답했다.

"대개 이 땅덩이가 뿜어 올리는 기운을 일컬어 바람이라고 한다. 이것이 일지 않으면 몰라도 한 번 일기만 하면 온갖 구멍들이 성을 내어 부르짖는다. 너는 그 윙윙하고 멀리서 불어오는 소리를 듣지 못했느냐? 우뚝 솟은 산림의 백 아름드리 큰 나무에는 코 같기도 하고, 입 같기도 하고, 귀 같기도 하고, 장여 같기도 하고, 고리 같기도 하고, 절구통 같기도 하고, 연못 같기도 하고, 웅덩이 같기도 한 구멍이 있다. 바람이 불면 그것들은 부딪치는 소리와 윙윙거리는 소리, 질책하는 듯한 소리, 절규하는 듯한 소리, 흐느끼는 듯한 소리, 재잘거리며 속삭이는 듯한 소리, 애절한 듯한 소리 등등의 소리가 난다. 앞소리를 부르면 뒷소리가 화답한다. 작은 바람에는 작게 화답하고 큰 바람에는 크게 화답한다. 그러다가 바람이 한 번 지나간 뒤에는 그 구멍들은 텅 비게 된다. 그때 너는 그 나무들이 살랑살랑 흔들리는 모습을 보지 못했느냐?"

자유가 또 물었다.

"땅의 음악은 수많은 구멍이 그것이요, 사람의 음악은 통소가 그것인 줄 알겠습니다. 그러면, 하늘의 음악이란 무엇입니까?"

자기가 말했다.

"대개 그 불어내는 바람소리는 수만 가지로 다른데, 그것들이 모두 제멋대로 불도록 하는 것이 하늘의 음악이다. 그렇다면 모든 소리는 다 그들 스스로가 내는 것이니, 정말로 성내어 부르짖도록 하는 자가 누구란 말이냐?"

장자는 남곽자기와 안성자유의 대화를 통해 나와 너의 완전한 화합, 완성과 훼손의 일치, 사물과 자아의 평등을 이야기하고 있다. 그는 우리에게 껍데기를 벗어던지고 생사를 초월하여 스스로가 자신의 삶에 대한 참 주재자가 되기를 주문하고 있는 것이다. 곽상(郭象)은 여기에 대하여 "하늘과 사람이 같아지고, 너와 내가 균등한 까닭에 밖과 더불어 기뻐할 것이 없으므로 망연하게 몸을 잊은 것이 마치 짝을 잃은 것 같다." 라고 하면서 남곽자기의 '사상기우(似喪其耦)'를 풀이하였다. 이 '잃음[喪]'의 상태는 마른 나무나 죽은 재와 같이 적막하여 정(情)이 없으며, 모든 것을 자연에 맡겨 현실세계에서 일어나는 일체의 시비를 잊은 것이므로 천진(天眞) 그것일 뿐 다른 무엇이 따로 존재하는 것이 아니라는 것이다.

내가 스스로 나를 제대로 잊어버릴 때 비로소 나를 비롯한 천하의 모든 사물들은 스스로의 의미로 다시 살아난다. 나를 제대로 잊을 때 내가 지닌 어떤 시각으로 사물을 이해하는 편견에서 벗어나 사물 그 자체가 왜곡되지 않은 채 자신의 온전한 몸으로 나에게 올 수 있다는 것이다. 이를 설명하기 위하여 장자는 남곽자기에게 사람과 땅과 하늘의 음악을 이야기하게 했다. 여기서 말하는 하늘의 음악은 특별한 하나의 사물이 아니다. 땅이 지닌 여러 가지 구멍과 사람이 만든 악기들이 생명 있는 것과 접촉하여 하나의 천(天)을 이루게 된다. 이것은 어떤 주재자가 있어 강제(强制)에 의해 사물을 성립시킨다는 일체의 사유를 부정한다. 이를 장자는 '자연', 곧 '천연(天然)'으로 보았던 것이다.

하늘이 사물을 시켜서 자신의 지시를 따르게 하는 것이라고 사람들은 이야기할지도 모른다. 그러나 장자는 하늘도 또한 스스로 있을 수 없는 것인데 하물며 사물을 있게 할 수 있겠는가 라며 반문한다. 하늘이라고 하는 것은 수많은 사물의 총명(總名)이어서 하늘 아닌 곳으로 나아갈 수 있는 어떤 것이 아니며, 이 때문에 누군가의 주재자가 되어서 사물을 사역시킬 수도 없다는 논리이다. 이 같은 장자의 생각을 남명은 적극적으로 받아들인다. 그리고 현실세계가 지니고 있는 시비를 모두 벗어나 나의 존재까지 망각한 '잃음[喪]'의 경지를 그리워하였던 것이다. <함벽루> 제1구에서 '남곽자'를 부른 이유도 여기에 있으며, 제2구에서처럼 함벽루에 높다랗게 올라 시비를 버리고 아득히 흘러가는 강물을 바라다보면서 자신 역시 그 세계에 의식이 닿아 있음을 보여준 것도 같은 이유에서였다.

그러나 제3구에서 대전환이 일어난다. '잃음'의 경지를 부정하고 있기 때문이다. 남명은 여기서 '부운사(浮雲事)'를 배우고자 했음을 실토한다. 이 '부운사'에 대한 이해는 간단하지가 않다. 이를 현실의 시비를 뜬 구름과 같이 보는 세계관이라고 볼 수도 있고, 『논어』「술이」에서 공자가 제시한 것처럼 부귀와 같은 현실세계의 공명을 뜬 구름으로 보는 세계관이라 볼 수도 있기 때문이다. 이 양자 가운데 어느 것을 선택하느냐에 따라 남명의 작품 <함벽루>는 그 성격을 달리한다. 즉 전자로 보면 현실세계에서 없을 수 없는 있음과 없음, 옳고 그름을 떠난 자유의 세계로 들어간다는 것이고, 후자로 보면 현실세계에서 말하는 도리의 반대편에 있는 부귀를 부정하고, 질서의 세계로 나아간다는 것이다. 전자는 현실을 부정하는 데서 출발하고 후자는 현실을 긍정하는 데서 출발한다. 여기에 따라 제4구의 '고풍'도 의미를 달리하게 된다. 전자에 근거하면 현실부정적 세계관이 깨어진다는 것이니 고풍은 유가적 의미 안에 존재하게 되고, 후자에 근거하면 부귀가 있는 현실긍정적 세계관이 깨어진다는 것이니 고풍은 도가적 의미 안에 존재하게 된다.

여기서 우리는 심각한 갈림길에 놓이게 된다. 시비를 완전히 잃어버리고 현실을 초월하여 자유를 구가한 도가적 세계의 소유자로 남명을 볼 것인가, 아니면 시비를 따져 현실에 질서를 부여하는 유가적 세계의 소유자로 남명을 볼 것인가 하는 것이다. 이 둘의 문제는 남명을 이해하는 데 있어 당대부터 항상 따라다니던 문제였다. 이 문제에 대하여 나는 일찍이 남명의 의식 속에 세계에 대한 두 지향이 함께 있으며 이같은 모순은 상호운동에 의해 발전적 세계를 성취하는 것으로 나아간다면서 남명의 의식구도를 설명한 적이 있다. <함벽루>에서 이것은 요약되어 있는 바, 제1구와 제2구에서 보여 주었던 '잃음'의 경계가 제3구의 '부운사'에 의해 전환이 마련되고, 결국 제4구에서 '고풍'을 등장시켜 이것을 깨어버리면서 차원을 달리한 현실, 혹은 초월이 내포된 현실로 되돌아 나오는 과정을 나타낸 것으로 본 것이다.

남명은 유가적 세계를 지녔으되 통상의 유가는 아니었고, 도가적 세계에 관심을 두었으나 흔히 아는 도가가 아니었다. 남명은 장자와 같이 완전한 포기가 완전한 획득이라는 것을 알고 있었다. 그러나 아득히 흘러가는 강물을 바라보면서 자신의 방기(放棄)는 이룩하였으나 세상을 잊을 수가 없었다. 이 때문에 다른 곳에서 "바람에 떨리는 나무를 생각하고, 의리를 지키다 억울하게 죽은 사람을 생각한다네[卽懷風振木, 曾嗜義寃人]."라고 하면서 슬피 노래할 수 있었던 것이다. 자연 속에서 바람이 일어나 나뭇가지가 흔들려 나뭇잎이 떨어지는 것을 보고, 사화로 죽은 친구들의 목숨을 생각하게 되었던 것이다. 자연 속에서 현실의 시비를 잊고 초월적 삶을 영위하고자 하였으나 남명은 마침내 세상을 잊을 수가

함벽루 답사 : 경북대 문학사상연구실의 제생들과 답사를 했다. 답사 장소가 정해지면 여기에 대하여 한 사람이 발표하고, 이어 토론을 거치면서 작가의 인식을 공유한다.

없었던 것이다. 이는 개인의 자유보다 사회적 질서가 더욱 중요하다는 유가적 논리에 입각한 것이라 하겠다.

피(彼)가 있다는 것은 차(此)가 있다는 것이며, 차(此)가 있다는 것은 곧 피(彼)가 있다는 것이다. 이같이 피차는 서로 모순되지만 한편으로 서로 협동한다. 쌍방이 네 안에 내가 있고, 내 안에 네가 있으며 피차가 서로 운동하며 전화(轉化)하는 것을 긍정한다. 남명은 피차 혹은 시비의 한계를 단순히 부정해 버리지 않았다. 여기에 대한 고백이 <함벽루>이기 때문에, 이 작품은 남명의 독특한 사유구조를 이해할 수 있다는 측면에서 중요하다. 그리고 마지막 귀결점을 보여 주면서 세상의 소리를 듣게 한다. 아우성이 있는 세상의 소리. 정면 3칸·측면 2칸·2층으로 된 누각, 5량 구조·팔작지붕의 목조와가, 그 함벽루 위에 서 있으면 남명의 현실을 향한 아픔이 바람 속에 묻어 있음을 안다. 남명이 떨리는 나뭇가지를 보면서 친구의 목숨을 생각한 것처럼 세상엔 극복해야 할 엄청난 모순이 있다. 나는 이 가을 단풍이 아름다움만이 아니라는 것을 이로써 안다.

4) 남명이 생각한 참된 관인상 – 이영공유애비

이영공유애비와 여타의 비들 : 오른쪽의 가장 큰 것이 남명이 비문을 짓고 고산 황기로가 그것을 쓴 '이영 공유애비'이다.

 지난 1996년 여름은 참으로 수확이 있었다. 남명이 합천군민을 대표해서 글을 쓰고 군민의 이름으로 세운 비를 발견했기 때문이다. 그해 8월 18일 덕천서원에서 있었던 '남명제(南冥祭)' 행사에 참가했다가 대구로 돌아오는 길에 합천의 함벽루(涵碧樓)에 들렀다. 남명이 추구했던 대자유의 세계를 보고자 함이었다. 남명은 함벽루 앞으로 흐르는 황강의 아득한 물줄기를 바라보면서 장자적 망아의 세계를 의식적으로 추구했다. 그리고 그 사정을 <함벽루>라는 오언절구에 담았다. 함벽루 들보에 걸려 있는 남명의 시를 통해 눈앞에 아득히 번져가는 자유의 세계를 조망할 수 있었다. 그리고 입구 오른편 산기슭에 늘어서 있는 비석 쪽으로 눈길을 돌렸다. 여태 합천 어딘가에 있을 것이라 막연히 생각했던,

이영공유애비 : 남명은 여기서 "누구인들 부모가 없을 것이며, 어느 부모인들 어린아이가 없겠는가?"라고
하면서 이증영을 부모에, 합천군민을 어린아이에 비유하며 이증영의 선정을 기렸다.

남명의 언어로 새겨진 공덕비가 저 속에 있을지도 모른다는 생각이 갑자기 나의 뇌리를 강타했기 때문이다. 그리하여 산기슭으로 기어 올라가 빗돌 하나하나를 살피기 시작하였다. 중간 지점이었다. 나는 소스라치게 놀라고 말았다. 거기 수백 년 동안 그의 몸에 이끼를 키워온 빗돌 하나가 나를 보면서 막 숨을 쉬려 하는 것이 아닌가! 바로 '이영공유애비(李令公遺愛碑)'―『남명집』에는 <이합천유애비>로 되어 있다― 였다. 그 빗돌에 손이 닿는 순간 나는 시간의 뜨거움에 감전되고 말았다. 남명이 두드리는 천 석의 종소리가 나의 혈관 속에서 다시 울리기 시작하였다. 마침 오늘이 남명제가 열리는 날이라 남명의 계시가 있는 듯도 하였다. 참으로 오랜만의 해후였다.

나보다 먼저 이 비를 본 사람이 있었겠지만, 지금도 그때의 감동을 잊을 수 없다. 그 뒤 2001년 12월에 이 비가 경상남도 유형문화재 제367호로 지정되었으니 다행한 일이다. '이영공유애비'는 합천군수를 지낸 적이 있는 이증영(李增榮, ?-1563)의 공적을 기리기 위하여 남명이 군민을 대표해서 쓰고 세운 것이다. 1559년(선조 1) 10월에 세웠으니 지금으로부터 455년 전의 일이다. 처음 어디에 세웠는지는 알 수 없으나 산재해 있던 합천의 비가 이쪽으로 옮겨지면서 함께 옮겨진 것이 아닌가 한다. 가로 87cm, 세로 202cm, 폭 17cm의 형식을 지녔으며, 비문은 전체 13행, 각 행 평균 25자로 음각 되어 있다. 글씨는 당대의 명필로 초서의 대가인 선산 선비 고산(孤山) 황기로(黃耆老, 1521-1575)가 썼다. 이 비문은 대체로 네 단락으로 나뉜다. 첫째는 관과 민의 이상적 관계, 둘째는 합천군수 이증영과 합천군민의 관계, 셋째는 이증영의 선정내용, 넷째는 군수의 사랑에 대한 합천군민의 도리가 그것이다.

가) 누구인들 부모가 없을 것이며, 어느 부모인들 어린아이가 없겠는가? 갓난아이가 어머니를 잃으면 다른 사람이 거두어 주기도 하고, 부모가 갓난아이를 먹일 때에는 사랑에 때로 틈이 생기기도 한다. 그러나 유독 우리 공이 백성의 부모가 되었을 때는 사랑이 어찌 잠시라도 틈이 생긴 적이 있었는가?

나) 우리 부모라는 사람은 누구인가? 이 학사 증영이 그 사람이다. 갓난아이란 누구인가? 합천군의 백성이다. …… 그가 부임해 왔을 때에는 자신만만하여 우리 백성 보기를 아픈 상처 보듯 하더니, 그가 떠날 때에는 황급히 비석에 그의 공을 기재하지도 않았다.

다) 우리에게 밭이 있으면 공은 농사짓게 해 주었으며, 우리에게 뽕이나 삼이 있으면 공은 옷을 만들어 입게 해주었다. 나라에서 중요한 징용이 있을 때는 관아에서 스스로 대응하였고, 백성들이 굶주리면 자신의 음식을 밀어 고기를 먹여 주었다. 향약을 일으킨 것은 윤리를 돈독하게 하기 위해서이고, 주포(周布)를 불린 것은 백성들의 노역을 덜어주기 위함이었다. 의지할 데 없는 백성들이 외로운 송아지처럼 젖을 들이받으며 덤벼도 노여워하지 않고 타일렀으며, 권문세가에서 뇌물을 요구할 때는 항상 빈 봉투를 보냈다.

라) 이제 그분이 떠나가니 사랑이 나올 곳이 없다. 다만 생각건대 갈 사람은 가고 올 사람은 또 올 것이니, 내일 부모될 사람이 자식 기르는 방법을 배우고 나서 오는 것이 아니고, 갓난아이가 되는 사람도 역시 어버이에게 사랑하는 것을 배운 뒤에 효도하는 것이 아니다. …… 다만 이 부모를 생각하여 사랑을 남겨 준 것을 드러낼 뿐이다.

가)에서 남명은 관과 민의 이상적 관계를 부모와 갓난아이의 관계로 보았다. 관은 부모가 갓난아이를 보살피듯 민을 보호해야 한다는 것이다. 이 생각을 가장 잘 실천한 사람이 바로 합천군수 이증영이라는 것이다. 생각이 이러하였기 때문에 나)에서 이증영을 부모에, 합천군민을 갓난아이에 대응시키고 있다. 타인에 대하여 좀처럼 허여하지 않았던 남명으로선 실로 파격적인 평가라 아니할 수 없다. 그렇게 평가할 수 있는 근거를 남명은 다)에서 찾고 있다. 백성들의 부역을 삭감시키고, 빈민을 구제하여 모두 생업에 종사할 수 있게 하였으며, 또한 향약을 일으켜 예의를 알도록 하였다는 것이 그것이다. 라)에서는 관과 민이 부모와 자식의 관계처럼 된다면 끊임없이 자애로운 부모와 효도하는 자식이 있을 것이라고 하면서 자식된 도리로 이 비를 세워 덕을 기린다고 하였다.

그렇다면 이증영은 과연 누구인가?『인종실록(仁宗實錄)』과『명종실록(明宗實錄)』에 근거하여 살펴보기로 한다. 이들 자료에 의하면 그는 명종이 세자였을 때의 사부였다. 예로부터 대군은 사부를 보고 절하지 않는 법이었는데, 이증영이 명종의 비범함을 알고 예법의 중요성을 역설하자 명종은 증영에게 절을 했다고 전한다. 명종은 즉위한 후에 그가 행실이 청렴하고 근실하다 하여 활인서(活人署) 별좌(別坐)와 주부(主簿, 1546년, 명종 1), 공조정랑(工曹正郎, 1552년, 명종 7), 한성부(漢城府) 서윤(庶尹, 1553년, 명종 8), 중추부(中樞府) 첨지(僉知, 1559년, 명종 14) 등을 제수하였다. 그리고 그에게 외직을 맡기기도 했는데 합천군수(陜川郡守)와 청주목사(清州牧使)가 대표적이다. 합천군수는 한성부 서윤으로 얼마간 근무하다가 중추부 첨지가 된 해인 1559년까지, 청주목사는 중추부 첨지로 얼마간 근무하다가 사망한 해인 1563년까지였다. 그가 죽자 명종은 비통해 하면서 예조에 지시하여 특별히 제사를 지내게 하고 호조참판(戶曹參判)으로 추증하였다.

인종이 즉위한 다음 해인 1545년 3월에 이증영은 상소를 올려 당시의

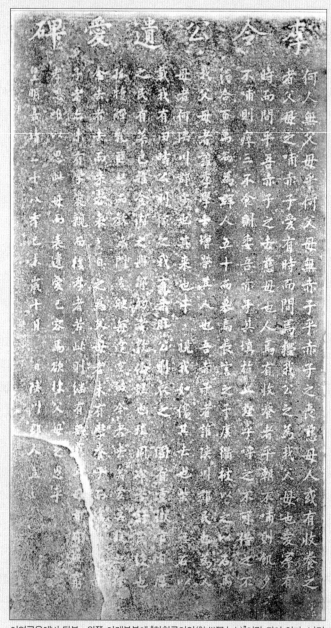

이영공유애비 탁본 : 왼쪽 아랫부분에 "합천군인입(陜川郡人立)"이라 되어 있다. 남명이 합천군인의 대표로 이 글을 짓고 세운 것이다.

폐단을 지적하며 개선방안으로 9조목을 제시하였다. 마음을 바로 잡는 것, 장례를 정성껏 치르는 것, 효성과 우애를 돈독히 하는 것, 친족들을 화목하게 하는 것, 백성들을 사랑하는 것, 학교를 일으키는 것, 재능 있는 인재를 쓰는 것, 기절을 장려하는 것, 어진 사람을 높이는 것 등이 그것이다. 이 중 앞의 셋은 수기(修己)에 해당하며, 뒤의 다섯은 치인(治人)에 해당한다고 하였다. 그리고 마지막의 것, 즉 어진 사람을 높이는 것을 더욱 힘주어 강조하였다. 어진 사람의 도움이 없으면 수기와 치인이 함께 온전해지지 않기 때문이다.

이증영은 합천군수로 있으면서 백성을 잘 다스렸다고 한다. 여기에 대한 공적이 인정되어 명종은 그를 당상관으로 승격시켜 중추부 첨지를 제수하였다. 합천군의 선비들 또한 이것을 인정하여 그가 합천을 떠나갈 때 연회를 베풀고 송별시를 지어주며 아쉬워하였다. 중국에서는 소동파(蘇東坡)를, 조선에서는 남명의 시를 제일로 평가했던 권응인(權應仁)은 『송계만록(松溪漫錄)』에서 이때의 사정을 기술하며 그 중의 시 한 구절을 소개하기도 하였다. 남명 또한 이때 지은 것으로 보이는 시 한 수를 저서 『남명집』에 남긴다. <신별이학사증영(贐別李學士增榮)>이 그것이다.

> 그대 보내려 하니 강 위의 높다란 달도 한스러워하는 듯　　送君江月千尋恨
> 붓으로 그리려 해도 어찌 이 깊은 마음 그릴 수 있을까　　畫筆何能畫得深
> 이 얼굴 이로부터 길이 이별할 얼굴이나　　此面由今長別面
> 이 마음이야 언제나 헤어지지 않는 마음이라네　　此心長是未離心

이증영을 향한 남명의 그리운 심정이 잘 나타나 있다. 제1구에서는 한스런 달에 감정이입된 쓸쓸한 자아를, 제2구에서는 제1구에서 제시한 그 자아를 표현할 수 없는 심정을, 그리고 제3구에서는 육신의 이별을, 제4구에서는 마음의 영원함을 노래했다. 그러니까 이 작품은 표면적으로 육신이 서로 헤어지지만 이면적으로 마음은 항상 만나고 있다는 역설적 그리움을 표현한 것이다. 남명은 친구도 벼슬을 하면 만나고 싶지 않다고까지 하였다. 그럼에도 불구하고 떠나가는 한 관리에 대하여 이 같은 심정을 들어 그를 전송하고 있는 것은 무엇 때문일까? 이것은 바로 백성을 향한 이증영의 목민관적 태도에 기인할 것이다.

남명은 백성을 나라의 근본이라 생각했기 때문에 피폐한 백성을 향해 눈물 흘렸다. 그리하여 백성의 곤궁을 목도하면 조금이라도 백성에게 이익 되는 것이 있을까 하여 관리에게 적극적으로 알려서 민생구제가 실현되기를 바랐다. 백성의 아픔을 자신의 아픔으로 여겼기 때문이었을 것이다. 여기 어려운 처지에 놓인 한 백성을 구제하기 위하여 관리 이증영에게 띄운 편지가 있다.

> 저는 지금 육동(陸洞)에 와서 매부의 장례를 치르고 있습니다. 이 동네에 정순경(鄭舜卿)이란 자가 있는데, 어머니가 돌아가셨는데도 장례 치를 여력이 없습니다. 지금 육동의 선영으로 모시고 와 장사를 지내고자 하지만 백 리 밖에서 운구해 올 방법이 없습니다. 상복을 입고 어쩔 줄 몰라 하며 눈물을 참지 못하고 있으니 이는 상복을 입을 사람이 없는 상이나 마찬가지입니다.

위의 자료는 <여이합천서(與李陜川書)>의 일부이다. 경남 합천군 쌍백면 육리에서 매부 정운(鄭雲)의 장례를 치르면서 가난한 백성 정순경이 어머니가 돌아가셨는데도 장사를 치르지 못하는 안타까운 사정을 알고 당시 군수였던 이증영에게 편지하여 관에서 구제해 줄 것을 요구한 것이다. 이증영 스스로가 장례를 정성껏 치를 것을 강조하기도 하였거니와 그의 애민적 목민태도에 대하여 익히 알고 있었던 터였다. 이를 통해 우리는 남명의 결 고운 백성 사랑하는 마음을 다시 간파하게 되는 것이다.

남명은 백성을 갓난아이 보살피듯 한 합천군수 이증영을 통해 참된 관인상을 읽고 있었다. 그에게 친밀감을 느낀 것도 이 때문이었을 것이다. 그리하여 그가 합천군수로 있을 때 백성의 어려움을 호소하기도 하고, 합천을 떠날 때 송별시를 지어주기도 하였으며, 떠난 뒤에는 합천군민을 대표하여 공덕비를 세워주기도 했던 것이다. 남명이 이 일을 자임하고 나선 것은 오히려 후임으로 올 여러 관리들을 경계하고자 함이었을 것이다. 앞사람을 본받아 뒷사람은 마땅히 백성들을 갓난아이처럼 돌보아야 한다는 것을 묵시적으로 보여 주고 있기 때문이다.

비를 세우고 난 2년 뒤에 지리산으로 들어가게 되지만 남명의 언어는 빗돌에 남아 수백 년 동안 합천의 백성들을 지켜왔다. 그리고 참된 관인상을 생각하며 오늘날 우리의 관리 도적들을 향하여 백성들의 곤폐에 대한 문제를 심각하게 제기하고 있다. 천 석의 경종을 울리면서 말이다.

5) 자연과 인간을 함께 사랑한 남명 – 황계폭포(1)

합천 시외버스 터미널에서 33번 도로를 타고 진주 방면으로 조금 가다보면 황강의 푸른 물결을 만날 수 있다. 그 흐름 위로 남정교(南汀橋)가 우뚝 서 있다. 남정교를 지나 우회전하면 1026번 도로가 나오는데, 이 길이 바로 황계폭포가 있는 용주면 황계리로 가는 길이다. 성산리, 용지

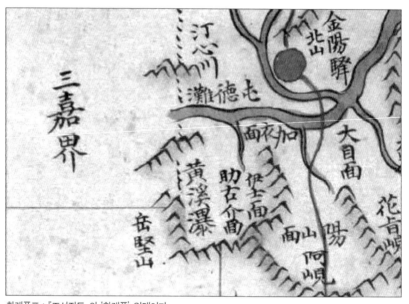

황계폭포 : 『조선지도』의 '황계폭' 일대이다.

리, 평산리, 장전리를 거치면 황계리가 나온다. 황계리는 합천에서 대략 12km의 거리이다.

　폭포는 신비하게 숲과 돌로 가려져 있었다. 숲을 지나면 넓다란 바위 사이로 쏟아지는 물길이 나오고 그 옆으로 나있는 돌 비탈길을 오르면 폭포가 위용을 자랑하며 서서히 눈앞에 나타난다. 이 폭포는 귀장산(龜藏山)에서 발원한 물이 험준한 계곡을 감돌아 20m 높이에서 떨어지는 것으로 아무리 가물어도 물이 마르는 일이 없다고 한다. 필자가 이곳을 방문했을 때는 마침 겨울이어서 폭포의 물줄기는 얼어붙어 있었다. 아래로 떨어지면서 얼어붙은 거대한 얼음 기둥이었던 것이다. 마치 한 마리의 백학(白鶴)이 비상하기 위하여 발목에 힘을 모으고 있는 듯도 하고, 얼굴 없는 아름다운 여인이 유리알로 만든 무봉의 옷을 입고 사뿐히 서 있는 듯도 했다. 선명한 겨울햇살이 그 학의 날개, 혹은 여인의 옷에 순백의 의지로 부딪히고 있었다.

　남명이 이곳을 찾은 것은 언제였는지 모른다. 다만 어머니가 돌아가셔서 삼가(三嘉)의 선영(先塋)에 장사를 지낸 45세에서 덕산의 산천재(山天齋)로 들어간 61세 사이의 어느 날이 아닐까 하고 추측할 따름이다. 이 시기에 남명은 토동(兎洞)에 계부당(鷄伏堂)과 뇌룡사(雷龍舍)를 지어놓고 제자들을 가르치고 있었다. 평소 폭포를 보면서 기개를 길러오던 터라 동료 혹은 제자들을 데리고 몇 번이나 탐방하였을 것이다. 그리하여 남명은 저서 『남명집』에 황계폭포와 관련한 작품 2제 4수를 남기게 되었던 것이다. <황계폭포(黃溪瀑布)> 2수와 <유황계증김경부(遊黃溪贈金敬夫)> 2수가 바로 그것이다. 앞의 작품이 황계폭포 자체로 자신의 세계관을 표현한 것이라면, 뒤의 작품은 황계폭포 주변의 경치로 자신의 세계관을 표현한 것이다. 우선 앞의 두 수로 남명의 의식세계를 더듬어 보도록 한다.

　가) 구슬을 던지는 것이 도리어 골짝에 부끄럽고　　投璧還爲壑所羞
　　　암벽에 전하는 구슬 가루 일찍이 머물지 않네　　石傳糜玉不曾留
　　　계곡의 신은 부질없이 용왕의 욕심을 섬기느라　溪神謾事龍王欲
　　　아침에 만든 명월주를 다 싣고 가도록 하네　　　朝作明珠許盡輸

　나) 달아맨 듯한 한 줄기 강물 은하수처럼 쏟아지니　懸河一束瀉牛津
　　　구르던 돌이 만 섬 옥으로 변하였다네　　　　　　走石翻成萬斛珉
　　　내일 아침 사람들 말이 그리 각박하진 않겠지　　物議明朝無已迫
　　　물과 돌을 탐내고 또 사람을 탐냈다고　　　　　　貪於水石又於人

남명의 〈황계폭포〉 시비 : 남명은 여기서, "달아맨 듯한 한 줄기 강물 은하수처럼 쏟아지니, 구르던 돌이 만 섬 옥으로 변하였다네."라고 하였다.

첫 번째 작품 가)는 끊임없이 흘러내리는 폭포수를 게으른 계곡의 신과 부지런한 용왕과의 대비를 통해 표현한 것이다. 계곡의 신[溪神]을 『노자』에 보이는 곡신(谷神)으로 볼 수도 있겠으나, 노장적 세계에 경도될 필요는 없다. 계곡과 관련된 것은 '골짜기[壑]'와 '암벽[石]'이라 할 것인데 구슬로 비유된 물은 조금도 거기에 머물러 있지 않고 흘러내린다. 이것은 계곡의 신인 '계신'보다 물의 신인 '용왕'이 부지런하기 때문이라고 했다. 용왕은 물을 관장하는 신이다. 인간은 조금이라도 물을 멀리하여 살아갈 수 없으므로 예로부터 물에 대한 신앙으로 용왕을 섬겨왔다. 이것을 인식한 남명은 고착적인 계곡의 신을 부정하고 역동적인 물의 신에 눈길을 돌리면서 인간에게 가장 소중한 물을 모두 실어가도록 허락한다고 했다. 그것도 아침에 만든 빛나는 '명월주' 같은 물을 말이다.

두 번째 작품 나)는 자연과 인간 사이의 경계가 끊임없이 쏟아지는 폭포수로 인해 소멸된다는 것을 표현한 것이다. 하늘에서 바로 떨어지는 물줄기를 보고 남명은 생각했을 것이다. 구르던 돌이 만 섬의 옥으로 변한 것이라고. 또 생각했을 것이다. 그 힘과 그 넉넉함, 그리고 자연에의 탐구로 내일 아침엔 사람들의 의논이 그리 각박하진 않을 것이라고. 여기서 남명은 중요한 개념 두 가지를 떠올렸다. 제4구에 보이는 '수석(水石)'과 '인(人)'이 그것이다. '수석'은 자연에 다름 아니며, '인'은 인간에 다름 아니다. 남명은 항상 이 자연과 인간을 탐구하기 위하여 평생을 바쳤다. 세계에 대한 이 같은 태도는 황계폭포에 와서도 그대로 나타났다. 즉 자연을 감상하면서 인간을 떠올렸다는 것이다. 내일 아침이면 논의가 각박하지 않을 것이라고 했는데, 자연을 통해 인간의 정서가 순화되었기 때문일 것이다.

황계폭포 : 폭포는 빛과 속도가 만들어내는 기하학적 방식을 통해 암벽이라는 수직 공간에서 강력한 동력을 얻는다. 남명은 폭포를 보면서 "물길이 만 길 구렁을 향해 내려가는데 곧장 내려만 갈 뿐 다시 앞을 의심하거나 뒤를 돌아봄이 없다."라고 한 바 있다.

남명신도비 : 남명기념관 경내에 있다. 두전에 '남명선생신도비(南冥先生神道碑)'라고 쓰면서 '生'자를 거꾸로 썼다. 이를 두고 사람들은 남명을 하늘이 내셨다는 의미가 아닐까 하고 추측한다.

남명은 곧은 소리를 내며 떨어지는 폭포수 앞에서 자신의 기개를 길렀을 것이다. 깎아지른 벼랑 위에서 지축을 흔들며 떨어지는 그 물소리를 통해, 혹은 바위에 갇혀 출구를 찾는 그 웅장한 물소리를 통해서 말이다. 기개는 현실의 부조리와 조금도 타협하지 않을 수 있는 내면의 힘이다. 사실의 이러함을 간파했기 때문에 우암(尤庵) 송시열(宋時烈, 1607-1689)은 남명의 <신도비명>에 "극기에는 한 칼로 양단하듯 하였고, 그 처사에는 물이 만 길 높이에서 떨어지듯 하여 절대로 어긋나거나 구차한 뜻이 없었다."라 기록하고 있다.

여기서 혼탁한 시대와 부딪히며 지성의 항거를 들려주었던 김수영(金洙暎, 1921-1968) 시인이 떠오른 것은 참으로 우연한 일이었다. 그는 역겨운 현실에 대한 항거를 <폭포>라는 시를 통해 강하게 표명한 바 있다. 남명의 작품 <황계폭포>가 현실과 일정한 맥을 대고 있다는 데서 함께 두고 읽어보는 것도 자못 의미 있는 일일 것이다.

폭포는 곧은 절벽을 무서운 기색도 없이 떨어진다.

규정할 수 없는 물결이
무엇을 향하여 떨어진다는 의미도 없이

계절과 주야를 가리지 않고
고매한 정신처럼 쉴사이 없이 떨어진다.

금잔화도 인가도 보이지 않는 밤이 되면
폭포는 곧은 소리를 내며 떨어진다.

곧은 소리는 소리이다.
곧은 소리는 곧은

소리를 부른다.

번개와 같이 떨어지는 물방울은
취할 순간조차 마음에 주지 않고
나태(懶怠)와 안정을 뒤집어 놓은 듯이
높이도 폭도 없이
떨어진다.

6) 잣나무와 국화, 그 영원한 정신이여 – 황계폭포(2)

사물은 저마다의 모습과 성격이 있다. 모습을 물용(物容)이라 하고 성격을 물성(物性)이라 한다. 물용은 다른 많은 사물들과 구별되는 표면적 모양이며, 물성은 이면적 성질이다. 잣나무와 국화 역시 이 두 요소를 갖추고 있다. 즉 잣나무의 물용[木容]은 하늘을 찌르듯이 굳건히 버티고 서 있는 나무의 모습이며, 물성[木性]은 기개이다. 눈을 이기고 꿋꿋하게 사철 푸르기 때문이다. 그리고 국화의 물용[花容]은 태양을 닮은 꽃의 모습이며, 물성[花性]은 절개이다. 서리를 이기고 가을에 피기 때문이다. 우리 선조들은 물용도 물용이지만 물성을 더욱 존중했다. 즉 그 사물이 지닌 이면적 성격을 더욱 귀하게 생각했다는 것이다. 그리하여 인간의 정신적 가치를 사물에 견주어 높이고자 할 때 작가들은 다른 나무나 꽃보다 잣나무와 국화를 작품의 소재로 자주 활용하였던 것이다.

잣나무는 소나무와 함께 기개라는 물성을 지녔다. 『논어(論語)』「자한(子罕)」편에 "날씨가 추워진 뒤에야 소나무와 잣나무가 뒤늦게 시듦을 알 수 있다[歲寒然後, 知松柏之後彫也]."라고 한 공자의 말은 그 대표적인 것이다. 또한 신라시대의 승려였던 충담(忠談)이 지은 향가 <찬기파랑가(贊耆婆郞歌)>에서도 이 같은 사실은 잘 나타나 있다. 충담은 이렇게 노래했다.

황계폭포 : 벼슬아치들이 이곳을 자주 찾아 백성들에게 피해를 끼치기도 했다. 그 사이에서 애꿎은 명승지가 상처를 입기도 했다.

열치고
나타난 달이
흰 구름 좇아 떠간 것이 아닌가.
새파란 물가에
기랑의 얼굴이 있구나.
이로써 냇가 많은 조약돌에
랑(郎)이 지니시던
마음의 끝까지 좇고자 하네.
아! 잣나무 가지 높아
서리 모르는 화랑이여.

　이 노래는 천상의 풍경[달, 구름]과 지상의 풍경[냇물], 즉 우주적 공간
이 한 작품 안에 융합되어 있다. 특히 제9구의 '잣나무'는 중요한 의미
기능을 한다. 천상 공간과 지상 공간을 이어주면서 기개 있는 기파랑의
영웅상을 표상하고 있기 때문이다. 수직의 기하학적 선을 나타내 보이
는 상록의 꿋꿋한 기상, 그것은 바로 잣나무가 지닌 불멸의 물성인 것
이다.
　국화 역시 잣나무와 일정한 정신적 교섭을 벌이면서 절개라는 물성
을 지녔다. 국화는 백화(百花)가 모두 시들었을 때 홀로 서리를 이기고
피어나니 지조와 절개를 갖추고 있다고 믿었다. 또한 국화는 그 모양이
태양같으므로 양으로 충만한 중양절(重陽節, 음력 9월 9일)이 되면 선조들
은 상국(賞菊), 등고(登高), 시주(詩酒)로 이날을 즐겼다. 당연히 국화가 대표
적 시제로 떠오르고 그 물성은 부각되었다. 중양절이 아니더라도 국화
의 물성은 자주 시인의 입에 오르내렸는데, 시조 시인 이정보(李鼎輔,
1693-1766)의 <영국가(詠菊歌)>가 대표적이다. 그는 이렇게 노래했다.

국화(菊花)야 너는 어이 삼월동풍(三月東風) 다보너고
낙목한천(落木寒天)에 네 홀노 픠엿는다
아마도 오상고절(傲霜孤節)은 너뿐인가 흐노라

이 작품에는 '삼월동풍'과 '낙목한천'의 대조를 통해 국화가 지닌 정
신적 가치가 여실히 표현되어 있다. 서리를 능멸하는 절개가 바로 그것
이다. 이 물성 때문에 선비들은 국화를 사랑하여 영창에 떠오른 달이
국화분(菊花盆)에 비치기라도 하면 아이를 불러 술을 내오게 하곤 꽃잎을
따서 술잔에 띄워 놓고 국화분을 어루만지며 국화의 물성을 체득하려
했던 것이다.

남명은 이 같은 잣나무와 국화가 지닌 물성, 곧 기개와 절개를 생각
하며 지금의 합천군 용주면 황계리에 있는 황계폭포에 올랐다. 여기서
우리는 잣나무와 국화를 통한 정신사적 맥락을 이해할 수 있다. 즉 충
담은 남명보다 앞 시대의 사람이고 이정보는 남명보다 뒷 시대의 사람
이니 일련의 사적 맥락을 형성한다는 것이다. 짙푸른 나무들이 염천을
향해 마음껏 아우성치는 여름을 보내고 나뭇잎들이 단아하게 물들었을
때 남명은 개암(開巖) 김우굉(金宇宏, 1524-1590) 등의 제자들을 데리고 황계폭
포를 찾았다. 그리고 <유황계증김경부(遊黃溪贈金敬夫)>라는 시를 지었다.

가) 늙은이 머리 이미 희고 얼굴 야위었는데   老夫頭面已霜乾
　　나뭇잎 물들었을 때 산에 올랐네   木葉黃時上得山
　　두 그루 잣나무의 가지와 줄기 좋으니   雙栢有枝柯幹好
　　뜰 가의 지초와 난초 빼어났다고 말하지 말게 莫言庭際秀芝蘭

나) 가을 정경 조촐하다 한스러워 하지 말게나 莫恨秋容淡更疏
　　봄이 남긴 뜻 모두 가시지는 않았다네   一春留意未全除

하늘 향기 땅에 가득 차 코끝에 스미니　　天香滿地薰生鼻
비단도 시월의 국화만은 못할거야　　　十月黃花錦不如

경부(敬夫)는 김우굉의 자(字)다. 김우굉은 남명과 퇴계의 문인으로 그의 스승보다 23세 연하였다. 호는 개암(開巖)인데 삼척부사를 지낸 칠봉(七峰) 김희삼(金希參)의 둘째 아들로 동강(東岡) 김우옹(金宇顒)의 둘째 형이었다. 그는 1565년 경상도 유생을 대표하여 여덟 차례에 걸쳐 중 보우(普雨)의 주살을 상소하였던 것으로 유명하다. 1589년에는 관직에서 물러나 고향 성주로 돌아갔는데, 그해에 동생 우옹이 정여립의 옥사에 연좌되어 안동의 임지에서 회령으로 귀양가게 되었다. 이때 영천으로 달려가 동생에게 갓과 옷을 벗어주고 시 한 수를 지어주며 이별하였다 한다. 또한 대사간으로 있을 때 사사로이 옥송을 결정한 형조판서를 당당히 탄핵하여 주위 사람들을 놀라게 하였다. 남명은 김우굉의 이 같은 점을 미리 알았기 때문에 위와 같이 노래한 것이 아닌가 한다.

첫째 작품 가)는 잣나무로 정신의 영원성을 나타냈다. 제1-2구에서는 시간적 배경이 제시되어 있다. 즉 노경에 이른 남명 자신, 그리고 방문한 때는 가을이었다는 것이 그것이다. 희끗희끗한 머리카락을 날리며 가을 단풍 아래서 잣나무의 영원성을 생각하였던 것이다. 제4구에서 보이는 것처럼 지초와 난초는 군자에 비유되는 물성을 지니기는 했으나 남명은 잣나무의 꿋꿋한 모습을 더욱 좋아하였다. 아마도 지초나 난초의 개결성보다 잣나무의 강건성을 더욱 사랑하였기 때문이리라.

둘째 작품 나)는 국화로 정신의 영원성을 나타냈다. 제1-2구에서 보이는 것처럼 흔히 사람들은 가을 정경을 스산하다고 한탄하지만 사정이 꼭 그런 것만은 아니라고 했다. 아직 봄뜻이 국화에게 남아 있기 때문이라는 것이다. 즉 남명은 국화를 통하여 가을에 봄 향기를 만난 것이다. 그 향기는 하늘과 땅에 가득하고 코끝에서 진동을 한다고 제3구에서 밝히고 있다. 비록 비단이 아름다운 것이긴 하지만 국화에 비하면 아무 것도 아니라는 것을 강조하며 국화가 지닌 정신적 측면을 드높였다.

남명은 황계마을 정도에 거처를 정하고 폭포를 구경하기 위하여 산에 올랐을 것이다. 황계마을은 현재 김녕(金寧) 김씨(金氏)를 중심으로 다양한 성씨들이 살며 50여 호로 구성되어 있는데 폭포는 그 마을 뒤에 있다. 황계폭포는 흔히 중국의 여산폭포(廬山瀑布)와 견주었다. 이 때문에 김녕인(金寧人)인 김재권(金在權), 김형석(金炯碩)이 황계폭포 바로 아래 선조들이 노닐던 곳이라며 정자 2칸을 얽고 이태백의 <망여산폭포(望廬山瀑布)>의 제1구인 '일조향로생자연(日照香爐生紫煙)'에서 '자연(紫煙)'을 따서 그 이름을 '자연정(紫煙亭)'이라 하였다. 남명은 황계폭포를 보면서 가변적인 인간의 심성과 불변하는 자연의 질서에 대하여 사유하였다. 그리고 자연에서 인간의 영원한 정신적 가치를 발견하였다. 기개와 절개가 바로 그것이었다.

남명의 생각이 이와 같았으므로 우렁차게 떨어지는 폭포를 보고 다시 그 주위에 있는 잣나무와 산국화를 보았을 것이다. 그리고 이 세 가지 사물들이 갖는 정신적 유기성을 생각했을 것이다. 즉 수천 년을 곧게 떨어지는 물줄기에서 영원성을 찾아내고 이 영원성이 잣나무의 수맥을 통하면 하늘을 뚫고 솟아오르는 장엄한 기개가 되고, 국화의 수맥을 통하면 혹독한 서리의 시련을 이기고 홀로 봄 향기를 전하는 절개가 된다는 것이다. 이로써 이 셋은 인간 정신의 영원성으로 규정되면서 언제나 우리의 의식 속에 살아있는 것이다.

〈여산폭포도〉: 겸재 정선이 그린 것이다. 폭포가 흐르는 석문산(石門山)은 여산에서도 서남쪽에 있다. 이 그림은 이백(李白)의 〈망여산폭포(望廬山瀑布)〉라는 시를 상상하며 그린 것이다.

그러나 황계폭포는 전혀 다른 결과를 낳기도 했다. 문무자(文無子) 이옥(李鈺, 1760-1812)의 <관폭지행(觀瀑之行)>에 이러한 사실이 기록되어 있다. 그는 원래 경기도 남양주 사람인데, 실록(實錄)에 의하면 그가 소설 문체를 써서 선비들에게 나쁜 영향을 주었으므로 정조가 문체를 개혁한 뒤 과거를 보게 했다고 한다. 그러나 과거에서도 문체를 고치지 못하자 그는 경상도 삼가현(三嘉縣)에 이적(移籍)되었으며, 뒤에도 같은 문제로 다시 이곳에 머물러 있어야 했다. 이 때 그는 이정돈(李正敦), 이우득(李雨得) 등 동지 열네 명과 함께 황계폭포를 찾은 적이 있었다. 갈 때는 감떡 사십 개와 마른 청어 오십 마리로 행장을 꾸렸다. 이렇게 해서 간 황계폭포, 그는 황계폭포를 보고 이렇게 기술하고 있다.

폭포에 도착해보니 큰 바위가 우뚝 솟아 병풍처럼 둘렀는데, 높이가 십여 길 정도나 되고 폭포가 바위 위에서 날아서 떨어진다. 사람들이 말하기를, "폭포가 거쳐 오는 길에 옛날에는 돌부리가 있어서 마치 기름장수가 기름을 쏟아 붓는 것 같았다. 폭포 물이 멀리 날아가 더욱 기이하였는데, 주민들이 감사와 고을 원이 놀러 오는 것을 괴롭게 여겨 그것을 쪼아 무너뜨렸다."라고 한다. 지금도 쪼은 흔적과 다녀간 사람들의 이름이 있다. 슬프다. 벼슬아치가 명승지에 누를 끼치는 것이 많다.

이 글에 의하면, 황계폭포는 물이 내려오는 길에 원래 돌부리가 있어서 이곳에 물이 부딪혀 멀리까지 튀어나가 더욱 기이하였다고 했다. 이러한 기관을 보기 위하여 벼슬아치들이 자주 들렀고, 이때마다 백성들은 이들의 시중을 드느라 고생을 했을 것이다. 이 때문에 백성들이 돌부리를 쪼아버리고 말았다. 이옥은 여기서 명승에 누를 끼치는 벼슬아치를 비판하고 있지만, 사실 그가 하고 싶었던 말은 백성에 누를 끼치는 벼슬아치였다. 그 사이에서 애꿎은 명승지가 상처를 입게 되었던 것이다.

폭포는 한 번 떨어지면 다시 떨어지고, 몇 백 천 줄기의 흐름이 되는가 하면 또다시 모여 물보라로 공중을 역류한다. 바람을 일으키기도 하고 무지개를 띄우기도 한다. 신이 가진 가장 원초적인 힘이 여기에 숨어 있는 듯하다. 금속 같은 절벽을 수직의 빛으로 가르며 수천 년을 포효한다. 그리고 자연의 질서를 가장 단순하고 직접적으로 가르친다. 사물이란 흐르는 것이라고, 흘러서 영원히 가는 것이라고. 그러나 영원한 흐름 속에 곧추선 인간 정신의 위대함이 요약되어 있다는 것도 가르친다. 그러나 폭포는 이러한 가르침과는 전혀 다른 결과를 초래하기도 했다. 이옥이 <관폭지행>에서 전한 것처럼 폭포가 백성에게 오히려 고통을 주기도 하기 때문이다. 벼슬아치들의 잦은 방문에 기인한 것임은 물론이다.

7) 강산풍월의 무언설 – 사미정(1)

단풍잎은 선명한 혈관을 드러내며 화사하게 죽어가고 있다. 마지막 삶을 위한 힘겨운 항거일 수도 있겠지만 그 격렬한 항거는 우리로 하여금 아름다운 감동에 젖어들게 한다. 일찍이 정도전(鄭道傳, 1342-1398)은 '대저 죽음이란 것은 친(親)이 끝나는 것이며, 인도(人道)의 커다란 변화'라고 했다. 육체에 있어서의 최후의 변화인 죽음을 이렇게 표현한 것이다. 예외도 없으며 중간도 없는 이 죽음은 모든 것을 절대적 허무의 세계로 들어가게 한다. 사물의 존재성이 까마득한 어둠으로 육박해 오르는 열반, 그것을 나뭇잎은 저리도 화사하게 표현하고 있는지 모를 일이다.

남명의 정신을 탐색하기 위하여, 1998년 10월 어느 날 동공에 가득 가을 단풍을 담고 합천호를 지나갔다. 남명과 절친했던 사미(四美) 문경충(文敬忠, 1494-1555)의 소요지인 대병면의 사미정(四美亭)을 찾아 가기 위해서이다. 차창 밖으로 본 합천호는 '천광운영(天光雲影)'이 함께 배회하고 있는 신의 거울같았다. 그 거울은 황매산·월여산·악견산·허굴산이 벌

사미정 입구 : 정문을 열고 들어가면 '사미정'이라는 현판이 바로 보인다.

이는 가을 축제를 낱낱이 담아내고 있었다. 가을 하늘을 닮은 그 진실된 호수의 모습에 무서움까지 몰려들었다.

합천군의 서남부에 위치하고 있는 대병면은 합천호가 시원하게 내려다보이는 곳에 자리하고 있다. 원래 삼가군 지역으로 고현면(古縣面)이라 하여 상천리 등 5개 동리를 관할하였다. 그런데 1914년 군면 통폐합으로 대평면(大平面)의 오동리 등 7개 동리와 병목면(幷木面)의 유전리 등 4개 동리를 병합하여 대평면의 '대'와 병목면의 '병'을 따서 대병면이라 하였다. 예로부터 남평 문씨·은진 송씨·안동 권씨가 대성(大姓)을 이루며 세거하고 있는 곳이라 하겠는데, 지금은 물 속으로 사라졌지만 남명의 후처 은진 송씨 역시 이곳 출신이다.

대병면 버스정류장 옆에 있는 삼양다방에서 사미의 후손 문병춘(文炳

春, 1932년생) 씨와 문점환(文点煥, 1941년생) 씨, 그리고 문기주(文琪柱, 1945년생) 씨 등을 만나 사미를 비롯한 마을에 관련된 이야기를 나누었다. 이어 문점환 씨, 문기주 씨와 함께 대지리(大枝里)에 있는 사미정을 찾아갔다. 정자 앞에는 '사미정중건기적비(四美亭重建紀績碑)'가 세워져 있었는데 정자는 세운 지 얼마 되지 않은 듯이 보였다. 사미가 소요하던 터에 1898년 중건하였다가 퇴락해지자 최근에 다시 개축을 시작하여 완공을 본 것이라 한다. 정자의 뜰에는 합천현감을 지냈던 정간(鄭杆) 찬(撰)으로 된 좀 더 오래되고 키가 작은 '호음문선생유허비(湖陰文先生遺墟碑)'와, 같은 사람이 쓴 같은 내용의 좀 덜 오래되고 키가 큰 '사미문선생유허비(四美文先生遺墟碑)'가 나란히 서 있었다. 이로써 문경충의 호가 그 후손들에게서 '호음' 혹은 '사미'로 불리는 것을 알 수 있었다. 정자 안에는 호음(湖陰) 정사룡(鄭士龍, 1491-1570)이 사미에게 주었던 시뿐만 아니라 거기에 차운한 남명의 시, 사미가 남명에게 준 시, 그리고 정자의 중건을 기념하여 지은 여러 선비들의 시들이 걸려 있어 옛 정취를 흠뻑 느끼게 하였다.

사미의 관향은 남평으로 이름은 경충, 자는 겸부(兼夫)이며 사미는 그의 정자 이름인 동시에 호이다. 할아버지 문여녕(文汝寧)은 문과에 급제하여 홍문관 교리를 역임하였으며, 아버지 문규(文珪)는 진사를 지냈다. 아버지대에 비로소 합천에서 삼가의 병목 연화동(蓮花洞)으로 옮겨와 세거하게 되었는데, 전주 이씨를 아내로 맞아 성종 갑인년에 사미를 낳았다. 7·8세 때부터 아이들과 놀면서 대나무 활과 쑥대 화살을 사방에 쏘면서 "대장부는 마땅히 이것으로 일을 삼아야 한다."라고 했다. 아버지가 걱정하시자 사천사(舍川寺)에 올라가 열심히 공부하였으며, 독서의 여가에 무예를 닦기도 했다. 삼포왜란(1510) 이후 임금이 국방에 대하여

사미정 뜰에 세운 유허비 : 하나는 '호음문선생유허비(湖陰文先生遺墟碑)'이고, 다른 하나는 '사미문선생유허비(四美文先生遺墟碑)'다.

근심하자 정광필(鄭光弼)이 사미를 추천하고 그 역시 1516년 무과에 급제하였다. 구녕(仇寧) 만호(萬戶)로 2년 동안 근무하다가 노모의 봉양을 이유로 고향에 돌아왔다. 기묘년(1519)에 선비들이 재앙을 당하는 것을 보고 벼슬할 뜻을 완전히 버리고 정자 하나를 지어 놓고 학문에 매진하였다.

배정휘(裵正徽, 1645-1709)가 지은 <행장>에 의하면 남명과 아주 가깝게 지냈다고 하였으며 '사미정'이라는 정자의 이름 역시 남명이 명명한 것이라 한다. 사실 <차남명선생사미정명명운(次南冥先生四美亭命名韻)>이라는 시와 남명의 원운이 사미의 작품집인 『호음선생유집(湖陰先生遺集)』에 실려 전하기도 한다. 남명의 원운이 사미정 들보에는 <제문겸부정자(題文兼夫亭子)>라는 이름으로 게판되어 있는데, 사미가 차운한 것이라는 작품과 함께 들어보면 이러하다.

사미정 : 이 정자는 합천군 대병면 월여산 아래 대지 마을에 있다.

가) 영수의 천 년 자취 이어져   潁水千季跡

　사천에서 네 가지로 아름다움을 이루었네   舍川四美成

　공은 어진 이와 지혜로운 이의 풍모를 갖추었나니   公能仁智樂

　바람과 달마저 다정하다네   風月亦多情

나) 공명과 부귀 보잘것없어   功名富貴薄

　작은 집을 지어 돌아와 누웠다네   歸臥小窩成

　강산과 풍월을 감추고   藏江山風月

　오랜 벗의 정을 함께 펼치세   同開故友情

앞의 작품 가)는 남명의 시이다. 먼저 요임금 시절의 소부(巢父)와 허유(許由)가 왕좌(王座)를 마다하고 숨어 살았다고 하는 영천(潁川)과 사미정 앞으로 흐르는 사천을 대비시켜 사미의 뜻이 소부·허유와 일치한다는 것을 보였다. 제3구에서 보듯이 여기에 다시 어진 이는 산을 좋아하고 지혜로운 이는 물을 좋아한다는 『논어』의 고사를 빌어 사미가 바로 이와 같다고 했고, 제4구에서는 바람과 달 역시 다정하다는 것을 보였다. 제3구에서 인자와 지자를 말한 것은 '산(山)'과 '수(水)'를 내세우기 위해서 인데, 제4구의 '풍'과 '월'을 더하여 결국 제2구의 '사미(四美)'를 이룬다.

뒤의 작품 나는 사미의 것으로 남명의 시에 대한 차운이다. 소부나 허유가 왕좌를 마다하였듯이 공명과 부귀를 보잘것없게 여겨 작은 집, 즉 사미정을 지어 산다고 했다. 공명과 부귀를 버렸으니 작은 집이 어울리고, 강과 산, 바람과 달 역시 작은 집에 조화로울 수 있었다. 제3구에서 보인 '강산풍월'을 감추었다는 것은 이를 노래한 것이다. 공명과 부귀의 대척적 거리에 있는 '작은 집'을 먼저 제시하고 다시 '작은 집'과 이웃하고 있는 '강산풍월'을 제시하면서 그 속에서 아름다운 우정 펼치기를 희망했던 것이다. 여기에서 우리는 사미의 자연친화적 태도를 분명히 읽게 된다.

사미정에 걸린 남명과 사미의 시판 : 이들의 시가 나란히 걸려 있어 지금도 우의를 보는 듯하다. 문경충은 "강산과 풍월을 감추고, 오랜 벗의 정을 함께 펼치세."라고 하였다.

사미는 사미정을 짓고 스스로 <사미정기(四美亭記)>라는 글을 썼다. 이 글을 보면 그가 얼마나 자연을 사랑하고 있으며 자연에 동화된 모습으로 살아가길 희망했는지 알 수 있다. 이 글은 이렇게 시작된다.

객이 나에게 물었다. "주인은 저 '산'과 '물'에 대하여 아는가?" 주인이 대답했다. "어진 이는 산을 좋아하고 지혜로운 이는 물을 좋아한다. 산수에서의 즐거움은 어진 이와 지혜로운 이가 가질 수 있는 것이니 내가 어찌 알겠는가?" 객이 물었다. "주인은 저 '바람'과 '달'에 대하여 아는가?" 주인이 대답했다. "비갠 뒤의 시원한 바람과 밝은 달[光風霽月]은 오직 도를 터득한 사람 만 아는 것이니 내가 어찌 알겠는가?" 객이 물었다. "그렇다면 어찌하여 강산풍월에서 이름을 취하여 정자를 사미정(四美亭)이라고 하였는고?"

<사미정기>는 소식(蘇軾)의 <적벽부(赤壁賦)>나 이규보(李奎報)의 <경설(鏡說)> 등에서 두루 볼 수 있듯이 객이 묻고 내가 대답하는 문답의 형식으로 되어 있다. 자신의 정자 이름이 사미정인 까닭을 제대로 밝히기 위해 이 같은 글쓰기 방법을 선택한 것임은 물론이다. 위의 글은 그 서두인데, 어진 이나 지혜로운 이라야 산과 물을 좋아할 수 있기 때문에 자신은 이것을 감당할 수 없으며, 인품이 고결하고 흉금이 탁 트여 진리를 터득한 사람이라야 바람과 달의 원리에 대하여 알기 때문에 이 역시 자신은 감당할 수 없는 것이라 했다. 이 말을 듣자 객은 의문이 생겼다. 그렇다면 무엇 때문에 '강산풍월', 이 네 글자를 이용하여 정자의 이름을 취하였는가 하는 것이다. 사정이 이렇게 되자 주인은 자신의 깊은 뜻을 객에게 설명하지 않을 수 없었다.

나는 지금 세상에서 하나의 버려진 물건이다. 어버이에게 효도하지 못

했으니 효에 대하여 할 말이 없고, 임금에게 충성하지 못했으니 충에 대하여 할 말이 없으며, 형제에게 있어서도 우애롭지 못했으며 붕우에게 있어서도 신의가 없었으니 또한 형제와 붕우의 도리에 대하여 할 말이 없다. 그러니 내가 할 말이 없는데 어찌 다른 사람에게 용납될 수 있겠는가? 저 강산풍월은 모두 말이 없는 물건이다. 나는 이에 이 네 가지의 말 없음을 사랑하는 것이다. 산에서 노래 부르나 산과 나는 모두 묵묵하며, 물에서 노래부르나 물과 나는 함께 묵묵하다. 바람으로써 시를 읊조리고 달로써 노래를 읊드라도 바람과 달 역시 나와 함께 묵묵하다. 진실로 사물과 내가 서로 마음을 얻은 것을 알겠다.

정자의 동쪽에는 황매산(黃梅山)이 있으니 이 산은 정자의 산이요, 정자의 남쪽에는 사천(舍川)의 물이 있으니 이 물은 정자의 물이다. 바람은 수면으로 불어와 움직이고 나의 집 처마에는 달이 하늘 가운데 이르러 내 맑은 창에 비치니 바람 또한 정자의 바람이며 달 또한 정자의 달이다. 이에 조정의 득실을 들어도 묵묵히 말이 없으며, 관정(官政)의 시비를 들어도 묵묵히 말이 없고, 인물의 선악을 들어도 묵묵히 말이 없는 것이다. 산을 가리키며 "너는 누구를 위해 말이 없는가?"라고 묻고, 물을 가리키며 "너는 누구를 위하여 말이 없는고?"라고 묻는다. 바람 또한 말이 없고 물 또한 말이 없으니, 너는 마음이 있으면서 말을 않는가? 마음이 없어 말을 않는가? 천지가 말이 없는 이치를 터득했을 따름이니 나 또한 천지 사이의 한 물건이다. 비록 산수와 인지(仁智)의 묘함과 바람과 달빛이 맑게 비치는 아취는 알지 못해도 이 넷과 함께 나의 생애를 마치길 원하는 것이다. 객 또한 아무런 말없이 물러갔다.

여기서 우리는 주인이 강산풍월을 사랑하는 이유를 분명히 읽을 수 있다. 흔히 인지(仁智)나 탁 트인 흉금[道] 때문에 이들 자연을 좋아하지만 주인은 이 같은 고정관념을 깼다. 자신을 '하나의 버려진 물건[一棄物]'이라고 하였으니 그 자신 현실생활에서 받아들여지기 어려운 존재임을 자각한 것이다. 이 때문에 현실생활에서 중시하는 아버지와 임금,

그리고 형제나 붕우에 대한 의리조차 제대로 수행해내지 못했다고 토로하였던 것이다. 인(仁)이나 지(智) 그리고 도(道) 역시 현실적 삶 속에서 비로소 그 가치가 실현되는 것이니 주인은 이것이 가져다 주는 통상적 의미 또한 중시하지 않았다.

그렇다면 주인은 무엇 때문에 강산풍월을 사랑하였을까? 이들이 '무언'의 진리를 터득하고 있었기 때문이다. 이 '무언'의 진리로써 주인은 자연과 완전한 화합을 이룩할 수 있었던 것이다. '산'은 황매산, '물'은 사천의 물, '바람'과 '달'은 소강절(邵康節)이 아무도 모르게 느꼈던 수면으로 불어오는 바람과 하늘 가운데 뜬 달 바로 그것이었다. 여기서 우리는 주인이 제시한 '무언'의 진리는 세상의 득실과 시비, 그리고 선악을 모두 떠난 무념이라는 것을 알 수 있게 된다. 천지가 아무런 말이 없지만 사시(四時)를 운행시키며 수많은 작용을 만들어 낸다는 것을 주인은 터득한 것이다. 사정이 이러하기 때문에 그는 '산수인지지묘(山水仁智之妙)'와 '풍월광제지취(風月光霽之趣)' 같은 자연이 인간에게 전하는 2차적인 의미를 거부하고, 산수나 풍월 그 자체가 되어 자신에게 맡겨진 생명을 다하고자 했던 것이다. 말이 여기에 이르자 객 역시 주인이 설파한 '무언'의 진리를 깨닫고 말없이 물러갔다고 했다.

사미정 주인, 즉 사미 문경충의 이 같은 강산풍월에 대한 무언설(無言說)을 남명 역시 공감하였으므로 그를 크게 허여하였다. 뇌룡정에서 말을 타고 황계폭포를 거쳐 병목으로 그를 자주 방문한 것도 이 때문이었다. 다음 작품 역시 이를 증명하기에 족하다.

가) 허연 귀밑머리 재촉하는 것 가여워   爲憐霜鬢促
　　아침 해가 더디 떠오르네   朝日上遲遲

동산에 오히려 뜻을 두었기에 　　　　　　　　東山猶有意
정다운 눈길로 돌아가는 그대 보낸다네 　　　　青眼送將歸

　나) 두둥실 버드나무 배에 목련나무 노를 저어 　泛泛楊舟檝木蘭
　　　내 님은 어느 먼 구름 사이에 있는가 　　　美人何處隔雲間
　　　순채국과 농어회 속에 오히려 뜻 많으니 　蓴鱸裡面猶多意
　　　강동으로 가는 돛단배를 만나 물어 보소서 　只會江東一帆看

　앞의 작품 가)는 남명이 사미에게 준 <증시(贈詩)>이며, 뒤의 작품 나)
는 사미가 남명에게 준 시에 대하여 남명이 다시 차운한 <차우인운(次友
人韻)>이다. 앞의 작품에서 남명은 사미가 동진(東晉)의 정승이었던 사안
(謝安)과 같이 벼슬을 버리고 처사적 삶을 살아가려는 뜻이 있기 때문에
정다운 눈길로 전송한다고 했다. 뒤의 작품에서는 동진의 장한(張翰)이
정치가 어지러워지는 것을 알고 순채국과 농어회가 생각난다며 강동으
로 갔듯이 사미 역시 이같이 세상의 시비와 득실, 그리고 선악을 잊고
자연 속에서 자연에의 몰입을 시도하는 것에 대해 칭송했다. 이를 통해
남명은 자연이 가져다주는 '무언'의 진리를 사미와 함께 나누고자 했는
지도 모른다.
　사미는 남명과 같은 뜻을 지니고 있었기 때문에 마음이 잘 맞았다.
그의 <행장>에서 제시하고 있듯이 남명과의 창화시(唱和詩)가 100여편
이나 될 수 있었던 것은 그 좋은 증거이다. 현재 전하는 것은 얼마되지
않지만 지금도 『사미정유집』에는 창화시 몇 편이 서간과 함께 남아 있
어 우정의 편린을 알게 한다. 그러나 답사를 마칠 때까지 떠나지 않는
의문이 있었다. 하나는 '호음'이라는 사미정의 또 다른 호에 대한 것인
데, 어쩌면 당대 최고의 문장가였던 호음 정사룡이 이 정자에서 시를

남긴 일과 일정한 관련이 있을지도 모른다는 생각이 들었다. 그리고 남명이 정자의 이름을 명명하였다는 '영수천년적(穎水千季跡)'으로 시작되는 시에도 의문이 갔다. 이 작품은 남명의 작품집인『남명집』에는 갑오본 속집에만 실려 있을 뿐 아니라 사미의 시에 대하여 남명이 차운한 것으로 되어 있기 때문이다. 역시 당대에 처사로 조야에 이름을 떨쳤던 남명이, 이 정자의 주인인 사미와 친밀히 지냈던 것과 일정한 관련 하에 있지 않을까 한다.

어쨌든 <사미정기>에서 보듯이 사미는 강산풍월에 대한 독특한 이해를 하고 있었을 뿐만 아니라 자신의 정자를 '사미'로 한 이유에 대하여 소상히 밝히고 있다. 남명 역시 자연에 대한 사미의 이 같은 태도 때문에 정신을 깊이 공유할 수 있었을 것이다. 사미정에서 바라보는 황매산과 월여산, 그리고 하늘의 가슴으로 산천을 온전히 담아내는 합천호, 그들은 거대한 무게를 지녔지만 너무나도 편안한 손짓으로 무언설을 우리에게 전하고 있다. 그리하여 휘몰아치는 세사의 시비와 곡절, 그 아득한 수렁에 빗장을 지르고 자신의 완전한 방기를 통하여 그의 품에서 다시 생명을 획득하게 한다. 선혈을 흘리며 사라져가는 나뭇잎의 화사한 죽음도 생명력을 되찾으려는 치열한 몸부림인지도 모른다. 생각이 여기에 미치자 나는 숙연해졌고, 사미정에서 얼마 떨어지지 않은 월여산 기슭으로 올라갔다. 거기 사미의 묘소가 강산풍월과 함께 길게 누워 있기 때문이다.

8) 남명이 다시 찾은 벗과 노닐던 옛터-사미정(2)

때는 1998년 가을, 합천호에 그림자를 드리우고 있는 월여산(月如山)은 단풍으로 야단이다. 옛날 잡가(雜歌) 가운데 금강산 단풍을 유람한 대목이 생각났다. "저기 가는 저 길손 말 물어보세. 한로(寒露)철 풍악(楓嶽) 풍광 곱던가? 밉던가? 곱고 밉기 전에 아파서 못 노닐레라. 가지 마오. 가지 마오. 풍악엘랑 가지 마오. 만산홍엽(滿山紅葉) 불이 붙어 살을 데고 오장(五臟)이 익어 아파서 못 노닐레라. 못 노닐레라." 길손은 금강산 단풍이 너무 붉어 살을 데고 마침내 오장이 익으니 "가지 마라."라고 했다. 표면적으로는 "가지 마라."라고 하고 있지만, "꼭 가보라."는 의미가 이 대목에는 잠복해 있다. 오장이 익을 만큼 뜨겁게 여겨지는 단풍, 그 단풍을 보고 '아프다'고 표현하고 있으니 단풍 감상법이 예사롭지 않고 묻는 사람으로 하여금 호기심을 더욱 촉발시킨다.

단풍이라면 마땅히 금강 혹은 설악의 단풍이라고 해야겠지만 사정이 꼭 그러한 것도 아니다. 월여산 돌틈 사이로 조용히 번지고 있는 잎들의 붉은 소멸, 그 아름다운 소리를 들어보라. 존재를 지키기 위한 마지

합천호의 가을 : 호수는 하늘을 담아 더욱 푸르고, 단풍은 호수로 인해 더욱 붉다.

막 항쟁, 붉은 혁명에 끓어오르는 열정을 말이다. 이것은 단풍의 많고 적음 혹은 짙음과 옅음에 있지 않다. 감상자가 물질적 요소 그 뒤에 있는 어떤 계시를 묵상할 때 비로소 그 소리는 우리의 귀를 열어 아름다움으로 가슴을 적시게 하는 것이다. 우리의 의식 언저리로 흥건히 번져드는 황홀은 이렇게 찾아든다. 이 같은 생각을 하며 사미(四美) 문경충(文敬忠, 1494-1555)이 강산풍월(江山風月)의 네 아름다움과 함께 누워있는 무덤을 찾았다.

산(山)은 기묘한 모습을 연출하며 편안한 듯 의지로 가득한 듯 우뚝 서 있다. 그 사이로 강(江)은 아래에서 자신의 모습을 보여 주며 흐르고, 바람(風)은 위에서 자신의 모습을 보여 주지 않은 채 흐른다. 밤이 되면 하늘엔 달(月)이 뜰 것이다. 그리고 형상이 있는 곳에는 그의 모습을 빛으로 환원시켜 드러내고, 삼라만상은 비로소 떨림으로 그들의 존재를 인식하게 될 것이다. 이 가운데 사미 문경충의 무덤이 있었다. 그의 아내 밀양 박씨의 무덤과 나란히. 송림 사이로 파란 하늘이 언뜻언뜻 보이는 고가(古家)와도 같다. 그 오래된 집 앞에는 '사미남평문선생지묘(四美南平文先生之墓)'와 '판겸동지의금부훈련원사호음선생문공지묘(判兼同知義禁府訓鍊院事湖陰先生文公之墓)'라는 이름의 두 빗돌이 있었고, 그 중 하나엔 응와(凝窩) 이원조(李源祚, 1792-1871)의 글이 새겨져 있었다.

남명 선생은 일찍이 그 문인에게 말했다. "문겸부(文兼夫)는 송당(松堂) 박영(朴英) 이후 처음으로 군자다운 사람이다." 지팡이 짚고 신을 끌면서 서로 찾아 도의(道義)로 힘썼고, 공은 무인이지만 뇌룡사 안에서 한 자리를 차지하였으니 여기에서 그 사람을 알 수 있다. …… 호음(湖陰) 정사룡(鄭士龍)은 문익공(文翼公)의 조카이다. 본도를 안찰하다 공의 정자를 찾아서 남명과 함께 공의 시에 화답하였다. 남명은 또 그 시에 차운을 하여 삶과 죽음의 감회를 기탁하였으니 그 본디 애경(愛敬)했던 것을 알 수 있다.

겸부는 사미 문경충의 자이다. 위에서 보듯이 남명은 박송당 이후 가장 군자다운 사람으로 사미를 떠올렸다. 그리고 당대 최고의 문장가였던 호음 정사룡이 사미가 소요하던 정자에 와서 시를 지었고, 당대 도학의 수장이었던 남명 역시 그의 시에 화답하였다. 이것은 사미에게 있어 커다란 행운이 아닐 수 없었을 것이다. 특히 남명은 사미를 '애경(愛敬)'했으며, 사미의 학문을 인정하여 그를 자주 찾아 도의지교(道義之交)를 맺었다고 했다. 그 허여와 신뢰를 알 수 있는 대목이다. 허여와 신뢰가 이 같았으나 그는 1555년 62세의 일기로 세상을 뜨고 만다. 그의 죽음은 남명으로 하여금 안타까움과 그리움을 자아내게 하기에 족한 것이었다. 그리하여 남명은 사미와 놀던 옛터를 찾아와 호음 정사룡이 사미정에 쓴 시의 운자를 따서 칠언율시를 세 수나 남겼다. <차호음제사미정운(次湖陰題四美亭韻)>이 그것인데, 송계(松溪) 권응인(權應仁, 1517-?)은 그의 『송계만록(松溪漫錄)』에서 남명의 이 시는 말이 높고 뜻이 깊어 견해가 얕은 사람은 알지 못한다고 평가하였다.

가) 늙어 맵고 짠 맛 입에 맞지 않으니 　　　　垂老辛醎口失宜
　　세상은 잊었지만 아직 기심(機心)은 잊지 못하네 　縱然忘世未忘機
　　깊은 골짜기 백 번 찾아와도 몸은 오히려 나그네 　百穿深壑身猶客
　　높은 집에서 반쯤 잠들었는데 꿈이 이미 기이하네 　半睡高堂夢已奇
　　병목(竝木) 땅 저문 봄에 사람은 쇠잔해졌고 　　竝木殘春人舊謝
　　사천(舍川)은 가랑비에 냇물 새로 불었네 　　　舍川微雨水新肥
　　유후(留侯)에 봉해지는 계책 장군은 작게 여기랴? 　將軍肯小封留計
　　일개 서생의 뜻이 또한 여기에 있다네 　　　　一介書生亦在斯

나) 요동의 학 다시 왔으니 많은 세월 흘렀고　　　遼鶴重來歲月遲

옛 정자는 물 서쪽 가에 오래도록 서 있네　　　古亭西畔立多時

남명의 대를 이을 일 석 달 된 아이에 달려 있고　南冥世業兒三月

강태공의 공명은 한 낚시터의 낚싯대에 있네　　呂尙功名竹一磯

향그런 풀은 나그네의 한을 몇 번이나 녹였던가　芳草幾消遊子恨

높은 산에서 젊은 여인의 노래 늘 그리워하였네　高山長憶季女詞

황소 옆구리 같은 두류산을 열 번 돌아보았는데도　頭流十破黃牛脇

분명 전생의 인연이라 돌아가지 못한다네　　　定是前緣未許歸

다) 이 물가에서 날마다 즐거워 거스르는 일 없는데　斯干日日樂靡違

이를 버리고 천리를 말하는 건 기이하지 않네　　舍此談天未是奇

지리산 삼장(三藏)의 거처 그럴 듯하고　　　　智異三藏居彷彿

무이구곡(武夷九曲)의 물은 아련하도다　　　　武夷九曲水依俙

잘 바른 담장과 오래된 기와 바람에 으스러지고　鏝墙瓦老風飄去

돌길 이리저리 갈라져도 말이 절로 아는구나　　石路歧深馬自知

허연 머리로 다시 오니 옛 주인이 아니로세　　　皓首重來非舊主

한 해 봄이 다 가는데 <무의>를 읊조리네　　　一年春盡詠無衣

첫 번째 작품 가)에서 우리는 두 가지 사실을 읽어 낼 수 있다. 남명
이 현실세계를 잊지 못하고 있다는 것과 사미의 뜻을 칭송하고 있다는
것이다. 남명의 의식은 현실성과 아울러 초월성이 역동적인 운동을 벌
이면서 차원변화를 하고 있는 것이 특징이다. 두 성질이 때로 갈등하고
때로 화합하면서 보다 높은 세계로 나아간다는 것이다. 이 같은 관점에
서 첫 번째 작품은 수련에서 보듯이 '망세(忘世)'와 '미망기(未忘機)'를 병립
시키고 있다. 전자는 현실을 잊었다는 것이고 후자는 현실을 잊지 못했
다는 것이다. 이 같은 이중구도 속에서 남명은 옛 친구를 떠올렸다. 옛
친구는 다름 아닌 사미 문경충이다. 그는 무예를 닦았기 때문에 문익공

정광필(鄭光弼)에 의해 추천받기도 하고, 1516년에는 결국 무과에 응시하여 급제하였으며 후에 구녕(仇寧) 만호(萬戶)에 제수되었다. 그러나 1519년 기묘년에 현인들이 재앙을 당하는 것을 보고 벼슬할 뜻을 완전히 끊고 월여산 아래 대지촌(大枝村) 뒤에 정자를 지어 사미라 하고 학문을 닦았던 것이다. 미련은 바로 남명이 이 같은 사정을 염두에 두고 한 발언이다.

두 번째 작품 나)에서는 이 시가 남명이 지리산으로 들어가기 직전에 쓴 것임을 알 수 있다. 두루 알다시피 남명은 61세에 지리산으로 들어가기 전까지 삼가의 뇌룡사에 있었다. 이곳에서 약 12년간 강학활동을 하였는데, 단성소(丹城疏)로 널리 알려진 <을묘사직소(乙卯辭職疏)>와 자신의 사상이 집약되어 있는 <신명사명(神明舍銘)> 등을 이 시기에 지었다. 남명은 뇌룡사에 살면서 자주 사미를 찾았다. 이 시가 창작되던 시기는 수련에서 보듯이 대를 이을 아이가 태어난 지 석 달 정도 밖에 되지 않았을 때다. 이것은 이 시의 창작연대를 추정해 볼 수 있는 결정적인 요소이다. 남명이 44세 되던 해 남평 조씨 부인 소생의 차산(次山)이 죽었고, 52세 되던 해에는 은진 송씨 소생의 차석(次石), 57세에는 차마(次磨), 60세에는 차정(次矴)이 태어났다. 함련에서 자신의 '대를 이을 아이'라고 했으니 맏아들 차석이 태어난 해인 52세라고 해야겠으나 이때는 지리산으로 들어갈 계획이 확실하게 섰던 때라고 하기가 어렵다. 그리하여 차마나 차정이 태어난 때라고 해야겠는데, 그 가운데 차정이 태어난 해인 1560년, 그러니까 60세로 보아야 할 것이다. 왜냐하면 마지막으로 지리산을 사전 답사한 것이 58세였다는 점, 경련에서 당시 지리산 여행에서 여러 기생들을 데리고 가 노래를 불렀다는 점, 남명의 <유두류록>에 다소 출입이 있기는 하나 이 작품의 미련에 보이는 '두류십파사우협(頭流十破死牛脇)'이라는 구절이 있다는 점, 역시 미련에서 보듯이 마음은 정해졌으나 지리산에 아직 들어가지 않았다는 점 등이 그것이다. 이로 보아 <유두류록>을 쓰고 난 후, 지리산에 들어가기 전에 이 작품이 창작되었고, 세 달된 아이라고 하였으니 차정이 태어났던 1560년밖에 될 수 없음을 알 수 있다.

세 번째 작품 다는 남명이 지리산 가운데서도 덕산동으로 들어갈 것을 구체적으로 보여준다는 측면에서 중요하다. 일찍이 남명은 만년에 살 곳으로 지리산의 여러 곳을 염두에 두고 답사하여 마침내 덕산동을 택한다. 그 이유는 '천왕봉'이 바라보이는 곳이기 때문이기도 하겠지만, 원시반본(原始反本)이 이를 통해 가능하다고 믿었기 때문이다. 즉 자신의 마지막 귀착점을 찾았던 것이다. 유가에서의 근원에 대한 탐색은 사물의 시원을 말하는 원두(源頭)에 대한 인식에서 출발한다. 이것은 남명이 이 작품 함련에서 지적하였듯이 주자의 <무이구곡>에 잘 나타나는 바다. 수련에 보이는 것처럼 심성의 근원에서 천리를 획득하는 것은 여기서 비로소 자연스러워진다.

덕산동으로 들어가기에 앞서 지었다는 측면에서 위에서 예거한 시편들은 중요하다. 남명의 지리산 덕산동에로의 입동은 가정이나 사회와 관련한 현실적 질서 저편에 있는 자유에 대한 구가 혹은 생명 근원에로의 회귀와 깊이 연관되어 있기 때문이다. 『연보』 61세조에 의하면 남명에게는 적자가 없었으므로 가정의 맥을 잇는 중요한 일을 아우 환(桓)에게 부탁하였다고 기술하고 있다. 그리고 스스로는 덕산동에 들어가 토지를 개간하여 거기서 나는 곡식으로 양식을 삼았다고 했다. 이것은 무엇을 말하는 것인가? 합천에서 대대로 내려오는 선산과 토지, 이와 관련된 제사 등을 모두 동생에게 맡긴 것이며, 이와 함께 장자로서의 여러 권리 역시 포기했다는 것을 의미한다. 거기에다 사미까지 세상을 떴

무이계 일부 : 무이산은 유네스코 세계복합자연유산으로 지정된 중국 10대 명산 가운데 하나이며 주자가 이 산의 계류를 따라 구곡을 설정하고 구곡시 〈무이도가〉를 지었다.

으니 합천은 그야말로 적막강산이었다. 작품 다)에서 「무의(無衣)」를 떠올린 것도 이와 관련되어 있다. 「무의」는 『시경(詩經)』의 「당풍(唐風)」과 「진풍(秦風)」의 편명으로, 이 가운데 남명이 읊조렸던 것은 「진풍」의 「무의」가 아니었나 한다. 여기에는 동지적 사랑이 포함되어 있기 때문이다. 그 첫 장에서 "어찌 옷이 없어, 그대와 솜옷을 함께 입으리오. 왕명으로 군대를 일으키시거든, 우리 창을 수선하여, 그대와 한 짝이 되리라[豈曰無衣, 與子同袍. 王于興師, 修我戈矛, 與子同仇]."라고 노래하고 있다. 여기에 대하여 주자는 다음과 같이 해석하였다.

진나라 풍속이 사나워 전투를 좋아하였다. 그러므로 그 백성들이 평소에 서로 말했다. "어찌 그대가 옷이 없어 그대와 솜옷을 같이 입겠는가? 왕명으로 군대를 일으키시거든 장차 우리의 창을 수선하여 그대와 함께 한 짝이 되겠다." 그 기뻐하고 사랑하는 마음이 서로를 위하여 죽을 수 있음이 이와 같았다.

'모서(毛序)'에서처럼 진나라의 용병을 풍자한 것일 수도 있다. 이 같은 기법으로 노래한 것이 사실이라 하더라도 남명은 이를 단순한 풍자시로 보지 않았다. 편안할 때 솜옷을 나누어 입기보다는 전쟁이 일어나 위급한 상황이 발생했을 때 진정한 친구가 되겠다고 다짐하고 있기 때문이다. 우리는 여기서 남명의 사미에 대한 신뢰감을 다시 짐작할 수 있게 된다. 그러나 사미는 5년 전에 이미 저 세상 사람이 되어 이 자리에 있지 않았으니, 허연 머리로 다시 왔으나 옛 주인은 보이지 않았다. 회상은 여기서 시작되어 남명으로 하여금 '한'을 갖게 하고 스스로 '나그네'처럼 여기게 했다. 사미와의 친분이 두터우면 두터울수록 회상으로 인한 이 같은 정서가 더욱 커질 수밖에 없었을 것이다.

주자묘 : 묘비는 묘소의 뒤쪽에 세워져 있어 우리와 다르다. 묘비의 전면에는 "宋先賢 朱子 · 夫人劉氏墓"라 쓰여 있다.

말이 알아서 스스로 갈 만큼 자주 찾았던 사미정, 그만큼 남명은 사미에 대한 회상도 많았다. 그야말로 회상은 거미줄처럼 얽혔던 것이다. 그러나 그 거미줄이 남명을 향해 칭칭 감돌아들지는 않았다. 점진적으로 새로운 세계를 확보해 나가고 있는 데서 이 같은 사실이 감지된다. 작품 가)와 같이 무부와 서생을 넘나들었던 사미를 그리워 하기는 하지만 여기에 침몰되지는 않는다. 작품 나)에서 지리산을, 작품 다)에서 덕산을 떠올리고 있는 것에서 이 같은 사실을 알 수 있다. 우리는 여기서 새로운 형식의 삶을 맞이하려는 남명을 읽을 수 있다. 즉 아우와 관련된 가정적인 일이나 친구와 관련된 사회적인 일련의 일들을 청산하고, 보다 근본적인 측면에서 미래에 대한 비전을 제출하고자 했던 것이다. 이것은 존재가 근원적이면서도 우주적인 질서에로 편입한다는 것을 의미한다. 삶의 커다란 종착점을 주시하면서 취한 남명의 이 같은 태도는 사미의 무덤 주변으로 흐르는 가을빛과 함께 아득한 후생의 눈앞에서 반짝거렸다.

9) 낙월옥량 혹은 남명과 황강 – 황강정(1)

황강(黃江)은 황둔강(黃芚江)을 줄여서 부르는 말이다. 이 강은 덕유산에서 발원하여 남쪽으로 흘러 위천(渭川)이 되고, 갈천을 지나 동쪽으로 흘러 황둔진(黃芚津)을 이루며 합천으로 흘러들고, 다시 아래로 내려가 낙동강으로 유입된다. 황강정은 황둔강 하류의 절벽 위에 자리한 것으로, 오늘날 합천군 쌍책면 성산리에 있다. 이 정자는 남명의 친구 황강 이희안(李希顔, 1504-1559)이 1531년 8월, 그러니까 그의 나이 28세 되던 해 가을에 학문을 강마(講磨)하기 위해서 지은 것이다. 정자 앞으로는 황둔

황강정 : 경남 합천군 쌍책면 성산리에 위치한 정자로, 이희안이 학문을 연마하기 위해 세운 것이다. 황강정 아래에는 이희안의 7세손인 이봉서가 강학한 관수정(觀水亭)도 있다.

강이 유유히 흐르고, 옥두봉(玉斗峰)과 봉령(鳳嶺)이 병풍처럼 둘러 있어 경치가 특히 빼어나다. 황강은 이 정자에 도서를 갖추어두고 엄숙하게 거처하면서 진리탐구에 매진하였다.

황강정에는 많은 사람들이 찾아와서 황강과 함께 학문을 연마하였다. 남명을 비롯하여 송계 신계성(申季誠, 1499-1562), 대곡 성운(成運, 1497-1579), 동주 성제원(成悌元, 1506-1559)은 대표적인 인물이다. 황강은 이들과 더불어 진리를 탐구하는 한편, 제자를 기르기도 했다. 탁계 전치원(全致遠, 1527-1596)이 그에게 『소학』을 들고 와서 배움을 청한 일화는 유명하다. 때는 1542년 황강이 39세 되던 해였다. 15세의 전치원이 황강에게 배움을 청하였으나 황강은 짐짓 그를 물리치면서 뜻을 보고자 하였다. 그러나 전치원은 꿇어앉아 종일토록 조금도 움직이지 않았을 뿐만 아니라 닷새를 그렇게 했다고 한다. 이에 황강은 유작(游酢)과 양시(楊時)가 정이(程頤)를 찾아갔을 때 생긴 정문입설(程門立雪)의 고사를 떠올리며, 이 사람은 고인의 입설지조(立雪之操)가 있다며 그를 제자로 맞아 들였다. 역시 황강정에서 있었던 일이었다.

황강은 남명 및 송계와 함께 영중삼고(嶺中三高)라 불린다. 그는 합천인으로 자는 우옹(愚翁), 이름은 희안, 황강은 그의 호이다. 이름을 희안으로 한 것은 공자의 제자 가운데 덕행으로 가장 뛰어났던 안연(顔淵)처럼 되기를 바라는 마음에서였다. 황강은 1504년(연산 10) 아버지 윤검(允儉)과 어머니 통천(通川) 최씨 사이에서 3남 2녀 가운데 막내아들로 태어났다. 아버지는 가선대부 동지중추부사 겸 오위도총부총관에 추증된 분이고, 어머니는 세종조에 좌의정을 지낸 최윤덕(崔潤德)의 손자 계한(季漢)의 딸이다. 좌의정 권진(權軫)의 손자 중신(仲愼)의 딸에게 장가들어 딸을 하나 두었으며, 소실의 몸에서 아들 팽구(彭耉)를 두었다. 권씨 부인이 죽고 이한정(李漢禎)의 딸에게 다시 장가를 들었으나 자녀가 없었다. 황강의 이력을 알아보기 위해 그의 연보를 간단히 작성해 보자.

황강정 현판 : 글씨는 이희안의 종13세손인 이상호(李相鎬)가 썼다.

1504년(1세) : 초계군(草溪郡) 초책면(初冊面) 성산리(城山里)에서 출생

1509년(6세) : 백형 희증(希曾) 사망

1511년(8세) : 『소학』을 둘째 형 희민(希閔)에게서 배움

1514년(11세) : 『논어』를 읽고 크게 깨달은 바가 있었음

1519년(16세) : 기묘사화가 일어나 아버지와 둘째형이 연루되어 체포되고 삭탈관작 됨

1520년(17세) : 아버지 별세

1521년(18세) : 중형 희민(希閔) 사망

1523년(20세) : 권씨 부인[부사 仲愼의 딸]을 맞이함

1525년(22세) : 동당시(東堂試)에 나아가 1등을 함

1531년(28세) : 8월에 황강정이 완성됨

1538년(35세) : 전옥서(典獄署) 참봉(參奉)에 제수됨

1540년(37세) : 봉훈랑(奉訓郞)에 제수됨

1543년(40세) : 상서원(尙瑞院) 직장(直長)을 제수받고, 조봉대부(朝奉大夫)에 오름

1545년(42세) : 어머니 최씨 별세

1553년(50세) : 장악원(掌樂院) 주부(主簿)를 이어서 고령현감에 제수됨

1554년(51세) : 권씨 부인 사망

1555년(52세) : 이씨 부인[사인 李漢禎의 딸]을 다시 맞이함

1556년(53세) : 조지서(造紙署) 사지(司紙)에 제수되고, 군자감(軍資監) 판관(判官)에 오름

1559년(56세) : 5월 14일 세상을 떠남

황강이 가장 철저하게 공부한 것은 『소학』과 『논어』였다. 『소학』은 8세부터 공부하여 학문의 현실적 적용을 위하여 노력하였고, 그 터득한 바를 제자 전치원에게 가르치기도 했다. 특히 『논어』는 그의 정신세계를 확립하는 데 있어 중요하게 작용한 것으로 보인다. 『황강실기』에 의하면 11세에 『논어』를 읽고 '활연개명(豁然開明)'하였다고 한다. 이때 황

강은 비록 나이는 어렸지만 『논어』를 읽으면서 공자와 그의 문도들이 벌이는 진리를 향한 고뇌의 몸짓을 감지했을 것이다. 그의 진리탐구를 향한 독실한 발걸음은 20세의 나이로 권씨 부인을 맞으면서 더욱 돈독해졌다. "성현의 학문을 마음으로 다짐하며 이른 아침부터 밤늦게까지 게으르지 않았다."라고 한 기록이 이를 잘 대변해준다. 황강정이 이루어지면서 원근의 선비들은 학문강마를 위하여 모여들었고 여기서 경전과 역사서들이 두루 토론되었다. 이는 황강의 학문이 황강정 건립을 계기로 하여 더욱 깊어지고 넓어졌다는 것을 의미한다.

그러나 황강의 일생은 평탄한 것이 아니었다. 청소년기를 거치면서 형과 아버지가 잇달아 죽고, 첫째 부인 권씨도 그보다 5년 먼저 세상을 떠나고 만다. 그리고 소실의 몸에서 아들 하나를 두었을 뿐 그의 뒤를 제대로 이을 사람도 없었다. 10세에 글을 짓는 뛰어난 능력을 보이며 사마시와 향시 등에서 거듭 1등을 하였으나 대과에는 마침내 급제하지 못했다. 또한 유일로 여러 번 천거되기는 하였으나 얼마 있지 않아 바로 돌아 와버렸다. 1552년에 고령현감으로 제수되었다가 이듬해 벼슬을 그만두고 돌아와 버린 경우는 그 대표적이다. 이때 경상감사 정언각(鄭彦慤)이 황강을 질시하여 죄로 다스릴 것을 명종에게 청하고 호조판서 조사수(趙士秀) 역시 경연에게 정언각의 말대로 할 것을 아뢰었다. 그러나 장령 유중영(柳仲郢)은 "무릇 수령이 재물을 탐내고 백성들을 학대한다면 관직을 버릴 수 없으며, 관직을 버릴 수 있는 사람이라면 재물을 탐하거나 백성들을 학대하지는 않았을 것입니다."라고 하면서, 황강을 유일로 기용했다가 벼슬을 그만두었다고 중죄로 다스리는 것은 조정에서 선비를 대하는 예가 아니라며 황강을 적극 변호하였다. 이에 명종은 유중영의 말을 옳게 여겨 황강을 죄로 다스리지 않았다.

황강정 및 그 정자의 주인에 대한 대체적 이력을 보았으니, 이제 황강이 남명과 어떤 사이였던가에 대해 살펴보기로 하자. 남명과 황강은 인척관계에 있었다. 즉 황강의 어머니는 세종조 좌의정을 지냈던 최윤덕의 증손녀였고, 남명의 외할머니는 최윤덕의 따님이었던 것이다. 이러한 관계로 황강과 남명은 이른 시기부터 서로 친분이 두터웠다. 황강은 1527년[24세]에 남명이 부친상을 당하여 서울로부터 아버지의 시신을 운구하여 삼가 선영에 장사를 지내자 문상을 하며 같이 슬퍼하였고, 1546년[43세]에 남명이 모친상을 당하여 김해에서 운구하여 역시 삼가 선영에 와서 장사할 때도 남명의 손을 부여잡고 함께 울었다. 그 이전 1530년[27세]에는 남명이 김해 신어산 기슭에 산해정을 지어놓고 학문을 연마하고 있을 때 송계 신계성, 대곡 성운 등과 함께 진리를 탐구하기도 했다. 이를 두고 당시 사람들은 덕성(德星)이 모였다고 칭송하였다. 학문연마는 1548년[45세]에 남명의 강학지 삼가 계부당(鷄伏堂)으로 이어지기도 했다.

남명 역시 42세(1542) 되던 해 5월에 황강의 모부인 최씨가 돌아가시자 문상하고 만사를 올렸다. <만정부인최씨(挽貞夫人崔氏)>가 그것이다. 이 시에서 남명은 "봉분은 큰 새가 내려앉은 듯 손님이 모였음을 보겠고, 무덤은 소가 잠자는 듯 복을 내림이 더디구나. 내 아버지 내 아들을 응당 만나게 될 텐데, 삼가 소식을 전하노라면 눈물이 이리저리 엉기겠지요."라고 하면서 슬퍼한다. 또한 14년 뒤인 1556년에는 <정부인최씨묘표(貞夫人崔氏墓表)>를 쓰기도 한다. 황강이 남명을 들어 세상 사람에게 아첨하지 않으니 무덤 속에 있는 사람에게도 아첨하지 않으리라 생각하고 자신의 어머니를 위한 묘표를 지어달라고 부탁했기 때문이다. 그 한 대목은 이러하다.

나는 고령현감 이희안과 친하게 지냈다. 당하에서 부인을 뵌 적이 있었
는데, 그 훌륭함을 보고서야 보통 사람이 아님을 알게 되었다. 멀리서 바
라보면 엄숙하면서도 공경스러워 보이는 것은 마치 제사를 받들고 남편
을 받드는 거동이었고, 온화하면서도 엄격한 것은 비첩(婢妾)을 어루만져
주고 자녀를 가르치는 법이었다. −중략− 부인이 어찌 힘써 공부한 적이
있어 수신제가(修身齊家)의 도를 써서 다스린 사람이겠는가? 단지 아름다
운 자질을 타고난 것이 많아, 자기가 지니고 있는 것을 잃지 않고 있었을
뿐이다. 금이 불을 위해 순수한 것이 아니고, 옥이 사람을 위해 따뜻한 것
이 아니다. 대개 그 타고난 성질이 그러한 것이다.

여기서 우리는 남명과 황강의 정서적 밀착도와 서로의 신뢰를 확인
하게 된다. 또한 황강의 모부인 최씨의 인품에 대해서도 두루 이해하게
된다. 남명은 황강과 더불어 이름난 자연을 찾아 유람하기도 했다. 1558
년(명종 13)에는 진주목사 김홍(金泓), 수재 이공량(李公亮, 1500-?), 청주목사
이정(李楨, 1512-1571) 등과 더불어 지리산을 유람한 것은 그 대표적이다.
당시 쌍계사에서 남명이 음식을 잘못 먹어 갑자기 구토와 설사를 하자
황강이 시종 남명 곁을 떠나지 않고 정성을 다해 간호하는 장면이 나온
다. 우리는 여기서 두 사람의 친밀도를 짐작하게 된다. 뿐만 아니라 여
러 날을 함께 자기도 하였으며, 때로는 남명이 황강의 민첩한 일처리에
대하여 칭찬하기도 했다. "우옹(愚翁)이 50년 동안 팔짱을 끼고 앉아있어
그 주먹이 메주덩이 같아 황하(黃河)와 황수(湟水) 유역의 천만 리 땅은 비
록 수복하지 못하나, 한 번 숨쉬는 동안에 오히려 일을 하는 방법과 계
략을 지휘할 수 있으니 참으로 큰 솜씨라 이를 만하다."라고 한 것이 그
것이다.

남명과 황강의 친분이 두텁기는 했으나 책선(責善)의 도리를 저버리지
는 않았다. 즉 서로 바로잡아 줄 일이 있으면 그것을 지적하여 올바른

길을 걷도록 했다는 것이다. 지리산 유람 당시 두어 걸음에 세 번씩 가쁜 숨을 내쉬어야 하므로 그렇게 이름 붙여졌다는 삼가식현(三呵息峴)에서의 일화에서 이 같은 사실을 분명히 읽을 수 있다. 황강이 이정의 말을 타고 혼자 채찍을 휘둘러 먼저 삼가식현을 올라 제일 높은 봉우리 위에 말을 세워두고 돌에 걸터앉아서 부채질을 했다. 일행 모두는 한 걸음 한 걸음 나아가며 사람과 말이 땀을 비오듯 흘렸는데 한참 후에야 겨우 도착할 수 있었다. 이에 남명이 문득 황강을 질책했다. "그대는 말 탄 기세에 의지하여 나아갈 줄만 알고 그칠 줄은 모르니, 훗날 의로움에 나아가게 되면 반드시 남보다 먼저 하게 될 터이니 참으로 좋지 않은가?"라고 말이다. 여기에 대하여 황강은 사례하면서 이렇게 말했다. "나는 그대가 응당 나에게 꾸짖는 말을 할 줄 알았네. 내가 과연 내 죄를 알겠네." 남명의 꾸지람과 그것을 겸허하게 수용하고 있는 황강을 통해 우리는 진정한 우도(友道)가 무엇인가를 다시 생각하게 된다. 남명은 황강의 벼슬살이 문제에 대해서도 다소의 불만을 갖고 있었다.

가) 산해정에서 몇 번의 꿈을 꾸었던고　　　　　山海亭中夢幾回
　　황강노인의 뺨에 흰 눈이 가득하네　　　　黃江老叟雪盈腮
　　반평생 동안 대궐문에 세 번이나 이르렀지만　半生金馬門三到
　　군왕은 한 번도 뵙지 못하고 돌아왔다네　　不見君王面目來

나) 황강(黃江)할배하고 남명(南冥)선생은 참말로 친했다고 합니더. 그래 가꼬 할배가 시상 비맀을 때(세상을 떠나셨을 때) 남명선생이 직접 생이줄(상여줄)을 맸다 카는 이야기가 있습니다. 그라고 남명선생이 인자 부채를 가리고 갔다 카는 이야기가 있십니다. [청중 : 와예?] 아 인자 할배가 비슬(벼슬)을 해가지고 있응깨(있으니) 남명선생이 지나가민서 친구인데도 안다 보고(안 들여다 보고) 보기 싫다 카

민서 부채로 가리고 지나갔다 캅디다. 어른들한테서 들었십니더.
[청중 : 그때 황강선생이 고령현감으로 있을 때지예?] 맞십니더. 할
배가 인자 고령현감으로 있을 때 비슬했다꼬 그랬다 캅니더.

앞의 시는 황강이 고령현감을 그만두고 돌아왔다는 소식을 듣고 지
은 <문이우옹환향(聞李愚翁還鄕)>이다. 황강은 1552년(명종 7) 3월 9일 경
상도 관찰사 이몽량(李夢亮)에 의해 천거되었다. 당시 이몽량은 '이희안(李
希顔)은 재행(才行)이 뛰어나고 효우(孝友)가 독실하여 모친상에 3년 동안
한 번도 집으로 가지 않고 최질을 벗지 않았으므로 중묘조(中廟朝)에 천
거되어 관직을 제수받았으나, 사은(謝恩)하고 나서는 고향으로 돌아가 문
달(聞達)을 구하지 않았다. 그리고 관문(官門)에 발길을 끊고 의가 아닌 물
건을 취하지 않았으므로 온 고을이 모두 흠모하였다.'면서 천거하였던
것이다. 여기에 의거하여 이조에서는 7월 11일 명종에게 건의하고, 명
종은 7월 26일 장악원 주부를 제수하였다. 이어 9월 12일에는 다시 고
령현감을 제수하였는데, 황강이 실제 부임한 것은 이듬해 5월경으로 보
인다. 이때 남명도 단성현감을 제수 받았다. 그러나 저 유명한 <단성
소>를 올리고 나가지 않았다. 이에 비해 황강은 관직을 마다 않고 나갔
으니, 위의 시는 바로 이 같은 황강의 출사에 대한 남명의 은근한 풍자
가 담겨져 있는 것이라 하겠다.

뒤의 자료는 지난 1996년 5월 4일 경남 합천군 쌍책면 성산리 정자다
방에서 필자가 채록한 구비설화이다. 제보자는 황강의 종12대손 이남기
(李南基, 남·64) 씨였다. 이남기 씨의 증언은 오늘날까지 집안에서 내려오
는 이야기를 전하고 있다는 측면에서 중요하다. 이에는 남명과 황강의
관계가 절친하다는 것, 남명이 황강의 출사를 못마땅하게 여겼다는 것

이 적시되어 있다. 남명과 황강이 절친했다는 것을 남명이 직접 황강의 상여줄을 잡았다는 것으로 제보자는 설명한다. 사실『황강실기』에는 '삼족당과 황강의 장사에 내가 이미 그 줄을 잡았고 그 비명을 지었다[天佑愚翁之葬, 吾旣執其紼而銘其石].'는 남명의 말이 기록되어 있다. 물론 이것은 남명이 지은 <처사신군묘표(處士申君墓表)>에서 "발인을 맡았다[執其靷]."라고 한 것의 변용 혹은 오기(誤記)에서 비롯된 것이긴 하지만 이것만으로도 두 사람 사이의 신의는 증명하고도 남음이 있다. 그리고 남명이 황강의 출사를 못마땅하게 여겼던 것으로는, 황강의 근무지를 남명이 지나가야 할 일이 있을 때 그곳을 부채로 가리고 지나갔다는 말로 나타냈다.

낙월옥량(落月屋梁)! 이것은 두보의 시구 가운데 일부로 벗을 사모하는 마음이 간절하다는 것을 나타낸다. 벗을 꿈 속에서 만나 즐기다가 깨어보니 벗은 간 데 없고 싸늘한 달빛만 지붕 위를 비추고 있다 함이니 그리움의 심적 정황을 잘 묘사한 것이다. 남명은 황강을 이처럼 좋아하였지만 황강의 출처에 대해서는 불만을 가졌고, 그것은 책선지도(責善之道)를 실현하기 위함이었다. 황강이 타계하자 남명은 곡하면서 그의 묘갈을 짓기도 했다. 이 글에서 남명은 "그의 효성과 자애, 그리고 형제간의 우애하는 정성과, 선을 돈독히 하고 학문을 좋아하며, 남을 사랑하고 일에 부지런한 마음은 거의 견줄 데가 없었다. 붙잡으면 주저앉기로는 유하혜(柳下惠)와 비슷하고, 통달해서 알기로는 진동보(陳同父)와 유사하였다. 도를 지키려는 뜻을 가지고 있으면서 도가 구현되기를 바랐지만, 직접 보시는 못한 사람이다. 활쏘기와 말타기의 재주를 겸비하여 무인의 반열에서도 뛰어났다. 마침내 세상에 쓰이지 못하고 그 가능성만 보였으니, 사람들이 아까워하는 바다. 지극한 감정은 꾸밈이 없는 것이어서,

이에서 더 이상 쓸 수가 없다."라며 탄식하였다. 황강을 향한 남명의 마음이 어떤 것인가를 잘 보여 주는 대목이다. 그렇다면 남명이 '황강정'에 올라 유유히 흐르는 황둔강을 바라보면서 무엇을 생각했을까? 우리는 이것이 궁금하다.

10) 황둔강, 그 끝없이 흐르는 한의 깊이 - 황강정(2)

황강정의 여러 현판들 : 여기에는 '마음을 통일하고 이치를 궁구한다'는 거경당(居敬堂), '밤낮으로 덕 기르기를 게을리 말라'는 비해재(匪懈齋), '효가 모든 행동의 근원'이라는 백원당(百源堂) 등의 현판이 있다.

남명은 황강정에 올라 무엇을 생각했을까? 황둔강은 아래로 끝없이 흘러 돌아오지 않고, 위에서 한없이 흘러오길 또한 그치지 않는다. 남명은 이곳을 봄에도 오고 여름에도 오고, 가을과 겨울에도 왔다. 그때마다

강은 얼굴을 달리하고 있었다. 이른 봄엔 강물이 쪼개진 얼음을 실어 날라 더욱 차가워지고, 햇빛이 부드러워지면 청색으로 변하다가, 여름이면 수없이 많은 빛의 입자들이 강의 표면에 반사되어 서로 부딪힌다. 강가의 단풍이 붉게 물들면 물결도 함께 취하는 가을 강, 억겁의 함묵으로 안으로만 채찍질 해 들어가는 겨울 강, 그 형언할 수 없는 몸짓으로 황둔강은 굼실거리며 흐르고 있었다. 남명은 이러한 강줄기를 바라보면서 시간을 생각하게 되었고, 그 시간의 갈피 속에서 상처처럼 자라나는 '한(恨)'을 인식하게 되었다. 오늘 우리는 남명이 올랐던 황강정에 다시 올라 남명의 '한'이 무엇인지를 이야기 해보려 한다.

'한'이란 무엇인가? '한'은 우선 자기에게로 열려져 있다. '억울하거나 원망스럽게 생각하여 뉘우치거나 맺힌 마음'이라고 사전적 해석을 할 수도 있다. 그러나 '한'은 이것 이상이다. 잔잔한 원한, 혹은 자기 내부에 쌓여가는 정감 같은 것이다. 이것은 개인이 지닌 욕망의 억압이나 좌절감 등으로 생기기도 하고, 부모가 이룩하지 못한 과제가 자식에게 전이되기도 한다. 그러나 '한'은 개인 혹은 가정에 제한되지 않는다. 부조리한 사회 때문에 발생하기도 하고, 국제적인 관계 속에서 생기기도 하기 때문이다. 정치사적 측면에서 볼 때 민주화 과정에서 일어났던 폭압적 힘의 논리에 의한 것이나, 일본 혹은 북한과의 관계 속에서 생긴 것 등은 개인의 영역을 훨씬 벗어나 있다. '한'은 이처럼 개인적인 경험에 의해서만 축적되는 것이 아니라, 사회 혹은 국가적인 것이기도 하고, 일정한 기간 동안만 존재하는 것이 있는가 하면 그것이 후세로 계승되기도 한다.

남명은 어떤 '한'을 지녔을까? 우선 남명이 자신의 언어로 제시한 '한'에 주목하기로 하자. '한'은 '우(憂)'나 '수(愁)' 등의 의미망을 거느리고 있다 할 것인데, 이것은 그의 작품 도처에 나타난다. "쌓인 시름 풀과 같아 비가 오자 새로워져(<贈別姉兄寅叔>)", "시름을 녹일 수 있다면 잔을 다 따르련만(<竹淵亭次尹進士奎韻>)"이라 한 것이나, "시름겨운 마음 다 이야기하고 나서 잠 못 이루는데(<贈五臺僧>)", "상당엔 근심스런 구름, 바람에 깃발이 펄럭인다<六國平來兩鬢霜詩>)"라고 한 것이 대체로 그것이다. 여기서 볼 수 있듯이 남명은 풀같이 새롭게 자라나는 시름을 경험하기도 하고, 녹일 수 없는 시름을 술로 달래려 하기도 한다. 그리고 다른 사람에게 자신의 시름을 말하기도 하고, 펄럭이는 깃발에 자신의 근심을 이입시키기도 하였다. 이 같은 '우'와 '수', 즉 근심은 그의 '한'을 더욱 철저하게 하였다. '한'이 표출되어 있는 구체적인 작품을 통해 관찰해 보기로 하자.

가) 길가 풀은 이름 없이 죽어 가고　　　　路草無名死
　　　산의 구름은 마음대로 일어나누나　　　山雲恣意生
　　　강은 끝없는 한을 흘려 보내면서　　　　江流無限恨
　　　돌과는 다투지를 않는다네　　　　　　　不與石頭爭

나) 행장은 소매 속의 책 한 권　　　　　　袖裏行裝書一卷
　　　푸른 신, 대 지팡이로 절간 서쪽을 오른다　靑鞋竹杖上方西
　　　나그네는 이름 없는 한을 풀지 못하는데　遊人未釋無名恨
　　　산새는 종일토록 뜻을 다하여 우는구나　盡日山禽盡意啼

앞의 작품 가)는 <제황강정사(題黃江亭舍)>이다. 여기서 남명은 황둔강을 바라보면서 '한'을 흘려보내고자 했다. 제1구에 보이는 '노초(路草)'의 이름 없는 죽음과 제2구에 나타나는 '산운(山雲)'이 마음대로 일어나는 것은 자연스러움을 나타내기 위한 것이었다. 처사적 삶을 그렇게 표현한 것이라 하겠다. 이 같은 자연스러움이 있으면 '한'이 생길 아무런 이유가 없다. 그러나 여기서 그치고 말면 작품의 이면적 의미를 놓치고 만다. 거꾸로 읽어야 한다는 것이다. 다음 구, 즉 제3구에서 남명은 강을 보면서 자신의 '무한한(無限恨)'을 이입시키고 있기 때문이다. 자유로운 길섶의 풀, 산구름, 강물 등과 무한한 '한'을 지닌 자신을 대비시키면서 오히려 스스로의 '한'을 증폭시키고 있다고 보아야 한다. 돌과 다투지 않는다는 표현에서 절제된 '한'의 모습을 읽어낼 수도 있다.

　이같이 고뇌에 찬 남명의 '한'은 뒤의 작품 나)에서도 선명히 드러난다. 이 작품은 <제문견사송정(題聞見寺松亭)>이다. 남명은 그의 한을 풀기 위하여 조촐한 차림새[書一卷 · 靑鞋 · 竹杖]로 산을 찾았다. 그러나 이름 없는 '한'은 마침내 풀리지 않고 산새만 종일토록 뜻을 다하여 울어댔다. 여기서 우리는 제 뜻을 다하여 우는 산새와 이름 없는 '한'을 풀지 못하는 시적 자아가 대비되고 있음을 볼 수 있다. 이를 통해 남명은 자신의 '한'을 강하게 표출시키고 있었던 것이다. 그렇다면 '무한한(無限恨)' 혹은 '무명한(無名恨)'의 실체는 무엇일까? 그가 가장 괴로워하고 있는 부분을 찾아내면 되겠는데 대체로 두 가지로 요약된다. 자신에게 부여되는 '비난'과 '허명'이 그것이었다. 비난에 대한 남명의 반응부터 보기로 하자.

　　몸가짐이 변변치 못해 견책을 불러오게 되었는데, 내 스스로 불러들인 것인지라 전혀 원망하는 바가 없습니다. 명공께서 칠십 평생 동안 남들이 감히 한마디 말도 흠잡을 수 없게 하신 점에 매번 감복할 따름입니다. 자신을 수양한 도가 없이 어찌 그럴 수 있겠습니까? 저와 같은 사람은 서리 맞은 파초처럼 행실이 잘못 되었을 뿐만 아니라, 멀리서 걱정하고 깊이 애통해 하는 마음을 다시 명공께 끼쳤습니다. 일찍이 자신을 그르쳤고 다시 벗에게 누를 끼쳤으니, 황천에서 마주 대할 면목이 없습니다.

대곡(大谷) 성운(成運, 1497-1579)에게 보낸 편지의 일부이다. 남명은 만년에 진주에서 일어난 음부옥사(淫婦獄事)의 배후인물로 지목되어 비방을 듣게 된다. 이에 그는 "평소 나의 몸가짐이 보잘것없어서 오늘날의 이런 비방을 불러온 것이니, 공이 옥처럼 자신을 지켜 남들이 감히 이러쿵저러쿵 흠잡을 수 없게 하신 점에 더욱 머리가 숙여집니다."라고 하면서 대곡을 부러워했다. 남명은 음부옥사로 인해 결국 이정(李楨, 1512-1571)과 절교하게 되고 "함께 학문을 담론한 사람조차 서로 등을 돌리게 되었다."라고 하면서 괴로워한다. 위에서 보듯이 대곡과 자신을 비교하면서 자신을 철저히 비판하고 있다. 즉 대곡이 수양을 제대로 하여 칠십 평생 동안 한 번도 다른 사람의 비난을 받지 않은데 비해, 자신은 몸가짐이 변변치 못해 견책을 불러왔다는 것이다. 서리 맞은 파초에 비유하여 자신의 고뇌를 극대화 하는 한편, 이 같은 편지를 써서 친구인 대곡에게까지 걱정을 끼치게 되었다며 자신을 비판하고 있다. 나아가 남명은 자신에게 부과된 허명도 비판하였다.

> 평생의 행동거지는 웃음과 한탄을 자아낼 만하고, 늙고서도 저술할 것이 없으니, 이미 도적이나 다름없습니다. 이제 다시 이 몸은 이름난 도적이 되어, 백방으로 도망을 치려 해도 달아날 수 없게 되었으니, 바로 하늘의 명호를 훔쳐 하늘이 도망을 치지 못하게 하는 것입니다. 지난 달 27일 정사에서 상서원 판관에 제배되었습니다. 다시 교지가 내려 승정원 하리가 싸가지고 왔는데, 내의원의 약재까지 하사하셨습니다.

제자인 동강(東岡) 김우옹(金宇顒, 1540-1603)에게 보낸 편지의 일부이다. 이 글은 남명이 65세 되던 8월에 상서원 판관으로 제수되고, 내의원에서 약재가 내려오자 10월에 조정에 나아가 사은숙배하게 되는데, 떠나

황강정에서 바라본 황강 : 황강은 황둔강(黃芚江)을 줄여서 부르는 말이다. 이 강은 덕유산에서 발원하여 낙동강으로 흘러든다.

기 전에 쓴 것이다. 여기에서 보듯이 자신은 이름을 훔친 '도적'이라고 하면서 스스로를 비판하고 있다. 이름은 하늘의 명호인데 이것을 훔쳤으니 도망쳐도 달아날 길이 없다는 것이다. 남명은 다시 동강에게 편지하여 사신이 자신에게 오는 것이 부끄럽고 한스럽다고 하면서, "남을 속이다 끝내 임금을 속이는 데까지 이르렀으니, 참으로 현자의 지위에 스스로 앉아 버젓이 몸을 드러냄으로써 이름을 훔친 죄를 더욱 무겁게 할 수 있겠는가?"라고 하였다. 허명과 관련한 강도 높은 남명의 자기비판을 이해하게 된다.

자신에게로 쏟아진 비난이나 자기에게 부여된 허명, 여기에 대하여 남명은 고민하였다. 그 고민은 '한'으로 축적되기에 충분한 것이었다.

그러나 남명의 '한'이 이처럼 개인적인 차원에 머물러 있지 않았다. 정치현실이 부조리하여 현인의 길은 기구하였다. 특히 1545년 을사사화가 일어나 이림(李霖), 곽순(郭珣), 성우(成遇) 등 지기(知己)가 죽었다. 남명은 이를 대단히 안타까워하면서 말을 하다가 그 말이 이들에게 미치게 되면 가슴을 치며 목메어 울었다. 정치적 부조리는 백성들을 고달프게 할 수밖에 없었다. 남명은 비록 산속에 산 재야지식인에 불과하였으나, 한 번도 세상을 잊어본 적이 없었다. 당시의 정치가 잘못되어 간다는 말을 들으면 문득 천정을 우러러 길이 탄식하고, 특히 백성의 곤핍함을 보면 마치 내 몸과 내 가족이 아픈 듯이 가슴 아파하였다. 그리고 그들의 아픔을 생각하면서 달 밝은 밤이 되면 홀로 앉아 슬픈 노래를 부르고 노래가 끝나면 역시 눈물을 흘렸다. 남명의 눈물! 그것은 바로 '한'의 결정체였다. 남명의 '한'은 부조리한 현실과 그 현실을 살아가지 않을 수 없는 백성들을 중심으로 형성되었기 때문에, 황강에게 다음과 같은 시를 줄 수 있었다.

서리 내리는 밤 달빛 속에 그대 생각 정말 깊은데	思君霜月正離離
기러기 새로 돌아올 때 나그네 신세인 제비 돌아가네	新鴈時兼旅燕歸
붉은 나뭇잎 산에 가득하여 온통 붉은색이고	紅葉滿山全有色
골짜기에 남은 푸른 솔은 가지 반쯤 없구나	靑松留壑半無枝
달려드는 백발에 근심은 뒤얽히고	侵陵白髮愁爲橫
슬피 우는 백성들은 풍년에도 더욱 굶주린다	嗚咽蒼生稔益飢
배에 가득한 답답한 생각 적을 수 없지만	果腹噎懷書不得
우직한 황강 노인 그대야 응당 알리라	黃芚老子爾能知

위의 작품은 <증황강(贈黃江)>의 전문이다. 여기서 남명은 민의 곤폐

를 문제 삼으며 그의 애민의식을 드러내고 있다. 특히 백성들의 경제적 사정에 주목하였다. 이 작품의 시간적 배경은 가을이다. 기러기가 다시 돌아오고 단풍이 붉게 물든 때라는 말에서 알 수 있다. 수확을 맞이하는 계절이라 할 터인데 마음이 그리 풍요롭지가 못하다. 그 이유를 경련과 미련에서 제시하였다. 자신은 달려드는 백발에 근심이 뒤얽히고, 백성은 풍년인데도 불구하고 더욱 굶주리기 때문이었다. 그러니 남명의 근심은 자신의 백발 때문이 아니고 백성의 굶주림 때문이라는 것을 알 수 있다. 이 같은 괴로운 심정을 지기였던 황강은 충분히 알 것이라며 어쩔 수 없는 현실에 대하여 한탄하였다. 그의 한탄이 백성들에게 도움이 될 수 있다면 그래도 값진 것이라 하겠지만, 한탄뿐이었다. 그렇다고 하여 시대에 영합하여 살아갈 수도 없는 노릇이다. 여기에 남명의 고민이 있었고, 고독이 있었다. 남명은 황강정에 올라 바로 이것을 생각하였다.

두견새는 누구를 위하여 울부짖는가	子規誰與叫
외로운 꿈 짓지 못한다네	孤夢不能裁
신세는 구덩이 속의 사슴과 같고	身世壙中鹿
뜻을 펴거나 숨어 지내는 것은 모래밭의 자라로다	行藏沙畔能
풀 옆으론 많은 길이 나 있고	草邊多路去
강 위로는 오는 사람 적구나	江上少人來
겹겹의 파초 잎은	複複芭蕉葉
겉은 벌어져도 속은 벌어지지 않았네	外開心未開

'한'을 더욱 깊게 하는 부조리한 현실, 거기에 출사하지 않으려는 생각을 이 작품을 통해 남명은 굳건히 했다. 엄정한 출처관에 입각해 있음은 물론이었다. 위의 작품 <서이황강정미(書李黃江亭楣)>는 이렇게 해

서 지은 것이다. 수련에서 두견새의 울음과 잠 못 이루는 밤을 제시하여 자신의 '한'을 드러냈다. 함련은 특히 주목할 만한데, 자신의 신세를 『열자』에 의거하여 '황중록(隍中鹿)'이라 하였고 『논어』에 의거하여 출처, 즉 '행장(行藏)'을 모래밭의 자라에 비유하고 있기 때문이다. '황중록'은 어떤 나무꾼이 사슴을 잡아 구덩이 안에 감추어 두었는데, 그것을 다른 사람이 훔쳐가자 잃어버린 사람이 송사를 일으켜 재판관이 반분하도록 하였다 하니 이리저리 끌려 다니는 비운의 신세를 말한 것이다. 그리고 '행장'은 공자가 안연에게 "써 주면 도를 행하고[行] 버리면 은둔하는 것[藏]을 오직 나와 너만이 이것을 지니고 있을 뿐이다."라고 한 것이니 올바른 출처를 말한 것이다. 결국 비운의 신세를 지녔으나 출처를 제대로 해야 한다는 생각이 이 작품에 짙게 배어 있다. 또한 미련에서는 파초의 벌어진 바깥과 벌어지지 않은 안을 대비시키고 있다. 이것은 밖으로는 외로운 신세이나 안으로 지킴이 있어야 한다는 의지를 확고히 하고자 함이었다. 남명의 '한'이 바깥으로 거칠게 발산되는 것이 아니라 안으로의 '지킴'이라는 세련된 형태로 발전하고 있음을 본다.

남명은 황강정에 오르면 까닭 없이 외로운 기러기가 되었다가 또 구름이 되기도[向來客意無詮次, 旋作孤鴻又作雲, <題黃江亭舍>] 했다. '한'이 깊어지면 깊어질수록 이 같은 생각은 더욱 간절하였다. 그래서 '한'을 풀고 싶었다. 속세에 얽매이지 않고 자유롭고 싶었던 것이다. 남명은 이 때문에 술 마시며 노래하기도 했다. 퇴계의 제자 성재(惺齋) 금란수(琴蘭秀, 1530-1604)가 1561년 덕산의 뇌룡당사를 찾아갔을 때의 일화를 통해 이는 잘 알 수 있다. 당시 성재는 김용정(金用貞), 권명숙(權明淑), 정긍보(鄭肯甫) 등과 함께 남명을 배알하였다. 이때 남명은 이들을 기쁘게 맞으며 술을 대접했다. 술기운이 무르익자 남명이 먼저 노래를 부르면서 좌중

이희안의 묘소 : 황강의 후손들은 황강이 죽어 장사를 지낼 때, 남명이 직접 상여줄을 메었다고 전한다.

이 다 부르도록 권하였다. 옛 노래가 아니라 모두 스스로 지은 것이었다. 남명의 언어는 준절하였고 곁에 아무 사람이 없는 듯이 하였다. '한'과는 다른 방향을 지니고 있는 남명의 신명(神明)을 이렇게 만나게 된다.

황강정에 오르면 남명이 지녔던 '한'이 가슴 저려 온다. 끝없이 흐르는 강물을 보면 더욱 깊이 느껴진다. 그 '한'은 개인적으로는 자신에게 쏟아진 비난과 또 그에게 부여된 허명과 관련된 것이지만, 그의 '한'은 이것 이상이었다. 부조리한 시대와 맞서는 데서 오는 일종의 사회적인 것이었다. 친구들은 사화를 만나 세상을 달리하고, 백성들은 고통을 더해갔다. 남명은 여기에 대하여 가슴을 쳤고 또 눈물을 흘렸다. 황강정과 황둔강은 이 같은 심각한 고민에 근거를 둔 남명의 '한'의 깊이를 보여준다. 그러나 여기에 남명은 매몰되지 않았다. 신명으로 그것을 풀어나갔기 때문이다. 술 마시고 노래하면서 자신의 감흥을 고조시켰다. '한'

과 신명이 한자리에서 이루어진 것이 아니라 하더라도, 남명 생애의 전 영역을 관통하는 것은 바로 이 '한'과 신명의 이중구조이다. 남명의 삶이 '한'으로만 기울어졌다면 한낱 패배주의자에 지나지 않았을 것이며, 신명에만 밀착되었다면 취락주의자가 되었을 것이다. 남명은 그의 '한'을 신명으로 풀었기 때문에 그가 가진 심각한 시련이나 고난을 넘어설 수 있었다. 우리는 여기서 남명의 지성적 삶의 구조를 흘깃 엿보게 된다.

3. 산청지역

1) 산의 품으로 기른 정대한 하늘 – 산천재

영남에는 삼산(三山)이 있으니 옥산은 경주부에 있고 도산은 예안현에 있으며 덕산은 진주 경내에 있다. 삼산이 교남에서 이름을 떨친 것은 회재와 퇴도, 그리고 남명 등 세 선생이 각기 한 구역을 점유하여 그 승경이 세상에 드러났기 때문이다. 나는 어릴 때 옥산에 세 번 들어갔고, 도산에 두 번 들어갔지만 덕산에는 가보지 못했다. 덕산은 두류산 가운데 있는 것으로 세상에서의 이른바 '삼한 밖의 방장(方丈)'이다.

산천재 현판 : 산천재에는 바깥쪽은 전서, 안쪽은 해서로 된 현판이 걸려 있다.

산천재 : 남명이 만년을 보낸 곳이다. 1561년에 지었으나 임진왜란으로 불탔고, 현재의 건물은 1817년에 중건한 것이다.

교와(僑窩) 성섭(成涉, 1718-1788)이 처음으로 덕산을 찾으면서 지은 <기초입덕산답인문(記初入德山答人問)>의 첫머리이다. 성섭은, 저 유명한 『춘향전』에 나오는 이도령의 실제인물이라고 알려진 계서(溪西) 성이성(成以性, 1595-1664)의 4대손이며, 홍문관 교리와 암행어사를 지낸 낙애(洛厓) 성기인(成起寅, 1674-1737)의 아들이다. 성섭은 <필원산어(筆苑散語)>에서 자신의 고조 성이성이 남원 지역에서 행한 '암행어사 출두사건'을 비교적 상세히 기록해 놓았다. 이를 근거로 연세대 설성경 교수가 『춘향전』의 이몽룡이 실제인물이었다는 것을 밝혀 근년에 세간의 화제가 된 적이 있었다.

한주(寒洲) 이진상(李震相, 1818-1886)에 의하면 성섭은 문학으로서 이름이 드러난 당대의 사람을 잘 인정하지 않았다고 한다. 그는 이광정(李光庭, 1552-1627), 박손경(朴孫慶, 1713-1782) 그리고 박래오(朴來吾, 1713-1785)만을 인정하였던 것이다. 이렇게 보면 성섭 스스로의 문학적 자부심은 남다른 점이 있다고 하겠다. 문학에 이런 자부심을 갖고 있었던 성섭은 52세 되던 늦봄에 동지들과 덕산으로 남명 유적을 찾아 나선다. 영남의 삼산을 옥산, 도산, 덕산을 지칭하면서도 덕산은 한 번도 가보지 못했기 때문이다. 위에서 제시한 자료에는 바로 이 같은 사정이 잘 나타나 있다. 이 글을 계속해서 보자.

> 1769년(기축) 3월에 나는 바다와 산을 유람하게 되었는데 기약하지 않은 동행자 너덧 명이 말고삐를 나란히 하여 촉석루에 올라 용사(龍蛇)의 전쟁에 대하여 강개한 느낌을 가졌다. 그리고 신발을 고쳐 매고 몇 개의 고개를 넘어 덕천을 건너서 입덕문에 도달했다. 석벽 위를 보니 붉은 색으로 된 세 글자가 크게 씌어 있었는데, 곧 옛 첨지 모정(慕亭) 배대유(裵大維, 1563-1632)의 글씨였다. 기이한 바위가 깎아지르게 서 있고 소나무와 회나무가 짙은 그늘을 길에 드리우고 있었다. 말에서 내려 몇 발자국을 걸으니 문득 맑은 바람이 우리에게 선뜻 불어옴을 느꼈다.

성섭은 촉석루를 지나 입덕문에 도달했다. 석벽 위에 씌어져 있는 붉은 색의 '입덕문(入德門)'을 보았고 그 글씨가 배대유의 것임을 알았다. 우리는 흔히 입덕문을 남명의 제자 도구(陶丘) 이제신(李濟臣, 1510-1582)이 쓴 것으로 알고 있다. 도로공사를 하면서 덕산으로 들어가는 석벽을 깨고, 거기 씌어져 있었던 '입덕문'이라는 글자만을 떼어내서 두 차례나 위치를 바꾸어 가며 지금의 자리에 세웠다. 그 옆에 이 같은 사실을 기록한 짧은 비가 있어, 여기에도 '도구 이제신 선생의 필적'이라고 하였다. 눌암(訥庵) 박지서(朴旨瑞, 1754-1821)의 <도구대기(陶丘臺記)>에도 관련 사실이 나온다. 즉 처음에는 이제신이 썼고, 이것을 배대유가 다시 써서 오늘에 전한다는 것이다. 따라서 우리가 보고 있는 현재의 글씨는 배대유의 필적임을 알 수 있다.

입덕문은 '덕으로 들어가는 문'인 동시에 '덕산에 들어가는 문'이다. 지금이야 도로가 뚫려 자동차들이 속도를 내며 달릴 수 있지만 남명이 '입덕문'으로 명명하며 들어갔을 당시에는 성섭이 말한 것처럼 말에서 내려 가야할 만큼 길이 험했으며 거기에는 기이한 바위와 나무들로 가득하였다. 덕산으로 들어가는 병목 역할을 했으며 형세가 험했기 때문에 덕천벼랑[德川遷]이라 불리기도 했다. 이곳을 지나면 툭 트인 들판이 나타나 새로운 경계가 열린다. 이 때문에 묵헌(默軒) 이만운(李萬運, 1736-1820)이 <덕산동유기(德山同遊記)>에서 "골짜기의 입구는 험한 낭떠러지이지만[谷口隄隩], 골짜기 안은 평평하면서도 넓다[洞天平曠]."라고 할 수 있었던 것이다. 그리고 이 같은 지형적 특성 때문에 덕산을 청학동이라 생각했던 사람도 있었다.

입덕문 표석 : 처음에는 이제신이 썼는데, 배대유가 다시 써서 오늘날에 전한다.

남명은 어쩌면 이 덕산의 구조를 그의 <신명사도>의 구조와 연관시켜 이해하고 있었는지도 모른다. 입덕문이 바로 성의관(誠意關)이 되며, 그의 강학지인 산천재가 신명을 지키는 신명사(神明舍) 역할을 할 수 있기 때문이다. 여헌(旅軒) 장현광(張顯光, 1554-1637)도 일찍이 "입덕문은 성의관과 통하여 하나의 편안한 집이 되는 바, 이 집에 사는 자는 신명(神明)한 주인이다. 집 앞에 큰 길이 화살처럼 곧으니, 눈이 있는 자가 어찌 보지 못하며 발이 있는 자가 어찌 밟지 못하겠는가."라고 하지 않았던 가? 이뿐만 아니라 물천(勿川) 김진호(金鎭祜, 1845-1908)는 <입덕문>이라는 시에서 다음과 같이 노래하기도 했다.

한 발자국 높아질수록 한 길은 머리에 있고	一步漸高一路頭
눈앞의 강물은 힘차게 흐르네	眼前江水浩然流
우리의 도는 정녕 어디에 의지해야 하나	吾道丁寧何處寄
신명사 속에서 수렴공부를 해야 하리	神明舍裏可功收

김진호는 입덕문에 들어서면서 길의 험함과 물줄기의 힘참을 제시했다. 그리고 우리의 도는 신명사 속에서 수양공부를 하는 것에 있다고 했다. 김진호가 한말까지 남명학맥을 굳건히 지키고자 한 대표적인 인물이었다는 것을 감안할 때, 그 역시 입덕문에서 남명의 신명사를 생각하고 있었다는 것을 알 수 있다. 회봉(晦峰) 하겸진(河謙鎭, 1870-1946)은 김진호의 학덕을 기려, "아 선생은 이른바 은거하여 뜻을 숭상하면서도 많은 사업을 이루었던 군자가 아니겠는가!"라고 했으니, 은거를 통해 오히려 위대한 사업을 성취한 남명과 결합되는 측면이 있다. 이것은 『중용』에서 제시한 다음과 같은 '입덕의 길'이기도 한다.

『시경』에서 말하기를, '비단 옷을 입고 홑옷을 덧입는다.'라고 하였으니, 이는 그 문체가 너무 드러남을 싫어해서이다. 그러므로 군자의 도는 은은하되 날이 갈수록 드러나고, 소인의 도는 선명하되 날이 갈수록 없어지는 것이다. 군자의 도는 담박하되 싫지 않으며, 간략하되 빛나며, 온화하되 조리가 있으니, 먼 것은 가까운 곳에서 시작함을 알며, 바람이 일어나는 그곳을 알며, 은미(隱微)함이 결국 드러난다는 것을 안다면, 더불어 입덕(入德)할 수 있을 것이다.

『중용』의 마지막 장인 33장의 첫 부분이다. 여기서 '의금상경(衣錦尚絅)', 즉 비단 옷을 입고 그 위에 홑옷을 덧입는다고 했다. 주자는 홑옷을 덧입었기 때문에 은은하고, 비단옷을 입었기 때문에 날로 드러나는 실제가 있다고 하면서 "담박하며 간략하고 온화함은 홑옷을 밖에 껴입은 것이요, 싫지 않고 문채 나며 또 조리가 있음은 비단의 아름다움이 속에 있는 것이다."라고 하면서 이 부분을 풀이하고 있다. 그리고 이어지는 『시경』의 "잠겨서 비록 엎드려 있으나 또한 매우 밝다."라는 부분과 연결시켜 신독(愼獨)을 말하였다. 이 '신독'이야말로 남명이 신명을 살리는 기본 논리로 제시한 것이다.

덕천강 가의 휴게소 끝나는 자리에 정자가 하나 있는데 덕문정(德門亭)이다. 입덕문 각석 맞은편에 있다. 이 정자는 1996년 5월 입덕문 보승계(保勝契)에서 세운 것이다. 이 보승계는 남명의 유덕을 기리고 입덕문, 탁영대, 덕암 등 관련 유적을 수호하며, 계곡 일대의 수목과 조수를 보호하기 위하여 1960년에 결성된 단체다. 덕문정에는 현재 남명의 <제덕산계정주(題德山溪亭柱)>가 주련으로 걸려 있으며, 정자의 천정에는 두 마리의 용이 구름 속에 희번덕이는 뇌룡도(雷龍圖)가 그려져 있어 특기할 만하다. 주련은 잠시 후 우리가 함께 살펴볼 것이다.

덕문정 : 남명의 덕을 기리고 수려한 덕산의 자연경관을 보존하자며 모인 보승계(保勝契)에서
1996년 5월에 건립한 정자이다.

덕문정의 뇌룡도 : 덕문정 천정에 뇌룡도를 그려 남명의 기상을 형상하였다.

입덕문을 지나, 남명이 신명을 지키기 위해 자기 수양을 거듭했던 산천재로 가보자. 1561년, 남명은 합천의 뇌룡사를 떠나 지리산의 덕산으로 들어가 생애의 마지막을 준비한다. 물론 떠나기 전에 10여 차례나 지리산 자락을 답사하였다. 합천의 뇌룡사에 있을 때처럼 그 스스로가 시동(尸童)이나 연못같이 조용히 살면서도 때로 우레처럼 소리치고 용처럼 나타나고자 하지는 않았다. 다만 스스로를 닦아가면서도 그 온축한 힘을 제자들에게 전수하고자 했다. 하늘을 품어 기르는 산의 의지로 말이다. 남명의 입산 심경은 산천재 주련에 걸려 있는 <덕산복거(德山卜居)>에 고스란히 담겨 있다.

봄 산 어느 곳인들 꽃다운 풀이야 없겠냐만	春山底處無芳草
다만 천왕봉이 상제와 가까이 있음을 사랑해서라네	只愛天王近帝居
맨손으로 돌아와 무엇을 먹을 것인가	白手歸來何物食
은하수 십 리 흐르니 먹고도 남는다네	銀河十里喫猶餘

위의 시에서 남명은 지리산 가운데 덕산으로 거처를 정한 이유를 말하고 있다. 즉 봄 산 어디나 방초가 있으니 이걸 먹으며 아무 곳에서나 살 수가 있지만, 유독 거처를 덕산으로 정한 것은 천왕봉이 상제와 맞닿아 있음을 사랑하기 때문이라는 것이다. 사실, 산천재 마당의 오래된 매화 곁에서 서북쪽을 보면 천왕봉이 하늘을 향해 치솟은 모습이 아스라하다. 남명이 날마다 보면서 하늘을 품고 사색에 잠겼을, 그 만고(萬古)의 천왕봉(天王峰)을 말이다.

제3구의 '백수'는 오늘날 취직을 하지 못해서 하는 일 없이 빈둥대는 그 백수와 같은 의미이다. 남명은 무엇 때문에 백수라는 말을 사용했을까? 그에게 적실 소생의 아들이 없었으므로 남명은 자기 앞으로 되어

산천재에서 바라본 천왕봉: 남명은 "다만 천왕봉이 상제와 가까이 있음을 사랑해서라네"라고 하면서 지금의 산천재에 자리를 잡은 이유를 밝혔다.

있던 토지와 장자(長子)로서의 권리를 모두 동생인 조환(曺桓)에게 물려주었기 때문이었다. 말 그대로 빈털터리 백수였던 것이다.

백수는 자유인만이 가질 수 있는 위대한 손이기도 하다. 남명은 이 손을 가졌으므로 자연 속에서 오히려 풍족할 수 있었다. 4구에서 보는 것처럼 그는 백수였지만 십 리에 흐르는 은하수는 먹어도 남는다고 하였다. 이 물은 아마도 산천재 앞을 흐르는 덕천(德川)을 가리키는 것이리라. 결국 남명은 산천재에서 백수로서 자유롭게 살고 싶었던 것이다. 부귀를 움켜쥐고 있는 흑수(黑手)가 도저히 흉내낼 수 없는 것임은 말할 필요도 없다.

산천재 앞에는 계정이 있었다. 이름하여 상정(橡亭)이다. 성여신이 쓴 『진양지』에 남명이 "산천재를 지어 장수(藏修)하는 장소로 삼았다. 집 앞

산천재와 남명매 : 산청에는 삼고매(三古梅)가 있다. 사진의 '남명매'와 단속사지의 '정당매' 그리고 남사마을의 '원정매'가 그것이다.

에 또 풀로 엮고 대들보가 없는 한 칸의 집이 있어 바람을 쏘이고 시를 읊조릴 장소로 삼았는데, 곧 상정(橡亭)이다."라고 기록해 두고 있다. 지금은 이 상정이 없어졌지만, 이 정자에 주련으로 걸렸던 시가 남아 있다. 남명의 대표작이라며 널리 알려져 있는, <제덕산계정주(題德山溪亭柱)>가 바로 그것이다. 신흠은 이 시를 두고, "시운이 호장할 뿐만 아니라 자부심 또한 옅지 않다."라고 평가한 바 있다. 다음은 남명의 원작과 이에 대한 서계(西溪) 박태무(朴泰茂, 1677-1756)의 차운시다.

가) 보아라! 천 석들이 종을	請看千石鐘
큰 북채 아니면 쳐도 소리가 없다네	非大扣無聲
어찌 두류산 같으리	爭似頭流山
하늘이 울어도 오히려 울리지 않나니	天鳴猶不鳴

나) 큰 종은 크게 치지 않으면 　　　　　　　　洪鍾無大扣
　　　천고토록 마침내 소리를 머금는다네 　　千古竟含聲
　　　보시게나! 저 두류산을 　　　　　　　　請看頭流山
　　　저 산이 어찌 하늘이 우는 것을 배웠겠나 　山豈學天鳴

　앞의 작품은 남명의 <제덕산계정주>이다. 이 작품은 남명이 두류산과 자신을 동일시하면서 부동의 기상을 표출한 것이다. 그는 이 시에서 네 층위의 '사(士)'를 제시하고, 일부는 긍정하고 일부는 부정하면서 자신의 입장을 분명히 하였다. 남명이 제시한 층위는, (1) 아무리 크게 두드려도 울리지 않는 종, (2) 크게 두드리면 울리는 종, (3) 작게 두드려도 울리는 종, (4) 두드리지 않아도 스스로 우는 종이 그것이다. (1)과 (2)는 나타나 있는 층위이고, (3)과 (4)는 숨겨져 있는 층위이다. (1)이 강하게 긍정한 경우라면, (2)는 대체로 긍정한 경우이다. 그리고 (3)은 대체로 부정한 경우이고, (4)는 강하게 부정한 경우이다. 남명은 (1)의 표상으로 두류산을 들었다. 하늘이 두드려도 울리지 않는다고 했으니 부조리한 현실을 향한 불출사의 의지라는 선비의 강한 절조를 보인 것이라 하겠다. (2)의 표상으로는 천 석종을 들었는데, 자신의 역량을 마음껏 펼 수 있는 경우라면 허용된 출사이다. (3)은 출사가 부모 봉양 등 생계를 위한 부득이 한 경우라면 제한적으로 허용한 것이라 하겠고, (4)는 명예와 이록을 위해서라면 어떤 경우라도 출사하여 세상과 영합하는 실질한 선비이니 남명이 가장 강하게 비판한 경우이다. 남명은 위의 시를 통해 스스로가 (1)의 입장임을 강조하면서 이를 자부하고 있다.

　뒤의 작품은 박태무의 <경차남명선생성자운(敬次南冥先生聲字韻)>이다. 지리산과 남명, 남명과 박태무, 박태무와 지리산 이러한 상관관계 속에

천왕봉 표석 : 1981년까지 지리산 정상 천왕봉에 세웠던 표석으로, 남명 시 〈제덕산계정주〉 전·결구를 신흠이 "萬古天王峯, 天鳴猶不鳴."으로 바꾸었는데, 이것을 새겼다.

서 이들 작품을 이해하게 되는데, 시적 발상이나 그 상상력이 흡사하다. 하늘이 뇌성과 벽력으로 때려도 끄떡하지 않는 지리산을 통해 이들은 강한 자아를 표출하고 싶었던 것이다. 남명의 이 시는 너무 많이 알려져 있지만 해석상에 있어서는 이러저러한 논란이 일어나기도 했다. '쟁사두류산(爭似頭流山)'이라는 구절이 그것인데, 신흠은 『청창연담(晴窓軟談)』에서 아예 '만고천왕봉(萬古天王峰)'으로 바꿔놓기도 했다.

　지금 산천재에 가보면 벽화 세 점을 볼 수 있다. 이 그림은 사대부의 재실에서는 좀처럼 보기 드문 것으로 1818년 산천재가 중건될 무렵 그린 것으로 보인다. 그림이 선명하지 않기 때문에, 바둑을 두는 모습, 목욕을 하는 모습 혹은 차 달이는 모습, 밭가는 농부의 모습 등으로 다양하게 이야기되어 왔다. 그리고 이 그림을 통해 남명의 애민정신이나 실천적 학문관을 관찰하려는 시도도 있었다. 이러한 와중에 근년에 김종

조병철이 쓴 〈제덕산계정주〉 시판: 남명의 대표작으로 역대로 해석이 구구하다. 신흠은 이 시를 들어 "시운이 호장할 뿐만 아니라 자부심 또한 옅지 않다."라고 평가하였다.

태 선생에 의해 이 그림과 관련한 비교적 설득력 있는 논고가 발표되었다. 「산천재 벽화에 대한 고찰」(『남명학연구』 24, 경상대 남명학연구소, 2007)이 그것이다.

김 선생의 논고에 의하면 이 그림은 정조의 사제문(賜祭文)에 근거를 둔 것이다. 해서로 쓴 산천재 현판의 상단에 있는 것은 상산사호가 바둑을 두는 그림[商山四皓圖], 우측 벽면의 것은 소보와 허유의 고사를 형상화한 그림[巢父許由圖], 좌측 벽면의 것은 이윤이 유신의 들에서 밭을 가는 그림[伊尹耕於有莘圖]이라는 것이다. 사실 정조의 사제문에는 남명을 "기산의 묏부리 아득하다[箕岑迢遞]."라며 허유와 소보에 견주고, "상산 봉우리 적막하다[商顔寂寞]."라며 상산사호에 비겼으며, "이윤이 되길 원하였다[願則伊尹]."라면서 이윤의 뜻을 남명이 품고 있었다고 했다.

산천재 벽화(1) : 상산사호가 바둑을 두는 그림으로, 그림이 퇴락하여 근래 다시 그렸다.

산천재 벽화 : 그림의 퇴색으로 위의 '산천재 벽화(1)'을 최근 새로 그린 상산사호도(商山四皓圖)이다.

산천재 벽화(2) : 허유와 소보의 고사에 근거한 그림이다.

산천재 벽화(3) : 이윤이 유신의 들판에서 밭을 가는 그림이다.

이렇게 보면 산천재의 벽화는 진시황의 학정을 피해 남전산(藍田山)으로 들어갔다가 다시 한고조의 부름에 종남산(終南山)으로 숨어들어 바둑을 두며 살았던 상산사호(商山四皓)에 관한 그림, 요임금이 허유에게 천하를 선양하려고 하자 이 말을 들은 그는 영수(潁水)에서 귀를 씻었고 이에 친구 소보가 상류로 가서 소를 먹인 고사를 형상화한 그림, 남명이 배우고자 했던 이윤이 유신(有莘)의 들판에서 밭을 가는 그림이 된다.

남명은 자신의 재명(齋名)을 산천(山天)이라 했다. 오랜 고민 끝에 결정한 이름일 터이므로 여기에는 당시 그의 사상이 농축되어 있다고 보아 마땅하다. 그것을 찾는 데는 많은 시간이 걸리지 않는다. '산천'은 바로 『주역(周易)』의 산천(山天) 대축(大畜, ☰☰)괘에서 따온 것이기 때문이다. 이 괘의 「상전(象傳)」에 다음과 같은 말이 있다.

> 대축은 강건하고 독실하여 밖으로 빛나고 날로 그 덕이 새로워진다. 강한 것이 위에 있어 어진 이를 숭상하고, 능히 강건중정(剛健中正)한 데 머물러 크고 바르다.

하늘을 함축하여 기르는 산이 바로 '산천'이며 '대축'이다. 이것은 가슴에 품은 바르고 큰 하늘이기도 하다. 이 때문에 『주역』에서는 큰 축적을 의미하는 '대축'을 들어 "강건하고 독실하여 밖으로 빛나고 날로 그 덕이 새로워진다[剛健篤實, 輝光, 日新其德]."라는 것으로 풀고 있다. '강건'은 하늘이고 '독실'은 산이다. 이 둘의 작용으로 빛이 발생하여 날마다 그 덕이 새롭다는 것이다. 그러니까 이것은 내적 축적, 즉 강한 온축(蘊蓄)을 통해 밖으로 널리 빛을 발산한다는 의미가 된다.

여기서 위(衛)나라 무공(武公)을 생각한다. 그는 90세가 넘도록 수신을 게을리 하지 않았던 인물로 알려져 있다. 그는 주나라가 견융(犬戎)의 침입을 받아 낙읍(洛邑)으로 도읍을 옮길 때 커다란 공을 세웠으며 이후 위나라 최고의 군주가 되었다. 『시경』「대아(大雅)·억(抑)」편의 작자로 알려져 있는데, 이 때문에 『대학』에서 그의 시를 인용하여, "빛나는 군자여! 자른 듯 다듬은 듯, 쫀 듯 간 듯하다[有斐君子, 如切如磋, 如琢如磨]."라며 칭송하였던 것이다. 남명이 『주역』을 인용하여 '휘광 일신기덕'이라 한 것과 자연스럽게 연결된다.

『주역』은 이어서 말하고 있다. '하늘이 산 가운데 있는 것이 대축이니, 군자는 지나간 말과 행동을 제대로 알아서 그 덕을 기를 것'이라고 한 것이 그것이다. 여기서 우리는 남명의 온축이 어떤 방향으로 설정되어 있는지를 알 수 있다. 자신의 덕을 날마다 새롭게 하는 개인적 수양을 의미하는 것이기도 하지만, 축적된 덕으로 제자들을 길러 후세를 기약하자는 것이기도 하다. 산이 하늘을 품고 있는 형국이 산천(山天)이니, 개인적으로는 천왕봉을 통해 정신세계가 하늘과 맞닿고 사회적으로는 하늘 같은 제자를 산에서 길러 후세를 기약하자는 것이다.

사실이 그랬다. 남명은 수많은 제자를 여기 산천재에서 길렀다. 수우당(守愚堂) 최영경(崔永慶, 1529-1590), 덕계(德溪) 오건(吳健, 1521-1574), 약포(藥圃) 정탁(鄭琢, 1526-1605), 한강(寒岡) 정구(鄭逑, 1543-1620), 망우당(忘憂堂) 곽재우(郭再祐, 1552-1617) 등 기라성 같은 선비들은 모두 그의 제자였다. 남명은 이들을 자질에 따라 길렀으며, 이들은 조정과 재야에서 곧은 언행으로 사풍(士風)을 진작시키기도 하고, 임란 때 구국의 선봉에 선 의병장이 되기도 하였다. 이 때문에 이만규(李萬珪)는 『조선교육사』(1947)에서 남명을 한국교육사상 가장 성공한 교육자로 평가할 수 있었다.

덕산의 산천재를 찾을 때마다 공자와 남명이 함께 떠오른다. 그것은 공자가 이상세계의 구현을 위하여 천하를 두루 돌아다니다가 만년에 노나라로 돌아가서 행단(杏壇)을 중심으로 제자들을 기르던 것이 생각나기 때문이다. 제자를 기르는 것은 진리를 후세에 전하기 위함이다. 남명은 <행단기(杏壇記)>를 지어 공자의 강학 풍경을 그리기도 하고, 공자가 그러했던 것처럼 그 온축된 힘을 제자와 후세를 위하여 사용하기도 했다. 가슴 속에 하늘을 품고 산에서 하늘을 길러내는 위대한 작업, 남명은 천왕봉이 보이는 지리산 기슭 산천재에서 말없이 수행하고 있었던 것이다.

2) 천하의 영웅들을 부끄럽게 하는 것 - 백운동

지난 2004년 7월 10일(토) 남명학연구원에서는 연구위원 세미나를 개최했다. 남명학연구원에서 발간되던 『남명학연구논총』(이하 『논총』)을 발전적으로 종간시키고 새로운 체계의 연구총서를 간행함에 따라, 그동안 발간된 『논총』을 분야별로 정리할 필요가 있었기 때문이다. 이 일은 권정호 이사장 취임 후, 상임연구위원들의 숙의를 거쳐 마련된 연구원 체질개선의 일환이었다. 『논총』은 1988년 제1집을 시작으로 2003년 제12집에 이르기까지, 16년 동안 12차례에 걸쳐 간행되었다. 따라서 이날의 행사는 『논총』과의 고별세미나가 되는 셈이었다. '고별'이라는 단어가 들어가면 으레 그렇듯이 분위기는 자못 엄숙하였다.

이 세미나에는 『논총』 제1집에서 「남명학을 오해와 소외에서 바로잡자」는 기치를 내걸었던 김충열 원장을 비롯해서 연구원 이사 몇 분과 여러 분의 연구위원들이 참석했다. 이번 발표의 기본의도가 『논총』에 실린 논문을 분야별로 정리하고 앞으로의 연구과제를 설정해 보자는 것이니, 다양한 분야로 나누어 발표하였다. 철학분야는 권인호 선생, 역사분야는 신병주 선생, 교육분야는 사재명 선생, 그리고 문학분야는 내가 맡아서 발표했다. 이 자리에서 나는 우리 시대의 학문권력과 『논총』의 종간에는 일정한 상관성이 있다고 보고 각주를 통해 다음과 같이 밝혔다.

한국학술진흥재단은 '국내 학술지의 질적 수준 향상을 유도'하고 '재단의 각 연구비지원에 따른 학술연구업적 평가의 객관적 자료로 활용'하기 위한 목적으로 학술지를 심사하여 등재(후보)지를 선정한다. 학진의 학술지 평가는 나름대로 의의가 없는 바 아니나 학문적 권력으로 작용하는 심각한 문제를 야기하고 있다. 학진의 학술지 평가사업은 학술지를 등급화하는 데 주목적이 있다고 하겠는데, 여기에 등재(후보)되어야 비로소 논문으로 인정받고 그렇지 않으면 잡문 정도로 취급된다. 이에 따라 여러 학회는 학진의 등재(후보) 학술지가 되기 위하여 무리하게 회원수를 늘리고, 연구결과물에 대한 형식적 심사를 하는 등 학술진흥재단이 요구하는 외형꾸미기에 급급하다. 이러한 사태가 지속되면 학진의 학문적 권력의 횡포에 순응하는 학회 및 학회지만 살아남게 될 것이다. 남명학연구원은 이것의 부당성에 맞서 『논총』을 등재지로 만들기 위하여 노력하는 것이 아니라 오히려 이것을 종간시키고, 남명학과 관련한 새로운 체계의 전문서적을 지속적으로 출간해 나가고자 한다.

나의 이 이야기가 어쩌면 패배주의자의 푸념으로 들릴지도 모른다. 그러나 자기반성을 바탕으로 '진정한 학문발전'을 모색한다면, 위에서 말한 나의 이야기에 수긍하지 않을 수 없을 것이다. 학문은 일체의 권력으로부터 자유로워야 한다. 어떤 전체주의적 이념에 봉사하는 것도 안될 말이지만, 경제권력 앞에 무릎을 꿇어서는 더욱 안 된다. 남명학연구 역시 일체의 외압으로부터 자유로워야 하며, 행정가들이 요구하는 외양을 갖추고 줄서기를 할 수도 없는 노릇이다. 구차히 따를 필요도 없고, 또한 구차히 가만히 있을 필요도 없다. 남명을 그렇게 평가하듯이 우뚝히 자립할 따름이다.

세미나를 마치고 지리산 백운동 점촌마을로 갔다. 저녁을 먹기 위해서였다. 백운동은 산청군의 단성면과 시천면 경계 지점에 있다. 덕천서원 가는 길로 가다가 구만마을에서 오른쪽으로 꺾어들어 약 2km정도 올라가면 나온다. 점촌은 옹기를 만들어 팔던 집들이 모여 있던 곳이라 그렇게 이름 붙였다. 따라서 이 주변이 예전에 도요지였다는 사실도 알 수 있다. 조구호 선생 등 몇 사람은 진주에서 헤어졌지만, 조옥환 부이사장 등 대부분의 참석자들이 동참했고, 저녁식사 후 송준식 선생 등은 진주로 돌아갔다. 그러나 정현택 선생 등 여러 분들은 식사한 곳에서 숙박을 했다. 나는 저녁 식사를 마치고 일찌감치 방으로 들어왔다. 몸이 개운치 않은 까닭이었다. 방에서 곧 발간될 『선비문화』 여름호의 원고 뭉치를 뒤적거렸다. 바깥 평상 위에서는 오늘 세미나에 참석한 사람들의 이야기 소리가 도란거리고 있었다. 이윽고 지리산의 밤은 무서운 정적으로 내려앉고 있었다.

아침에 일어나 밖으로 나오니, 백운동은 그 이름의 값을 하는 듯 흰 구름으로 가득했다. 나무와 나무 사이, 산과 산 사이에서 백운은 피어오르고, 그것은 나의 발목까지 적시고 있었다. 숙소 마당으로 내려와 구름을 구경하고 있노라니, 박병련, 강구율 선생이 나왔다. 박병련 선생은 여기서 망우당가(忘憂堂家)에 비전되어 온다는 기수련을 선보였고, 우리는 따라했다. 호흡과 팔동작으로 스며드는 백운동천의 맑은 기운이 우리의 뼈를 하얗게 변화시키고 있었다. 조금 늦게 나온 권인호 선생도 그 수련에 동참하였다. 수련을 마치고, 정기철, 박병련, 설석규, 권인호, 강구율, 한명기, 김현진 선생과 함께 남명의 흔적을 찾아 용문폭포 쪽으로 올라갔다. 도중에 양기석 선생을 만나 함께 올랐다. '용문천(龍門川)'

이라 쓰인 커다란 바위 옆에, 조금 작은 글씨로 '남명선생장구지소(南冥先生杖屨之所)'라 새겨진 바위가 있었다. 남명선생이 지팡이를 짚고 신을 끌면서 노닐던 곳이란 말이다. 우리는 그 옆에 늘어앉아 당시 남명이 그의 육안으로 보았을 산천을 굽어보았다. 지리산 깊은 곳에서 흘러내리는 활수(活水)가 세상을 향하여 청신(淸新)하게 흐르고 있었다.

남명은 덕산의 산천재에 머물면서 이곳 백운동을 자주 찾아왔다. 산천재로 자리를 잡기 전부터, 남명은 일생을 마칠 장소로 이 백운동을 찾기도 했다. <유두류록>에서, "어찌 다만 산수만을 탐하여 왕래하기를 번거로워하지 않은 것이겠는가? 나름대로 평생 계획을 가지고 있었으니, 오직 화산의 한쪽 모퉁이를 빌려 그곳을 일생을 마칠 장소로 삼으려고 했기 때문이다."라고 한 구절에서 이 같은 사정을 잘 알 수 있다. 남명은 백운동을 특별히 사랑하며 노닐었고, 이 과정에서 <백운동에서 노닐며(遊白雲洞)>라는 시를 짓기도 했다. 시는 이러하다.

용문천 석각 : 지리산 백운동에 있다. '용문(龍門)'에서 물을 거슬러 올라온 잉어가 용이 되어 등천한다는 속설에 따라 이렇게 이름한 것이다.

'남명선생장구지소' 석각 : 남명선생이 지팡이를 짚고 신을 끌면서 노닐던 곳이라는 뜻이다.

천하 영웅들을 부끄럽게 하는 것은	天下英雄所可羞
일생의 노력으로 류(留) 땅에만 봉해진 때문이라네	一生筋力在封留
푸른 산은 끝이 없고 봄바람이 얼굴을 스치는데	青山無限春風面
서쪽과 동쪽을 치더라도 평정은 이루지 못하는 것을	西伐東征定未收

이 작품은 남명이 한고조(漢高祖) 유방(劉邦)의 책사 장량(張良)을 두고 읊은 것이다. 장량(張良)은 소하(蕭何)와 한신(韓信), 그리고 진평(陣平)과 더불어 한초 4걸(漢初四傑)로 칭해지는 인물이다. 『사기·유후세가(史記·留侯世家)』에 의하면 장량이 진섭(陳涉)에서 기병한 후, 소년 100여 명을 모아 유방에게 보내고, '태공병법(太公兵法)'을 설하니, 유방이 기뻐하면서 그 계책을 자주 들었다고 한다. 유방이 황제라 칭한 후, '군막(軍幕)에서 계책을 내어 천리 밖에서 승리를 얻게 한 것은 장량의 공이다'라고 하면서 제(齊)나라 땅 3만 호를 장량(張良)에게 봉하려 하였으나, 장량은 이를 사양하면서 류(留) 땅만으로도 충분하다고 했다. 그 후 유방이 자신의 제안을 받아들이지 않자, "인간사를 모두 버리고 적송자(赤松子)를 좇아 노닐고 싶다."라고 하면서 벼슬을 사양하고 신선을 따라 놀았다고 한다.

장량은 이처럼 벼슬을 버리고 신선을 따라 놀았기 때문에, 유방에게 의심을 받지 않고 자신의 생명을 끝까지 보전할 수 있었다. 유방의 의심을 사서 주살된 한신(韓信) 및 팽월(彭越) 등과는 달리 말이다. 장량이 다른 영웅들과는 달리 명철보신(明哲保身)을 알았다고 남명은 생각했다. 그리고 장량이 봄바람 속에서 진정한 자유를 느꼈다고 생각했다. 그는 여기서 참 영웅을 본 것이다.

봄바람을 맞으면서 평정을 이룩했다는 대목에서, 남명의 <유백운동>은 심성론적 측면에서 읽히기도 한다. 장량이 물러날 때를 알아 물러나고, 그리하여 마침내 모든 부귀영화를 버리고 적송자를 따라 노닐며 마음의 평정을 획득했기 때문이다. 한신이나 팽월처럼 영화를 탐하다가 의심을 받아 주살된 사람은 영웅이 아니며, 권력욕에 휩싸여 동정서벌하는 것 역시 영웅이 아니다. 참 영웅은 거기서 초연한 사람, 즉 마음의 평정을 찾아 끝없는 푸른 산 속에서 봄바람을 느낄 수 있는 사람이다. 내면에서 일어나는 일련의 영웅심을 가다듬을 줄 아는 사람이다. 그러나 그런 영웅이 잘 있을 것 같지는 않았다. 이 때문에 남명은 <항우전>을 읽으면서 목이 메이기도 했다.

영웅이 죽어가니 운수 없음을 알겠고	英雄死去知無數
오추가에 이르러선 목이 메여 읽을 수가 없네	讀到騅歌咽不成
나무가 뽑히고 한낮에도 어두운 건 하늘의 뜻일 터	拔木晝冥天意在
어찌하여 눈동자 둘인 사람을 거듭 내었을까	如何重作兩瞳生

남명은 항우를 운수 없는 영웅이라 생각했다. 항우는 유방과의 쟁패전에서 불리하게 되자, 유방에게 강화를 청하고 유방은 이를 받아들인다. 홍구(鴻溝)를 중심으로 서쪽을 한나라, 동쪽을 초나라로 정했다. 그러나 장량(張良)과 진평(陳平)이 "이제야말로 한나라와 초나라의 우열은 분명합니다. 이 기회를 놓치지 마소서!"라고 하자, 이에 유방은 맹약을 깨

고 항우를 추격한다. 이때 한신은 제나라로부터, 팽월은 양나라로부터 각각 군대를 이끌고 와서 항우를 추격한다. 항우는 이들에게 쫓겨 해하성(垓下城)에 들어가게 되고, 한나라 군사들에게 완전히 포위되고 만다. 병사는 적고 식량은 모두 떨어졌는데, 밤이 되자 사방에서 초나라 노래까지 들려왔다. 이에 항우는 크게 놀라면서, "한나라 군대가 이미 초나라의 땅을 얻은 것일까? 어찌하여 초나라 사람이 이렇게 많은가?"라고 하였다. 마침내 항우는 애첩 우미인(虞美人)과 결별의 주연을 준비하지 않을 수 없었다. 그리고 남명이 오추가(烏騅歌)라고 했던 <해하가>를 우미인에게 바쳤다.

힘으로는 산을 뽑고 기운으로는 세상을 덮지만	力拔山兮氣蓋世
때가 불리하니 오추마(烏騅馬)도 가지 않는구나	時不利兮騅不逝
오추마가 가지 않으니 어찌할거나	騅不逝兮可奈何
우(虞)여! 우여! 너를 어이할거나	虞兮虞兮奈若何

항우는 노래를 되풀이하고, 우미인은 이에 화답을 한다. 항우의 뺨으로는 뜨거운 눈물이 흐르고 주위의 장수들도 눈물만 흘릴 뿐, 감히 쳐다보지를 못한다. 위의 <독항우전(讀項羽傳)>에서 보듯이, 이 대목에서 남명도 목이 메인다. 항우의 패배는 이미 조짐이 있었다고 남명은 생각했다. '나무가 뽑히고 한낮에도 어두운 건 하늘의 뜻일 터'라는 것에서 사실의 이러함을 알 수 있다. 안휘성(安徽城) 수수(睢水) 위에서 항우가 한나라 군사를 에워싸고 있을 때, 갑자기 큰 바람이 일어나 나무를 부러뜨리고 집을 무너뜨려 모래와 돌을 날려 한낮인데도 캄캄했다고 한다. 이 조짐을 항우가 알아, 제대로 처신을 했어야 마땅하나 항우는 그렇지 못했다. 따라서 그는 운수가 없었고, 또한 세상에서 영웅이라고 하지만

선견지명이 부족했다.

이런저런 생각을 하면서 '남명선생장구지소'에서 내려와 다시 점촌마을로 갔다. 아침을 먹기 위해서였다. 백반과 산나물이 어우러진 아침밥은 깔끔했다. 아침 식사를 하면서도 우리는 다시 남명의 백운동 이야기를 시작했다. 그리고 우리가 머물며 아침밥을 먹고 있는 이 점촌마을에 대해서도 이야기했다. 한말부터 점촌마을 부근에서는 남명을 추모하기 위한 일련의 사업이 있었기 때문이다. 이를 아는 사람은 그리 많지 않은 듯하다.

단계(端磎) 김인섭(金麟燮, 1827-1903)의 <백운동수계기(白雲洞修禊記)>에 의하면, 고종 초년에 덕천서원이 훼철되고 나서 그 허전함을 달랠 수 없었던 사람들이 덕천서원과 가까운 백운동에서 유계를 맺고, 남명을 위한 사업을 추진하였다. 당시 남인의 후예가 중심이 되었다. 그러나 구체적으로 집을 짓고 실천으로 옮긴 것은 간재(艮齋) 전우(田愚, 1841-1922) 계열의 서인이었다. 면암(勉庵) 최익현(崔益鉉, 1833-1906)의 <백운정사기(白雲精舍記)>에 의하면, 정제용(鄭濟鎔)과 하우식(河祐植), 그리고 한유(韓愉), 이 세 사람이 남명이 노닐던 곳인 백운동에 초가 세 동을 짓고, 가운데의 것을 남명의 핵심사상을 염두에 두면서 경의헌(敬義軒)이라 하고, 동쪽의 것을 완락재(玩樂齋)라 하여 강당으로 삼고, 서쪽의 것을 관선실(觀善室)이라 하여 손님을 영접하는 곳으로 삼는다고 했다. 그리고 고사(庫舍)를 지어 중들로 하여금 거처하면서 잡무를 맡아보게 하였는데, 이들 건물을 통괄하여 백운정사라 하였던 것이다.

그러나 백운정사는 완성을 보지 못했다. 이 일을 주관한 우산(愚山) 한유(韓愉, 1868-1911)가 세상을 떴기 때문이다. 이에 그의 아우 한항(韓恒)이 형의 뜻을 계승하여 1919년 2월 13일에 터를 닦아, 2월 19일에 마침내 상량을 하게 되었다. 이때의 집은 몸채 삼간의 남향이었고, 이름은 역시 백운정사였다. 관리인의 집 고사도 있었다. 그 후 이 집이 소실되자, 1930년대에 새로 지어 전우와 한유의 초상을 봉안하였으나, 6·25동란 후 실화에 의해 다시 소실되고 만다. 고사도 지리산 일대에 빨치산의 출몰이 빈번해지자 당국의 지시에 따라 불태워졌다. 정사의 현판과 백 운정사의 건립에 관한 기술이 담긴『운사잡록(雲舍雜錄)』등의 다양한 문 헌은, 한유가 살았던 백곡마을의 자양서당(紫陽書堂)으로 옮기게 된다. 이 자료들은 현재 경상대학교 도서관에 '우산문고(愚山文庫)'로 보관되어 있 는데, 이 대학의 철학과 교수 오이환 선생의 주선으로 이루어졌다. 백운 정사 창건 및 그 주선 과정은 오이환 선생의『남명학파연구(상)』(남명학 연구원출판부, 2000)에 비교적 자세히 서술되어 있어 참고가 된다.

아침 식사를 마치고 우리는 근처에 있는 남명학파 유적지를 답사했 다. 단속사지, 배양서당, 서계서원, 지곡사가 중심이었다. 단속사는 남명 이 정당매를 보고 시를 지은 적이 있으며, 배양서당은 한말 공자교(孔子 敎)의 거점지이면서 남명과 퇴계가 함께 모셔진 도동사(道東祠)가 있는 곳 이다. 그리고 서계서원은 남명의 고제 덕계(德溪) 오건(吳健, 1521-1574)이 배향되어 있는 곳이고, 지곡사는 오건이 스승 남명을 모시고 강회를 열 던 곳이다. 특히 지곡사는 남명학파의 강학 풍경을 그려볼 수 있는 중 요한 장소다. 오건의『역년일기』에 의하면 이곳에서 두 번 강회가 이루 어진다. 첫 번째는 남명이 병으로 참석하지 못하였으나, 두 번째 강회에 는 참여하였다. 1565년 12월 8일부터 5일간이었다. 이때 사람들이 너무 많아 지곡사에서 모두 수용할 수 없었다며『역년일기』는 당시의 상황 을 전하고 있다.

답사를 마치고, 우리는 산청 시외버스 정류장에서 헤어졌다. 88고속도로를 타고 대구로 오면서, 나는 남명의 영웅관에 대해서 생각해 보았다. 남명은 백운동에서 진정한 영웅이 어떤 것인가를 물었고, <항우전>을 읽으며 운수 없는 영웅 항우를 생각하기도 했다. 그리고 김대유에게 주는 시(<寄三足堂>)에서는 "고금 영웅의 뜻을, 온통 한 척의 빈 배에 부친다[英雄今古意, 都付一虛舟]."라고 했다.

어쩌면 남명은 스스로 영웅이 되고 싶었는지도 모른다. 그의 가슴 속에 꿈틀거리던 세상을 향한 의지, 그러나 사회적 부조리와 함께 거듭되었던 좌절, 이 때문에 그는 내면에서 자라고 있던 영웅의 뜻을 빈 배에 부쳤을 것이다. 항우처럼 운수도 따라주지 않았다. 따라서 남명은 장량의 길을 선택하지 않을 수 없었던 것이다. 봄바람 속으로 마음의 평정을 찾아 나서는 길 말이다. 이것이 진정한 영웅의 길임을 남명은 백운동에서 깨우쳤다. 영웅의 길 너머에 분수를 알고 마음의 평정을 찾는 진리의 길이 있음을 알았던 것이다. 남명은 그 길을 가고자 했다. 자동차가 점점 많아지는 것을 보니 남대구 IC가 가까워지는가 보다.

3) 남명의 사물관과 풍자의 세계 – 단속사정당매

절은 부서지고 중은 파리하며 산도 예와 다른데	寺破僧羸山不古
전왕은 스스로 집안 단속 잘하지 못했네	前王自是未堪家
조물주는 정녕 추위 속의 매화의 일 그르쳤나니	化工正誤寒梅事
어제도 꽃 피우고 오늘도 꽃 피운다네	昨日開花今日花

이 작품은 남명이 지은 <단속사정당매(斷俗寺政堂梅)>라는 칠언절구의 전문이다. 남명은 단속사라는 절에 가서 가장 먼저 절의 전체적 분위기

단속사정당매 : 고려말 조선초 사람인 강회백이 소년 시절에 단속사(斷俗寺)에서 공부하며 매화를 심었는데, 그가 과거에 급제하여 벼슬이 정당문학(政堂文學)에 이르렀다고 해서 정당매라 한다.

와 거기에 사는 승려의 모습을 보았다. 그리고 절이 있는 산으로 시각을 넓혔다. 제1구에 보이는 부서진 절, 거기에 사는 파리한 중, 그 주위를 둘러싸고 있는 예와 같지 않은 산은 모두 이를 말한 것이다. 다음은 절에 있는 구체적 사물을 보고 그것과 관련하여 절조를 잃은 한 사람을 떠 올린다. 제2구에 보이는 것처럼 그 사람은 옛 주인을 버리고 집안을 나온 것이다. 구체적 사물이란 무엇인가를 제3구에서 밝히고 있다. 매화가 그것인데 추위 속에 피어야만 할 '매화의 일'을 그르쳤다고 조물주를 비판하고 있으니 예사롭지 않다. 그 이유를 제4구에서 들고 있다. 즉 지조없이 아무 때나 핀다는 것이 그것이다. 여기서 우리를 궁금하게 하는 것은 무엇인가? (1) 단속사는 어떤 절인가 하는 문제, (2) 정당매란 어떤 매화인가 하는 문제, (3) 이 작품의 주제는 무엇인가 하는 문제, (4) 우리는 왜 이 작품에 주목해야 하는가 하는 문제가 그것이다.

첫째, 단속사는 어떤 절인가? 이 절은 신라시대에 창건된 것으로 경남 산청군 단성면 운리에 있었던 절이다. 748년(경덕왕 7) 직장(直長)벼슬을 지낸 이준(李俊, 혹은 李純)이라는 사람이 창건했다고 하기도 하고, 763년 신충(信忠)이 창건했다고도 한다. 현재 절터에는 부러진 당간지주와 단속사지 동삼층석탑(보물 제72호)과 서삼층석탑(보물 제73호)만 남아 있다. 금당이 있었던 곳이나 강당이 있었던 곳에 초석이 남아 있기는 하나 민가가 들어서서 그 규모를 파악하기가 어렵다.

단속사지 삼층석탑 : 동삼층석탑은 보물 제72호로, 서삼층석탑은 보물 제73호로 지정되어 있다. 금당과 강당이 있던 곳은 마을이 들어섰다.

경내에는 신행선사 비(神行禪師碑)와 대감국 사 탄연(大鑑國師 坦然)의 영당, 최치원(崔致遠, 857-?) 의 독서당 등이 있었다 한다. 그리고 동구 암 벽에는 995년(통화 13)에 승려 혜〇(惠〇)이 쓰고 승려 효선(曉禪)에 새긴 '광제암문(廣濟嵒門)'이라

광제암문 : 산청군 단성면 입석리에 있는데, 단속사 동문으로 새긴 것이다.

는 각자가 있다. ─ 최치원의 글씨로 널리 알려져 있으나 왼편을 자세히 보면 쓴 사람과 새긴 사람이 보인다. ─ 그리고, 대감국사비는 없어졌지만 탁본한 비문이 남아 있어 대감국사에 대한 행적을 이해하는 데 도움을 주고 있 다. 그리고 신충이 그린 경덕왕의 초상이 있었다고 하기도 하고, 솔거가 그린 유마상(維摩像)이 있었다고도 하나 그 종적은 묘연하다.

일연은 『삼국유사』「피은(避隱)」「신충괘관(信忠掛冠)」조에서 신충에 대 한 고사를 적어 두고 있으니 그는 내심 이 절의 창건자를 신충이었을 것이라고 생각했는지도 모른다. 일연이 전하는 신충의 이야기를 들어보 자. 신충은 신라 효성왕(孝成王)과 함께 잣나무 아래서 바둑을 두었다. 이 때 효성왕이 "훗날 자네를 절대 잊지 않을 것이다." 하며 잣나무를 두고 맹세했다. 수개월 후 효성왕은 임금자리에 오르게 되고, 공신들은 상을 받게 된다. 그러나 신충은 거기에 속해 있지 않았다. 그리하여 신충은 다음과 같이 소위 <원가(怨歌)>라는 노래를 지어 잣나무에 붙여 잣나무 를 마르게 했다.

뜰의 좋은 잣나무는
가을에도 시들지 아니하매
너와 같이 가리라 하신
우러르던 얼굴 사라질 줄이야
달그림자 옛 연못을 지나가는
물결을 원망하듯
모습이야 바라지만
세상이 너무 싫구나.

　마지막 두 구절은 없어졌지만, 그 내용을 파악하는 데는 무리가 없다. 효성왕이 그제야 자신의 잘못을 깨닫고 "정무 때문에 옛 친구를 잊을 뻔하였구나."라고 하며 벼슬을 주니 그 잣나무가 소생하였다. 신충은 효성왕과 경덕왕의 사랑을 받으며 높은 벼슬을 하다가 경덕왕 22년 벼슬을 그만두고 지리산에 들어갔다. 임금이 여러 번 불렀지만 나가지 않고 머리를 깎고 승려가 되어 효성왕의 명복을 빌기 위하여 단속사를 창건하고 거기 살았다 한다.

단속사지 당간지주 : 높이는 356cm이며 단속사지 앞쪽 솔밭 속에 있다.

둘째, 정당매란 어떤 매화인가? 고려말 조선초 사람인 강회백(姜淮伯, 1357-1402)이 소년 시절에 단속사(斷俗寺)에서 공부하며 매화를 심었는데 그가 과거에 급제하여 벼슬이 정당문학(政堂文學)에 이르렀다고 해서 단속사에 있는 매화를 정당매라 한다. 강회백은 진주가 본관으로 자는 백보(伯父)이며 호는 통정(通亭)이다. 고려의 마지막 왕인 공양왕(恭讓王) 1년에 세자의 스승이 되었고 이어 판밀직사사(判密直司事)와 이조판서를 겸임하게 된다. 이때 상소하여 불교의 폐해를 논하고 한양천도를 중지하게 하였다. 이후 그는 정당문학(政堂文學) 겸 사헌부대사헌(司憲府大司憲)이 되기도 한다. 정치적인 이유로 잠시 진양에 유배가기도 하나 조선 건국후 다시 벼슬하여 동북면도순문사(東北面都巡問使)를 지냈다.

『양화록(養花錄)』이나 김일손(金馹孫, 1464-1498)의 <정당매발(政堂梅跋)>에는 정당매에 대한 이야기가 전한다. 앞의 책에서는 "단속사에 통정이 손수 심은 매화를 중들이 매년 북을 주고 잘 길러 가지와 줄기가 구불구불하고 이끼가 또한 덮여 있었다. 그 밑에 아직 죽지 않은 한 자 남짓한 낡은 등걸이 있다. 화보(花譜)에서 말하는 이른바 고매(古梅)와 다름이 없으니 참으로 영남지역의 귀중한 고물(古物)이라 하겠다."라 하고 있다. 그리고 뒤의 글에서는 "정당이 젊었을 때 심은 매화가 1백여 년이 되어 늙어 죽음을 면할 수 없었다. 그의 증손 강용휴(姜用休)가 유적을 찾아와서 새로 매화를 그 곁에 심어 놓은 지 벌써 10년이 되었으니, 정당만이 손자가 있는 것이 아니라 매화도 자손이 자라는구나."라 하기도 했다.

셋째, 이 작품의 주제는 무엇인가? 출처가 분명하지 못한 선비를 비판한 것이다. 단속사에 있는 정당매를 강회백이 심었으니 남명은 이를 보면서 강회백의 출처를 의심하게 된다. 아무렇게나 피는 매화에 빗대어 말이다. 강회백은 고려가 망하자 지조를 지켜 숨지 않고 다시 조선조에 벼슬하였다. 그러니 제2구에서 보듯이 고려조의 왕인 '전왕(前王)'은 강회백이 자신의 신하인 줄 알았는데, 그가 집을 나가 다른 사람을 섬기고 말았으니 집안 단속을 제대로 하지 못한 셈이다. 제3구와 제4구에서 남명은 조물주까지 비판하고 있다. 즉 지조를 상징하는 매화는 매서운 바람과 차가운 눈을 이기고 향기를 뿜어내야 함에도 불구하고 아무렇게나 피었다고 하면서 말이다. 여기서 '어제'란 고려를 말하고 '오늘'이란 조선을 말한다. 그러니까 강회백이 고려조에도 벼슬을 하고 조선조에도 벼슬을 하였듯이, 그가 심은 매화는 어제도 피고 오늘도 핀다는 것이다. 조물주를 들어 비판하고 있으니 강회백의 실절에 대한 비판을 더욱 증폭시켰다 하겠다. 이 때문에 이제신(李濟臣, 1536-1583)은 『후청쇄어(鯸鯖瑣語)』에서 남명의 이 시를 들어 강회백의 실절을 조롱한 시라고 평가하였던 것이다.

넷째, 우리는 왜 이 작품에 주목해야 하는가? 이를 통해 남명의 사물관과 풍자의 세계를 간파할 수 있기 때문이다. 이미 보았듯이 『양화록』에서는 매화나무가 오래되었다는 것을 중시하였고, 김일손은 매화가 새로 자라나고 있다는 것을 중시하였다. 그러니 모두 매화나무라는 식물에 초점을 두고 있다 할 것이다. 그러나 남명은 그 매화와 관련되어 있는 인물에 초점을 두고 있다. 우리는 여기서 사물 자체에 대한 이론적 탐구보다 그 사물과 관련된 사람을 눈여겨보려 했던 남명의 사물관(事物觀)을 이해하게 된다. 또한 풍자적 기법을 통해 주제를 표출하고 있음을 알게 된다. 풍자(諷刺, satire)란 대상의 약점을 비판하고 공격할 때 성립되는 것으로 교정이나 개선의 목적을 지닌다. 남명이 <단속사정당매>를 지은 것도 이러한 연유에서이다. 즉 이 작품을 통해 남명은 강회백의 실절을 비판하면서 당대의 선비들이 지조를 지키기를 바랐던 것이다.

『언행총록(言行總錄)』에서 남명을 들어 "비유에 능하였으며 사물을 제시하여 주제가 연상되게 했고, 해학을 섞어 조롱하고 풍자하였다."라고 평가한 것도 같은 이유에서이다. 다음의 작품에서도 남명의 이러한 면은 명확히 드러난다.

버리고 취하는 인정이야 나무랄 것 없지만	取舍人情不足誅
어찌 구름도 깊이 아첨할 줄 알았을까	寧知雲亦獻深諛
앞서 개인 날을 틈타 다투어 남쪽으로 내려가더니	先乘霽日爭南下
흐린 날엔 도리어 북쪽을 향해 달리는구나	却向陰時競北趨

　이 작품 역시 당대의 인심을 풍자한 것이다. 제1구에서는 자신에게 이익이 있으면 취하고 그렇지 못하면 버리는 것이 세상 사람들의 상정(常情)이라 하였다. 제2구에서는 구름 또한 이것과 다르지 않다고 했다. 제3구와 제4구에서는 풍자의 이유를 들었다. 개인 날에는 남쪽으로, 흐린 날에는 북쪽으로 가기 때문이라는 것이다. 보편적 인심을 들어 풍자하였다 하겠으나 절개를 제대로 지키지 못하고 세상 인심을 좇는 선비를 풍자한 것일 수도 있을 것이다. 여기에서도 <단속사정당매>에서와 마찬가지로 남명의 사물관이 노출되어 있다. 즉 매화를 그 꽃 자체로 보지 않고 사람과 결부시켜 이해했듯이, 구름을 구름 자체로 이해하지 않고 세상의 인심과 결부시켜 이해하고 있다는 것이다. 이는 모두 사물을 통해 인간을 이해하려는 노력의 일환이라 하겠다.
　남명이 단속사를 언제 몇 번 방문했는지에 대해서는 구체적 자료가 없으니 알 길이 없다. 다만 어느 늦은 봄날 사명대사(四溟大師, 1544-1610)를 여기서 만나기도 하고, 66세 되던 해 2월에 이정(李楨, 1512-1571)·조종도(趙宗道, 1537-1597) 등을 여기에서 만났다는 단편적인 기록이 있을 뿐이다. 이로 볼 때 사람들을 만나거나 지리산 주변의 산수를 감상할 목적으로 자주 들르지 않았을까 한다. 남명이 만년에 거처하였던 산천재(山天齋)에서 그리 멀지 않으면서 신라시대부터 있어 온 유서 깊은 절이니 말이다. 여기에 있는 정당매는 수령이 1982년 11월 10일 현재 610년, 나무 높이는 3m, 보호수 고유번호는 제12-41호, 관리자는 운리의 강낙증으로 되어 있다. 그리고 매화나무 곁에는 '정당매각(政堂梅閣)'이 세워져 있으며, 그 안에는 두 개의 비석이 있다. 오른쪽 비에는 '정당문학통정강선생수식매비(政堂文學通亭姜先生手植梅碑)', 왼쪽 비에는 '통정강선생수식정당매비(通亭姜先生手植政堂梅碑)'라 음각되어 있다. 모두 강회백이 매화나무를 직접 심은 것을 기념하기 위해 세운 것이다.

나는 오랫동안 정당매 곁을 떠나지 못했다. 하늘을 향해 시커멓게 죽은 매화가지에서 아우성을 들었기 때문이다. 이상과 현실 사이에서 저마다의 논리로 성을 쌓고 살았던 선인(先人)들의 아우성을 말이다. 오늘날 우리의 가슴 속에 반추되는 저 격렬한 언어들, 그것을 우리는 노여움 가득찬 눈빛으로 오늘도 반복하고 있다. 죽은 매화가지 위에 참새가 서너 마리 앉아 있었고, 하늘은 더없이 선명한 빛으로 맑게 흐르고 있었다. 그리고 나는 오랫동안 그 매화나무 곁을 서성이고 있었다.

4) 네 가지를 같이 한 남명의 친구 – 청향정사(1)

9월 16일 침상에서 돌아가셨다. 임종 때 자제들에게 명하여 부축해 일으키게 하고서는 "내가 퇴계와 남명 두 친구를 다시 볼 수가 없는 것이 한스럽구나."라고 말씀하셨다. 종이와 붓을 가져오게 하여 편지에 쓸 말을 불러 주려하였으나 입이 말라 말을 할 수가 없었다. 손을 내저어 부녀자들을 가까이 오지 못하게 하고, 똑바로 눕게 한 뒤 편안히 돌아가셨다.

이것은 『청향당연보』 69세조(1569년)에 기록된 청향당(淸香堂) 이원(李源, 1501-1569)의 고종(考終) 장면이다. 염계(濂溪) 주돈이(周敦頤, 1017-1073)가 <애련설>에서 연꽃을 들어 '향원익청(香遠益淸)'하다고 하였는데, '청향'은 여기서 따온 것이다. 청향당은 이원의 당호이면서 아호인데, 그는 무엇 때문에 죽으면서까지 퇴계와 남명을 떠올리고, 편지까지 쓰려고 했을까? 과연 그러했을까? 『청향당연보』의 고종 장면을 기록대로 믿기는 어렵지만, 청향당이 남명 및 퇴계와 함께 도의를 닦으며 친분을 돈독히 했던 것은 틀림이 없는 사실이다. 『퇴계집』에는 퇴계가 청향당에게 준 시가 12수, 서찰이 13편 전하며, 『남명집』에는 남명이 청향당에게 준 시 10수가 남아 있어 이들의 우의를 확인하기에 족하기 때문이다. 연암(燕巖) 박지원(朴趾源, 1737-1805) 역시 이들의 친밀도를 깊이 인정하였으므로, <청향당묘지명>에서 퇴계와 남명을 통한 청향당 읽기를 다음과 같이 시도한 적이 있다.

높고 험준한 것이 나는 묏부리임을 알겠고	嶄而崒者
깊게 고여있는 것은 못인 것을 내가 알겠네	吾知其爲岑淵而淳者
우뚝한 현인이여	卓彼兩賢
동과 남으로 나뉘어 정립하였네	離立東南
땅이 세상과 함께 하는 것이 저와 같았고	地之與世旣如彼
도(道)를 도모하는 것이 또한 이와 같았네	道之所謀又如是
그러나 취성(聚星)의 수레는 오지 않았고	然而聚星之車不來
아호(鵝湖)의 자리는 열리지 않았네	鵝湖之席未開
어찌 마음이 맞지 않았기 때문이랴만	豈其有不契者歟
후생은 그 까닭을 알 수가 없구나	而後生之滋感
오직 선생만은	夫惟先生
두 현인에게 있어 싫어함이 없었네	兩在無射

아아! 단성(丹城)의 산은 짙푸르고	嗚呼 丹山蒼蒼
단성의 물은 흐르고 흐르네	丹水混混
남긴 글은 전하지 않는데	圖書不傳
산천만 옛 자취로 남아 있구나	邱城惟存
말하지 말게나	莫謂百代
백대의 이름난 자취 사라져 버렸다고	名跡翳鬱
두 현인과 함께 보면	參之兩賢
선생도 비슷했다는 걸 알 수 있다네	得先生之髣髴

연암이 위의 글에서 "우뚝한 저 두 현인이여[卓彼兩賢]!"라며 제시한 '두 현인'은 바로 퇴계와 남명이다. 퇴계는 동쪽인 안동에 있었고, 남명은 남쪽인 진주에 있었으니 "동쪽과 남쪽으로 나뉘어 정립하였다."라고 말할 수 있었다. 이 둘은 동쪽과 남쪽에서 독자적인 학단을 이끌며 소위 퇴계학파와 남명학파의 종장 역할을 하였다. 이들은 서로 다른 세계관에 입각하여 현실을 대응하였고, 따라서 출처관 등 여러 측면에서 대조적인 모습을 보였다. 만날 수 있는 충분한 여건이 되었는데도 서로 만나지 않았다.

퇴계와 남명의 만남이 이루어지지 못한 것은 무엇 때문일까? 연암은 이것이 궁금했다. '아호(鵝湖)의 자리'가 열리지 않았다며, 이 일을 후생으로선 도저히 알 수 없는 일이라 한 것이 그것이다. '아호의 자리'란 무엇인가? 아호산은 중국 강서성 연산현에 소재한 것으로 그 기슭에 아호사(鵝湖寺)가 있었다. 여조겸의 주선으로 당시 학문 성향을 달리했던 회암(晦菴) 주희(朱熹, 1130-1200)와 상산(象山) 육구연(陸九淵, 1139-1192)은 이 아호사에서 만나 공부방법론을 주제로 한 논전을 벌였다. 이 논전에서 주회암은 널리 살핀 후에 집약할 것을 주장했고, 육상산은 먼저 본심을

아호서원 : 중국 강서성 연산현에 위치해 있다. 여조겸의 주선으로 당시 학문 성향을 달리했던 주희와 육구연이 이 아호사에서 만나 공부방법론을 주제로 논전을 벌인 적이 있다.

밝힌 후에 널리 살필 것을 주장했다. 이들이 아호사 회합에서 의견의 일치를 보지는 못했지만, 서로의 학문을 존중하며 도의적 교유는 변하지 않았다.

연암은 회암과 상산을 통해 퇴계와 남명을 다시 생각한 것이다. 이들처럼 서로 만나 자신이 지니고 있었던 학문세계를 진지하게 담론하기 바랐던 것이다. 어쩌면 기대승과의 리기논쟁을 거치면서 거경궁리(居敬窮理)를 주장했던 퇴계와 쇄소응대(灑掃應對)의 실천논리로 리기논쟁을 비판하며 거경집의(居敬執義)를 강조했던 남명을 회암과 상산에 비겨서 생각했는지도 모를 일이다. 그러나 퇴계와 남명은 몇 차례의 편지를 주고받으며 서로의 입장 차이만 확인했을 뿐 서로 만나 공동의 대안을 마련해 보려고 노력하지 않았다. 후생인 연암은 이것이 자못 의혹스러웠던 것이다.

남명과 퇴계 가운데 청향당이 있었다. 연암은 이것을 염두에 두면서 오직 청향당만이 두 현인을 싫어하지 않았다고 보고 이들의 학문에 입각하여 청향당을 이해하려고 했다. 이 때문에 연암은 전란으로 말미암아 청향당의 자료가 거의 남아있지 않은 상황에서 남명과 퇴계를 통해 청향당을 만날 수밖에 없다고 했던 것이다. 마지막 구절에서 "두 현인과 함께 보면, 선생도 비슷했다는 걸 알 수 있다."라고 한 것이 그것이다. 여기서 우리는 무엇 때문에 청향당이 고종하면서까지 퇴계와 남명을 떠올렸던가 하는 것을 비로소 알게 된다. 퇴계·남명과 덕을 같이 했다는 것을 강조하기 위함이었다. 『청향당연보』가 후대에 만들어졌다는 것을 감안한다면 여기에는 후손들의 숭조의식(崇祖意識)이 짙게 깔려 있음은 물론이다.

청향당이 퇴계를 만난 것은 21세였다. 당시 퇴계는 의령 가려촌(嘉麗村)의 허씨 집안에 장가를 들었다. 이보다 앞서 청향당은 20세에 같은 마을의 의령 이씨에게 장가를 들었기 때문에 이들은 자연스럽게 만날 수 있었다. 『청향당연보』 21세조에 의하면, "이 해에 퇴계 선생은 허씨 집안에 장가를 들었는데, 선생의 처가 또한 같은 마을에 있었다. 한 번 만나자 마치 옛 친구처럼 뜻이 맞아 서로 공경하였으며, 이로 인해 막역한 벗이 되었다."라고 기록해 두고 있다.

청향당이 남명을 처음으로 만난 것은 구체적으로 언제였는지 알 수 없다. 『연보』에는 25세(1525) 때 남명과 함께 산사에서 『성리대전』을 읽었고, 남명이 노재(魯齋) 허형(許衡, 1279-1368)의 말에서 큰 깨달음을 얻었을 때, 청향당 역시 "가만히 마음에 합치됨이 있었다."라고 기록되어 있지만 믿을 수 없다. 당시 남명은 서울에 있었기 때문이다. 남명이 고향으로 돌아온 것은 1526년이다. 아버지가 세상을 떠나자 합천 삼가로 운구해 왔던 것이다. 이로 보면 청향당이 남명을 조문하면서 이들의 관계가 비로소 시작된 것이 아닌가 한다. 이후 남명과 청향당은 상호방문을 하면서 학문을 연마하는 한편 우의를 돈독히 하였을 것이다.

청향당과 퇴계 혹은 남명, 이들은 친분이 두터웠으므로 서로 시문을 주고받았다. 그리고 청향당의 부음이 전해지자 퇴계는 "온갖 병이 몸을 해쳐서 다시 서로 만나지 못했는데 갑자기 유명을 달리하게 되었구나."라고 했다고 한다. 그리고 남명은 "이 사람이 가버렸으니 성정(誠正)의 학문과 경의(敬義)의 공부는 참으로 다시 보기 어렵겠구나."라고 하였다고 한다. 우리는 여기서 지기였던 청향당의 죽음을 애도하고 있는 퇴계와 남명을 통해 청향당이 어떠한 사람이었던가를 어렴풋하게나마 알게된다.

남명과 청향당의 관계에 조금 더 초점을 맞추어보자. 26세에 남명을 조문하면서 이들의 관계는 시작되었고, 29세에는 남명이 공부하던 자굴산 명경대를 방문하였다. 그리고 30세에는 김해의 산해정으로 남명을 찾아가 송계(松溪) 신계성(申季誠, 1499-1562)·황강(黃江) 이희안(李希顔, 1504-1559)·대곡(大谷) 성운(成運, 1497-1579) 등과 만나게 되고, 37세에는 청향정사를 짓자 남명이 방문하여 여덟 수의 시를 남기게 된다. 44세에는 남명의 어머니가 돌아가시자 조문하였으며, 48세에는 합천의 뇌룡사를 찾아가 학문을 토론하였고, 50세에는 아들 광곤(光坤)과 조카 광우(光友)를 남명의 문하에 보내 배우게 했으며, 57세에 각재(覺齋) 하항(河沆, 1538-1590)과 함께 뇌룡사를 다시 찾아가 성리서를 논하였다. 66세에는 덕산의 산천재로 가서 남명을 만났고, 67세에 남명의 <신명사명>을 교정하였으며, 69세의 일기로 청향당이 세상을 떠나자 남명은 애도하는 마음을 그치지 않았다. 이 일련의 연보로 보아 남명과 청향당은 대단히 긴밀한 정서적 교감을 유지하고 있었던 것을 알 수 있다. 이 과정에서 남명은 자신이 청향당과 네 가지가 서로 같다고 했고, 청향당도 스스로를 종자기(鍾子期)에 견주며 정서적 친밀도를 드러냈다. 다음 작품에 이 같은 사정이 잘 드러나 있다.

네 가지가 같으니 응당 새로 안 사람과는 달라　　四同應不在新知
일찍이 나를 종자기에 견주었지　　　　　　　　擬我曾於鍾子期
칠언시와 오언시가 만금의 가치가 있지만　　　　七字五言金直萬
곁의 사람은 한 편의 시로만 여기네　　　　　　傍人看作一篇詩

이 작품은 남명의 <화청향당시(和淸香堂詩)>이다. 청향당이 남명을 향해서 어떤 시를 주었을 터인데, 남명이 이에 화답한 것이다. 그러나 청향당이 본래 지은 시가 어떠한 것이었는지는 전하지 않아 알 수가 없다. 아마도 백아와 종자기 같은 깊은 우의를 그 내용으로 하고 있었을 것이다. 남명은 위의 시 제1구에서 보듯이 청향당과 네 가지가 서로 같아 새로 사귄 사람과는 다르다고 했다. 네 가지란 무엇인가? 다름 아닌 '나이(年)'와 '도(道)', 그리고 '마음(心)'과 '덕(德)'이 그것이다.

남명과 청향당은 나이가 같다. 1501년에 태어났으니 모두 신유생(辛酉生)으로 닭띠이다. 생일은 남명이 6월 26일, 청향당이 10월 10일이니 남명이 약 4개월 빠르다. 도를 같이 한다는 것은 삶의 방식이 같다는 말일 터이다. 남명이 부조리한 당대에 출사를 거부하며 평생 처사의 삶을 살아갔듯이 청향당 역시 여러 번의 벼슬 제수를 거부하며 은거의 길을 선택했다. 그리고 마음이 같다는 것은 이들의 정서적 친밀성을 말한 것일 터이며, 덕이 같다는 것은 이들이 지니고 있는 것이 고유의 선(善)이라는 말이다. 주자가 일찍이 인(仁)을 마음의 덕으로 보았으니, 이들은 마음으로 인을 어기지 않는 것이 같다는 것이다.

동년(同年), 동도(同道), 동심(同心), 동덕(同德) 등 4동의 긴밀성이 있었기 때문에 이들은 백아와 종자기 같을 수 있었다. 본래 초(楚)나라 사람이지만 진(晉)나라에서 고관을 지낸 거문고의 달인 백아에게는 자신의 음악을 정확하게 이해하는 종자기라는 친구가 있었다. 백아가 거문고로 높은 산들을 표현하면 종자기는 "하늘 높이 우뚝 솟은 느낌은 마치 태산처럼 웅장하구나."라고 하였고, 큰 강을 나타내면 "도도하게 흐르는 강물의 흐름이 마치 황하수 같구나."라고 하면서 맞장구를 쳐주었다. 백아와 종자기가 거문고를 매개로 하여 서로 마음을 교통하였듯이 남명과 청향당도 서로의 마음을 잘 알고 있었다는 것이다.

남명은 위의 시 제3구에서 7언시 혹은 5언시가 만금의 가치를 지닌다고 했다. 물론 정서적 친밀도가 묻어 있기 때문이리라. 이 같은 내면적 친밀성을 알지 못하는 곁의 사람은 단순한 한 편의 시만으로 간주할수밖에 없었을 것이다. 여기서 우리는 중요한 행간을 읽게 된다. 일찍이남명은 '시는 마음을 거칠게 한다'고 보고 "시인들은 의치(意致)가 텅텅비어 있기 때문에 학자들에겐 크게 병통이 된다."라고 하였다. 실로 문학의 본령이라 할 수 있는 시를 냉혹히 비판한 것이 아닐 수 없다. 그럼에도 불구하고 위의 시에서 칠자오언이 만금의 가치가 있다고 했으니,이들 사이에 말로는 표현되지 않는 어떤 강한 정서가 흐르고 있음을 다시 확인하게 된다.

이들의 우의는 정신적인 것만이 아니었다. 청향당은 가난한 남명을 적극적으로 돕고자 했기 때문이다. 남명이 벼슬을 하지 않은 처사의 신분으로 비교적 안정된 생활을 할 수 있었던 것은 외가나 처가가 비교적 부유했기 때문이라고 하기도 하나, 그의 실생활은 매우 청빈했던 것으로 보인다. 그 자신이 쓴 부친의 묘갈명에서 '돌아가시고 나자 장례 치를 것이 없고 집에는 먹을 것이 없으니, 자손에게 남긴 것이라고는 가난을 편안히 여기는 것일 뿐'이라 하고 있으며, 정인홍은 남명의 행장에서 "선대가 남긴 재산이 매우 적어 흉년이라도 들면 집안사람은 채소 음식조차 잇지 못하였다."라고 기록하고 있기 때문이다.

남명의 가난을 구제하고자 여러 벗들이 나서기도 했다. 삼족당(三足堂) 김대유(金大有, 1479-1551)와 청향당이 대표적이다. 삼족당은 죽으면서 남명에게 해마다 곡식을 보내주도록 유언을 했다. 그러나 남명은 <사삼족당유명세유지속(辭三足堂遺命歲遺之粟)>을 지어 이를 정중히 거절했다. 이와는 달리 청향당이 주는 여러 가지 선물은 받아들였다. 이를 두고 이들의 친소를 따질 수는 없겠지만 남명은 가까이 있는 청향당이 더욱 편했을 것이다. 나아가 시로써 그 고마움을 표현하기도 했다. 다음 작품에 이 같은 사정이 잘 나타나 있다.

매양 좋은 선물 받았지만 보답할 수가 없어	每承嘉貺未能酬
아무 것도 없는 집 경쇠 달아맨 듯하기 때문이네	爲是家空似磬垂
늙은이 생각은 있어 말하려고 했지만	唯有老懷呈欲破
수레도 종도 없어 갇힌 듯 앉아만 있네	又無車僕坐如囚

이 작품은 남명의 <증군호(贈君浩)>이다. 군호는 청향당의 자이니 청향당에게 준 시이다. 여기서 볼 수 있듯이 청향당은 남명에게 매양 좋은 선물을 주었다. 붕우는 재물을 통하는 의리[通財之義]가 있다고 했던가? 어쨌든 청향당은 가난한 남명을 돕고자 했고, 남명은 이것을 받아

들였다. 그러나 남명은 이것이 미안했다. 제2구에서 보듯이 그의 집은 지극히 가난하여 서까래만 경쇠를 달아맨 듯했기 때문에, 아무런 보답을 하지 못했다. 고마움을 표할 마음이 있기는 하나 달려갈 수도 없는 사정을 마지막 두 구절에서 제시하며, 자신의 마음을 곡진히 폈다.

어쨌든 남명과 청향당은 지척에 살면서 여러 가지를 서로 의지하였다. 남명은 네 가지가 같다면서 그를 크게 인정했고, 청향당은 백아와 종자기에게 서로를 견주면서 친분을 과시했다. 이로 보면 청향당이 세상을 떠나면서 남명이 보고 싶다고 한 것이나, 남명이 그의 부음을 듣고 통곡하여 마지않았던 것은 지극히 당연한 일이라 하겠다. 청향당의 글이 거의 남아 있지 않아 그 구체적인 실정은 알 수 없지만, 현재 남아 있는 청향당을 향한 남명의 시편들을 중심으로 살펴보면, 나이·도·마음·덕을 같이 한 이들의 우의

공자(BC551-479) : 그는 일생을 바쳐 학문을 하고, 목숨을 바쳐 실천하였다.

는 유감없이 확인되고 있다.

청향당이 세상을 떠난 지 19년 뒤 고을의 사림이 산청의 신안에 서원을 창건할 것에 대하여 발의하였다. 그 이듬해인 1589년에는 신안서원(新安書院)이 완성되어 청향당의 위판을 봉안하게 되었다. 그러나 임진왜란을 거치면서 이것은 소실되고 말았다. 신안서원이 창건된 지 113년 뒤인 1702년에 청향당은 다시 도천서원(道川書院)에 조

공자영정 : 배산서당 문묘에 모셔져 있다. 영정 가운데 '至聖先師孔子神位'라 써두었다.

카인 죽각(竹閣) 이광우(李光友, 1529-1619)와 함께 배향되었다. 도천서원은
청향당의 외선조인 삼우당(三憂堂) 문익점(文益漸, 1329-1398)을 배향한 서원
이었다. 그러나 1787년에 도천서원이 사액되자, 후손들은 청향당과 죽
각을 따로 모시기 위하여 1771년 도천서원에서 얼마 떨어지지 않은 곳
에 배산서원(培山書院)을 세우고 사당을 덕연사(德淵祠)라고 하였다. 바로
산청군 배양리로 지금의 면화시배지가 있는 마을이다.

배산서원은 대원군의 서원훼철령으로 훼철되었다가, 1918년 진암(眞
菴) 이병헌(李炳憲, 1870-1940)에 의해 다시 배산서당이라는 이름으로 건립
된다. 진암은 이곳을 중심으로 종교로서의 유교를 강조하며 공자교(孔子
敎) 운동을 펼치고자 하였다. 이에 따라 공자를 모시기 위하여 서원에
문묘(文廟)를 건립하고, 영남학파의 양대산맥인 퇴계와 남명, 그리고 이

배산서당의 문묘 : 이병헌은 공자를 모시기 위하여 서원에 문묘(文廟)를 건립하고, 영남학파의 양대산맥인 퇴계와 남명, 그리고 이들과 절친했던 그의 선조 청향당 및 청향당의 조카 죽각을 모시기 위하여 도동사(道東祠)를 세웠다.

들과 절친했던 그의 선조 청향당 및 청향당의 조카 죽각을 모시기 위하여 도동사(道東祠)를 만들었다.

서원에 공자를 모신 문묘가 있는 것도 그렇지만, 주자가 빠진 문묘, 우암 송시열 등 선현이 없는 도동사, 그리고 자신의 선조 청향당과 죽각을 배향한 일 등으로 말미암아 진암의 공자교운동은 보수사림의 엄청난 비난과 배척을 받아야만 했다. 나는 이와 관련된 일들을 여기서 일일이 거론할 만한 여가가 없다. 다만 근대문명이 휘몰아쳐 들어오던 시기에 서원의 전통적 조형과 배향방식(配享方式)을 파기하고 진보유학의 기치를 내걸었던 진암의 유교 살리기와 그 의미에 대하여 가만히 생각해 볼 뿐이다. 그리고 네 가지로 마음을 같이 했던 남명과 청향당, 이들과 같이 시대를 아파했던 퇴계가 이 과정에서 새로운 존재로 부각되었던 사실을 짜릿하게 감지할 뿐이다.

5) 시로 그린 청향정사 풍경 – 청향정사(2)

남명과 청향당 이원, 그리고 퇴계 이황은 신유년(1501)에 태어났으니 모두 닭띠다. 닭에게는 5덕이 있다고 했던가? 『한시외전(韓詩外傳)』에 의하면 전요(田饒)라는 사람이 노나라 애공(哀公)에게 닭의 5덕에 관하여 말했다고 한다. 즉, 머리에 벼슬을 갖고 있는 것은 문(文)이요, 발에 갈퀴를 갖고 있는 것은 무(武)이며, 앞에 적이 있을 때 나아가 싸우는 것은 용(勇)이요, 모이를 보면 서로 부르는 것은 인(仁)이요, 제때에 시간을 알리는 것은 신(信)이라는 것이 그것이다. 남명과 청향당, 그리고 퇴계가 닭의 5덕과 어떠한 관계가 있는지는 알지 못하나, 이들은 닭띠이고 올해가 을유년으로 또한 닭띠 해이니 — 이 글을 쓸 당시인 2005년을 말한다 —, 동방의 세 군자와 닭의 5덕을 생각하며 우리의 이야기를 시작해 보자.

닭은 모든 암흑의 세계를 물러나게 하는 광명의 메신저다. 그 드높고 날카로운 목청이 하늘을 찔러 태양신을 일깨우기 때문인지도 모르겠다. 홰를 치며 어둠의 침묵을 찢어내고 천지에 빛을 분사하는 그 위대한 힘이야말로 문명의 계시자임에 틀림이 없다. 일찍이 성호(星湖) 이익(李瀷, 1681-1763)은 "중세 이후에는 퇴계가 소백산 밑에서 태어났고, 남명이 두류산 동쪽에서 태어났다. 모두 경상도의 땅인데, 북도에서는 인(仁)을 숭상하였고 남도에서는 의(義)를 앞세웠다. 유교의 감화와 기개를 숭상한 것이 넓은 바다와 높은 산과 같았다. 우리의 문명은 여기에서 절정에 달하였다."라고 기술한 바 있다. 이들이 닭의 소임을 자처하지는 않았지만 성호는 그 효과에 대하여 이렇게 평가하였던 것이다.

남명은 청향당을 위하여 동년(同年)·동도(同道)·동심(同心)·동덕(同德) 이라는 4동의 시를 지었고, 청향당은 다시 남명의 4동 시 한 수와 자신의 시 세 수를 퇴계에게 보냈으며, 이를 받은 퇴계는 그 말이 자신의 마음에 깊은 감동을 주었기 때문에 이들의 시에 차운을 해서 청향당에게 보내며 남명에게도 보이라고 했다. 남명의 시와 청향당의 시에 퇴계가 함께 차운을 한 것이다. 이 가운데 퇴계가 남명의 4동 시에 차운한 것은 이러하다.

세 사람의 생일을 누가 알겠소	三人初度有誰知
선갑 3년 신유년이 이것이라네	先甲三年酉是期
두류산과 배양리가 멀리 막혀 있으니	邈阻頭流與培養
서로 그리워함에 시가 없을 수 있겠는가	可無相憶遞傳詩

첫째 구의 세 사람은 청향당과 퇴계 및 남명을 말하고, 둘째 구의 신유년은 당연히 이들이 태어난 해다. 셋째 구의 두류산과 배양리는 각각 남명과 청향당이 살고 있는 곳이며, 넷째 구의 '상억(相憶)'은 서로의 그리운 정서가 곡진하다는 것을 의미한다. 퇴계가 청향당에게 보낸 시는 도합 13편인데 이 가운데 남명과 관련된 것이 다섯 편이나 된다. 여기서 퇴계는 남명을 만나지 못한 안타까움, 남명의 시에 차운해 보내니남명에게 보이라고 한 이야기, 남명과 청향당이 서로 만나 나누는 이야기의 내용에 대한 궁금함, 조정에서 불러도 나가지 않는 남명의 처신에 대한 부러움, 조정에서 남명 출사에 대한 논의가 있었다는 정보 등을 언급하였다. 이를 통해 우리는 이 세 사람이 서신을 교환하며 서로의 마음을 진실되게 교통하고 있었다는 사실을 알게 된다.

배산서당 : 도천서원에 모시고 있던 청향당 이원과 죽각 이광우를 따로 모시기 위해 세웠다. 홍선대원군의 서원철폐령으로 1868년(고종 5)에 철거되었다. 그 뒤 1919년에 새로 지어 배산서당이라 하였다.

　일찍이 청향당은 배양마을에 정사를 지어놓고 남명을 불렀다. 때는 1537년(중종 32)이었다. <배산서당경기사실(培山書堂經紀事實)>에 의하면, 배양마을에는 원래 고려말의 상서(尙書) 주세후(周世侯)가 살았다고 한다. 문익점이 주세후의 사위가 되면서 이곳에 거주하게 되었고, 부호군(副護軍) 이계통(李季通)이 문익점의 증손서가 되고 그 아들 참봉 이승문(李承文)이 처음으로 이 마을에 거주하게 되면서 대대로 살게 되었다. 계통과 승문은 바로 청향당의 할아버지와 아버지다.

　청향정사가 있었던 배양마을은 그 지리적 조건이 빼어났다. 산으로는 두류산이 웅장하게 동쪽으로 내려와서 여러 봉우리를 이루며 8-90리를 지나 완만하게 마을을 에워싸고 있었고, 물로는 엄천강에서 다시 경호강으로, 단성을 지나며 신안강이 되어 백마산에 다다라 적벽강이 되고,

엄산을 돌아 문천(文川)이 되어 흘렀다. <배산서당경기사실>에는 이에 대하여, "작은 산을 짊어지고 문천을 향하니 바위와 구릉이 수려하고, 내와 들이 평탄하면서도 넓어 스스로 한 구역을 이루니, 이름난 선비와 큰 관리가 그 사이에서 많이 배출되었다."라고 기록하고 있다. 이원의 청향정사는 바로 이 같은 문화지리적 배경 하에 건립되었던 것이다.

청향당은 비교적 넉넉한 살림을 갖고 있었다. 이 때문에 정사의 규모도 자랑할 만한 것이었다. 청양정사 낙성식에 초대된 남명은 친우의 정사에 대하여 시 여덟 수로 축하하였다. 이 여덟 수는 청향정사 주변을 읊은 것이지만, 남명은 특정한 계절에 시각을 고정시키지는 않았다. 이 때문에 이른 봄의 설매(雪梅), 여름의 분련(盆蓮), 늦가을의 상국(霜菊)을 노래할 수 있었고, 또한 네 계절을 관통하는 죽풍(竹風)과 송월(松月)을 노래할 수 있었다. 이 가운데 <눈 속의 매화(雪梅)>와 <서리 속의 국화(霜菊)>는 이러하다.

산천재에 핀 남명매 : 남명은 〈눈 속의 매화(雪梅)〉라는 시에서 "선비집 오래도록 외롭고 가난했는데, 네가 돌아오니 다시 조출해지는구나."라고 하였다.

가) 한 해가 저물어 홀로 서기 어려운데   歲晚見渠難獨立

    눈이 새벽부터 내려 날 샐 때까지 계속되네   雪侵殘夜到天明

    선비 집 오래도록 참으로 외롭고 가난했는데   儒家久是孤寒甚

    네가 돌아오니 다시 맑아지게 되었구나   更爾歸來更得淸

나) 얇은 이슬이 찬 국화 만 송이에 맺혔는데   薄露凝寒菊萬鈴

    생동하는 향기 진동하는 곳은 뜰 가운데라네   活香多處最中庭

    높은 집에서 채색옷 입고 춤추는 중양절에   高堂綵舞重陽節

    사람 얼굴이 술잔에 비스듬히 비치며 맑구나   人面橫斜酒面淸

남명은 청향정사에 심겨진 매화와 국화를 보면서 눈 속의 매화와 서리 속의 국화를 상상해 보았다. 매화는 눈을 뚫고 그 향기를 전하며, 국화는 서리를 이기고 그 향기를 전한다. 매화와 국화, 둘 다 눈과 서리로 상징되는 시련을 이겨내지만 그 방법적 측면이 서로 다르다. 매화가 눈 속에서 능동적으로 꽃을 피운다면 국화는 내리는 서리를 수동적으로 견뎌내기 때문이다. 이것을 선비의 절조에 비겨 옛 시인들은 항상 매화와 국화를 아끼고 사랑했다. 그러나 남명은 여기서 한 걸음 더 나아가 이들이 공통적으로 지니고 있었던 '맑음[淸]'의 이미지를 찾아냈다. 첫째 수 가)의 제4구와 둘째 수 나)의 제4구에 보이는 '청(淸)'이라는 용어에서 이것을 알 수 있다. 이 '맑음'을 제시함으로써 선비의 내면적 정신적 아취는 더욱 증폭되었다.

청향당 주변에는 매화와 국화만 있는 것이 아니었다. 대나무, 소나무, 연꽃이 더 있었다. 이것도 매화나 국화와 마찬가지로 청향당이 그의 정사에 의도적으로 심은 것이다. 남명은 대나무가 소나무와 친구되지 않고 바람에 흔들리며 형세에 따라 오르내린다고 비판하면서 독특한 시각을 드러냈다. 소나무에 대해서는 달과 어울리면 산뜻하고 근엄할 뿐만 아니라 다른 번성한 나무와는 달리 항상된 마음을 지니고 있다며 칭송했다. 바람에 흔들리지 않는 굳건한 의지 때문일 터이다. 그리고 화분에 심어 놓은 연꽃을 통해서는 군자의 수양을 보았다. "조그마한 화분에 담아두고 함양하는 뜻은, 은은한 향기 밤 깊어야 달빛과 어울리기 때문이라네."라고 한 것이 그것이다.

청향정사는 이처럼 다양한 사물과 조화를 이루고 있었다. 집 뒤의 대나무, 그 옆의 소나무, 뜰에 심긴 매화와 국화, 그리고 화분에 담긴 연꽃 등이 한 폭의 그림처럼 건물과 낯설지 않게 어울려 있었던 것이다. 이 같은 정경 속에 그 주인인 청향당 이원이 있었다. 그는 청향정사에서 경전을 읽기도 하고 거문고를 연주하기도 했다. 이로써 선비의 정신 세계를 더욱 고양시키고자 했던 것이다. 청향당의 이 같은 노력과 그 취향을 남명은 이렇게 읊조렸다. <경전>이라는 작품부터 보자.

광문(廣文)은 자못 자운(子雲)의 집과 같아　　　廣文頗似子雲家
옛 일 상고하여 힘을 얻은 것이 많다네　　　稽古由來得力多
활법은 마루 아래서 수레 다듬는 사람이 이해했나니　活法會須堂下斲
다섯 수레의 책도 한 가지 '무사(無邪)'에 있다네　五車書在一無邪

광문은 훈도를 말한다. 청향당이 훈도를 지낸 적이 있어 이렇게 말했을 것이다. 자운은 한나라의 학자 양웅(揚雄)의 자(字)다. 그는 세상에 나아가지 않고 집에 앉아서 고심에 찬 저서를 내기도 하였으나 사람들은 그를 알아주지 않았다. 이에 양웅은 "후대에 나의 자운이 있을 것이다."라 했다고 한다. 처사적 삶을 영위하면서도 학문적 열정을 가진 청향당을 양자운에게 견준 것이라 하겠다.

청향당의 학문적 열정에 남명은 그 방향성을 부여하고자 했다. 바로 현실에 소용되는 학문을 해야 한다는 그의 현실주의적 세계관에 입각한 것이었다. 경전을 외기만 할 뿐 그것이 우리의 생활 속에서 어떤 의미로 살아나지 않는다면 그것은 다만, 마루 아래서 수레바퀴를 다듬던 윤편(輪扁)이 제나라 환공에게 말했던 것처럼 '경전은 성인의 찌꺼기에 불과'할 것이기 때문이다. 남명은 그 의미를 공자의 '사무사' 정신에서 찾아 경전을 통해 자기 수양을 거듭해 가기를 바랐던 것이다.

경전으로 정신세계에 어떤 질서를 부여하고자 했던 청향당은 다른 한편으로 거문고를 연주하면서 자유로움을 추구하기도 했다. 경전으로 '예'를 터득하고, 거문고로 '악'을 성취하고자 하였으니 청향당은 그의 정사에서 예악을 철저하게 실천하고자 했던 것이다. 예악이야말로, 공자와 그의 정신적 후계자들이 일생의 사업으로 여겼던 것이 아니었던가? 청향당도 다름이 없었다. 이제 청향당의 거문고 연주와 이에 대한 남명의 노래를 들어보자.

세 성인 오묘한 뜻이 한 거문고에 있나니　　三聖幽微在一琴
조용히 거두는 곳이 참된 소리라네　　寂然收處是眞音
부끄럽구나! 그대가 나에게 아양곡을 권하나　　慚君勉我羨洋韻
보잘것없는 내가 어찌 알고 읊조릴 수 있겠나　　薄劣如何會得吟

<거문고 소리(琴韻)>라는 작품이다. 청향당은 남명을 종자기에 즐겨 견주었다. 남명이 <화청향당시(和淸香堂詩)>에서, "네 가지가 같으니 응당 새로 안 사람과는 달라, 일찍이 나를 종자기에 견주었지."라고 한 것에서 이 같은 사정을 알 수 있다. 종자기는 음악을 잘 이해하는 사람이었다. 아양곡은 바로 백아가 거문고로 높은 산과 넘실거리는 물을 형용

하면, 종자기가 그것을 제대로 이해했던 고사를 염두에 둔 것이다. 남명은 넷째 구에서 '어찌 알고 읊조릴 수 있겠나'라고 하고 있지만, 이들은 그 이면에서 백아와 종자기처럼 거문고 소리로 교감하고 있었던 것이다.

청향정사 주변의 사물 읊조리기에서 시작한 남명의 노래는 그 정사의 주인에게까지 이어지고, 청향정사 주인이 일구어낸 문화가 다시 후세에까지 전해지기를 남명은 희망했다. 거친 언덕에 언뜻 보이는 오래된 비석의 받침돌을 보면서 이 같은 생각은 구체화되었다. 공업을 새긴 비신(碑身)이 없어진 비의 기단 말이다. 여기서 남명은 청향당이 높은 도덕을 남기고, 후세 사람들은 청향당을 기리며 그 받침돌 위에 비신을 세워 거기 청향당의 덕을 새길 수 있도록 하라고 했다. 이에 대한 남명의 생각은 이러했다.

> 청컨대 주인 이름인 이원을 새기소서　　　請入主人刊李源
> 지금 비석 기단이 이미 거친 벌판에 있을지라도　直今碑砌已荒原
> 먼 후손 가운데 다시 그대 같은 사람이 있게 되면　仍雲更有如君者
> 요동의 학 다시 돌아올 때 돌은 남아 있으리　　遼鶴重來石可存

첫째 구에서 보듯이 남명은 그 비에 이원이라는 이름을 새길 수 있도록 하라고 했다. 오래도록 그의 행적이 후세에 전해지면서 귀감이 되기를 바랐기 때문이다. 그것은 셋째 구와 넷째 구의 언급에서 분명히 드러난다. 즉 후손 가운데 청향당 같은 사람이 있게 되면 그 사람은 요동의 학이 되어 다시 이곳을 찾게 될 터이고, 그때 다른 것은 사라졌을지라도 빗돌은 남아 그 옛날 청향당의 사업이 있었음을 전해줄 것이기 때문이다. 마지막 구에서 요학(遼鶴)이라고 했다. 이것은 요동학을 말한다. 『수신후기(搜神後記)』에 의하면, 정령위(丁令威)가 신선술을 배워 학이 되었는데, 천 년 만에 돌아와 보니 옛 모습은 사라지고 없었지만 화표주 (華表柱)가 남아 옛날을 알게 했다는 고사를 염두에 둔 것이다. 어쨌든 남명은 청향당의 이름이 빗돌에 새겨져 그의 사업이 만세에 빛날 수 있도록 정진하라는 당부를 하고 있는 것이다.

청향당은 그의 정사에 매화, 국화, 소나무, 대나무, 연꽃을 심었다고 했다. 이 다섯 종의 사물을 특별히 사랑했기 때문임은 물론이다. 조선조 선비들은 이들이 지닌 물성이 선비의 기상과 군자의 풍모를 닮았다고 생각하고 있었다. 사실의 이러함은 조선조 사대부들에게는 일반적인 것이었다. 예컨대 인재(仁齋) 강희안(姜希顔, 1417-1464)은 『양화소록(養花小錄)』에서 화목(火木)을 모두 9품으로 나누고 송(松)·죽(竹)·연(蓮)·국(菊)·매 (梅)를 제1품이라 하면서 특별히 높였다. 이들 사물을 보면서 선비들은 심성을 기르고자 했다. 강희안의 육성으로 확인해 보자.

사물을 관찰하는 사람은 몸을 닦아 앎에 이르고, 뜻이 성실해야 함은 옛사람이 일찍부터 말해온 것이다. 이제 저 창관대부(蒼官大夫 : 소나무)의 외롭고 군건한 의지는 수많은 꽃과 나무의 위에 홀로 솟아 있으니 이것은 말할 것도 없다. 그 나머지는 은일을 자랑하는 국화와 품격이 높은 매화 또는 난초, 서향 등 10여 품종이 각각 품격과 운치를 떨치고, 창포는 깨끗한 절개가 있으며, 괴석은 군건하고 확실한 덕을 지녔다. 이것들은 진실로 군자가 벗삼아 마땅한 것이다. 항상 눈으로 보고 마음으로 익혀서 몸에 배게 할 것이지 그저 멀리하여 버려두지 말아야 한다. 저들 화목이 지닌 물성을 법도로 하여 나의 덕을 길러가면 그 유익함이 어찌 많지 않겠으며, 그 뜻이 어찌 호연하지 않겠는가?

물성을 통해 군자가 심성을 수양해야 한다는 생각을 곡진히 폈다. 이같은 생각은 퇴계도 마찬가지였다. 산림을 통해 도의를 즐기고 심성을 기르고자 했으니 말이다. 이 때문에 도산서당 동쪽에 단을 축조하여 소나무와 대나무, 그리고 매화와 국화를 심어놓고 절우사(節友社)라 하고, 서당과 절우사 사이에 조그맣고 네모난 못을 만들어 정우당(淨友塘)이라 하였다. 정우당에 대해서는 특별히 시를 지어 '사물 사물마다 모두 하나의 천리를 갖고 있는데, 염계는 어찌하여 유독 그대만을 사랑했나[物物皆含妙一天, 濂溪何事獨君憐]?'라고 하면서, 연꽃이 지닌 향기와 덕을 칭송해마지 않았다. 이렇듯 퇴계 역시 인재 강희안이나 청향당과 마찬가지로 다섯 가지 사물을 사랑하면서 마음을 닦고자 했던 것이다.

청향당이 그의 정사에 심어놓은 송·죽·연·국·매 등 1품의 화목들, 이에 대하여 남명은 각각의 사물들에게 달·바람·화분·서리·눈을 제시하면서 그 물성이 지닌 의미를 고양시켰으며, 경전과 거문고, 비의 받침돌 등에게로 생각을 옮겨 청향당의 선비적 풍모와 함께 후세의 찬란한 평가까지를 기대하기도 했다. 청향정사에 대한 퇴계의 견해가 따로 제시된 것이 있지는 않지만, 그 역시 도산서당 주변에 1품의 화목을 심어 이들이 지닌 표일(飄逸)한 운치를 본받고자 했다.

청향당 이원이 세운 청향정사, 그 위치를 정확히 아는 사람은 없다. 다만 지금의 배산서당 옆의 대나무 밭 앞쪽, 민가가 들어서 있는 자리, 그 어디쯤이 아니었을까 하고 추측할 따름이다. 그러나 거기에는 지금도 대나무 사이로 바람이 지나가고 소나무 위로 달이 청초하게 떠올라 남명이 불렀던 노랫소리를 들을 수 있다. 그곳에 서서 조용히 눈을 감으면 사물을 통해 마음을 가다듬고자 했던 고인의 목소리가 들려온다. 그것은 어둠을 쪼며 광명을 부르는 날카로운 닭의 울음소리 같은 것이다.

6) 1560년 겨울과 1561년 봄, 혹은 금란수의 남도여행 - 청향정사(3)

지금으로부터 454년 전인 1560년 겨울, 퇴계의 제자 금란수(琴蘭秀, 1530-1604)는 31세의 나이로 가야산과 지리산 쪽으로 여행을 하고 있었다. 그는 예전부터 두류산의 웅장함과 가야산의 기이함에 대하여 듣고 이 지역에 대한 선배들의 기행문을 틈틈이 읽어 두었다. 특히 남명의 행의(行義)에 대해 안동에서 스승 퇴계로부터 많이 듣고 있던 터였기 때문에 남쪽 지방을 여행하면서 남명을 만나 꼭 한 번 이야기를 듣고 싶었다.

금란수는 자가 문원(聞遠)이며 호가 성재(惺齋)인데, 고향은 퇴계와 같은 예안이었다. 그는 월천(月川) 조목(趙穆, 1524-1606)과 함께 퇴계의 가르침을 일찍부터 받은 선진제자 가운데 한 사람이었다. 금란수가 남쪽 지방으로 여행을 계획한 것은 오래되었으나 여행을 결정한 것은 1559년이었고, 여행을 떠난 것은 1560년 11월 12일이었다. 그때 마침 합천에서 향시가 있었기 때문이기도 하다. 금란수는 여행을 떠나기 사흘 전인 11월 9일 퇴계를 찾아가 이렇게 말씀을 올렸다.

> 사람의 어짊과 어리석음, 귀함과 천함은 비록 다른 것이지만 각기 스스로 그 몸을 지키는 것입니다. 저는 재주가 없어 과거로 이름을 얻기란 어려울 듯합니다. 그리하여 자취를 산림 속에 거두어 두고 거친 밭을 갈며 사는 것이 저의 분수인 것 같습니다. 그러나 위로 부형이 계시기 때문에 이 뜻을 이루지 못하고 세속에 골몰하다 보니 저의 본성을 잃어버리는 한을 품게 되었습니다.

금란수는 과거공부에 매달리다 본성을 잃어버린 한이 있다며 스승 퇴계에게 이렇게 토로하였다. 그는 남명과 마찬가지로 자연 속에서 은

거하면서 인간의 본성을 기르고, 또한 유가적 진리의 세계를 탐구하고 싶었다. 그러나 위와 같은 말도 사실은 향시를 보러 가면서 이루어졌다는 점에서, 우리는 금란수의 고민을 찾아낼 수 있어야 한다. 이에 퇴계는 시험을 통한 발신(發身)과 자연을 통한 진리탐구라는 두 가지의 이상한 목적을 위하여 떠나는 제자의 남도여행에 대하여 모든 일에 삼갈 것을 당부하며 격려할 뿐이었다.

당시 금란수와 평소 친분이 두터웠던 정복시(鄭復始)는 단성에, 유적의(柳戚誼)는 삼가에, 황준량(黃俊良)은 성주에서 관직생활을 하고 있었다. 이들이 있는 곳은 가야산과 지리산을 끼고 있으니 여행을 함에 있어 여간 다행스런 일이 아니었다. 이에 그는 합천에서 향시를 치른 후, 성주로 가서 황준량과 오건 등을 만나 영봉서원(迎鳳書院)의 입향의절(立享儀節) 등에 대한 이야기를 나누었다. 그리고 단성에서 세모(歲暮)를 맞아 스승 퇴계에게 시절안부를 묻는 편지를 보냈다. 제자의 소식을 받아들고 퇴계는 기뻐하면서 시 한 수를 지어 보낸다. <금문원이 단성에서 글을 보내왔기에 다시 절구 한 수를 지어 부친다(琴聞遠自丹城書來却寄一絶)>는 것이 그것이다.

이 해 저무는데 벗 생각 어이 견디리　　　歲暮難堪憶故人
잘 있다는 그 편지 눈 내린 시내까지 이르렀네　　平安書到雪溪濱
남쪽으로 가거든 나의 마음 저버리지 말고　　　南行莫負酬心事
방장산 속의 숨은 선비 찾아보오　　　　方丈山中訪隱淪

1560년의 해는 기울고 있었다. 단성에서 스승을 향하여 안부를 묻자, 퇴계는 자신보다 29세나 연하인 금란수에게 벗[故人]이라며 그 그리움을 토로하고 있다. 그런데 마지막 구에서 '방장산 속의 숨은 선비'를 찾아보라고 권유한다. 도대체 이 선비는 누구일까? 방장산은 두류산으로 남명이 숨어 산 곳으로 알려져 있으니 남명을 의미한다고도 할 수 있다. 금란수가 남쪽 지방으로 여행을 기획하며 가장 먼저 남명을 만나고 싶어 했으니 사정은 더욱 그러하다. 그러나 여기서는 평소 퇴계 및 남명과 친분이 두터웠던 청향당 이원으로 보아야 한다. 이원이 살았던 곳은 단성이고, 이 단성은 금란수가 그렇게 적고 있듯이 두류산 동쪽에 있기 때문이다. 뿐만 아니라 당시 남명은 삼가의 뇌룡사에서 마지막 겨울을 보내고 있었으니 사실은 더욱 분명해진다. 퇴계의 시가 단성에 도착하자 금란수와 이원은 이 시에 대하여 각기 차운을 하여 안동으로 보냈다. 다음 두 수가 그것이다.

분주한 풍파 속에 사람 잃을까 걱정인데	奔走風波患失人
편안하고 한가로운 것이 선생 곁과 다릅니다	安閒不似退溪濱
어찌 유람을 하면서 일찍 돌아가리오	何當遊歷還歸早
다시 천연을 향하여 숨은 선비에게 배워 보렵니다	更向天淵學隱淪

오늘 마음 여니 모두 훌륭한 사람인데	此日開懷摠可人
비단 같은 시가 퇴계로부터 왔구나	錦聯來自退溪濱
섣달 매화에 눈 내릴 때 아름다운 만남 이룰 테니	臘梅帶雪成佳會
향기로운 글로 마음 전하며 숨은 선비 생각하네	香波傳心想隱淪

앞의 시는 금란수가 퇴계에게 보낸 것이고, 뒤의 것은 이원이 퇴계에게 보낸 것이다. 퇴계로부터 소식이 전해지자 금란수는 바로 차운을 했다. 그리고 오랫동안 희망했던 남쪽 지방의 여행인지라 퇴계의 당부대로 숨은 선비를 찾아 배우고자 했다. 이원 역시 퇴계의 시에 차운하였다. 비단 같은 시가 퇴계에게서 왔다고 기뻐하며, 퇴계가 그에게 그렇게

말했듯이 그 역시 퇴계를 숨은 선비라며 칭송했다. 금란수와 이원의 시가 퇴계에게 도착하자 퇴계는 이원과 약포(藥圃) 정탁(鄭琢, 1526-1605)에게 같은 운으로 시를 지어 보냈다. 다음 작품이 그것이다.

가) 청향당 속에 있는 옛날 친구　　　　　　　　淸香堂裏舊知人
　　천지의 괴물처럼 아직도 물가에 누워 있구나　怪物天池尙臥濱
　　도산을 향하고자 하면서 심사를 물었으니　　欲向陶山問心事
　　하수 가에 박달나무 베어두고 잔물결 읊조리네　伐檀河上詠漣淪

나) 골짜기에 일렁이는 맑은 바람 마음 속 그 사람　淸風谷口意中人
　　남쪽 하늘 이별하고 바닷가를 지나가네　　　別去南天夐海濱
　　물 마시는 생각 멀고 시 읊기도 쉽지 않은데　遙想酌泉吟不易
　　응당 당초에 품은 뜻 흐려지게 하지 말지니　未應初志竟成淪

　앞의 작품 가)는 퇴계가 이원에게 보낸 것이고, 뒤의 작품 나)는 당시 진주에서 교수 노릇을 하고 있던 정탁에게 보낸 것이다. 제자 금란수의 답신과 함께 이원의 소식이 전해지자 퇴계는 이 시에 대하여 차운하며 이원을 '천지(天地)의 괴물'이라 하였다. 초야에 깊이 숨어 사는 것을 이렇게 비유한 것이다. 그러나 만날 수 없어 안타깝다는 마음을 전하기 위하여 『시경』을 인용하며 "하수가에 박달나무 베어두고 잔물결을 읊조린다."라고 하였다. 제자 정탁에게도 금란수 편에 시를 보내며 당초에 품은 뜻이 흐려지지 않기를 당부하였다.
　퇴계에게 보낸 금란수의 편지, 이에 대하여 퇴계는 '인(人)', '빈(濱)', '륜(淪)'의 운으로 화답을 했다. 여기에 촉발되어 금란수와 이원은 퇴계의 시에 다시 차운을 하여 보냈고, 이에 퇴계는 이원의 시에 또다시 차

금란수가 쓴 편지 : 금란수는 호가 '성성재(惺惺齋)'인데 남명의 '성성자'를 함께 떠올릴 수 있다.

운을 하면서 당시 진주에서 관리생활을 하고 있던 정탁에게 시로 안부를 물었다. 금란수의 남도여행과 더불어 이루어졌던 이 같은 문인들의 문학활동은 여기에서 그치지 않았다. 금란수가 스승이 내린 운으로 그를 환대하는 이원에게도 시를 지어서 바치고 있기 때문이다.

가) 산 남쪽의 한 노인을 찾아 뵙고 절하니	來拜山南一老人
맑고 향그런 마음 강처럼 푸르네	淸香心事碧江濱
곧은 매화와 왕대나무 종신토록 벗하지만	貞梅苦竹終身契
누가 선생의 이 숨어 사는 뜻을 알아주리	誰識先生此隱淪

나) 강성에서 마음을 기르는 한 분을 만났으니　江城逢著養眞人
　　때로 적막한 물가의 청향당에 이르리　　時到淸香寂寞濱
　　만약 선생과 함께 이곳에 숨어 살게 된다면　若與先生同隱此
　　많은 허물의 물결에 빠지지 않을 수 있으리　滔滔怒浪免沈淪

　금란수는 스승 퇴계의 친구 이원을 만나보고, 이원이 그의 당호인 청향당(淸香堂)같이 맑고 향기롭다는 것을 알았다. 그리하여 마침내 그와 함께 이곳에 살게 된다면 인간사의 허물을 말끔히 씻을 수 있을 것이라 생각했다. 이것은 이원이 산속에 깊이 숨어서 인간의 참된 본성을 기르기 때문에 가능하다고 했다. '양진인(養眞人)'이라고 한 것이 그것이다. 그러나 사람들은 이원의 이 같은 삶의 태도에 대하여 알아주지 않는다고 했다. 이것은 사실 금란수 자신의 삶의 태도이기도 하기 때문에 여기에는 자조적 의미가 내포되어 있다고 하겠다.

　1561년 신유년 새해, 금란수는 그 아침을 단성에서 맞이하였다. 그리고 이해 2월에는 진주로 가서 동문인 정탁과 함께 촉석루에 올랐다. 오랜만에 객지에서 동문을 만났으니 술이 없을 수가 없었다. 그리고 이에 따라 금란수도 시 한 수를 지었다.

　　빼어난 누각 안에서 그대와 나 둘이서　第一樓中君我雙
　　가득 담은 봄 술 잔 푸른 강에 드리우네　滿杯春酒倒菁江
　　가슴 벅차게 풍류의 즐거움을 얻었으니　居然領得風流事
　　물빛 하늘빛이 푸른 창에 비치네　　水色山光照碧窓

　이처럼 정탁과의 우정과 풍류에 대하여 노래한 금란수는 그해 4월에는 합천 삼가로 남명을 찾아갔다. 그는 남명에 대한 특별한 관심이 있었다. 남도를 여행하면서 가장 먼저 떠오른 사람도 남명이었다. 이 때문에 자주 퇴계에게 남명에 관한 다양한 질의를 하였던 것이다. 특히 남명의 뚜렷한 출처에 대해서 관심이 많았다. 이에 금란수는 이원, 권문현, 정구, 김용정 등과 함께 남명을 찾았다. 당시의 사정을 그는 『성재일록(惺齋日錄)』 신유년(1561) 4월 18일조에 이렇게 기록해 두고 있다.

김훈도(金訓導), 생원(生員) 김용정(金用貞), 권명숙(權明淑), 정긍보(鄭肯甫) 등과 함께 남명을 배알하였다. 뇌룡당사(雷龍堂舍)에 앉아서 각각 술을 마셨는데, 술기운이 무르익자 남명이 먼저 노래를 부르면서 좌중이 다 부르도록 권하였는데 옛 노래가 아니라 모두 스스로 지은 것이었다. 언어가 준절하고 곁에 아무 사람도 없는 듯이 하였다. 과연 이전에 듣는 바와 같았으며, 초월의 기운은 있었으나 혼연한 뜻이 적었다.

우리는 여기서 남명의 초월지기(超越之氣)를 느낄 수 있다. 술 마시고 노래하기, 준절한 언어, 방약무인(傍若無人)한 태도, 이 같은 점을 들어 금란수는 남명을 '초월지기'로 요약하였다. 그의 스승 퇴계가 지니고 있는 혼연지기(渾然之氣)와는 전혀 다른 것이었기 때문에 놀라지 않을 수가 없었다. 그리고 무엇보다 부르는 노래도 고상한 클래식이 아니라 당대의 유행가였다. 이 유행가는 시조(時調)를 말한다. 남명은 스스로 지은 시조를 불렀고, 흥에 겨워 노래했다. 때로는 준절한 언어로 세태를 비판하기도 했던 것이다. 이렇게 만나고 금란수가 떠나려 하자, 남명은 그를 앉히며 다음과 같이 말했다.

퇴계에게 이야기하고자 하는 것이 있네. 자네는 호남 제생과 퇴계가 성리지설(性理之說)을 논변하는 것을 보았는가? 앞 시대의 현인들이 논의하면서 풀어낸 것이 지극하고 다하였거늘 후생이 전현에 미치지 못하는 것이 멀다네. 전현의 말씀을 찾아 탐구하여 행하는 힘도 부족한데, 전현의 말씀을 구하지는 아니하고 성리를 높게 논하는 학문만 찾으니 나는 그 옳음을 알지 못하겠네. 어떤 자가 비록 묻는다 하더라도 퇴계가 제지하는 것이 옳을 것인데, 퇴계 또한 그것을 하니 내가 취하지 못할 바라네. 혹 나에게 청하여 또한 하려고 하더라도 나는 전현의 말에 착수도 하지 못했거늘, 어느 겨를에 다시 성리에 대하여 논하겠는가? 그대는 이것을 퇴계에게 이야기하시게.

여기서 우리는 남명이 퇴계에게 무엇을 이야기하고 싶어했는지를 분명히 알게 된다. 하학적 실천이 바로 그것이다. 이에 대한 남명의 직접적이고 구체적인 문제제기는 3년 뒤 퇴계에게 보내는 편지를 통해서 이루어진다. "요즘 공부하는 자들을 보건대, 손으로 물 뿌리고 비질하는 절도도 모르면서 입으로는 천리를 담론하여 헛된 이름이나 훔쳐서[盜名] 남들을 속이려[欺人] 하고 있다."라고 하면서, 기대승과 벌이는 성리논쟁을 당장 그만두기를 바랐던 것이 그것이다. 우리는 여기서 남명의 실천정신이 얼마나 강렬한 것이었던가 하는 것을 충분히 짐작하게 된다.

이상을 통해 우리는 남명 당대의 사대부 문화의 일국면을 이해할 수가 있었다. 특히 묵은해를 보내고 새해를 맞이하면서 서로 주고받은 시는 하나의 성사(盛事)라 하지 않을 수 없다. 이들은 같은 운으로 서로의 마음을 전하며 그리워하는 정을 곡진히 폈다. 오늘날 어디서 이 같은 문화를 다시 만날 수 있겠는가? 한 수의 시를 통해 전해지는 따뜻한 정서, 그것은 선비들의 대쪽 같은 성품의 이면에 번지는 따뜻한 봄기운이 아닐 수 없다.

금란수가 남명을 만나는 과정에서 새롭게 알게 된 것도 있다. 남명의 시조와 실천정신이 그것이다. 시조가 구체적으로 어떤 것이 있는지는 더욱 검토되어야 하나, 남명이 지은 작품은 분명히 존재했다. 그리고 남명이 당대의 현실에 문제의식을 두고 실천정신을 키워가고자 했던 것은 오늘날의 지식인에게도 절실하다. 이것에 대한 계승이야말로 선비정신을 살리는 길이며, 동시에 남명을 우리 시대로 불러내 가르침을 구하는 유일한 길이기도 하다.

답사의 즐거움 : 경북대 문학사상연구실의 제생과 함께 이원과 청향정사를 생각하며 담소를 나누었다.

7) 누가 '도화 뜬 맑은 물에 비친 산 그림자'를 보았나 – 두류산가

남명을 봉향한 덕천서원, 그 앞의 세심정, 그 옆에는 남명의 한시 <욕천(浴川)>을 새긴 시비가 있다. <욕천>은 남명이 1549년 여름에 거창 감악산 아래에 있는 포연에서 목욕을 하고 나서 지은 시인데, 세심정의 세심(洗心)이 시에서 제시하는 의미와 결합될 뿐만 아니라, 그 아래로 시천의 맑은 물이 흐르고 있으므로 이 시비를 여기에 세운 것이다. <욕천> 시비에서 산천재 쪽으로 2-300m쯤 가다보면 중산리에서 내려

세심정 : 1582년 처음 세웠으며, 취성정(醉醒亭), 풍영정(風詠亭)으로 이름을 바꾸었다가 다시 세심정이라 하였
다. 하수일의 〈세심정기(洗心亭記)〉가 걸려 있다.

세심정 답사 : 경상남도 교육연수원 주최로 중고등학교 교사들과 함께 세심정을 답사했다. '세심'은 『주역』의 "성인은 이로써 마음을 씻어 아무도 모르게 은밀한 곳에다 감추어 둔다[聖人以此洗心, 退藏於密]."라는 글귀에서 취한 것이다.

오는 물과 대원사에서 내려오는 물이 합수되는 곳에 <두류산가> 시조비가 있다. 시조비를 여기에 세운 것은 물론 이곳이 시조에서 제시한 두류산 양단수이기 때문이다.

<두류산가> 시조비는 지난 2001년 남명선생 탄신 500주년을 기념하여 세운 것이며, 비에 새겨진 것은 병와(瓶窩) 이형상(李衡祥, 1653-1733)이 편집한 『병와가곡집』에 의거한 것이다. 그러나 새기는 과정에서 종장 끝구의 '흐노라'를 '하노라'로 잘못 새겨 모본과는 약간 어긋나고 말았다. 그러나 이것의 잘못을 탓할 것은 못된다. 우리가 알고 있는 대부분의 시조가 구전되어 오다가 18-9세기에 이르러 『청구영언』 등 많은 시조집에 정착된 것에서 볼 수 있듯이 시조의 어휘는 탄력적인 것이기 때문이다.

내가 오늘 특별히 <두류산가> 시비 앞에 선 것은 이 시조에 관한 이러저러한 논란이 있기 때문이다. (1) 작자가 과연 남명인가? (2) 초장의

양단수는 보통명사 '양단수'인가, 아니면 고유명사 '양당수'인가? (3) 다양한 판본 가운데 원본에 가장 가까운 시조는 어떤 것인가 등이 그것이다. 나는 <두류산가>를 둘러싸고 벌어진 다양한 논란에 대하여 이 글을 통해 어떤 시비를 가리고자 하지는 않는다. 다만 (1)과 관련된 새로운 문헌이 발굴되었고, 이즈음에 작자 문제와 함께 이 시조를 새롭게 한번 읽어보자는 것이다. 이 시조를 남명이 지었든 짓지 않았든, 이 시조는 아름답고 여전히 애송된다. 그리고 현재 두류산 하 양당수 곁에 시비의 형태로 세워져 있다. 『병와가곡집』의 <두류산가>를 띄어쓰기를 해서 원문대로 옮기면 이렇다.

〈두류산가〉 시비 : 비에 새겨진 것은 병와 이형상이 편집한 『병와가곡집』에 의거한 것이다. 종장의 '증노라'를 잘못 새겨 '하노라'가 되었다.

두류산(頭流山) 양단수(兩端水)를 녜듯고 이제보니
도화(桃花)뜬 묽은 물에 산영(山影)조ᄎ 잠겨세라
아희야 무릉(武陵)이 어디미오 나는 옌가 ᄒᆞ노라

　이 작품은 조선 후기의 대표적인 시조집인『청구영언』과『해동가요』
등 20종의 시조집에 전해지고 있다. 그러나 모두 같은 것은 아니다. 즉
육당본『청구영언』에는 초장의 '두류산(頭流山) 양단수(兩端水)'가 '두리산
(頭里山) 양단수(兩端水)'로 되어 있는가 하면,『해동악장』에는 중장의 '도
화(桃花)뜬 묽은 물'이 '도화수(桃花水)뜬 묽은 물'로 되어 있다. 이밖에도
종장의 '아희야'는『가곡원류』등 많은 시조집에서 '아희(兒嬉)', '아희(兒
譆)', '아해(兒孩)', '아희(兒戱)' 등으로 표기되어 있으며, 한글의 경우는 이
보다 더욱 많은 출입을 보인다.

　초장의 두류산(頭流山)은 지리산의 다른 이름이다. '두류산'의 명칭에
대해서는 두 가지 이설이 있다. 하나는 민간어원설로 우리말 '두루(리)
미치다' 등에서의 '두루' 혹은 '두리' 등의 음차에서 온 것이라는 설이
다. 다른 하나는 백두산어원설로 백두[頭]의 맥이 흘러서[流] 이룩된 산
이라는 설이다. 전자는 민간에서 사용되는 우리말을 참고한 것이고, 후
자는 이인로(李仁老, 1152-1220)의『파한집』이나 1530년경에 발간된『신증
동국여지승람』등에 근거한 것이다.

　중장에는 도화(桃花)가 제시되어 있다. '도화'는 도연명의 <도화원기(桃
花源記)>에서 유래한다. 이 글에 의하면 동진(東晉)의 태원(太元) 때 무릉에
사는 한 어부가 복사꽃 숲에서 길을 잃고 헤매다가 어떤 평화경에 이르
렀다. 거긴 논밭과 연못이 모두 아름답고, 닭소리와 개 짖는 소리가 한
가로우며, 남녀가 모두 세상을 벗어난 사람과 같은 옷을 입고 즐겁게

중국의 무릉원 : 호남성 서북부의 무릉산맥을 타고 설정되어 있으며, 장가계시에 위치한다.

살고 있었다. 즉 노자가 제시한 '소국과민(小國寡民)'의 유토피아가 나타난 것이다. 따라서 <두류산가>의 중장에 제시된 '도화'는 바로 도연명의 <도화원기>에서 비롯된 것이며, 이것을 계승한 이태백의 <산중문답(山中問答)>에 보이는 '도화유수묘연거(桃花流水杳然去)' 등도 역시 염두에 둔 것이다.

　종장의 무릉(武陵)은 중장의 도화를 이어받은 것이다. 도화림(桃花林)에서 길을 잃었던 그 사람이 바로 무릉사람이었기 때문이다. 무릉으로 흘러내려 오는 물의 근원[源]을 찾아 올라가다가, 겨우 사람 하나 지날 정도의 바위틈 너머로 갑자기 만난 확트인 세계, 그곳이 바로 무릉원이었고 유토피아였다. 중국사람들은 그 무릉원이 지금의 호남성(湖南省) 장가계(張家界) 쯤이라고 생각했다. 이 때문에 장가계 핵심부의 지명을 별천지 무릉도원(武陵桃源)의 줄임말인 무릉원(武陵源)이라 부르고 있는 것이다.

<두류산가>의 작가는 지금 조선의 무릉원이 바로 양당수가 있는 곳이라 하고 있는 것이다.

시조 <두류산가>는 지리적으로는 두류산 양당수, 사상적으로는 노장사상을 기반으로 하고 있다. 이 때문에 사람들은 이 작품을 의심없이 남명의 것으로 알았다. 남명은 환갑년(1561)을 맞아 가산을 정리하여 아우에게 주고 지리산 덕산으로 거처를 옮겨 거기서 산천재를 짓고 강학 활동을 한다. 바로 양당수 근처였다. 그리고 그는 노장사상을 적극적으로 받아들였다. 이 때문에 그의 호를『장자』「소요유」에서 따서 '남명'이라 할 수 있었고, 제자들로부터 '도류지학(道流之學)'에 밝았다는 평가를 들을 수 있었으며, 퇴계로부터 노장적 빌미가 있다는 비난을 받을 수도 있었다. 여기서 우리는 남명과 두류산, 그리고 노장사상은 떼려야 뗄 수 없는 사이임을 알 수 있다.

유토피아를 찾아가는 노력도 남명의 생애에 나타난다. 지리산의 청학동을 찾아 나서고 있기 때문이다. 그는『유두류록』에서 청학동에서 청학이 날아오르는 것을 보았다고 하기까지 했다. "청학 두세 마리가 그 바위틈에 깃들어 살면서 가끔 날아올라 빙빙 돌다가 하늘을 올라갔다 내려오곤 했다."라고 한 것이 그것이다. 어쩌면 그는 유토피아를 찾아 지리산을 헤맸는지도 모른다. 12번이나 이 산을 오르며 안식처를 찾고 있기 때문이다.

남명은 '무릉'에 대한 관심도 남달랐다. 안의에 있는 옥산동(일명 화림동)을 찾아 "봄바람 살랑대는 삼월, 무릉에 돌아오니, 개인 하늘빛 흐르는 수면도 넓구나[春風三月武陵還, 霽色中流水面寬]."라고 노래하였다. 옥산동을 무릉도원처럼 아름다운 곳으로 생각하였던 것이다. 남명은 이처럼 아름다운 자연을 만나면 항상 유토피아를 생각하고, 이것은 인간 세상과 일정한 거리를 둔 곳이며, 완전한 자유가 성취되는 곳으로 생각했다. 다음의 <제송씨임정(題宋氏林亭)>에는 이 같은 생각이 보다 적극적으로 제시되어 있다.

초당 앞으론 마장산이 나누어졌고	草堂前面分麻杖
높다란 가시나무 꽃은 다섯 줄기로 이어졌네	高樹荊花幹五連
감악산 동쪽은 푸르고 북쪽을 바라보면 아득한데	紺岳東蒼迷北望
황매산 서쪽은 검어 남쪽 하늘을 숨겼네	黃梅西黑隱南天
시내에 개 짖는 소리 들리며 시내 따라 집이 있고	溪聞犬吠沿開戶
산에 고기 비늘 같은 것은 물 댄 논이라네	山帶魚鱗灌作田
손과 주인 인척간, 한 사람은 젊고 한 사람은 어른	賓主婚姻兼少長
바깥사람들은 때때로 무릉도원이라 부른다네	外人時道武陵川

송씨가 누구인지, 임정이 구체적으로 어딘지는 알 수가 없다. 그러나 그곳은 마장산, 감악산, 황매산 등으로 가려져 있는 곳이다. 남명은 이곳을 무릉도원 같다며, '시내에 개 짖는 소리 들리며 시내 따라 집이 있으며, 산에 고기비늘 같은 것은 물 댄 논'이라고 했다. 우리는 여기서 임정이 노자가 이상향으로 제시한 '이웃나라가 서로 바라볼 정도이고 닭 울음소리와 개 짖는 소리가 서로 들릴 정도로 가까운' 그런 곳임을 충분히 감지할 수 있다. 거기선 젊은 사람과 나이 든 사람이 어울려 태평스럽게 살아가고 있다고 했다. 이 때문에 사람들은 자연스럽게 무릉도원이라 했을 터이다.

남명 당대에는 덕천서원 앞으로 흐르는 개울물을 도천(桃川)이라 불렀다. 성여신이 남명의 아들 조차마(曺次磨, 1557-1639)에게 답하는 글에서 '도천은 서원 앞의 개울 물'이라 한 바 있고, 『영무성일고(寧無成逸稿)』에도, 하응도가 37세에 동문 제현들과 산천재 서쪽 삼리쯤 되는 '도천' 위에 서원을 건립했다고 하고 있는 데서 이 같은 사실을 잘 알 수 있다. '도천'은 물론 '무릉도원'을 염두에 둔 명칭이다. 이 때문에 남명이 환갑년을 맞아 덕산으로 들어와 산천재를 짓고 도천, 즉 양단수 일대를 거닐며 강학활동을 전개하였으니, <두류산가>는 모두 남명이 지은 것이라 생각했다.

이상에서 말한 몇 가지에 근거하여 시조 <두류산가>를 보면 이 작품에는 남명의 정신세계가 잘 드러난다. 뿐만 아니라 남명이 덕산의 도천 주위에서 주로 활동하였으니 더욱 그러하다. 이 때문에 시조집 20종이 모두 그 작자를 남명으로 표기했으며, 이에 따라 다양한 교과서에서도 <두류산가>를 남명의 것으로 가르쳤다. 사실, 남명의 제자들 사이에도 스승의 작품으로 이해하고 있던 사람이 있었다. 하응도(河應圖, 1540-1610)가 바로 그 사람이다.

하응도는 지금의 진주시 대평면 신풍에서 태어나 거기서 주로 거주했다. 16세 되던 해 남명을 찾아가 제자가 되었고, 이후 여러 차례 남명을 찾는다. 22세에 덕산동으로, 24세에 남계서원으로 스승을 찾았으며, 27세에 최영경과 함께 남명을 배알하기도 했다. 이뿐만 아니라 32세에는 남명으로부터 『사상례』를 받기도 했다. 33세 되던 해 남명이 세상을 뜨자 스승의 장례를 위하여 정성을 다했으며, 37세에는 동문들과 덕천서원을 창건하는 데 힘썼다. 그리고 69세 되던 해에는 남명이 살던 곳으로 아예 거주지를 옮겼다. 그리고 당시의 심정을 <덕산에 돌아와 살며>라는 시로 제시하였다.

70의 나이에 옛 거처로 돌아오니　　　　　　七十年來還故居

쓸쓸한 생활 한 칸의 초옥뿐이네   蕭條生理一間廬
도화가 물결 따라 흐르는 것 모두 예전 같은데   桃花流水渾依舊
다만 옛날의 스승님 모습은 보이질 않네   只欠當時長者車

하응도는 덕산을 고향으로 생각하고 있다. 나서 자란 곳은 진주의 신풍이었으나 청소년기에 덕산에 모옥을 지어놓고 살았으므로 이렇게 말했을 것이다. 이 같은 생각을 하응도는 제1구와 제2구에서 적시하고 있다. 우리가 주목하고자 하는 것은 다음 두 구이다. 제3구에서는 '도화가 물결을 따라 흐르는 것'이 예전과 같다고 했다. 이것은 남명이 지은 것으로 알려져 있는 <두류산가>의 중장 '도화(桃花)뜬 맑은 물'을 인식한 결과이다. 이 때문에 시조 <두류산가>를 읊조리던 남명을 그리워하면서, 제4구에서는 옛날 노래하던 스승의 모습이 보이지 않는다고 하고 있는 것이다. 결국 하응도의 이 시는 <두류산가>가 남명의 작품임을 보인 것이다.

스승을 모시면서 하응도가 들었을 법한 남명의 시조 <두류산가>, 그러나 그는 이것을 명시적으로 스승 남명의 작품이라 하지 않았다. 이 때문에 여기에 대한 논란이 제자들 사이에도 있었다. 예컨대 성여신(成汝信, 1546-1632)과 같은 사람은 아예 남명의 것이 아니며, 이 작품은 이제신(李濟臣, 1510-1582)의 것이라 했다. 남명이 시(詩)를 짓는 것도 경계하였는데, 하물며 가(歌)를 지었겠는가 하는 생각에 근거한 것이다. 그의 주장을 구체적으로 들어보자.

두류산(頭流山) 양당수(兩堂水) 한 노래[歌]와 추월곡(秋月曲) 한 장(章)을
세상 사람들은 남명 선생이 지은 것이라 말하지만 이것은 도구 이제신이
지었다는 것을 모르기 때문입니다. 계해년 가을에 영주에 사는 친구 박록

(朴漼)이 나에게 편지를 보내 "남명의 <추월가(秋月歌)>를 젊을 때 외우기를 좋아했는데 지금은 그 전함을 잃어버렸다."라고 하면서 나에게 써서 보내주라고 했습니다. 나는 그 노래를 기록하고 그 말미에 발문을 써서 "이 노래는 본래 이도구가 지은 것인데, 전하는 사람들이 남명의 노래로 잘못 말한 것이다."라고 하고, 또 "남명 선생이 평소 시 짓는 것은 마음을 거칠게 한다면서 경계하셨다. 시(詩)도 즐겨 짓지 않으셨는데, 노래[歌] 짓기를 즐겨 하셨겠는가?"라고 하였습니다.

이 자료에 의하면 <두류산가>는 남명의 작품이 아니라 그의 제자 이제신의 작품이다. 그리고 남명 당대부터 '양단수'를 '양당수'라 하였다는 것도 알 수 있다. 여기서 우리는 두 줄기 물이라는 뜻에서 처음에는 양단수라 했을 터인데, 이곳에 마을이 생기면서 '줄기' 혹은 '여울'을 의미하는 '단(端)'과 '단(湍)'이 정착의 의미가 강한 '당(堂)'으로 불렸다는 것을 알 수 있다. 물론 주위의 지명인 '동당', '하당', '상당', '윗소리당', '아랫소리당' 등의 '당'도 일정한 작용을 했을 것이다.

어쨌든 성여신은 <두류산가>가 이제신의 작품이라 했다. 그렇다면 이제신은 누구인가? 그는 남명과 아홉 살 차이가 난다. 그의 풍모는 남명의 그것과 비슷했다. 회봉(晦峯) 하겸진(河謙鎭, 1870-1946)은 『동시화』에서 다음과 같이 기술하고 있다.

도구 이제신은 사람됨이 뜻이 크고 기개가 있어 남에게 구속받지 않았다. 만년에 남명을 따라 덕천에 들어가 살았다. 그는 시에서, "바위 아래 맑은 샘은 새로 내린 빗물이고, 돌 사이 시든 대나무는 늙은 중이 심은 것이라네. 바둑 둘 땐 남 이야기하지 않고, 활 쏠 때는 자신을 반성하는 생각이 있네[巖下淸泉新雨水, 石間枯竹老僧栽. 著碁口絶論人語, 射革心存反己思].'라 하였는데, 남명이 크게 칭찬하였다.

하겸진의 기록에서 "사람됨이 뜻이 크고 기개가 있어 남에게 구속받지 않았다."라고 한 것에서 우리는 남명과 이제신의 성격에 강한 친연성이 있다는 사실을 발견하게 된다. 이 때문에 남명은 수렴을 극진히 하는 이제신을 들어, "다른 사람은 언우(彦遇 : 이제신의 자)가 농지거리를 잘 한다 하더니 나는 언우가 수렴하는 것을 보겠구나!"라고 하였고, 이에 이제신은 "덕의 향기를 쐰 날이 오래되어 자신도 모르게 이렇게 되었습니다."라고 할 수 있었을 것이다. 『남명집』「편년」의 기록이다.

그렇다면 성여신의 말대로 이제신이 <두류산가>를 지었을까? 지금까지 발견된 자료로 비추어 볼 때 성여신이 제시한 위의 자료를 반박할 어떤 자료도 없다. 하응도의 시가 있기는 하나, 운문작품이 원래 함축성이 강한 것이어서 심정은 가나 산문처럼 명시적이지 못하다. 따라서 우선은 이제신의 작품이라 하지 않을 수 없다. 그러나 성여신이 말한 것처럼 남명이 가(歌)를 짓지 않았을까? 이것은 그렇지 않다. 금란수가 『성재일록』에서 남명이 부르는 노래[歌]를 들었고, 그것은 "고가(古歌)가 아니라 모두 스스로 지은 것이었다."라고 기록하고 있기 때문이다. 우리는 여기서 남명이 부른 노래가 바로 스스로 지은 시조였다는 것을 알 수 있다.

금란수가 들었던 남명의 시조, 이로 말미암아 성여신이 제시한 위의 자료를 우리는 의심하지 않을 수 없다. 남명은 분명 '시(詩)'가 아니라 '가(歌)'를 지어 불렀기 때문이다. 이 의심 역시 <두류산가>를 이제신이 지었다는 분명한 언표를 부정하는 데까지 나아가게 하지는 못하지만, 그렇다고 하응도가 운문을 통해 제시한 남명의 <두류산가>를 무시할 수도 없는 실정이다. 여기에 우리의 고민이 있고, <두류산가>의 작자 문제는 새로운 자료에 입각한 새로운 논의가 필요하다는 것을 알게 된다.

그러나 나는 말할 수 있다. 도화 뜬 맑은 물에 비친 산 그림자는 남명 사상을 이해하는 중요한 일국면을 제공한다는 것을. 남명은 세상의 생민을 저버리는 당대의 정치현실을 강력하게 비판하면서 청학동을 찾아 지리산으로 들어갔고, 지금은 많이 바뀌었지만 남명이 덕산으로 들어갈 당시는 덕산 입구에 청학동 구비조건 중의 하나인 석문이 조그마한 벼랑길에 있었다. 훗날 거기에 이제신은 '입덕문(入德門)'이라는 글자를 쓰기도 했다. 남명은 어쩌면 덕산이 진정한 청학동이라고 생각했는지도 모른다. 그리하여 복사꽃이 아득히 물을 따라 흘러가는 것을 보며 무릉이 바로 여기라고 생각했을 것이다.

남명의 제자들은 남명을 찾아 덕산으로 들어왔고, 이제신과 하응도도 만년에는 덕산으로 들어와서 살았다. 이들은 모두 도화 뜬 맑은 물을 보면서 스승과 함께 무릉을 생각했을 것이고, 이 과정에서 <두류산가> 가 창작되었을 것이다. 그것은 하응도가 한시로 그렇게 말하고 있듯이 남명의 것일 수도 있고, 성여신이 산문으로 그렇게 명시하고 있듯이 이제신의 것일 수도 있다.

남명의 국문시가가 거의 전해지지 않는 오늘날, 시조 한 수는 대단히 중요하다. 그러나 그것보다 더욱 중요한 것은 유토피아를 상실했으면서도 이에 대한 인식을 철저하게 하지 못하고 있다는 점이다. 우리는 객관성과 과학적 사고라는 미명 하에 유토피아를 찾아 나서는 것을 포기하였다. 상상력 부재의 시대를 살고 있다는 것이다. 남명과 그의 제자들이 제시한 '도화(桃花)뜬 맑은 물'의 그 '무릉'은 어쩌면 우리의 탈출구다. 내가 <두류산가> 시조비 주위를 떠나지 못하고 서성거리는 이유가 바로 여기에 있다.

4. 고령지역

1) 정사현 객사에서 본 풍경 혹은 시간 - 월담정

'월담정'은 월담(月潭) 정사현(鄭思賢, 1508-1555)이 지은 것으로 고령군 지산리 월기 마을에 있었던 정자다. 정사현은 진양인(晉陽人)으로 초명이 '사현(思玄)'이며 자를 희고(希古)라 하였고 월담은 그의 호이다. 대대로 진주에서 살다가 그의 아버지 린(麟)대에 와서 고령으로 거주지를 옮기게 되었고 나주박씨를 어머니로 모셨으며 외아들로 자랐다. 창녕조씨에게 장가들었으니 바로 남명의 누이였다. 슬하에 3남 1녀를 두었는데 3남은 서(序), 하(廈), 응(應)이고 1녀는 담양부사를 지낸 적이 있는 김신옥(金信玉)에게 시집을 갔다. 월담은 특히 효행에 뛰어났다고 전해진다. 48세의 짧은 생애를 마감하면서 세 아들을 불러놓고 모부인께 봉양을 다하지 못하고 죽게 됨을 가장 안타깝게 여긴다고 하였다 한다. 이로써 그의 효행은 확인된다.

그는 평생 벼슬하지 않고 초야에 은둔하였으니 전형적인 처사문인이라 하겠다. 처사적 삶에 대한 심지는 다음과 같이 그의 작품에 잘 드러나 있다.

세상의 일은 거문고 석자에 있고	世事琴三尺
생애는 집 몇 간에 있다네	生涯屋數椽
뉘라서 참된 경계의 즐거움을 알리오	誰知眞境樂
가을달이 찬 연못에 비친다네	秋月照寒淵

위의 작품에서 보듯이 월담은 먼저 세상의 일은 석자 되는 거문고에

있다고 했다. 반속적(反俗的) 태도를 보이기 위함이었다. 거문고 석자와 가장 어울리는 집은 고대광실이 아니라 서까래 몇 개 얹어 놓은 조그마한 집이다. 여기에 자신의 생애를 부친다고 했으니 반속적 태도가 더욱 증폭된 셈이다. 시상을 여기까지 전개시킨 월담은 바로 이 같은 상태에서 '진경(眞境)의 낙(樂)'을 만끽할 수 있다고 했다. '진경의 낙'이란 다름 아닌 가을달이 찬 못에 산뜻하게 비치는 경계 바로 그것이었다. 일찍이 북송의 학자였던 소옹(邵雍, 1011-1077)은 이렇게 노래한 적이 있다.

달은 하늘 한 가운데 떠 있고   月到天心處
바람은 물위에 불어오네   風來水面時
이렇듯 청명(淸明)한 기미(氣味)를   一般淸意味
체득한 사람 아마도 적으리라   料得少人知

천인합일의 경계를 이렇게 표현한 것이다. 월담이 '진경'이라 한 것도 바로 이 경계를 말한 것이다. 이로 보아 월담은 소옹이 느꼈던 정신적 경계를 시공을 초월하여 공유하고 있었던 것이다. 그렇다면 천인합일이란 무엇인가? 이것은 인간의 사유나 행위가 자연의 이법과 일치하는 데서 그 가치가 실현된다고 보는 하나의 인식체계이다. 연원은 중국 고대에 두고 있다. 중국의 고대인들은 황하유역에서 천연적인 자연의 혜택을 받으며 살았다. 이들에게서 자연은 인간의 모든 생활이나 운명을 관장하는 존재였다. 이러한 자연을 그들은 천으로 인식하였으며, 만물을 주재하는 상제로 구체화하여 외경(畏敬)의 대상으로 삼았던 것이다.

이 같은 생각이 송대에 와서 철학화 된다. 즉 인간의 윤리나 도덕적 행위가 자연의 이법과 일치한다는 것이다. 인간 속에 내재해 있는 '성

(性)'이 수양을 통해 사물 속에 내재해 있는 '리(理)'와 일체화됨으로써 성인과 같은 심적 상태를 유지할 수 있다고 생각했다. 이 같은 일체화, 즉 합일을 인간이 본연의 선을 실현하기 위하여 궁극적으로 지향해야 하는 이상적인 경계라 생각하였던 것이다.

남명은 월담의 이 정신적 경계를 이해했을 것이다. 그리하여 월담을 자신의 매부로 삼았고 그가 타계했을 때 세상을 일찍 떠남에 대하여 안타까워하며 직접 묏자리를 잡아주기도 했다. 남명은 월담정에 자주 들러 매부 월담과 도의(道義)를 강마하였으며 아울러 박윤(朴潤, 1517-1572) 등 고령지역의 여러 선비들과 교유하게 된다. 남명이 당시 월담정에 머물면서 <제정사현객청(題鄭思玄客廳)>이라는 칠언절구 한 수를 남긴다. 남명의 작품집에도 월담과 마찬가지로 내적 정신적 경계를 노래한 작품이 더러 있지만 <제정사현객청>은 그 관심을 현실로 옮겨 놓은 것이다. 현실과 밀착되어 있는 이 같은 작품은 남명 문학세계의 근간을 이룬다고 할 터인데 사정의 이러함을 염두에 두면서 다음 작품을 감상해 보자.

푸르름 펼쳐진 못에 빗방울 떨어지는 자국	綠羅池面雨生痕
먼 산은 안개에 잠겼고 가까운 산은 어둑하구나	遠峀烟沉近峀昏
만 년이나 된 소나무 나즈막이 물을 눌렀고	松老萬年低壓水
나무는 삼대를 지나 비스듬히 문을 기대고 있네	樹徑三世倚侵門
가야 옛 나라의 산에는 무덤만 늘어서 있고	伽倻故國山連冢
월기 황량한 마을 없어진 듯 남아 있는 듯	月器荒村亡且存
여린 풀은 파릇파릇 봄빛을 띠었는데	小草斑斑春帶色
해마다 한 치씩 혼을 녹이는구나	一年銷却一寸魂

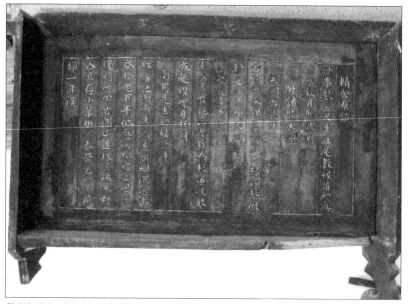
월담정 시판 : 정사현의 정사 원운을 비롯해서 남명의 〈제정사현객청〉이 새겨져 있다.

수련에 보이는 '녹라지'에 대해서는 이설이 많다. 중국 호남성(湖南省) 녹라산(綠蘿山) 밑에 있는 못 이름이라 하기도 하고, 지금은 매립되어 고령 여중고 교정이 되었지만 거기에 있던 못 이름이라 하기도 하고, 이처럼 고유명사로 보지 않고 풀어서 이해하기도 한다. 어쨌든 남명은 정사현의 객청, 즉 월담정에 올라 그 아래에 있는 못으로 시선을 보내며 빗방울이 떨어져 물결 무늬를 만드는 것을 바라본다. 그리고 시선을 못 너머에 있는 산으로 이동시켜 멀리 있는 것은 안개에 잠겼다고 했고 가까이 있는 것은 어둑하다고 했다. 비가 오고 있으니 그럴 수 있었다. 원경으로 이동했던 시선을 다시 월담정 주변으로 끌어당겨 못가에 있는 늙은 소나무와 정자의 문을 기대고 있는 오래된 나무를 주시한다. 그리고 남명은 이 나무가 있는 풍경을 통해 문득 오랜 시간을 발견한다.

그리하여 시선을 다시 주산에 늘어서 있는 가야의 고분에게로 옮긴다. 그리고 생각한다. 신라 진흥왕 23년 이사부(異斯夫)가 이끈 대군을 맞아 가야의 도설지왕(道說智王)은 목숨을 걸고 분전하였으나 결국 나라를 구제하지 못했던 사실을. 또한 현재 자신이 있는 곳이 대가야의 마지막 격전지임을. 연장선상에서 황량한 월기 마을을 떠올린다. '월기(月器)'는 '월기(月基)' 혹은 '월기(月磯)'로 표기하는데 모두 달의 찼다가 기우는 것을 염두에 둔 표현이다. 남명 역시 이것을 생각하였으므로 월기의 존망을 노래하였다. 월기 마을은 마을 호수가 15호 이상이면 망한다는 말에 따라 항상 15호 미만의 조그마한 형태로 존재한다고 한다. 달이 보름을 넘어서면 기울듯이 마을 또한 같은 원리라는 것이다.

　가야의 패망과 월기마을의 존망이 시간적으로 관련이 있는 것은 아니라 하더라도 사물의 존재와 부재라는 보편적 원리에서 그렇게 결부될 수 있었다. 이는 남명의 통찰력이 남달랐기 때문일 것이다. 남명은 어려서부터 내륙과 해안, 서울과 지방 사이를 오가며 국토에 대하여 많은 관심을 갖게 되고 국토의 요소요소에 배어있는 오랜 시간을 읽어왔다. 가락국의 수도인 김해에 산해정을 지어놓고 생활하면서 수로왕을 떠올리기도 하며, 신라의 수도였던 경주를 지나며 포석정에 들러 신라의 멸망을 안타까워한 것도 모두 같은 이유에서였다. 미련에 보이는 것처럼 국토엔 다시 봄이와 풀이 파릇파릇하고 그것을 보면서 남명은 한 치 한 치 자신의 혼을 녹인다고 하였다. 풍경이 주는 시간의 중압감 때문이라 아니할 수 없다.

　풍경을 통해 오랫동안 잠자고 있던 시간은 살아난다. 남명이 잡아준 황정산 기슭의 묘터에 월담이 오랜 시간 누워 있다. 그리고 그 곁에는 남명의 누이 조씨부인도 누워있다. 『영남여지(嶺南輿誌)』에 의하면 조씨

창녕조씨 열녀비 : 남명 누이의 열녀비로, 비문은 경산인(京山人) 이우세가 썼다. 오른쪽에는 정사현유적비와 시비도 있다.

부인은 월담과 사별한 후 철마다 죽은 남편의 옷을 마련하여 무덤 앞에 태우기를 3년이나 하였다 한다. 3년상을 마치고 여러 아이들을 불러 놓고 말했다. "내가 이미 네 아버지를 따라가고자 하였으나 너희들이 다 자라지 않았으므로 지금까지 목숨을 이어왔다. 이제 집안을 너희에게 맡기게 되었으니 여한이 없다."라고. 그리고 스스로 숨을 멈추어 남편의 뒤를 따랐다 한다. 대상을 마친 바로 다음 날이었다. 조정에서 이 소식을 듣고 정려비를 세워 주었는데 임진병화로 비각이 소실되었다가 현재 비만 남아 황정산(黃鼎山) 묘소 아래에 있다. 비는 1809년(순조 9)에 세웠고, 비문은 석연(石淵) 이우세(李禹世, 1751-1830)가 지었다.

물방울이 떨어져 고요한 동심원으로 번져가던 연못은 학교 운동장으로 변하였고, 월담성도 황산재(黃山齋)로 이름을 고쳐 군청 옆 도로변으로 옮겨졌다. 그러나 남명의 시력으로 보았을 늘어서 있는 가야의 옛 무덤, 있는 듯 없는 듯한 월기 마을은 그대로 있다. 없어진 것은 없어졌

황산재 현판 : '황산'은 '황정산(黃鼎山)'을 줄인 것인데, 월담정을 황정산 아래로 옮기면서 이렇게 바꾸었다.

황산재 : 원래의 이름은 월담정이었으며, 19세기 말에 현재의 위치로 옮겼다. 여기에 월담과 남명의 시 등
이 새겨진 시판이 걸려 있다.

으나 있는 것은 그대로 있는 것이다. 그리고 선조의 오랜 숨결을 감지
하는 후손이 있었다. 정수환(鄭洙煥) 옹(73세, 1997년 현재)이 바로 그이다.
정수환 옹은 월담의 14대손으로 선조가 계시는 곳에 빗돌을 세우고 깊
은 명상에 잠긴다. 풍경 속에 떠오른 선조의 시간을 새롭게 읽기 위함
일 것이다.

2) 죽연정 가는 길에 만난 풍경 그리고 처사 박윤 - 죽연정(1)

경상북도 남서부에 위치하고 있는 고령군은 남명이 남긴 자취가 여
러 곳에 남아 있어 중요하다. 두루 알다시피 고령은 대가야국의 고도(古
都)이다. 신라 유리왕 18년(42)에 뇌질주일(腦窒朱日)이 이 나라를 건설하였
고, 진흥왕 23년(562) 신라에 병합된 후에는 대가야군으로, 경덕왕 1년
(742)에는 고양군(高陽郡)으로 바뀌었다. 고양군은 고려 현종 9년(1018)에는
영천현(靈川縣)으로 다시 개명, 지금의 성주인 경산부(京山府)에 속했다가
조선 태종 13년(1413)에 고양군의 '고'와 영천현의 '령'을 따서 비로소 '고
령'이라는 이름의 성립을 보게 된다.

조선 초기부터 이 지역 사람들은 재지적(在地的) 기반을 중심으로 중앙
정계의 진출이 활발하였을 뿐만 아니라 사족으로서의 자존의식 또한
강하였다. 특히 임진왜란과 정유재란이 일어났을 때는 이 고장 출신의
김면(金沔), 박정완(朴挺琬)이 고령 전투를 전개하여 왜적을 크게 물리쳤으
며, 주권이 외세로부터 위협받던 한말에는 영신학교를 설립(1906)하여
민족자존의식을 고취하기도 했다. 이 전통은 1919년 덕곡면과 우곡면
등지의 3·1만세시위로 구체화되어 나타난다.

죽연정사 : 죽연 박윤이 관직에 뜻을 두지 않고 학문 탐구에 힘썼던 곳이다. 죽연정은 원래 회천 가에 있었으나 1816년 대홍수로 파괴되었고, 지금의 정자는 1939년 현재의 위치로 옮겨 다시 지은 것이다.

나는 이 같은 일련의 사실들이 남명의 정신과 일정한 함수 관계가 있을지도 모른다고 생각을 하며 검산재(錦山嶺)를 넘었다. 검산재 마루에 올라서면 지산동 고분군[사적 79회]과 고령읍이 한 눈에 들어온다. 검산재의 발치쯤 오면 고령으로 들어서는 다리가 나오는데, 그 다리 바로 앞에서 '양전동암각화'라는 표지판을 따라 좌회전하여 조금 들어가면 왼편에 보물 제605호인 선사시대 암각화가 나타난다. 그림은 알터 마을[卵峴] 입구 나지막한 바위면에 새겨져 있다. 이 그림들은 흔히 동심원(同心圓), 십자형(十字形), 이형화(異形畵)로 불린다. 동심원은 태양을 상징하고, 십자형은 십자를 가운데 두고 주위에 전자형(田字形)을 그려 부족사회의 생활권을 나타내며, 이형화는 모두 17개나 있는데 귀·눈·코·입과 같은 구멍을 판 가면을 형상화한 것이라 한다. 이는 모두 농경 사회의 고

고령 양전동 암각화 : 보물 제605호. 고령 양전동 알터의 암각화에서는 동심원, 태양 또는 알 등이 나타
나고 있는 바 추상적 사고가 가능한 시대임을 보여준다. 제작 시기에 대해서는 주로 청동기시대로 본다.

유 신앙을 반기호, 반회화의 상징적 표현이라 할 것인데 청동기시대 후
기(기원전 300년-기원년), 즉 농경사회문화기의 대표적 예술 형태라 할 수
있을 것이다.

대부분의 암각화가 그러하듯 고령의 양전동 암각화 역시 맑은 하천
을 끼고 있다. 가야산에서 처음 시작하여 여러 갈래로 흘러내리는 시내
는 고령에서 모여 우곡면 아래쪽에서 낙동강으로 흘러든다. 대가천은
가야산 북서쪽에서 시작하여 성주군 수륜면을 거쳐 운수면을 관통하고,
소가천은 가야산 동남쪽에서 발원하여 덕곡면을 거쳐 고령읍에서 대가
천과 만나 금산(錦山, 286.4m)의 남쪽 아래 금천(錦川)이 되어 암각화 쪽으
로 흐른다. 당시 청동기인들은 금천에 떠오르는 맑은 햇빛의 반사를 받
으며 동심원을 그렸을 것이다. 그리고 간석기[磨製石器]로 그들의 삶의

한 단면을 십자와 그 외곽으로 그렸을 것이고, 또한 여러 가지 탈을 쓰고 탈춤을 추며 풍요를 기원하던 자신들의 독특한 문화를 표현하려 했을 것이다.

암각화 앞 넓은 마당에 모여 탈을 쓰고 태양을 향해 춤을 추는 이 고장의 까마득한 옛 사람들이 나의 머리에 떠올랐다. 그리고 '남명도 이곳을 지나며 이 알 수 없는 기호를 보았을까?'하고 생각해 보기도 했다. 기록이 전혀 없으니 알 수 없는 일이다. 만약 남명이 이 기호를 보았다면 어떤 표정을 지었을까? 괴이한 것이라며 빨리 자리를 떴을지도 모르고, 이 그림 속에서 인류의 보편 정신을 찾아내려고 하였을지도 모를 일이다. 이 같은 생각을 하며 거기서 얼마 떨어져 있지 않은 우곡면 사촌동의 '영연서원묘정비(靈淵書院廟庭碑)'가 있는 곳으로 갔다. 영연서원은 원래 운수면 운산동에서 순은(醇隱) 신덕린(申德隣), 읍취헌(挹翠軒) 박은(朴誾), 월담(月潭) 정사현(鄭師賢)을 모신 운천서원을 1711년에 이곳으로 옮겨 건립한 것으로 이때 화포(花浦) 홍익한(洪翼漢), 기재(棄齋) 김수옹(金守雍) 등도 추향하였다. 그러나 1868년(고종 5)에 훼철된 후 중건을 보지 못하고 지금은 묘정비만 비각을 세워 보존하고 있는 실정이다.

이 서원에 배향되어 있었던 분들 중 정사현(1508-1555)은 바로 남명의 매부였다. 금천 건너편의 지산동 월기마을에 그의 정자인 '월담정'이 있었고 남명은 여기에 와서 매부와 함께 도의를 강마하며 역사의식 농후한 칠언율시 한 수를 남기기도 했다. <제정사현객청(題鄭思玄客廳)>이 그것이다. 영연서원묘정비에는 처남 남명과 매부 월담의 돈독한 사이가 이렇게 기술되어 있었다.

일찍 과거를 버리고 남명 조선생을 좇아 놀았는데 선생이, "나의 외우

(畏友)이다."라고 하였다. 날마다 더불어 성리(性理)에 대한 강론을 열심히 하였으며 고명한 경지에까지 나아갔다. 같이 공부한 제현 중 월천(月川) 조목(趙穆), 황강(黃江) 이희안(李希顔) 같은 이는 모두 스스로가 월담에 미치지 못하는 것으로 여겼다. 천성이 지극히 효성스러워 어버이가 병이 들었을 때 손가락을 잘라 피를 드렸으며 돌아가셨을 때는 너무 슬퍼하여 거의 죽음의 지경에 이르렀다. 만년에 작은 정자를 짓고 못을 파 연꽃을 심었는데 매양 달밝은 밤이 되면 거문고를 들고 산보하면서 시를 읊으니, "세상의 일은 거문고 석자에 있고, 생애는 집 몇 간에 있다네. 뉘라서 참된 경계의 즐거움을 알리오, 가을달이 찬 연못에 비친다네[世事琴三尺, 生涯屋 數椽. 誰知眞境樂, 秋月照寒淵]."라고 하였다. 명종조에 조정에서 참봉으로 불렀으나 나아가지 않고 48세로 세상을 마쳤다. 남명선생이 곡을 하면서 말했다. "이 사람에게 하늘이 몇 년만 더 빌려주었더라면 기산(箕山)의 절개를 나와 함께 지킬 수 있었을 터인데 불행히도 일찍 세상을 떠났구나."

여기서 우리는 남명이 얼마나 그의 매부 월담을 아끼고 사랑했는지를 알 수 있다. 이 때문에 그가 세상을 떠났을 때 남명은 친히 묘갈명을 지어 "군이 젊은 나이에 글공부는 이루지 못하였으나 오히려 부형의 사업은 넉넉하게 이었다."라고 하면서 슬퍼하였던 것이다. 효도를 지극히 하여 거의 죽음에까지 이르렀던 월담, 그리고 그 결 고운 정성을 애틋하게 생각한 남명이 지녔던 마음을 우리는 여기서 충분히 읽게 된다. 영연서원은 남명이 돌아가시고 130여 년이나 지나서 세워진 것이지만 장차 매부의 위패가 봉안될 이곳을 지나며, 묘정비에 씌어져 있는 대로 그의 이른 죽음에 대하여 안타까워했을지도 모를 일이다.

묘정비에서 조금 더 들어가면 야정동이 나오고, 곧이어 도진동이 나오는데 이곳은 남명이 크게 허여하였던 죽연(竹淵) 박윤(朴潤, 1517-1572)이 '죽연정'을 지어 놓고 심성을 도야하던 곳이다. 남명은 죽연과 월오(月塢) 윤규(尹奎, 1500-1560)를 찾아 이 마을에 자주 들른 것으로 보인다. 도진동은 고령 박씨의 집성촌으로 시조 박환(朴還)의 10세손인 군수 승로(承老)가 이곳으로 옮겨 와 비로소 마을을 이루게 된다. 승로가 세조 정란원종공신 1등에 녹훈(錄勳)된 형(炯)을 낳으면서 고령지역을 대표하는 강력한 재지 사족이 되었고, 박형은 박윤의 아버지 계조(繼祖)를 낳는다. 계조는 보공장군(保功將軍) 유승명(柳承溟)의 따님을 아내로 맞아 윤(潤), 일(溢), 택(澤), 치(治), 철명(哲明) 등을 낳는데 죽연은 바로 그 맏아들이었다. 죽연은 장호공(莊湖公) 조윤손(曺潤孫)의 외손인 하결(河潔)의 따님을 아내로 맞아 정규(廷珪)와 정벽(廷璧)을 낳았다. 그의 형제 및 아들은 남명 및 월오(月塢) 윤규(尹奎, 1500-1560), 황강(黃江) 이희안(李希顔, 1504-1559), 낙천(洛川) 배신(裵紳, 1520-1573) 등과 사우 관계를 맺으면서 이 지역의 문화를 이끌어 갔다. 박윤은 그의 죽연정에서 다음과 같은 작품을 짓기도 했다.

가) 봄 빛 숨기려 한들 어이하리 　　　　　欲秘春光奈可何
　　밤 오자 바람비에 꽃이 많이 지는구나 　夜來風雨落花多
　　붉게 점점이 날다 물결을 따라 가 버리니 飛紅點點隨流去
　　문득 고깃배 당겨 푸른 물결을 오르네 　忽引漁舟上碧波

나) 산 비 내려 흰 돌여울에 새로 물을 보태고 山雨新添白石灘
　　바위에 부딪는 찬 물결 소리 정자로 들어오네 激磯寒響入亭欄
　　흥이 일어 재촉하여 낚싯대 잡고 나가니 興來催把漁竿去
　　한 구비 푸른 물결에 뜻이 스스로 넓어지누나 一曲蒼浪意自寬

앞의 작품은 <도진랑화(桃津浪花)>이고 뒤의 작품은 <강정즉사(江亭卽事)>이다. 이 두 작품은 모두 마을 앞의 시내를 배경으로 한 것이다. 가야산 남쪽에서 발원하여 해인사 홍류동 계곡을 거쳐 합천군 가야면과 야로면을 지나 고령읍 남부와 개진면의 북부에서 금천(錦川)과 합류하여 이루어진 회천(會川), 이 회천이 죽연정 앞을 지나 우곡면 남부에 이르러 낙동강 중류로 흘러든다. 죽연은 마을 이름이 '도진(桃津)'이니 자연스럽게 도연명의 <도화원기(桃花源記)>가 떠오른다. 한 고기잡이가 시내를 따라가다 복숭아 숲을 만나고, 그 숲이 다하는 물의 근원에서 이상향을 찾아내었듯이 죽연도 복사꽃이 물을 따라 가버리는 것을 보며 고깃배를 타고 그 물의 근원을 찾고자 하였다. 그리고 흰 돌여울에 흐르는 맑은 물과 그 물이 바위돌에 부딪치는 소리를 정자에 기대어 듣고 흥이 일어 낚싯대를 들고 나갔다. 푸른 물결이 넉넉히 흐르는 회천과 정서적 교감을 일으키며 '의자관(意自寬)'을 느꼈다. 공명에 조금도 흔들리지 않는 처사적 풍모 바로 그것이었다.

죽연은 처사였다. 세상을 위해 자신의 뜻을 허락하지 않았던 선비였던 것이다. 이 때문에 남명은 죽연정을 찾아 그와 함께 노닐며 여섯 수라는 적지 않은 작품을 남긴다. 죽연이 추구하던 세계와 서로 일치하였기 때문에 가능했을 것이다. 죽연은 자신이 죽은 뒤 절대 당대의 이름난 사람을 구하여 자신의 묘지명을 짓지 못하도록 했다. 없는 사실을 기록하면 헛된 말이 될 뿐만 아니라 이것은 오히려 자신에게 누를 끼치는 것이라며 자손들에게 타일렀다. 이는 남명이 자신이 죽은 뒤 '처사'로 불려지기를 희망했던 것과 같은 이치이다. 아름다운 죽음은 그 사람의 삶을 더욱 아름답게 한다. 과장과 허위, 오만과 비굴이 난무하는 이 시대에 남명과 죽연이 우리에게 던진 메시지는 분명 새벽을 여는 신선한 빛이 아닐 수 없다. 물귀신같이 따라오는 저자 거리의 저 메스꺼운 풍문도 이 빛 앞에서는 사라진다. 암각화를 그려 두고 그 앞에서 온몸으로 춤을 추었을 청동기시대의 그 사람들 역시 그 빛을 느끼고 있었을 것이다.

3) 고독, 그리고 화해로서의 자연 - 죽연정(2)

대학생들 사이에 광범게 유포되고 있는 이바구들은 현실을 풍자하고 있는 것이 대부분이다. 이 중 1998년에 유행하였던 정치현실을 풍자하고 있는 것 둘만 소개하기로 한다. 하나는 천기(天氣)와 관련된 것이다. 즉 "김영삼이 정권을 잡고 있을 때는 비가 0.3mm밖에 오지 않더니, 김대중이 정권을 잡자 비가 대중없이 온다."라고 한 것이 그것이다. 다른 하나는 지역감정에 관한 것이다. 전라도에서 서울로 올라온 세 사람이 지하철 안에서 그들 특유의 사투리로 떠들어댔다. 지하철에 있던 많은 사람들이 얼굴을 찌푸렸는데 그 중 경상도 사람이 참지 못하고 그들에게로 다가가 큰 소리로 이렇게 외쳤다. "이기다 니 끼라 이기가?" 이 말이 무슨 뜻인지를 알아차리지 못한 전라도 사람들이 잠시 당황하고 있다가 눈을 끔뻑이며 그들끼리 말했다. "일본 놈 아이당가?" 경상도 사람이 한 사투리에 받침이 하나도 없어 꼭 일본말 같았기 때문이다. 이 두 이바구는 천기를 제대로 따르려면 과불급이 없는 중용의 도를 취해야 하나 우리의 정치현실이 그렇지 못하다는 것과 김대중 정부 시설, 지역감정에 기반한 경상도 사람의 불편한 심기를 잘 반영하고 있다.

선거철이면 언제나 문제로 부각되는 것이 지역감정이다. 동서간의 골 깊은 감정에 대해서 겉으로는 모두가 "큰일이다.", "없어져야 한다."라고 하면서도 자기에게 유리하다 싶으면 오히려 이용하고 나아가 조장한다. 한심한 작태가 아닐 수 없다. 이 같은 복잡한 정치현실은 남명이 살았던 16세기라고 하여 예외는 아니었다. 가뭄이 끝없이 지속되다가 이어서 장마가 시작되고 그로 인해 다시 전염병이 떠돌아 마을의 열 집 중 아홉 집이 비는 그런 사태가 발생했다. 사정이 이 같은 데도 불구하고 정권을 잡고 있는 사람은 가렴주구에 여념이 없거나 무사안일에 빠져 있었으므로, 남명은 당대의 현실을 '백 년 된 큰 나무의 속은 벌레가 다 파먹고 진액도 다 말랐는데 망연히 회오리바람과 사나운 비가 또 언제 닥쳐올지를 알지 못하는' 사태라며 일갈하였다. 남명은 이 같은 부조리한 현실에 출사를 거부하며 강호자연 속에서의 처사적 삶을 전개하였다. 세속에 물들지 않고 자연 속에서 깨끗한 지조를 지켜갔던 것이다. 그러나 남명은 당대 현실의 부조리를 좌시할 수가 없었다. 여기서 남명의 의식 속에는 자연스럽게 강호자연과 정치현실에 대한 대립구도가 형성되었던 것이다. 이 같은 대립적 의식구도 속에서 남명의 삶은 한(恨)과 결부되면서 더욱 고독해져 갔다. 특히 고령 도진에 있는 제자 박윤(朴潤, 1517-1572)의 정자인 죽연정에서 이 같은 고민을 강하게 토로하였다. <죽연정에서 진사 윤규의 운을 따서(竹淵亭次尹進士奎韻)>가 그것이다.

> 가) 창강의 흐르는 한 정녕 깊고 깊은데　　　滄江流恨政沈沈
>　　 회포를 어찌 거문고에 올릴 수 있으리　　襟抱何曾上得琴
>　　 모래 위 갈매기는 응당 서리 아래 자겠지　沙鷗定應霜下宿
>　　 들안개 속에서 그 마음 알 수가 없네　　　野烟無以認渠心

> 나) 대나무는 우저에 물오를 때 더욱 푸른데　竹浸牛渚綠深深
>　　 시름 녹일 수 있다면 잔을 다 따르련만　　若可消憂盡可斟
>　　 봄바람 속 끝없는 한을 다 풀지 못하고　　不釋春風無限恨
>　　 가을물 되어 돌아가는 마음 전송한다네　　却成秋水送歸心

위의 두 작품을 구성하고 있는 주요 글감은 강(江)과 한이다. 문학에서 강의 상징적 의미는 인문의 창조와 시간의 흐름이다. 전자를 염두에 두면 비옥성, 토양의 경작에 필요한 물을 의미하며 후자를 염두에 두면 되돌아 갈 수 없는 시간의 경과, 곧 상실과 망각을 의미한다. 강이 흐르면서 비옥한 문화 환경을 만들어 내기 때문이며, 한 번 흘러가면 다시 돌아올 수 없기 때문일 것이다. 남명은 강을 바라보면서 자신의 한과 결부시키고 있으니 후자의 상징적 의미에 보다 밀착되어 있다. 앞의 작품에서는 강줄기 자체를 한으로 보았다. 그 많은 한이 거문고를 두드린다고 하여 풀릴 일은 아니었다. 뒤의 작품에서도 고령 우곡면에 있는 우저의 물과 한을 결부시키고 있다. 봄바람 속이라 하여 그 한이 풀릴 것 같지 않았다. 처사적 삶을 영위했던 남명은 여기서 고독해지지 않을 수 없었다. '들 안개 속의 알 수 없는 마음', '가을물이 되어 돌아 가는 마음'은 모두 남명의 고독한 마음을 형상화한 것이다. 남명이 서리를 맞으며 자는 모랫벌의 갈매기같이 고독하였으나 거기에 함몰되지 않았다. 고독으로 자신을 더욱 견고하게 담금질하여 나갔기 때문이다. 그리고 고독 속에서 남명은 발견한 것이 있었다. 대나무의 불변성 바로 그것이다. 다음 작품을 그 예로 보자.

가) 왕사의 풍류 영남에서 손꼽혔는데　　　　王謝風流數嶺南
　　많은 그대의 아들들 그대보다 낫다네　　　多君諸子出於藍
　　유독 대를 사랑하여 정자 이름으로 하니　　獨憐幽竹亭爲號
　　그 덕은 원래부터 변함이 없는 것　　　　　其德元來不二三

나) 초당에 높이 스치는 푸른 대나무　　　　　草堂高拂碧籭簹
　　강 제비 어지러이 날고 비는 평상을 때리네　江燕差池雨打床
　　넘실대는 강가에서 우애 넘치는 형과 아우　　秩秩斯干兄及弟
　　하는 일은 아침저녁으로 부모님 모시는 일　　晨昏家事在溫凉

앞의 두 작품도 죽연정에서 지은 것으로 현재 고령의 죽연정에 게판
(揭板)되어 있다. 먼저 죽연 박윤의 풍류가 영남에서도 손꼽힌다면서 칭
찬하였다. 죽연의 풍류를 중국 진(晉)나라의 귀족인 왕씨와 사씨의 풍류
에 비겼던 것이다. 풍류라면 흔히 술·노래·춤 등의 관능적 향락을 의
미하나 남명은 대나무의 변치 않는 절개와 결부시키고 있어 흥미롭다.
여기서 우리는 남명의 '들 안개 속의 마음'이나 '가을물 같은 마음', 즉
고독한 마음이 이 대나무처럼 견고해졌다는 것을 알 수 있다. 변하지
않는 온전한 덕을 지닌 대나무처럼 말이다. 앞의 작품에서 죽연이 대나
무를 특히 사랑하여 이로써 정자의 이름을 지었다며 칭찬한 것이나, 뒤
의 작품에서 초당(草堂)에 높이 스치는 푸른 대나무를 제시한 것을 보면
남명은 죽연의 고독 역시 자신의 것과 닮아 대나무같이 견고한 것이라
고 생각했을지도 모를 일이다.

죽연정 남명 시판 : 남명은 여기서 "넘실대는 강가에서 우애 넘치는 형과 아우, 하는 일은 아침저녁으로 부
모님 모시는 일"이라 하였다.

그러나 남명의 고독은 물 뿌리고 쓸며 응대한다는 소위 쇄소응대지절(灑掃應對之節)에서 벗어난 것이 아니었다. 이는 남명의 고독이 절대화되지 않았다는 것을 의미하며, 또한 현실적 삶에로 고독이 열려 있었다는 것을 의미한다. 앞의 작품 제2구에서 죽연의 훌륭한 아들을 내세우고, 뒤의 작품 제3구와 제4구에서 우애 있는 형제, 그리고 혼정신성(昏定晨省)으로 어버이를 잘 모시는 화목한 집안 풍경을 그린 것에서 사정의 이러함은 간취된다. 그러니까 고독만이 외부의 횡포로부터 자신을 가장 잘 보호해 줄 수 있는 유일한 것이라고 예찬하지 않았고, 고독한 만큼 자신을 자신답게 한다고 강변하지도 않았다. 이처럼 남명의 고독은 생활 속에서 아름다운 것이며 죽연 같은 제자와의 따뜻한 정의(情意) 속에서 그 빛을 발산하였던 것이다. 여기서 나아가 다음과 같이 자연과의 화해를 통해 남명 자신의 고독을 풀어나가기도 하였다.

가) 문로의 재주와 명성은 일류인데　　　　文老才名第一流
　　지난날 지은 집 깊고도 그윽하여라　　　從前卜築更深幽
　　성품은 자연을 즐겨 깃들어 숨을만 하고　性耽泉石堪棲隱
　　몸은 관복을 싫어하여 벼슬하지 않았다네　身厭簪紳不宦遊
　　꿈속에서 찾아가려 해도 중간의 길 어지럽고　魂夢欲尋迷半路
　　편지 전하기 어려워 삼 년이나 소식 몰랐지　書筒難遞隔三秋
　　명리의 마당에서 묵은 빚 이제 모두 버렸지만　名場宿債今抛盡
　　늘그막의 세월은 또한 멈추질 않는구나　　老境光陰亦不留

나) 가야산 물 멀리 백 리를 흘러오니　　　倻水遙從百里流
　　낙동강의 신은 너와 함께 깊고 그윽하다네　洛神還與女深幽
　　어슷비슷 어지러운 것은 은어 갇힌 그물이요　參差亂羽銀魚罶
　　높고 낮게 나는 실은 아지랑이 노니는 거라네　高下飛絲野馬遊

허연 머리에 이끼 깊어 세월 많이 흘렀고	鶴髮苔深多歲月
가시나무 꽃향기 나니 나이 젊다네	荊花香發少春秋
늙어 자연 속에서 들어오니 이익에 깨끗하여	老來泉石廉於利
소식·황정견처럼 열흘 동안 머물지 못한다네	未作蘇黃十日留

앞의 작품 가)는 <죽연정증윤진사규(竹淵亭贈尹進士奎)>이고, 뒤의 작품 나)는 <죽연정차문로운(竹淵亭次文老韻)>이니 모두 죽연정에서 지은 것이다. 이들 작품에서 보듯이 남명은 자연과의 화해를 통해 자신의 고독을 극복하고 있다. 특히 월오(月塢) 윤규(尹奎)와 죽연의 반속적 태도에 자연과의 화해를 결부시키면서 이 같은 마음을 표출시켰다. 앞의 작품 수련에서 보이는 문로(文老)는 월오의 자이다. 월오는 파평인으로 남긴 문집이 전해지지는 않지만 시적 재능이 있었다고 한다. 이는 앞의 작품 수련에서 남명도 증명하고 있거니와 곽수구(郭壽龜)가 지은 <월오윤선생묘갈(月塢尹先生墓碣)>에도 특기하고 있는 사실이다. 특히 월오는 천성이 자연을 좋아하고 몸은 관복을 싫어하여 벼슬살이를 하지 않았다고 한다. 함련은 이를 말한 것이다. 그리고 미련에서는 명리의 마당에서 모든 묵은 빚을 던져 버렸다고 하였다. '관복', '벼슬살이', '명리' 등은 모두 세속적 가치라 할 터인데 이것을 부정하면서 '자연'을 제시하였다. 자연이 세속과의 대척적 거리에 있으면서 고독을 화해시키는 그 무엇으로 보았기 때문이다.

뒤의 작품 나) 역시 마찬가지 의미를 지니고 있다. 우선 가야산에서 발원하여 도진 앞을 흐르는 회천(會川)이 다시 낙동강으로 흘러드니 수련과 같이 표현할 수 있었다. 그리고 강에서 번뜩이는 은어와 들판에 아른거리는 아지랑이를 두루 제시하여 그 곳에서 늙어 가는 모습을 결

곱게 드러냈다. 특히 미련에서 자연 속에서 세속을 떠나 이익에 깨끗해져 있는 모습을 표출시키고 있어 우리가 앞서 살핀 강과 관련되어 있는 한, 그 속에서 견고해지는 고독을 전혀 느낄 수 없다. 이는 자연과 화해함으로써 남명의 고독이 극복되었기 때문일 것이다.

지난 1998년 IMF체제하의 대한민국을 다시 생각한다. 당시 우리는 정리해고 혹은 퇴출을 당하여 소극적으로 거리를 떠돌기도 하고, 적극적으로 농성을 하며 저항하기도 했다. 우리를 구제하기 위하여 정부에서는 대책을 세운다며 야단이었지만 까다로운 조건에다 구제의 범위가 너무 좁아 백성들은 죽음으로부터 유혹 받기도 했다. 그야말로 남명이 갈파한 '위로는 만일의 경우에 위태로움을 부지할 수 없고, 아래로는 조그마한 일에도 백성을 비호할 수 없는' 위급한 때가 아닌 그 무엇이 아니었다. 여기서 우리는 절망한다. 그러나 항산(恒産)을 잃어버렸다고 하여 항심(恒心)조차 잃어버릴 수는 없는 노릇이다. 항심을 찾는 데는 여러 방법이 있겠지만 이번 기회에 자신의 고독을 오히려 견고히 하여 저 심연(心淵)으로부터 응결되는 힘을 감지하는 것도 자못 의의 있는 일일 것이다. 그리고 남명이 자연과의 화해를 통해 고독을 극복하였듯이 자기 나름의 원리로 고독을 극복해 나갈 일이다.

5. 영천지역

1) 거북을 보며 장육두문을 생각하며 – 완귀정(1)

영천은 역대로 절야별(切也火), 임고(臨皐), 영주(永州), 익양(益陽), 영양(永陽),

고울(高鬱) 등으로 불려왔다. 여기에도 남명문학의 현장은 여럿 있고, 완귀정은 그 가운데 하나이다. 경부고속도로 영천IC에서 내려 조금 가다 보면 왼편에 도남공단이 나온다. 이곳이 바로 완귀정이 있는 도남동이다. 영천시에서 출발하면 국도를 따라 경주 쪽으로 약 4km쯤 가다가 경부고속도로 영천IC를 2-300m 앞에 두고 오른쪽으로 꺾어 돌면 역시 도남동을 만나게 된다. 이곳은 광주안씨(廣州安氏) 완귀공파의 집성촌으로 현재 3-40호가 모여 산다. 완귀정은 도남동의 들머리 시냇가 오른편 기슭에 세워진 아담한 정자다. 정자 주변에는 물푸레나무, 회나무, 느티나무 등이 늘어서 있고, 그 아래로는 금호강으로 유입되는 호계(虎溪)가 돌아 흐른다. 완귀정 앞에는 영천시에서 세운 안내판이 있어, 이 정자를 이렇게 소개하고 있다.

이 가옥은 조선 중종(中宗) 때의 학자이며 시강원사서·설서를 역임한 완귀(玩龜) 안증(安嶒, 1494-1553)이 낙향하여 학문을 연구하고 후학을 가르치던 곳으로 명종(明宗) 원년(1546)에 건립되었다. 완귀정은 숙종(肅宗) 21년(1695)에 성재(省齋) 안후정(安后靜)이 중수하였고, 부속채인 식호와(式好窩)는 영조(英祖) 40년(1764) 후손들이 세웠다고 한다. 완귀정은 금호강의 지류인 호계천(虎溪川) 기슭에 개울을 등지고 높직하게 자리잡은 남향집이다. 서쪽에는 식호와라 부르는 '一'자형의 부속채가 있고, 앞쪽으로 대문간채, 정침, 곳간 등을 갖춘 안채가 일곽을 이루고 있다. 정면 3칸, 측면 3칸의 겹처마 팔작집으로 정면부는 단층이고, 배면부는 중층의 누사형(樓謝形)으로 이루어졌다. 소박하게 꾸민 선비의 집으로 지방적인 특색을 잘 나타내고 있다.

대문을 들어서면 완귀정이라는 전서체(篆書體)의 현판이 보인다. 미수(眉叟) 허목(許穆, 1595-1682)이 썼다고 한다. 왼편에는 임심재(臨深齋)라는 다른 정자가 있어 두 개의 정자가 'ㄱ'자 형태를 이룬다. 지금은 식호와라

완귀정 현판 : 완귀는 거북을 보며 노닌다는 말이다. 거북은 네 발과 머리와 꼬리 등 여섯 부분을 움츠려 귀갑 속에 감추며 부동보신(不動保身)을 한다.

는 이름으로 더 많이 알려져 있지만, 이 건물은 원래 임심재라는 이름으로 건축되었던 것 같다. 이 건물에 대한 안경시(安景時)의 기문과 이만송(李晚松)의 상량문이 있는 것에서 사정의 이러함을 알 수 있다. 여기에는 언사협(言使夾)이라는 편액도 함께 걸려있다. 임심재는『시경』「소아(小雅)·소민(小旻)」의 '여림심연(如臨深淵)'에서 딴 것으로 깊은 못과 같은 위태한 곳에 다다른 듯 모든 일에 조심해야 한다는 의미가 담겨 있다. <임심재기(臨深齋記)>를 쓴 안경시(安景時)는 이처럼 마음을 작게 하고 발걸음을 무겁게 할 때 비로소 세도의 험난함과 인심의 위태로움을 건널 수 있다고 했다. 임심재가 세워지면서 완귀정은 실용공간에서 기념공간으로 그 성격이 조정되었다. 입향조인 완귀(玩龜) 안증(安嶒, 1494-1553)의 유적을 특별히 보호할 필요가 있었기 때문이었다.

완귀정의 북쪽에는 호계(虎溪)가 흐르고 있으므로 정자의 툇마루를 뒤쪽으로 내었다. 자연경관을 감상하기 위한 세심한 배려에서였다. 그러니까 정자의 앞쪽으로는 마루와 온돌방을 두었으며, 뒤쪽에 툇마루를 내어 자연을 감상할 수 있게 했다는 것이다. 북쪽 시내가 중요하므로 그 쪽으로는 특별한 문을 달았다. 겨울에는 문을 내려 벽이 되게 하고, 여름에는 천정에서 늘어뜨린 여러 개의 쇠고리로 벽을 걷어올려 정자가 되게 했다. 겨울에는 북풍을 막고 여름에는 확 트인 경관을 마루에 앉아 감상하기 위함이었다. 완귀정은 이처럼 시내가 북쪽에 있기 때문에, 이것과의 조화를 염두에 두면서 설계된 것이다.

완귀정은 평소에 문을 닫아둔다. 엄숙함을 주로 하는 기념공간이기 때문이다. 문을 열고 들어서면 정면에 '완귀정(玩龜亭)'이라는 해서체(楷書體)의 편액이 보인다. 그리고 완귀의 9대손 안박중(安璞重)이 지은 <완귀정중건상량문(玩龜亭重建上樑文)>과 함께 완귀정을 중건한 안후정(安后靜)이 지은 <선정십이경운(先亭十二景韻)> 등 여러 편의 제영(題詠)이 보인다. 상량문에는 임진왜란을 거치면서 불타 없어진 자리에 다시 세우지 않을 수 없었던 사정이 적혀 있다. 이로써 거문고를 연주하고 책을 읽거나, 혹은 바람을 쐬며 심성을 도야하고자 했고, 친족들끼리의 화목도 도모하고자 했던 것이다. 제영으로는 남명의 작품과 이 작품을 보고 느낀 바 있어 지은 아계(鵝溪) 이산해(李山海, 1538-1609)의 작품, 그리고 이 두 작품에 차운 한 여러 시판들이 걸려 있다. 남명의 작품에 차운한 사람은 홍기섭(洪耆燮), 이형상(李衡祥), 정만양(鄭萬陽), 정규양(鄭葵陽), 정권(鄭權), 안정복(安鼎福), 정중기(鄭重器), 남용만(南龍萬) 등이고, 이 가운데 이형상, 정만양, 정규양은 이산해의 시에 대해서도 아울러 차운했다. 나는 당연히 남명의 작품 앞에 발길을 멈추었다.

금마문(金馬門)에서 상책 더딘 걸 무엇 탓하랴   金馬何嫌上策遲
이 강에 주인이 없다면 또한 마땅치 않네   此江無主亦非宜
거북 구경하는 건 심성을 기르는 일   玩龜自是觀頤事

술 마시는 것은 득의한 때라는 것을 알겠네	飲酒方知得意時
동쪽의 들은 강가로 길게 뻗어있고	東畔野延河畔遂
북쪽 산은 해를 향해 달리는구나	北邊山走日邊馳
졸졸 흐르는 한 줄기 물 강물과 어우러졌지만	潺湲一帶凝江水
운문산이 만 길로 기이하게 솟은 것만은 못하네	不及雲門萬丈奇

이 작품은 남명이 완귀 안증의 정자를 방문하고 쓴 <제완귀정(題玩龜
亭)>이다. 먼저 수련에서 '금마문'과 '이 강'을 대비시키고 있다. 금마문
은 원래 한나라 고조 때 만든 미앙궁(未央宮)의 문인데, 문 앞에 동(銅)으
로 된 말이 있었으므로 그렇게 이름 붙였다 한다. 우리나라 비원의 기오
헌(奇傲軒)과 의두각(倚斗閣)으로 들어가는 문이 금마문인 것은 바로 이것을
모방한 것이다. 따라서 '금마문'은 궁궐 내지 조정 정도로 이해된다.

완귀정의 남명 시판 : 남명은 여기서 "거북 구경하는 건 심성을 기르는 일, 술 마시는 것은 득의한 때라는
것을 알겠네."라고 하였다.

조정의 훌륭한 대책이란 다름 아닌 완귀 안증 같은 사람을 등용하여 일정한 임무를 맡기는 것일 터이다. 그러나 그것이 더딘 것을 탓할 필요가 없다고 했는데, 그것은 바로 '이 강'에는 반드시 주인이 있어야 하기 때문이다. '이 강'은 완귀의 정자 아래를 흐르는 호계(虎溪)를 의미한다. 조정과 대비되는 강호(江湖)를 이렇게 제시한 것이다. 강호, 즉 호계의 주인으로 완귀가 마땅하기 때문에 남명은 조정과 강호를 대비시키면서 완귀의 호계유거(虎溪幽居)를 높인 것이다. 나는 이 작품의 분석을 통해 다음의 의문이 풀리길 희망한다. (1) 호계의 주인인 완귀 안증은 누구이며, (2) '완귀'라는 말은 무슨 뜻을 지니고 있으며, (3) 남명은 이 시를 통해 무엇을 나타내려고 하였던가 하는 것이 그것이다. 이를 차례대로 살펴보자.

첫째, 남명이 호계의 주인으로 생각했던 완귀 안증은 누구인가? 그는 본관이 광주(廣州)로 자가 사겸(士謙)인데, 완귀는 그의 호이다. 그는 시조 안방걸(安邦傑)의 24세손으로 아버지 태만(苔巒) 안구(安覯, 1458-1522)와 어머니 김씨 사이에서 둘째 아들로 태어났는데, 출생지는 밀양의 금포리(金浦里)이다. 그는 천부적으로 영특했다고 한다. 안증의 방계 후손인 안정복(安鼎福, 1712-1791)은 <완귀안공유사(玩龜安公遺事)>라는 글을 썼다. 그는 여기서 "공은 천부적인 자질이 영특한데다가 어려서부터 뜻을 독실히 하여 배우기를 좋아했으므로 덕기(德器)가 성취되어 다른 사람의 의표(儀表)가 되었다."라고 한 것에서 이 같은 사실을 충분히 알 수 있다. 그의 아버지는 밀양에서 살았으므로 자연스럽게 점필재(佔畢齋) 김종직(金宗直, 1431-1492)의 문하에서 수학할 수 있었고, 따라서 영남 사림파의 일원이 되었다. 완귀는 이 같은 사림적 문화풍토 속에서 자라났다. 1540년에는 사마시에 급제하여 형조원외랑(刑曹員外郞)이 되었다. 당시의 사정을 광계군(廣溪君) 안여경(安汝慶, 1523-1585)은 이렇게 전하고 있다.

내가 낭료(郎僚)로서 좌랑(佐郎)에 제수되어 공을 형조(刑曹)의 여관(旅館)에서 몇 달 동안 가까이서 모셨는데, 그의 행동거지와 말씨를 보니, 입은 말을 하지 못하는 것같이 무겁고 몸은 옷 하나를 이기지 못하는 것 같이 공손하였는데, 종일토록 꼿꼿한 자세로 앉아 경사(經史)를 강론하였다. 자기 몸을 닦고 남을 다스리는 것이 바로 그 자신의 공부의 착수처였으며, 발걸음이 권귀(權貴)의 집 문 앞에는 한 번도 얼씬거리지 않았으니, 참으로 군자다운 사람이었다.

위의 자료에서 우리는 완귀의 수양을 본다. 무거운 입과 공손한 몸, 그리고 경사(經史)를 강론할 때의 꼿꼿한 자세 등에서 정제엄숙(整齊嚴肅)을 볼 수 있다. 당시 선비들이 가장 긴요하게 생각했던 경공부(敬工夫)에 그가 얼마나 노력을 기울였던가를 알게 한다. 안여경은 이것이 유가의 본령이라 할 수 있는 수기치인(修己治人), 즉 '자기 수양'과 '사람 다스리기'에 완귀가 기반하고 있었기 때문이며, 이로 말미암은 권세가의 집에는 한 번도 발걸음을 하지 않을 수 있었다고 했다. 안여경은 여기서 '참군자'를 본 것이다. '참군자' 완귀는 결국 벼슬길에 회의를 느낀다. 이형상이 <개수갈명(改竪碣銘)>에서 지적하고 있듯이 그는 세상과 마음의 어긋남을 깨달았기 때문이었다. 따라서 영천으로 물러나 호계 가에 정자를 세웠으며, 그 이름을 완귀라 했다. 물에 노니는 거북을 보면서 심성을 기르기 위함이었다. 을사사화가 일어난 다음 해인 1546년이었다. 2년 후인 1548년에는 뜻을 바꾸어 다시 문과에 급제, 시강원(侍講院) 사서(司書)와 설서(說書) 등을 역임하였고, 1553년 3월 21일에 세상을 뜬다. 아내는 영양(永陽) 최씨였으며, 아들 안종경(安宗慶)은 헌릉참봉을 지냈다.

완귀정 : 완귀정은 1695년(숙종 21)에 성재 안후정이 중수하였고, 부속채인 식호와(式好窩)는 1764년
(영조 40) 후손들이 세웠다고 한다.

 둘째, '완귀'에는 무슨 뜻이 담겨 있으며, 남명은 무엇 때문에 위의
시 함련에서 이 용어를 주목하고 있는가? 완귀는 글자 그대로 거북을
보며 노닌다는 말이다. 여기서 우선 장육(藏六)을 생각해 낼 수 있다. 장
육은 거북이나 자라가 네 발과 머리와 꼬리 등 여섯 부분을 움츠려 귀
갑 속에 감추는 부동보신(不動保身)을 말한다. 이 같은 처신을 좋게 여겨
조선조 선비들의 아호나 당호로 널리 쓰였다. 이종준(李宗準), 배용길(裵龍
吉), 원진해(元振海), 이별(李鼈), 이시모(李時謀), 조귀석(趙龜錫), 최양(崔瀁) 등
의 호가 모두 장육(藏六) 내지 장육당(藏六堂)인 것을 통해 이러한 사실을
충분히 짐작하고도 남는다. 완귀 안증 역시 이를 깊이 인식하면서 거북
을 보며 장육두문(藏六杜門)을 생각했다. 이 때문에 을사사화를 예견하고
영천으로 내려와 장육의 처세로 무사할 수가 있었던 것이다. 안정복이

쓴 <완귀안공유사>나 김도화(金道和)가 쓴 <호연사유허비명(虎淵祠遺墟碑銘)> 등에서 완귀가 '장육의 뜻'을 취했다고 한 데서 이 같은 사실을 알 수 있다.

남명은 위의 시에서 완귀라는 용어와 함께 『주역』의 '이괘(頤卦)'를 떠올렸다. '이괘'의 상괘는 간(艮 : ☶)으로 산(山)이며, 하괘는 진(震 : ☳)으로 뢰(雷)이다. 따라서 위의 괘[山]는 '그침[止]'이고 아래의 괘[雷]는 움직임[動]이다. 괘가 턱을 상징한 것이니, 윗 턱의 부동과 아랫 턱의 움직임을 형상한 것이기도 하다. 이렇게 턱을 멈추거나 움직여 음식을 씹게 되는데, 이로써 우리는 몸을 기르게 된다. 의미를 확대하면 마음을 기르고, 사물을 기르게 된다. '이괘'에서 '턱을 본다는 것은 그 기르는 것을 보는 것[觀頤, 觀其所養也]'이라 하였고, '초구효(初九爻)'에는 그 기름의 구체적 대상을 제시하였는데 '신령스런 거북[靈龜]', 즉 마음이 그것이다. 우리는 여기서 '완귀-영귀-기름'이 일정한 관련체계 하에 있다는 알게 된다.

이 같은 사정을 생각하면서 이계영(李啓榮)은 <상청사상량문(尙淸祠上樑文)>에서 "영귀를 보는 것으로 정자를 이름하였으니 이(頤)의 길함에서 취한 것이다."라고 할 수 있었다. '이괘'를 통해 완귀정 아래로 흐르는 물이 호계인 것도 이해하게 된다. 같은 괘 육사효(六四爻)에서 "턱을 거꾸로 해도 길하다[顚頤吉]."라고 하면서, '호시탐탐(虎視耽耽) 그 욕심을 달성하려 해도 허물이 없을 것'이라 한 데서 '호계'라는 이름을 따왔다고 보기 때문이다.

호시탐탐은 호랑이가 눈을 부릅뜨고 먹이를 노려본다는 뜻인데, 흔히 공격이나 침략의 기회를 노리는 모양정도로 이해한다. 그러나 이것은 전일(專一)하고 위중(威重)한 모습으로 어떤 일에 대비하여 방심하지 않고 가만히 정세를 관망함을 비유하여 이르는 말이다. 정이(程頤)의 주석에 의하면, 이 괘의 육사효(六四爻)가 음유(陰柔)이기 때문에 남에게 경솔히 여겨지기 쉽다면서, 위엄을 길러 마치 범이 노려보듯이 하면, 그 모양이 묵중(默重)하여 아랫사람이 감히 만만히 보지 못하게 된다고 했다. 이것은 완귀가 거북처럼 움츠려 있으면서도, 호랑이처럼 현실을 엿보고 있었다는 말이 된다. 따라서 그가 을사사화를 상육의 처세로 피해 있다가, 그 후 1548년에 다시 벼슬길로 나아간 것은 어쩌면 당연한 일이었다.

셋째, 남명은 이 시를 통해 무엇을 나타내려고 하였던가? 그것은 바로 기상이었다. 남명은 이 작품의 미련에서 만 길로 우뚝한 운문산을 제시하고 있다. 운문산은 청도와 영천을 경계짓는 산으로 거기에는 남명의 친구 삼족당(三足堂) 김대유(金大有, 1479-1551)가 있었다. 일찍이 남명은 그의 묘갈명을 지어 '내가 남을 보증하는 경우가 대체로 드문데, 유독 천하의 훌륭한 선비로 인정해 주는 사람은 공뿐이다. 어떤 때 보면 단아한 모습으로 경사를 토론하는 큰 선비이고, 또 다른 때 보면 훤칠한 키에 활쏘기와 말타기에 능숙한 호걸'이라고 하기도 하고, "자연에 몸을 맡겨 낚시하고 사냥할 때에는 당시 사람들이 쫓겨난 사람인 줄 알았으나, 이는 세상을 피해 숨어사는 것을 근심하지 않고 재주를 감추고 있는 것이었다. 그러나 덕을 같이 한 내가 보기로는, 국량이 크고 깊어 부지런히 인을 행하고, 언론이 격앙하여 엄격히 의를 지키는 것이었다."라고 하면서 그의 기상을 칭송한 바 있다. 남명이 완귀의 정자에서 한편으로 삼족당 김대유의 기상을 높이며, 다른 한편으로 정자의 주인 역시 그와 같은 기상을 지니고 있다고 보았다. '운문만장기(雲門萬丈奇)'라 한 것이 그것이다. 남명 역시 스스로의 기상을 두류산에 비긴 바 있다. 저 유명한 <제덕산계정주(題德山溪亭柱)>가 그것이다. 이는 앞에서 이미 살펴본 바다.

삼족대 : 경상북도 문화재자료 제189호. 경북 청도군 매전면 청려로에 있으며, 삼족당 김대유가 1519년(중종 14)에 후진을 교육하기 위하여 처음 건립하였던 것을 다시 복원하였다.

호계천과 완귀정 : 완귀정은 금호강의 지류인 호계천 기슭에 개울을 등지고 높직하게 자리 잡은 남향집이다.

남명의 완귀정 시는 거북을 통해 심성을 수양하는 한편, 선비는 마땅히 거대한 기상을 지녀야 한다는 것으로 요약된다. 이를 생각하면서 나는 완귀정 툇마루에 올라 남명이 그의 육안으로 보았을 산하를 굽어보았다. 강가로 뻗어 있는 동쪽 들판과, 해를 향해 달리는 북쪽 산! 지금 그 산야에는 어지러이 길이 뚫리고 다리가 놓여져 자동차들만 분주히 달리고 있었다. 그리고 완귀가 거북을 보며 마음을 길렀을 호계쪽으로 시선을 이동시켰다. 거기, 거북은 보이지 않고 얼마 전 내린 비로 쓰레기와 함께 흐르는 황톳물만 가뭇없었다. 그것은 도도한 흙탕물 속에서 지표를 잃어버린 오늘날 우리들의 자화상에 다름 아니었다. 신명의 영귀(靈龜)는 어디로 갔을까? 이를 찾기 위하여 우리는 다시 장육두문이라도 하지 않으면 안 된다. 거북처럼 머리와 꼬리를 감추고 네 발까지 모두 감추고 침잠해 들어가야 한다는 것이다. 수면 깊숙이 내려가 충만히 비어 있는 자신에게 모든 것을 맡기면서도 그 물결의 흐름을 감지할 수 있어야 한다. 이를 통해 우리는 서서히 떠오르는 자기 정체성의 기상을 보아야 한다. 어떤 어둠으로도 깰 수 없는 금강(金剛)의 기상 말이다.

2) 완귀정 혹은 남명 그리는 자리 - 완귀정(2)

남명은 완귀정에서 <제완귀정(題玩龜亭)>이라는 작품을 남긴다. 이 시
의 의미에 대해서는 앞에서 말했으니 이를 참조하면 되겠다. 이 글에서
나는 안증의 완귀정이 거북의 장육 및 『주역』 이괘의 '마음 기르기'와
밀착되어 있다고 했다. 적어도 남명은 안증의 이 점을 높이 산 것으로
보인다. 『남명집』이 발간되자 안증의 후손들은 여기서 남명이 선조의
정자에 와서 남긴 시를 찾아내고, 이 한 수에서 선조의 인품을 느끼며
귀중하게 생각했다. 선조의 글이 전혀 남아 있지 않은 터였으니 얼마나
반갑고 고마운 일이었겠는가?

완귀정과 남명의 관계는 앞의 글에서 이미 마무리되었다. 그러나 나
는 이 완귀정을 아직 떠나지 못한다. 왜냐면, 남명이 여기서 작품을 남
긴 후 아계(鵝溪) 이산해(李山海, 1539-1609)가 완귀정에 와서 남명의 시를
보고 그를 그리워하고, 다시 많은 시인들이 이 정자를 찾아와 남명과
이산해의 작품에 대하여 차운하고 있기 때문이다. 안증의 정자 건축, 이
에 따른 남명의 시창작, 여기에 대한 이산해의 남명에 대한 경모, 이 일
련의 일을 생각하며 선비들은 다시 안증과 남명과 이산해를 존모하며
차운시를 남겼다. 이것은 하나의 성사(盛事)였고, 관련 인사들을 사모하며
선비들이 벌인 아름다운 문화운동이었다. 이산해의 작품은 이러하다.

> 인간 세상에서 다투어 봉황음을 읊조리니　　人間爭誦鳳凰吟
> 글자마다 만금에 해당한다는 걸 알겠구나　　一字從知重萬金

가마를 타고 가고자 하나 어찌 쉽게 되겠는가　　　欲擧藍輿那易得
쌍계 아득한데 푸른 구름만 깊어라　　　雙溪迢遞碧雲深

　이산해는 인간 세상에서 봉황음을 다투어 읊조린다고 했다. 여기서
말하는 봉황음이란 무엇인가? 봉황음은 고유명사이기도 하고 보통명사
이기도 하다. 고유명사라 함은 세종 때 윤회(尹淮)가 왕명으로 처용가 곡
절(曲折)에 의하여 가사를 개작한 작품의 이름이기 때문이다. 조선의 문
물을 찬미하고 태평을 기원하는 송축이 주요 내용이다. 보통명사라 함
은 훌륭한 작품을 이렇게 말하기 때문이다. 이산해는 물론 이것을 보통
명사로 사용하였다. 따라서 제2구에서 남명의 작품 한 글자가 만금의
가치가 있다고 했다. 봉황의 노래이니 당연히 만금에 해당할 수 있었을
것이다.

완귀정의 아계 이산해 시판 : 아계는 여기서 "인간 세상에서 다투어 봉황음을 읊조리니, 글자마다 만금에
해당한다는 걸 알겠구나."라고 했다.

<제완귀정>을 통해 남명을 떠올리고 있는 이산해, 그는 한산 이씨로 문장이 매우 뛰어나 선조대 8문장가의 한 사람으로 칭송되면서 온 나라에 문명을 떨쳤다. 1575년(선조 8) 조선의 선비사회는 분열되어 동인(東人)과 서인(西人)으로 갈라졌고 동인은 다시 남인(南人)과 북인(北人)으로, 북인은 다시 1599년(선조 32) 대북(大北)과 소북(小北)으로 나뉘었다. 대북은 소북에게 눌려 선조 말기까지 세력을 펴지 못했고, 선조 말기에서 광해군 초기에 걸쳐 대북이 집권하면서 다시 육북(肉北)과 골북(骨北), 그리고 중북(中北)으로 분열되었다. 이 가운데 이산해는, 동인→북인→대북에 소속되면서 대북의 영수노릇을 하였고, 이이첨(李爾瞻)·정인홍(鄭仁弘)·홍여순(洪汝諄)·기자헌(奇自獻) 등과 뜻을 같이 했다. 이어 홍여순 일파와 나누어지면서 골북의 중심에 자리했다. 이산해에게는 다음과 같은 재미있는 탄생담이 전한다.

　　이산해의 아버지 이지번(李之蕃)이 명나라에 사신이 되어 갈 때 산해관(山海關)에 유숙하면서 집에 있는 부인과 동침하는 꿈을 꾸었다. 그런데 이지번의 부인도 같은 날 남편과 동침하는 꿈을 꾸고 잉태하여 낳은 아들이 이산해라는 것이다. 집안에서는 이지번의 부인을 의심하여 내치려 하다가 이산해의 삼촌 이지함의 만류로 그만두었는데, 이지번이 귀국하여 꿈 꾼 사실을 말하여 부인의 결백함이 입증되었다고 한다. 이 때문에 아들의 이름을 꿈 꾼 곳의 지명을 따서 '산해'라고 하였다.

이 설화는 아계 이산해의 이름유래담이라 할 수 있고, 또 위대한 인물의 신이한 출생담이기도 하다. 아버지 이지번이 '산해관'에서 부인과 동침하는 꿈을 꾸었기 때문이며, 두 사람이 같은 꿈을 꾸었고 몽중행위가 현실세계에 결과로 나타났기 때문이다. 이밖에도 『어우야담』에는 이산해가 격암 남사고와 송송정(宋松亭)에 마주앉아, 서쪽의 안령(鞍嶺)과 동

산해관 천하제일문 : 산해관은 만리장성의 관문 중 최동단이자 시작점에 위치한다. 조선의 사신들이 북경으로 들어가기 위해서는 반드시 통과해야 하는 관문이었다.

쪽의 낙봉(駱峯)을 가리키며 뒷날 조정에 반드시 동서의 당(黨)이 생길 것이라고 말하였다는 이야기가 전한다. 동서붕당의 조짐을 예견한 신이한 능력을 지녔다는 것을 보이기 위함이다.

　이처럼 신이한 탄생과 신이한 능력을 지닌 이산해가 언제 남명의 제자가 되었는지는 알 수 없으나, 『산해사우연원록(山海師友淵源錄)』에는 그가 제자로 등재되어 있고, 완귀정에서 또 이렇게 남명을 찾았다. 이산해는 제3구와 제4구에서 가마를 타고 가고자 하나 쌍계 아득한데 푸른 구름만 깊다면서 바로 찾아갈 수 없음을 안타깝게 생각했다. '쌍계'는 남명이 은거하고 있는 지리산을 의미한다. 따라서 수사법상 대유법(代喩法)에 해당한다. 어떤 사물의 부분이나 성질로 그 사물 전체를 나타내는 표현 방법이기 때문이다.

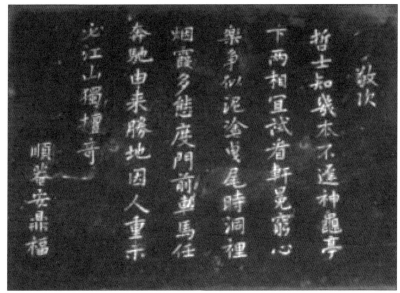

완귀정의 안정복 시판 : 안정복은 여기서 "경승지의 유래는 사람으로 인해 귀중해지니, 반드시 강산이 홀로 빼어난 것은 아니라네."라고 하였다.

완귀정에서 많은 문사들이 남명의 시를 차운했다. 병와(瓶窩) 이형상(李衡祥), 훈수(塤叟) 정만양(鄭萬陽), 지수(篪叟) 정규양(鄭葵陽), 양기재(兩棄齋) 안서우(安瑞羽), 매산(梅山) 정중기(鄭重器), 명고(鳴皐) 정권(鄭權), 순암(順菴) 안정복(安鼎福), 소오헌(嘯傲軒) 박숙(朴潚), 기헌(畸軒) 박용상(朴龍相), 이여성(李如晟), 활산(活山) 남용만(南龍萬), 홍기섭(洪耆燮), 이구응(李龜應), 조의양(趙宜陽), 긴취려(金就礪), 죽와(竹窩) 황인채(黃鱗采), 이재형(李在衡), 이재숭(李在嵩), 김종태(金宗泰), 서간운(徐幹雲), 이수춘(李秀春) 등이 바로 그들이다. 남명은 <제완귀정>에서 지(遲), 시(時), 치(馳), 기(奇)라는 평성 지운(支韻)을 밟고 있다. 다양한 차운시 가운데 정중기와 안정복의 작품을 선택하여 감상해보기로 하자. 여기에는 안증과 남명, 그리고 이산해의 문학적 감수성이 함께 어울려 아름답다.

가) 어느 해에 숨어 이곳에 살게 되었나　　　　　何年藏六此捿遲
　　 빼어난 경치가 밝은 선비에게 마땅하네　　　　勝界風光哲士宜
　　 바위와 돌무더기로 솟은 산록, 그 다하는 자리　巖麓磊巍山盡處
　　 시냇물 맑고 맑게 흘러 비 내리는 때로다　　　溪流澄澈雨來時
　　 안개 자욱한 모래섬에서 기러기와 친압하니　　煙洲好與沙禽狎
　　 어찌 비단 같은 시가에서 명마 따라 달리랴　　繡陌寧隨寶馬馳
　　 다행히 어진 손자가 즐거이 집을 지어놓고　　　幸見賢孫能肯構
　　 벽 사이에 거듭 기이한 봉황음을 걸어 두었네　壁間重揭鳳吟奇

나) 밝은 선비 기미 아는 것은 본래 더디지 않는데　哲士知幾本不遲
　　 신령스런 거북 정자 아래에 둘이 서로 화합하네　神龜亭下兩相宜
　　 보게나! 정자에서 마음을 탐구하는 즐거움을　　試看軒冤窮心樂
　　 어찌 진흙 속에서 꼬리 끄는 때와 같겠는가　　爭似泥途曳尾時
　　 골짜기 안의 안개 노을은 그 모습 다양한데　　洞裏烟霞多態度
　　 문 앞의 수레는 분주히 달려가네　　　　　　　門前車馬任奔馳
　　 경승지의 유래는 사람으로 인해 귀중해지니　　由來勝地因人重
　　 반드시 강산이 홀로 빼어난 것은 아니라네　　未必江山獨擅奇

　앞의 작품 가)는 매산(梅山) 정중기(鄭重器, 1685-1757)가 지은 것이고, 뒤
의 작품 나)는 순암 안정복(安鼎福, 1712-1791)이 지은 것이다. 안정복의 작
품이 『순암집(順菴集)』에는 보이지 않지만 현재 완귀정에는 그의 것이라
며 계판(揭板)되어 있다. 이들은 완귀정에서 남명의 시를 차운하며 '밝은
선비'라고 하였다. 남명과 안증이 기미를 제대로 알아 거북처럼 자연
속으로 몸을 숨겼으며, 거기서 나이가 자연 속에서 심성을 길렀다고 보
았다. 그리고 두 작품 모두 자연과 도회를 대비시키면서 철사(哲士)의 뜻
을 기렸다. "골짜기 안의 안개 노을은 그 모습이 다양하다."라고 하거나,
"안개 자욱한 모래섬에서 즐거이 기러기와 친압한다."라고 한 것은 자

연을, "문 앞의 수레는 분주히 달려간다."고 하거나, "비단 같은 시가에 명마를 따라 달린다."라고 한 것은 도회를 나타낸 것이다. 이같이 자연과 도회를 대비시키면서 정중기와 안정복은 남명과 안증, 그리고 이산해의 학문과 처세 등을 생각했을 것이다.

남명의 작품에 차운한 시를 살펴보았으니, 이제 이산해의 시를 차운한 것에 대하여 알아보자. 이형상, 정만양, 정규양, 박숙, 유인언(柳仁彦), 조의양, 김취려, 황인채, 서간운, 이수춘 등이 대표적이다. 유인언과 같이 이산해의 시만 특별히 차운한 경우도 있기는 하지만 대체로 남명의 시와 함께 차운하고 있다. 이들은 모두 완귀정에서 안증과 함께 남명, 그리고 이산해를 존모하며, 이들이 밀도 있게 인간의 심성을 수양해 나가던 일을 존경하는 마음으로 따르고자 했다. 서간운과 이수춘의 작품을 중심으로 살펴보기로 하자.

가) 남명과 같이 한가롭게 읊조릴 수는 없어도   冥翁不是等閒吟
　　천고의 같은 마음은 날카롭기 금을 끊는 듯   千古同心利斷金
　　정자에서 거북 보는 것도 오히려 경모하는 일   亭上玩龜猶景慕
　　시내 한 줄기 응겨 푸른 못으로 깊네   凝川一脉碧潭深

나) 아계의 노래 봉황음을 잇고   鵝老歌詩續鳳吟
　　어찌 높은 명망을 금으로 논할 수 있으리   何論聲價以其金
　　완귀정 언덕에서 샘솟는 물이여   玩龜亭畔源源水
　　당년의 성품을 함양하여 깊은 도로 나아갔네   涵得當年造道深

앞의 작품 가)는 남명을 생각하며 지은 서간운의 작품이고, 뒤의 작품 나)는 이산해를 생각하며 지은 이수춘의 작품이다. 서간운은 남명과 시간적 거리도 있고 또한 그를 따를 수는 없지만 같은 마음이라 했다.

기리단금(其利斷金)은 둘이 마음을 합하면 쇠라도 자를 수 있는 사이로 사귀는 정이 매우 깊은 벗을 일컫는 말이다. 서간운이 남명과 정이 깊은 벗은 아니지만 그 마음이 동질의 것이므로 이렇게 노래했을 터이다. 이수춘은 이산해가 남명의 봉황음을 이었다면서 심성수양을 강조하였다. 완귀정 가에서 솟는 샘물을 말한 것은 인간심성의 근원을 표현하기 위한 것이다. 그리고 제4구의 당년은 주자가 <극기>라는 시에서 제시한 '당년보감(當年寶鑑)'의 그 '당년'으로, 처음 하늘로부터 부여받았을 때의 훼손되지 않은 성품을 의미한다. 함양하여 이 당년의 보감을 얻어 깊은 진리 속으로 들어가고자 하는 의지가 잘 드러나 있다.

완귀정에서 노래한 사람치고 누군들 남명을 존경하지 않으랴만, 안정복은 특히 남명의 학문에도 깊은 관심을 표명하였다. 남명의 실천적 학문에 매료되었기 때문이다. 그는 남한조(南漢朝, 1744-1809)에게 보내는 편지에서, 공자의 문하에서 사람을 가르칠 때는 『효경』과 『논어』를 중심으로 했다면서, 이 두 책이 모두 형이하학적 실천정신에 근거해 있다고 했다. 그리고 '성과 천도는 비록 명석한 자공도 들어보지 못하였던 것이며, 오래도록 형이하학을 하여 덕성을 함양하면 심기(心氣)가 영명해지는데, 형이상학에 통달하는 것은 그 공부가 도달하는 것에 따라 얻는 바에 얕음과 깊음이 있을 것'이라 했다.

안정복은 현실에 닿아 있는 학문을 강조했다. 이것은 남명의 학문과 근본적으로 동질의 것이다. 이 같은 생각을 지니고 있었으므로 그는 남명이 퇴계에게 편지하여 "물 뿌려 쓸고 시중하는 절도도 모르면서 입으로만 천리를 논한다."라고 한 비판에 주목하였다. 물론 이것을 두고 남명이 퇴계의 본의를 제대로 알지 못한 데서 비롯된 것이라고 언급하고 있지만, 다른 한편으로 의리의 설이 이미 보편화되어 있던 안정복의 시대에서는 남명의 이 발언이 오히려 약석(藥石)과 같다고 했다. 그리고 이에서 나아가 "하늘을 속이고 사람을 속이고 자신의 마음을 속이면서 학문을 하였다고 할 수 있겠는가?"라며 따져 물었다. 우리는 여기서 남명학이 지닌 하학적 실천정신이 안정복의 시대에 오히려 그 빛을 발하고 있음을 본다. 완귀정에서 이룩한 선비들의 문화운동 역시 남명의 실천연원과 맥을 같이 한다는 것을 알 수 있다.

3) 남명이 연꽃을 사랑한 까닭 – 채련당

들보는 목란, 강가엔 옥모래	樑木蘭江玉沙
푸른 들 파란 안개 모두 어떠한고	綠野蒼烟渾亦何
천향을 상제에게 알리고자 하나	欲把天香聞帝室
하토엔 먼지와 노을만 아득하구나	茫茫下土塵霞

남명의 <제영양채련당(題永陽採蓮堂)>이다. 남명의 시문학 가운데 근체시가 지니는 엄격한 율격에서 벗어나 그 형식적 측면에서 자유로운 고체시는 모두 7수이다. 여기에는 4언으로 되어 있는 것도 있고, 장단구로 되어 있는 것도 있으며, 6구로 되어 있는 것도 있고, 구절의 수가 14구로 늘어난 것도 있다. 위의 작품은 6언과 7언이 섞여있는 장단구 형식을 지니고 있다. 그러나 원래부터 이 같은 형식으로 창작되었는지는 의문이다. 제1구와 제4구에서 각각 한 자씩 탈락되었을 수도 있기 때문이다. 남명은 이 시에서 현재 자신이 있는 집을 먼저 제시하고 있다. 들보가 목란으로 된 채련당(採蓮堂)이 그것이다. 여기서 시선은 더욱 확대된다. 1차적으로는 강가의 옥 같은 모래, 다시 그 너머의 푸른 들판 혹은

파란 안개로 옮아간다. 이같이 아름다운 공간에서 연꽃의 향기를 떠올린다. 남명은 이를 하늘에서나 맡을 수 있는 천향(天香)이라 하였다. 천상의 향기를 가장 많이 닮은 지상의 향기, 남명은 이것을 상제께 전하고자 했다. 그러나 하토엔 먼지와 노을만 아득하다고 하면서, 극복되어야 할 인간 세계의 어떤 질곡을 드러내기도 했다.

채련당은 어디에 있을까? 작품의 제목을 <제영양채련당>이라고 하였으니, 영양(永陽)에 있었다는 것을 알겠다. 영양은 영천(永川)의 옛 이름 가운데 하나이다. 영천에서의 '영(永)'은 '이(二)'에다 '수(水)'를 더한 글자로, 두 줄기의 시내를 의미한다. 영천에는 모자산(母子山) 동쪽에서 발원한 남천과 모자산 서쪽에서 발원한 북천이 합쳐져 이수(二水)가 되기 때문이다. 남명은 이 영천에서 두 수의 시를 남긴다. 안증(安嶒)의 정자인 완귀정에서 지은 <제완귀정>과 채련당에서 지은 <제영양채련당>이 그것이다. 채련당은 영천 관아 남쪽으로 흐르는 사마천(司馬川) 혹은 범어천(凡魚川) 가에 있었던 것으로 추정된다. 금계 황준량(黃俊良, 1517-1563)이 채련당은 '영천사마강(永川司馬江)'에 있다고 했는데, 사마강은 바로 관아 남쪽을 흐르는 강이기 때문이다. 남명 시의 내용으로 보아도 강이 내려다보이는 곳이며, 그 너머에 들판이 보여야 한다. 이를 감안한다면 영남의 7대루 가운데 하나인 당시의 명원루(明遠樓), 즉 지금의 조양각(朝陽閣) 근처였을 것이다.

남명이 채련당시(採蓮堂詩)를 짓자 황준량은 이에 차운하였다. <차채련당운(次採蓮堂韻)> 3수[『錦溪集』 外集 권3]가 그것이다. 황준량은 이들 시편에서 강물에 비치는 단풍, 저물녘의 한 조각 가을향기 등을 두루 노래하였다. 위에서 제시한 남명의 시와 비슷하게 출발하고 있지만, 작가의식의 측면에서는 상당한 편차를 보인다. 이 가운데 한 수를 보자.

조양각 : 1368년(공민왕 17)에 당시 부사였던 이용과 지역민들이 합심하여 지은 누각으로 명원루(明遠樓) 또는 서세루(瑞世樓)라고 불리기도 했다.

시냇가 집에 가을빛 물들고 금모래는 깨끗한데	溪舍秋色粲金沙
가을바람에 한 번 취하니 그 흥취 어떠한고?	一醉秋風興若何
취하여 산의 해가 저무는 것도 모르고	倒載不知山日暮
희롱삼아 시흥에 이끌려 푸른 놀 속으로 들어가네	戲牽詩興入青霞

황준량은 우선 강가의 집과 금모래를 제시하여, 남명이 위의 시 제1구에서 제시한 '목란 집'과 '옥모래'를 연상할 수 있게 했다. 그러나 그는 시흥을 갖고 찾아드는 푸른 노을을, 남명은 극복해야 할 하토의 티끌을 제시하고 있어 그 방향이 다르게 서로 설정되게 했다. 우리는 여기서 여타의 사림파 작가들과 대비되는 남명의 현실주의적 세계관을 다시 확인하게 된다. 즉, 현실과의 거리가 가장 곳에서 오히려 현실을 가장 절실하게 느끼고 있었던 것이다.

연꽃은 동양문화 속에서 크게 세 가지의 의미로 등장한다. 첫째는 불교를 상징하는 꽃이다. 부처가 연꽃 한 송이를 들어 대중에게 보이자,

연꽃 : 주렴계는 〈애련설〉에서 연꽃을 군자의 꽃이라며 "진흙에서 나왔으나 물들지 않고, 맑은 물결에 씻기면서도 요염하지 않다."라고 했다.

가섭존자만 그 의미를 알고 미소를 지었다는 데서 온 염화시중(拈花示衆)을 비롯하여, 진흙[세상] 속에서 살지만 조금도 그 더러움을 받아들이지 않는 성질에 이르기까지 다양한 방식으로 연꽃에 의미를 부여해 왔다. 둘째, 유가적 군자를 상징하는 꽃이다. 주돈이(周敦頤, 1017-1073)의 〈애련설(愛蓮說)〉이 널리 읽혀지면서, 연꽃은 안으로 융통한 정신을 지니면서도 밖으로 반듯하게 행동하는 군자의 최종 지향점으로 인식되었다. 셋째, 사랑과 그리움을 상징하는 꽃이다. 『시경』에서 '저 못 둑에, 피어오른 부들과 연꽃! 오직 한 사람의 님이여, 이 아픈 가슴 어이하리, 자나깨나 하염없이, 눈물만 흘린다네[彼澤之陂, 有蒲與荷! 有美一人, 傷如之何. 寤寐無爲, 涕泗滂沱].'라고 하였다. 이 같은 전통은 수많은 〈채련곡〉이 창작될 수 있게 했고, 또한 사랑노래의 중요한 소재로 연꽃이 등장될 수 있게 했다. 이 세 가지 가운데 남명은 당연히 두 번째 시각으로 연꽃을 보았다. 이를 좀 더 예각화해보자.

남명에게 있어 연꽃은 어떤 꽃이었을까? 『남명집』에는 다양한 꽃들이 등장한다. 이름없는 꽃을 지목하여 처사적 삶을 노래하기도 하고(<無名花>의 경우), 가시나무 꽃으로 다른 사람의 덕을 칭송하기도 하고(<竹淵亭文老韻>의 경우), 모란을 심으며 화왕을 노래하기도 했다(<梅下種牧丹>의 경우). 그러나 남명이 사랑한 꽃은 따로 있었다. 국화, 매화, 연꽃이 그것이다. 이 가운데 연꽃에 대한 사랑은 특별했다. 일찍이 임억령(林億齡, 1496-1568)의 기개를 연꽃에 견주어, '그 사람은 옛사람이 남긴 절개'라 하면서 "훤칠한 연꽃이 얽매이지 않은 것과 같다."라고 한 적이 있다. 기개와 연꽃을 결합시킨 것 또한 독특하지만 이보다 흥미로운 것은 연꽃을 그의 핵심 사상 가운데 하나인 '경(敬)'의 의미로 이해하고 있다는 것이다. 우선 다음 작품을 보자.

연꽃 : 남명은 연꽃을 바라보며, "조그만 화분에 담아 함양하는 뜻은, 그윽한 향기가 깊은 밤 달빛과 어울리게 하고자."라고 하였다. 함양을 통해 만날 수 있는 자유로운 정신경계를 감지할 수 있다.

상림원 복사꽃을 뽐내게 하지 말게나　　　　　上園休許小桃誇
진흙 속 군자화를 뉘라서 알겠는가　　　　　　淤裡誰知君子花
조그만 화분에 담아 함양하는 뜻은　　　　　　留得小盆涵養意
그윽한 향기, 깊은 밤 달빛과 어울리게 하고자　暗香將月夜深和

　<분련(盆蓮)>이라는 칠언절구이다. 아름다운 소품이다. 상림원은 진나라 궁궐의 정원이지만, 여기에 의거하여 일반적으로 대궐의 정원을 지칭하게 되었다. 그 상림원에는 화사한 복사꽃이 있고, 진흙 속에는 연꽃이 있다고 했다. 이 같은 대비를 통해 복사꽃은 화사한 듯하지만 자랑할 것이 못되고, 연꽃은 누추한 곳에 자라지만 참군자의 꽃이라는 것이다. 연꽃을 군자다운 꽃이라 한 것은 물론 주돈이의 <애련설>에 근거한 것이다. 그는 연꽃을 들어 '화지군자(花之君子)'라 하고 있기 때문이다. 그러니까 남명은 상림원의 복사꽃은 화려한 듯하지만 자랑할 것이 못되고, 진흙 속의 연꽃은 누추한 곳에서 자라지만 군자답다는 것이다. 관리로서의 화려한 삶이 부정되고, 산림 속에서 품성을 길러가는 군자의 삶이 적극적으로 긍정되는 사정을 알겠다. 우리는 여기서 선비의 참된 삶을 남명이 어떻게 인식하고 있었던가 하는 것을 비로소 이해하게 된다.

　주돈이가 군자화라 했기 때문에 남명도 연꽃을 군자화라 했을까? 일찍이 주돈이는 연꽃이 군자화인 이유에 대하여 이렇게 말한 적이 있다. "진흙에서 나왔으나 그 더러움에 물들지 않고, 맑은 물결에 몸을 씻었으나 요염하지 않으며, 속은 비었으되 밖은 곧고, 덩굴지지 않으며 가지를 뻗지 않고, 향기는 멀수록 더욱 맑으며, 꼿꼿하고 깨끗이 서 있어 멀리서 바라볼 수는 있으나 함부로 희롱할 수는 없다."고 한 것이 그것이다. 남명은 이에서 더욱 나아가 연꽃을 '함양'하는 꽃으로 보았다. 이 때

문에 군자화라는 것이다. 일찍이 남명은 "함양은 모름지기 경(敬)으로 할 것이며, 학문은 깨달아서 아는 데에 있다."라고 한 적 있다. 이로 볼 때 남명은 지금 연꽃을 보면서 '경'을 생각하고 있는 것이다. 그 함양은 복사꽃으로 대변되는 상림원의 화려함으로 성취되는 것이 아니라, 연꽃으로 대변되는 진뻘 속에서의 그윽한 수행으로 가능하다는 것이다. 이 때문에 그는 '암향(暗香)'이나 '월야(月夜)' 등을 제시하면서 연꽃의 은은한 향기와 달빛이 조응되게 했다. 맑으면서 투명하고, 그윽하면서 곧은 군자의 정신경계를 이렇게 나타낸 것이다.

남명은 <제영양채련당>에서 "천향을 상제에게 알리고 싶다."라고 했다. 그리고 <분련>에서는 "그윽한 향기, 깊은 밤 달빛과 어울린다."라고 했다. '천향(天香)'과 '암향(暗香)' 등에서 알 수 있듯이 남명은 연꽃의 향기에 특별한 관심을 둔다. 높이 올라가 하늘까지 닿을 수 있다고 믿었기 때문이다. 이로 인해 상제에게 그 향기를 전할 수도 있고, 달빛과 어울리게 할 수도 있었을 것이다. 결국 연꽃 향기는 천상과 지상을 잇는 매개역할을 한다. 상제와 달빛은 하늘에 있지만, 그것은 결국 마음 속에 있는 것이다. 심성의 함양을 통해 우리의 마음은 향그럽게 되고, 이때 상제가 깃들고 달빛이 은은하게 빛난다. 이것은 남명의 중요한 공부법 '경'의 효과가 비유적으로 제시된 것에 다름 아니다. 즉 '경공부'를 통해 상제를 만나고 달빛과 조응할 수 있다. 그리고 그 인품은 향그럽다. 연꽃을 통해 자신의 '경공부'를 발견했던 남명, 그의 생각은 다음과 같이 확대되기도 했다.

가) 꽃은 우뚝하고 푸른 잎은 연못에 가득한데   華盖亭亭翠滿塘
　　덕스런 향기 그 누가 이처럼 피어내겠는가   德馨誰與此生香

보아라! 묵묵히 진흙 속에 있지만　　　　　　　　　　請看黙黙淤泥在
해바라기처럼 해를 따라 빛나지는 않는다네　　不啻葵花向日光

나) 다만 연꽃이 유하혜의 풍취 있음을 사랑하노니　　只愛芙蕖柳下風
당겨보지만 도리어 연못 속에만 있다네　　　　　援而還止于潢
고죽군의 편협함을 응당 싫어하겠지　　　　　　應嫌孤竹方爲隘
맑은 향기를 멀리 보내 이 늙은이에게까지 이르네　遠播清香到老翁

<영련(詠蓮)>이라는 작품 두 수이다. 가)에서는 연꽃을 해바라기와 대비시키면서 그것이 지닌 의미를 극대화했다. 이때의 해바라기는 앞서 제시한 <분련>의 복사꽃과 의미상 동질의 것이다. 복사꽃이 상림원에서 자신을 자랑하며 군주와 함께 있듯이 해바라기 또한 군주를 상징하는 해를 따라가며 빛난다고 했다. 그러나 연꽃은 진흙 속에서 덕성스런 향기를 피워낸다고 했으니, 연꽃이 바로 산림에 묻혀 수양을 거듭하며 '덕형(德馨)'을 뿜어내는 선비의 다른 이름이다. 이에 비해 나)에서는 현실과 어울려 살 때 군자는 비로소 그 가치를 지닌다고 하였다. 연꽃에 '유하혜의 기풍'이 있다는 것이 그것이다. 유하혜는 현실을 가장 중요하게 여겨 더러운 임금도 부끄러워하지 않고 작은 벼슬도 사퇴하지 않았다[『맹자』「공손추」]고 한다. 이 때문에 제3구에서처럼 그 임금이 아니면 섬기지 않고, 그 백성이 아니면 부리지 않았던 백이와 숙제를 편협하다며 비판할 수 있었다. 즉 남명은 연꽃이 뿌리를 서려 두고 있는 진흙을 하학(下學)적 실천이 가능한 현실로 본 것이다. 군자는 바로 이 같은 실천을 통해 상제를 만날 수 있고, 또한 달빛과 조응할 수 있다고 보았다. 하학적 실천으로 도달할 수 있는 상달(上達)의 경계, 남명은 지금 연꽃을 통해 감지하고 있는 것이다.

나는 여기서 인도의 연꽃 여신 락슈미(Lakshmi)를 생각한다. 락슈미는 연꽃에서 태어나 소똥 속에서 산다고 믿었다. 여기에 중요한 의미가 개입되어 있다. 정화(淨化)가 바로 그것이다. 연꽃은 연못을 정화한다. 그리고 인도인들은 소똥에 불을 지피기도 하지만 벽 등에 발라 집안을 정화시키기도 했다. 우리는 여기서 불교의 상징물이 왜 연꽃인지를, 또한 인도 사람들이 소를 왜 숭배하는지를 이해하게 된다. 그렇다면 남명의 연꽃에는 정화의 의미가 없는 것일까? 그렇지 않다. 남명은 '경'으로 심성을 함양하려 했고, 함양하기 때문에 향기를 날려 달빛과 조응할 수 있다고 했다. 함양이라는 것이 무엇인가? 인욕을 버리고 천리로 돌아가는 길, 곧 마음의 정화를 의미한다. 수양이라는 이름으로 치열하게 자기 정화를 거듭하였던 남명을 이렇게 다시 만나게 된다. 그는 결국 마음의 정화에서 나아가 세상을 정화하고 싶었으리라. 연꽃 속에서 태어나, 소똥 속에서 일생을 살지만, 끝없이 세상을 정화하고자 했던 연꽃 여신 락슈미같이 말이다.

6. 기타지역

1) 천 섬의 맑은 물로 마음을 씻은 자리 – 거창의 포연

남명의 의식을 찾아 나서는 날의 아침은 언제나 가슴 설렌다. 남명의 눈으로 보았을 자연을 만날 수 있기 때문이다. 자연의 질서 속에서 이성을 발견하려 했던 남명, 남명은 그 이성을 '도'라고 생각했다. 그러나 자연 속에는 인간의 비정한 역사 또한 존재한다. 정치가들이 구차한 명분을 내세우며 이성을 배반하며 백성을 수탈하고 때로는 양민을 학살하기도 한다. 오늘은 좀 특별한 경험을 하기로 하고, 이 두 요소, 즉 이성과 반이성이 함께 깃들어 있는 거창군 신원면으로 답사지역을 선택했다.

남대구 인터체인지를 빠져나가 88고속도로를 타고 광주방면으로 달렸다. 장마철이라 빗방울이 강하게 차창에 부딪혔고 산의 골짜기마다 안개가 저마다의 모습으로 피어 오르고 있었다. 가조를 지나 거창에서 내려 좌회전했다. 1089번 도로를 따라 월평리, 대단리, 진척리, 임불리, 양지리를 지나면 신원면 구사리가 나온다. 원래 신원면은 삼가군에 소속되어 있었는데 율원(栗院)이 있었으므로 율원면이라 하다가 신지면(新旨面)의 여러 동과 병합되면서 신지의 '신'과 율원의 '원'을 합하여 '신원'이라 했다고 한다. 그리고 구사리는 7개 마을로 이루어져 있는데, 특히 구사는 거창을 본관으로 하는 신여수(愼汝修)가 여기에 옮겨 살면서 마을이 만들어졌다고 하며, 원래 '구사(龜獅)'로 표기하던 것이 '구사(九士)'로 바뀌었다고 한다.

이 마을에서 서남쪽으로 약 200m쯤 가면 가마솥처럼 가운데가 움푹 파인 소[淵]가 나타난다. 그리하여 마을 사람들은 이곳을 가매쏘라 불렀다. 비가 온 탓이라 물은 그리 맑지 않았고 물살은 드셌다. 호가 포암(鋪岩)이었던 신여수는 항상 이곳을 소요하였는데 그의 아들 포연(鋪淵) 신문빈(愼文彬)이 아버지가 거닐던 곳에 대를 쌓아 포연대라 이름하고 아래에 보이는 가매쏘를 포연이라 고쳐 불렀다. 남명이 이곳을 찾은 것은 1549년, 그러니까 남명이 49세 되던 여름이었다. 문집에 의하면 이 해 8월 초에 우연히 감악산(紺岳山) 아래서 놀았는데 이때에 함양지역 문인이었던 임희무(林希茂)와 박승원(朴承元)이 듣고 달려와서 함께 목욕을 했다

포연 : 거창군 신원면에 있으며 그 위로 임청정(臨淸亭)과 소진정(溯眞亭)이 있다.

포연대 : 포연 위에 있으며, '포연대'라는 각자 옆에 소나무 한 그루가 멋스럽게 서서 포연을 내려다보고 있다.

고 한다. 당시 남명은 목욕을 하고 느낀 바 있어 칠언절구 한 수를 남겼다. <욕천(浴川)>이 바로 그것이다.

사십 년 동안 쌓인 온 몸의 때를　　　全身四十年前累
천 섬 맑은 연못에 다 씻어낸다　　　千斛淸淵洗盡休
만일 진토가 오장 안에 생긴다면　　　塵土倘能生五內
바로 배를 갈라 흐르는 물에 부치리　　直今刳腹付歸流

　이 작품은 남명이 청징(淸澄)한 마음 상태를 유지하여 천리를 보존하려는 굳은 의지를 나타낸 것이다. 제1구에 보이는 '전신'은 바로 남명 자신의 몸이며 '사십 년'은 자신이 돌아본 생애의 사십 년 그것일 터이니 성찰의 의미가 내포되어 있다. 이 성찰을 통해 남명은 제1구의 '전루(前累)'와 제3구의 '진토(塵土)'로 표현된 인욕이 '오내(五內)'로 표현된 마음에 생기면 맑은 물로 거침없이 씻어 낼 것이라고 했다. 이것에 대한 강한 의지를 남명은 제2구와 제4구에서처럼 '천곡(千斛)'과 '고복(刳腹)'으로 보였다. '천곡'은 많은 양의 물이며, '고복'은 배를 가른다는 것이니 인욕 세척에 대한 강한 의지를 읽을 수 있다. 여기서 물의 기능에 대하여 주목할 만하다. 남명은 제2구에서 '청연(淸淵)'으로 인욕을 씻는다 했다. 물이 세척의 능력을 갖고 있기 때문에 가능했던 것이다. 이로 보아 물은 본연지성(本然之性)을 본연지성일 수 있게 하는 중요한 기능을 하는 것으로 이해된다. 이를 우리는 내적 수렴에 기반한 시라 할 것인데, 『남명집』에는 이같이 인욕을 막고 천리를 보존하려는 것을 주제로 한 작품이 다양하게 나타난다. 다음의 <직녀암(織女巖)>도 같은 맥락에서 이해할 수 있다.

흰 베 베틀에서 뽑아 내어	白練機中出
잘라 와 견우의 등에서 말렸다네	分來牛背乾
푸른 색 노란 색은 전혀 받아들이지 않고	靑黃元不受
완전히 인간 세상을 사절했다네	渾爲謝人間

위의 작품은 견우와 직녀에 대한 고사를 통해 인욕단절을 간접화한 것이다. 그리고 남명은 여기서 인욕의 발원지 또한 밝히고 있다. 제4구에 보이는 인간 세상이 그것이다. 노래하려는 자연물이 '직녀암'이니 남명은 견우와 직녀의 고사를 먼저 생각했다. 그리고 천리가 깃든 본성과 인욕의 문제를 이 자연물을 통해 검토하면서 인욕의 발원지를 탐구하였다. 이를 위하여 남명은 '바위'라는 자연물이 인간 세상과 떨어져 있다는 데 착목한다. 바위가 재물과 명예에 대한 욕망 등 인간 세상에서 발생하는 온갖 욕망들로부터 단절되어 있는 공간에 존재하고 있기 때문이었다. 여기에 기반하여 앞의 두 구절에서 보듯이 직녀가 짠 흰 베를 베틀에서 뽑아내어 바로 견우의 등에서 말린다고 하였다. 이 때문에 제3구에서처럼 잡된 다른 색깔인 푸른 색과 노란 색이 침범할 겨를이 없었다. '백(白)'과 '청황(靑黃)'이라는 색조대비를 통해 후자를 배제하고 전자를 지킬 것을 강조한 것이다. 이것은 각각 천리가 깃든 본성과 물든 인욕으로 비교될 수 있을 것인데, 여기에서 '청'이나 '황'은 인간 세상에서 만들어진 것으로 인욕을 상징한다고 하겠다.

남명이 목욕을 하면서 내적 정신적 세계를 확보하려 했던 포연은 그후 본관이 성주인 양성헌(養性軒) 도희령(都希齡)에 의해 주목받는다. 도희령은 남명이 강조한 경의의 요체를 파악하여 체득하고 <욕천>에 대한 차운시를 짓기도 했다. 이 같은 도희령의 뜻을 기리기 위하여 1920년

〈욕천〉 시비 : 거창의 포연 앞에 세웠다.

그의 후손인 도재균(都宰均)은 포연 대 옆에 정자를 짓고 선조의 시에서 이름을 취하여 정자 이름을 '소진정(溯眞亭)'이라 하였다. '소진'은 거슬러 올라가 인욕을 벗고 천리를 획득한다는 것이니 남명이 〈욕천〉에서 보인 내적 수렴에 의한 정신세계 바로 그것과 일치한다. 도재균은 그 자신의 정자 '임청정(臨淸亭)'도 소진정 동쪽에 세웠다. 맑은 물가에 있기 때문에 그렇게 이름 붙인 것이라 하겠다.

소진정에 앉아서 나는 남명이 목욕을 하면서 천리의 세계를 확보하려고 했던 포연을 내려다보며 오랫동안 생각에 잠겼다. 그리고 거기서 자연이 우리에게 제시하는 질서의 세계를 발견하였다. 인위로 설명되지 않는 그러한 세계를 자연은 갖추고 있다는 것이다. 이성이 통한다는 것은 자연이 치밀한 조화로 이룩되어 있다는 것을 말한다. 남명이 자연을 통해 가장 먼저 발견한 것이 이것인지도 모른다. 이 조화세계의 지향은 보다 적극적으로 합일의 경계를 이룩할 수 있기 때문이다. 불안과 소요, 혁명과 비겁 이것이 자연에게서는 성립되지 않는다. 소진정에서 이 같은 생각이 나의 의식을 강타한 것은 어인 일일까? 그것은 양민학살사건이라는 민족사에서 가장 치욕적인 사건이 바로 포연 주변에서 일어났기 때문인지도 모르겠다.

〈욕천〉 시비 : 덕천서원 앞, 세심정 옆에 있으며 남명탄신 500주년을 기념하여 세운 것이다. 시의 내용과 '세심'이 서로 결부되기는 하나 남명이 이 시를 세심정에서 쓴 것은 물론 아니다.

　　구사리 포연에서 산청군 오부면 방면으로 조금 올라가면 과정리가 나온다. 1951년 2월, 당시 11사단 9연대 3대대가 거창군 신원면 일대에서 공비토벌작전을 벌였다. 그때 주민들이 공비와 내통했다고 잘못 판단한 지휘관은 2월 10일, 이 지역의 청장년 136명을 내탄 골짜기에 몰아넣고 기관총으로 학살했다. 다음날 주민들을 신원국민학교로 피난하라고 명령을 내려 모이게 한 다음 군인가족, 경찰가족, 공무원가족을 가려내고 남은 주민 500여 명을 박산 골짜기로 몰아넣고 약 2시간 가량 무차별적으로 사격을 가하였다. 당시 부산에 피난 중이었던 국회에서 이 사건에 대한 논란이 벌어졌고 마침내 국회조사단을 현지에 파견하게 되었다. 그러나 그때의 계엄 사령관 김종원은 거창군 남상면과 신원면 사이의 계곡에 공비를 가장한 군인과 경찰을 매복시켜 조사단에게 총격을 가함으로써 조사를 무산시켰다. 전쟁으로 인한 민족사적 비극이 아닐 수 없다.

살아남은 주민들은 남자, 여자, 어린이의 무덤을 만들고 위령비를 세우기도 했으나 1961년 정부의 묘지 개장명령으로 봉분이 파헤쳐지고 위령비가 땅에 파묻혔다. 그 후 봉분은 복구되었으나 비석은 방치되다가 현지의 주민들이 비석을 파내어 비스듬히 묘소 앞에 세워두었다. 그리고 어느 비가 많이 왔던 해, 박산 골짜기에서 당시 총알 맞은 흔적이 역력한 바위 하나가 굴러 떨어졌는데 주민들이 그것을 시냇가에 세워두기도 했다. 생각하기도 싫은 당시의 비극을 잊을 수 없었기 때문이었다.

거창사건 추모비 : 거창군 신원면 신차로에 있는 거창사건추모공원 내에 세워져 있다.

포연에서 남명은 강하게 인욕을 씻으려 하였고, 그 후 수백 년이 지나 인욕에 의해 판단력이 흐려진 인간들에 의해 무고한 양민이 학살되었다. 이 선명한 대비를 통해 우리는 무엇을 느낄 수 있을까? 자연 속에서 천리를 찾으려 했던 남명의 높은 정신과 자연을 배반하며 총칼로 양민을 도륙한 저 새디스트들의 반이성주의, 나는 이 어마어마한 편차에 아찔한 현기증을 느꼈다. 인간이 도달할 수 있는 가장 높은 정신적 경계와 인간이 타락할 수 있는 가장 비열한 행위가 한 자리에서 이루어졌다는 이 엄청난 모순 앞에서 나는 무색의 암흑을 체험한 것이다. 소진정 처마로 빗물이 가슴 저리게 떨어지고 있었다. 포연의 물은 자꾸 불어나고 있었고, 남명의 맑은 눈으로 보았을 산, 혹은 아우성과 매캐한 화약연기에 휩싸였을 그 산엔 처연히 비가 내리고 있었다. 1997년 8월 어느 날이었다.

2) 하얀 돌의 이마에 흐르는 맑은 구름 한 자락 – 함양의 화림동(1)

경상남도 함양군의 북동쪽에는 거창군과 경계를 이루고 있는 안의면(安義面)이 있다. 원래는 안의군 지역으로 안의읍내가 되므로 현내면(縣內面)이라 하다가 1914년 군면통폐합에 따라 황곡면, 초점면, 대사면의 일부를 병합하여 안의면으로 개칭하고 함양군에 편입시켰다. 안의는 조선조에 현감이 다스리던 현이었다. 본래 이름은 안음(安陰)이었는데, 영조 43년(1767) 인근 산음현(山陰縣)에서 일곱살 난 여자 아이가 아이를 낳는 괴이한 일이 벌어지자 영조는 그쪽에 음기가 너무 세어 그렇다며 산음을 산청으로 개명하면서 안음도 안의로 바꾸었다 한다. 현이 있었던 옛 마을인지라 안의향교[경남도 유형문화재 226회가 있으며, 처음 객사의 누각으로 있던 것을 조선 성종 때 현감 정여창(鄭汝昌)이 개창하여 개명한 '광풍루(光風樓, 경남도 유형문화재 92호)'가 있다.

안의면에서 산수가 가장 빼어난 세 곳을 예로부터 안의 3동이라 불렀다. 화림동(花林洞), 심진동(尋眞洞), 원학동(猿鶴洞)이 그것이다. 화림동은 일명 옥산동(玉山洞)으로 함양군 안의면에서 26번 국도를 따라 그 구비가 예순개나 된다는 육십령과 계곡이 길어서 그렇게 이름 지었을 법한 장계(長溪)로 향하는 길 약 4km쯤에서 시작된다. 심진동은 일명 장수동(長水洞)으로 안의에서 동쪽으로 약 4km쯤에 있는 꺼멍다리부터 심원정(尋源亭), 장수사(長水寺), 조계문(曹溪門), 용추폭(龍秋瀑), 용추사(龍秋寺), 은신폭(隱身瀑) 등이 있는 지금의 용추계곡을 말한다. 그리고 원학동은 거창군 마리면 고학리 쌀다리부터 시작하여 위천의 수승대(搜勝臺), 북상갈계숲 등이 자리한 곳까지를 말한다.

화림동 석각 : 남명은 돌에 글씨를 새기는 것을 탐탁하게 생각하지 않았지만, 화림동에는 수많은 석각이 있다. 이로써 우리는 많은 명사들이 이곳을 들러 산수유흥을 즐겼던 것을 확인할 수 있다.

남명이 안의 3동을 찾은 것은 1566년 음 3월, 그러니까 66세 되던 봄이었다. 남명은 하항(河沆), 조종도(趙宗道), 하응도(河應道), 유종지(柳宗智), 이정(李瀞)과 함께 산천재에서 산청을 거쳐 옥계(玉溪) 노진(盧禛)이 있는 안의에 갔다. 노진은 종유인이었으나 예를 다하여 남명을 맞이 하였는데 조그마한 술상을 마련하여 술을 권하기도 했다. 남명이 노진의 집에 이르자 제자였던 강익(姜翼. 1523-1567)이 찾아와서 뵙기도 했다. 다음날은 강익과 함께 갈천(葛川) 임훈(林薰, 1500-1584)과 첨모당(瞻慕堂) 임운(林芸, 1517-1572) 형제가 있는 곳을 찾아갔다. 갈천은 1500년생이니 종유라 할 수 있고, 첨모당은 1517년생으로 남명의 제자였다. 특히 남명은 갈천에게 이렇게 이야기했다.

그대의 총명은 남보다 뛰어나 통하지 않는 것이 없습니다. 그러나 무릇 요순과 같은 지혜를 지니고서도 먼저 힘써야 할 것은 빨리 해야 할 것입니다. 군자는 능력이 많은 것으로 다른 사람을 거느리지 않기 때문에 내외경중(內外輕重)의 구별이 없을 수 없습니다. 주자께서도 만년에 의리(義理)가 무궁한데 반해 세월은 너무 한정되어 있는 것을 깊이 깨달아 서예나 잡스런 문학을 창작하는 일은 버리시고 오로지 '존덕성 도문학(尊德性道問學)'만을 힘썼습니다. 이 때문에 마침내 송나라의 제현들이 세운 이론을 모아 크게 집대성하셨던 게지요. 어찌 후인들이 마땅히 본받아야 할 것이 아니겠습니까?

이같이 남명은 첨모당 임운에게 서예나 문학 등의 기예를 버리고 유가에서 내세우는 심성수양을 기반으로 한 도학을 철저히 공부할 것을 당부하고 있다. 즉 남명은 총명이 과인한 임운이 혹 글씨나 시작(詩作)에만 너무 열중하면 의리의 학문은 투철하지 못할 수도 있다는 것을 경고한 것이다. 이 때문에 남명은 먼저 사물에 대하여 군자가 마땅히 지녀야할 태도를 원론적 입장에서 언급하였다. 내외와 경중에 대한 구별이 그것이다. 여기서 비로소 먼저 해야 할 것과 뒤에 해도 되는 것이 분명해진다. '내'와 '중'은 근본적인 가치를 지닌 것이니 먼저 해야 하며, '외'와 '경'은 지엽적인 가치를 지닌 것이니 다음에 해도 늦지 않다는 것이다. 도학과 문학이 바로 이 경우라고 생각한 남명은 도학을 근본, 문학을 지엽으로 파악하고 여기에 대한 선후문제를 분명히 하였던 것이다. 주자가 서예나 문학 등 기예를 버리고 의리의 학문으로 나아간 것을 예도 든 것도 바로 이 때문이었다.

　남명의 가르침에 대하여 임운은 절을 하면서 감사를 표현하였다 하니 깨달은 바가 있었을 터이다. 나아가 임운은 남명에게 "여기에 오신 분은 모두 삼동(三洞)의 산수가 밝고 아름다운 것을 사랑하여 잊지 못한다고 합니다."라고 하며 주변 산수의 유람을 권하였다. '삼동'이란 앞에서 언급한 바 화림동, 심진동, 원학동을 말하는데, 옆에서 듣고 있던 그의 형 갈천 역시 "나도 흥이 적지 않소."라며 함께 유람하고자 하였다. 임운은 가벼운 병으로 동행하지 못하였으나 그의 말에 흥기되어 남명과 갈천은 먼저 원학동을 유람하고 다음으로 심진동, 그리고 마지막으로 화림동에 들어갔다. 화림동은 안의 3동 중에서도 가장 아름다운 곳으로 소문이 나있다. 예로부터 옥산동의 팔담팔정(八潭八亭)이라며 시인묵객들은 그들의 시상을 여기서 공급받곤 하였다. 화강암은 그들의 어깨뼈를 푸른 하늘로 힘차게 드러내 놓는가 하면, 계곡에서는 그의 맑은 이마에 온갖 모습의 구름을 흐르게 한다. 남딕유산의 참샘에서 발원한 물줄기는 차가운 본성으로 돌과 돌 사이를 부딪치며 구비구비 돌아든다. 그 물이 비단처럼 아름답기 때문에 사람들은 비단내, 즉 금천(錦川)이라 불렀다. 금천의 구비마다 자연스럽게 못이 생기기도 하였다. 이 같

농월정 : 농월정 앞 너럭바위에 '월연암', '화림동'이라는 각석이 있다. 농월정은 몇 차례의 중건을 거친 후 1899년 완성됐으나 2003년 방화로 추정되는 화재로 소실됐다. 현재 복원이 진행 중이다.

은 아름다운 산수 앞에서 남명은 내면 깊숙한 곳에서 일어나는 시흥(詩興)을 이기지 못했다. 그리하여 <유안음옥산동(遊安陰玉山洞)>이라는 시세 수를 남긴다. 화림동의 다른 이름이 안음동이니 그럴 수 있었다. 이 중 한 수는 오언절구이고 두 수는 칠언절구인데, 우선 오언절구부터 감상해 보도록 하자.

하얀 돌에 흐르는 구름은 천 가지 모습　　　白石雲千面
푸른 댕댕이 넝쿨은 수많은 베틀에 베를 짜네　青蘿織萬機
다 묘사하지 말도록 하라　　　　　　　　　莫教摸寫盡
다음 해에 고사리 캐러 돌아올지니　　　　　來歲採薇歸

이 작품에서 남명은 '백석(白石)', '청라(青蘿)' 등의 자연을 통해 도를 즐기려는 자신의 정신세계를 표출하고 있다. 제1구가 '백석'에 다양한 구름의 모습이 비치는 것을 읊은 것이라면, 제2구는 그 돌 주위에 있는 '청라'가 수많은 베를 짜내는 것에 대하여 노래한 것이다. 뒤의 두 구에서 보듯이 남명은 이같이 아름다운 자연에 대하여 동행을 돌아보며 다시 돌아올 때까지 옥산동의 경치를 모두 묘사하지 말라고 하였다. 나중에 와서 남은 경치를 새롭게 묘사해야 하기 때문이다. 옥산동의 아름다움을 이렇게 표현한 것임은 물론이다. 제4구의 '채미(採薇)' 또한 주목할 만하다. 백이와 숙제의 고사 이래로 '고사리'는 세속을 떠난 은자의 삶을 나타내는 소재로 활용되고 있다. 남명은 이처럼 하얀 돌위에 흐르는 맑은 구름과 댕댕이 넝쿨이 이루어내는 절묘한 자연의 한 현상을 보고 다시 올 것을 기약하였다. 은자적 삶을 지향하면서 말이다.

다시 돌아와서 은자적 삶을 누리고 싶다고 노래한 남명의 절창에 갈천은 느낀 바 있어 그 역시 적극적으로 자신의 세계를 펼쳤다. 남명의 시를 차운한 <화림동월연암차남명운(花林洞月淵岩次南冥韻)>에 이 같은 사정은 잘 드러나 있다.

흐르는 물 천 구비 돌아드는 곳	流水回千曲
형체를 잊고 앉아 기미마저 놓았다네	忘形坐息機
참된 근원 모두 궁리하지 못했는데	眞源窮未了
날 저물어 쓸쓸히 돌아간다네	日暮悵然歸

갈천은 이 작품에서 비단내[錦川]가 돌아 흐르는 것을 먼저 노래했다. 제1구가 그것이다. 이같이 아름다운 경치는 그의 의식을 잡아 놓기에 족하였을 것이다. 그리하여 제2구에서 자신의 형체를 잊어버릴 뿐 아니라, 자기 존재에 대한 자연 생명의 기제(機制)마저 놓아버린다고 했다.

'좌식기'라 한 것이 바로 그것이다. 참으로 대단한 자연 몰입이 아닐 수 없다. 이까지 시상을 전개시킨 갈천이 제3구에서 진원(眞源), 즉 참된 근원을 제시한 것은 어쩌면 당연한 일이었다. 갈천은 이 진원을 모두 궁구하지 못했는데 제4구에서 보듯이 날이 저물어 안타깝다고 했다. 표면적으로는 산수를 보면서 인간 세계에서 일어나는 다양한 욕망을 버리고 맑은 본성을 구하려 하나 날이 저물어 이것을 제대로 하지 못하고

농월정 석각

돌아간다는 것이다. 그러나 그 이면에는 시간의 한계에 부딪힌 지적 고뇌가 도사리고 있다. 도를 제대로 닦지 못했는데 벌써 나이가 너무 많이 들어 이것을 탐구할 시간이 자신에게는 얼마 남지 않았다는 것이다.

남명은 자신의 운을 따서 지은 갈천의 시를 읽고 제3구의 '진원'에 대해서는 나름대로 문제점을 제시하였다. 즉 주자도 "이제야 비로소 참된 근원(眞源)을 깨달았으나 아직 이르지는 못했다."라며 탄식했다고 하면서 후학(後學)이 쉽게 도를 알았다며 그 경지를 제시하는 것은 마땅하지 않을 것이라 하였다. 제2구에서 보이는 '망형(忘形)' '식기(息機)'와 제3구에 보이는 '진원'의 탐구를 들어 이렇게 이야기 하였던 것이다. 이에 갈천은 안색을 바꾸면서 남명의 말에 공감하였다 하니 남명과 갈천의 신교(神交)를 짐작하고도 남음이 있다 할 것이다.

갈천이 옥산동 월연암(月淵巖)을 중심으로 남명의 시를 차운했으니, 남명의 <유안음옥산동(遊安陰玉山洞)> 역시 월연암 주변의 풍광을 보고 읊은 것으로 보인다. 그렇다면 월연암은 구체적으로 어느 바위를 지칭하는가? 덕유산에서 내리는 비단내가 구비져 흐르면서 못도 여럿 생겨났다. 그 중 하나는 둥근 달처럼 생겼기 때문에 사람들은 월연(月淵)이라 불렀다. 그리고 월연의 바탕이 되는 거대한 반석을 월연암이라 불렀는데 농월정(弄月亭)을 받치고 있는 바위가 바로 이것이다. '달을 희롱한다.'는 뜻을 지닌 이 농월정은 이름 자체가 낭만적이다. 월연에 비친 달빛을 높은 다락에 앉아 희롱한다고 했으니 말이다. 이 정자는 선조 때 죽산부사, 공청도관찰사, 예조참판 등을 지낸 지족당(知足堂) 박명부(朴明榑, 1571- 1639)가 세운 것이니 남명과 갈천이 이 옥산동을 방문했을 때는 없었던 정자이다. 농월정 다락에 올라 오른쪽 바위를 내려다보면 지족당이 지팡이를 짚고 신을 끌던 곳이라는 '지족당장구지소(知足堂杖屨之所)'라

지족당장구지소 석각 : 박명부가 노닐던 자리에 그 후손들이 이를 기념하기 위해 새긴 것이다.

는 글씨가 바위에 깊이 새겨져 있다. 박명부가 느릿느릿 신을 끌면서 지팡이를 짚고 느긋하게 화림동의 바람을 쏘이는 것을 보는 것만 같다. 그때 아마도 동산에서 달이 떠올라 월연에 곱게 비치고 있었을 것이다. 박명부는 한강(寒岡) 정구(鄭逑, 1543-1620)의 제자이니, 남명의 재전제자의 풍모 또한 화림동 계곡을 흐르는 비단내처럼 시간을 따라 지속되고 있다는 것을 알 수 있다.

3) 개인 하늘 맑은 물에 인간사 다 떨치고 – 함양의 화림동(2)

남명은 66세 되던 해 봄에 안의 3동을 방문하였다. 앞에서도 언급했거니와 안의 3동, 즉 화림동, 심진동, 원학동은 예로부터 많은 사람들에 의해 칭송받아 왔으며 이곳을 탐방하고 남긴 기행문도 여럿 남아 있다. 김수민(金壽民)의 <삼동유산기(三洞遊山記)>, 이동항(李東沆)의 <삼동산수기(三洞山水記)>, 송심명(宋心明)의 <삼동기(三洞記)>, 최유윤(崔惟允)의 <삼동기(三洞記)>, 김기요(金基堯)의 <삼동기행(三洞記行)>은 그 대표적이다. 송심명은 화림동에 있는 월연암만을 유람하고 <월연암동유기(月淵岩同遊記)>를 남기기도 했다. 이들은 모두 남명보다 후대의 인물들이지만 이로써 우리는 고인들의 3동에 관한 관심과 애정을 충분히 읽을 수 있다.

남명은 현 거창군 북상면 갈계리[일명 치내]에 있는 '갈계정사(葛溪精舍)'에 들렀다가 갈천(葛川) 임훈(林薰)과 함께 3동을 유람한다. 화림동의 산수를 더욱 사랑하여 세 수의 시를 남기기도 하였다. 오언절구는 갈천의 차운시와 함께 남아 있는데 이는 앞에서 이미 살펴본 바다. 여기서는 당시에 지은 <유안음옥산동(遊安陰玉山洞)>이라는 칠언절구 두 수를 중심으로 감상해 보자.

> 가) 푸른 봉우리 높이 솟고 물은 쪽빛 같은데　　碧峯高揷水如藍
> 　　많이 취하고 또 간직했어도 탐낸 건 아니라네　多取多藏不是貪
> 　　이 잡고 살면서 어찌 세상사를 말하랴　　　　捫蝨何須談世事
> 　　산수를 이야기해도 또한 이야기가 많은 것을　談山談水亦多談

> 나) 봄바람 살랑대는 삼월, 무릉에 돌아오니　　春風三月武陵還
> 　　개인 하늘빛 흐르는 물 수면도 넓구나　　　霽色中流水面寬
> 　　한 번 노는 것 내 분수 아닌 것은 아니지만　不是一遊非分事

인간 세상에서 한 번 놀기란 응당 어렵다네   一遊人世亦應難

앞의 작품 가)는 '세사(世事)'와 '산수(山水)'를 대비시키며 자연을 통한
낙도(樂道)의 세계를 노래한 것이다. 부정한 것은 '세사'이고 지향한 것은
'산수'이다. 제1구에서 먼저 남명이 추구하는 세계를 노출시켰다. '산수'
가 그것이다. 산은 '봉(峰)'으로 수는 역시 '수(水)'로 표현하였다. 제2구에
서는 1구에서 보인 푸른 봉우리와 쪽빛 같은 물은 의식적으로 탐낸다고
되는 것이 아니라 자연스럽게 이루어진 것이라 하였다. 그렇게 할 때
'다취다장(多取多藏)'의 풍요를 누릴 수 있다고 했다. 제3구는 '세사'인 현
실을 부정한 것이고, 제4구는 '산수'를 통해 1구의 '봉수'와 결부시키면
서 도를 즐기려는 마음을 보다 적극적으로 펼친 것이다.

이수광(李晬光, 1563-1628)은 남명의 이 작품을 두고 그의 저서『지봉유설
(芝峰類說)』「문장부(文章部)」에서 '어의갱고(語意更高)'로 평가하고 있다. 말의
뜻이 더욱 높다는 것인데, 남명의 지기였던 대곡(大谷) 성운(成運)이 "사람
을 만나면 산의 일 이야기하기를 좋아하지 않는다. 산의 일도 자꾸 말하
게 되면 또한 남의 뜻을 거스르게 되느니[逢人不喜談山事, 山事談來亦忤人]."라
고 노래한 것과 함께 이렇게 평가하였던 것이다. 남명과 대곡은 모두 세
사를 의식하면서 산수에 대하여 언급하였다. 그러나 차이가 전혀 없는 것
은 아니다. 즉 남명이 자연 속에서 삶을 보다 거리낌 없이 보여 주었다면,
대곡은 그렇더라도 이 같은 삶의 태도로 일관하면 세상사람들의 뜻을 거
스를 수도 있다는 것을 말하였다. 이수광은 바로 이 같은 세사와 산수의
문맥 속에서 남명과 대곡문학에 나타난 '어의갱고'를 발견하였던 것이다.

뒤의 작품 나)는 제1구의 '무릉'과 제4구의 '인세'를 대비시키면서 후
자의 세계를 부정하고 전자의 세계를 강조한 것이다. '무릉'을 '삼월 봄

바람' 혹은 '개인 하늘빛'이 있는 '시냇물'과 결부시켜 한 번 놀 수 있는 곳이라 하고, '인세'를 한 번 놀기 어려운 곳이라 하였다. 남명이 놀고자 한 곳은 모두 자연으로 나타나고 있으니 도를 즐기는 것이 모두 자연을 통해 구체화된다는 것을 알 수 있다. 남명이 환갑년에 지리산에 들어가면서 "두류산(頭流山) 양단수(兩端水)를 녜듯고 이졔보니, 도화(桃花) 쯘 붉은 물에 산영(山影)조츠 잠겨세라. 아희야 무릉(武陵)이 어딘민오 나는 옌가 ᄒ노라."라고 노래한 소위 <두류산가(頭流山歌)>도 모두 자연을 통해 낙도의 세계를 지향하고자 함이었다.

남명의 작품으로 널리 알려진 이 <두류산가>는 앞서 말했듯이 제자 이제신(李濟臣)의 작품으로 의심받기도 한다. 여기에 대한 반론 또한 만만치 않으니 이 분야의 보다 진전된 논의를 기대해 본다. 그러나 <두류산가>는 남명이 지은 <유안음옥산동>의 두 번째 작품, 즉 뒤의 작품과 의미상 상통하는 바가 적지 않다. '무릉(武陵)'—'무릉(武陵)', '녜듯고 이졔보니'—'환(還)', '붉은 물'—'제색중류(霽色中流)'가 서로 결합될 수 있기 때문이다. 또한 창작된 시간적 배경이 복사꽃이 피는 봄날일 뿐만 아니라 그 주제가 자연을 통해 추구되는 낙도정신이라는 것도 유사하다. 이로 보아 지리산 아래의 양당수에서는 국문시가로, 안음의 옥산동(화림동)에서는 칠언절구로 자신이 추구한 세계의 일단을 보여준 것일 수도 있을 것이다. 남명의 세사부정적 사고는 그의 작품 도처에 보인다. 다음 작품은 그 예로 충분하다.

구름을 소매로 노을을 갓으로 한 두 늙은이	雲袖霞冠尊兩老
항상 바라보는 것은 서쪽으로 기우는 해라네	常瞻長日數竿西
돌 제단 위의 바람 이슬에 티끌 세상의 일 적은데	石壇風露少塵事
늙은 소나무 서 있는 바윗가에 새도 울지 않는다네	松老巖邊鳥不啼

앞의 작품은 <제문견사송정(題聞見寺松亭)>이다. 여기에서 남명은 인간 사와 관련된 '진사(塵事)'를 부정하면서 자연과 관련된 '풍로(風露)'를 강 조하였다. 자신의 낙도정신을 나타내기 위한 것이었음은 물론이다. 앞 의 두 구가 '구름', '노을', '해' 등을 제시하며 천상의 풍경을 그린 것이 라면, 뒤의 두 구는 '석단', '소나무', '새' 등을 제시하며 지상을 풍경을 그린 것이다. 천상과 지상의 풍경 가운데 탈속한 '두 늙은이'가 있는데 이들을 내세워 남명은 자연과의 합일된 심경을 강하게 표출하고 있다. 제1구에서 구름을 소매로 하고 노을을 갓으로 한 두 늙은이라 한 데서 사정의 이러함을 분명히 읽을 수 있다. 제2구에서는 탈속한 늙은이들의 남은 세월을 제시하였다. 여기에서 우리는 늙음이 가져다주는 허무를 조금도 느낄 수 없다. 자연과 완전한 합일이 이루어져 인간적 허무가 개 입될 여지가 조금도 없었기 때문이다. 3구에서는 자신들이 서 있는 절로 다시 시각을 옮겨 속기 없는 석단을 제시하였다. 더욱이 4구에서는 '새 도 울지 않는다'며 자신의 반세속적 심경을 더욱 증폭시키고 있다.

물론 위에서 살핀 <유안음옥산동>이나 <제문견사송정>에 나타난 반속적 태도가 남명 작품의 주조일 수는 없다. 다른 많은 작품에서 현 실세계에 얽매일 수밖에 없다는 심정을 토로하였을 뿐 아니라 현실의 다양한 부조리를 세밀하게 관찰하며 보다 구체적으로 비판하고 있기 때문이다. 그러나 남명이 화림동을 탐방하며 자연을 통해 제시한 낙도 정신은 오늘날 우리에게 시사하는 바 크다. 우리의 의식을 해방시켜 모 든 세속적 욕망들을 풀어놓게 할 수 있기 때문이다.

덕유산에서 발원하여 비단의 냇물을 이루며 흐르는 화림동 계곡, 그 는 지금 봄을 꿈꾸고 있다. 복사꽃이 떠내려 올 때가 되면 농주 한 말쯤 메고 이 계곡을 찾아 가 볼 일이다. 거기서 남명이 그러했던 것처럼 '세사'와 대비되는 '산수'를 말해 볼 일이다. 이로써 우리는 세속으로부터 의미지워져 그로 인해 존재이유가 성립된 비정상적 자아를 방기시킬 수도 있을 것이다. 우리들 의식 내부에서 변혁이 일어나 새로운 진리를 터득할 수 있다는 것이다. 깨달음 같은 관념까지 해방되어 해방을 그리는 심경도 일어나지 않는 저 무심한 공허, 혹은 달빛이여!

4) 소반에 담긴 두류산 먹어도 다함이 없네 - 남원의 사계정사

오늘 우리는 전라북도 문화재자료 제166호로 지정되어 있는 남원의 사계정사(沙溪精舍)를 찾아가려 한다. 물론 이곳이 남명문학의 현장이기 때문이다. 88고속도로를 타고 달리다 남원IC에서 내려서 남원시 주생면 쪽으로 약 12km쯤 가면 영천리(嶺川里)가 나온다. 주생면의 면소재지인 서만마을에서 북쪽으로 1km 쯤 가면 유매(楡梅)마을이 있는데, 사계정사 는 바로 이 마을에 있다. 유매마을은 유촌(楡村)과 매안(梅岸)마을이 합쳐 지면서 생긴 이름으로 남양 방씨의 집성촌이다.

유매마을에는 사계정사만 있는 것이 아니라, 유천서원(楡川書院, 전북 문화재자료 제52호) 유허도 있다. 이 서원은 원래 1830년(순조 30) 지방유림 들에 의해 창건되었는데, 방사량(房士良)을 중심으로 방귀온(房貴溫)·안탁 (安琢)·방응현(房應賢)·안창국(安昌國) 등 5현이 봉안되어 있었다. 그러나 1868년(고종 5) 서원철폐령에 의해 철거되었고, 1909년에는 후손들이 옛 서원 자리에 '5현서원유허비(五賢書院遺墟碑)'를 세웠다. 지금은 서원의 담 장만 남아 있는 기이한 형태로 유허비를 지키고 있다.

유천서원 유허 : 방응현 등 5현이 모셔졌던 곳이다. 지금은 유허비와 담장만 남아 있다.

사계정사 : 전라북도 문화재자료 제166호. 방응현이 지은 정자로 남명 및 소재의 시 등 많은 문사들의 다양한 작품이 걸려 있다.

이야기의 초점을 다시 사계정사에 맞추어보자. 사계정사는 방응현(房應賢, 1524-1589)이 지은 정자이다. 사계라 한 것은 정사의 주위를 흐르는 냇물 이름을 땄기 때문이다. 이 정사가 구체적으로 언제 처음 건축되었는지는 모른다. 임진왜란 때 불타 없어졌던 것을 1609년 방응현의 손자 만오(晚悟) 방원진(房元震, 1577-1649)이 다시 지었다. 이것이 중수와 개축을 거듭하면서 오늘에 이르고 있으며, 현재의 정사는 1863년에 건축한 것이다.

사계정사는 2단의 화강암 기단 위에, 다소 둥근 화강암으로 된 주춧돌을 세우고 그 위에 정면 3칸, 측면 2칸의 집을 짓고 팔작지붕을 얹었다. 호남지역의 일반적인 정자 양식을 따라 가운데 방 한 칸이 있고, 그 방의 사면으로는 마루를 깔았다. 문은 모두 쌍여닫이로 되어 있으며 띠살문이다. 담은 최근에 보수한 것으로 보이며 정방형으로 되어 있는데, 돌과 시멘트를 섞어 만들었고, 그 위에 기와를 얹었다.

방원진은 조부가 은거하던 곳에 사계정사를 새로 짓고 그것을 기념하기 위하여 화공을 시켜 그림을 그리기도 했다. 고려대학교가 소장하고 있는 <사계정사도>가 그것이다. 방원진은 자가 이성(而省), 호는 만오인데, 1592년(선조 25) 임진왜란 때 양대박(梁大樸)과 함께 의병(義兵)을 일으켜 구국의 선봉에 섰던 것으로 널리 알려져 있다. 주렴계의 <애련설>을 생각하면서 <애련곡3첩>이라는 시조를 짓기도 했다. "대집 삼간을 짓고 못파 연(蓮)을 심거, 취엽경파(翠葉輕波)의 만향(萬香)이 어린 저긔, 거문고 한 닙 소리를 알리 업서 하노라."라고 한 것이 그 첫째 수이다.

사계정사도는 방원진의 설명을 듣고 그린 수묵산수화이다. 그림의 맨 위에는 '사계정사도(沙溪精舍圖)'라는 전서가 있는데, '계(溪)'자와 '사(舍)'자의 굵기를 달리하여 단조로움을 피했다. 지리산일 듯한 산이 멀리 솟아 있고 정사 주위로는 사계가 감돌고 있다. 명주에 먹으로만 그림을 그려 담백하고, 최소한의 나무와 사람을 배치하여 정갈한 맛을 더했다. 정사는 마을에서 약간 떨어진 곳에 위치하고 있는데, 세속과 다소의 거리를 두면서 자연 속에서 수양을 거듭하며 진리를 탐구하는 선비의 자세를 그렇게 표현한 것일 터이다. 그림 아래는 <제사계정사도(題沙溪精舍圖)>라는 발문이 있으며, 조선 중기의 사대문장가 가운데 한 사람인 상촌(象村) 신흠(申欽, 1566-1628)이 쓴 것이다. 여기에 정사를 지은 사정이 잘 드러나 있다.

사계는 산수(山水)가 수려하여 한 지방에서 으뜸 가고, 방씨(房氏)는 학문을 닦고 덕을 쌓아 한 지방에서 빼어난 자가 되었으니, 대개 이른바 신령스럽고 수려한 땅에 인걸이 난다는 것이다. 상상하건대, 그는 시냇가 수풀 사이에서 휘파람을 불고 노래하며 자유자재로 놀던 날아갈 듯한 신선 중의 한 사람이었을 것인데, 지금은 볼 수가 없다. 그의 손자 원진(元震)이 병화 뒤에 유업(遺業)을 잃지 않고 조그마한 집을 지어서 그 자취를 그려 놓고 문인(文人)에게 부탁하여 기록해 전하니, 그 가업을 대대로 이었다고 하겠다.
아, 천지 사이에 길이 존재하여 변하지 않는 것은 산수뿐이고 그 다음은 정자나 집, 풀이나 나무뿐인데 모두가 이미 쓸쓸한 빈터가 되어 버렸다. 방씨의 맑은 이름이 있지 않았으면 어떻게 오래 전할 수 있었겠는가? 그렇다면 힘입어 전해지는 것은 또한 사람에게 있다. 나 같은 자는 병들고 게으른데다 세상살이에 바둥거리며 살다보니 머리털이 성성해졌다. 지팡이 하나를 짚고 시냇가의 정사(精舍)를 찾아가서 방군(房君)과 마주 앉아 거문고를 타 곡조를 울려 뭇 산으로 하여금 모두 메아리가 울리게 할 인연이 없으니, 한스럽다.

신흠은 이 글에서 사계를 둘러싼 산수의 아름다움과 방응현의 높은 덕은 일정한 함수관계가 있다고 했다. '신령스럽고 수려한 땅에 인걸이 난다'고 한 것이 그것이다. 더욱이 방응현을 들어 '신선'이라 했는데, 신선은 산수 속에서 자유자재로 노니는 사람임을 감안할 때, 자연과 인간이 완벽하게 합일된 상태를 의미한다. 방응현이 바로 이 경계에 이르렀다며, 그의 손자 방원진은 조부의 유업을 잃지 않고 가업을 잇는 자라며 칭찬을 아끼지 않았다. 그 또한 사계정사로 내려가 방원진과 함께 거문고를 타며 자연에 몰입하지 못함을 한탄하였다.

신흠은 여기서 더욱 나아가 시를 남기기도 했다. 이 작품 역시 <사계정사도> 말미에 붙여두었으며, 신흠의 『상촌집』에는 <호남 방생의 사계정사도에 쓰다(題湖南房生沙溪精舍圖)>라는 제목으로 수록되어 있다. 그러니까 산문으로 사계정사도의 발문을 쓰고, 이것으로 미진하여 다시 운문으로 시를 지었던 것이다. 이를 통해 우리는 작품을 부탁한 방원진과 신흠의 두터운 교분을 관찰할 수 있으며, 또한 신흠이 방응현의 처사적 삶을 얼마나 동경하고 있었던가 하는 점을 알 수 있다. 시의 전문은 이렇다.

옛사람 남긴 터에 작은 집 지어	小築因遺業
풍류의 옛 자취를 이어 받았네	風流繼故蹤
산빛은 해맑게 창가에 들고	山光晴入戶
물빛은 멀리 허공에 닿았네	水色迥連空
더부룩한 대밭에 봉황이 깃들고	竹葆應棲鳳
서린 소나무는 용이 되려하네	松盤欲作龍
고고한 사람 어찌 볼 수 있을꼬	高人那可見
슬픈 마음으로 그림 속을 바라본다네	悵望畵圖中

그림을 펼쳐두고 사계정사를 유심히 바라보는 신흠, 그리고 그는 산빛과 물빛이 사계정사에 어리는 아름다운 정경을 상상하고 있다. 함련에서 산빛이 해맑게 창가에 들고, 물빛이 멀리 허공에 닿아있다고 한 표현이 그것이다. 사계정사 가까이에는 대나무와 소나무가 있어, 대나무 밭으로는 봉황이 깃들고 서린 소나무는 용이 되어 날아오려는 듯하다고 하여 사계정사의 운치를 더욱 살렸다. 그 속에 고고하게 사는 사람을 만날 수 없어 그림을 유심히 본다면서 방응현의 삶에 대한 그리움을 애틋한 정서와 함께 표출하였다.

신흠이 그림을 통해 만났던 방응현, 그는 누구인가? 방응현은 1523년에 태어나 1589년까지 살았으니 향년이 66세다. 이름을 응주(應周)라고도 했으며, 본관은 남양(南陽), 자는 준부(俊夫), 호는 사계(沙溪)인데 남원출신이다. 시조는 방계홍(房季弘)으로 당나라 상국 방현령(房玄齡)의 후손이라 한다. 방응현의 고조인 구성(九成)이 정산현감으로 남원의 주포(周浦)마을로 옮겨와 살면서 이곳이 비로소 세거지가 되었다. 조부는 호조좌랑에 임명된 바 있는 귀화(貴和)이며, 아버지는 한걸(漢傑)이다. 현재 그의 사적을 기록한 2권 1책의 『사계실기(沙溪實記)』가 전한다.

방응현은 남명 및 일재(一齋) 이항(李恒, 1499-1576)의 문하에 출입하면서 학문을 닦았다. 월사(月沙) 이정구(李廷龜, 1564-1635)는 방응현의 손자 원진의 부탁으로 <사계정사기>와 <사계거사묘갈명(沙溪居士墓碣銘)>을 썼다. 거기에서 "남명과 일재의 문하에 유학하면서 학문하는 방법을 터득하였는데, 마침내 과거 공부를 포기하고 집에 고요히 앉아 시서를 읽으면서 과농(課農)과 이포(理圃), 관개(灌漑)와 화죽(花竹) 등에 관심을 두고 유유자적하였다."라고 기술하고 있다. 여기서 우리는 그의 삶에 대한 기본 성향을 충분히 짐작하게 된다.

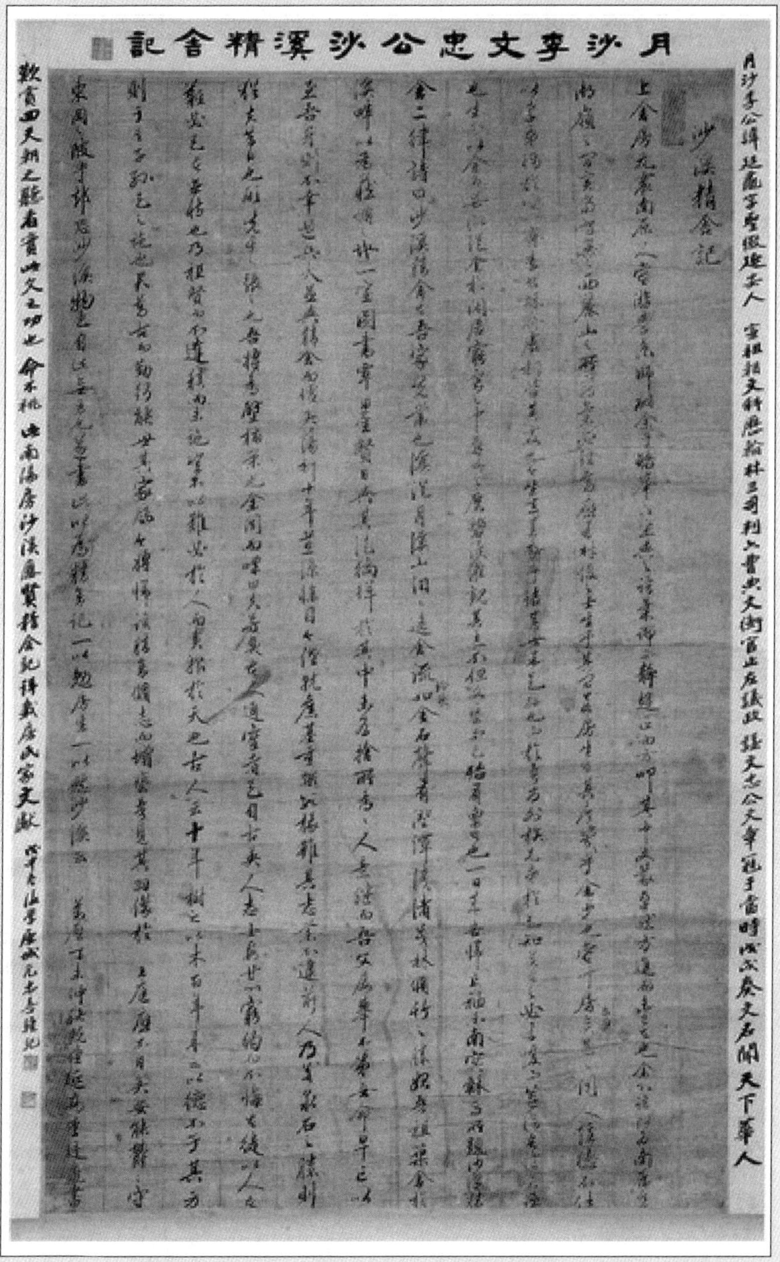

〈사계정사기〉: 조선 중기 한문학 4대가 가운데 한 사람인 월사 이정구가 쓴 것이다.

방응현이 언제 남명의 문하에 들었는지 알 수 없다. 산천재와 사계정사의 거리로 미루어 보아 남명이 산천재에서 제자를 기를 즈음이 아닌가 한다. 방응현은 남명보다 22세 연하이니, 40세 이후에 남명을 찾아 산천재로 갔던 것으로 보인다. 『남명집』에는, 남명이 그의 제자 방응현의 사계정사를 방문하고 남긴 시가 한 수 전한다. <제방응현모정(題房應賢茅亭)>이 그것인데, 전문은 이렇다.

방노인 집안 명성, 해동에 드러났는데	房老家聲擅海東
내손(來孫)은 원래 당나라로부터 왔다네	來孫元自大唐中
어린 나이의 훌륭한 자식은 둘도 없는 옥이요	弱齡佳子雙無玉
번성한 일가는 십리에 뻗은 소나무 같다네	多黨強宗十里松
하늘에 구름 쓸어낸 듯 걷히니 파란 빛이 짙고	雲掃一天靑靄靄
바람이 천 그루 나무를 흔드니 푸르고 싱싱하네	風搖千樹碧瓏瓏
흰 옷 입고 항상 나물 먹는다고 싫어하지 말게	莫嫌衣白長咬菜
소반에 담긴 두류산 먹어도 다함이 없다네	盤面頭流食不窮

남명의 〈제방응현모정〉 시판 : 사계정사에 걸려 있다. 남명은 여기서 "어린 나이의 훌륭한 자식은 둘도 없는 옥이요, 번성한 일가는 십리에 뻗은 소나무 같다네."라고 했다.

이 시는 『남명집』에도 실려져 있지만, 지금의 사계정사에 남명의 차운시로 걸어두었다. 사계정사에 차운시로 되어 있으니 원운이 따로 있다는 것을 알 수 있다. 남명은 이 시의 수련에서 방노인이라 했다. 22세 연하인 자신의 제자를 이렇게 일컬을 수 있었을까? 아마도 그의 아버지 방한걸을 지칭한 것이 아닌가 한다. 이렇게 보면 제자 방응현을 찾아갔을 때 그의 아버지도 만났을 것이고, 정사를 두고 지은 어떤 사람의 원운도 보았을 것이므로 남명은 이 원운에 입각해서 차운시를 지어 방응현에게 준 것일 터이다.

수련에 당나라로부터 왔다는 것은 그의 선조가 당나라 상국 방현령이라는 것을 염두에 둔 표현이다. 함련에서는 훌륭한 아들과 번성한 일가를, 경련에서는 사계정사 주위의 맑은 풍경, 미련에서는 공명을 버리고 자연과 더불어 살아가기를 바라는 당부 등이 포함되어 있다. 특히 "소반에 담긴 두류산 먹어도 다함이 없다."라고 하여, 두류산 기슭에서 자연과 더불어 어떤 정신적 교감이 이루어지기를 바라는 마음이 담겨 있다. 이것은 남명 스스로가 덕산으로 들어오면서 "십리에 펼쳐진 은하수 같은 물 먹고도 남으리[<德山卜居>, 銀河十里喫有餘]."라고 했던 것과 그 맥을 같이 한다.

남명이 방응현의 사계정사를 방문하여 지은 시는 차운시라고 했다. 그렇다면 원운은 어떤 것일까? 『사계실기』에는 정작으로 방응현의 원운은 전하지 않고, 운자 다섯만 방응현의 것이라며 제시하였다. 그런데 이 책에는 <차(次)>라는 제목 아래 노수신(盧守愼), 이항(李恒), 조식(曺植), 송순(宋純), 조희문(趙希文), 무명씨, 백광훈(白光勳), 이달(李達), 조희일(趙希逸) 등의 작품이 열거되어 있고, <차사계벽상운(次沙溪壁上韻)>이라는 제하에 이정구의 시 1수, 경차(敬次)라는 제하에 권필(權韠) 등의 시가 있으며, 마지막으로 방원진의 차운시가 있어 도합 33인의 37수가 수록되어 있다.

송순의 『면앙집(俛仰集)』에 <제방사계준부응현정사(題房沙溪俊夫應賢精舍)>라는 작품 아래는 "이 이하는 연원일을 알 수 없다. 방공은 노소재의 문도인데, 소재도 또한 이 운으로 지은 시가 있다."라고 주석하고 있다. 얼핏 보면 방응현의 시에 송순이 차운을 하였고, 노수신 역시 여기에 차운을 한 것으로 보인다. 그러나 이것은 후인들이 『면앙집』을 만들 때 주석한 것이라는 점을 고려할 때 이것을 액면 그대로 믿기가 어렵다.

그렇다면 원운은 누구의 것일까? 『사계실기』에서는 방응현의 것이라고 했지만, 여러 문헌에서는 방응현과 인척관계에 있었던 노수신의 것이라 전한다. 이항이 『일재집』에서 <방사계정사차소재운(房沙溪精舍次蘇齋韻)>이라 한 것이나, 이수광이 『지봉집』에서 <사계정사차노소재운(沙溪精舍次盧蘇齋韻)>이라 한 것이 그것이다. 더욱이 전식(全湜)은 『사서집(沙西集)』에서 <차사계정운(次沙溪亭韻)>을 짓고 짧은 서문을 써서 "옛 일사 방응현의 정자다. 손자인 상사(上舍)가 그 정자를 다시 지어 친구에게 시를 구하였는데, 시운은 실로 소재가 처음 지은 것이다."라고 명기하고 있다. 이로 보아 남명이나 일재 등 수많은 문사들의 차운시는 소재 노수신의 원운에 의한 것이라는 사실을 알 수 있다.

삼당시인 가운데 한 사람인 백광훈 역시 차운시를 남겼다. 『옥봉시집(玉峰詩集)』에 전하는 <제방준부송계당(題房浚夫松溪堂)>이 그것이다. 이 작품에서 백광훈은 "한 줄기 물은 울타리 감돌아 흘러 나오고, 수많은 봉우리는 난간 앞에서 껍질에 싸인 마늘 같다."라고 하면서 "소재가 벽에 시를 지으니 뇌룡(雷龍)이 화답을 하고, 떠나려 하니 생각이 끝없음을 누가 알겠나?"라고 하였다. 소재는 물론 노수신의 호이고, 뇌룡은 다름 아닌 남명이다. 남명이 합천에 뇌룡사(雷龍舍)를 지어놓고 강학활동을 한 사실을 염두에 두었기 때문이다.

이처럼 사계정사를 중심으로 한 문학활동은 소재, 남명, 일재, 면앙정 등에게서 비롯되어, 방응현 사후에는 그의 손자 방원진에 의해 더욱 증폭된 것으로 보인다. 이 같은 사실을 인식하면서 허균은 방원진의 청탁으로 〈사계정사기(沙溪精舍記)〉를 짓기도 했다. 그는 이 글에서 지리산은 삼산(三山) 가운데서도 제일이라 하고, 그 아래 남원부가 있으며, 여기 사는 사람들이 지리산의 정기를 받아 우뚝하고 우람하다고 했다. 그 일부를 들어보자.

특히 그 중에도 오직 방씨(房氏) 일족만이 더욱 인륜(人倫)의 영예를 누렸는데 지금 생존하여 세상에 울리는 자는 상사(上舍) 방군(房君, 방원진)을 가장 추앙한다. 군은 문장과 행위가 두루 갖추어져 초야에 숨어 수신한 적이 여러 해였다. 세상에서 그의 재주가 쓰이기를 앙망한 지 이미 오래였으나 박옥(璞玉)을 품은 채 아직 팔지 않았다. 사람들이 모두 이를 애석히 여겼으나 군은 벼슬길에 나아가는 데 급급하지 않았으며 산수 간에서 읊고 노래하며 유유자적하였다. 사계(沙溪)에 있는 선업이 병화(兵火)에 탕진되자 빨리 정사(精舍)를 지어 그 옛 모습으로 복구하고 거기서 살았다. 이미 월사(月沙)와 상촌(象村) 두 분에게 글을 청하여 그 시말(始末)을 기록하였으며, 또한 남명(南冥)과 소재(蘇齋)의 시를 걸어 당대의 명작으로 이어 놓았다. 이로써 수풀과 산이 더욱 빛나고 연못과 정자가 생기를 발하였으니, 실로 인간 세상 밖의 신선이 사는 동천(洞天)이었다.

허균은 이 글에서 방응현의 손자 방원진을 특별히 높였다. '문장과 행위가 두루 갖추어져 초야에 숨어 수신한 적이 여러 해'라고 하면서, 그를 박옥을 품고 팔지 않는 사람이라 했다. 높은 도덕을 갖추고 있으나 벼슬살이에 급급하지 않았음을 보인 것이다. 선조의 유업을 잇기 위

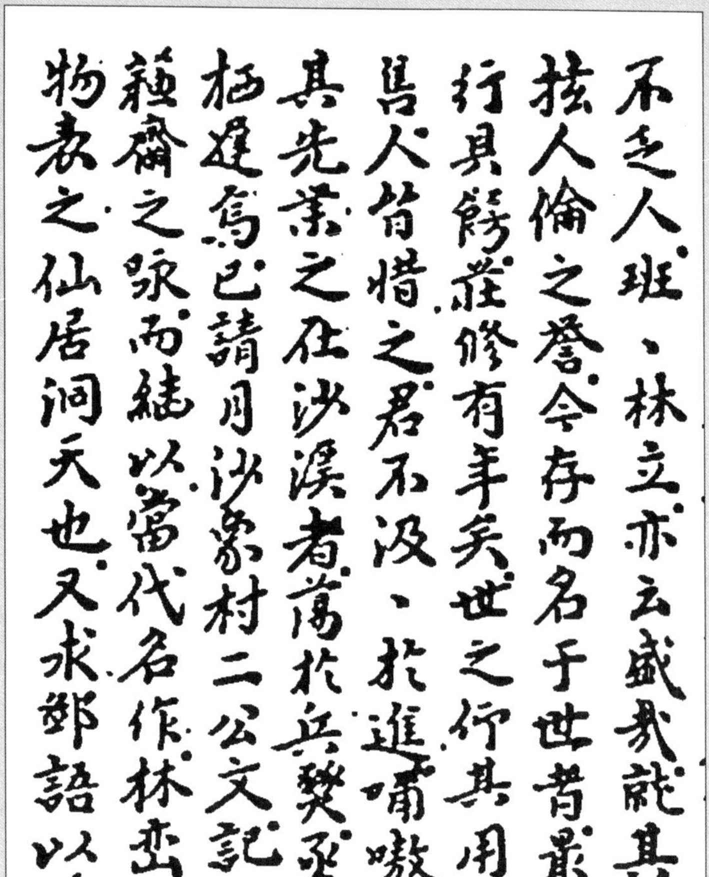

不乏人班、林立亦云盛哉就其中唯李氏一望尤
挺人倫之譽今存而名于世者衆推上舍房君、文
行具餙莊修有年矣世之行其用者已久而懷璨未
甚人皆惜之君不及、於進喁嗷家岩以自適其天、
其先業之在沙溪者蔚於兵燹丞葺精舍復其舊而
栖遲焉已請月沙象村二公文記其始末又列南宾
種齋之詠而徵以當代名作、林埜增輝池榭生輝圃
物表之仙居洞天也又求鄙語以係其後僕迩球是

교산 허균이 쓴 〈사계정사기〉 부분 : 허균의 『성소부부고』에 수록되어 있다.

하여 정사를 새로 짓고, 월사와 상촌에게 기문을 받아 정사의 시말을 기록하는가 하면, 남명과 소재의 시를 정사에 걸어 고아한 풍취를 더한 것도 훌륭하다고 했다. 이로써 '지리산―남원―사계정사'로 그 범위가 축소되지만, 방씨 일족의 처사적 삶과 그 의미는 더욱 깊어지게 되었고, 마침내 '인간 세상 밖의 신선이 사는 동천'이라며 극찬하였다.

어쨌든 방응현의 사계정사는 노수신이 원운을 짓고, 이에 남명과 일재, 그리고 면앙정 등이 차운하면서 시단의 가능성을 보였다. 병란으로 불탄 사계정사를 방원진이 다시 짓게 되고, 이를 기념하기 위하여 당대의 명사들에게 글을 받아 책을 엮고 화공에게 '사계정사도'를 그리게 하여 고상한 풍취를 더했다. 이 같은 일련의 행위는 당시 담양의 양산보가 지은 소쇄원을 중심으로 시단이 형성되어 활발한 문학활동을 했던 것과 관련성이 있다. 방응진 역시 여기에 일정한 영향을 받아 남원에서 담양과 비견할 만한 선비문화를 이루며 하나의 품격을 갖추고자 했을 것이다. 시단 및 정원의 규모면에서는 많은 차이를 보이지만 말이다. 방응진은 이 일에 분투하면서 그 스스로 소재의 시에 차운하기도 했다. 다음이 바로 그것이다.

선조의 유허는 푸른 시내 동쪽에 있고	先祖遺墟碧澗東
거문고와 책의 그윽한 아취가 그 속에 있다네	琴書幽趣在斯中
일생 동안 노닐던 곳 수간 집이나	一生偃仰數間屋
백세의 회포는 천 길 소나무에 드높네	百歲襟期千丈松
난초 핀 뜰에 바람 불어와 향기 일어나고	蘭砌風來香再再
대나무 숲에 이슬 떨어져 소리가 영롱하네	筠叢露滴響瓏瓏
처량한 물색은 모두 옛 모습 그대로이나	凄凉物色渾依舊
소자의 슬픈 심정 끝이 없다네	小子悲懷自不窮

敬次・

先祖遺墟碧澗東

琴書幽趣在斯中

一生佂作數間屋

百歲襟期千丈松

明砌風來香冉冉

筠叢露滴響瓏瓏

凄涼物色渾依舊

小子悲懷自不窮

主人房元震

방원진의 차운시 : 사계정사에 게판되어 있다. 이 시에서 방원진은 "난초 핀 뜰에 바람 불어와 향기 일어나고, 대나무 숲에 이슬 떨어져 소리가 영롱하네."라고 했다.

이 작품을 통해서 보듯이, 방원진은 그 조부의 유허를 바라보면서 감회에 젖고 있다. 조부는 수간 집을 지어놓고 거문고와 서책을 통해 일생을 보내면서, 난초와 같이 고결한 성품을 길렀다고 했다. 이 같은 분을 위해서 자신이 할 수 있는 일을 찾았는데, 그것은 바로 조부의 유업을 잇는 길이었다. 이것은 작지만 큰 일이라 여겼다. 정사를 새로 짓고 당대의 명사들에게 글을 받아 『사계실기』를 편찬하고, 여기에 위와 같은 그의 작품을 싣기도 했던 것이다.

남명은 그의 제자 방응현에게 소반에 담긴 두류산은 아무리 먹어도 끝이 없다고 했다. 벼슬을 하면서 누릴 수 있는 공명과 부귀, 이것은 그 끝이 분명하다는 것의 다른 말이다. 자연 속에서 거문고 연주와 독서를 즐기며 조용히 진리를 찾아 가는 길, 오늘날 우리의 시각에서 보면 이것은 참으로 요원하기 짝이 없다. 인문학문이 경제의 논리에 휘둘리고 화폐와 교환되지 않는 정신은 무의미하게 취급되고 있으니 말이다. 우리의 참살이는 부귀와 공명, 그 너머에 있다. 자연 속에서 조용하고 편안한 가운데 획득되는 그 자유경계야말로 오늘날 우리들 삶에 절실히 요청되는 무엇이 아닐 수 없다.

5) 삼세에 얽히는 사람들의 인연 - 하동의 오대사

오대사지의 백궁선원 : 경남 하동군 옥종면 궁항길 286-108에 위치하고 있다. 지금은 도회 사람의 심신을 쉬게 하는 수련장으로 활용된다.

오대사(五臺寺)는 행정구역상 오늘날의 경남 하동군 옥종면 궁항리 346번지에 위치하고 있었다. 지금은 절의 흔적을 전혀 찾아 볼 길이 없고, 사단법인 세계국선도연맹에서 관리하고 있는 산중 수련원인 백궁선원이 그 자리를 대신하고 있을 따름이다. 덕천서원 쪽에서 이곳을 가는 방법은 두 가지다. 옛날 남명이 그렇게 갔을 것으로 생각되는 길을 도보로 가는 방법과 자동차를 타고 옥종을 거쳐 궁항으로 돌아가는 방법이다. 전자는 산청군 시천면 내공마을에서 갈치재를 넘어가면 된다. 후자는 하동군 옥종면 월횡리에서 1014번 국도를 타고 들어가서, 오율마을을 지나 백궁선원이라는 표지판을 따라 오른쪽으로 들어가면 된다.

남명이 이곳을 언제 들렀는지 분명하지 않다. <유두류록>에 의하면 '용유동(龍游洞)으로 들어간 것이 세 번'이었다고 하였으니, 용유동을 하동의 청암으로 보아 그곳으로 들어가면서 오대사를 들렀을 수 있고, 덕산에 살면서 갈치재를 넘어 주산[831.3m]으로 갔을 수도 있다. 주산을 흔히 오대주산이라 부르는데, 다섯 봉우리 가운데 가장 중심이 되기 때문일 것이다. 이와 관련하여 남명은 다음과 같은 두 수의 시를 남긴다.

가) 산기슭에 이름 쓰는 것을 부끄러워하였는데	名字曾羞題月脅
웃으며 하찮은 솜씨로 절간에 남겼다네	笑把蚊觜下蟬宮
사람들의 인연은 예로부터 삼세에 얽힌 것	人緣舊是三生累
한나절 만에 돌아오며 적송자에 비기네	半日歸來擬赤松
나) 산 아래 외로운 마을 풀이 문을 덮고 있는데	山下孤村草掩門
중이 날 저물고자 할 때 찾아왔구나	上人來訪日初昏
시름을 다 이야기하고 잠 못 이루는데	愁懷說罷仍無寐
달빛은 앞 시내에 가득하고 밤은 깊어간다네	月滿前溪夜欲分

앞의 작품 가)는 <오대사에 씀(題五臺寺)>이다. 원주(原註)에 '진주에 있다'라고 되어 있는데 당시 경남 하동이 진주계였기 때문이다. 제1구에서 산기슭에 이름을 남기는 것을 부끄러워 한다고 했다. 그가 일찍이 지리산 불일암을 오르면서 큰 바위에 새겨놓은 '이언경(李彦憬)·홍연(洪

淵)’, ‘시은형제(柿隱兄弟)’라는 이름을 보고, “구구하게 숲 속 잡초더미 사이 원숭이와 이리가 사는 곳의 돌에 새겨서 영원히 썩지 않기를 구하려한다.”라고 하면서 비판한 적이 있는데 같은 맥락에서 이해된다. 그러나 제2구에서는 자신의 이름을 남겼다고 했다. 아마도 남명의 이름으로 이 시를 절간 주련에 남긴 것이 아닌가 한다. 어떤 판본에는 <오대사 기둥에 씀(題五臺寺柱)>으로 되어 있기 때문이다.

뒤의 작품 나)는 <오대사의 중에게 줌(贈五臺僧)>이다. 이 시는 매우 서정적이다. 산 아래에 위치한 외로운 마을, 거기 풀이 문을 가득 덮고 있다. 날이 저물려고 하자 오대사의 승려가 남명을 찾아 왔고, 그 중과 시름 가득한 마음을 나눈다. 이 시름은 남명의 시름이기도 하면서 중의 시름이기도 했을 것이다. 이 같은 시름을 공유한 사이야말로 앞의 시에서 말한 것처럼 ‘사람들의 인연은 예로부터 삼세(三世)에 얽힌 것’이라 할 만하다. 그러나 시름을 모두 이야기했다고 하여 시름이 없어지는 것은 아니다. 이 때문에 문밖을 나왔을 것이고, 그때 달빛만 집 앞의 시내에 가득하고 밤은 이미 이슥해져 있었다.

남명과 오대사 중의 시름이 어떤 것이었는지는 알 수 없으나 남명은 참으로 시름이 많았던 사람이다. 앞의 시에서처럼 반나절을 오대사에서 놀고 전설상의 신선인 적송자에게 비겨보기도 하였지만, 그는 절대 신선이 될 수 없었던 사람이다. 제대로 된 세상을 만들고 싶었기 때문에 현실에 대한 불만이 많았고, 가족은 질병으로 괴로워했다. 그리고 그 자신은 두통과 현기증으로 괴로워하였으며, 만년에는 구암(龜巖) 이정(李楨, 1512-1571)과 절교하기도 하고, 진주 음부사건의 배후인물로 지목되면서 여러 사람들로부터 비방을 듣기도 한다. 어쨌든 남명의 시름은 어느 누구보다 깊은 것이었다.

조선 후기 고지도 '오대사' 부근 : 덕천서원, 종천서원, 청암사 등이 보인다.

그렇다면 남명이 갔던 지리산의 오대사는 어떤 절이었을까? 『신증동
국여지승람』 「경상도·진주목」 조에는 오대사의 위치와 함께 오대사라
는 이름의 소종래(所從來)가 적혀 있다. "살천현(薩川縣) 남쪽에서 고개 하
나를 넘으면, 다섯 봉우리가 벌여 서서 그 모양이 대(臺) 같은데, 절이
그 복판에 있으므로 절 이름이 되었다."라고 한 것이 그것이다. 이어서
"수정사(水精寺)라 하기도 한다. 따오기알 만한 수정주(水精珠)가 있는데,

여의주(如意珠)라 부르며, 은으로 된 끈으로 얽어서 보배로 전해 온다. 절중의 말에는, '구슬을 반 동이 물에다가 담그면 물이 곧 넘친다'고 한다."라고 기록해 두었다.

살천현은 지금의 경상남도 산청군 시천면과 삼장면 일대에 있었던 옛 고을이다. 현의 이름 '살천'은 덕천서원 앞을 흐르는 시내에서 따온 것인데 물이 화살처럼 빨라 그렇게 이름하였다 한다. 원래 '살'은 빛살이나 화살이라 할 때의 순우리말 '살'로, 음차(音借)하여 살(薩)이라 하였다. 오늘날은 이것을 훈차(訓借)하여 '시천(矢川)'이라 하였으며 지금의 시천면은 바로 여기서 온 것이다. 오대사는 '수정사'라고 하기도 했다는데, 커다란 수정이 있었기 때문이다. 일찍이 탁영(濯纓) 김일손(金馹孫, 1464-1498)은 살천현을 거쳐 오대사를 유람한 적이 있다. 그의 <두류기행록>에는 이렇게 기록되어 있다.

덕산에서 본 오대주산 : 사진에 보이는 시내가 시천이며, 산 너머에 오대사가 있었다. 남명은 그의 육안으로 이러한 정경을 보면서 산을 넘어 오대사를 찾았을 것이다.

서쪽으로 십 리를 가서 한 큰 내를 건넜다. 바로 살천(薩川)의 하류가 살천을 경유하여 남으로 가다가 비스듬히 돌아 서쪽으로 약 20리를 가는데 모두 두류산의 나머지 줄기이다. 들은 넓고 산은 나즈막하며 맑은 내와 하얀 돌이 모두 심신을 즐겁게 한다. 구부려져 동쪽으로 향하여 계곡사이로 향하니 물은 맑고 돌은 날카로우며 또 구부려져 북으로 향하여 시내 하나를 아홉 번이나 건넜다. 또 동으로 구부려져서 한 판교(板橋)를 건너니 수목이 빽빽이 들어차서 아무리 쳐다보아도 하늘이 보이지 아니하고, 길은 점점 높아간다. 6·7리를 가니 압각수(鴨脚樹) 두 그루가 마주 섰는데, 크기는 백 아람이나 되고 높이는 하늘에 닿을 듯하였다.

문을 들어서니 옛 갈석(碣石)이 있었는데 그 액(額)에, '오대산수륙정사기(五臺山水陸精社記)'라 써 있기에 그것을 읽어보니 자못 좋은 글임을 알겠다. 바로 고려 권 학사(權學士) 적(適)이 조송(趙宋) 소흥(紹興) 연간[소흥 7년, 1137년]에 지은 것이다. 절에 누관(樓觀)이 있어 매우 장엄하고 간가(間架)도 퍽이나 많고 번당(幡幢)도 나열(羅列)해 있다. 고불(古佛)이 있는데, 중의 말이 "고려 인종(仁宗)이 만들어 보낸 것입니다. 인종이 가졌던 철여의(鐵如意)도 보관하고 있습니다."라고 한다. 해가 저물고 비도 부슬부슬하여 드디어 유숙하였다.

오대사지에 남아 있는 종형 부도

탁영은 점필재(佔畢齋) 김종직(金宗直, 1431-1492)의 제자로 <두류기행록> 역시 점필재의 <유두류록>을 이어서 지은 것이다. 이 때문에 『속동문선(續東文選)』에서는 이 작품이 아예 <속두류록>이라 하고 있다. 점필재는 <유두류록>에서 함양 관아로부터 엄천, 고열암, 향적사, 영신봉 등 다양한 곳을 유람하였으나 오대사는 가보지 못한 것에 대하여 안타까워하였다. "우리가 오늘 이 산에 한 번 올라 유람하여 겨우 평소의 소원을 풀기는 하였으나, 공무에 매인 몸이라 감히 청학동(靑鶴洞)을 찾고 오대(五臺)를 거쳐서 그윽하고 기이한 경치를 두루 구경하지 못했으니, 어쩌면 이 산이 우리로 하여금 그런 곳을 만나지 못하게 한 것은 아닐까?"라고 한 것이 그것이다. 점필재의 이 같은 언급 때문인지 탁영은 오대사를 탐방했고, 이에 대한 자세한 기록을 위와 같이 남긴다.

은행나무 : 사진은 도동서원의 건립을 기념하여 한강 정구가 심은 것이다. 교와 성섭이 보았던 오대사의 은행나무는 이것보다 훨씬 컸을 것으로 보인다.

탁영은 오대사에서 두 그루의 거대한 압각수[은행나무], 권적(權適, 1094-1147) 찬의 <오대산수륙정사기(五臺山水陸精社記)>를 새긴 비, 절의 누각과 건물, 오래된 부처 등을 보았다. 그는 이것을 자신이 본 순서대로 기록해 둔 것이다. 가장 먼저 본 것은 절 앞에 있는 두 그루의 압각수였다. 나뭇잎이 오리의 발을 닮았다 하여 예로부터 은행나무를 압각수라 했다. 그리고 마당에 서 있는 고비(古碑), 절의 건물들, 금당에 모셔져 있는 고불(古佛)을 차례대로 보았다.

이 가운데 고려조 사람 권적이 쓴 <지리산수정사기>를 주목할 필요가 있다. 오대사를 가장 잘 설명하고 있기 때문이다. 이 글은 현재『동문선』에 실려 있는데, 탁영이 좋은 글로 생각했던 <오대산수정사기>는 바로 이것을 말한다. 이에 의하면 수정사는 수정결사(水精結社)에서 유래한 것이었음을 알 수 있다. 수정결사는 진억대사(津億大師)가 오대사에서 일으킨 일련의 불교운동이다. 진억(津億)은 속성이 이씨(李氏)였고, 11세에 현화사(玄化寺)로 출가하여 혜덕왕사(惠德王師)에게 수업하였는데, 26세에 승과에 합격한 후, 학문과 행실에 진보하여 많은 사람들로부터 추앙을 받았다 한다.

대각국사 의천(義天, 1055-1101)이 남쪽 지방을 유람하다가 폐사가 된 오대사에 이르러, "이곳은 큰 법이 머물 곳이다."라고 하였는데, 진억이 그 소문을 듣고 터를 닦기로 했다고 한다. 이때 해인사 주지 승통(僧統) 익승(翼乘)과 공배사(功倍寺) 주지 승록(僧錄) 영석(塋碩)이 많은 사재를 내어 비용을 도왔다. 종실과 재상 및 명망 있는 관료들과 고승으로부터 남녀 신도에 이르기까지 이 결사에 들어오고자 하는 사람이 무려 3천여 명이나 되었다. 담웅(曇雄)과 지웅(至雄)이라는 승려가 시주할 사람을 모집하고, 순현(順賢)이 몸소 공인들을 인솔하여 공사를 서둘렀는데, 모두 86칸

오대사지의 석재

의 건물을 지었다. 그리고 법연(法延)이 주조한 무량수불을 모셨으며 익승이 석탑을 세웠고, 영성(永誠)이 인쇄한 대장경도 모셨다.

이상을 통해 우리는 수정결사의 규모가 어떠했는지 바로 알 수 있다. 수정사는 수정결사에서 그 이름이 왔고 1123년 7월에 공사를 시작하여 1129년 10월에 완성하였으며, 그때 엄천사(嚴川寺)의 수좌 성선(性宣)을 초빙하여 불경을 강설하였다. 이때 임금이 동남해안찰부사로 있던 윤언이(尹彦頤, ?-1149)에게 명하여 분향케 하고 이어서 2백 냥을 하사하며 축하하였다. 임금은 다시 순금으로 만든 탑 1좌와 곡식 1천 곡(斛), 전말을 새긴 사비(祠碑), 부처의 어금니 등을 내려 숭상하는 뜻을 보이기도 하였다.

진억은 수정결사를 통해 어떤 불교운동을 전개하였을까? 삼국통일 이후 불교는 더욱 발전하여 가히 불교의 전성시대라 할 만하다. 이때에는 대·소승(大·小乘), 현밀(顯密), 교선(敎禪)의 모든 종파가 쟁명(爭鳴)하였으며, 계율종(戒律宗), 열반종(涅槃宗), 법성종(法性宗), 화엄종(華嚴宗), 법상종(法相宗) 등의 5교와 9산선문이 활발하게 활동을 하였다. 이 가운데 진억은 지리산 오대사 옛터에서 수정사를 결성하여 고려 인종 때 금산사 법상종의 명승 혜덕에게서 이어받은 법통을 잇고자 했다. 특히 그는 3천여 명의 사부대중을 모아 유가종풍(瑜伽宗風)을 선양하였다고 한다.

탁영이 오대사를 방문한 것은 1489년이었으니 창건한 지 360년이나 지난 뒤였다. 그러니 고려시대의 절이 그대로 남아 있었던가 하는 것을 정확하게 확인하기 어렵다. 춘정(春亭) 변계량(卞季良, 1369-1430)이 쓴 <진주오대사중수문(晉州五臺寺重修文)>이 있으니 조선 초기에 이미 중수하고 있음을 본다. 그러나 탁영이 "절에 누관이 있어 매우 장엄하고 간가도 퍽이나 많고 번당도 나열해 있다."라고 하였으니 그 유풍이 많이 남아 있었다는 것을 짐작할 수 있다.

탁영이 이곳을 다녀간 6-70년 뒤에 남명이 이 절을 찾았고, 240여 년 뒤에 교와(僑窩) 성섭(成涉, 1718-1788)이 다시 이 절을 찾았다. 교와는 당시의 기록을 <기유오대사(記遊五臺寺)>라는 글을 통해 남기는데 그의 관심은 절의 규모가 아니라 절 앞에 있는 거대한 은행나무였다. 어쩌면 교와의 시대에 이미 절은 많이 쇠잔해졌는지도 모른다. 다음은 교와가 본 은행나무다.

두 나무가 서로 마주보고 서 있는데, 너무 커서 둘레를 알 수가 없으며, 가지와 줄기는 꾸불꾸불하여 규룡(虯龍)과 같았다. 빽빽한 잎으로 그늘을 만들었는데 갑자기 내리는 비를 피할 만하였고, 둥근 나무에 거꾸로 드리워져 있는 것은 철저(鐵杵)에 젖이 달린 것 같았으며 아래로 내려와 땅에 닿아 있었다. 구멍은 입이나 귀 같기도 하고 웅덩이나 확 같기도 했으며 너무 많아 셀 수가 없었다. 그 가운데 커다랗게 구멍난 곳은 여우나 살쾡이도 숨을 만하였다. 그 뿌리는 우둘투둘하여 땅강아지나 개미가 모여들 만하였다. 가까이 절이 있었기 때문에 절의 중이 날마다 비로 쓸어 외물로 하여금 그 곁에 올 수 없게 하였으니 오래된 나무에 영험이 있지 않으면 이 같이 할 수 있겠는가? 때때로 맑은 퉁소소리가 나무의 구멍에서 나서 그 소리가 소슬하여 사람의 마음을 상쾌하게 하였다.

교와는 거대한 은행나무를 잘 묘사하고 있다. 오대사가 오랫동안 이름이 난 것은 이 나무 때문이었다고 할 만큼 그는 은행나무에 대하여 많은 관심을 보였다. 그리고 적지 않은 분량을 은행나무 묘사에 할애하였는데 위는 그 일부이다. 수많은 구멍을 갖고 있는 나무의 모습, 가지와 뿌리 등을 다양하게 묘사한 후 오래되어 신령스럽다고 했다. 그리고 "일찍이 김탁영의 두류록을 보니, 압각의 큼에 대하여 상세하게 말하고 고수(古樹) 됨을 칭송하였다."라고 하면서 탁영의 시대와 300여 년이나 되니 아래위로 셈을 해보면, 이 나무는 "천세의 고물(古物)이라는 것을 의심할 수 없다."라고 하였다. 그리고 이 나무에 대하여 한 수의 시가 없을 수 없었다.

천 년이나 된 은행나무	千年鴨脚樹
웅혼하게 절간 문 곁을 누르고 있네	雄鎮寺門傍
골짜기 좁아 그 크기를 수용하기 어렵지만	洞狹難容大
하늘은 높아 더욱 자라기를 허락하네	天高更許長
신령스러워 스스로를 지키는 것을 알고	也知神自衛
부처가 한없이 보호를 하는구나	能護佛無量
고요히 구멍 속의 퉁소소리 듣나니	靜聽空中籟
때때로 먼 봉우리에서 실려 오는 듯	時時自遠崗

오대사지의 은행나무 : 성섭 등이 보았던 거대한 은행나무는 죽고, 그 씨앗이 다시 자라 당당한 선조들의 위용을 꿈꾸고 있다.

오대사의 은행나무를 '천세의 고물'로 본 교와 성섭은 사물이 오래되면 신령스러워진다고 했다. 이 때문에 자연스럽게 절의 중들이 그 나무를 보호한다는 것이다. 이 같은 생각으로 절문 곁을 버티고 있는 오래된 은행나무를 먼저 제시하고 그 크기와 높이를 언급하는 데로 나아갔다. 수련과 함련이 그것이다. 시상 전개의 이러함은 경련에 와서 그 나무가 지닌 내면의 깊이를, 그리고 미련에서는 퉁소소리를 통해 사람과 소통하는 은행나무를 알 수 있게 했다. 사람과 사물이 소리를 통해 인연을 맺는다고 했지만, 여기에는 어떤 신성성이 흐르고 있다는 것을 감지하고 있었던 것이다. 지금도 백궁선원 앞에는 네 그루의 은행나무가 있는데, 옛 은행나무의 그루터기에서 돋은 것이라 한다.

춘정 변계량의 오대사중수기에 의하면, 하륜(河崙)이 여기에서 어릴 때 독서를 하였다고 한다. 춘정은 여기서 더욱 나아가, "진주의 자제들이 이 절에 와서 독서하여 선생의 학문을 배우고 선생의 뜻을 뜻으로 삼아 국가의 중요한 인물이 될 사람이 뒤를 이어 일어난다면, 비록 이 절이 진주의 향교와 비견된다 하더라도 좋을 것이다."라고 하면서 선비들에게 있어 오대사는 향교와 같은 것이었음을 증언하였다. 우리는 여기서 인연은 전변(轉變)을 통해 더욱 새로워진다는 것을 알게 된다.

지금의 백궁선원 근방에 새로 지은 오대사가 있지만, 옛날 오대사의 이름만 빌렸을 뿐이다. 금당이 어디 있었는지, 86칸의 건물이 어떻게 배치되었는지 알 수가 없지만 그 역시 인연에 따라 갔을 것임에 틀림이 없다. 그러나 하늘을 뚫으며 위용을 자랑하던 거대한 은행나무는 그 후손을 이 땅에 남겨 새로운 인연을 맺게 한다. 백궁선원 이동석 사범의 전언에 의하면 절 아래 있는 마을도 절의 영역 안으로 들어왔을 것이며, 주변의 골짜기에도 부도 등 많은 암자의 흔적이 아직도 남아있다고 한다. 그리고 주위의 사진을 손수 찍어 이메일을 통해 보내주어 필자로 하여금 시간을 절약할 수 있게 했다. 고마운 일이다. 역시 삼세의 인연에 의한 것이리라.

인연은 참으로 귀중하다. 거대한 절과 은행나무는 인연 따라 사라졌고, 그 자리에 낯선 선원과 또 다른 은행나무가 새로운 인연을 만든다. 남명과 인연이 있는 절이라며 찾은 지리산 오대사, 거기 있었을 거대한 은행나무, 그것은 우리에게 빛나는 상상력을 안겨 주었다. 하늘엔 수많은 깃발이 나부끼고 염불소리는 골짝에 은은했으리라. 3천의 대중을 먹이기 위하여 쌀뜨물은 계곡을 따라 하얗게 내려가고, 사람들은 오래된 비석을 쓰다듬으며 별빛으로 진억대사를 기억하였으리라. 남명이 맺어 준 인연으로 다녀온 지리산 오대사, 그 스산한 옛 터! 지금은 백궁선원이 새로운 인연을 만들어가고 있다.

6) 푸른 물 푸른 대나무에 은 화살로 흐르는 달빛 – 양산의 쌍벽루

푸른 물 푸른 대나무에 은 화살로 흐르는 달빛	綠水靑篁銀箭流
떨어지는 싸늘한 잎 계수나무도 이우는 가을	落來寒葉桂殘秋
양주간(良州干)은 떠나고 제 지내는 사람도 없는데	無人酹去良州干
눈 가득 돌아가는 구름 내 시름은 채우지 못하네	滿目歸雲不滿愁

이 작품은 남명의 <차양산쌍벽루운(次梁山雙碧樓韻)>이다. 쌍벽루는 어떤 누각인가? 우리는 흔히 영남의 7대루를 일컬어 진주 촉석루, 안동 영호루, 밀양 영남루, 울산 태화루, 김천 연자루, 영천 명원루와 함께 양산의 이 쌍벽루를 거론한다. 양산에는 역대로 누각이 많았다. 쌍벽루를 비

롯해서, 옛 관사 앞에 있었던 경성루(警省樓) ― 일명 폐문루(閉門樓), 1861년 (철종 12)에 군수 이휘정(李彙廷)이 쓴 중수기가 있다 ―, 양산향교의 정문으로 군수 이민하(李玟河)가 중건한 풍영루(風詠樓), 관사 서쪽에 세워졌던 춘설루(春雪樓), 삼차수(三叉水)와 칠점산(七點山)에 인접한 누각으로 군수 권성규(權聖規)가 1653년(숙종 19)에 건립한 삼칠루(三七樓) 등이 그것이다. 이들 가운데 쌍벽루는 단연 으뜸으로 양산을 대표하는 누각이다.

쌍벽루는 고려조부터 있어왔는데, 처음 이름은 벽계루(碧溪樓)였다. 1381년(고려 우왕 14) 왜구가 침입하여 소실되고, 군수 전평원(田平遠)이 이것을 중건하면서 누각의 이름을 '쌍벽'으로 고쳤다. 임진왜란으로 다시 소실되자 1628년(인조 1)에 옛 터의 북편에 새로 건립하였으며, 1656년(효종 7)에는 군수 김왕(金迬)이 다시 중건하고 김시용(金時用)이 그 기문을 썼으며, 1792년(정조 16)에 군수 류정휘(柳挺輝)가 중건하고 성종인(成種仁)이 그 기문을 쓰기도 했다.

양산향교 풍영루 : 양산향교의 문루로 세워져 있다.

누각을 무엇 때문에 '쌍벽'이라 불렀으며, 그 위치는 어디쯤일까? 누각의 이름을 쌍벽이라 한 데는 그만한 이유가 있었다. 즉 누각 아래의 푸른 물과 누각 주위의 푸른 대나무가 서로 비쳐 '쌍(雙)'으로 '푸르기[碧]' 때문이었다. 쌍벽루는 옛 양산시장 내 관아의 서편에 위치하고 있었는데, 서남쪽에 있던 계원연(鷄源淵)과 함께 일찍이 알려져왔던 곳이다. 1862년에 제작된 대동여지도(大東輿地圖)에는 양산읍성을 지나 윤산역(輪山驛)을 지나는 통로에 '쌍벽루'와 '계원연'을 표시해두고 있다. 쌍벽루 아래로 흐르던 물과 계원연의 물줄기는 서쪽으로 흘러 지금의 양산천으로 흘러들고, 이 물줄기는 다시 남으로 흘러 낙동강의 하류인 황산강으로 유입된다.

그렇다면 쌍벽루는 지금의 어디인가? 지금은 계원연도 없어졌지만, 양산JC 부근에 계원암이 있어 옛날 계원연이 있었다는 것을 어렴풋이 짐작하게 할 따름이다. 이 양산JC에서 서북쪽으로 올라가면 양산버스터미널이 있다. 거기서 북쪽으로 조금 올라가면 양산시 중앙동 소재의 하나병원이 있는데, 이 부근이 바로 쌍벽루가 있었던 곳이다. 국사편찬위원회 사료조사위원인 정진화(鄭震和) 선생은 이곳에 대나무가 많았으며 아래로 커다란 저수지가 여럿 있었다고 했다. 역대로 양산에는 대나무와 물이 쌍벽을 이루고 있었다. 『신증동국여지승람』 양산군조에는 이렇게 기록해 두고 있다.

집집마다 남녀 없이 대나무를 가지고 그릇을 만들어 다른 물건으로 바꾸고, 의식(衣食)과 세금내는 것도 오직 대나무만 바라보고 있을 따름이다. 그러나 큰 장사꾼이나 부자로서 이것을 취급하는 사람은 없었다. 심지어 사신이 왕래함에 그들을 제대로 대접할 수가 없어 대나무 숲 속으로 달아나 숨기도 했는데 마치 놀란 사슴과도 같았다.

쌍벽루 옛터(추정) : 양산시 중앙동 소재의 하나병원 부근

황산강(黃山江) : 고을 서쪽 18리에 있다. 신라에서 사대독(四大瀆)의 하
나로 쳤고 중사(中祀)에 실려 있다. 고려에서는 무안의 웅진강, 광양의 섬
진강과 이 강을 배류삼대수(背流三大水)라고 하였다.

신라나 고려시대부터 이곳에는 대나무가 많아 지역민들은 이것으로
살림을 꾸려갔고, 큰 강이 있어 제사를 지내왔던 저간의 사정을 알 수
있다. 그렇다면 남명이 이 대나무와 물의 고장 양산에 와서 쌍벽루를
올랐던 것은 언제쯤이었을까? 여기에 대한 분명한 자료는 없지만 그가
가장 고민이 많았던 김해시절의 어느 날이 아닌가 한다. 양산은 김해와
인접해 있을 뿐만 아니라 시의 내용도 근심으로 가득차 있기 때문이다.
남명은 이 시의 제1구에서 누각의 이름이 쌍벽인 것을 생각하며 시간을
떠올렸다. 즉 '녹수(綠水)'와 '청당(青簹)'이 서로 비치고 있다면서, 그 푸른

물과 푸른 대나무 위를 하얗게 흐르는 은화살의 달빛을 제시함으로써 서럽도록 아름다운 밤풍경을 그렸던 것이다. 제2구에서는 시선을 당겨 누각의 근경을 묘사하고 있다. 떨어지는 차가운 잎과 시드는 계수나무가 그것인데, 이를 통해 남명은 자신의 감각세포를 모두 열어두고 가을을 느끼고자 했던 것이다. 제3구에서는 시간 속의 인물을 떠올렸다. 삽량주간(歃良州干)을 지낸 신라 충신 박제상(朴堤上)이 바로 그였다. 박제상은 삽량주 사람이다. 삽량주는 양주(良州)·양주(梁州)·의춘(宜春)·순정(順正) 등과 함께 오늘날 양산의 옛 이름 가운데 하나이다. 신라 문무왕 때 이 이름을 주로 썼고, 경덕왕 때 양주(良州)로 고쳤다. 박제상은 417년 이 삽량주의 간(干), 즉 우두머리로 있다가 눌지왕의 명을 받아 고구려에 볼모로 가 있던 왕의 동생 복호(卜好)를 지략과 계교로 데려왔다. 다시 일본에 건너가 볼모로 잡혀 있던 왕자 미사흔(未斯欣)을 고국으로 탈출시키고 그는 거기서 살해당한다. 양산에 온 남명이 삽량주간이었던 박제상―현재 양산시 상북면 소토리에는 박제상과 백결선생(百結先生)을 모신 효충사(孝忠祠, 도지정기념물 제90호)가 있다―을 생각하지 않을 수 없었던 것이다. 그리고 마지막 구인 제4구에서 신라의 박제상과 대비되는 조선의 남명, 즉 자신을 떠올렸다. 슬픔으로 가득 찬 스스로를 깨닫고 눈에 가득히 흐르는 구름이 자신의 시름보다는 못할 것이라 생각하면서 말이다.

　남명 쌍벽루시의 주요 내용은 무엇인가? 이는 역사 속의 자아성찰로 요약된다. 역사는 시간으로 나타나고, 자아성찰은 사람들 사이에서 자신을 떠올리는 것으로 나타난다. 제1구와 제2구는 바로 시간을 말한 것이다. 하루 가운데 달빛 흐르는 밤이라는 제1구와, 일년 가운데 계수나무가 시드는 가을인 제2구가 그것이다. 일 년은 오랜 세월을 만들어내어 신라에 닿게 하고, 하루는 남명이 사는 당대의 조선에 닿게 한다. 그리하여 제3구에서는 신라의 박제상을, 제4구에서는 조선의 자신을 떠올렸던 것이다. 박제상 역시 엄청난 고민 속에 있었겠지만 16세기의 남명 역시 커다란 고뇌 속에 있었다. 이 때문에 남명은 그의 슬픔을 다양한 작품으로 실어 나를 수 있었다. "쌓인 시름 풀과 같아 비가 오자 새로워져[積憂如草雨中新, <贈別姊兄寅叔>]", "시름을 녹일 수 있다면 잔을 다 따르련만[若可消憂盡可斟, <竹淵亭次尹進士奎韻>]"이라고 한 것이나, "시름겨운 마음 다 이야기하고 나서 잠 못 이루는데[愁懷說罷仍無寐, <贈五臺僧>]", "상당엔 근심스런 구름, 바람에 깃발이 펄럭인다[上黨愁雲風飄旒, <六國平來兩鬢霜詩>]"라고 한 것이 그것이다. 여기서 볼 수 있듯이 남명은 풀같이 새롭게 자라나는 시름을 경험하기도 하고, 녹일 수 없는 시름을 술로 달래려 하기도 한다. 그리고 다른 사람에게 자신의 시름을 말하기도 하고, 펄럭이는 깃발에 자신의 근심을 이입시키기도 하였다.

　그렇다면 수심에 휩싸인 남명이 쌍벽루에 올라 누구의 시를 보고 운을 따 지은 것일까? 쌍벽루와 관련된 제영은 다양하다. "누각에 가득한 가을 달은 누구를 위해 밝은가[滿樓秋月爲誰明]."라고 했던 정보(鄭誧, 1309-1345)를 비롯해서, 누에치는 아낙이 뽕잎을 따서 돌아오는 것[蠶婦採桑歸]을 본 권근(權近, 1352-1409), 승경을 만나 높은 다락에 올라 새롭게 흥을 일으킨[遇勝登臨興轉新] 김극기(金克起, 1379-1463), 긴 대나무가 숲을 이루었기 때문에 고국의 죽림칠현을 떠올렸던[脩竹成林有七賢] 명나라의 장청(張淸), 동남쪽으로 펼쳐져 있는 밭고랑에서 백성들의 하늘을 본[東南畎畝足民天] 이행(李荇, 1478-1534), 밤이 깊을 때까지 기둥에 기대의 달구경을 했던[向夜月明仍倚柱] 김종직(金宗直, 1431-1492), 누각 아래 있던 백일홍 나무에 조각배를 매었던[紫薇花下繫扁舟] 강혼(姜渾, 1464-1519) 등 수많은 사람의 작품이 그것이다. 그러나 남명이 차운한 시는 따로 있었다. 즉 조선 초기문인이었던 김구동(金久同)의 원운(原韻)에, 강희안(姜希顔), 김수동(金壽童) 등이 차운하자 자신도 함께 운을 따서 지은 것이다. 남명이 보았던 작품은 이러하다.

가) 난간 앞이 확 트여 굽어보면 맑은 물결　　　　軒楹開豁俯淸流
　　저물녘에 누에 올라 6월의 가을을 읊조리노라　晩升吟風六月秋
　　굽어보고 우러러보며 천금 같은 경치 다 보고서도　俛仰堪窮千金景
　　머물며 씻고자 하는 것은 백 년 동안 쌓인 근심이라오　留連欲洗百年愁

나) 창밖의 대나무 무늬 물과 함께 흐르려하는데　窓外簞文渾欲流
　　밤 깊어 한가로이 누워 문득 가을인가 의심하네　夜深閒臥却疑秋
　　이미 연못의 물을 보니 그 맑음 이같아　已看淵水澄如許
　　인간 세상 끝없는 수심 씻을 만하다네　可洗人間無限愁

다) 바람은 대나무에서 일어나고 푸른 물결 흐르는데　風生珍簟翠紋流
　　대 그림자와 물빛이 발에 가득한 가을이로세　竹影波光滿箔秋
　　물새로 하여금 달밤에 울지 못하게 하소　莫遣渚禽啼夜月
　　누각에서 잠자는 길손 수심에 잠길까 두려우니　樓中宿客動羈愁

위의 작품 가운데 가)는 김구동, 나)는 강희안, 다)는 김수동의 시이다. 모두 쌍벽루와 그 주위의 풍광을 보면서 가을과 근심으로 연상되는 시상을 전개하고 있다. 이 점에서 이 세 사람의 작품이 동질성을 확보하고 있다. 그러나 이들은 수심의 해결방식에 있어 상호 이질성을 보인다. 김구동은 아름다운 경치를 끝까지 다 보았지만 더 머물 수밖에 없는 것은 100년 수심을 씻기 위함이라 했고, 강희안은 맑은 연못이 많은 수심을 씻어줄 만하다고 했으며, 김수동은 물새가 울면 그 소리에 촉발되어 수심이 생길지도 모르니 새가 울지 않았으면 했다. 이렇게 볼 때 가)의 김수동은 아름다운 경치 속에 오래 머물며 수심을 씻는 데 적극적이었고, 다)의 김수동은 세상에 얽매인 수심이 일어날까 두려워하고 있으니 수심을 씻는데 소극적이었으며, 나)의 강희안은 맑은 연못을 보고 수심을 씻고자 했으니 가)와 다) 사이에 있다. 따라서 적극성의 정도로 보면 김수동에 비해 강희안, 강희안에 비해 김구동이 강하다.

그러나 남명의 경우는 이들과도 달랐다. 남명은 쌍벽루에 올라 눈에 가득히 흐르는 구름을 보면서 자신의 마음속에서 엄청난 무게로 흐르는 수심을 자각한다. 이것은 결국 수심을 씻을 엄두도 내지 못할 정도로 수심이 그의 의식을 짓눌렀다는 말이다. 좋은 경치나 맑은 물을 보면서도 자신이 현재 위치하고 있는 곳이 양산이라는 것과 눌지왕 시절에 양산에서 간(干)을 지냈던 박제상을 느끼고 있었으니, 그의 수심은 다분히 역사적인 것이었다. 여기서 우리는 "계림(鷄林)의 개, 돼지가 될지언정 왜왕의 신하는 되지 않겠다!"라고 하면서 격렬히 저항하다가 죽은 박제상과, 왜적을 끊임없이 경계하며 맑은 방울소리로 제자들을 흔들어 깨웠던 남명을 만나게 된다. 남명의 수심이 박제상과 결부되면서 역사성을 획득하게 될 뿐 아니라, 쌍벽루가 왜에 의해 불탄 적이 있으니, 이 같은 불행한 경험은 남명으로 하여금 더욱 철저히 역사적이게 했을 것이다.

나는 2000년부터 2004년까지 양산 소재의 영산대학교에 근무하였다. 이때부터 내가 근무하던 학교를 중심으로 남명의 증조모 묘소가 있는 동래, 남명이 중년을 보냈던 김해, 나의 선조 정보(鄭誧)가 귀양와 있었던 울주지역을 틈이 나는대로 답사하였다. 답사를 해보면 바로 알 수 있는 것이 있다. 그것은 이들 지역에는 역대로 왜적에 대한 피해가 많

서생포왜성 : 이 성은 1593년(선조 26) 임진왜란 당시 왜장 가토오 기요마사가 돌로 쌓은 것이다.

앉으며, 이와 관련한 유적이 많다는 것을. 심지어 울주군 서생리에는 일본인 장수 가토오 기요마사[加藤淸正]의 지휘로 쌓은 왜성도 있다. 선조 25년 4월 13일 부산포로 들어온 왜적들은 병력을 갈라 서생포와 다대포에 동시에 상륙하였는데, 이때 서생포에는 수군 만호진을 두고 있었으나 왜적에 의해 무너지고 말았다. 이렇게 하여 왜적들은 서생포를 그들의 거점으로 삼아 1592년 7월부터 성을 쌓기 시작하여 이듬해 완성을 하게 되었던 것이다.

그리고 양산시 강서동 교리에는 삼조의열단(三朝義烈壇)이 있어 왜적에게 의열로 대항했던 신라의 박제상, 고려의 김원현(金元鉉), 조선의 조영규(趙英圭)를 기리고 있다. 물금면 송담서원(松潭書院)의 백수회(白受繪), 상북면 소노서원(小魯書院)의 정호인(鄭好仁)과 정호의(鄭好義), 소계서원(蘇溪書

삼조의열단 : 양산시 강서동 교리의 춘추공원에 있으며, '삼조의열'은 신라의 박제상, 고려의 김원현, 조선의 조영규를 가리킨다.

院)의 안우(安宇) 등도 왜적에게 포로가 되어 왜로 끌려갔으나 끝내 항복하지 않았던 인물이거나 임란 때 의병을 일으켜 구국에 앞장 선 인물들이다. 이처럼 바다를 끼고 있는 이 지역은 왜의 침략과 관련한 인물 혹은 유적이 많을 수밖에 없었다. 남명 역시 바닷가 김해에 살면서 왜적에 대한 인식을 명확히 하며 그 경계의 고삐를 늦추지 않았다. 인근지역인 양산의 쌍벽루에 와서도 이 같은 생각은 지속되었으며 그의 시름은 자꾸 깊어만 갔다.

민족을 위해서 죽었던 삽량주간(歃良州干) 박제상은 떠나고 그에게 제사를 지내주는 사람도 없었던 양산, 남명의 눈길 닿는 곳마다 흐르는 구름 혹은 시름. 남명의 시름이 역사적인 것이라고 한다면, 오늘날 눈 가득 흐르는 구름을 바라보며 역사적 시름에 겨운 자 누구인가? 영정조 때 학자 홍양호(洪良浩, 1724-1802)는 이렇게 말한 적이 있다.

산이 무너져도 귀머거리는 듣지 못하고, 해가 중천에 솟아도 소경은 보지 못한다. 도덕과 문장의 아름다움을 어리석은 자는 알지 못하며, 왕도(王道)와 패도(覇道), 의(義)와 이(利)의 구분을 세속적 사람은 분별하지 못한다. 아아! 세상의 남아들이여! 눈과 귀가 있다고 말하지 말라. 총명은 눈과 귀에 있는 것이 아니라 오직 한 조각 영각(靈覺)에 있는 것이다.

양산고지도 : 읍성 안에 '쌍벽루'가 있었음을 확인할 수 있다.

알아들을 수 있는 바른 귀와 제대로 볼 수 있는 바른 눈을 가진 자라야 정확하게 듣고 볼 수 있다. 그리하여 정확하게 판단할 수 있다. 사정이 이러할진대, 오늘날 우리의 지도자라 자칭하는 사람들 가운데 그 누가 자신의 심층부에 자리하고 있는 영각으로 도덕을 밝히고 왕도를 밝히고 정의를 밝히겠는가? 세속의 이익에 헐떡거리는 그들이 의와 이를 구분하지 못하는 것은 어쩌면 당연한 일이다. 따라서 한국 국적도 헌신짝처럼 버리고, 부정축재를 한 것이 부끄러움이 되는 줄을 알지 못하는 것은 어쩌면 더욱 당연한 일이다. 우리시대에 정당한 국가관이나 도덕관이 과연 존재하는가? 이제 우리는 시골 선비 남명의 시름을 더 이상 욕되게 해서는 안 될 것이다.

7) 포석정 혹은 신라의 빛과 그늘 – 경주의 포석정

'견훤'은 '진훤'이라 읽어야 한다고 주장한 학자가 있었다. 전 경북대 교수 문경현 선생과 국립 전통문화학교 교수 이도학 선생이 대표적이다. 특히 이 선생은 조선 후기 실학자인 안정복의 『동사강목(東史綱目)』 및 20세기 초에 발간된 『증보문헌비고』에서는 '甄萱의 이름 첫 자를 진(眞)으로 부른다.'고 했던 기록을 그 증거로 들었다. 이것은 조선조에도 '진훤'이라 불렀다는 것을 의미한다. 따라서 남명 역시 그를 '진훤'으로 불렀을 가능성이 크다. 그러나 이 글에서는 현재 널리 통용되는 '견훤'을 그대로 사용하기로 한다. 한편, 완산 견씨 족보의 서문에 "甄은 원래 '진'으로 불렀으나, 고려 왕조 성립 이후 탄압에 의해 '견'으로 바꿔 불렀다."라고 기록되어 있다. 이에 근거한다면 조선조에도 '견훤'으로 읽은 것이 된다. 남명은 경주의 포석정에 들러 견훤과 관련된 다음과 같은 시를 지었다.

단풍 든 계림 벌써 가지가 변했으니　　　　　楓葉鷄林已改柯

견훤이 신라를 멸망시킨 것 아니라네 　　　甄萱不是滅新羅
포석정에서 대궐의 군사가 망하도록 자초한 것이니　鮑亭自召宮兵伐
이 지경에 이르면 임금과 신하도 어쩔 계책 없는 법　到此君臣無計何

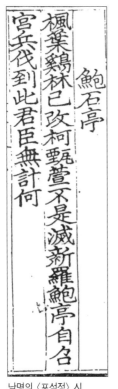

남명의 〈포석정〉 시

이 작품은 남명의 〈포석정(鮑石亭)〉이다. 견훤이
후백제를 세우고 포석정에서 연회 중이던 경애왕
을 죽게 한 사실을 들어 창작한 것이다. 그는 먼저
'단풍든 계림'이라며 포석정 노래를 시작했다. 최
치원(崔致遠)이 '계림은 누런 단풍이요, 곡령(鵠嶺)은
파란 소나무'라고 했던 말을 염두에 둔 표현이다.
당시 패망의 기운이 팽배해 있었던 신라를 그렇게
나타낸 것이다. 나아가 남명은 포석정 안에서의
극도에 달한 사치와 주연을 벌인 군신 스스로가
신라의 멸망을 초래한 것이지 "어찌 견훤이 신라
를 망친 것이겠느냐?"라며 반문하고 있다. 이는 『서
전』의 「주고(酒誥)」에서 제후들에게 술과 향락에
빠지지 말도록 경고한 글과 밀접한 관련이 있다.
즉 은(殷)나라의 왕과 신하들이 과도한 향락을 즐기
게 되자, 거기서 나오는 술 냄새와 백성들의 원성
이 하늘에까지 미치게 되었고, 이에 하늘이 은나라
를 멸망시키기로 결정했다는 것과 같은 논리이다. 그러니까 은나라의 멸
망은 천명이라는 것이다. 은의 군신이 멸망을 자초한 것은 신라의 군신이
멸망을 자초한 것에 다를 바가 없다. 따라서 〈포석정〉은 『서전』「주고」
편의 천명사상에 입각하여 군주와 백성의 관계를 나타낸 것이라 하겠다.

포석정 : 경주 남산의 서쪽에 있는 석구(石溝)로 사적 제1호로 지정되어 있다.

　오늘 우리는 경주의 남산 아래에 있는 포석정을 답사하려 한다. 포석정은 1963년 1월 21일 대한민국 사적 제1호로 지정되었으며, 면적은 7,432m²이다. 포석정은 대체로 김부식의 『삼국사기』에 근거하여 신라 비운의 역사를 담고 있는 곳으로 이해하고 있다. 즉 신라의 그늘을 이야기할 때 흔히 등장하는 장소라는 것이다. 국문학자 조동일은 김부식의 『삼국사기』「열전(列傳)」에 대한 기술 태도를 셋으로 나누어 설명했다. 즉 김유신이나 을지문득과 같이 높은 지위에 있으면서 훌륭한 일을 한 사람은 칭송하고자 했고, 설씨녀나 도미처럼 예사 사람이거나 미천한 백성일지라도 볼만한 행실이 있으면 드러내 주고자 했으며, 궁예나 견훤처럼 반역을 저질러서 나라를 어지럽힌 무리는 비판하고자 했다는 것이다. 견훤은 비판의 대상이었다. 김부식은 아마도 이를 통해 불순한 생각을 가진 무리들에게 강한 경고의 메시지를 전하고자 했을 것이다. 견훤에 대한 이야기는 『삼국사기』 권50 「열전」 제10에 나오는데, 포석 정과 관련된 이야기를 적출해 보면 다음과 같다.

천성(天成) 2년(927년) 9월에 견훤이 근품성(近品城, 지금의 문경군 일대) 을 공격하여 불태우고, 내쳐 신라의 고울부(高鬱府, 지금의 영천)를 습격 한 이후 신라의 서울 근처로 닥쳐가니, 신라왕이 태조(왕건을 말함)에게 구원을 청하였다. 10월에 태조가 장차 출병하여 구원하려 하는 가운데 견 훤이 갑자기 신라의 서울로 들이닥쳤다. 이때 경애왕은 비빈(妃嬪)과 함께 포석정에 나가 놀았는데 주연을 베풀고 한창 즐기고 있던 중이었다. 적이 쳐들어오자 왕은 낭패하여 어찌할 바를 모르다가 부인과 함께 성 남쪽의 이궁(離宮)으로 도망갔는데, 여러 시종과 신료 및 궁녀, 악사들은 모두 적 병에게 척살되었다. 견훤이 군사를 놓아 크게 약탈하고 사람을 시켜 왕을 잡아오게 하여 앞에서 죽이고, 곧 궁중에 들어가 거처하면서 왕의 부인을 강제로 끌어다 욕보이고, 왕의 족제 김부(金傅)로써 왕위를 계승하게 한 후, 왕제 효렴(孝廉), 제상 영경(英景)을 포로로 하고, 또 국고(國庫)의 재화 와 진귀한 보물, 그리고 무기 및 자녀와 여러 장인 가운데 기술이 있는 사 람을 취하여 자신이 데리고 갔다.

여기서 우리는 남명이 『삼국사기』에 근거하여 <포석정>이라는 시를 남기고 있다는 것을 알 수 있다. 김부식은 경애왕이 포석정에서 비빈들 과 주연을 즐겼으며, 견훤이 쳐들어 오자 이궁으로 달아나 숨었고, 거기 서 잡혀와 죽임을 당하였고 ―「신라본기(新羅本紀)」에는 자진케 했다고 기록 되어 있다― 그의 부인은 강제로 끌려와 욕을 당했다고 기록하고 있다.

이처럼 포석정이 신라가 드리운 음습한 그늘이라는 생각은 영남 사 림파의 거두 점필재(佔畢齋) 김종직(金宗直, 1431-1492)에게서도 같은 방식으 로 이해되었다. 조선 전기 사림파와 남명이 일정한 상관관계를 지닌다고 볼 때 남명 역시 점필재를 남달리 생각했을 것임에 틀림이 없다. 점필재 문하의 일두 정여창, 한훤당 김굉필, 탁영 김일손, 정암 조광조 등의 문인 혹은 사숙인 등과 밀접한 관계를 맺고 있어 남명은 여러 측면에서 친연성을 지니고 있기 때문이다. 특히 점필재는 <동도악부(東都樂府)>를 지어 고대국가 신라에 관심을 가지면서 설화를 작품화하기도 하고, 그네뛰기나 관등놀이 등 민간풍속에 대해서도 많은 관심을 가졌다. 신라의 고도 경주에 가서 포석정에 대한 남다른 감회가 있었던 것은 참으로 당연한 일이라 하지 않을 수 없다. 따라서 다음과 같은 작품을 남겼다.

포어의 등 위엔 물이 굽이쳐 돌아나가는데	鮑魚背上水灣環
깃 일산 수레들 송죽 사이로 은은히 비치어라	羽葆隱映松篁間
궁중의 형석은 오래도록 사용하지 않고서	宮中衡石久不用
불계를 빙자하여 한가로움만 즐기었네	却憑祓褉耽餘閑
임금과 신하가 기뻐 날뛰며 유상곡수 구경할 때	君臣拊髀看流觴
견훤군의 북소리 문득 금오산에 진동하네	鼙鼓忽動金鰲山
임금 왕비 허둥지둥 모두 달아나는데	倉皇輦路盡奔迸
어느 무사 하난들 방어하기를 꾀했던가	虎旅何人謀拒關
붉은 피가 절로 견훤의 칼날을 물들이니	鮮血自汚甄王劍
만조백관이 띠풀처럼 어지러이 쓰러졌네	滿朝狼藉如茅菅
편히 즐기는 앙화는 잠시도 지탱하지 못하나니	宴安之禍不旋踵
모름지기 진한의 어려웠던 국운을 믿어야지	須信辰韓天步艱
당시의 종묘 사직은 타고 남은 재일 뿐이고	當時廟社已荒燼
오직 천고에 완악한 돌 하나만이 남았어라	唯有片石千古頑
내 와서 옛일 슬퍼하며 길이 휘파람 부노니	我來弔古獨長嘯
풍운은 처참하고 시냇물은 졸졸 흐르네	風愁雲慘溪潺潺

이 작품은 점필재의 <포석정>이라는 7언고시이다. 여기서 주목하고자 하는 것은 "궁중의 형석은 오래도록 사용하지 않고, 불계를 빙자하여 한가로움만 즐겼다."라고 한 것과, "임금과 신하가 기뻐 날뛰며 유상곡수 구경할 때, 견훤군의 북소리가 문득 금오산에 진동했다."라고 한 것이다. 형석(衡石)은 추가 돌로 된 저울을 말하는 것으로, 옛날 제왕들이 많은 문서를 형석에 달아 처리했던 것을 비유한 것이다. 그러나 신라왕은 형석을 오래도록 사용하지 않았다고 했으니, 정사를 전혀 돌보지 않았다는 것을 의미한다. 이처럼 정사는 돌보지 않고, 부정을 물리친다고 하면서 유흥을 즐기기만 했던 것이다. 그리고 흐르는 물에 술잔을 띄우고 노는 '유상곡수(流觴曲水)'놀이에 빠져 견훤군이 코밑으로 쳐들어오는 것도 몰랐다는 것이다. 그러니까 '정사를 보지 않음→유상곡수놀이에 빠짐→견훤군의 습격'이라는 일련의 과정을 통해 당시의 임금과 신하를 강하게 비판하고자 했다. 결국 견훤군의 침범에 대하여 신라의 '임금과 왕비는 허둥지둥 모두 달아나기'에 바쁠 수밖에 없었다. 남명이 말한 바와 같이 임금과 신하도 어쩔 계책 없었던 것이다. 급기야 견훤은 신라 궁실을 도륙하여 "붉은 피가 절로 견훤의 칼날을 물들이니, 만조백관이 띠풀처럼 어지러이 쓰러졌다."라고 했다. 그 날의 처참함을 이렇게 표현한 것이다. 이에 점필재는 유상곡수의 환락과 신라의 그 비극적 운명에 대하여 슬픈 감정을 감추지 못했던 것이다. 졸졸 흐르는 시냇물조차 슬픔 아닌 것이 없었다.

그렇다면 포석정이 과연 신라의 그늘만을 상징하는 것일까? 결론부터 말하자면 '아니다.'는 것이다. 포석정에서의 유상곡수는 본 행사 뒤에 치루는 보조적 행사에 불과하다고 보기 때문이다. 그렇다면 본행사란 무엇인가? 바로 굿의 형태를 곁들인 제사이다. 다시 점필재의 <포석

정>을 들여다 보자. 점필재는 이 작품에서 "불계를 빙자하여 한가로움만 즐기었네."라고 하였다. 여기서 불계(祓禊)를 빙자했다고 하였으니, 본 행사가 바로 '불계'임을 알 수 있다. 불계란 무엇인가? 신에게 빌어서 부정 등을 떨쳐버리는 일을 말한다. 여기에 굿이 사용되었음은 물론이다. 그러니까 포석정에서 호국신인 남산신(南山神)에게 빌어 나라의 부정을 떨쳐버리고자 했던 것이다. 남산은 신라의 오악(五岳) 가운데 남악(南岳)에 해당하는 중요한 산이다. 오악이 모두 그러하지만 남산 역시 호국산신이 있는 신령스러운 산으로 숭앙받았다. 신라왕들은 여기서 남산의 신에게 제사를 지내면서 국가의 안녕을 빌었고, 그 행사를 마치고 유상곡수의 연회를 가졌던 것이다. 그런데 점필재가 지적하고 있듯이 신라 말기로 가면서 제의를 의미하는 불계행사는 소홀히 취급되고, 연회를 의미하는 유상곡수에 더욱 치중하였던 것이다. 남산의 신을 위한 제의 행사를 제대로 시행하면서 호국을 위한 정신을 가다듬었을 때, 신라는 아마도 빛으로 찬란했을 것이다. 그러나 가장 번성했다고 할 수 있는 헌강왕대를 거치면서 신라는 서서히 무너지고 있었다. 다음 자료를 통해 이를 보자.

가) 제49대 헌강대왕 때에는 서울을 비롯해서 나라 안 전체가 집과 담으로 이어져 있었고, 초가는 한 채도 없었다. 악기와 노래 소리가 거리에서 끊어지지 않았다. 바람과 비가 사철에 알맞았다.

나) 왕이 포석정에 행차하니, 남산신이 나타나 왕 앞에서 춤을 추었다. 좌우의 신하들은 보지 못하고, 왕이 홀로 남산신을 보았다. 어떤 사람이 앞에 나타나 춤을 추자, 왕이 스스로 춤을 추어 그 형상을 나타냈다. 신의 이름을 '상심(祥審)'이라고 일컫기도 한다. 그래서 지금까지 나라 사람들이 그 춤을 이으면서 '임금님의 춤 상심' 또는

'임금님의 춤 산신(山神)'이라 부른다.

앞의 자료 가)는 태평성대를 말한 것이다. 사람들이 이것으로 안주하려 하자, 뒤의 자료 나)에서처럼 남산의 신은 헌강왕 앞에 모습을 드러내며 경고의 메시지를 전했다. 헌강왕대는 태평성대였으나 신라는 이미 안으로 곪아가고 있었다. 저 유명한 <처용가>는 바로 이것을 말한 것이 아니겠는가? 헌강왕과 함께 서울로 돌아온 용자(龍子) 처용이 밤 이슥토록 노닐다가 집에 들어오니 역신이 자신의 아내를 간통하고 있었다. 이를 보고 처용은 다음과 같이 노래했다.

> 동경 밝은 달에
> 밤들이 노니다가
> 들어가 자리 보니
> 다리가 네이어라
> 둘은 내 것이지만
> 둘은 누구의 것인가
> 본디 내 것인데
> 빼앗음을 어이하리

처용 아내를 간통한 역신이 구체적으로 무엇을 의미하는가에 대한 이설은 많지만, 여기서는 타락한 중앙 귀족 자제로 보기로 한다. 즉 생명력이 넘치는 탄력적인 태평성대가 아니라 안으로 썩어 문드러져 가고 있는 형태로서의 태평성대, 그 전형을 <처용가>의 내용은 보여 주고 있다는 것이다. 이 때문에 나)와 같이 남산의 신은 멸망을 경고하였다. 숭앙받고 있어야 할 그 산신이 임금 앞에 모습을 드러내며 춤을 추었다고 하니, 이것은 바로 망할 징조를 보여 경계를 삼게 하고자 한 것이었다. 이 때문이 일연은 『삼국유사』에서 "지신이나 산신은 나라가 장차 망하리라는 것을 알아 춤을 추어 깨우치려 했다. 그런데도 나라 사람들이 깨닫지 못하고, 상서로운 일이 나타났다면서 환락에 더욱 탐닉했으므로 마침내 나라가 망했다."라고 할 수 있었던 것이다.

포석정은 남산의 신에게 제사를 지내는 곳이기도 하지만, 화랑의 수도장이기도 했다. 『삼국유사』 권5 「효선(孝善)」에 전하는 효종랑(孝宗郎)을 통해 이것을 읽어보자. 아명이 화달(化達)인 효종랑은 헌강왕과 진성여왕 대를 걸쳐 살았는데, 그는 수련을 하기 위하여 포석정에 그 문객들을 집합시켰다. 이때 다른 문객들은 포석정으로 빨리 달려가 집합하였으나, 오직 두 사람이 뒤늦게 왔다. 이에 효종랑은 그들에게 까닭을 묻고, 그들은 이렇게 대답한다.

분황사 동쪽 마을에 나이 스물 안팎쯤 되는 여자가 눈 먼 어머니를 껴안고 마주 소리를 내며 울어 마을 사람들에게 그 연유를 물었더니 그들이 이렇게 말하였습니다. 이 여자의 집이 가난하여 몇 해를 두고 걸식을 하면서 어머니를 봉양하였답니다. 마침 흉년이 들어 문전걸식도 어려워 남의 집에 품값으로 몸을 잡히고 곡식 30섬을 얻어서 이것을 부잣집에 맡겨 두고 일을 하다가 해가 저물면 쌀을 전대에 넣어 집으로 와서 밥을 지어 어머니를 봉양하였습니다. 어머니와 함께 자고 새벽이 되면 다시 부잣집에 가서 일한 것이 몇 일 되었다고 합니다. 그 어머니가 "이전에는 겨죽을 먹어도 마음이 편하더니 요즈음은 쌀밥을 먹는데도 가슴을 찌르는 듯 마음이 불편하니 무슨 까닭일까?"라고 하였답니다. 이에 딸이 사실대로 말하였더니 그 어머니는 통곡을 하고, 딸은 자기가 다만 부모의 입과 배를 봉양할 줄만 알고 부모의 마음은 살필 줄 모른 것에 대해 한탄하였답니다. 이 때문에 마주 붙들고 울기에, 이것을 보느라고 늦었습니다.

이 이야기가 『삼국사기』에는 연권(連權)의 딸 지은(知恩)의 효행으로 대동소이하게 전한다. 흔히 <심청전>의 근원설화로 거론된다. 여기서는 효행이 중심 주제를 이루지만, 이와 함께 효종랑이 그의 문객들을 집합시킨 곳이 포석정이라는 사실, 이 이야기를 듣고 난 다음의 효종랑의 대처방법 등이 모두 중요하다. 포석정에서 화랑들이 한 행위의 일단을 볼 수 있기 때문이다. 효행은 국가를 유지하는 최소단위인 가정에서 시행되는 윤리로 효종랑은 이것의 중요성을 깊이 깨닫고 적극적으로 가난한 여자를 도왔을 것이다. 그는 두 사람에게 이 이야기를 듣고 눈물을 지으면서 곡식 100석을 보내고 그의 양친도 바지저고리 한 벌을 보내주었으며, 효종랑을 따르는 무리들도 벼 1,000석을 거두어 보냈다. 이것은 단순한 불우이웃 돕기의 차원을 넘어, 가정윤리를 바로 세우고 나아가 사회나 국가윤리를 건실히 하려는 당대 지식인의 시대인식에 근거해 있다고 보아야 한다. 이 때문에 위의 '빈녀양모(貧女養母)' 이야기는 효종랑과 같은 화랑들이 포석정을 중심으로 수련을 하면서, 아울러 효행을 비롯한 윤리의 정립에도 앞장섰다는 것을 의미한다. 이 같은 현상은 포석정의 빛과 결부될 수 있을 것이나, 이미 신라에는 어둠이 짙게 내리고 있었다. 남명이 이야기한 것처럼 '단풍' 그것이었다. 효종랑과 같은 몇 명의 모범적 화랑으로는 이미 돌이켜 놓을 수 없는 상태에 이르렀던 것이 신라였기 때문이다. 남산의 신이 헌강왕 앞에 나타나 멸망을 경고하며 긴장력을 잃지 않도록 했으나, 진성여왕(眞聖女王), 효공왕(孝恭王), 신덕왕(神德王), 경명왕(景明王)을 거치면서 국력은 급격하게 쇠해졌으며, 결국 경애왕 대의 포석정 참사에 이어 경순왕(敬順王)은 나라를 들어 왕건에게 바치고 만다. 이렇게 신라의 천 년 사직은 그 종말을 고하고 말았던 것이다.

포석정은 호국의 신에게 제사를 지내는 곳이며 화랑의 수도장이었다는 측면에서 신라에 빛을 던져 주던 곳이었다. 그러나 임금과 비빈(妃嬪), 그리고 여러 신하들이 유상곡수를 하며 놀이에 탐닉하던 곳이라는 측면에서는 신라의 어둠 역할도 했다. 아마도 포석정은 제의적 기능과 오락적 기능을 함께 할 수 있도록 설계되었을 것이다. 신에게 인간의 소망을 이야기하는 것이므로 그 말은 신성했을 것이고, 이 같은 행사를 통한 심적 위안이 중요할 것이기 때문에 자연히 오락적 요소도 가미되었을 것이다. 빛의 신라는 두 가지 가운데 제의적 기능을 강조했을 터이고, 어둠의 신라는 그 가운데 오락적 기능을 강조했을 것이다. 성세의 신라는 이곳을 통해 나라의 기맥(氣脈)을 가다듬었고, 난세의 신라는 이곳을 통해 음란한 놀이를 벌였을 것이다. 점필재가 정확하게 지적해 내고 있듯이 난세의 그들은 제의를 한답시고 오락만 일삼았을 것임에 틀림이 없다. 따라서 신성성(神性性)은 점차 사라져가고 말초적 익살과 재담(才談)만 난무했을 것이다.

여기서 하나의 의문이 생긴다. 즉 경애왕은 어떠했을까 하는 점이 그것이다. 경애왕은 난세의 왕이었으니, 김부식의 지적처럼 당연히 여기서 유흥과 오락을 즐겼을 것이라 속단할 수도 있다. 그러나 이렇게 판단하고 말면 포석정의 본래 기능을 망각한 것이 된다. 비약적 상상력을 허락한다면 견훤이 들이닥쳐 신라의 군신을 도륙한 그때, 아마도 경애왕은 제의적 기능에 충실하고자 포석정에 갔을 것이다. 견훤이 쳐들어온다는 정보를 입수한 경애왕이 고려의 왕건에게 도움을 청해놓고 김부식이 이야기한 것처럼 포석정에서 비빈 및 여러 신하들과 어울려 술잔치를 베풀 수는 없을 것이기 때문이다. 따라서 경애왕은 위기에 처한 나라를 구해 달라고 호국의 신인 남산의 신에게 제사를 지내기 위해 포석정에 간 것으로 볼 수 있다. 이것이 바로 포석정의 본래 기능에 충실하는 것이기 때문이다. 그 주연이라는 것도 제의를 마치고 원래 있어왔던 음복자리 정도가 되어 마땅하다. 그러나 역사는 그렇게 기록되지 않는다. 아무리 그가 나라를 위한 제사를 지내기 위하여 거기에 갔다고 하더라도, 경애왕은 거기서 죽었고, 따라서 신라는 멸망했다. 이 때문에 나약하기 이를 데 없는 경애왕은 슬픈 누명의 화살을 맞고 그렇게 어둠의 벼랑으로 굴러 떨어져야 했던 것이다. 우리는 여기서 역사의 불인성(不仁性)을 다시 보고 섬뜩함을 느끼게 된다.

8) 가을, 그 쓸쓸함과 청명함의 깊이 - 남명의 가을

아침에 출근하여 연구실 문을 열면, 마주보이는 창문 밖으로 가을이 야단이다. 일렬로 늘어선 벽오동이 푸른 음과 노란 음의 중간쯤으로 거문고의 줄을 고르고, 그 너머 플라타너스가 넓은 잎을 흔들며 커다란 동심원으로 내려앉는다. 다시 그 너머에는 포플라의 여리고 작은 손바닥이 흔들리는 아침 햇살에 노랗게 반짝거린다. 나는 그 빛과 바람과 나뭇잎 스치는 소리를 세포를 일으켜 듣는다. 그것은 심연에서 감지되는 은밀한 흐름이기도 하고, 물방울 두 개가 부딪는 찬란함이기도 하고, 어둠 속으로 들어가 그 어둠을 깨는 검은 빛이기도 하고, 두꺼운 목피 내부에서 좁은 봄의 출구로 나서는 꽃들의 아우성이기도 하다.

나의 연구실 옆에는 박현수 시인이 산다. 스스로 풀뫼[草峯]라는 이름을 갖고 있는 그 시인은 가을을 몹시 타는 사람이다. 시인으로서의 예민한 감각을 지녔기 때문일 것이다. 이 감각은 오후에 커피를 마시면 밤새 불면으로 괴로워하는 나의 예민과는 성질이 전혀 다른 것이다. 풀뫼 선생은 가을에 여행을 자주 하고, 이를 통해 그 향방을 알 수 없는

경북대학교 본관 : 가을이 되면 경북대 본관은 월파원(야외박물관)과 어울려 최고의 아름다움을 연출한다.

상상력으로 어떤 창조적 하늘을 노략한다. 창공을 쪼면서 붉은 목소리를 토해내고, 이것으로 이승에 어떤 전율을 전하고 싶은 것일 게다. 언젠가 그 시인이 불렀던 <가을>이라는 노래는 이렇다.

바람은 알고 있었다
사람이 사는 데처럼 계절이 사는 곳에도
강이 흐른다는 걸
오늘 한 떼의 바람이 찌르레기의
들을 지나 알려왔다
인화물질 보관함 속에 새끼를 쳤던
산새도 떠나가고
쓸쓸함이라도 담으라고 빈 둥지만
기우뚱 남겨놓았다

두 손바닥만한 범나비가 나는 곳은
밤이면
별자리도 낯선 여느 계절의 영토
식곤증처럼 노곤한 빨래를 걷고나면
빨래줄엔 꼬리가 빨갛게 타는
가을이 여럿, 노을에 졸고 있다
통 튕기면
깜짝 놀라서 흩어지는 가을의 음계

흐르는 강처럼 그렇게 흐르는 계절, 역시 흐르는 바람이 그것을 알고
있다. 그 바람이 나의 귓전을 지나며 들려주는 계절 이야기, 혹은 시간
의 속삭임. 산새가 떠나고 남긴 기우뚱한 빈 둥지, 별들마저 놀라는 낯
선 시간의 영토, 지상에는 빨래줄 위로 흩어지는 고추잠자리의 경쾌한
음계, 풀뫼 선생은 아마도 이런 것을 시간의 결 속에서 찾고자 했을 것
이다. 그 풀뫼 선생이 2005년 가을 어느 날 커다란 플라타너스 잎을 주
워들고 나에게 거기 글씨를 써달라고 했다. 나는 무심코 그 잎을 받아
서 졸필로 <천성산을 노닐며(遊千聖山)>라는 시를 썼다.

천성산과 원효봉 두 봉우리 높이 치솟고   千聖元曉兩峰隆
만고의 미타굴은 바다를 굽어보며 웅장하네   萬古彌陀俯海雄
함께 공부하는 벗들이 앞뒤로 산을 오르니   學伴遊山先或後
물든 단풍 가볍게 날며 얼굴을 비추어 붉게 하네 林楓片片照顔紅

플라타너스 잎에는 불론 한시만 썼다. 원래 이 시는 내가 영산대학교
에 있으면서 동료 교수들과 함께 그 학교의 뒷산인 천성산을 오르면서
지은 것이다. 원효가 천명의 제자를 길렀기 때문에 그렇게 불리게 되었

천성산 계곡 : 천성산은 소금강으로 불리며 산위에는 아름다운 계곡이 10리에 펼쳐져 있다.

다는 천성산, 거기 미타굴이 있어 바다를 굽어보며 웅장하다. 미타굴은
통일신라시대 초기에 건립된 것으로 그 안에는 보물 제 998호로 지정된
아미타불입상(阿彌陀佛立像)이 있다. 그 일대가 너무 아름다워 예로부터
천성산을 소금강이라 부르기도 했는데, 가을이면 단풍들이 빨간 울음으
로 바위 사이를 건너뛰면서 유산객들을 취하게 한다. 위의 시는 바로
그러한 경험을 신석기의 둔탁한 목소리로 읊어본 것이다.

　남명의 가을은 어떠하였을까? 오늘 우리는 남명의 가을을 함께 이야
기해 보려 한다. 남명이 72세까지 살았으니 적어도 71번은 가을을 맞은
셈이다. 이 때문에 그의 문집에는 다양하게 가을시가 있다. 충청도 보은
에서 금적정사(金積精舍)를 지어 놓고 학문에 정진하고 있던 최흥림(崔
興霖, 1506-1581)에게는 "푸른 나무엔 비가 막 지나갔고, 국화는 바로 가을

을 만났구나[碧樹初經雨, 黃花正得秋].”라고 하였고, 자형 이공량(李公亮)과 헤어지면서는 “새벽별 어둠을 가르고 차갑게 달은 지는데, 이별하고자 하니 가을 소리를 들을 수가 없네[殘星分暝寒墜月, 欲別秋聲不可聞].”라고 하였다. 남명도 그렇게 느끼고 있지만 가을은 언제나 이별하는 쓸쓸한 마음 같고 청초한 새벽 별 같다. 가을에는 '쓸쓸함'과 '청명함'이 함께 있기 때문일 터이다. 다음 구절에서도 이 같은 정서가 진하게 묻어난다.

가을 산 어딘들 잎이 누렇게 물들지 않으랴　　　秋山何處不黃葉
비록 날 저물었으나 강돌은 오히려 희네　　　江石雖昏猶白身

이 시는 제목을 알 수 없고, 빠진 구절이 있는 채로 전해진다. 우리는 여기서 누렇게 물든 가을산의 단풍을 통해 쓸쓸함을, 날이 어두워도 하얀 몸으로 빛나는 강돌을 통해 청명함을 느끼게 된다. 여기에는 봄과 여름이 갖는 희망과 열정보다도, 쇠락의 계절이 전해주는 이별의 정서와 맑은 사물을 통해 감지되는 지적 깊이가 있다. 가을의 이 같은 느낌은 생성과 소멸이라는 우주의 보편질서 속에서 인간을 반추해보는 데서 획득되는 일종의 자기성찰과 그 결과이다. 그러나 다음의 시는 전혀 다른 방향으로 상상력이 전개되고 있어 흥미롭다.

삼월에 핀 꽃 비단으로 만든 성 같은데　　　三月開花錦作城
어이해 국화는 가을 끝나는 자리에서 꽃을 피우나　　　如何秋盡菊生英
조물주가 서리에 시들어 떨어지지 않게 하는 건　　　化工不許霜彫落
응당 저무는 해 다하지 못한 정 때문이겠지　　　應爲殘年未盡情

국화 : 남명은 〈서리 속의 국화(霜菊)〉에서 "찬 국화 만 송이에 얇은 이슬 맺혔네."라고 하기도 했다.

　어느 가을날, 남명은 국화를 감상한다. 국화는 사대부 시에 나타나는 일반적인 소재이지만 이것을 낯설게 보고 있다. 즉 국화를 봄꽃과의 연계선상에서 생각하고 있다는 것이다. 남명은 지난 봄에 핀 꽃은 비단같이 아름다웠고 그 꽃들은 성처럼 많았다는 것을 기억한다. 꽃은 여름을 지나며 퇴색해갔고 가을을 만나 수많은 사물들과 마찬가지로 잎마저 시들어갔다. 이러한 조락의 계절, 조물주는 국화를 다시 피게 했다. 모든 꽃이 사라지고 난 다음, 다시 찬란하게 피는 꽃, 국화! 남명은 여기서 국화에게 오상고절(傲霜孤節) 등의 상투적 이념을 덮어씌우지는 않았다. 다만 조물주의 '다하지 못한 정' 때문이라고만 했다. 이것은 이념이 아니라 오히려 정서다. 그 정서는 미련이며, 아쉬움이며, 또한 연민에 의한 것이다. 남명은 이것을 국화를 통해서 독자에게 전하고자 했던 것이다.

우리는 흔히, 칼의 이미지로 남명을 떠올린다. 이것은 처사적 절개, 거대한 자아, 비타협적 실천, 강고한 자의식, 가파른 기절(氣節), 빛나는 카리스마 등의 이미지로 옮아간다. 이들은 남명정신의 중핵에서 그리 멀지 않는 곳에 살고 있음이 분명하다. 그러나 이것만으로 남명을 모두 이해했다고 하기는 어렵다. 그는 스러져가는 사물을 보면서 존재의 생성과 소멸을 '정'의 원리에 입각해서 관찰하고 있기 때문이다. 가을을 통해 연상되는 쓸쓸함과 청명함이라는 두 의미망 속에서 '정'이 강하게 작용함에 따라 쓸쓸함이 더욱 강조된 결과이다. 이것은 결국 억제하기 어려운 '이별의 정한(情恨)'으로 진전되기도 한다. 제자 이희생(李喜生, ?-1584)에게 준 다음의 시가 바로 이러한 시각에서 읽힌다.

나그네의 마음 물 같고 또한 실 같은데	客懷如水又如絲
하물며 산에 올라 그대 떠나보낼 때랴	況是登山子去時
한강 가에 이르면 그댄 늙은 나를 생각하겠지	君到漢濱思老我
물안개 속의 가을 생각 정녕 억제하기 어렵네	渚烟秋意定難裁

떠나가는 나그네의 마음을 '물'과 '실'로 표현하고 있어 흥미롭다. 물은 흐르는 것이고 실은 긴 것이니, 이 둘을 합치면 길게 흐르는 것 쯤이 된다. 끊어질 듯하지만 이어지고, 이어져서 다시 유유히 흐르는 마음, 여기에 강한 이별의 정한이 배어 있다. 이것이 있기 때문에 두 사람은 공간을 달리하면서도 그리워할 수 있었다. 마지막 구에서 '안개'라고 하고 있으니, 그 그리움이 더욱 간절하다. 안개는 손으로 잡을 수 없으면서 그 존재는 뚜렷하고, 사람들을 둘러싸고 있으면서도 또한 사람들을 떼어 놓는다. 남명의 견디기 어려운 가을 생각은 이처럼 이별의 정한과 함께 하고 있기 때문에, 위의 시는 그의 카리스마 속에 녹아 있는 눈물

같은 것이었다.

가을에 만난 억제하기 어려운 이별의 정한, 이것으로 남명의 가을을 모두 말했다고 하기는 어렵다. 인간 세상의 다양한 경험들이 이 계절에 다시 어떤 메시지로 전달되기 때문이다. 남명은 절개를 숭상했고, 이로 써 부조리한 시대를 위하여 몸을 더럽히지 않는 매서운 출처의식(出處意識)을 지닐 수 있었다. 가을은 남명에게 이 같은 평소의 생각을 더욱 자극하는 역할도 했다. 즉 가을을 통해 느끼는 보편정서가 그의 철저한 출처의식과 결부되면서 현실 세계를 이해하는 어떤 중요한 기제가 된다는 것이다. 정종영(鄭宗榮, 1513-1589)에게 준 다음의 시가 이 같은 측면에서 읽힌다.

좋은 소식 오십 육 년 동안이나 들으며 놀랐는데	驚聽瑤音五十六
신선 사는 집 뜰에서 가을을 느낀다네	依依紫府感庭秋
대신의 높은 절개 바야흐로 쉬지를 못하고	鼎臣高節方未鹽
초로같이 남은 혼 오래도록 거두지 못했네	草露餘魂久未收
북두성 떠있는 구천의 물방울처럼 기억되고	星斗九天微沫記
바람서리에 백 번 변하지만 이 한 몸 남아있네	風霜百變一身留
그대 무척 노력한다는 것을 알고 있으니	認渠已汗心頭馬
정녕코 상류에서 물러나기를 권한다네	說道丁寧退上流

수련에서는 정종영의 고명(高名)과 가을 분위기를 제시하고 있다. 남명은 이 둘을 서로 결부시키면서 정종영의 고명 이면에 도사리고 있는 위험성을 제기하였다. 함련에서 말한 대신으로서의 쉬지 못함, 거두지 못한 초로(草露) 같은 혼은 바로 이를 말한 것이다. 이것이 추상으로 흐를 수 있다고 생각한 남명은 미련에서는 아예 정종영이 상류에서 물러

나길 강하게 권하고 있다. 상류란 다름 아닌 높은 벼슬이며 또한 높은 명성이다. 상류에서 물러나기를 권하는 것은 출처의식에 입각해 볼 때 당연한 것이었다. 정종영은 지금의 불안한 시대에 높은 벼슬을 하고 있기 때문이다. 숙살의 기운이 만연한 가을에 이것은 더욱 뚜렷하게 감지된다.

남명은 가을의 보편정서인 쓸쓸함과 청명함을 함께 지니고, 이것을 적극적으로 작품에 드러냈다. 그러나 그의 상상력은 여기에 머물지 않고 때로는 이별의 정한 쪽으로 밀착되기도 하고, 출처의식과 결부되면서 현실을 냉철하게 바라보는 쪽으로 전개되기도 했다. 이것은 남명의 시적 상상력이 상투적 이념에 고착되어 있는 것이 아니라, 보다 큰 세계로 나아가기 위해서 내적인 운동을 끊임없이 벌이고 있다는 것을 의미한다. 어느 달 밝은 가을밤, 하인서(河麟瑞)의 정자인 풍월헌(風月軒)에서 '미래'를 본 것도 같은 입장에서 이해된다.

단청한 집 동쪽의 한 무리를 누르고 있는데　　畫閣東邊鎭一頭
시원한 바람 불어오는 달 밝은 가을이로세　　浩風飜了桂宮秋
오래 된 조개가 명월주 간직한 것이　　請看老蛤藏明月
좋은 집의 큰 근심과 어찌 같으리　　爭似高堂有莫愁

이 시는 <풍월헌의 시운에 화답함(和風月軒韻)>이니, 하인서의 시에 대한 화답시로 이 작품을 지었다는 것을 알 수 있다. 『남명집』에 의하면, 남명 스스로 시의 뜻이 하인서의 아들 '하락(河洛, 1530-1592)'과 '하항(河沆, 1538-1590)'을 두고 말한 것이라 했다. 그러니까 남명은 가을을 맞아 하인서의 풍월헌을 찾아, 그의 아들인 하락과 하항을 통해 밝은 미래를 본 것이다. 이들을 명월주(明月珠)에 견준 것이 그것이다. 명월주 같은 미래는 현재 커다란 집에서 수많은 근심 속에 휩싸여 사는 것과는 견줄 수가 없다고 했다. 하인서는 비록 인생의 가을을 맞았지만, 그의 아들은 명월주 같이 다음 세대의 새로운 희망이라는 믿음을 보인 것이다.

남명학파에서의 '명월주'는 흔히 남명학의 계승적 의미로 쓰인다. 예컨대 겸재(謙齋) 하홍도(河弘度, 1593-1666)가 쓴 <기송정선생어(記松亭先生語)>에 '소매 속의 명월주는 요순(堯舜)으로부터 전해온 것'이라고 한 것이 그것이다. 위의 남명 시에 등장하는 '명월주'를 하나의 도통의식으로 인식하면서 요순으로부터 공자, 주자, 남명, 각재 하항, 송정 하수일 등에게로 이어진다는 것을 나타낸 것이다. 남명 스스로가 이러한 의미로 쓴 것은 아니지만, 남명은 그의 제자 하락과 하항을 '명월주'로 보았기 때문에, 그의 후예들은 여기에 특별한 의미를 부여하면서 도통을 의식하였던 것이다. 이것은 남명의 명월주가 쇠락의 계절 가을을 맞아 미래의 새로운 희망이라는 특별한 의미로 발전할 수 있는 가능성에 기인한 것이다.

가을과 관련된 남명의 상상력은 이처럼 미래를 담보하는 것이었다. 죽음과 쇠멸의 계절이 허망 이상의 것이라는 의미

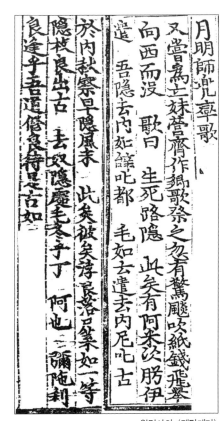

월명사의 〈제망매가〉

다. 저 신라의 월명사(月明師)가 <제망매가(祭亡妹歌)>에서, 죽은 누이를 가을에 떨어지는 나뭇잎에 견주며 도를 닦아 서방정토에서 다시 만날 날을 기다리자고 한 것도 맥락을 같이 한다. 이별이 괴로운 것이지만 잘 따져보면 또 다른 만남을 전제로 한다. 명월주를 전하는 미래이기도 하기 때문이다. 신라의 '월명(月明)'과 조선의 '명월(明月)'이 상관관계를 지니고 있는 것은 물론 아니지만, 어쨌든 가을 달빛은 우리가 사는 세상으로 분말처럼 내린다. 거기에는 맑은 이별과 새로운 만남이 있다. 월명사의 <제망매가>를 요즘말로 다시 불러보며 이 글을 마무리하기로 하자.

> 삶과 죽음의 갈림길은
> 여기에 있는데 두려워 하면서
> '나는 갑니다' 라는 말도
> 미처 다하지 못하고 갔느냐
> 어느 가을 이른 바람에
> 여기저기 떨어지는 나뭇잎처럼
> 같은 가지에서 나고
> 가는 곳을 모르는구나
> 아! 미타찰에서 만나 보게 될 나
> 도를 닦으며 기다리겠네.

제3부

남명의 지리산 유람과
행단에 관한 상상력

1. 남명의 지리산 기행록-〈유두류록〉

1) 사물에 대한 객관적 접근과 기록성

덕산에서 본 지리산 : 오른쪽에 아스라하게 솟은 봉우리가 천왕봉이다.

공론을 비판하고 실천을 강조한 사상적 바탕 위에서 남명은 〈유두류록〉을 창작했다. 전대의 작품인 김종직(金宗直, 1431-1492)의 〈유두류록(遊頭流錄)〉, 이육(李陸, 1438-1498)의 〈유지리산록(遊智異山錄)〉, 김일손(金馹孫, 1464-1498)의 〈두류산기행록(頭流紀行錄)〉 또한 동일한 원리에 의해서 창작된 것으로 보아 일련의 지리산 유산기는 그 맥락을 같이 한다. 이들이 모두 성리학적 실천윤리에 과감했다는 점에서 이 같은 사실은 어렵지 않게 납득이 된다.

남명이 지리산을 여행한 것은 1558년(명종 13), 그가 57세 되던 해였다. 여행 기간은 음력 4월 10일부터 25일까지이니 16일간이라 하겠다. 이홍(金泓), 이공량(李公亮), 이희안(李希顔), 이정(李楨) 등과 함께 등정하여 수많은 경물과 만나게 되는데, 경물을 만나 흥을 느낄 때마다 경중을 따져 기록을 남겨 두었다. 그의 유람코스는 다음과 같다.

    4월 11일 : 뇌룡사→ 진주 이공량의 집
    4월 12일-13일 : 비로 이공량의 집에서 이틀을 묵음

4월 14일 : 이공량의 집 → 사천 이정의 집
4월 15일 : 이정의 집 → 쾌재정 → 사천만에서 배를 탐 → 곤양 → 하동
　　　　　 (배에서 하룻밤을 잠)
4월 16일 : 하동 → 악양 → 삽암 → 도탄 → 화개에서 하선 → 쌍계사
4월 17일-18일 : 비로 쌍계사에서 이틀을 묵음
4월 19일 : 쌍계사 → 청학동 → 학연 → 지장암 → 쌍계사로 돌아옴
4월 20일 : 쌍계사 → 신응사
4월 21일-22일 : 비로 신응사에서 이틀을 묵음
4월 23일 : 신응사 → 쌍계사 앞 → 화개 → 악양현창
4월 24일 : 악양현 → 삼가식현 → 횡포역 → 정수역
4월 25일 : 정수역 → 칠송정 → 다회탄 → 뇌룡사

　남명은 뇌룡사에서 출발하여 뇌룡사로 되돌아오기까지 다양한 곳을
거친다. 이 가운데 그는 실제로 있었던 일을 서술하기도 하고, 놓칠 수
없는 자연경관을 세밀하게 묘사하기도 하였다. 또한 선인들의 유적을
만나면 거기에 따라 일정한 반응을 보이기도 했다. 이는 모두 일회적·
실존적 소재를 취하여 기록한 것이라 하겠는데, 여행 중에 일어난 일,
사실적 자연묘사, 역사적 인물의 제시로 나누어 순서대로 살펴보도록
하자.
　먼저 여행 중에 일어난 일에 대해서다.

<기록 1>
가) 11일. 문을 나서서 겨우 수십 보를 가자 작은 아이가 앞을 막으면
　서, "도망친 종을 쫓아 왔는데 이 길 밑에 있어 잡지 못하겠습니
　다."라고 말했다. 우옹이 문득 관노비 4, 5명을 지휘하여 좌우를 둘
　러싸니 잠시 후 남녀 여덟 명이 말 앞에 묶여왔다가 드디어 말을
　채찍하며 함께 갔다. 우옹이 탄식하며 말했다. "우연히 손을 써서

원망하는 자도 있고 고맙게 여기는 자도 있게 되었다. 이것이 어찌
조물주가 시킨 일이겠는가?"

나) 16일. 중 혜통과 신욱이 차와 과일을 산나물에 섞어 주었는데 빈주
(賓主)의 예를 차려 접대했다. 이 날 밤이 어두워질 무렵 내가 갑자
기 구토와 설사를 해서 음식을 물리치고 누워 있는데 우옹이 간호
하며 서쪽 곁방에서 잤다. 17일. 저녁에 인숙이 설사를 하고 신음하
였다. 어스름할 때에 강이가 갑자기 가슴과 배가 아프다고 하더니
두어 말이나 토해냈다. 창자가 꼬이듯, 위가 뒤집히듯 하여 기운이
매우 고달파지더니 설사가 점점 급해졌다. 소합원(蘇合元)을 썼으나
효과가 없었고, 또 청향유(靑香油)를 써도 효과가 없었다.

가)는 뇌룡사의 문을 나서자마자 발생한 실제적 일이다. 곧 남명이
이희안 등과 함께 길을 떠나 몇 보 가지 않아 생긴 일인데, 아이의 부탁
을 받고 이희안이 도망친 노비를 잡아 주었다는 것이다. 여기서 남명은
이희안의 입을 빌어 '원망하는 자'와 '고맙게 여기는 자'가 있었다는 사
실도 아울러 기록하고 있다. 원망하는 자란 노비가 바로 그이며, 고마워
하는 자란 주인이 바로 그이다. 당시의 사대부라면 도망친 노비는 당연
히 주인의 손에 돌아가야 한다는 의식을 가졌을 법한데, 사건을 객관화
시켜 기술하고 있다는 데 주목할 만하다.

나)는 쌍계사에서 일어났던 실제적 일이다. 즉 승려가 주는 음식물을
먹고 16, 17 양일간 복통으로 시달린 데 대한 기록이다. 여행자 다섯 명
중 세 명이 복통으로 고생을 했는데 통증은 남명에게 가장 먼저 왔고,
강도는 이정이 가장 강하였다. 이정에게 복통이 왔을 때는 비록 효험은
없었지만 처방전까지 마련하고 있다. 여행자들에게 복통이 온 순서와
강도 등을 대단히 정밀하게 기술하고 있으며 '소합원'이나 '청향유'라는

실제적 소재를 동원하기도 한다. 이 두 자료에서 우리는 실제적 행위가 객관적 시각에 의해 처리되고 있음을 본다.

다음은 사실적 자연묘사에 대해서다. 이 부분은 가장 많은 분량으로 기술되어 있는데 특징적인 것 셋만 적출한다. 다음 자료가 그것이다.

<기록 2>

가) 15일. 이날 밤에 달이 낮같이 밝고 은빛 물결이 거울을 새로 닦은 듯하여, 천근(天根)과 옥초(沃焦)가 온통 안석과 자리에 있는 듯 했다. 사공이 번갈아 뱃노래를 불러서 소리가 이무기 굴을 뒤집는 듯했다. 삼태성이 잠깐 하늘 복판에 오자 동풍이 건듯 일어났는데 문득 돛을 걷어치우면서 배를 몰고 올라갔다.

나) 16일. 아침 해가 처음 오르니 만 이랑의 물결이 붉게 찌는 듯하고 양쪽 언덕 푸른 산 그림자가 물결 밑에 드리워져 흐른다. 퉁소와 북을 다시 연주하니 노래와 퉁소소리가 번갈아 일어났다.

다) 23일. 절이 구례현 나루터와 이십 리 떨어져 있고, 쌍계사와는 십 리의 거리이며, 사혜암이 십 리, 칠불암이 십 리인데 상봉과는 하룻 길이다.

쾌재정 현판 : 쾌재정은 고려말 이순(李珣)이 세운 것이다. 남명은 지리산을 여행하면서 먼저 이 쾌재정에 올랐다.

쾌재정 터의 정자나무 : 쾌재정은 없지만 그 흔적은 사람들의 입을 통해 전해진다. 그 터에는 수령 약 500년으로 추정되는 정자나무가 서있다.

가)와 나)는 강을 묘사한 것이다. 이 묘사는 쾌재정에서 섬진강을 지나면서 이루어졌다. 이 가운데 가)는 달빛이 비친 강이며, 나)는 떠오르는 해가 비친 강이다. 가)에서 삼태성이 하늘 가운데 오자 물결이 살짝 일어났다고 했는데 이는 그가 자연을 세밀하게 관찰하고 있음을 극명하게 드러내는 것이라 할 것이다.

나) 또한 섬진강 위로 떠오르는 햇살을 대단히 사실적으로 묘사하고 있다. 여기서 남명은 산과 뱃놀이를 이 같은 사실적 기술의 보조 소재로 활용하였다. 즉 동해 남쪽 삼만 리 밖에 있다는 옥초산과 물에 거꾸러져 같이 흐르는 산 그림자, 그리고 퉁소와 노랫소리가 그것이다.

다)는 구체적 거리를 수치로 기술한 것이다. 현재 자신이 있는 신응사를 중심으로 구례현 나루터, 쌍계사, 사혜암, 칠불암, 상봉과의 거리를 나타낸 것이다. 이는 거리에 대한 구체적 인식이라 할 것인데, 여기서 우리는 사물에 대해 객관성을 유지하려는 남명의 작가적 태도를 읽을 수 있다.

마지막으로 역사적 인물의 제시에 대해서다. 이 작품 속에 지리산과 관련된 역사적 인물이 여럿 나오지만 남명이 구체적으로 언급한 사람은 셋이다. 한유한(韓惟漢)·정여창(鄭汝昌)·조지서(趙之瑞)가 대표적이다. 이 가운데 둘만 제시하면 다음과 같다.

<기록 3>
가) 16일. 강가에 삽암이 있는데 한 녹사 유한의 옛 집터이다. 유한이 고려가 어지러워져 감을 보자 처자를 이끌고 와서 여기에 살았다. 나라에서 대비원 녹사로 불렀으나 하룻저녁에 도망해서 간 곳을 몰랐다 한다.

나) 24일. 저녁에 정수역에 도착하였는데 역관 앞에 정씨의 정문이 있었다. 정씨는 조 승선 지서의 아내이고 문충공 정몽주의 현손이다. 승선은 의인이었다. 그 기상은 높은 바람이 불어오자 벽을 사이에 두고서도 몸이 춥고 떨리는 듯하였다. 연산이 맡겨진 책임을 능히 못할 줄 알고 10여 년을 벼슬에서 물러나 있었으나 오히려 화를 면치 못했다.

가)는 한유한(韓惟漢)에 대한 기록이다. 한유한은 최충헌(崔忠獻)이 정사를 마음대로 하는 것을 보고 '재난이 장차 있을 것'이라며 무도한 세상을 한탄, 가솔을 이끌고 지리산에 들어갔다고 전해지는 여말의 학자이다. 세상 사람들과 교제하지 않았고, 조정에서 서대비원(西大悲院) 녹사(錄事)로 불렀으나 끝내 나아가지 않았다고 한다. 남명은 악양현의 강가에 있는 삽암이 그의 유적이라 하였다.

나)는 조지서(趙之瑞, 1454-1504)에 대한 기록이다. 정수역 앞에 서 있는 조지서의 아내 정씨부인의 정문을 통해 그를 만났던 것이다. 조지서는 지리산에 들어가 학문을 닦다가 갑자사화(1504)로 참수를 당했던 인물인데, 그가 죽자 그의 아내는 죄인이 되어 적몰되었으나, 젖먹이 두 아이를 끌어안고 등에는 신주를 지고 다니면서 아침저녁으로 상식(上食) 올리는 일을 폐하지 않았다고 했다.

정여창과 아울러 이 두 사람은 지리산과 관련하여 절의를 지키려 했다는 점에서 서로 같지만 삶과 죽음의 방식에서 서로 다르다. 즉 한유한은 고려가 망해가자 지리산에 들어가 숨어살면서 목숨을 보존하였지만 정여창과 조지서는 사화를 만나 죽게 되었던 것이다. 정여창과 조지서는 각각 무오사화와 갑자사화를 만나 죽게 되는데, 정여창은 출사하였다가 죽고 조지서는 물러났으나 죽는다. 정여창은 역행실천을 근간으로 한 학문을 하였으며, 조지서는 남명의 외계에 속하는 인물이니 느낀 바가 남달랐을 것이다. 이들 자료에서 우리는 역사적 인물들의 행적이 작가의 객관적 시각에 의해 처리되고 있음을 알 수 있다.

2) 자연을 통한 심성수양과 문학성

15세기 말부터 16세기에 이르러 역사에 등장한 사림파는 중앙 귀족인 훈구파와 대립하면서 시대의 주역을 담당하였다. 이들이 갖고 있었던 이데올로기는 바로 성리학 그것인데, 성리학자들은 문학 또한 도에 봉사해야 하는 무엇으로 못 박고 있다. 소위 재도주의적(載道主義的) 문학론이 그것이다. 이것은 유학으로 자신을 확립한 다음 형식면에서 사장의 부화함을 반대하고, 내용면에서 윤리도덕을 근본으로 삼아야 한다는 문학에 관한 이론이다. 윤리도덕에서 가장 근본이 되었던 것이 수기(修己)의 문제였다. 이것을 치인을 위한 선결조건으로 파악했기 때문이다.

그들이 즐겨 사용한 문학적 소재인 자연 또한 여기에서 벗어난 것이 아니었다. 이것은 자연 속에 내재해 있는 원리를 통해 인간을 이해하려는 노력의 일환이라 할 것인데, 남명 또한 여기에 투철하였다. 사실의 이러함이 <유두류록>에 잘 나타나는데 여행 중에 일어난 일, 자연에 대한 묘사, 수기의 문제로 나누어 살펴보기로 한다.

먼저 여행 중에 일어난 일에 대해서다. 여행 중에 일어난 일을 수양문제와 결부시켜 이해한 것 가운데 대표적인 사례 둘을 들면 다음과 같다.

<문학 1>

가) 20일. 주지 옥륜과 지임 윤의가 나와서 맞이하였다. 절에 왔으나 문에 들어갈 겨를도 없이 바로 앞 시냇가 반석에 가서 그 위에 늘어 앉았다. 오직 인숙과 강이를 가장 높은 돌 위에 밀어 올려 앉히고 말했다. "그대들은 비록 위급한 경우를 당하더라도 이곳은 잃지 말게. 만일 몸을 하류에 두게 되면 올라올 수 없게 되네."

나) 24일. 우옹이 강이의 말을 타고 홀로 채찍을 휘둘러 먼저 올랐다. 제일 높은 봉우리 위에다 말을 세우더니 돌에 걸터앉아서 부채를 부쳤다. 여러 사람은 모두 한걸음 한걸음 나아가며 사람과 말이 땀을 비같이 흘리며 한참 후에 도착했다. 내가 홀연히 우옹에게 면박을 주면서 말했다. "그대는 말탄 기세에 기대서 나아갈 줄만 알고 그칠 줄은 모르는구려. 다른 날 능히 의로움에 나아가게 되면 반드시 남보다 먼저할 터이니 또한 좋지 않겠는가?"

귀부(龜趺) : 덕산에 있었던 허목의 신도비 좌대로 최근까지 전해지다가 허목의 글에 남명을 폄하한 내용
이 있다고 해서 후손들이 이것마저 부수었다고 한다.

가)는 신응사 앞에서 있었던 일이다. 남명이 이공량과 이정을 높은
바위 위에 올려놓고 어떤 위급한 경우를 만나더라도 내려오지 말라고
경고하고 있다. 바위의 높이를 정신적 높이로 환치시켜 놓고 있다는 데
주목할 만하다. 남명은 일찍이 <답인백서(答仁伯書)>에서 "지금의 시속
이 더럽혀지고 훼손된 것은 이미 심하다. 요컨대 모름지기 천 길 낭떠
러지처럼 우뚝 선 기상이 있어야 한다."고 하면서 높은 정신적 가치를
존중하였다. 이공량과 이정에게 이야기한 것도 이것에 다름 아니다. 시
속에 한 번 빠지면 다시 높은 기상을 가지기란 대단히 어렵다고 보았기
때문이다.

나)는 삼가식현에서 있었던 일이다. '삼가식현'은 두어 걸음마다 세
번씩 숨을 깊게 내쉬어야 할 정도로 가파르기 때문에 붙여진 이름이라
한다. 이러한 가파른 고개를 이희안이 이정의 말을 빌려 타고 단숨에
올랐다. 여기에 촉발되어 남명은 그에게 두 가지를 지적하고 있다. 하나

는 그칠 곳에 그칠 줄을 알아야 한다는 것과 다른 하나는 의로움은 마땅히 민첩하게 실행해야 한다는 것이다. 이 둘을 남명에게 적용하여 허목(許穆, 1595-1682)이 <덕산비(德山碑)>에서 "구차히 따르지도 않고, 구차히 가만있지도 않았다."라고 평한 바 있다. 여기서 우리는 남명이 이희안과 이정에게 이야기 한 것을 허목의 말을 통해 남명 자신에게서 발견할 수 있다. 즉 '지행합일'의 경지를 발견할 수 있다는 것이다. 이상의 사실로 실제적 행위가 수양문제와 결부되면서 새로운 문학적 공간으로 확대되고 있음을 알 수 있다.

다음은 자연의 묘사에 대해서다. 남명은 자연을 묘사하기 위하여 적당한 관념을 동원한다. 관념을 동원해도 표현이 궁색해질 때는 시를 지었다. 다음의 자료가 그것이다.

<문학 2>
20일. 새로 온 비에 물이 많아져서 돌에 부딪혀 거품을 뿜고 물방울이 부서지니, 때로는 만 섬 구슬을 들이마시고 내뿜고 하면서 다투어 쏟는 듯하고, 때로는 천 가닥 우레가 거듭 쳐서 씨근거리며 으르렁대는 듯하였다. 마치 어슴푸레하게 은하가 가로 뻗쳐서 뭇 별이 빛을 잃고 시들어 버린 듯하고, 다시 요지(瑤池)에 맞아들여 잔치를 마친 뒤 비단 자락이 마구 흐트러진 듯하였다. 검푸른 깊은 못은 용과 뱀이 비늘을 숨긴 듯 깊이를 엿볼 수 없고, 우뚝하게 솟은 돌은 소와 말이 모습을 드러낸 듯하여 뒤섞여 헤아릴 수 없었다.

신응사 앞 계곡에 불어난 물을 묘사한 것이다. 여기서 남명은 두 가지의 서술기법을 동원하고 있는데 객관적 묘사와 주관적 묘사가 그것이다. 전자는 자연을 사실적으로 묘사하는 방법이며 후자는 전자에 한계를 느낄 때 관념적 용어를 사용하여 객관적 묘사를 확장하는 방법이다. '새로 온 비에 물이 많아져서 돌에 부딪혀 거품을 뿜고 물방울이 부서지니'가 전자에 해당한다면 '때로는' 이하는 신선이 사는 곳으로 알려져 있는 '요지' 등을 이용해 서술한 후자에 해당한다. 분량면에서 후자가 전자에 비해 월등히 많은데 이것은 사물에 의해 촉발된 작가의 정서가 묘사를 확장한 만큼 증폭되었다는 것을 의미한다.

마지막으로 수기의 문제에 대해서다. 남명은 지리산을 기행하면서 끊임없이 수기의 문제를 부각시켰는데 수기는 바로 실천을 위한 근본 강령이기 때문이다. 이것은 성리학자 모두가 지대한 관심을 기울인 문제이기도 하다. '수기'가 바로 '평천하(平天下)'로 이어진다는 생각에서였다.

<문학 3>
  19일. 여기에서 바로 내려가는데 한 번에 두어 마장씩이나 달려간 다음에라야 쉴 수 있었고 이윽고 양(羊)의 어깻죽지 고기를 삶을 정도의 짧은 겨를에 문득 쌍계사에 도착하게 되었다. 당초 위쪽으로 오를 적에는 한 발짝을 걸으면 다시 한 걸음이 어렵더니 아래쪽으로 내려올 적에는 단지 발만 들어도 몸이 저절로 내려갔다. 어찌 선을 따르기는 오름과 같고 악을 따르기는 무너져 내리는 것과 같은 것이 아니겠는가?

위의 글은 남명이 지장암으로 내려갈 때 느낀 점을 수기의 문제와 연결시켜 기술한 것이다. 오르기 어려움을 선행하기의 어려움에, 내려가기 쉬움을 악행하기의 쉬움에 결부시키고 있다는 것이다. 등산이 어렵다는 것과 하산이 쉽다는 것에 그치지 않고 수양 방법과 연결시키고 있는 것에서 문학에 유가의 도를 실으려 했던 남명의 문예의식을 간파할 수 있다. '알악양선(遏惡揚善)'이라는 유가적 이념의 수용태도가 바로 그것이다. 여기서 또한 인간의 수양문제가 문학적 통로를 통해 처리되고 있음을 본다.

'지행합일'의 사상은 수양론의 핵심이다. 일찍이 정이(程頤)가 "알면서 행하지 못함은 다만 앎이 얕기 때문일 뿐이다.", "사람이 불선하는 것은 알지 못하기 때문이다."라고 했듯이 수양이 제대로 되었는가 되지 않았는가에 따라 지(知)와 부지(不知)가 판가름 난다. 남명 또한 이와 인식을 같이 했기 때문에 산을 오르면서 잠시도 유가의 근본이념을 놓지 않았던 것이다.

3) 기록성과 문학성의 상보적 관계

남명의 <유두류록>은 사실의 객관적 기록과 그것의 문학적 확장에 의해 이루어져 있다. 사실의 객관적 기록은 작가의 사물에 대한 접근태도에 기인한 것이며, 기록의 확장은 작가의 문학적 상상력에 의해 이루어진 것이다. 이해를 이렇게 하고 말면 기록과 문학은 배타적 거리를 유지하게 되어 오히려 작품의 주제가 분열된다. 사정이 그럴 수 없다는 데서 이 두 성향의 관계설정은 대단히 긴요한 일이라 하겠다.

남명은 뇌룡사에서 출발하여 뇌룡사로 돌아오기까지 여러 곳을 경유한다. 이곳들은 모두 실제적인 고유지명을 가진다. 고유지명은 물리적 거리를 유지한다. 이 같은 물리적 거리를 작가는 먼저 순차적 시간에 의해 지속적으로 기록해 나갔다. 문학은 그 사이에 개입한다. 고유지명에 대한 느낌이거나 지명 사이의 경물에 의해 촉발된 감흥을 문학적 상상력을 동원하여 확장한다. 그러니까 순차적 시간에 의한 질서가 기록에 의해 이루어지고 있다면, 문학은 그 기록 상호간의 긴장감을 형성하여 탄력성을 유지하는 구실을 한다는 것이다. 이 같은 작품의 구조는 행위에 관한 것, 자연에 관한 것, 인간에 관한 것으로 그 내용이 구성되어 있다.

첫째, 행위에 관한 것은 여행 중에 일어난 일이니 <기록 1>과 <문학 1> 그것이다. <기록 1>에서는 달아난 노비를 잡고, 식중독으로 괴로워한 사실을 객관적으로 기록하였다. <문학 1>에서는 높은 바위를 정신적 기상으로, 빠르게 산에 오르는 것을 그칠 줄을 알아야 한다는 이념, 혹은 의(義)의 민첩한 실행으로 환치시켜 놓았다. 그러니까 <기록 1>이 객관적 행위의 사실적 기록이라면, <문학 1>은 그 행위의 도덕적 확장인 셈이다.

둘째, 자연에 관한 것은 자연에 대한 묘사를 통해 이루어지는 것이니 <기록 2>와 <문학 2>가 그것이다. <기록 2>에서는 강과 산을 사실적 기법에 의해 묘사하고 있으며 구체적 거리를 수치로 나타내었다. <문학 2>에서는 객관적 자연의 묘사를 서술로 수행할 수 없었기 때문에 관념적 자연을 등장시켜 객관적 자연을 주관적으로 묘사하고 있다. <기록 2>에 자연의 주관적 묘사가, <문학 2>에 자연의 객관적 묘사가 없는 것은 아니나 이것은 보조적 역할을 하는 데 지나지 않는다.

셋째, 인간에 관한 것은 역사적 인물의 제시나 개인의 수기 문제와 관련된 것이니 <기록 3>과 <문학 3>이 그것이다. <기록 3>에서는 지리산에 들어와 살았던 세 사람의 선비에 대한 기록인데 그들의 출처의식에 기준하여 기술하였다. <문학 3>에서는 등산의 어려움과 하산의 쉬움을 선행하기의 어려움과 악행하기의 쉬움에 결부시켜 악을 버리고 선으로 나아가야 한다는 심성수양의 문제를 언급하였다. 그러니 <기록 3>이 역사적·사회적 인간이라면, <문학 3>은 그들이 주는 교훈으로 심성을 수양해 나가는 현재적·개인적 인간이라 할 것이다. 이것은 수기가 치인과 바로 대응된다는 유가적 발상에 의한 것으로 보인다.

기록의 시간적 질서 속에 심성수양과 관련한 문학적 공간을 설정하고 있는 <유두류록>은 객관적 현실에 대한 성리학적 접근이라는 새로운 세계를 건설한다. 둘째의 경우와 셋째의 경우, 즉 자연과 인간의 관계를 통해 이 같은 문제는 구체적으로 제시된다. 자연과 인간의 문제는 조선조 사림파 작가들의 주요 관심사였다. 그들은 자연을 배제하고 인간을 이해하지 않았으며, 인간을 배제하고 자연을 이해하지 않았다. 이둘은 그들의 인식 속에서 밀접한 상관관계를 형성하며 보다 차원 높은 형이상학적 논리로 체계화 되었다. 남명의 경우라고 하여 예외는 아니었다. 다음의 자료를 통해 이를 검증해보기로 한다.

> 17일. 다만 한스러운 것은 우리들이 수행할 힘이 없어 한 늙은 벗을 보호해서 함께 지기석 위에 앉아 창자에 가득한 티끌과 흙을 토하고 한없는 금화산 정기를 빨아들여서 늙바탕의 절반 양식으로 할 수가 없다는 것이다. …… 큰 비가 종일토록 그치지 않고 검은 구름이 사방을 덮어서 이 산 밖의 인간 세상과는 구름과 물로 몇 겹이나 격했는지 모르겠다.

위의 글은 자연을 심성수양의 공간으로 제시한 것이다. 여기에는 남명이 인욕을 버리고 천리를 구하고자 했던 강한 열망이 드러나 있다. '창자에 가득한 티끌과 흙을 토하고 금화산 정기를 빨아들이고'자 했던 것에서 사실의 이러함은 분명하게 드러난다. 더욱이 구름이 인간 세계와 산을 갈라놓고 있는 모습을 그려내 맑은 정서를 고조시켰다. 이것은 수양을 통해 얻은 최고의 경지라 할 것인데 남명은 이를 자연의 현상을 들어 설명하고 있다.

이같이 남명에게서의 자연과 인간은 서로 밀접한 관계 하에서 형성된다. 남명은 자연이 심성수양의 공간이기는 하지만 인간을 저버리고 자연 속에 머물러 있을 수만은 없다고도 하였다. 즉 자연에서 터득한 논리를 현실에 적용하여 부조리한 현실을 개혁해 나가야 한다는 것으로 귀결되고 있다는 것이다. 여기서 우리는 남명의 현실주의적 세계관을 다시 만날 수 있다.

남명의 현실주의는 도탄에 빠진 민중구제의 방도를 찾는 과정 중에 성립된 것이다. 이는 김종직이나 김일손 등 현실에 관심을 두면서 성리학적 세계질서를 추구하고자 했던 일군의 유학자들과 맥을 같이 하는 것으로 보인다. 자연을 기행하면서도 현실에 대한 관심을 늦추지 않고 있으니 더욱 주목할 필요가 있다. 남명이 <유두류록>에서 보여 주었던 현실에 대한 관심을 김종직이나 김일손의 지리산 유산기와 비교하면서 살펴보도록 하자.

가) 해송이 더욱 많으므로 지역민들이 매년 가을이 되면 따서 공물의 액수를 충당한다고 하는데, 금년에는 한 나무도 열매를 맺은 것이 없으니 억지로 그 액수를 채우게 한다면 우리 백성들은 어쩌랴!

나) 사람들이 전하기를 "두류산에 감과 밤들이 많아서 가을바람이 불면 열매가 떨어져 계곡에 가득 차서 중들이 그것을 주워서 요기를 한다."라고 했는데 이것은 거짓말이다. 다른 초목도 오히려 나서 크지 못하거늘 하물며 과일이겠는가? 매년 관가에서 잣을 독촉하니 거주민은 오히려 다른 고을에서 나는 것을 사들여 공물로 충당한다고 한다.

다) 쌍계·신응 두 절이 모두 두류산 한 복판에 있어 푸른 고개가 하늘에 꽂힌 듯하고, 흰 구름이 문을 잠근 듯하니 오는 사람이 드물겠으나 오히려 관가의 부역은 없지 않아서 양식을 쌓고 무리를 모아서

가고 오는 자가 잇달아 모두 흩어지기에 이르렀다. 절의 중이 목사에게 편지를 하여 조금이라도 힘이 미칠 수 있도록 청하였다. 그 호소할 데 없음을 불쌍히 여겨 편지를 만들어 주었다. 산승이 이와 같으니 마을 백성의 정황을 능히 알 수가 있었다. 정사가 번거롭고 부역이 무거워 백성이 끝내 떠돌아 없어지고 아비와 자식이 서로 보전하지 못한다.

가)는 김종직의 <유두류록>의 일부이고, 나)는 김일손의 <두류기행록>의 일부이며, 다)는 남명의 <유두류록>의 일부이다. 지리산을 기행하면서도 현실을 잊지 않고 부세에 시달리는 백성을 걱정하고 있다는 데 공통점이 있다. 즉 가)에서 김종직은 흉년이 들었는데도 불구하고 공물 바치기를 예년과 같이 해야 하는 부당함을 비판하였으며, 나) 또한 가)와 같은 맥락에서 김일손이 부세에 시달리는 지리산민들의 고초를 토로하고 있다. 다른 지역에서 사서까지 공물을 바치기도 한다면서 부세의 부당함을 지적한 것이다. 이 같은 비판이 남명에 이르러서는 대단히 강하게 표출되고 있다. 번거로운 정사와 무거운 부역으로 말미암아 유랑민이 생기어 산 속의 절은 절대로 흩어지고 일반 백성들은 백성들대로 흩어져서 아비와 자식이 서로를 보존하지 못하는 지경에까지 이르렀다고 한 것이 그것이다. 여기에서 남명은 김종직과 김일손의 비판적 태도를 계승하면서 타개해야 할 부조리한 현실을 산 속이라 해서 조금도 잊지 않았음을 알 수 있다. 이것이 바로 남명이 지리산 유산록을 통해 보여준 자연 속의 인간이해에 관한 특징이라 할 것이다.

남명의 <유두류록>은 사실적 기록의 문학적 확장이라는 기본방침 아래 작품이 구조화되어 있다. 고유지명들은 순차적 시간에 의해 기록되고 문학은 그 가운데서 탄력성을 유지하며 유가적 심성문제와 관련하여 상상의 문학공간을 마련하였다. 자연과 인간의 관계 또한 제시되었는데, 이는 기행을 통해 자연에서 얻은 논리를 현실에 적용시키려는 고뇌의 일단이기도 하다. 이것은 전대 사대부들의 비판적 현실의식을 계승하는 자리에서 마련되었는데, 남명에게서는 부조리한 현실을 맹렬히 공격하는 것으로 구체화 되었다. 이는 남명이 현실주의적 세계관에 입각하여 지리산 기행을 단행했기 때문에 가능했던 것으로 보인다.

2. 겨울에 본 남명의 여름 지리산

1) 물과 구름은 물과 구름으로 – 신응사

도시에는 겨울이 없다. 꿈꾸는 들판과 그것에 반추되는 하늘도 없다. 들까마귀 한 마리 침묵의 나뭇가지를 빙빙 돌고, 오두막집의 굴뚝에서 가느다란 연기가 얼음 같은 창공으로 올라가는 것을 보며 거기 생명이 있음을 아는 그런 통찰은 더더욱 없다. 도시엔 오직 허무와 추위만 있을 뿐이다. 이 허무와 추위는 도시인을 위협한다. 그리하여 우리는 얼어붙은 폐수, 그 검은 부조리 위에서 존재에 대한 의미 부여를 위하여 쟁투할 것을 다짐한다. 붉은 머리띠를 이마에 동여매고 속았다며 목이 터져라 외쳐보기도 한다. 그러나 어느 누구도 그 '속임'의 주체를 아는 사람은 없다.

우리는 허무와 추위에 휩싸인 도시를 탈출하여 남명의 여름 지리산을 찾아보기로 했다. 때는 1999년 1월 초9일, 기묘년(己卯年)의 둘째 토요일이었다. 오전 8시 30분 나의 아파트 마당에서 설석규 선생의 반가운

인사와 재미있는 웃음을 만났다. 같은 학교에서 강의하지만 정작으로 학교에서는 잘 뵙지 못하고 남명과 관련된 일련의 일이 있을 때만 이렇게 만나는가 싶었다. 우리는 대구 남대구 IC를 빠져나가 구마고속도로와 남해고속도로를 번갈아 달렸다. 약 100km/h의 속도 위에서 남명학에 있어서의 내암(來庵)과 동강(東岡)의 역할 등에 대하여 이야기하였다. 이분들은 남명에게서 칼과 방울을 받았으니 소위 의발(衣鉢)을 전수 받은 제자라 할 만하다. 우리가 그 속도 위에서 나누었던 이야기는 대체로, '내암이 과연 남명학을 추락시켰을까?'라든가 '동강이 당대의 정치구도 하에서 군자와 소인을 어떤 방식으로 이해하였는가?'하는 것들이었다. 하동 IC는 이렇게 심각한 분위기 속에서 도착했다. 10시가 조금 덜 되었다.

남명이 김홍(金泓)·이공량(李公亮)·이희안(李希顔)·이정(李楨) 등과 섬진강에 배를 띄우고 하동을 지나간 것은 1558년, 그러니까 58세 되던 해 음력 4월 15일 밤이었다. 오광대로 유명한 사천의 가산에서 배에 올라 남해 바다의 밤물결을 바라보며 남명은 "달이 낮같이 밝고 은 같은 물결이 거울을 닦은 듯하다."라고 생각했다. 그리고 삼태성(三台星)이 문득 하늘 복판에 오자 동풍이 살짝 일어나므로 서둘러 돛을 달고 배를 몰아 하동을 거슬러 올라갔다. 남명은 이때 배 안에서 여러 벗들과 함께 섞여서 잠을 잤는데, 처음에는 김홍의 이불 한 쪽을 빌어서 누웠었다. 그리고 점점 나머지 부분을 차지하고 급기야는 김홍을 이불 밖으로 밀어내기도 했다.

남명이 이렇게 지나간 섬진강의 물결은 참으로 푸르다. 강 저편에선 전라남도 광양시의 대나무 잎이 겨울 햇살에 반짝이고 강 이쪽에는 경상남도 하동의 배나무가 단아한 자태로 겨울 하늘을 이고 있었다. 그 사이로 섬진강은 남쪽 바다를 만난다는 설렘으로 하늘과 함께 잔잔하게, 그리고 섬세하게 흐르고 있었다. 차창가로 지나가는 섬진강의 물살을 보노라니 갑자기 정태춘의 노래 <나 살던 고향>이 생각났다. 그는 '등살 푸른 섬진강 그 맑은 몸'을 일본 관광객들이 유린한다며 담담한 음성으로 고발하였다. 후쿠오카에서 비행기를 타고 섬진강 유곡나루로 은어잡이 나온 일본 관광객, 그들은 신칸센 왕복 기차 값인 육만엔이면 아이스박스 가득히 은어를 잡아갈 수 있을 뿐만 아니라 특급호텔 사우나에 몸풀면서 긴 밤 내내 미끈한 풋가시내들의 서비스 역시 받을 수 있다고 했다. 자본의 논리에 무참히 짓밟히는 우리 고향의 비극적 현실을 비판적 시각에서 노래한 것이라 하겠다.

하동에서 송준식, 김경수, 사재명, 박라권 제선생을 만났다. 집이 하동인 김경수 선생의 차에 옮겨 타고 지리산 깊숙이 들어가면서 구체적인 답사계획을 세웠다. 신응사터→칠불사→쌍계사→불일암과 불일폭포 순이 그것이었다. 이것은 남명이 도탄(陶灘)에 배를 정박시키고 도보로 쌍계사→불일암과 불일폭포→신응사로 기행했던 것과 조금 다른 순서였다.

이런저런 이야기 속에서 왼편으론 비탈진 산에서 향기를 키우고 있는 차나무들이, 오른편으론 은가루를 뿌려 반짝이는 섬진강이 언뜻언뜻 지나갔다. 악양(岳陽)도 그렇게 지나갔다. 남명은 섬진강을 거슬러 오르며 악양에서 한유한(韓惟漢)을 떠올렸었다. 화개면 덕은리(德隱里)를 지났다. 남명은 여기서 함양 출신의 유종(儒宗)인 정여창(鄭汝昌)을 떠올렸었다. 정여창이 살던 옛집이 거기에 있었기 때문이다. 한유한과 정여창에 대해서는 이 책의 「악양에서 만난 두 사람-악양정」에서 자세히 다루기로 한다.

쌍계사 일주문 : 남명은 1558년 4월 16일 이곳으로 지나갔다.

　용강리와 황장리를 지나 옛 신응사터에 도착하였다. 신응사는 뒤에 신흥사(神興寺)로 불리기도 했는데, 임진왜란으로 불타고 그 뒤 다시 조그마한 신흥암으로 복구되어 적어도 1743년까지는 보존되었다. 김지백(金之白)은 1655년에, 정시한(丁時翰)은 1686년에 이곳으로 여행하였으나 신응사의 남은 터만 보았을 뿐이고, 정식(鄭栻)이 1743년 이곳에 와서 신응사터에 세워진 조그마한 신흥암만 보았다. 당시 남명이 신응사 대웅전에서 본 것은 여러 꽃들이었다. 부처 앞에는 모란이, 바깥으로 나있는 들창에는 복사꽃과 국화가 꽂혀 있었다. 그 빛은 보는 이의 눈을 부시게 한다면서 남명은 우리나라의 절에는 일찍이 없었던 것이라 하였다.

　127년 뒤 정시한이 이곳에 왔을 때는 사정이 많이 달라져 있었다. 그는 신응사터를 보면서 "시냇가에다 계단을 쌓아서 네모 반듯하고 평평하게 하여 마치 자연스럽게 이루어진 것 같았다."라 하고, 또한 그 위에 단을 만들어 철불(鐵佛)을 모시고 있었다고 했다. 이로써 우리는 당시부터 땅을 많이 돋우어서 절 마당을 만들었으며 신응사에서는 철불을 모셨다는 사실을 알 수 있다. 신응사 옛 터엔 지금 화개초등학교 왕성분교장이 자리하고 있다. 우리 일행은 초등학교 뒷뜰 차밭을 둘러보면서 주위의 지리적 배경 등을 고려하며 나름대로 당시 신응사의 금당이 위치했을 법한 자리를 생각해 보았다.

화개초등학교 왕성분교장 : 이 학교에서는 "화개천에는 고운 최치원이 속세의 비속한 말을 들은 귀를 씻고 신선이 되었다는 세이암(洗耳岩)이 있으며 화개초등학교 왕성분교장이 위치한 자리는 신라 시대 신흥사의 옛터이기도 하다."라고 소개하고 있다.

남명이 이곳을 찾았을 때 이 절에는 주지인 옥륜(玉崙)과 지임인 윤의(允誼)라는 승려가 술과 과일을 소반에 갖추어서 맞아주었다. 남명은 당시 신응사 앞 개울의 풍경을 "시냇물이 불어 돌에 부딪혀 치솟아 올라 부딪치고, 때로는 마치 만 섬 구슬을 들이마시고 내뿜고 하면서 다투어

쏟는 듯하고, 때로는 마치 천 가닥 우레가 거듭 쳐서 씨근거리며 으르
릉거리는 듯하다."라고 묘사했다. 또한 "깊은 못은 용과 뱀이 비늘을 숨
긴 듯이 그 깊이를 알 수 없고 높이 솟은 돌들은 소와 말이 모습을 드
러낸 듯 뒤섞여 셀 수 없다."라고도 했다. 남명이 본 지리산은 이처럼
풍성했던 것이다. 조물주의 빼어난 솜씨에 조금이라도 부응하고자 시를
짓고 음악을 연주하며 정신을 고양시키려 하였으나 자연의 거대한 넓
이와 깊이 앞에서는 나약한 인간일 따름이라는 것을 남명은 절감하였
다. 시도 제대로 되지 않았을 뿐만 아니라 악기를 연주하고 노래를 불
렀지만 큰 항아리 안에서 나나니벌이 우는 정도에 그칠 뿐이었다. 남명
은 이때 명산을 겸허한 태도로 대하며 마음을 씻을 도리밖에 없다고 생
각했다. 다음과 같은 시는 바로 이 같은 심경에서 제출된 것이다.

> 가) 물은 봄 신의 구슬을 토하고 水吐伊祈璧
> 　산은 청제의 얼굴보다 짙구나 山濃靑帝顔
> 　겸손과 자부를 너무 심하게 하지 말라 謙誇無已甚
> 　다만 그대를 대하여 본다네 聊與對君看

> 나) 높은 물결은 우레와 벼락으로 싸우고 高浪雷霆鬪
> 　신령스런 봉우리는 해와 달을 갈아낸다 神峰日月磨
> 　격조 높은 이야기와 빼어난 풍채로 高談與神宇
> 　얻은 바는 과연 어떠한가 所得果如何

앞의 작품 제1-2구에서 물과 산을 제시하였다. 뒤의 작품 제1-2구 역
시 마찬가지다. 물은 구슬을 토해내듯 우레와 벼락이 싸우듯 했다. 맑으
면서 동시에 장대한 힘이 있다는 것을 이렇게 표현한 것이다. 그리고
산은 청제의 얼굴보다 짙기도 하고 해와 달을 갈 듯 높기도 했다. 푸르

면서 동시에 거대한 높이를 갖고 있다는 것을 이렇게 보였다. 이 같은 산수 속에서 남명은 인간이 마땅히 지녀야 할 '겸손'과 '자부심'을 생각했다. 아래로 흐르는 물과 높이를 자랑하는 산을 염두에 둔 때문일 것이다. 그러나 이것이 지나치면 '비굴'과 '오만'으로 그 성질이 바뀐다는 것을 남명은 인식하였다. 앞의 작품 제3-4구에서 이것을 알 수 있다. 우리가 겸손과 자부심을 제대로 유지하기 위하여 필요한 것이 자연을 통한 심성수양이다. 뒤의 작품 제3-4구에서 보이는 '고담(高談)'과 '신우(神宇)'는 자연 속에서 가질 수 있는 인간의 '소득(所得)'이며, 그것은 결국 군자의 진실된 모습이 아닌 다른 무엇이 아닐 것이다.

남명이 신응사를 찾은 것은 세 번이었다. 한 번은 성우(成遇)와, 또 한 번은 하천서(河天瑞)와, 그리고 마지막 한 번은 <유두류록>을 쓸 당시인 이공량 등 40여 명과 함께 온 것이 그것이다. 세 번째로 신응사를 방문했을 때 남명은 지난 번에 친구와 함께 온 것을 회상하며 이렇게 토로하고 있다.

두류산에 크고 작은 절이 얼마나 있는 줄을 알지 못하지만 신응사의 산수가 그 으뜸임은 분명하다. 옛날에 성중려(成中慮)와 더불어 상봉(上峯)에서 이 절을 찾아온 적이 있고, 그 뒤 거의 삼십 년만에 하중려(河仲礪)와 함께 와서 한여름 내내 이 절에서 머문 적이 있었다. 다시 이십 년의 세월이 흘렀는데, 그 두 사람은 모두 저 세상 사람이 되었다. 이제 나만 홀로 오니 마치 은하수 사이에 이르러 망연하게 언제 뗏목이 올지를 몰라 하는 것과 같은 처지에 놓이게 되었다.

당시에 같이 온 친구는 모두 저 세상으로 가고 남명 혼자 이렇게 다시 왔다. 여기에서 남명은 비감이 없을 수 없었고 이것을 은하수 사이에서 뗏목이 언제 올지 몰라 안타까워하는 것과 같다고 했다. 신응사 주위가 지리산에서 가장 아름답다고 생각했기 때문에 그 친구들이 더욱 그리웠는지도 모를 일이다. 성우와 이곳에서 며칠 간 묵었던지는 알 수 없고, 하천서와는 여름 한 철, 이공량 등 40여 명과는 3박 4일 동안 이곳에서 머물렀다. 특히 이곳에서 여름 한 철 가량 머물며 독서할 때는 주세붕의 시운(詩韻)을 따서 백운산(白雲山)에서 온 승려에게 시를 써서 그의 떠도는 생활을 위로하기도 하기도 했다. 그리고 독서하는 여가에 느낀 바 있어 <독서신응사(讀書神凝寺)>라는 시를 남기기도 했다. 시는 이러하다.

아름다운 풀로 봄 산에 푸르름 가득한데	瑤草春山綠滿圍
옥 같은 시냇물 사랑스러워 늦도록 앉아 있노라	爲憐溪玉坐來遲
세상을 살아가노라면 세상 얽매임 없을 수 없기에	生世不能無世累
물과 구름을 다시 물과 구름에 돌려보낸다네	水雲還付水雲歸

이 작품은 남명이 자연을 통해 도를 즐기는 것에 만족하지 않고 현실을 강하게 인정하는 쪽으로 의식을 전이시키고 있음을 보여 주는 것이어서 중요하다. 앞의 두 구에서 볼 수 있듯이 우선 자연에서 의미를 찾으려 했다. 푸르름이 가득한 봄 산과 옥 같은 시냇물을 먼저 제시하고 거기서 늦도록 앉아 있다고 한 것이다. 그러나 뒤의 두 구에서는 사정이 달라진다. 세상을 살아가노라면 세상의 일에 얽매이지 않을 수 없다면서 현실을 강하게 긍정하고 있기 때문이다. 현실의 긍정을 통해 결국 제4구에서 보이듯이 '수운(水雲)'으로 대표되는 자연을 자연 그대로 돌려보낼 수 있었던 것이다. 이 같은 생각은 남명의 언어로 남아 있는 글에서 다양하게 검출되는 데 위의 작품은 그 대표적인 것이라 하겠다.

남명 의식의 귀착점이 현실주의와 닿아 있기 때문에 지리산 깊은 곳에 있는 신응사에 와서도 도탄에 빠진 생민을 잊을 수 없었다. '쌍계사와 신응사 두 절이 모두 두류산 한복판에 있어 푸른 산봉우리가 하늘을 찌르고 흰 구름이 문을 잠근 듯하여 마치 사람의 연기가 드물게 이를 듯 한데도, 이곳 절까지 관가(官家)의 부역이 폐지되지 않아 양식을 싸들고 무리를 지어 왕래함이 계속 잇달아 모두 흩어져 떠나가는 형편에 이르렀다'고 한 것이 그것이다. 그리고 "행정은 번거롭고 세금은 과중하여 백성과 군졸이 유망(流亡)하여 아버지와 아들이 서로를 보호하지도 못하고 있다."라고 했다. 사정이 이 같은데도 뒤에서 여유 있게 산천을 찾아 노닌다면서 스스로를 냉혹하게 반성하기도 했다.

남명은 신응사에서 호남 선비 기대승(奇大升, 1527-1572) 일행이 상봉에 올라갔다가 비 때문에 내려오지 못한다는 소식을 들었다. 정홍명(鄭弘溟, 1592-1650)은 그의 작품집 『기암집(畸庵集)』에서 남명이 당시 지리산 여행시 31세의 젊은 기대승을 보고 그 인물됨을 혹평했다고 전했다. 소식을 들었다는 것과 직접 만났다는 것은 엄연한 차이가 있지만 남명과 기대승은 서로 허여하지 않았음이 분명하다. 이이(李珥, 1536-1584)는 그의 『석담일기(石潭日記)』에서 "조식이 기대승을 보고서 말하기를, '이 사람이 득세한다면 반드시 나랏일을 그르칠 것이다' 하였고, 기대승 역시 조식을 유자(儒者)가 아니라고 하여 둘이 서로 허여하지 않았다."라고 전한다. 이로 보아 이 같은 사실을 충분히 짐작할 수 있다.

신응사터 앞에는 최치원이 심었다는 600년이나 된 푸조나무가 겨울 하늘을 떠받치고 있었고, 앞개울 건너 넓다란 반석에는 최치원이 그의 귀를 씻은 곳이라는 뜻에서 썼다는 '세이암(洗耳嵓)'이라는 석각 글씨가 있었다. 그리고 신흥교에서 칠불사 쪽으로 30미터쯤의 거리 왼쪽 상점 마당에 역시 최치원의 글씨로 알려진 '삼신동(三神洞)'이라는 석각이 있

세이암 석각 : 확인할 수 없지만, 최치원이 귀를 씻은 곳이라는 뜻에서 '세이암(洗耳嵒)'이라 하였다고 한다. 세속에서 들려오는 시끄러운 소리를 잊기 위함일 것이다.

었다. 그러나 1686년 정시한도 이곳에서 이 글씨를 보면서 의심한 바 있듯이 과연 최치원의 친필인지는 알 수 없는 노릇이다.

남명이 이곳을 다녀간 4년 뒤인 1561년 남명 일행을 술과 과일로 맞았던 신응사 주지 옥륜은 도우(道友)인 조연(祖演)의 도움을 받아 쌍계사와 칠불암으로 통하는 다리를 놓고 그 위에 다섯 칸의 누각을 세웠다. 다리는 홍류교(紅流橋)라고 하였고 누각은 능파각(凌派閣)이라 하였다. 그리고 서산대사에게 <능파각기(凌派閣記)>를 부탁했다. 서산대사는 이 글에서 "화개동 골짜기에 너덧 집이 모여 사는 한 마을이 있다. 꽃과 대나무가 어지러이 비치고 닭울음소리와 개 짖는 소리가 서로 들린다. 그곳에 사는 사람들은 의관이 순박하고 머리카락이 예스럽다. 그들은 단지 밭을 갈거나 우물을 파서 먹고 살 뿐이다."라며 도가적 세계에서 제시하는 이상향인 무릉도원을 떠올렸다. 그러나 지금, 홍류교와 능파각이 사라진 지 오래고 그 자리에 콘크리트 다리가 신흥교라는 이름으로 지리산의 살 속 깊이 박혀 있을 뿐이다. 우리는 그 다리를 밟으며 홍류교와 능파각 이야기를 하였다. 그리고 불교가 중국을 거치지 않고 인도에서 바로 우리나라에 전해졌다는 이른바 불교 남래설(南來說)의 진원지인 칠불사를 찾았다. 비취색 하늘과 깡마른 나무들, 개울에선 얼음 밑으로 맑은 물이 흐르고 있었다. 지리산의 겨울은 무지개를 꿈꾸며 이렇게 깊어가고 있었던 것이다.

2) 최치원이 쓴 글씨를 보며 – 칠불암과 쌍계사

칠불암(七佛庵) 가는 길은 가팔랐다. 하늘로 오르는 길 같았다. 남명이 신응사에 머물면서 이곳을 올라와 보았다는 기록은 없다. 1558년 4월 20일 신응사로 들어오면서 칠불암에서 내려오는 계곡물 주위에 일행과 함께 늘어 앉기도 하고, 신응사에서 10리 정도가 된다면서 칠불암과의 거리를 가늠해 보기도 하고, 신응사를 떠날 때 그 주지 옥륜과 지임 윤의가 칠불계수(七佛溪水)에 놓아준 다리를 건넜을 뿐이다. 남명이 염두에 두긴 했지만 찾지는 않았던 그 칠불암은 현재 '칠불사'로 승격되어 있다. 이 절의 원래 이름은 운상원(雲上院)이었다고 한다. 인도의 허황후(許皇后)와 가락국 김수로왕 사이에서 난 열 명의 아들 중 일곱 명이 외삼촌 옥보선사(玉寶禪師)를 따라 지리산으로 들어가 운상원을 짓고 수도에만 힘을 쏟았는데, 이렇게 한 지 6년만인 8월 보름에 모두 부처가 되었다고 한다. 이로 인해 '일곱 부처가 난 집'이라는 뜻에서 후인들은 '운상원'을 '칠불암'으로 고쳐 불렀다. 허황후가 인도에서 바다를 통해 바로 건너왔다고 해서, 이 절은 불교가 고구려를 거치지 않고 가락국에 전해졌다는 소위 불교 남래설의 진원지로 널리 알려져 있다.

칠불사 일주문 : '칠불사'는 일곱 부처가 난 절이라는 뜻인데, 불교 남래설의 진원지이기도 하다.

운상원은 현금(玄琴)의 전수장이기도 했다. 『삼국사기』(권32 「악」)에 의하면 신라의 옥보고(玉寶高)가 지리산 운상원에 들어가 50년 동안 현금을 배웠다고 했다. 이렇게 하여 새로운 가락 30곡을 지어 속명득(續命得)에게 전하고, 속명득은 귀금(貴金)선생에게 전하였다. 귀금선생이 운상원에서 나오지 않자 신라왕은 금도(琴道)가 끊어질 것을 두려워하여 이찬 윤흥(允興)에게 일러 그 음률을 전수 받게 했다. 이에 윤흥은 안장(安長)과 청장(淸長)을 지리산으로 보내 귀금선생이 비장(秘藏)한 음률을 배워 오게 했다. 그러나 귀금선생은 이들에게 기초적인 것만 가르쳐 줄 뿐 자신이 깨친 금도에 대해서는 몇 년이 지나도 가르쳐 주지 않았다. 이에 윤흥은 그의 아내와 함께 술과 잔을 받쳐 들고 귀금선생을 찾아가 말했다.

임금께서 저희를 이곳으로 보낸 것은 선생님의 기술을 전해 받으라는 것이었습니다. 3년이 지났으나 선생님께서는 금도를 전해 주시지 않으시니 제가 임금님께 복명(復命)할 길이 없습니다.

이 같은 간절한 마음을 전하자 귀금선생은 비장하던 표풍(飄風) 등 세 곡을 안장과 청장에게 전했고, 안장은 그의 아들 극상(克相)과 극종(克宗)에게 전하여 귀금선생이 비장해 오던 옥보고의 금도가 신라 전역으로 퍼져나갔다.

칠불암 도량에 들어서면 '동국제일선원(東國第一禪院)'이라는 현판이 걸려 있다. 유명한 아자방(亞字房, 경남도 유형문화재 제144호) 선원을 갖고 있기 때문일 터이다. 『정조실록』[1785년 3월 23일조]에는, "취령 아래 칠불암이 있는데, 그 문귀에 달린 현판에는 '동국제일선원'이라 쓰여 있습니다. 그 안에는 아자형(亞字型)으로 된 승방이 있는데, 대사라 일컬으며 하루 종일 벽을 향하여 말도 하지 않고 앉아 있는 사람이 아홉 명이나 됩니다. 그들은 거의 모두가 아침에 모였다가 저녁에 흩어집니다."라고 기록하고 있다. 이 글은 물론 선전관 이윤춘(李潤春)이 지리산에 숨은 수상한 도당에 대하여 정조에게 보고한 내용 중 일부이지만 당시 칠불암 아자방에서 정진하는 승려들을 상상할 수 있어 흥미롭다.

칠불암 아자방은 신라 효공왕 때 구들도사로 알려진 담공선사(曇空禪師)가 처음 만든 것으로 2중의 온돌구조로 된 선방이다. 네 모서리의 높은 곳은 좌선하는 곳이고 십(十)자형의 낮은 곳은 경전을 공부하는 곳이라 한다. 오랜 세월동안 한 번도 고치지 않았지만 일곱 짐의 화목(火木)을 한 번 때면 49일 동안이나 상하 온돌은 말할 것도 없고 벽면까지 따뜻하다고 한다. 서산대사(西山大師) 휴정(休靜)도 이곳에 와서 수도했다고 전해지는데, 그는 이 절의 기와를 새로 얹고 시를 한 수 남기기도 했다. <칠불암개와낙성시(七佛庵盖瓦落成詩)>[『淸虛集』 권6]가 그것이다. 이 시에

칠불사 아자방 : 온돌의 구조가 특이하여 아궁이는 지게를 지고 들어 갈만큼 거대하고 불을 한번 지피면 49일간 따뜻하다고 한다.

서 서산대사는 '지리산 속의 칠불암은 신라 때 지은 옛 절'이라고 하면서 그동안 지붕의 처마와 기와가 깨어져 얼음 녹은 물과 눈이 들어오고 부처의 얼굴에도 비가 온 후에는 이끼가 돋는다고 했다. 그러나 이를 걱정하는 많은 승려와 신도들이 힘을 모아 법당을 새로 단장하니 "용과 코끼리가 서로 앉아 법악(法樂)을 듣는 듯하고, 사람과 하늘이 서로 교감하여 난새와 뛰는 말을 보는 것 같다."라고 하면서 기와를 이기 전의 마음과 이고 난 후의 느낌을 잘 그려 놓았다.

칠불암 아자방은 전설도 남기고 있다. <목마 탄 사미승> 이야기가 대표적이다. 조선 중기에 새로 부임한 하동군수가 쌍계사로 초도순시 차 왔다가 그 말사인 칠불암에 있는 아자방 선원이 보고 싶다고 하였다. 외인의 출입을 금했지만 이 군수는 억지로 선방문을 열게 하였다. 늦봄이기 때문인지 점심 공양을 마친 승려들은 혹은 천장을 쳐다보며,

혹은 고개를 떨구고, 혹은 좌우로 흔들거리며, 혹은 방귀를 뀌면서 졸고 있었다. 이 광경을 보고 돌아온 군수는 이들을 혼내 줄 심산으로 "목마로 동헌 마당을 타고 돌면 후한 상을 내리고 그렇지 않으면 큰 벌을 준다."라고 하면서 쌍계사에 통문을 띄웠다. 통문을 받은 쌍계사에서는 대책회의가 열렸다. 그러나 묘안이 있을 리가 없었다. 그때 한 사미승이 자신이 이 일을 맡겠다며 다른 승려들에게 목마 만들어 주기를 부탁했다.

승려들이 만들어 준 목마를 메고 하동 관아로 간 사미승은 자신이 그것을 타고 동헌을 돌아보겠다고 군수에게 이야기했다. 군수는 어이없어 하면서도 자신이 아자방에서 본 것을 사미승에게 이야기했고 거기에 따라 사미승은 답변하였다.

"칠불암에 도인이 많다더니 내가 접때 가보니 참선한다는 중이 모두 졸기만 하더구나."

"도인이라고 하여 특별한 사람은 아니지요."

"천장을 쳐다보며 졸고 있는 것이 무슨 공부란 말이냐?"

"앙천성수관(仰天星宿觀)이지요. 하늘을 우러러보며 별을 관찰하는 공부로 상통천문(上通天文) 하여야 중생을 제도할 수 있기 때문입니다."

"고개를 숙이고 땅을 보며 조는 자는?"

"지하망명관(地下亡命觀)이지요. 사람이 죄를 지으면 지옥에 가게 되는데 그들을 어떻게 구제할 것인가를 생각하는 것입니다."

"그렇다면 몸을 좌우로 흔들며 조는 것은 무엇이란 말이냐?"

"춘풍양류관(春風楊柳觀)이지요. 있음과 없음에 집착해도 안되며 전후좌우 어느 것에도 얽매여서는 안 된다는 달관의 공부를 하고 있는 것입니다."

"방귀는?"

"타파칠통관(打破漆桶觀)이지요. 사또같이 우매한 칠통배들을 깨닫게 하는 공부입니다."

말을 마치고 사미승은 목마를 타고 동헌 마당을 한바퀴 빙돌더니 공중으로 사라져 버렸다.

어쨌든 아자방은 많은 이야기를 지니고 있다. 이는 그만큼 세인들의 주목을 받으며 널리 알려졌다는 것을 방증하는 것이다. 우리 일행도 선방문을 열어보았다. 거기 불청객이 문을 여는 것도 모르고 승려 한 명이 왼쪽 귀퉁이에 가만히 앉아 있었다. '앙천성수관'이나 '춘풍양류관' 등 어떤 행관(行關)도 없이 말이다. 겨울 지리산에서 느끼는 적막함 뿐이었다. 1655년 김지백은 아자방에 와서 지리산에 있는 370개 절 가운데 이곳이 가장 아름답다고 했고, 1724년 정식은 아자방에서 승려들이 밤새워 종을 치며 예불을 한다고 했다. 1800년 이 절은 불탔고 30년 뒤 복구되었으나, 1948년 여순반란군을 진압하는 과정에서 다시 재로 변하였다. 지금 우리가 보고 있는 절은 1980년대에 복원하여 옛 모습이 완전히 사라진 채로이다. 우리는 '무상' 혹은 '허무'와 같은 단어를 떠올리며 신라의 왕이 부처가 된 아들 그림자를 보았다는 영지(影池)로 갔다. 얼음 밑에선 잉어 몇 마리가 깡마른 연꽃 줄기를 주둥이로 들이받고 있었다.

칠불암을 벗어나 쌍계사로 향하였다. 선정에 든 반야봉 어깨 위로 구름에 반사되는 겨울 햇살이 건너가고, 골짜기는 귀금선생이 연주하는 표풍곡(飄風曲)이 휘몰아치고 있었다. 하늘의 고요와 골짜기의 힘, 나는 여기서 남명이 중시했던 "시동처럼 가만히 있으면서도 용처럼 나타나고, 연못처럼 고요하면서도 우레의 소리를 낸다[尸居而龍見, 淵墨而雷聲]."는 말이 생각났다. 비록 하늘이 고요하고 골짜기가 요동을 쳐서 상하가 서로 바뀌었지만 말이다. 이 같은 생각을 하며 쌍계사 입구에 도착하였다. 겨울이라 절 입구에 늘어서 있는 가게는 한산하였고, 장식용 물레방아에는 고드름이 주렁주렁 매달려 있었다. 근처 식당에 들어가 점심을 먹고 바로 쌍계사로 들어갔다. 쌍계사 입구에는 최치원(崔致遠)이 썼다는 '쌍계(雙磎)'와 '석문(石門)'이라는 글자가 좌우의 바위에 뚜렷이 음각되어 있었다. 김일손(金馴孫)은 이 글씨를 보고 아이들이 습자해 놓은 것 같다고 했는데, 남명은 1558년 4월 16일 이 글씨를 보면서 다음과 같이 생각했다.

홍지와 강이가 먼저 석문(石門)에 도착하니 그 곳이 바로 쌍계사(雙磎寺) 동문(洞門)이었다. 푸른 벼랑이 양쪽으로 한 자 남짓 트여 있는데 그 옛날 최학사(崔學士) 치원(致遠)이 오른쪽에는 '쌍계(雙磎)', 왼쪽에는 '석문(石門)'이라는 네 글자를 손수 써놓았으니 자획의 크기가 사슴 정강이만 하고 바위 속 깊은 데까지 새겨져 있어 지금에 이르기까지 이미 천 년의 세월이 흘렀건만 앞으로도 몇 천 년이나 더 이어 내려갈 지 알 수 없는 정도였다.

'쌍계' '석문' 석각 : 남명은 이것을 보고, "자획의 크기가 사슴 정강이만 하고 바위 속 깊은 데까지 새겨져 있어 지금에 이르기까지 이미 천 년의 세월이 흘렀건만 앞으로도 몇 천 년이나 더 이어 내려갈 지 알 수 없는 정도다."라고 하였다.

홍지(泓之)는 김홍(金泓)의 자이고 강이(剛而)는 이정(李楨)의 자이다. 이들과 쌍계사로 들어서면서 이 글씨를 보고 남명은 '자획의 크기가 사슴 정강이 만하고' '바위 속 깊은 데까지 새겨져 있어' 몇 천 년을 내려올 수 있었으며 앞으로도 또 몇 천 년을 내려갈 지 모른다고 했다. 약 500년 뒤에 우리가 이렇게 이 글씨를 보며 최치원과 함께 남명 자신을 그리워하고 있다는 것을 짐작이나 했을까?

남명은 쌍계 석문을 지나며 절 이름이 쌍계사가 될 수 있었던 내력도 생각했다. 서쪽에서 시냇물 하나가 벼랑을 무너뜨리고 돌을 굴리면서 아득히 백 리 밖에서 흘러오는 것은 곧 신응사(神凝寺)가 있는 의신동(擬神洞)의 물이고, 동쪽에서 시냇물 하나가 구름 속에서 새어 나와 산을 뚫고서 아득하게 흘러 그 지나온 곳을 알 수 없는 것은 불일암(佛日庵)이 있는 청학동(靑鶴洞)의 물인데, 절이 두 시내 사이에 자리 잡았으므로 쌍계(雙磎)라고 한다는 것이 그것이다.

일주문에는 최치원과 관련지어 그렇게 된 듯 '삼신산쌍계사(三神山雙磎寺)'라는 현판이 걸려 있었고, 금강문(金剛門)과 천왕문(天王門)을 지나면 정면 5칸 측면 3칸의 팔영루(八詠樓)가 나온다. 팔영루에 오르면 대웅전 앞에 단아하게 서 있는 옛 비를 만나게 된다. 바로 최치원이 짓고 쓴 저 유명한 <진감선사대공탑비(眞鑑禪師大空塔碑, 국보 제47호)>이다. 남명 역시 쌍계사에 와서 이 비석을 주목하면서 그 주변도 함께 관찰하였다.

절 문으로부터 수십 걸음 떨어진 곳에 높이가 열 자나 되는 비석(碑石)이 귀부(龜趺) 위에 우뚝 서 있었는데 그것은 곧 최치원(崔致遠)의 글과 글씨가 새겨져 있는 비석이었다. 앞에 서 있는 높다란 다락집은 현판(懸板)에 팔영루(八詠樓)라고 쓰여 있었다. 그 뒤에 있는 비전(碑殿)은 아직 중수(重修)하는 중이어서 기와가 채 덮여 있지 않았다.

진감선사대공탑비 : 국보 제47호. 통일신라 후기의 승려 진감선사(774-850)의 탑비다, 진감선사는 불교 음악인 범패를 도입하여 널리 대중화시킨 인물로, 비문은 최치원이 짓고 썼다.

쌍계사는 의상(義湘)의 제자인 삼법(三法)이 723년 창건한 것인데 원래 이름은 옥천사(玉泉寺)였다. 삼법은 당나라에서 귀국하기 전에 "육조혜능 의 정상(頂相)을 모셔다가 삼신산의 눈 쌓인 계곡 위 꽃이 피는 곳에 봉 안하라."는 꿈을 꾸고 혜능의 머리를 평장한 뒤 그 이름을 옥천사라고 하였다. 여기서 우리는 쌍계사에 '육조정상탑전(六祖頂相塔殿)'이 있는 이 유를 알게 된다. 그 뒤 최씨 성을 가진 혜소(慧昭, 774-850)가 840년에 이 절을 중창하였다. 혜소는 왕이 만나기를 여러 번 청하였으나 모두 거절 하고 수도에만 열중하였다. 그는 특히 중국으로부터 차나무를 들여와 사찰 주변에 재배하였으며, 불교음악인 범패를 도입하여 사회의 여러 층에까지 보급하였다. 현재 화개 일대에 차가 유명한 것도 이 때문이며 혜소가 범패를 교육하던 '팔영루'가 있는 것도 이 때문이다. 850년 혜소가 76세[법랍 41세]의 나이로 죽자 헌강왕은 진감(眞鑑)이라 시호하고 탑 이름을 '대공영탑(大空靈塔)'이라 하였으며, 당대 제일의 문장가였던 최치원으로 하여금 비문을 짓고 글씨도 쓰게 했다. 이에 최치원은 세상에서 가장 아름다운 문체인 변려문(騈儷文)으로 2cm 크기의 해서(楷書) 총 2,417자를 신의 손결에 의탁하여 써내려 갔다. 이렇게 하여 만들어진 것이 바로 남명이 58세 되던 해 4월에 보았던 '높이가 열 자나 되는' 그 비석이었던 것이다.

남명 일행은 4월 16일부터 19일까지 4박 5일 동안 이 절에 머물렀다. 19일은 아침부터 저녁때까지 청학동과 불일폭포를 다녀왔고, 16일부터 18일까지는 꼬박 여기에 있었다. 그렇다면 이 기간 동안 남명 일행은 이 절에서 무엇을 하였을까? 16일에는 이 절의 승려인 혜통(惠通)과 신욱(愼旭)으로부터 차·과일·산나물 등으로 빈주지례(賓主之禮)의 대접을 받으며 이곳 저곳을 구경하였고, 17일에는 비가 많이 왔기 때문에 법당에 모여 앉아 동행들과 술을 마시며 담소하였다. 그리고 18일에는 산길이 비에 젖어 움직이지 못하고 신응사 지임인 윤의(允誼) 등 여러 사람의 방문을 받았다. 남명은 여기서 수행을 통해 기른 힘이 없음을 한탄하기도 했다. "지기석(支機石) 위에 앉아 창자에 가득한 티끌을 토해내고, 금화산(金華山)의 무한한 정기를 빨아들여 늘그막의 절반 약식으로 하지 못했다."라고 한 것이 그것이다. 남명은 '창자의 티끌'은 토해내야 하는 것이고, '금화산 정기'는 빨아들여야 하는 것이라고 하면서 인욕제거에 대한 강한 열망을 보였다. 이는 남명이 49세 되던 해 감악산(紺岳山) 아래의 '가매소'에서 목욕을 하며 불렀던 노래와 같은 맥락에 있다. "사십 년 동안 쌓인 온 몸의 때를, 천 섬 맑은 물로 다 씻어낸다."[<浴川>]라고 한 것이 그것이다.

땅거미가 지고 있었다. 청학동과 불일폭포 가는 길목, 청학루(靑鶴樓) 앞에서 우리는 서성거렸다. 청학동과 불일폭포까지 갔다 오는 것은 시간적으로 무리가 따를 것이기 때문이었다. 가고 싶었으나 모두 내일을 기약하는 것이 좋겠다고 하여 그 말을 따르기로 했다. 여기서 황현(黃玹, 1855-1910)의 시가 나의 뇌리를 스친 것은 참으로 까닭이 있었다. 1889년, 그도 바로 이 자리에서 서성거렸다. "무슨 이유로 덧없는 인생은 흰 머리만 길어가는가? 붉은 잎과 푸른 이끼는 세상을 달리하지만, 문창(文昌)과 옥보(玉寶)는 여기가 고향이지. 내 풍진세상 속에서 온 것이 부끄럽고나. 청학루 앞에서 길을 잃어 버렸네."라고 탄식하면서 말이다. 그러나 우리는 황현이 부끄러워했던 풍진세상으로 가지 않으면 안 된다. 거기엔 술과 열정, 그리고 아름다운 고민이 있기 때문이다. 남명 일행이 이때 봉월이, 옹대, 강아지, 귀천이, 그리고 피리 잘 부는 천수 등을 데리고 들어와 쌍계사 법당에서 술 마시며 풍악을 즐겼다는 사실은 우리에게 커다란 감동을 준다. 풍진계과 신선계, 그 어떤 세계에도 집착하지 않는 자유로움을 느끼게 하기 때문이다. 하동 여여식당의 소주와 재첩회도 '여여(如如)'하게 우리의 혼을 섬진강에 누이게 한다. 옥보선사의 거문고 음률에 맞추어 최치원은 변려문으로 노래 부르고, 진감국사는 단성선률(單聲旋律)의 가락을 뽑아 올린다. 맵싸한 소주 향기가 쓸개를 지나며 짜릿하다. 복통이 오면 소합원이나 청향유로 처방해 볼 일이다.

3) 구름을 뚫고 오르는 청학 — 불일암과 청학동

1999년 1월 9일 밤 하동 여여식당을 나온 우리는 섬진강의 흐름이 내려다보이는 김경수 선생의 강변타운으로 갔다. 다양한 술향기가 어지러이 춤을 추고 있는 가운데, 오늘 있었던 '신응사→ 칠불암→쌍계사' 답사에 대한 평가를 했다. 그리고 자연스럽게 남명의 두류산 기행에 대한 성격문제에 대한 담론을 펼쳤다. 초점은 당시 남명의 지리산 기행에 '시위적 성격'이 있는가 그렇지 않은가 하는 문제였다. 역사학자 설석규 선생이 당대의 시대적 상황, 즉 곤폐한 민생 등을 거론하면서 이 문제를 제기하였다. 많은 사람들이 동원되었을 뿐만 아니라 산수유람을 하면서도 민생에 대한 관심을 놓지 않았기 때문이라는 것이었다. 그러니까 집단적인 힘의 과시를 통하여 치자들의 각성을 촉구하자는 의도가 남명의 지리산 등정에 잠복해 있다는 것이다. 김 선생 역시 이 발언에 동의하였고 이것은 다시 이후에 나온 그의 논문 <남명의 불교관>으로 이어졌다. 조야를 한바탕 뒤흔들어 놓은 <을묘사직소>와 그로 인한 남명의 위상과 입장의 강화, 심각한 사회문제를 인식하면서 행한 지리산 등정, 이 같은 시각에서 볼 때 남명의 산수유람은 일종의 시위적 성격을 지니고 있다는 것이었다.

송준식 선생과 나는 시위적 성격으로 보기 어렵다고 하였다. 사림파의 성장과 관련한 당대 유산문화(遊山文化)의 한 형태라고 보았기 때문이다. 윤남현이 편집한 『잡저기설류기사색인』(1982)에 의하면, 조선조를 통틀어 유산기 혹은 유산록이란 제명 아래 쓰인 작품 수는 560여 편에 달한다. 특히 영남출신 사림의 정치적 소장과 밀접한 관련을 맺고 있다 하겠는데, 퇴계를 비롯한 영남사림들이 중앙에 대거 진출한 선조연간에 이들의 작품이 쏟아진다는 것은 그 좋은 방증이 된다. 물론 남명의 산행에 곤고한 민생을 의식한 치자들에 대한 시위적 함의가 일정부분 개재되어 있을 수도 있겠으나, 보다 근본적인 것은 사림의 성장과 그로 인한 자부심 등이 당대에 산놀이 문화와 결부되면서 남명의 지리산 등정이 이루어졌다고 본 것이다. 여기에는 성리학적 질서체계와 양반계층의 풍류정신이 개입되어 있음은 물론이다. 자연을 통한 심성수양과 기생들과 어울려 가무를 즐긴 것 등을 그 예로 들 수 있기 때문이다.

당대의 부조리한 현실을 예리하게 지적하면서 무리지어 산생을 감행한 남명이라는 입장에서 남명의 지리산 등정은 시위의 한 형태일 수 있으며, 이 같은 시각이 어쩌면 남명 이해에 대한 일종의 경직된 이해방식이라는 관점에서 남명의 지리산 등정은 당대 사대부 문화의 한 형태일 수 있다. 여기에 대한 문제는 보다 치밀하게 따지며 분석해야 하겠지만 담론은 자못 치열하여, 급기야 사재명·박라권 선생이 중재하며 정리해주었고, 나중에 합류한 조갑용 선생 역시 우리의 이야기를 경청하면서 기자생활을 할 때 체험했던 남명과 관련한 지역민들의 정서에 대한 유용한 정보를 우리에게 제공하였다.

섬진강은 깊게 바다로 빨려들고 있었다. 우리는 횡설과 수설로 언어의 비단을 짜들어가다가 한 필을 이룰 수 없음을 깨닫고 건넌방으로 건너갔다. 거긴 남명학연구원 김충렬 원장이 김 선생의 결혼을 축하하면서 서증(書贈)한 '기오화삼(箕五華三)'이라는 액자가 걸려 있었다. 그 아래서 우리는 오늘날 한국인이 즐기는 중요한 놀이 가운데 하나인 다섯[五]마리 새 잡기를 세[三] 명이 참가하여 실시하였다. 우리 일행 가운데는 고수도 있었고 초보도 있었다. 점수계산법을 겨우 아는 나는 당연히 왕초보였고 이 게임에 김지미가 출연하는 것도 처음 알았다. 현란한 놀이규칙에 섬진강과 함께 흥건히 흐르던 우리의 의식은 겨울 대나무처럼 곧추서기 시작했고, 격렬한 머리 싸움 너머로 졸음이 기습해오자 하나둘씩 다른 방으로 건너가 깊은 잠의 수렁으로 스스로를 방기(放棄)시켰다.

섬진강이 맑은 겨울 햇살로 얼굴을 씻으며 눈을 들어 올릴 쯤, 어젯밤에 새를 가장 많이 잡은 송 선생이 아침 식사를 냈다. 설석규, 송준식, 사재명 선생과 나는 어제 해가 저물어 갈 수 없었던 불일암과 청학동을 찾기로 했고, 다른 분들은 모두 각자의 일에 따라 흩어졌다. 김 선행은 『사람과 산』에 우리의 전통문화에 대해 연재하는 신정일 씨가 이덕일 씨 등 여러 명과 함께 답사 차 온다고 하면서 산청(山淸)의 신등(新等)으로 간다고 했다. 특히 이덕일 씨는 『당쟁으로 보는 조선역사』(석필, 1997), 『사화로 보는 조선역사』(석필, 1998)로 널리 알려져 있기도 하다. 박라권・조갑용 선생은 진주로 간다고 했다.

다시 남명에게로 집중할 때가 되었다. 1558년 4월 18일, 비가 와서 쌍계사에 머물렀던 남명 일행은 다음 날 아침, 비가 개자 불일암이 있는 청학동을 올랐다. 이때 남명의 자형인 이공량(李公亮, 1500-?)과 훗날 절교

불일암 : 목우자(牧牛子) 지눌(知訥)의 호가 불일보조(佛日普照)인데, 암자의 이름은 여기서 땄다고 한다. 2008년 쌍계사 조실 고산 혜원이 복원하였다.

하게 되는 이정(李楨, 1512-1571)은 병 때문에 등반을 포기했다. 이를 두고 남명은 승경(勝景)을 보는 데는 그만한 연분이 있어야 한다는 생각했고, 나아가 자신을 고려말 지리산에 은거했던 한유한과 대비시키면서 자신의 낙도정신에 대하여 반성하기도 했다.

하동에서 작별한 사람들보다 승경과 더욱 연분이 있다는 생각을 하며 가파른 청학동길을 재촉해 올랐다. 유사 이래 많은 사람들이 이상향을 찾아 나섰고 우리의 선조들은 지리산의 청학동을 그것으로 보았다. 신선이 살고 있다고 믿었던 것이다. 그러나 청학동을 구체적으로 아는 이는 아무도 없었다. 이 때문에 그 위치에 대한 이론(異論)도 많이 생겨났다. 불일암 일대로 보는 사람이 있는가 하면 악양면 악양천 상류로 보는 사람도 있다. 또한 덕평봉 선비샘 아래쪽이나 연곡사 골짜기, 세석고원 일대, 덕산면 일대, 청암면 묵계리 일대로 보는 사람도 있다. 이 가운데 불일암 일대로 보는 경우가 가장 많았는데 김일손·서산대사·허목, 그리고 남명이 대표적이며, 현재 널리 알려진 청암면 묵계리 학동은 유불선합일갱정유도교(儒佛仙合一更正儒道敎)를 신봉하는 사람들이 6·25전쟁 이후 청학동이라며 찾아든 곳으로 최근의 일이다.

시대가 어려울수록 신선이 사는 청학동은 더욱 그리운 법이다. 험난한 신라말에는 최치원이 이곳을 찾아와 학을 불렀고, ─최치원이 학을 불러 타고 다녔다는 환학대(喚鶴臺)가 쌍계사와 불일암 중간쯤 있다─"문관을 쓴 자는 서리라도 죽여서 종자를 남기지 말자."라며 무신들이 난(1170)을 일으켰을 때는 이인로가 청학동 찾기를 원하기도 했다. 최치원은 "속세를 멀리 떠난 것은 비록 즐거우나, 풍정을 막을 길 없으니 어이하리[遠離塵世雖堪喜, 爭奈風情未肯闌!]"라고 하면서 세속과 선계 사이를 방황하였고, 이인로는 "지팡이 짚고 청학동 찾으려 하였으나, 속절없는 짐승 울음소리

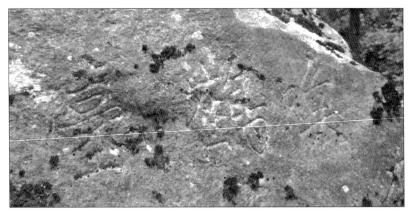
환학대 석각 : 최치원이 학을 불러 타고 다녔다는 '환학대'가 쌍계사와 불일암 중간쯤에 있다.

만 숲속에서 들리네[策杖欲尋靑鶴洞, 隔林空聽白猿啼]."라며 탄식하고 결국 최씨정권에 철저히 타협하는 길을 걸었다. 남명이 살았던 사화로 얼룩진 16세기의 현실은 더욱 험난한 것이었다. 그러나 남명은 이를 회피하고자 청학동을 찾은 아니다. 오히려 부조리한 현실을 건강한 눈으로 바라보기 위함이었다. 그러니 최치원의 방황과 이인로의 타협은 남명과는 거리가 먼 내용들인 셈이다. 우리는 여기서 남명 일행이 청학동을 등반할 때의 풍경을 잠시 엿보기로 한다.

우석(右釋)은 허리에 찬 북을 두드리고, 천수(千守)는 긴 횡적(橫笛)을 불고, 두 기생이 이들을 따라 가면서 전대(前隊)를 이루었다. 나머지 여러 사람들은 혹은 앞서거니 뒷서거니 하면서 물고기를 꼬챙이에 꿴 것처럼 줄지어 전진하면서 중대(中隊)를 형성하였다. 강국년(姜國年)과 요리사와 종으로 음식을 운반하는 사람들 수십 명이 후대(後隊)가 되었다. 그리고 중신욱(愼旭)이 길을 안내했다. 중간에 큰 돌 하나가 있었는데 이언경(李彦憬)·홍연(洪淵)이라는 글자가 새겨져 있고, 오암(猏岩)에도 시은형제(柿隱兄弟)라는 글자가 새겨진 것이 있었다. 아마도 바위와 같이 썩지 않는 곳에 새겨서 영원히 전하려 하는 것이라 하겠다. 대장부의 이름은 마치 푸른 하늘의 밝은 해와 같아서 사관(史官)이 책에 기록해 두고 넓은 땅 위에 사는 사람들의 입에 새겨져야 하는 것이다. 그런데 구구하게 숲 속 잡초 더미 사이 원숭이와 이리가 사는 곳의 돌에 새겨서 영원히 썩지 않기를 구하려 하니, 이는 아득히 날아가 버린 새의 그림자만도 못한 것으로 세상 사람들이 훗날 그것이 무슨 새인 줄 어떻게 알 수 있겠는가?

위의 기록을 통해 쌍계사 승려인 신욱의 안내에 따라 수십명이 상·중·하대로 나뉘어 올랐다는 것을 알 수 있다. 앞에서는 북을 두드리고 피리를 부는 사람들이 등반을 독려하였고, 중간에서는 남명을 비롯한 여러 선비들이 앞서거니 뒷서거니 하면서 힘겹게 올랐고, 그 뒤는 요리사와 음식을 운반하는 종들이 짐을 지고 따랐던 것이다. 남명은 당시의 산 오르는 모습을 "물고기를 꼬챙이에 꿴 듯하다."라고 했다. 사람들이 다닥다닥 붙어 가파르게 오르는 모습을 이렇게 표현하였던 것이다. 산을 오르다 바위에 음각되어 있는 '이언경(李彦憬)·홍연(洪淵)·시은형제(枾隱兄弟)'라는 글자를 발견하기도 한다. 그리고 이 같은 행위는 부질없는 것이라고 생각한다. 온갖 산짐승이 사는 바위에 자신의 이름을 새겨 후세에 전하기보다 훌륭한 일을 하여 사관에 의해 역사서에 기록되고 그것이 사람의 입을 통해 전해져야 한다는 것이었다. 그 좋은 예로『춘추좌씨전(春秋左氏傳)』의 주석서인『좌씨경전집해(左氏經傳集解)』등을 지은 것으로 후대에 널리 알려진 진(晋)의 무장(武將) 두예(杜預)를 들었다. 즉 두예라는 이름이 알려진 것은 그가 자신의 공적을 전하기 위하여 새겨둔 비석에 있지 않다는 것이다. 이 같은 일단의 고단한 체험을 하며 마침내 불일암이 있는 청학동에 올랐다. 남명에게 있어 이때의 감회는 전혀 새로운 것이었다.

열 걸음에 한 번 쉬고 열 걸음에 아홉 번 돌아보면서 비로소 불일암(佛日菴)이라는 곳에 도착하였다. 곧 세상에서 청학동(青鶴洞)이라고 이르는 곳이었다. 바위로 된 멧부리가 허공에 매달린 듯 내리 뻗어서 굽어볼 수가 없었다. 동쪽에 높고 가파르게 서서 서로 떠받치듯 찌르면서 조금도 양보하지 않는 것은 향로봉(香爐峯)이고 서쪽에 푸른 벼랑을 깎아 내어 만길 낭떠러지로 우뚝 솟아 있는 것은 비로봉(毗盧峯)이었다. 청학(青鶴) 두세 마리가 그 바위틈에 깃들어 살면서 가끔 날아올라 빙빙 돌다가 하늘을 올라갔다 내려오곤 했다. 그 밑에 학연(鶴淵)이 있는데 컴컴하고 어두워서 바닥이 보이지를 않았다. 좌우상하에 절벽이 고리처럼 둘러서서 겹겹으로 쌓인 위에 다시 한 층이 더 있고 문득 도는가 하면 문득 합치기도 하였다. 그 위에는 초목이 무성하게 우거져 온통 뒤덮고 있어 물고기나 새도 또한 지나다닐 수가 없을 정도였다. 게다가 아득하니 도달할 수 없는 곳에서 바람과 천둥이 뒤얽혀 서로 싸우니 마치 하늘과 땅이 열리는 듯 낮도 아니고 밤도 아닌 상태가 되어 문득 물과 바위를 구별할 수 없을 정도였다.

청학동의 바위는 하늘에 매달린 듯하고 동쪽으로는 향로봉이, 서쪽으로는 비로봉이 만 길 낭떠러지로 솟아 있었다. 청학 두세 마리가 바위틈에 살면서 하늘을 오르내리며 이곳이 바로 청학동임을 보여준다. 그리고 고리처럼 이어지는 절벽은 갈라지다 합쳐지고 청학의 그림자가 비치는 학연은 그 바닥이 보이지 않는다. 여기서 남명은 천지창조의 신비를 체험하였다. '바람과 천둥이 뒤얽혀 서로 싸우니 마치 하늘과 땅이 열리는 듯 낮도 아니고 밤도 아닌 상태'라 하면서 부단한 변전(變轉)을 감지한 것이 그것이다. 여기서 물과 바위도 구별할 수 없었다고 하였으니 남명은 혼돈 속에 내재한 사물의 인자를 보고 있었던 것이다. 창조 행위 그것이 진리의 실현이라면 남명은 그 현장과 지금 교감을 벌이고 있는 셈이다. 그리고 남명은 어느 시대 누가 새긴 것인지는 모르지만 이끼 낀 바위에서 '삼신동(三神洞)'이라는 세 글자를 발견했다. 삼신은 삼신산의 하나인 방장산을 염두에 둔 것이고, 이것이 여기에 새겨져 있다는 것은 이곳이 바로 방장산 가운데서도 신선이 사는 청학동임을 말하는 것이었다.

신선이 사는 청학동은 수많은 질곡이 있는 현실세계와 관련하여 어떤 의미가 있는 것일까? 타개해야 할 부조리한 현실과 사절하고 자신의 내적 정신적 초월만 강조되는 이 신선의 세계는 과연 정당한 것인가? 남명은 청학동에서 여기에 대하여 고민하지 않을 수 없었다. 이 같은 고민을 남명은 <청학동(青鶴洞)>이라는 칠언절구 속에 담아 두었다.

> 한 마리 학은 구름을 뚫고 하늘 나라로 올라갔고　　獨鶴穿雲歸上界
> 구슬이 흐르는 한 가닥 시내는 인간 세상으로 흐르네　一溪流玉走人間
> 누 없는 것이 도리어 누가 된다는 것을 알고서　　　從知無累翻爲累
> 산하를 마음으로 느끼고 보지 않았다고 말하네　　　心地山河語不看

이 작품에서 남명은 하늘과 현실의 매개자로 청학동을 인식하고 비세속적인 청학동을 들어 오히려 세속적인 현실을 강조하고 있다. 제1구에서는 청학동에서 학은 하늘로 올라갔다고 하고, 제2구에서는 청학동에서 구슬 같은 한 가닥 시냇물이 인간 세상으로 흐른다고 했다. 청학동은 학을 통해 하늘과 연결되고 물을 통해 인간 세상과 이어진다는 것을 인식한 것이다. 여기서 남명이 하늘과 연결되는 '학'을 중시하는가, 인간 세상으로 이어지는 '물'을 중시하는가가 문제이다. 남명은 후자를 선택했다. 즉 구슬 같은 물은 누가 없을 터인데 이것이 도리어 인간 세상에는 누가 된다는 것이다. 구슬 같은 물이 청학동에서 내려왔으니 산하를 몸으로 체험한 것이다. 그렇다고 하여 인간 세계로 내려온 물이 산하의 정신으로 살 수는 없는 노릇이다. 이 때문에 제4구에서처럼 그

불일폭포 : 지리산국립공원 내의 청학봉과 백학봉 사이 쌍계사 계곡에 위치하며, 쌍계사 북쪽 불일평전(佛日平田)에서 약 400m 떨어진 곳에 있다.

산하에 대하여 "마음으로 느끼고 보지 않았다."라고 말할 수밖에 없는 것이다. 현실세계에서 산하심(山河心)이라는 구심체를 가지고 우리가 몸 담고 있는 현실세계를 영위한다는 것이다. 즉 현실심으로 현실을 살아가는 것이 아니라 산하심으로 현실을 살아간다는 것이다. 이는 남명이 일찍이 세상을 살아가자면 세상의 얽매임이 없을 수 없다[＜讀書神凝寺＞]고 한 생각과 근본적으로 일치한다 하겠다. 이 같은 생각은 불일암 동쪽에 있는 폭포를 보면서도 지속되었다.

굳센 적처럼 층진 벼랑이 막아섰기에　　　　勍敵層崖當
찧고 두드리며 싸우길 쉬지 않는다　　　　　舂撞鬪未休
요임금이 구슬 버린 것 싫어하여　　　　　　却嫌堯抵璧
마시고 토하길 쉰 적이 없다네　　　　　　　茹吐不曾休

이는 ＜영청학동폭포(詠靑鶴洞瀑布)＞로 불일폭포를 보고 노래한 것이다. 앞의 두 구에서 보여준 것은 창조를 위한 부단한 변전일 수 있다. 제3구에서 '요임금이 구슬 버린 것'이라 한 것은 "요(堯)가 임금이 됨에 산에 금을 버렸고, 순(舜)이 선양을 받음에 구슬을 골짜기에 버렸다."라는 『포박자(抱朴子)』의 말을 염두에 둔 표현이다. 이렇게 보면 공명이나 부귀 등 물욕을 버린다는 의미이겠는데 이것을 '싫어한다'고 하였으니, 공명과 부귀 등 현실적 욕망만을 제거한다고 하여 모든 문제가 해결되는 것이 아님을 보였다. 여토(茹吐)를 끝없이 한다는 것에서 창조적 변전의 강렬성을 본다. 이 같은 강렬함은 바로 깨달음을 향한 구도정신의 강렬함을 의미한 것일 수도 있다. 구도와 구세는 남명의 의식체계 안에 동질의 의미로 건축되어 있는 바, 세상을 구하는 것이 바로 도를 구하는 길임을 인식한 것이다. 깨달음 역시 아무도 모르는 고요한 곳에 자신의 정신을 걸어두는 것이 아니라 역동적인 힘으로 현실 공간을 쇄신하고 거기서 복된 삶을 영위하는 것이다.

남명은 폭포를 보면서 "폭포수가 백 길 낭떠러지를 내리질러 한 데 모여 학담(鶴潭)을 이루고 있었다."라고 하면서 동행한 이희안을 돌아보면서 "물길이 만 길 구렁을 향해 내려가는데 곧장 내려만 갈 뿐 다시 앞을 의심하거나 뒤를 돌아봄이 없다 하더니 여기가 바로 그와 같은 것이다."라고 하였고, 이희안 역시 그렇다고 하면서 폭포에 대한 감상을 주고 받았다. 이 글을 읽으면서 나의 뇌리를 스치는 것은 선시(禪詩) 한 수였다.

도를 배우려면 모름지기 쇠 같은 사람이 되어야 하니	學道須是鐵漢
마음으로 문득 판단을 하였다면	着手心頭便辨
곧 바로 위 없는 깨달음으로 나아가라	直趣無上菩提
일체의 시비를 가리지 말고	一切是非莫管

우리는 얼마나 앞[미래]에 대하여 의심하고 뒤[과거]에 대하여 미련을 가지는가? 남명의 폭포에 대한 태도 혹은 선시에서의 도를 구하는 태도는 바로 이 같은 의심과 미련을 없애야 비로소 진리를 체득 수 있다는 것을 보여 준다. 순수한 열정으로 깨달음에 대하여 확신을 가지며 과거에의 미련이 우리의 힘을 방해하지 않을 때 우리는 보다 크고 넓은 세계를 체험할 수 있기 때문이다.

신선이 산다는 방장산 청학동, 거기서 고요히 살핀 창조의 힘과 그 구도를 통한 현실세계로의 지향, 이 같은 생각을 하며 우리는 불일암을 찾았다. 이 암자는 1205년경 보조국사 지눌이 수도한 곳이라 하는데 지눌이 입적하자 국왕이 그 시호를 불일(佛日)로 내려 암자 이름이 그렇게 되었다 한다. 안내판에 의하면 불일암에 불이 났던 1983년까지는 존재하였다고 하는데 지금은 그 터만 허전하게 남아 있다. 또한 불일암은 상불일, 중불일, 하불일이라는 세 암자로 나누어져 있다. 이 세 불일암 가운데 어느 곳에서 남명이 잠시라도 머물렀는지 모르겠지만, 불일암지는 어렵지 않게 찾을 수 있다. 그리고 아직까지 남아 법문(法文)을 듣고 있는 대나무 숲을 만날 수도 있다. 더욱 흥미로운 것은 불일암 주변에 사람들이 거주한 흔적을 찾을 수 있다는 것이다. 여기저기 흩어져 있는 집 터나 산을 개간한 흔적이 그것이다. 이곳을 청학동이라 생각한 일련의 신선사상가(神仙思想家)들이 거기서 청학과 더불어 신선처럼 살고자 했기 때문일 것이다.

남명이 찾았던 청학동의 여름 폭포는 우리가 탐방했던 1월엔 얼음으로 뒤덮여 또다른 장관을 이루고 있었다. 주위엔 굳센 적처럼 층진 벼랑이 막아서 있고, 벼랑 사이엔 바람소리만 웅성거리며 건너뛰고 있었다. 바위에 서식하던 청학은 구름을 뚫고 하늘로 올라갔는지 보이지 않고, 얼음 아래로 흐르는 유리알 같은 맑은 물만 인간 세상을 향하여 흘러내렸다. 저 물은 하토 깊숙한 곳까지 흘러 무어라 말할까? 청학동을 마음으로 느끼고서 보지 않았다고 할까? 이 같은 남명식 생각을 하며 얼음과 햇살이 부 는 빛, 혹은 얼음과 얼음이 부딪는 빛에 아득한 현기증을 느끼며 우리는 다시 쌍계사로 내려왔다.

당시 남명은 불일암 뒤쪽 언덕길을 더듬어 지장암(地藏庵)에도 들렀다. 지금은 이 역시 터만 남아 있지만 여기서 남명은 은으로 만든 구슬을 한 말이나 모아 놓은 듯한 모란을 감상하기도 했다. 그리고 그 곳에서 쌍계사로 내려가는 길 역시 가팔라 한 번에 몇 리를 달려간 다음에 겨우 쉴 수가 있었다. 여기서 남명은 산 오를 때의 어려움과 산 내려갈 때의 쉬움을 통해 깨달은 바가 있었다. 즉 "어찌 선(善)을 좇는 것은 산을 오르는 것과 같고 악(惡)을 좇는 것은 무너져 내리는 것과 같은 일이 아니겠는가?"라고 한 것이 그것이다.

4) 집으로 돌아가는 길 – 화개에서 악양까지

청학동에는 청학이 없다. 청학이 사는 골짜기란 뜻에서 청학동이라 했을 터인데, 청학이 없어졌으니 지금의 청학동은 껍데기인 셈이다. 우리의 황량한 정신을 보는 듯하여 슬프다. 신의 계시로부터 인간의 이성을 회복해야 한다며 휴머니즘을 내세웠으나 지금의 우리 정신은 도구화된 껍데기 아닌 다른 무엇이 아니기 때문이다. 인간의 자율성과 진실성이 추구되는 속이 튼실한 의식을 찾기가 어렵다는 것이다. 오늘날 우리의 의식은 표류하고 있다. 가치 있다고 믿었던 것은 부정되고 존엄한 생명조차도 무자비하게 짓밟히고 있다. 진지하게 추구하여 가던 꿈이 사라진 뒤의 공허, 우리는 그 속에서 서로를 의심하며 자신의 존재조차 부정한다.

남명은 청학동에서 청학을 보았다. 알맹이를 본 것이다. 청학은 불일암 일대의 바위틈에 깃들어 살면서 빙빙 돌기도 하고, 하늘을 오르내리기도 하였다. 어쩌면 청학을 마지막으로 본 사람은 남명이었는지도 모를 일이다. 남명이 청학동을 찾은 것이 1558년, 이로부터 약 82년 뒤인 1640년에 허목(許穆)이 청학동을 찾았을 때는 이미 청학이 떠난 뒤였다. 그는 당시 산 속에서 살던 노인들로부터 청학에 대한 말만 들었을 뿐이었다. <지리산청학동기(智異山青鶴洞記)>에서 제시한 허목의 이야기를 들어보자.

쌍계 북쪽 언덕을 좇아 산굽이를 따라서 암벽을 부여잡고 올라가 불일전대(佛日前臺) 석벽 위에 이르러서 남쪽을 향하여 서면, 곧 청학동이 굽어보인다. 돌로 이루어진 골짜기에는 가파른 바위가 있고, 암석 위에는 소나무·대나무·단풍나무가 즐비하다. 서남쪽에 돌로 된 봉우리에는 옛날 학의 둥지가 있었는데 산중의 노인들은 "학은 검은 날개, 붉은 머리, 자줏빛 다리로 되었으나 햇볕 아래에서 보면 깃이 푸르며, 아침에는 빙 돌아 날아올라서 하늘 높이 갔다가 저녁에는 둥지로 돌아오곤 했는데 지금은 오지 않은 지가 거의 백 년이나 되었다."라고 한다.

이처럼 산 속에 사는 노인들은 청학이 오지 않은 지가 거의 백 년이나 되었다고 하였다. 허목이 청학동을 찾아간 것은, 남명이 이곳을 찾은 것과는 근 백년의 시차가 나니 산중 노인들이 이야기하고 있는 학은 남명이 보았을 그 학일 수도 있다. 일찍이 최표(崔豹)는 『고금주(古今注)』에서 "학은 천 년이 되면 푸른빛으로 변하고, 또 천 년이 되면 검은빛으로 변한다."라고 하였다. 이로 본다면 남명은 천 년을 넘게 산 학을 본 셈인데, 이것이 물론 천 년이라는 물리적인 시간을 이야기하는 것은 아니라 해도 그 시간이 의미하는 깊이를 충분히 감지할 수 있다. 끝닿는 곳 없는 푸른 깊이의 시간 말이다.

우리는 청학동과 쌍계사를 등 뒤로 하고 시장기를 따라 화개장터의 동백식당에 들렀다. 그리고 참게탕과 소주 한 병을 시켰다. 이곳은 조영남의 <화개장터>란 노래에 의해 널리 알려진 곳이다. "전라도와 경상도를 가로지르는 섬진강 줄기 따라 화개장터엔, 아랫말 하동사람 윗말 구례사람 닷새마다 어우러져 장을 펼치네." 그리고, "광양에서 삐걱삐걱 나룻배 타고 산청에서 부릉부릉 버스를 타고, 사투리 장단에다 입씨름 흥정 오순도순 왁자지껄 장을 펼치네."라는 노래가 그것이다. 하동

화개장터에 세운 노래비 : 조영남의 〈화개장터〉 노래가 새겨져 있다.

과 구례, 산청과 광양에 사는 사람들이 경상도나 전라도라는 지역성에 구애되지 않고 생업에 열중하고 있다고 했으니 동서간의 화합을 꾀한 셈이다. 이 노래에 고도의 수사학적 기교나 높은 정신세계가 있는 것은 아니지만 '화개'라는 경상도와 전라도의 완충지역을 화합의 표본으로 거칠게나마 제시한 것은 의미 있는 일이다. '이웃사촌'이나 '전상도 경라도'로 이어지는 의도적인 노랫말에서도 이것은 찾아낼 수 있다.

화개는 김동리가 그의 소설 「역마(驛馬)」의 무대로 설정한 곳이기도 하다. 「역마」는 역마살로 표상되는 당사주(唐四柱)라는 동양인 혹은 한국인의 깊은 운명관을 형상화한 소설이다. "화개장터의 냇물은 길과 함께 흘러서 세 갈래로 나 있었다. 한 줄기는 전라도 땅 구례(求禮) 쪽에서 오고 한 줄기는 경상도 쪽 화개협(花開峽)에서 흘러내려 여기서 합쳐서 푸른 산과 검은 고목 그림자를 거꾸로 비친 채, 호수같이 조용히 돌아, 경상 전라 양도의 경계를 그어주며 다시 남으로 흘러내리는 것이 섬진강

(蟾津江) 본류(本流)였다."라며 화개장터의 지리에 대한 묘사로 이 소설은 시작된다.

　남자 주인공 성기는 역마살이 끼여 있다. 집을 떠나 객지로만 떠돌아 다녀야 죽지 않는다는 것이다. 이 역마살을 눌러볼 심산으로 그의 외할머니는 그가 화개장터에서 술을 파는 어머니 옥화를 떠나 근처 쌍계사에서 중노릇을 하게 했다. 외할머니는 남사당패와 단 한 번 만나 옥화를 낳았고, 어머니 옥화는 떠돌이 중과 인연을 맺어 성기를 낳았다. 성기는 장이 서는 날에는 장터에서 책장사를 하기도 했다. 어느 날 체장수 영감이 과년한 딸 계연을 데리고 주막에 와서 당분간 맡기고 어디론가 떠난다. 성기와 계연은 서로 사랑하는 사이가 된다. 그러나 알고 보니 체장수와 옥화는 부녀지간이었다. 이모와 사랑을 나눌 수 없게 된 성기는, 계연을 구례(求禮)로 울며 떠나가게 하고 심각한 병에 걸린다. 병이 회복되자 성기는 옥화에게 엿판 하나만 사 달라고 부탁을 하여 역마살에 따라 하동을 향해 방랑의 길을 떠난다. 걸음을 옮길수록 성기의 마음은 한결 경쾌해졌다.

　이 소설에는 원심력이 작용되는 떠돌이 남자와 구심력이 작용되는 붙박이 여자가 선명하게 대비되어 있다. 외할아버지는 남사당패였고, 아버지는 떠돌이 중이었다. 이 같은 역마살이 성기에게도 있음을 보고 이를 누르기 위하여 외할머니는 쌍계사에 중질을 시켰고, 그것도 여의치 않자 어머니 옥화는 책장사를 시켰다. 그러나 성기의 기구한 운명은 계연의 등장으로 보다 구체화된다. 사랑할 수 없는 사람을 자신도 모르게 사랑하였고 이로 인해 역마살이 사그라들 조짐이 보였으나, 오히려 이 때문에 그의 역마살은 사실상 공식화되고 만다. 여기서 우리가 눈여겨보아야 하는 것은 성기가 엿판을 들고 떠난 길이다. 즉 역마살을 누르기 위한 쌍계사 길도, 계연이 울며 떠난 구례 길도 아닌 아픔을 극복하는 새로운 길, 하동 길을 선택하고 있다는 것이다. 갈수록 경쾌해지는 마음과 함께 '육자배기 가락으로 제법 콧노래까지 흥얼'거리는 성기를 통해 변증법적 질서 속에서 아름다워진 비극도 체험할 수 있게 된다.

동백식당에서 익어가는 참게의 고깃살 사이로 소주는 향그럽다. 어쩌면 우리가 잠시 깃든 이곳이 옥화가 술을 팔던 그 주막인지도 모른다. 지금 화개장터는 오순도순 하거나 와자지껄하지도 않다. 상가는 현대식으로 바뀌었고 상가 앞에서 조그마한 좌판을 벌여놓은 것이 고작이다. 그러나 여러 가지 이야깃거리가 공존하는 것만으로도 이곳은 충분히 의미 있다고 생각하며, 성기가 엿판을 들고 떠났을 하동을 향해 우리도 떠났다.

1558년 4월 23일 당시 남명은 신응사를 떠나, 마을 사람과 노복인 청룡 등으로부터 술과 고기 대접을 받으면서 배를 타고 하동쪽으로 내려갔다. 특히 청룡은 남명의 일행이었던 이공량(李公亮, 1500-?), 이정(李楨, 1512-1571)과는 특별한 관계였다. 이들은 그의 아내 수금(水金)이 예전에 서울에 살았을 때 자신과 혼인을 맺어 준 은혜가 있었기 때문이다.

남명은 배에서 점심을 먹고 박경리가 지은 대하소설 『토지』의 무대가 되기도 했던 지금의 평사리를 조금 지나 배에서 내려 악양으로 들어갔다. 그리고 그곳의 현창(縣倉)에서 잠을 잤다. 다음날인 24일부터는 올 때와는 길을 달리하여 통점재[해발 682m]를 넘어 삼가식현(三呵息峴, 지금의 삼화실재)을 지나 횡포역(橫浦驛)과 두리현(頭理峴), 다시 옥종의 정수리, 칠송정을 거쳐 25일 저녁때쯤 당초 출발지점이었던 삼가의 뇌룡사(雷龍舍)로 돌아왔다. 이 때문에 우리는 남명의 뒤를 악양까지 밟을 수밖에 없었다. 아쉬움이 남지만 다음을 기약하고, 그 대신 화개와 악양 사이에

하동의 악양루 : 하동군 악양면에는 악양루와 동정호가 있다. 나당 연합군의 당나라 장군 소정방(蘇定方)이 지금의 악양면 일대가 중국의 악양과 같다고 하여 '악양'이라 이름 하였다는 일화가 전한다.

있는 악양루(岳陽樓)와 동정호(洞庭湖), 그리고 고소성(姑蘇城)과 한산사(寒山寺)를 찾아보기로 했다.

『삼국사기』에는 하동을 한다사(韓多沙), 악양을 소다사(小多沙)라 했고 이 일대를 다사현(多沙縣)이라 했다. 소다사는 757년(경덕왕 16)에 악양(嶽陽)으로 고쳐 하동군의 영현으로 삼게 되고, 다시 악양(岳陽)으로 한자가 바뀌면서 이후 이와 관련된 중국의 지명 여럿을 빌려오게 된다. 두루 알다시피 악양현은 중국의 호남성(湖南省) 북동부에 위치하고 있다. 동정호의 물이 양자강으로 흘러나가는 출구에 위치하고 있는데 특히 현성(縣城)의 서문(西門)인 악양루는 동정호와 양자강의 웅대한 전망을 볼 수 있어 유명하다. 그리고 한산사는 강소성(江蘇省) 소주시(蘇州市)에 위치하고 있는 절로 502년 건립된 고찰이다. 역대로 여러 사건을 겪으면서 다섯 차례나 화재가 발생하여 소실되었다가 청나라 말기에 재건되었다. 당나라의 승려 한산이 이 절에 산 후부터 그의 법명을 따서 한산사라 개명되었다 한다. 악양루는 두보(杜甫), 한산사는 장계(張繼)의 시가 알려지면서 우리에게 더욱 친숙해졌다.

> 가) 옛날 동정호를 들었더니 　　　　　　　昔聞洞庭水
> 　　오늘 악양루에 올랐네 　　　　　　　　今上岳陽樓
> 　　오나라 초나라는 동남쪽으로 나뉘어 있고 　吳楚東南坼
> 　　하늘과 땅은 밤낮으로 떠있네 　　　　　　乾坤日夜浮
> 　　친한 벗에게는 한 자의 소식도 없고 　　　親朋無一字
> 　　늙고 병든 이 몸은 외로운 배에 있다네 　　老病有孤舟
> 　　중원엔 아직도 전쟁이라 　　　　　　　　戎馬關山北
> 　　난간에 기대니 눈물이 자꾸 흐르네 　　　憑軒涕泗流

> 나) 달 지자 까마귀 울고 서리는 하늘에 가득한데 　月落烏啼霜滿天
> 　　강가 단풍과 어화가 근심 가득한 잠을 대하네 　江楓漁火對愁眠
> 　　고소성 밖 한산사에서 울리는 　　　　　　　　姑蘇城外寒山寺
> 　　한밤의 종소리 객선에까지 들려오네 　　　　　夜半鐘聲到客船

앞의 작품 가)는 두보의 <등악양루(登岳陽樓)>이다. '악양루에 오름→동정호를 바라봄→외로운 자아→나라를 위한 근심'으로 시상은 전개된다. '오초동남탁, 건곤일야부'라고 노래한 함련은 천고의 절창(絶唱)이다. '오초'를 통해 시간적 변화를, '건곤'을 통해 공간적 광활을 제시하였다. 그러나 두보는 동정호의 광활한 모습에 비해 자신의 처지가 너무나 왜소하다는 것을 깨달았다. '노병'이나 '고주' 등에서 이 같은 사실은 약여하게 드러난다. 게다가 나라에는 전쟁까지 계속된다고 하였으

악양루 : 중국 호남성 악양시 서쪽 동정호의 동쪽 기슭에 있다. 여기에 의거하여 우리나라에도 함안, 하동 등지에 악양루가 있다.

니, 자연과 대비되는 인생무상 혹은 전란으로 인한 서정적 자아의 고뇌가 심도 있게 표출되고 있음을 본다. 이로써 북송(北宋) 때 사람 범중엄(范仲淹, 989-1052)의 <악양루기(岳陽樓記)>는 더욱 의미가 있는지도 모르겠다. 백성의 부모인 군자는 백성의 걱정보다 앞서 걱정하고, 백성의 즐거움보다 늦게 즐거워해야 한다고 하며 두보의 고뇌가 어디에서 온 것인가를 다시금 생각하게 하기 때문이다.

뒤의 작품 나)는 장계의 <풍교야박(楓橋夜泊)>이다. 풍교에 정박한 객선에서 가을밤의 쓸쓸한 정취와 그 객수(客愁)로 잠 못 이루는 밤의 정서를 감각적 글쓰기를 통해 아름답게 표현하고 있다. 원래 '풍교'는 단풍으로 물든 다리로 고유명사가 아니었다. 그런데 이 시의 유명세로 인하여 어느 호사가가 풍교를 만들었고 다시 후대의 지도책에도 이 다리가

〈풍교야박도〉 : 장계의 〈풍교야박〉을 그림으로 나타낸 것으로, '풍교', '한산사', '객선', '찬 하늘에서 우는 가마귀' 등
이 묘사되어 있다.

등재되었다고 한다. 달 지자 서리로 가득 찬 하늘, 고기잡이 배와 횃불로 대하는 선 잠, 그리고 객선에 들려오는 한산사의 한밤 종소리로 시상을 전개시켜 '근심[愁]'을 극대화시켰다. 근심의 연유가 어디에 있는지는 명확히 제시하고 있지 않아 알 수 없으나 가을밤과 나그네 등의 이미지가 말해 주듯 존재론적 고민에 다름 아니다. 이 같은 고민을 작자는 풍교에서 하면서 시방 상념에 사로잡혀 있는 것이다.

하동의 악양 일대는 역대로 군사적 요충지였다. 백제는 지리적으로 요새가 될 뿐만 아니라 일본과의 교역에 필요한 교두보의 확보를 위해 이곳을 탐내었다. 신라는 이 같은 백제의 진출을 막기 위하여 치열한 공방전을 벌이기도 했는데, 백제의 고이왕 때 백제가 다사성, 즉 하동 일대를 점령하였다. 이후 대가야가 이 지역을 통치하다가 신라에 병합되면서 신라 땅이 되었다. 특히 무열왕 때는 해발 300미터 되는 평사리 뒷산에 돌로 고소성을 쌓았다고 한다.

현대사에서도 악양은 전쟁을 피해갈 수 없었다. 지리산 일대에서 곡창지역으로 이름난 악양은 빨치산에게는 놓칠 수 없는 식량 보급 장소였다. 빨치산은 추수철을 전후해서 남부군과 각 부대들을 연합하여 투쟁을 벌였고, 일주일 동안 악양을 해방구로 장악해 탈곡까지 했다. 이에 백선엽 장군이 이끌었던 빨치산 토벌군은 이곳에서 심각한 접전을 벌이기도 했다. 당시 많은 주민들이 쌀을 등에 지고 빨치산을 따라 입산했다고 한다. 강압을 이기지 못해 따라나선 것이다. 그러나 빨치산은 아군의 대대적인 토벌작전을 견디지 못하고 남명이 넘어서 그렇게 이름되었다는 회남재[回南峙]를 넘어 청암으로 퇴각했다고 한다. 수많은 사상자가 있었음은 물론이다.

악양은 빼어난 자연경관으로도 유명하다. 악양(岳陽)으로 한자가 바뀌면서 악양루를 건축하고 평사리 강변 모래밭을 금당, 모래밭 안에 있는 호수를 동정호라고 하는 등 중국의 여러 지명을 따오게 되었다. 이 지역 사람들은 미점리 아미산 아래에서 동정호까지의 넓은 들판을 '무덤이들'이라고 한다. 그리고 규모면에서 중국의 그것과 비교할 수 없지만 그 운치나 풍경은 중국의 것에 비해 손색이 없다고 생각했는지 소상팔경(瀟湘八景)을 설정하기도 했다. 소상팔경은 중국 호남성의 소강과 상강이라는 두 줄기 강이 합쳐지는 동정호의 정경을 읊은 노래인데, 이것을 흉내 내고자 하였던 것이다.

하동의 악양루, 동정호, 고소성, 한산사 등은 모두 이 같은 사실을 배경으로 하고 있다. 중국에 있는 악양이라는 명칭과 함께 누각과 호수가 그렇게 이름되었을 것이고, 이 지역을 방어하기 위해 신라가 고소성을 축성하면서 후대에 다시 한산사가 만들어졌을 것이다. 소중화(小中華)로 자부하면서 중원을 그리워했던 우리 선조들의 의식의 단면을 들여다볼 수 있는 부분이다. 사정의 이러함이야 어디 이것뿐이겠는가? 팔공산(八公山)이나 아미산(蛾眉山) 등의 산명, 이천(伊川)이나 사수(泗水) 등의 수명에 이르기까지 그 수는 이루 셀 수가 없다. 중국화된 우리의 내면 의식은 말해서 무엇하겠는가.

여러 가지 생각이 교차되는 가운데 우리는 하동에 도착했다. 거기서 송준식·사재명 선생과 헤어져야만 했다. 그 선생들은 진주로, 설석규 선생과 나는 대구로 가야했기 때문이다. 언제나 그렇듯 되돌아오는 길은 충만한 경험으로 노곤하다. 가로등 불빛 사이로 시간이 참으로 빨리 흘러갔고, 하늘은 유리알 같은 별들로 깨득거렸다. 곤궁에 처해 있는 사람들에 관한 이야기를 나누며 설 선생과 나는 장계가 그러했듯 상념에 빠져들었다. 누구는 어쩌구, 누구는 저쩌구, 또 누구는 어쩌저쩌구, 다른 누구는 저쩌어쩌구, 그리고 우리는 ……. 어떤 때에는 문제라는 울창한 숲 속을 똑바로 걸어가서 그 숲을 벗어나는 경우도 있었고, 어떤 때에는 꼬불꼬불한 길을 헤매면서 들어가 나오지 못하는 경우도 있었다. 대구의 불빛이 보일 즈음 뇌룡사에서 출발하여 다시 뇌룡사로 되돌아온 남명의 지리산 여행길을 정확히 따라 걷고 싶다는 생각이 들었다. 이것은 이번 답사에 아쉬움이 남는다는 말의 다른 표현이다.

5) 악양에서 만난 두 사람 – 악양정

남명은 지리산을 여행하면서 중요한 역사 인물 셋을 만난다. 모두 지조를 목숨처럼 아낀 사람들이다. 고려 중엽 무도한 무신정권을 피해 은거한 한유한(韓惟漢, ?-?), 사화로 희생된 일두(一蠹) 정여창(鄭汝昌, 1450-1504)과 지족당(知足堂) 조지서(趙之瑞, 1454-1504)가 바로 그들이다. 남명은 이들을 '10층의 산봉우리 위에 다시 옥을 하나 더 얹어놓은 격'이며, '천 이랑의 물결 위에 둥근 달 하나가 비치는 격'이라며 극도로 높였다. '10층의 산봉우리'와 '천 이랑의 물결'이 자연이라면, '옥'과 '둥근 달'은 인간이며 문명이다. 지조 있는 행동이 인간에게 있어 얼마나 위대한가 하는 것을 남명은 그가 숭앙해마지 않았던 자연에 비겨 이렇게 말했던 것이다.

58세[1558년, 명종13]에 떠난 남명의 지리산 여행은 여러 가지 측면에서 의미가 깊다. 지리산을 만년의 은거지로 정하기 위해 최종적인 모색을 하였다는 점, 여러 역사 인물들을 거론하면서 인간의 문명의식을 명확하게 보여 주었다는 점, 지리산을 자기와 동일시하면서 이 산을 통해 자신의 기개를 드러내고 있는 점, 자연에 대한 객관적 묘사와 문학적 탐색을 동시에 보여 주었다는 점 등이 대체로 그러한 것이다.

남명의 지리산 여행이 남명학 안에서 매우 중요하기 때문에 사람들은 그의 지리산 유람록인 <유두류록>에 대하여 많은 관심을 가져왔다. 이른 시기부터 여러 편의 논문이 발표되기도 하고, 남명 탄신 500주년을 거치면서 방송에서 주목하기도 했으며, 최근에는 지리산을 동아시아 명산문화의 일환으로 탐구하기도 했다. 그야말로 지리산은 한국 남방 산악문화의 정수로서, 그 가운데 남명이 여행하면서 꿈꾸었던 세계는 17세기 이후 한국의 명산문화에 인문정신을 부여하는 중요한 시사점을 제공하였다.

악양면(岳陽面)은 동쪽으로는 청암면(靑岩面), 북쪽으로는 화개면(花開面), 남쪽으로는 하동읍이 접해 있고, 서쪽으로는 섬진강(蟾津江) 건너 전라남도 광양시 다압면(多鴨面)이 접해 있다. 요즘은 악양면 평사리에 대하소설 『토지』의 무대인 최참판댁이 건립되어 관광객들이 많이 찾아든다. 이곳을 남명은 1558년 4월 16일에 지나간다. 그리고 악양과 관련된 두 역사 인물을 만나게 된다. 녹사 한유한과 일두 정여창이 바로 그들이다. 이에 대하여 남명은 <유두류록>에 다음과 같이 기록해 두고 있다. 먼저 한유한의 경우부터 보자.

> 눈 깜짝할 사이에 악양현(岳陽縣)을 지났는데 강가에 삽암(鍤岩)이라는 곳이 있었다. 이곳이 바로 한녹사(韓錄事) 유한(惟漢)의 옛집이 있던 곳이다. 한유한은 고려가 장차 어지럽게 되리라는 것을 알고, 처자를 데리고 이곳에 와서 살았다. 조정에서 불러 대비원 녹사(大悲院 錄事)로 삼았으나, 그 날 저녁으로 달아나 버려 그 간 곳을 몰랐다고 한다. 아! 나라가 장차 망하려고 하는데 어찌 어진 사람을 좋아하는 일이 있을 수 있겠는가? 착한 사람을 표창하는 정도로만 어진 사람을 좋아하는 것은 또한 섭자고(葉子高)가 용(龍)을 좋아하는 것만도 못한 일이니, 이는 어지러워 망하려고 하는 형세에는 아무런 도움이 되지 않는 것이다. 문득 술을 청해 가득 부어 놓고 거듭 삽암을 위하여 길이 탄식하였다.

한유한은 『고려사』 「열전」에 기록되어 있듯이 대대로 서울에 살았고 벼슬길을 즐기지 않았다. 무신정권기 최충헌이 벼슬을 마음대로 하는 것을 보고, "장차 재난이 있을 것이다."라고 하면서 처자를 데리고 지리산 악양으로 들어가서 절개를 지켜 사람들은 그를 고상하게 여겼다. 그 후 고려 조정에서 서대비원(西大悲院) 녹사(錄事)로 불렀으나 "왕명을 쉽게 받아들일 수 없다."라고 하면서 끝내 나가지 않고 지조를 지키며 깨끗하게 살았다.

출사하지 않는 한유한을 억지로라도 모시기 위하여 사자가 문을 밀치고 들어가자, 사람은 없고 벽에는 단지 "조칙 한 장 골짜기로 날아드니, 이름이 속세에 떨어짐을 비로소 알겠네[一片絲綸飛入洞, 始知名字落人間]."라는 글귀가 붙어 있을 뿐

이었다고 한다. 여기서 방향이 전혀 다른 덕산의 사륜동(絲綸洞)이 나왔다고 하는 사람도 있지만, 아득한 옛일이라 알 수가 없고 남명은 당대의 전언에 따라 삽암(揷巖)에서 한유한의 지조를 생각하며 술잔을 높이 들었다. 이후 악양 사람 이세립(李世立)이 한유한을 사모한다는 뜻에서 삽암에 '모한대(慕韓臺)'라는 글자를 깊이 새기고 그를 기리기도 했다.

삽암 : 한유한을 사모한다는 의미에서 모한대(慕韓臺)라 새겨두었다.

모한대 각자 : 남명은 이 삽암에서 한유한을 위하여 길이 탄식한 후, 물을 거슬러 오르며 배를 도탄(陶灘)
에 정박시켰다.

한유한의 지조와 절개가 서린 삽암은 하동군 악양면 평사리 외둔 삼
거리에 있다. 섬진강 쪽으로 보면 길가에 두 기의 비가 있고 그 아랫 부
분의 바위가 바로 삽암이다. '꽂혀 있는 바위'라는 뜻인데, 외따로 높이
솟아 있기 때문에 이렇게 이름 붙인 듯하다. 남명은 이 삽암에서 한유
한을 위하여 길이 탄식한 후, 물을 거슬러 오르며 배를 도탄(陶灘)에 정
박시켰다. 도탄은 화개(花開)에서 하동 방면으로 조금 내려와 만날 수 있
는 여울이다. 그 도탄에서 하동 쪽으로 더 내려오면 덕은리(德隱里)가 나
오는데, 여기가 바로 일두가 『소학(小學)』을 읽으며 오경(五經)을 연구하
며 강학하던 곳이다. 여기에 대하여 남명은 다음과 같이 서술하고 있다.

　　도탄에서 한 마장쯤 떨어진 곳에 정선생(鄭先生) 여창(汝昌)의 옛 거처
　가 있었다. 선생은 바로 천령(天嶺 : 함양의 옛 이름) 출신의 유종(儒宗)이
　다. 학문이 깊고 독실하여 우리 도학(道學)에 실마리를 이어주신 분이다.
　처자를 이끌고 산으로 들어갔으나 나중에 내한(內翰)을 거쳐 안음 현감(安
　陰縣監)으로 나아갔다가 교동주(喬桐主 : 연산군)에게 죽임을 당했다. 이곳

은 삽암과 십 리쯤 떨어진 곳이다. 명철(明哲)의 행불행(幸不幸)이 어찌 운명이 아니겠는가?

남명은 일두가 '우리 도학에 실마리를 이어주신 분'이라 평했다. 흔히 성리학과 도학은 같은 것이라 하기도 하지만, 조선조 선비들은 약간의 의미 차이를 두었다. 즉 성리학이 지식의 측면을 더욱 강조한 것이라면, 도학은 그 지식이 실천을 겸비하고 있을 때 사용하였던 것이다. 이 때문에 당시 선비들은 도학자를 가장 영예로운 호칭으로 알았고, 그것이 도동지합(道同志合)으로 널리 알려져 있는 한훤당(寒暄堂) 김굉필(金宏弼, 1454-1504)과 일두로부터 시작된다고 생각했다. 이들은 모두 지식과 실천의 일치를 생명처럼 생각하다가 사화기에 희생된 인물이었기 때문이다.

국립중앙박물관에 소장되어 있는 <화개현구장도(花開縣舊莊圖)>[56×89cm, 보물 제1046호]라는 그림이 있다. 일두가 지리산에 몸을 숨기고 강학을 하던 곳을 상상하여 그린 것이다. 이 그림에는 '화개현구장도(花開縣舊莊圖)'라는 전서 아래 일두의 구거도(舊居圖)가 그려져 있고, 일두의 <악양(岳陽)>시, 뇌계(㵢溪) 유호인(兪好仁, 1445-1494)의 <악양정시서(岳陽亭詩叙)>와 시, 좌의정을 지낸 동양위(東陽尉) 신익성(申翊聖, 1588-1644)의 후지(後識), 남명의 <유두류록(遊頭流錄)>과 한강(寒岡) 정구(鄭逑, 1543-1620)의 <유가야산록(遊伽倻山錄)> 중 정여창(鄭汝昌)의 구거유적(舊居遺跡)에 관한 발췌 기사 등이 실려 있다.

특히 신익성의 후지에는 이 그림의 내력이 소상히 적혀 있다. 여기에는 지평을 지낸 이무(李袤, 1599-1683)가 신익성을 광릉묘암(廣陵墓庵)으로 찾아와 일두에 관한 기록을 내어 보이며 그림을 그리도록 한 일, 신익성이 국공(國工) 이징(李澄, 1581-?)에게 부탁하여 그림을 그리게 한 일, 이징이 문자의 형용에 의거하여 일두의 구거를 상상하며 그림을 그린 일, 남명과 한강의 유기(遊記)에서 일두의 기록을 찾아 첨부한 일, 손수 '화개현구장도'라는 전액을 쓴 일, 1643년에 이 후지를 쓴 일 등이 두루 제시되어 있다. 이 가운데 그림의 가치에 대하여 다음과 같이 언급하였다.

> 이제 선생이 가신 지 오래되어도 선생의 도(道)는 더욱 빛나니 그 도로써 그 사람을 생각하고, 그 사람을 생각해서 그 유적을 찾아 그림을 만들어 영원히 전하고자 하니 그 뜻이 장하도다. 이에 비단을 내어 국공(國工)인 이징(李澄)으로 하여금 그 산천의 절경을 그리도록 하고, 당시 선생의 고상한 발자취를 상상케 했다.

그러나 이징은 산천을 직접 답사하고 이 그림을 그린 것은 아니다. 이에 대하여 신익성은 이징이 지리산을 직접 답사한 경험이 없고 단지 문자의 형용에 의거하여 그린 것이지만 일두의 유적이 그 절경 속에 남아 천추에 없어지지 않을 것이기 때문에 특별한 의미가 깃들어 있다고 했다. 즉 이징이 그린 <화개현구장도>는 일두가 살던 곳을 그대로 형용한 것은 아니라 하더라도 그의 정신적 면모를 잘 드러냈다고 보았던 것이다.

사실 <화개현구장도>를 자세히 보면 현재의 악양 산수와는 사뭇 다르다. 여기에는 일두가 살았을 법한 초가집을 중심으로 왼편에는 낮은 산이 있고 앞으로는 시내가 흐른다. 그리고 시내 건너에는 다시 야트막한 구릉이 있고, 그 구릉 너머 아득한 곳에 두어 개의 산봉우리가 시내를 감싸고 있다. 시내를 따라 거슬러 올라가면 험준한 산이 있어 깊은 계곡에서 장쾌한 폭포수가 쏟아진다. 그리고 오른쪽으로 조금 치우쳐 있어 거리감이 살아 있게 했다. 그림 전체가 환상적이다. 이제 그림의 바로 아래에 기록해 둔 일두의 <악양>시를 함께 감상해 보자.

〈화개현구장도〉: 국립중앙박물관소장. 이 그림은 일두의 옛집을 생각하며 그린 것이다. 일두의 〈악양〉시, 뇌계 유호인의 〈악양정시서(岳陽亭詩叙)〉와 시, 좌의정을 지낸 동양위 신익성의 후지(後識), 남명의 〈유두류록〉과 한강 정구의 〈유가야산록〉 중 일두에 관한 기사를 발췌해서 실었다.

악양정 : 주련으로 "두류산 천만 겹을 남김없이 다 둘러보고, 외로운 배로 또 큰 강을 따라 내려간다네."라는 시가 걸려 있다.

바람결에 부들이 하늘하늘 가볍게 나부끼니	風蒲獵獵弄輕柔
사월이라 화개 땅은 이미 보리 익는 때일세	四月花開麥已秋
두류산 천만 겹을 남김없이 다 둘러보고	看盡頭流千萬疊
외로운 배로 또 큰 강을 따라 내려간다네	孤舟又下大江流

이 작품은 1489년(성종 20) 4월 14일에서 4월 28일까지 탁영(濯纓) 김일손(金馹孫, 1464-1498) 등과 지리산을 유람하고 돌아오는 길에 지은 것이다. 여행 마지막날 일두는 "산과 물은 인자(仁者)와 지자(知者)가 좋아하는 것이지만 산은 공자께서 "물이여, 물이여!"라고 탄식한 것만 못합니다. 내일 날이 밝으면 그대와 함께 길을 떠나 악양성(岳陽城)으로 나가서 큰 호수에 일렁이는 물을 구경하고 싶습니다."라고 했다. 이에 탁영이 일두

의 발의에 동의하면서 섬진강에 배를 띄워 진주로 향하였다. 이 과정에서 위의 시가 창작되었다. 이 시는 일두의 대표시로서 현재 악양정의 주련으로 걸려 있다. 이 때문에 여러 선비들이 차운시를 남기기도 했다.

가) 청계 따라 들어가니 푸르름이 정녕 부드러운데　　行盡淸溪綠正柔
　　수옹이 오고간 지 몇 해나 되었던가　　　　　　睡翁來往幾經秋
　　석양에 말을 세워 옛터를 찾노라니　　　　　　斜陽立馬尋頹址
　　산은 스스로 감아 돌고 강물은 절로 흐르네　　山自盤廻水自流

나) 하동 풍물은 참으로 아름답고 부드러운데　　　河陽風物正嘉柔
　　일두 선생이 끼친 향기 사백년이나 되었네　　蠧老遺芳四百秋
　　노를 저으며 중류에서 머리를 돌려보니　　　倚棹中流回首看
　　빼곡한 고운 빛이 두류산에 쌓였구나　　　　叢叢玉色疊頭流

앞의 시는 옥계(玉溪) 노진(盧禛, 1518-1578)의 작품이고, 뒤의 시는 노백헌(老柏軒) 정재규(鄭載圭, 1843-1911)의 작품이다. 모두 일두의 악양시를 차운한 것이다. 옥계가 제2구에서 수옹(睡翁)이라 한 것은 일두를 의미한다. 일두의 다른 호가 '수옹'이기 때문이다. 옥계는 여기서 일두가 떠난 뒤의 허전한 풍경을 쓸쓸한 필치로 그려냈다. 이에 비해 노백헌은 일두의 유풍을 제시하면서 400년 뒤에도 그 자취가 아름답고 부드럽다고 했다. 이 때문에 지리산 빛이 더욱 고울 수 있었다고 하면서 일두에 대한 흠모의 정을 감추지 않았다. 다음 작품 역시 일두의 악양시를 차운한 것이다.

가) 땅의 도를 보면서 강함과 부드러움을 분별하고　觀於地道辨剛柔
　　산과 물에서 스스로 시절을 터득한다네　　　　於水於山自得秋

구양수 같은 이 오히려 보기 드무나니　　　　見一歐陽猶是少
양현이 당일 두류산에 올랐었네　　　　　　兩賢當日陟頭流

나) 바람 기운 남쪽에선 본래 저절로 부드러워　風氣南方本自柔
　　화개동 안에서는 시절을 알지 못하네　　　花開洞裏不知秋
　　지금까지 띠처럼 흐르는 섬진강 물줄기　　至今一帶蟾湖水
　　길이길이 선생의 시구 안에서 흐른다네　　長在先生句裏流

　앞의 작품 가)는 산석(山石) 김현옥(金顯玉, 1844-1910)의 것이고, 뒤의 작품 나)는 복암(復菴) 조원순(曺垣淳, 1850-1903)의 것이다. 산석은 구양수(歐陽脩, 1007-1072)가 <여산고(廬山高)>에서 여산(廬山)에 은거한 유환(劉渙)의 고상한 절조를 찬미하듯이 두류산에 함께 오른 일두와 탁영을 찬미하였고, 복암은 섬진강 물줄기가 영원하듯이 일두의 시구 또한 영원할 것이라 했다. 이처럼 일두의 악양시는 조선 말기까지 많은 사람들의 시편 속에 살아서 흐르고 있었다. 그의 은거를 통한 지조가 이처럼 찬양되어 왔던 것이다.

　<화개현구장도>에는 남명이 악양을 지나면서 일두에 대해서 언급한 것 뿐만 아니라, 한강이 가야산 꼭대기에서 일두를 생각한 것도 기록해 두었다. 한강의 <유가야산록>에 의하면, 그는 1578년 9월 14일 가야산 제일봉에 올랐다. 이때 산길을 안내하던 승려가 "흐릿한 산 한 줄기가 저 멀리 남쪽 하늘에 빈 곳을 메우고 있는 것처럼 보이는데 그것이 바로 지리산입니다."라고 하자, 한강은 "거기는 정선생이 젊었을 때 살며 덕을 쌓고, 조 선생이 만년에 은둔하며 고상한 뜻을 지키던 곳이다."라고 하였다. <화개현구장도>에는 이 가운데 일두 부분만을 절취하여 실어두었던 것이다.

일두고택의 글씨 "절의"

일두고택의 글씨 "충효"

남명은 자연과 인간을 함께 사랑하였지만 인간의 문명의식을 더욱 중시하였다. 지조는 이 과정에서 제시된 것이다. 한강 역시 남명과 생각을 같이 했다. 지리산과 깊은 관련이 있는 일두와 남명을 들어, 지리산이 "우리나라 남쪽의 큰 산으로 제일가는 명산인데다 두 현인의 명성에 덕을 입어 장차 천지와 함께 이름을 전하게 되었으니, 이 또한 저 산의 큰 다행이라 하지 않을 수 없다."라고 한 것이 바로 그것이다. 지리산이 일두와 남명을 얻어 더욱 유명해질 수 있었다는 이야기다. 우리는 여기서 조선의 사림들이 갖고 있었던 인간과 문명인식의 일단을 알게 된다.

　　남명이 악양에서 만난 한유한과 정여창, 그들은 지조와 절개를 목숨보다 소중히 여긴 사람들이다. 이들의 정신적 후계자라 할 수 있는 남명이었기 때문에 특별한 관심을 갖고 추모의 정을 곡진히 폈다. 특히 일두에 대해서는 "도학의 실마리를 열었다."라고 평가하였다. 이는 남명이 <한훤당화병발(寒暄堂畫屏跋)>을 지어 한훤당에 특별한 관심을 보였던 것과 밀접한 관계가 있다. 지식을 몸소 실천한 도학자들이었기 때문이다. 남명 스스로가 실천을 강조하고 있는 것처럼 지식이 행동에서 빛날 때 그 지식은 비로소 온전하다고 본 것이다.

　　오늘날 우리 시대는 지조를 지키며 실천하는 사람을 참으로 보기가 어렵다. 우리 시대의 사전에 '지조'라는 단어가 실려 있기나 한지 의심스럽다. 다급할 때 수십 번 다짐했던 말을 어느 날 파전 뒤집듯 하는 사람들, 금전 앞에서 싸구려로 양심을 파는 사람들, 그런 사람들이 너무나 많기 때문이다. 윗자리에 있는 사람들이 앞장서서 그렇게 하니 아래에 있는 백성들과 미래를 위해 꿈꾸는 학생들은 난감하기 짝이 없다.

　　일찍이 시인 조지훈(趙芝薰, 1920-1968)은 변절자를 일갈하는 『지조론(志操論)』[새벽, 1960]이라는 글을 쓴 적이 있다. 그는 지조란 것이 "순일(純一)

한 정신을 지키기 위한 불타는 신념이요, 눈물겨운 정성이며, 냉철한 확집(確執)이요, 고귀한 투쟁이기까지 하다."면서, 자유당 말기의 부패한 정치 현실을 보며 과거 친일파들이 뉘우침 없이 정치일선에서 행세하거나, 상황에 따라 변절을 일삼는 당시 정치인들을 통매(痛罵)하고 있다. 예나 지금이나 정치하는 사람들의 행태가 다르지 않아 조지훈의『지조론』이 오늘날 참으로 가깝게 다가온다. 남명이 악양을 지나며 만난 두 사람이 우리 시대에 더욱 그리운 것은 바로 이 때문이다.

6) 남명의 지리산과 퇴계의 청량산

합천 함벽루에 가면 수많은 제영(題詠)이 걸려 있다. 그 가운데 들보를 마주하고 있는 남명의 시와 퇴계의 시가 가장 먼저 눈에 들어온다. 남명의 시는 초서체로 호기롭고, 퇴계의 시는 해서체로 단아하다. 남명과 퇴계의 기상을 잘 아는 누군가가 이렇게 새겨 걸어 두었을 것이다. 이 두 분은 영남학파의 양대 산맥으로 널리 알려져 있는데, 성호 이익은 이들이 영남을 둘로 나누어 학단을 이끌며 인의(仁義)를 가르칠 때를 들어 "여기에서 문명의 극치가 이루어졌다!"라고 외쳤다.

함벽루에서 남명은 개방적 사유를 지니고 노장세계를 적극적으로 받아들인다. 장자는『장자』「제물론」에서 남곽자기와 안성자유의 대화를 통해 나와 너의 완전한 화합, 완성과 훼손의 일치, 사물과 자아의 평등을 노래했다. 남명이 유가적 질서의 세계로 다시 환원하지만 이 같은 장자의 생각을 적극적으로 수용하면서 아득히 흘러가는 황강의 물줄기를 보았다. 물길 너머로는 백사장이 있어 가을 햇살 아래 반짝였다. 그 반짝임이 끝나는 자리 장자적 자유경계가 펼쳐져 있었다.

함벽루에서 마주하고 있는 남명과 퇴계의 시판 : 남명 시판의 글씨는 호기롭고, 퇴계 시판의 글씨는 단아하다.

　퇴계의 시는 남명의 그것과 다르다. 북쪽에서는 산이 달려와 우뚝이 멈추어 서고, 동쪽으로 흐르는 강물은 유유하다. 그는 여기서 마름 돋은 모래톱 가로 내려앉는 기러기, 대나무가 있는 집 위로 오르는 연기도 보았다. 이 같은 정경 속에서 공명의 굴레를 벗어던지니 가고 오는 것이 자유롭다고 했다. 퇴계가 수없이 관직을 사양하고 자연 속에서 심성을 기르며 학문에 열중할 수 있었던 것도 모두 이 같은 생각에 기반해 있었기 때문이다.

　나는 함벽루의 들보 사이에 설 때마다 팽팽한 긴장감을 느낀다. 남명과 퇴계가 경상도에서 태어났으니 출생한 지역이 같고, 신유년에 태어나 대체로 70평생을 살았으니 생몰년이 비슷하다. 그러나 이들은 세계관과 현실을 보는 눈이 서로 달랐기 때문에 만날 수 있는 기회가 여러 번 있었음에도 불구하고 한 번도 만나지 않았다. 편지로는 서로를 그리워한다면서 신교(神交), 즉 차원 높은 정신적 사귐을 강조한다. 그러나 주변에 흩어져 있는 편지들을 보면 이들은 내적으로 상당한 경쟁관계에 있었음을 알 수 있다.

나는 '퇴계'와 '남명'이라는 호를 주목한다. 당호나 자호를 어떻게 짓는가 하는 것은 이들의 세계관을 이해하는 데 있어 매우 중요하기 때문이다. 남명은 '남쪽 바다[南冥]'를 의미하는 것으로 『장자』「소요유」에서 따온 것이다. 노장적 세계가 그의 문집에 다량 내포될 수 있었던 이유를 여기서 알게 된다. 이에 비해 퇴계는 '개울로 물러난다[退溪]'라는 의미이다. 개울은 자연이며 강의 출발점이니 자연으로 물러나 학문을 연마하고 심성을 기르고자 하는 뜻이 여기에 포함되어 있다.

남명의 '바다[冥]'와 퇴계의 '개울[溪]', 이 바다와 개울은 남명과 퇴계를 이해하는 데 있어 대단히 긴요한 요소이다. 샘물이 원두에서 솟아나 개울을 이루고, 개울은 강을 이루고, 강은 다시 바다를 이룬다. 이 때문에 바다는 구체적인 넓이를, 개울은 추상적인 깊이를 우리에게 제공한다. 바다로 나아가려고 하니 의식은 '개방'적일 수 있었고, 개울로 물러나려고 하니 그 의식은 '순수'할 수밖에 없었다. 개방과 순수, 이것이 바로 바다와 개울이며, 남명과 퇴계다. 남명과 퇴계는 '현실'과 '이상'도 이러한 각도에서 이해하고 풀어냈다.

바다에 작용한 힘이 '원심력'이라면, 개울에 작용한 힘은 '구심력'이다. 모두가 성리학자이지만 남명은 원심력에 입각하여 노장학과 양명학을 수용하였고, 퇴계는 구심력에 의거하여 순수이성이라 할 수 있는 주리적 세계인식을 분명히 하였다. 이 두 힘이 낙동강의 좌우에 공존하면서, 때로는 조화를 이루고 때로는 경쟁하면서 보다 큰 영남학을 만들어갔다. 이 공존이 '의(義)'와 '인(仁)'으로 설명되기도 하고, '지리산'과 '청량산' 혹은 '우도'와 '좌도'로 설명되기도 하였다.

남명과 퇴계가 바다와 개울을 지향한 것은 이들의 청소년기와 일정한 관련이 있어 보인다. 남명은 시골에서 태어났지만 청소년기를 서울에서 보내고, 퇴계는 처음부터 시골에서 보낸다. 서울은 문화의 첨단기지다. 이 때문에 남명은 여러 친구들과 노장서도 읽으며 기생과 만날 약속도 한다. 그러나 퇴계는 청량정사 등에서 『논어』 등을 수십 번 읽으며 천리유행(天理流行)의 묘를 체득한다. 기질적 상이성도 있었겠지만, 청소년기의 서로 다른 생활환경은 이들로 하여금 한 사람은 남명이 되게 했고, 다른 한 사람은 퇴계가 되게 했다.

　남명의 바다와 퇴계의 개울은 역사성을 지니고 있는지도 모른다. 남명의 활동무대인 진주를 중심으로 한 경상우도 및 하도는 변한지역에서 가야 및 신라로 병합된 지역인 바, 역대로 정권이나 관권에 대한 저항이 빈번했다. 이에 비해 퇴계의 활동무대인 안동을 중심으로 한 경상좌도 및 상도는 진한지역에서 신라로 발전한 지역으로 고려와 조선을 거치면서 정권과 관권에 대한 반항세력이 거의 없었다. 이 같은 분위기가 결국 서늘한 남명과 따뜻한 퇴계를 만드는 데 일정한 역할을 했을 것이다.

　오늘 우리는 지리산과 청량산을 중심으로 남명과 퇴계를 이야기 해보고자 한다. 이 두 산은 남명의 산과 퇴계의 산처럼 인식되면서 사람들의 입에 오르내렸고, 일찍부터 다양한 학자들에 의해 주목되었다. 지리산의 경우 남명이 만년을 보낸 곳이고, 청량산의 경우 퇴계가 초년부터 독서를 하던 곳이다. 이후 이들의 제자는 이 두 산을 오르며 스승이 떠났던 길을 다시 밟았다고 하겠는데, 우선 다음 글로 이야기의 실마리를 잡아보자.

　　가) 내 일찍이 이 두류산을 덕산동(德山洞)으로 들어간 것이 세 번, 청학
　　　　동(靑鶴洞)과 신응동(神凝洞)으로 들어간 것이 세 번, 용유동(龍遊洞)

으로 들어간 것이 세 번, 백운동(白雲洞)으로 들어간 것이 한 번, 장항동(獐項洞)으로 들어간 것이 한 번이었다. 그러니 어찌 산수만을 탐하여 왕래하기를 번거로워 하지 않았겠는가? 평생 품고 있었던 계획이 있었으니, 오직 화산(華山)의 한 쪽 모퉁이를 빌어 그 곳에서 일생을 마칠 장소로 삼으려고 했기 때문이다.

나) 예로부터 빼어난 명산에는 반드시 고사(高士)와 은사(隱士)가 숨어 살며 노닐며 쉬는 곳이 있다. 여산(廬山)의 백련사(白蓮寺), 화산(華山)의 운대사(雲臺寺), 무이산(武夷山)의 정사(精舍)는 모두 절이 아니면 도관(道觀)인데, 유학자가 숨어서 수양하던 곳이다. 그러니 백운암이 청량산에서 또한 우연이겠는가? 문득 고사가 있어 원공(遠公)이나 도·륙(陶·陸)처럼 결사를 하여 살 수도 있지 않겠는가? 문득 비승(飛昇)과 황백(黃白)의 도술을 이루게 되어 마치 진도남(陳道南)과 같이 문을 닫고 높이 누워 한 번 자고 나면 한 달이 지나가지 않겠는가? 이 또한 천 년 후에 진유(眞儒)로 진리를 밝힐 사람이 그 무리들과 왕래하며 노닐지 않겠는가?

앞의 글 가)는 남명이 58세에 지은 <유두류록(遊頭流錄)>의 일부이다. 지리산이 두류산이니 이렇게 이름하였다. 이 글에 의하면 남명은 <유두류록>을 짓기까지 지리산을 12번이나 올랐다. 당시 남명은 진주목사 김홍, 황강 이희안, 이공량, 구암 이정 등과 함께 쌍계사 방면으로 유람을 하였다. 그 기간은 1558년(명종 13) 4월 10일부터 4월 26일까지였다. 그리고 남명이 이에 대한 기록을 남기게 되는데, 남명은 그 말미에 위와 같이 적었다. 위에서 볼 수 있듯이 남명은 지리산을 일생을 마칠 장소로 생각했고 마침내 그렇게 했다. 즉 61세에 지리산 천왕봉이 바라보이는 덕산(德山)의 수굴운동(水窟雲洞)으로 들어가 산천재를 짓고 지리산을 닮아가고자 했던 것이다.

지리산 천왕봉 : 남명은 그의 높은 회포를 이 천왕봉에 걸고자 했다.

　지리산에 들어갈 때의 심경을 남명은 <덕산복거>라는 시에서 고스란히 드러내고 있다. 즉 "봄 산 어딘들 꽃다운 풀이야 없겠는가만, 단지 천왕봉이 상제와 가까이 있는 것을 사랑하기 때문이라네."라고 한 것이 그것이다. <두류작(頭流作)>이라는 시에서도 "천 자나 되는 높은 회포 걸기 어려우니, 방장산 꼭대기 상상봉에나 걸어둘거나."라고 하면서 지리산 천왕봉에 자신의 높은 회포를 걸고자 했다. 우리는 여기서 하늘이 때려도 끄덕하지 않는 지리산, 그 천왕봉의 기상을 남명을 통해 전달받게 된다.

　뒤의 글 나)는 퇴계가 28세에 쓴 청량산의 <백운암기(白雲庵記)>의 일부인데, 『퇴계집』에는 없고 『청량지』에만 실려 있다. 1528년 6월에 백운암의 승려가 요청하자 쓴 기문인데 청량산을 소재로 한 퇴계의 첫 작

청량산과 청량사 : 퇴계는 청량산을 오르며 독서하는 것은 산을 오르는 것과 같다고 하였다.

품이다. 이 글에 의하면 명산에는 절과 도관(道觀)이 있어 승려나 도사들이 살고 유학자들도 더러 이들과 어울린다고 하면서 '원공'과 '도・륙'을 들었다. 원공은 진(晉) 나라의 고승 혜원법사(慧遠法師)인데, 그가 광산에 있을 때 유학자 도연명(陶淵明)이나 도사 육수정(陸修靜)과 어울려 놀았던 사실을 생각한 때문이다. 더욱 나아가 도남(道南)에 살았던 진(晉) 나라의 완적(阮籍)과 완함(阮咸)을 떠올리며 세속에서 벗어날 수 있기를 희망했다. 그리고 그 스스로 진유(眞儒)로서 이들과 어울려 진리를 밝히고자 했다.

　신재(愼齋) 주세붕(周世鵬, 1495-1554)이 청량산을 유람하면서 백운암에 걸려 있는 퇴계의 이 글을 보고 어린이나 아낙네의 솜씨라 폄하한 바 있지만, 퇴계와 청량산은 떼려야 뗄 수 없는 관계이다. 퇴계가 신재의 〈유청량산록(遊淸凉山錄)〉 발문에서 밝히고 있듯이, "나는 어려서부터 부형을 따라 책 상자를 메고 이 산을 오가며 글을 읽은 것이 몇 번이나 되는지 모른다."라고 한 데서 사실의 이러함을 알 수 있다. 청량정사(淸凉精舍)에서 숙부인 송재(松齋) 이우(李堣, 1469-1517)로부터 여러 형제들이 글을 배우기도 하였기 때문이다. 이로 인해 그는 스스로 청량산인(淸凉山人)이라는 별호를 짓기도 하고, 청량산을 오가산(吾家山)이라며 특별한 의미를 부여하기도 했다.

지리산은 해발 1,915m로 남한에서 두 번째로 높은 산이다. 두류산(頭流山)이라는 별칭이 보여 주듯이 백두산(白頭山)의 맥이 흘러 국토의 남단에 우뚝 솟은 민족의 영산(靈山)이며, 방장산(方丈山)이라는 또 다른 이름이 보여 주듯이 봉래산(蓬萊山) 및 영주산(瀛洲山)과 더불어 신선이 사는 삼신산(三神山) 가운데 하나다. 역대로 이 산에 청학동이 있다고 믿어 왔고, 남명도 청학동을 찾은 적이 있다. 그렇다면 지리산에서 살고자 했던 남명은 이 산을 둘러보고 결국 무슨 생각을 하였을까? 다음 자료는 우리에게 매우 중요한 정보를 제공한다.

> 높은 산과 큰 시냇물을 보면서 소득이 없었던 것은 아니지만 한유한(韓惟漢)과 정여창(鄭汝昌), 그리고 조지서(趙之瑞) 등의 세 군자를 높은 산과 큰 시냇물에 견주어 본다면, 십 층 봉우리 꼭대기에 옥 한 덩이를 더 올려 놓은 격이고, 천 이랑 물위에 달 하나가 떠오른 격이라 하겠다. 바다와 산 3백 리 사이에서 세 군자의 자취를 하루 동안에 보았다. 물과 산을 보면서 사람과 세상을 보게 되니, 산속에서 열흘 동안 좋았던 생각이 하루 만에 뒤집혀 좋지 않은 생각으로 변하고 말았다. 뒷날 정권을 잡은 사람이 산수를 구경하러 이 길로 와본다면 어떤 심정일는지 모르겠다.

1558년 4월 24일의 기록이다. 이를 통해 우리는 남명이 현실에 더욱 철저한 면을 보인 것을 알 수 있다. 그는 이것을 '산수자연(山水自然)'과

‘인간세상(人間世上)’의 논리로 설명하려 하였다. ‘간산간수(看山看水)’와 ‘간인간세(看人看世)’가 그것이다. 전자는 자연을 본다는 것이고 후자는 인간 세상을 본다는 것이다. 남명은 지리산을 유람하면서 세 사람의 역사적 인물을 만난다. 악양현의 한유한, 화개현의 정여창, 정수역의 조지서가 바로 그들이다. 이들의 기개를 높이 샀기 때문에 남명은 이들을 ‘고산대천(高山大川)’과 비교하여 ‘십 층 산봉우리 위에 옥 하나를 더 얹어 놓은 격’, 혹은 ‘천 이랑의 물결 위에 둥근 달 하나가 비치는 격’이라 하였다. 자연보다 인간을 더욱 긍정하였기 때문에 이 같은 비유가 가능했다. 유람을 통해 소득을 얻을 수 있었던 것도 이들이 지닌 정신을 배울 수 있었기 때문이었다. 그러나 열흘 동안 산 속에서 가졌던 좋은 생각이 하루 만에 언짢은 생각으로 변하고 말았다고 했는데, 이것은 자신이 극복해야 할 현실이 바로 눈앞에 놓여 있었기 때문이라 할 것이다.

청량산의 청량정사 : 퇴계가 공부하던 곳에 사림의 합의로 1882년(순조 32)에 세운 것이다. 정사의 당명(堂名)은 ‘오산(吾山)’이다.

청량산은 해발 870m로 이중환은 『택리지』에서 "태백산맥에서 들로 내려오다가 예안강 위에서 고개를 이루었다. 밖에서 바라보면 단지 수 개의 꽃송이와 같은 흙산 봉우리일 뿐이다. 그러나 강을 건너 골짜기 마을로 들어가면 사면이 돌벽으로 둘려 있는데 모두 대단히 높고 엄하며, 기이하고 험하여 그 모양을 무어라 말할 수가 없다."라고 하였다. 산 이름 청량산은 문수보살이 산다는 불교적 산이지만 퇴계 이후 유가의 수양론적 측면에서 이해되던 산이다. 퇴계는 청량산에 대하여 다음과 같이 노래한 적이 있다.

반생토록 속마음이 강철처럼 굳세지 못해	半世心腸未鐵剛
신선의 산 묵은 빚 오래도록 갚기 어려웠네	仙山宿債久難償
꿈속의 혼은 다시 맑고 빼어난 곳 넘는데	夢魂時復凌淸峭
육체의 구속은 아직도 먼지구덩이에 떨어져 있네	形役今猶墮軟香
이태백은 여산에 들어가 햇빛 읊조렸고	白入匡廬吟日照
한유는 화산에 올라 하늘빛을 흔들었지	韓登華岳撼天光
뛰어난 작품 보게 되었으니 얼마나 다행스러운가	巨編何幸投來看
천 길의 기상에 도리어 옷자락을 날리는 것 같네	千仞還疑共振裳

이 작품은 퇴계가 신재의 <유청량산록>을 읽고 그 감상문을 시로 지은 것으로, 제목은 <제주경유유청량산록후(題周景游遊淸涼山錄後)>이다. 퇴계가 풍기군수로 부임해 와 있을 때 신재의 청량산 유람록을 읽은 적이 있고, 1552년 서울에 올라와 있을 때 신재가 청량산 유람록을 고쳐서 퇴계에게 보내자 퇴계는 이에 대한 발문을 써서 신재에게 보낸다. 이에 신재의 <유청량산록>은 완성이 되는데, 신재는 이 완성본을 퇴계에게 다시 보낸다. 퇴계의 위 시는 바로 이 완성본을 보고 쓴 것으로 1553년

의 일이다. 이 시는 퇴계의 호기로움이 많이 포함되어 있지만, 그가 어릴 때 이곳에서 글을 배운 데서 알 수 있듯이, 청량산은 퇴계에게 유가적 심성을 도야하는 어떤 공간이었다. 즉 구도(求道)의 공간이었던 것이다.

그렇다면 남명과 퇴계의 제자들은 두류산과 청량산을 어떻게 생각했을까? 이것을 파악하는데 그리 오래 시간이 걸리지 않는다. 왜냐하면 이들 제자들의 문집을 살펴보면, 남명의 제자들은 두류산을 통해 스승 남명을 생각했고, 퇴계의 제자들은 청량산을 통해서 스승 퇴계를 생각했기 때문이다. 즉 이들의 산행은 남명과 퇴계를 만나러 가는 길이었으며, 또한 발자취를 따라 걷는 순례의 길이었다. 남명의 후학들은 지리산을 오르며 거대한 남명의 기상을 생각했고, 퇴계의 제자들은 청량산을 오르면서 진유(眞儒) 퇴계의 정취를 느꼈다. 다음 두 작품을 보자.

가) 육중하고 육중한 저 천 석들이 종이 　　　巍巍千石鍾
　　땅에 떨어져 오래도록 소리가 없네 　　　落地久無聲
　　누가 다시 하늘 높이 매달고 쳐서 　　　誰把懸天上
　　세상 깨우는 소리 울려 퍼지게 할 거나 　打遍警世鳴

나) 누가 독서를 유산에 잘 비유하였던가 　　　誰把遊山曾善喩
　　흡사 성현의 책을 모두 읽은 듯하네 　　　恰如窮讀聖賢書
　　백층으로 용맹정진하는 것은 자기에게 달려 있고 　百層勇往知由已
　　하나의 거울처럼 맑은 것을 그에게 물어보네 　一鑑清來試問渠
　　가슴은 시야와 함께 넓어져 구름이 흩어진 뒤 같고 　胸與眼寬雲散後
　　기운은 정신과 함께 고요하여 달이 처음 뜨는 듯하네 　氣兼神靜月明初
　　언제 진실로 아름다운 경계에 이를 수 있으랴 　何時得到眞佳境
　　수많은 골짜기와 봉우리가 모두 나에게 달려 있다네 　萬壑千峯摠在余

앞의 작품 가)는 고려대학교 교수 및 남명학연구원장을 지낸 중천(中天) 김충렬(金忠烈, 1931-2008) 선생이 지은 것으로, 남명의 <제덕산계정주>에 대한 차운시다. 번역도 김 선생 스스로가 했다. 그는 남명의 후학으로 남명 정신을 학계에 알리기 위해 노력한 대표적인 초창기 연구자다. 그는 남명의 시를 "천 석들이 종으로 자처하던 남명은 그 지표(志標)를 다시 천왕봉(天王峯)으로 옮겨 고고탁절(孤高卓絶)한 기상을 새겨 가고 있었던 것 같다."라고 평가하면서, 그 역시 거대한 기상을 갖고 남명같이 세상을 깨우는 선비가 되고자 했다. 그것도 여의치 않았던가. 이 세상을 하직하고 그 스스로 천 석들이 종을 메고 하늘로 올라가 푸른 하늘에 매달아 쉼 없이 경종을 울리고 있으니 말이다.

뒤의 작품 나)는 설월당(雪月堂) 김부륜(金富倫, 1531-1598)의 <경차독서여유산운(敬次讀書如遊山韻)>으로, 퇴계의 <독서여유산(讀書如遊山)>을 차운한 것이다. 퇴계는 1564년 이문량, 금보, 금란수, 김부륜, 이덕홍 등과 청량산을 유람하게 된다. 퇴계의 제자들은 주자가 장식(張栻) 등과 남악을 유람하고 창수시를 지은 고사에 따라 퇴계를 모시고 산을 오르며 시를 지었다. 즉 퇴계가 "책을 읽는 것이 산을 유람하는 것과 같다더니, 오늘 보니 산을 유람하는 것이 책을 읽는 것과 같네[讀書人說遊山事, 今見遊山事讀書]."라고 하면서 시를 짓자 이에 따라 제자들은 여러 편의 작품을 지었던 것이다. 위의 시에서 설월당은 남명이 그러하였듯이 유산을 독서에 비유하며 구도를 위해 스스로 힘쓸 것을 다짐하였다.

남명과 퇴계, 혹은 퇴계와 남명. 이들은 두류산과 청량산을 중심으로 기상을 드러내기도 하고 독서와 학문을 즐기기도 했다. 더욱이 퇴계는 남명의 <유두류산록>을 읽고 독후감을 쓴 적도 있다. 이 글에서 퇴계는 "그가 별난 것을 높이고 남다른 것을 좋아하여 중도를 찾기가 어렵다고 의심하는 사람들이 더러 있는데, 아! 예로부터 산림의 선비들은 흔히 이와 같다. 이 같지 않다면 남명답지 못한 것이다. 그 절박(節拍)의 기미(氣味)가 나오는 바는 다소 알 수 없는 곳이 있다. 이는 뒷사람 가운데 반드시 판별하는 사람이 있을 것이다."라고 하면서, 남명의 비유가적(非儒家的) 요소를 지적하기도 했다. 그러나 여러 가지 측면에서 남명의 여행기가 '지론' 혹은 '천고영웅의 탄식'이라며 감탄해 마지않았다. 우리는 여기서 비판과 인정이라는 높은 단계의 화해를 퇴계의 남명 비평을 통해 알게 된다.

청량사에서 본 청량산 : 이중환은 『택리지』에서 이 산을 설명하면서 "사면이 석벽으로 둘러 있고 만 길이나 높아서 험하고 기이한 것은 형용할 수가 없다."라고 하였다.

3. 행단에 관한 문학적 상상력

1) 행단이 있는 공묘 스케치 - 행단(1)

1999년 7월, 그러니까 20세기의 마지막 여름은 나에게 있어 특별했다. 공자가 나서 자란 중국의 곡부(曲阜)를 처음으로 여행할 기회를 가졌기 때문이다. 7월 24일 김해 비행장을 출발하여 상해, 소주, 항주, 제남, 곡부, 북경을 거쳐 7월 31일 다시 한국으로 돌아오는 7박 8일간의 일정이었다. 이번 여행은 두 가지 측면에서 중요했다. 하나는 남명이 <행단기>를 지어 그 사유 속에 중요하게 자리하게 하였던 곡부의 '행단(杏壇)'을 찾아보는 것이었고, 다른 하나는 중국에서 남명학을 공부하는 연구자들을 만나 남명학의 보급에 대하여 논의하는 것이었다. 이 같은 목적 때문에 이번 여행은 남명학과 관련된 일을 하는 사람들―송준식·김경수·사재명·박라권 제선생―이 주축이 되었고, 기회를 놓칠 수 없는 몇몇 부인들이 따라나섰다.

7월 26일밤 제남의 중호대주점(中豪大酒店)에서 여장을 푼 우리는 거기서 왕배원(王培源) 교수를 만났다. 그는 「남명선생시설략(南冥先生詩說略)」(『남명학연구논총』 7, 남명학연구원, 1999)을 쓴 바 있는 산동대(山東大) 교수다. 왕 교수는 남명의 시에 대하여 연구하였으니 학문분야가 나와 가장 밀착되어 있다고 하겠다. 중국에서의 한국학, 그 가운데서도 남명학의 연구상황, 그리고 남명문학에 표현되어 있는 광활한 정신세계에 대해서도 이야기했다. 이야기를 마친 우리는 근처에 있는 선술집으로 갔다. 거기서 40도를 상회하는 중국술을 마셨다. 술집에서 나온 안주는 껍질째로 삶은 콩과 돼지갈비 등이었다. 말로만 듣던 왕 교수의 무서운 술 실

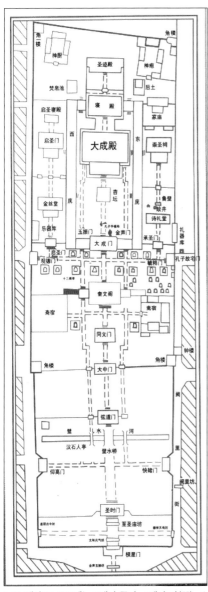

공묘 배치도 : 공묘에는 3개의 궁궐, 1개의 각(閣), 1개의 단(壇), 3개의 사당, 2개의 무(廡), 2개의 당(堂), 2개의 서재, 466개의 방과 54개의 문, 2000여 기의 비석이 있다.

력은 여기서 유감없이 발휘되었고, 이날 항상(杭上 : 杭州와 上海)간 버스에서 소흥주(紹興酒)를 필름통에 담아 돌려 마신 전과를 보유한 우리들은 하나 둘씩 나가떨어지기 시작하였다. 알아들을 수 없는 이상한 말로 떠들고 웃고 하면서, 간배(乾杯) 후에 술잔을 머리에 거꾸로 들어 '간배', 즉 술잔이 비었음을 증명해 보이는 우리의 기이한 행동은 술집 주인의 눈에는 영락없는 외계인이었을 것이다. 뚱뚱한 그 중국 여자의 수상한 눈초리에 이 같은 사실은 반뜩거리고 있었다.

공자를 만나는 날은 엄숙해도 좋을 것 같다. 그리하여 30도가 넘는 날이었지만 우리는 우리가 갖고 온 옷 가운데 몸을 가장 많이 가리는 점잖은 옷을 찾아 입었다. 유교문화에 조금이라도 관심이 있는 한국인이라면 누구나 중국에서 가장 가고 싶은 곳으로 서슴없이 공자의 고향인 곡부를 꼽을 터인데, 우리는 그 곡부를 오전 8시 20분에 제남을 출발하여 11시 5분 경에 도착하였다. 그 사이에 공자가 올라 천하의 좁음을 보았다는 태산(泰山)도 지났다.

두루 알다시피 곡부는 주나라 초기에 주공의 아들 백금(伯禽)이 다스렸다고 하는 노나라의 옛 도시로, 현재 산동성 남부에 있으며 '현'의 자격이다. '곡부'라는 명칭은 수나라 때부터 쓰이기 시작하였는데, 지성묘(至聖廟)라고도 하는 공묘(孔廟)와 공자·자사 등의 무덤이 있는 공림(孔林)이 있어 동양 예교의 중심지로 존경받아 온 곳이다. 나의 이야기가 조금 지루할 수도 있겠지만 행단이 있는 공묘를 중심으로 그 구조에 대하여 좀 더 구체적으로 생각해 보도록 하자. 공자는 인내력 있는 사람만이 제대로 만날 수 있다.

태산 암벽의 석각 : 태산에는 수많은 석각 글씨가 있다. '벽립만인(壁立萬仞)', '치신소한(置身霄漢)' 등의 글씨가 보인다.

공묘는 공자의 제사를 받드는 묘당(廟堂)인데, 옛날 노성(魯城) 서남부에 위치하고 있다. 공묘의 발전단계는 대체로 넷으로 나누어진다. 첫째는 초건단계(初建段階)로 삼국시대 위나라 황초(黃初) 2년(221) 처음 공묘가 세워진 시기이다. 공자가 거처하던 3칸의 집을 사당으로 삼아 공자 생전의 옷과 관, 거문고, 수레, 책 등을 보관했던 간소한 형태의 사당이었다. 둘째는 시수시폐단계(時修時廢段階)로, 이 시기에는 위나라 황초 2년에 처음 공묘가 건립되었으나 송나라 진종(眞宗) 천희(天禧) 2년(1018)에 이르기까지는 보수와 황폐가 거듭되었다. 서진말(西晉末)에는 공묘가 더욱 황폐화되었고, 남북조에서 수당에 이르기까지 비록 중수가 끊이지 않았으나 공묘는 비루(卑陋)하여 알아주는 사람이 거의 없었다. 셋째는 확대구제단계(擴大舊制段階)로, 공묘가 옛 체제에서 많이 확대되었던 시기이다. 특히 송나라 천희연간, 금나라 명창(明昌) 2년(1191), 원나라 성종(成宗) 대덕(大德) 4년(1300), 원나라 순제(順帝) 지원(至元) 2년(1336) 등 여러 차례에 걸쳐 사당과 전당이 중수되고 낭무(廊廡) 등이 대대적으로 건축되었다. 넷째는 규모완성단계(規模完成段階)인데, 현재 우리가 볼 수 있는 규모로 공묘가 완성된 시기이다. 이때 건물은 명·청 양대에 걸쳐 앞 시대의 것을 중수하거나 새로 지어 그 수와 넓이를 더했다.

이렇게 해서 완성된 공묘는 3개의 궁궐, 1개의 각(閣), 1개의 단(壇), 3개의 사당, 2개의 무(廡), 2개의 당(堂), 2개의 서재, 466개의 방과 54개의 문, 2000여 기의 비석이 있으며, 면적은 160,000m²에 달한다. 공묘 안에 있는 건축군은 그 면적이 광대할 뿐만 아니라 기백이 웅혼하며, 시간적으로도 오래되었으나 보존이 비교적 온전하여 세계 건축사상 흔히 볼 수 없는 중요한 자료이다. 따라서 이것은 중국 사람들의 지혜의 결정이라 할 터인데, 역사·고고·건축·조각·회화·서법 등이 구비된 대형

박물관이라 할 것이다. 공묘는 평면적으로 외부(外部), 전부(前部), 후중부(後中部), 후동부(後東部), 후서부(後西部) 등 다섯 개의 권역으로 나눌 수 있는 바, 이를 순서대로 살펴 공묘의 공간구조에 대하여 알아보자.

외부에는 곡부의 남문 앞에 100여 미터의 잣나무 길인 공묘신도(孔廟神道)가 있다. 나무는 그 나이가 오래되어 이미 고사목이거나 반고사의 상태로 된 것이 더러 섞여 있다. 역대로 공자 및 공묘에 대한 존경과 경앙(敬仰)을 나타내는 하마비(下馬碑)도 있는데 공묘의 남쪽 담에 밀착시켜 세워 두었다. 위에서 아래로 '관원인등지차하마(官員人等至此下馬)'라는 글이 정서되어 있었다. 그리고 맹자가 주악(奏樂)의 예를 들어 공자를 집대성한 사람으로 평가한 데서 그렇게 이름 붙여진 금성옥진방(金聲玉振坊)이 있었다. 이것은 명나라 가정(嘉靖) 17년(1538)에 세운 것으로 네 기둥의 머리에는 각각 앙련(仰蓮)이 만들어져 있고, 그 위에 다시 조천후(朝天吼)라는 동물이 남쪽을 향하여 높게 앉아 그 허허로운 하늘을 향해 소리치고 있다.

금성옥진방을 지나면 전부가 나온다. 여기에는 태화원기방(太和元氣坊)·지성묘방(至聖廟坊) 등 돌로 세운 여러 방(坊)과 성시문(聖時門)·홍도문(弘道門) 등의 여러 문, 벽수교(璧水橋) 등의 다리, 곡부역대연혁비(曲阜歷代沿革碑)·문례고지비(問禮故址碑)·고반궁비(古泮宮碑) 등의 다양한 기념비, 규문각(奎文閣) 등의 커다란 집이 있다. 이 가운데 '태화원기'는 공자의 도가 위대하다는 것을 가장 적극적으로 표현한 것이다. 『주역』「건괘」 '단사'의 "보합대화(保合大和), 내이정(乃利貞)"이라는 말에서 '태화'를 따온 것인데, 여기서의 '대화'는 곧 '태화'를 의미한다. '원기'는 태화가 시작되는 첫 기운이다. 즉 우주 사이에 있는 수많은 사물들의 존재와 생장은 '태화원기'가 작용한 결과라 보았다. 공자의 도를 바로 태화원기에 비유한 것이다.

대성전 : 대성전의 원래 이름은 문선왕전(文宣王殿)이다. 북송 대에 휘종(徽宗)이 대성전이라는 이름으로 고쳤다. 현재의 글씨는 청나라 세종의 친필이라 한다.

후중부에는 공자가 직접 심었다고 전해지는 회나무인 공자수식회(孔子手植檜), 만년에 제자들에게 경전을 강의했던 장소로 알려진 행단(杏壇), 을영비(乙瑛碑)·예기비(禮器碑) 등의 비석, 공묘의 중심 건물이면서 맹자가『맹자』「진심장」에서 "공자지위집대성(孔子之謂集大成)"이라 한 데서 이름 한 대성전(大成殿)이 있다. 대성전의 원래 이름은 문선왕전(文宣王殿)이었다. 그러나 북송 대에 휘종(徽宗)의 명으로 대성전이라 이름을 고치고 그의 수필(手筆)로 그렇게 편액하였으나 지금은 전하지 않고, 현재의 것은 청나라 세종의 친필이다. 여기에는 공자의 소상(塑像) 뿐만 아니라 그의 대표적 제자로 알려진 12철의 소상들이 있으며, 여러 악기와 무구(舞具)들도 진열되어 있다. 또한 전각 이마 부분과 문 위에는 높다랗게 달린 편액과 여러 폭의 주련이 있는데 역시 청나라 세종의 친필로 알려

'생민미유' 현판 : 대성전 입구에 걸려 있는 현판으로 '생민미유(生民未有)'는 하늘이 백성을 낸 이래 공자와 같은 사람은 없다는 의미이다.

진 것으로, 백성이 생긴 이래 공자와 같은 분은 있지 않았다는 뜻인 "생민미유(生民未有)"가 눈에 가장 잘 들어온다. 이밖에 대성전 뒤에는 공자의 침전과 그 부인 기관씨(亓官氏)─올관씨(兀官氏) 혹은 병관씨(幷官氏)로 된 문헌도 있다.─의 전당 및 성적전(聖迹殿), 그리고 만세사표(萬世師表) 등의 여러 각석들이 있다.

후동부에는 공자고택문(孔子古宅門)이 있는데 이는 송나라와 금나라 양대의 묘택문(廟宅門)이 있던 자리였으므로 여기에 가탁하여 공자고택문으로 삼았던 것이다. 그 안에는 청나라 고종 건륭(乾隆)황제가 쓴 '고택문찬비(故宅門贊碑)'가 세워져 있다. 이밖에 당나라 때 심은 괴목(槐木)과 송나라 때 심은 은행 및 시례당(詩禮堂), 노벽(魯壁)과 공택고정(孔宅故井), 공씨세계비(孔氏世系碑), 공씨보본수은비(孔氏報本酬恩碑) 등이 있다. 이 가운데 노벽에서는 한무제 때 노 공왕(恭王)이 공자의 고택을 허물었을 당시 이 벽 안에서 공부(孔鮒)가 소장했던 고적이 다량 나왔다고 전해지며, 노벽 앞에는 공택고정(孔宅故井)이 있어 공자시대의 유물이라 한다. 샘의 입구는 벽돌을 이용하여 만들었으며 송나라 때에 보수한 것이다. 남쪽을 향하여 서 있는 하나의 비석에는 "孔宅故井"이라는 반듯한 글이 음각되어 있다.

후서부에는 계성문(啓聖門), 악기고(樂器庫), 금사당(金絲堂), 오현찬비(五賢贊碑), 계성전(啓聖殿), 원가봉계성왕제조비(元加封啓聖王制詔碑), 계성왕침전(啓聖王寢殿) 등이 있다. 계성왕이란 누구인가? 바로 공자의 아버지 숙량흘(叔梁紇)을 말한다. 공자의 아버지 숙량흘은 공자를 낳아 역대의 제왕과 문인들의 존경을 받아왔다. 숙량흘은 송나라 진종(眞宗)황제 대중상부(大中祥符) 원년(1008)에 제국공(齊國公)에 봉해졌으며, 원나라 지순(至順) 원년(1330)에는 계성왕(啓聖王)으로 봉해졌다. 이로 인하여 이 후서부 일대는 '계성'이라는 이름과 함께 공자의 부모와 관련된 다양한 기념물이 존재하게 된다. 특히 계성전 북쪽의 3간으로 된 계성왕침전은 공자의 어머니 안징재(安徵在)의 전당이다. 안씨 역시 그의 남편이 추존되면서 송나라 대중상부 원년(1008)에는 노국태부인(魯國太夫人)으로, 원나라 지순 원년(1330)

공묘의 대성전 현판

에는 계성왕부인(啓聖王夫人)으로 봉해져 제시를 받게 되었다.

이상에서 보면 대성전이 후중부에 있으니 이것이 공묘의 중심을 이루고 그 들머리에 다양하게 펼쳐진 비석이며 건물들이 전부, 그 바깥쪽이 외부가 된다. 그리고 대성전의 동쪽에는 공자가 일상적으로 거처하던 집을 형상한 후동부, 서쪽에는 공자의 부모와 관련된 다양한 전각들이 후서부를 이룬다. 곡부의 공묘에 대한 전체적 지형도가 그려졌으니 이제 우리의 목적에 좀 더 충실하기 위하여 행단에 대하여 살펴보기로 하자. 행단은 후중부 '공자수식회'의 북쪽, 대성전으로 통하는 길의 정 가운데에 위치해 있다. 행단에 대한 기록은 『장자(莊子)』「어부(漁父)」에 보이는데 이러하다.

공자가 치유(緇帷)의 숲을 거닐다가 행단(杏壇)에 앉아 쉬고 있었다. 제
자들은 책을 읽고 공자는 노래를 부르며 거문고를 탔다.

행단 : 1024년에 공자의 45대손 공도보(孔道輔)가 곡부의 공묘를 수리하면서 공묘 정전(正殿)의 옛터에 단을 만들고 주위에 살구나무를 심어 행단이라 하였다고 한다.

물론 이 기록을 그대로 믿을 수는 없다. 『장자』에 나오는 공자에 대한 다른 기록에 의거하여 보면, 이 기록 역시 우언을 이용하여 인위의 허식을 버리고 자연의 대도를 이룰 것을 역설한 것일 터이다. 장자가 『장자』 「도척편」에서 보여 주는 것과 마찬가지로 유가의 예교주의(禮教主義)가 갖는 세속성과 위선성을 비판한 것으로 이해되기 때문이다. 어쨌든 공자는 오랜 유랑생활을 마치고 68세의 나이에 고국 노나라로 돌아왔다. 한 해 전인 67세에는 부인 기관씨가 죽었고, 돌아온 해 봄에는 제자 염유가 제나라와의 전투에서 승리를 거두었으며, 노나라 계강자는 의례적인 것이기는 하지만 폐백을 보내 당시 위(衛)나라에 체류하고 있었던 공자를 초빙하였고, 공자는 거기에 응하였다. 표면적으로 보면 공자의 유랑은 아무런 성과도 없었다. 그러나 험난한 시대를 위하여 무엇을 시도하였다는 것은 무척 중요한 일이 아닐 수 없다. 만일 공자가 노나라에 머물면서 한직을 즐기면서 제자들과 강학하거나 고요한 숲을 찾아 산보나 하였다면 오늘날의 공자가 있었을까? 그는 분명히 성공의 가능성이 없는 데도 불구하고 자신의 이상을 실현하기 위하여 방황하였다. 이 때문에 그의 이념은 별처럼 반짝일 수 있었으며 동양의 지성을 지탱하는 오랜 버팀목이 될 수 있었다.

노나라에 돌아왔지만 공자는 중용되지 않았다. 그러니까 계강자(季康子)의 초빙은 현인을 위한다는 하나의 허례일 따름이었다. 사실 당시 계강자는 백성들에게 할당되는 세금을 올림으로써 재정수입을 증대시키려고 획책하였고, 위민(爲民)의 투사로 알려진 공자를 초빙함으로써 백성들의 원성을 조금이라도 감소시키려 했을지도 모른다. 이 같은 계강자의 처사에 대하여 공자는 맹렬히 비판했고, 계강자는 여기에 구애되지 않고 공자의 제자 염구(冉求)를 내세워 가혹하게 세금을 거두어들였다.

이에 공자는 염구에 대하여 "그는 내 제자가 아니다. 여봐라! 북을 치면서 염구를 공격하라! 내가 허락하는 것이다."라며 단호하게 비판하였다. 그 후 염구가 계강자를 위한 자신의 태도를 고쳤는지는 모르지만 공자는 그가 73세[BC. 479]의 나이로 세상을 떠날 때까지 민족문화에 대한 진지한 인식과 역사에 대한 강렬한 책임감으로 고대문헌을 정리하면서 후세교육에 마지막 남은 열정을 바쳤다. 이 같은 일련의 행위가 바로 행단을 중심으로 이루어졌다고 한다.

공묘 가운데 행단을 건립하게 된 결정적 근거는 앞서 언급한 『장자』 「어부」에 있다. 지금 우리가 보는 대성전 앞의 행단 자리는 원래 공자 고택의 '교수당(敎授堂)'이 있던 자리였다. 동한(東漢) 명제(明帝)가 동쪽을 순방하면서 공자 고택을 지나게 되는데, 그는 친히 이 교수당에서 황태자 및 여러 왕들에게 명하여 경전을 강론토록 하였다. 그 후에 집은 헐리고 한(漢)·당(唐)·송(宋)을 지나면서 한결같이 공묘 정전(正殿-대성전)의 기반이 되었다. 그러나 송나라 천희(天禧) 2년(1018) 대성전을 북쪽으로 옮겨 확장하면서 그 앞, 즉 옛날 교수당의 옛 터에 땅을 고르고 단을 만들어 '행단'이라 하고 그 주위에 살구나무―중국인들은 이렇게 생각하고 있다. 우리나

행단비 : 글씨는 당대의 대표적인 문필가였던 당회영(黨懷英)이 썼으며, 단 내에는 후대의 청나라 고종이 그의 친필로 세운 〈행단찬(杏壇贊)〉비도 있다.

라에서는 은행나무로 여기는데, 이 때문에 서원 등에서 은행나무를 많이 볼 수 있다.—를 심었다. 금나라에 이르러 비로소 단 위에 건축물을 세웠으며, 금나라 승안(承安) 무오년(1198)에 공자의 후손에 의해 그 내부에 비가 세워졌고, 글씨는 당대의 대표적인 문필가였던 당회영(黨懷英)이 썼다. 단 내에는 후대의 청나라 고종이 그의 친필로 세운 <행단찬(杏壇贊)>비도 있다.

공자가 여기서 거문고를 연주하면서 진리에 대하여 강론하고 고전을 정리했다고 하여 '행단예악'이라는 성어가 생겼다. 주자는 「논어집주서설」에서 이렇게 서술하고 있다. "공자는 끝내 벼슬을 구하지 않으시고 『서전』과 『예기』를 서술하시고, 『시경』을 산정(刪定)하시고 음악을 바로잡으셨으며, 『주역』의 「단사」와 「계사」, 「설괘」와 「문언」을 차례로 지으셨다." 명나라 때 그린 것으로 알려진 공자사적도(孔子事蹟圖) 가운데 행단예악도(杏壇禮樂圖)를 보면 이러한 사정을 말해주듯 공자를 중심으로 하여 여러 제자들이 책을 펼치고 토론하면서 분주하게 고전을 정리하고 있다. 이는 자신의 이상을 당대에 이룰 수 없다고 생각한 공자가 후대를 기약하며 벌인 최후의 의미 있는 사건이라 아니할 수 없다.

공자는 노래 부르기를 즐겼고, 마음에 드는 노래를 들으면 몇 번이고 반복해서 부르기를 청하여 자신도 따라 불렀다. 『시경』 「관저」편을 들어 "즐거우면서도 결코 음란하지 않고, 애처로운 부분이 없지 않으나 지나치게 감상적이지도 않다."라고 비평하면서 『시경』을 '사무사(思無邪)'로 요약하기도 했다. 참된 의미로 채워져 있는 『시경』의 내용을 그렇게 표현한 것일 터이다. 시로써 인간적인 감흥을 일으키고, 예로써 인격의 내용을 충실하게 하고, 음악으로 배움을 완성시킨다고 했던 공자, 그의 진리에 대한 고민과 도전의식이 아직도 행단을 중심으로 감돌고 있었다.

공자의 묘비 : 묘비에는 대성지성문선왕(大成至聖文宣王)이라 하였다. 우리나라에는 대성지성문선왕전좌
도(大成至聖文宣王殿坐圖)가 있어 보물 제485호로 지정되어 있다.

　　당회영이 쓴 행단이라는 전서를 손가락으로 따라 그으면서 정신을
집중해보았으나 공자의 진리에 대한 갈파는 나의 귀에 들리지 않았고,
그의 세상을 향한 고민은 나의 마음에 전달되지 않았다. 어제 저녁 왕
교수와의 그 터무니없는 대작이 나와 공자의 통로를 이처럼 차단한 것
이리라. 이때 느닷없이 나의 정수리에 찬물을 끼얹는 사람이 있었다. 바
로 남명이었다. 정신이 번쩍 들었다. 남명은 여기에 와 본 적이 없지만
지금으로부터 약 500년 전 조선이라는 조그마한 땅에서 행단을 중심으
로 이루어졌던 공자의 강학모습을 대단히 정밀하게 그려내었다. 남명이
그린 그 아름다워도 좋을 풍경을 통해 나는 공자를 만날 수 있었다. 이
제 우리는 남명이 그린 그림이 구체적으로 어떤 색깔을 띠고 무엇을 말
하고 있는지에 대하여 남명의 작품 〈행단기〉를 중심으로 이야기해 보자.

2) 남명이 그린 공자의 강학 풍경 – 행단(2)

남명의 <행단기>를 읽을 때마다 눈물이 난다. 부조리한 시대의 횡포 앞에서 고뇌하는 지성, 공자의 그 슬픈 몸짓이 감지되기 때문이다. 어쩌면 역으로 불의의 권력이나 금력 앞에서 굴복하고 마는 비루하고 나약한 우리 시대의 수많은 가짜들에 대한 연민에 의한 것일 수도 있다. 남명은 험난한 시대 앞에서 고뇌했던 사나이 공자, 그의 슬픈 몸짓을 그리워하며 <행단기>를 지었다. 이 글에서 남명은 공자가 진실과 진리 편에 서서 정의의 칼을 담금질해 나가던 힘든 노력과, 그가 천하의 성인이 될 수 있었던 사실을 강조한다. 이 글이 상상에 기반한 글임에도 불구하고 '기(記)'의 형식을 취한 것도 특기할 만하다. '기'는 기사문(紀事文)을 말하는 것이니 사물에 대한 사실이나 관찰을 객관적으로 기록하는 형식을 취한다. 여기에서 우리는 남명이 <행단기>를 집필한 기본태도를 읽을 수 있다. 즉 <행단기>가 한낱 상상에 그치는 것이 아니라 진실의 세계를 다루고 있다는 확신이 그것이다.

지금부터 남명이 그린 공자의 강학 풍경을 엿보기로 하자. 남명은 행단이 오래 전 노나라 대부였던 장문중(臧文仲)이 쌓았고 또 그에 의해 그렇게 이름 붙이게 되었다면서 이야기를 시작했다. 그러나 세월이 흘러 이제는 공자가 제자들과 학문을 강론하는 장소가 되었다. 어느 날, 공자는 자유(子游), 자하(子夏), 계로(季路), 안연(顔淵) 등과 함께 이 단에 머물게 되었는데, 그때 안연을 돌아보면서 탄식하고 이 단의 이름과 설치 이유를 설명했다. 행단은 장문중이 쌓았으며, 중원(中原)의 여러 제후들이 회맹(會盟)한 곳이라는 것이다. 그리고 공자는 거문고를 뜯으며, "더위가 가니 추위가 오고, 봄이 감에 다시 가을이 오네."라며 쓸쓸히 노래하였

공묘의 공자상 : 대성전 안에 모셔진 공자는 장년으로 묘사되어 있다. '문선왕'이라는 칭호처럼 공자의 상은 금관을 쓰고, 12문양의 옷을 입고, 손에는 진규(鎭圭, 고대 귀족이 제사 등에 사용하던 도구)를 들고 있다.

다. 이에 총명한 제자 안연은 스승 공자에게로 나아가 두 번 절하고 글을 짓는다. 이를 장문중과 스승 공자의 경우로 나누어 요약하면 다음과 같다.

가) 장문중의 경우
A. 행단에서 여러 제후국들과 맹약을 주재하는 회동을 가졌다.
B. 동주(東周)의 운수를 회복하지 못했고 오랑캐의 침략도 막지 못했다.
C. 장문중은 한 나라의 대부에 지나지 않았다.

나) 공자의 경우
A. 행단에서 도학을 강론하고 의리를 창도했다.
B. 왕실을 업신여길 수 없다는 것과 중국이 오랑캐와 다르다는 것을 알게 했다.
C. 공자는 천하의 성인이 되었다.

'A'는 행단에서의 행위를, 'B'는 그 행위에 대한 효과를, 'C'는 최후의 평가를 나타낸 것이다. 장문중은 '가)-A'와 같이 행단에서 여러 제후들과 회맹하면서 군대의 문제를 논의하였지만 '가)-B'와 같이 땅에 떨어진 주나라 왕실의 권위를 되돌려 놓지 못했고 오랑캐의 침략 역시 늦추지 못했다. 이 때문에 안연은 주공의 위엄을 빙자하여 제후를 속인 짓이라며 장문중을 비판하였다. 그리하여 장문중은 '가)-C'처럼 한 나라의 대부에 지나지 않게 되었던 것이다. 이에 비해 공자는 '나)-A'와 같이 행단에서 도학을 강론하고 의리를 창도하여 천리의 공명정대함을 밝혔기 때문에 '나)-B'와 같이 안으로 사람들이 왕실을 업신여길 수 없었고, 밖으로 중국이 오랑캐와 다르다는 것을 알게 하였다. 따라서 공자는 '나)-C'와 같이 천하의 성인이 될 수 있었다는 것이다.

그렇다면 장문중과 공자의 근본적인 차이점은 무엇일까? 안연은 이를 정치형태에서 찾았다. 장문중의 패도정치와 공자의 왕도정치가 그것이다. 패도정치는 인정(仁政)을 가장하여 권력을 행사하는 경우이다. 장문중은 유하혜(柳下惠)가 현명하다는 것을 알면서도 그를 등용하지 않았고, 행단에서의 회맹을 통해 강자가 약자를 업신여기고 포악하게 굴었다는 데서 그 이유를 알 수 있다. 이에 비해 왕도정치는 인의(仁義)의 덕이 안으로 충실하여 그것이 선정으로 나타나는 경우이다. 공자는 행단에서 인(仁)에 기반한 강학활동을 전개하면서 전통문화를 정리하고 그것을 후세에 남기고자 하였다. 장문중의 이익(利益)을 위주로 한 행단활동과 공자의 의리(義理)를 위주로 한 행단활동은 그 결과에 대한 차이가 하늘과 땅만큼 난다고 하면서, 안연은 이치가 이렇게 자명하니 후세의 선비들은 무엇을 본받아야 할 것인가를 따져 물었다. 그리고 행단을 쌓은 것도 장문중이고 그렇게 이름 붙인 것도 장문중이지만, 후세 사람들은 이 행단을 '장씨의 단'이라 하지 않고, '공씨의 단'이라 할 것이라며 말을 덧붙였다.

여기서 안연은 공자의 탄식

공자행단강학도 : 명나라의 화가 오빈(吳彬)이 그렸다.

과 "더위가 가니 추위가 오고, 봄이 감에 다시 가을이 오네."라는 노랫말을 상기시켰다. 그리고 그 이유를 설명하였다. 단을 바라보면서 한 공자의 탄식은 그 단을 쌓은 장문중을 사모해서가 아니라 장문중이 왕도정치를 보좌할 만한 재주가 없었던 것에 기인하며, 세월의 흐름을 노래로 안타까워한 것은 흘러가는 세월 자체에 대한 안타까움이 아니라, 도가 행해지지 않는데도 세월은 덧없이 흘러가기 때문이라는 것이다. 후세에 이 행단에 오르는 사람이 공자의 이 같은 탄식과 시간에 대한 절박감을 느낄 수 있을까 하면서 안연이 글을 마치자, 계로가 일어나서 다음과 같은 노래로 요약해 주었다.

평평한 이 단에는	壇之町町
군자가 살지만	君子之居
더러운 저 들판엔	穢之野兮
우리 도가 미약하구나	吾道之微
누가 장차 서쪽으로 돌아갈꼬	誰將西歸
좋은 소식을 품고서	懷之好音

공자의 강학이 이루어지고 있는 행단과 더러운 저 들판으로 표현된 부조리한 정치현실, 그리고 왕도정치를 다시 실현할 수 없는 것에 대한 안타까움이 탄식의 형태로 잘 표현되어 있다. 이에 공자는 "그래"라고 말하며 계로의 노래에 응답할 뿐 말이 없었다.

남명이 <행단기>를 지어 공자의 강학 풍경을 상상한 데는 그만한 이유가 있다. 즉 공자가 살았던 시대상황과 남명이 살았던 16세기의 시대상황이 비슷하다고 생각하고, 공자의 탄식을 통해 자신의 탄식을 드러내기 위함이었다. 16세기의 현실은 정치적으로는 사화가 일어나 현인들이 목숨을 잃고, 남북에서 이민족이 끊임없이 침입하였으며, 사회적으로는 잦은 부역과 공물이 천재지변과 겹치면서 민중들은 유리하게 되고 침탈에 견디지 못한 민중은 도적이 되어 저항하게 된다. 이 같은 상황임에도 불구하고 학자들은 형이상학적 이론 위주의 학문에만 골몰하였다. 그러니까 16세기의 조선 현실은 회복 불능의 상태로 빠져들고 있었던 것이다. 남명은 여기에 대하여 심각한 문제를 제기하며 <행단기>를 지었던 것이다.

<행단기>의 창작이유를 알았으니, 이제 남명학 전체에서 이 작품이 무엇 때문에 중요한지를 생각해 보자. <행단기>는 (1) 남명의 사물관(事物觀)이 잘 나타난다는 점, (2) 천명에 대한 인식을 보여준다는 점, (3) 우의적 기법을 활용하고 있다는 점, (4) 기문 서술의 새로운 방식을 보여준다는 점, (5) 바람직한 교육목표와 방법 등을 제시한다는 점 등에서도 중요하다. 앞의 둘이 내용과 관련된 것이라면, 그 다음의 둘은 형식에 관련된 것이고, 마지막의 것은 이 둘을 통한 실천적 측면과 관련된 것이다. 여기에 대하여 간단히 살펴 남명의식의 한 단면을 명확히 이해하도록 하자.

첫째, <행단기>에는 남명의 사물관이 적기되어 있다. '도물사인(睹物思人)'이 그것인데, 이는 사물을 보면서 그 사물과 관련된 사람을 생각한다는 것이다. 이 용어는 남명이 공자의 입을 빌어 한 발언이다. 공자가 행단을 보면서 "사물을 봄에 사람을 생각하게 되나니 느낌이 없을 수 없겠는가?"라고 하였다. 이는 사물에 대한 남명의 기본적인 태도라 하겠는데, 1558년 4월에 이루어졌던 지리산 기행을 마치고 <유두류록>을 남기게 되는데 여기에 좋은 예가 있다.

당시 남명은 이 여행을 통해 역사적 인물 여럿을 만난다. 한유한(韓惟

漢)·정여창(鄭汝昌)·조지서(趙之瑞)가 대표적이다. 이들과의 만남은 모두 사물을 통해 이루어지고 있다는데 주목할 필요가 있다. 즉 악양현을 지나면서 강가의 삽암(鈒巖)을 보고 한유한을 생각하게 되었고, 정여창이 살던 옛 집터를 보면서 또한 그를 생각하였으며, 정수역(旌樹驛) 객관 앞에 있었던 정씨 부인의 정문(旌門)을 보면서 조지서를 생각하였던 것이다. 여기서 우리는 '삽암', '정여창의 옛 집터', '정문'이라는 '사물[物]'을 보면서 '한유한', '정여창', '조지서'라는 '사람[人]'을 생각하게 되는 '도물사인'이라는 남명의 사물관을 분명히 읽게 된다. 이 같은 사물관이 남명의 작품집에는 도처에 나타나게 되는데, 이를 통해 남명은 자신이 살고 있는 시대인식을 명확히 하고자 했다.

둘째, <행단기>에는 남명의 천명에 대한 인식이 잘 나타나 있다. 안연이 기록한 기문 가운데, "아아! 문중이 이 단에 이르러 맹약할 때는 주나라 왕실의 위엄이 허물어지기 전이었지만 이를 구원할 수 없었고, 선생(공자)께서 이 단에서 감상을 일으키신 때는 주나라 왕실이 이미 어지러워진 뒤이건만 이를 바로잡고자 하셨으니, 시대의 행·불행(幸·不幸)과 세상의 치·불치(治·不治)는 천운이리라."고 한 부분에 주목할 필요가 있다. 천운은 천명이라는 말로 환치가 가능한데, 성인인 공자가 주나라 왕실이 어지러워진 뒤에 태어나 이를 바로 잡고자 하였으나 시대가 불행(不幸)하여 결국 세상이 다스려지지 않았다[不治]는 것이다.

물론 남명의 천명에 대한 인식이 <민암부>에 드러나는 것과 같이 '천-군-민'의 역동관계에 입각한 경우도 있지만, 시대의 부조리로 인해 발생하는 능력있는 자의 불행 역시 여기에 해당한다고 보았다. 지리산 유람을 통해 정여창에게 느낀 감회에서 이 같은 사실이 약여하게 드러난다. 즉 정여창은 학문이 깊고 독실하여 우리 도의 실마리를 마련하였지만 결국 연산군 치하의 불행한 시대를 만나 죽임을 당하고 말았으니 이것은 천명이라는 것이다. 이 같은 논리는 <누항기>에서의 안연, <엄광론>에서의 엄광에게도 적용되던 일관된 것이었다.

셋째, <행단기>에는 우의적 기법이라는 작품의 창작원리가 제시되어 있다. <행단기>는 분명히 남명이 창작한 작품이지만, 남명은 안연이 지었다고 기록하고 있다. 즉 서술기법 자체가 있는 것에 대한 객관적인 기록이 아니라 있었을 법한 것에

안연 : 춘추시대 노나라 사람. 공자의 제자로 이름은 회(回), 자는 자연(子淵)이다. 학덕이 높고 재질이 뛰어나 공자에게 가장 촉망을 받았다.

대한 가상의 세계를 우의적으로 기술하고 있다는 것이다. 그렇다면 무엇 때문에 이 같은 우의적 태도를 취한 것일까?

『장자』「잡편」우언(寓言)에 "우언의 십분의 구는 공평한 자료를 빌어 이야기하는 것이다. 친부모가 자식을 위해 중매 말을 하지 않는 것은 남이 칭찬하는 것보다 설득력과 신빙성이 없기 때문이다."라고 하였다. 즉 남명은 스스로의 생각을 드러내기 위하여 공자의 생각과 안연의 기록을 빌리는 것이 더욱 설득력이 있을 것이라 믿었다. 남명이 즐겨 읽었다고 하는『장자』는 거의 이 같은 기법으로 서술되어 있다는 점과 우언소품(寓言小品)에 뛰어났던 유종원(柳宗元)의 고문을 남명이 좋아했던 점

을 상기시킬 때 <행단기>에서의 우의를 활용한 기술방법은 어쩌면 당연한 것이다. 이밖에 공자의 제자 증삼(曾參)의 기록으로 가탁한 <누항기>나 <신명사명>을 지어서 그것에 바탕하여 김우옹에게 심성을 의인(擬人)한 <천군전>을 짓게 했던 사정에서도 동일한 원리가 적용된다.

넷째, <행단기>에는 '기'의 새로운 기술방법이 제시되어 있다. 이 작품은 행단의 유래에 대해서 공자가 간단히 설명한 서사, 장문중과 공자의 행단에서의 역할을 길게 서술한 안연의 본사, 앞의 글을 요약하며 노래로 시대를 슬퍼한 계로의 결사로 구성되어 있다. 그러니까 글은 한 편이지만 세 사람이 서사와 본사, 그리고 결사를 나누어 서술하는 방법을 취한 것이며, 이 세 사람을 대표하여 안연이 기록하였다고 했다.

기문을 짓는 기본적인 태도는 순수한 사실과 사건의 기술에 있다. 궁실이나 누각이 세워진 내력, 산수의 유람, 일기와 같은 성격을 지닌 일록(日錄) 등이 대체로 그러하다. 물론 여기에는 작가의 소감이 상상력과 결부되면서 사실의 기록이라는 본래의 취지를 훨씬 벗어나기도 한다. 그러나 <행단기>와 같이 입론자체가 상상에 기반하고 있는 것은 '기'의 흔한 서술방식이 아니다. 갈천(葛川) 임훈(任薰)의 <누항기>나 <용문기> 등에서도 나타나지 않는 바 아니나 이것은 일반적인 기술태도라 할 수 없다. 이점에서 남명이 지은 다른 작품 즉 <영모당기>, <함허정기>, <삼우당문공묘사기> 등과 달리 이 작품은 <누항기>와 함께 그 형식의 측면에서도 특기할 만한 작품이라 하겠다.

다섯째, <행단기>에는 바람직한 교육목표와 그 방법이 제시되어 있기도 하다. 『논어』의 소위 '사과십철(四科十哲)'에 근거할 때 이 작품에는 스승 공자와 함께 덕행에 뛰어났던 안연(顏淵), 정치에 일가견이 있었던 계로(季路), 그리고 문학에 남다른 장기를 소유했던 자유(子游)와 자하(子夏)

가 함께 등장한다. 이 가운데 공자는 안연을 보고 행단에 대하여 질문을 던지고, 안연은 거기에 따라 글을 지었으며, 계로가 시대를 향하여 가슴 아파하는 노래를 불러 공자의 수긍을 얻어냈다. 문학에 능했던 자유와 자하는 어떤 역할도 하지 않았다. 여기에서 우리는 남명이 안연과 같이 덕행을 가장 중시했다는 점과 계로와 같이 정치현실을 직시하였다는 점, 그리고 문학에 대하여 관심을 지니고 있었으나 소극적이었다는 점 등을 두루 이해하게 된다. 이로 볼 때 남명의 교육목표는 안연과 같은 덕성을 기르는 데 있었다 하겠다.

이와 아울러 문답식 수업방법과 학습점검에 있어서의 개별화 방법역시 <행단기>는 보여 준다. 즉 단을 중심으로 한 공자의 질문과 그 가르침, 여기에 기반한 안연의 조리있는 산문적 진술, 그리고 계로에 의한 내용의 운문적 요약과 현실에의 적용 등 공자의 가르침과 그것에 대한 글과 노래를 통해 점검을 받는 일련의 과정이 나타나 있다는 것이다. 이는 학습자의 이해도를 다양한 방법으로 측정하는 것이 바람직하다는 것을 알게 한다.

1999년 7월 27일 하오 9시. 북경에 도착한 우리는 '경서대하(京瑞大廈)'에서 묵었다. 거기서 TV를 통해 '파룬궁[法倫功]' 문제로 현재 중국이 뜨겁다는 것을 알았다. 다음날 아침 인민일보(人民日報)에서도 열기는 계속되고 있었다. 중국 민정부(民政部)에서 파룬궁[法倫功]을 불법조직으로 판단, 그 주요 인사들에 대한 감금조치, 이로 인한 파룬궁 수련자들의 항의시위, 민정부의 탄압, 인권을 문제 삼은 서방언론 등 일련의 사건들이 급류를 타고 있었다. 파룬궁은 심신을 수련하는 행공(行功)으로 리훙즈[李洪志]에 의해 만들어진 것인데, 39개소의 총부(總部), 1,900개소의 보도부(輔導部), 28,263개소의 수련장을 갖추고 있는 대규모 조직이다. 그런데 문제는 시장경제체제의 도입과 더불어 발생한 수많은 시아깡[下崗], 즉 실직자들이 이 수련에 참여한다는 사실이다. 시아깡 현상은 사회문제가 아닐 수 없다. 각종 사회적 범죄, 그러니까 실직 여성들의 매춘, 백주에 칼로 돈을 강탈하는 행위 등은 이 시아깡 현상과 비례관계에 놓인다. 이 과정에서 민정부는 법륜공을 사교(邪敎)로 단정하며 탄압했고 파룬궁 수련자들은 여기에 반발하며 시위를 벌였다. TV토론에서도 거론된 것이지만, 중국 공산당의 이론적 바탕인 유물론과 파룬궁의 유심론 사이의 대립일 수도 있으나 그 이면에서 심각한 정치·사회문제가 개입되어 있음을 알 수 있다.

1978년 개혁과 개방정책 실시 이후 중국은 급속한 경제성장을 이룩했다. 그러나 이 과정에서 발생했던 수많은 부정적 요인들, 그것이 급기야 사회문제로 대두되었다. 여기에 대하여 중국은 지금 고민하고 있는 것이다. 사정이 이러할수록 중국은 공자를 새롭게 이해하여야 한다. 500년 전 먼 나라 조선의 한 처사적 지식인이 문제를 제기하였듯이 인의에 기반한 왕도정치를 진지하게 생각해 볼 일이다. 경제적 성장에 따라 잃게 되는 수많은 정신적 가치들, 여기에 대하여 새롭게 인식하자는 것이다. 인문학이 목 졸려 숨을 파닥이는 오늘날, 이 위기적 현실 앞에서 나는 이 시대의 지식인을 떠올린다. 진정한 지식인은 자본의 논리에 눈이 먼 수많은 군상들과의 값싼 타협을 거부한다. 사물을 자신의 냉철한 눈으로 비판하는 철저한 자유인이어야 한다는 것이다. 통속적인 관례와 현재의 사상체계를 거부하기 때문에 이단자로 내몰릴 지도 모른다. 그러나 진정한 실천적 지식인은 그 고독을 감내하며 인간 개개인에게 꾸준히 건설적 방향을 제시한다. 지금 우리는, 방향을 잃고 표류하는 배 위에 있다. 지식인임을 자부하는 우리는 지금 어디서 무엇을 하고 있는가!

참고문헌

강동욱, 『남명의 숨결』, 나남, 2003.

강정화, 『남명과 지리산 유람』, 경인문화사, 2013.

경상대 남명학연구소 역, 『남명집』, 한길사, 2001.

권인호, 『조선중기 사림파의 사회정치사상』 한길사, 2000.

김충렬, 『남명 조식의 학문과 선비정신』, 예문서원, 2006.

남명학연구원 편, 『남명사상의 재조명』, 예문서원, 2006.

박병련 외, 『남명학파와 영남우도의 사림』, 예문서원, 2004.

신병주, 『남명학파와 화담학파 연구』, 일지사, 2000.

오이환 편, 『남명 조식』, 예문서원, 2002.

오이환, 『남명학의 새 연구』(상·하), 한국학술정보, 2012.

윤호진, 『남명의 인간관계』, 경인문화사, 2006.

이상필, 『남명의 삶과 그 자취』(1), 경인문화사, 2007.

이상필, 『남명학파의 형성과 전개』, 와우출판사, 2005.

이종묵 외, 『칼을 찬 유학자, 남명 조식』, 청계, 2001.

이창호·김경수, 『남명의 자취』, 글로벌콘텐츠, 2014.

정우락, 『남명과 이야기』, 경인문화사, 2007.

정우락, 『남명문학의 현장』, 경인문화사, 2006.

정우락, 『남명학파의 문학적 상상력』, 역락, 2009.

최석기, 『나의 남명학 읽기』, 경인문화사, 2005.

최석기, 『남명과 지리산』, 경인문화사, 2006.

허권수, 『남명 그 위대한 일생』, 경인문화사, 2010.

허권수, 『절망의 시대 선비는 무엇을 하는가』, 한길사, 2001.

저자 소개

정 우 락

경상북도 성주에서 태어나, 경북대학교 인문대학 국어국문학과를 졸업하고, 같은 대학의 대학원에서 문학박사학위를 받았다. 중국 북경대학 방문학자를 지냈으며, 현재 남명학연구원 상임연구위원, 경북대학교 국어국문학과 교수로 재직하고 있다. 그동안 남명학술상(1997), 최우수박사논문상(1998), 사미헌학술상(2008) 등을 받은 바 있으며, 저서로는『남명문학의 철학적 접근』(1998), 『남명 설화 뜻풀이』(2001), 『남명문학의 현장』(2006), 『남명과 이야기』(2007), 『남명과 퇴계 사이』(2008), 『문화공간, 팔공산과 대구 ─ 아버지산에 관한 추억』(2009), 『남명학파의 문학적 상상력』(2009, 대한민국학술원 우수도서), 『조선의 서정시인 퇴계 이황』(2009, 문화체육관광부 우수교양도서), 『영남의 큰집 ─ 안동 퇴계 이황 종가』(2011, 올해의 청소년 권장도서), 『삼국유사, 원시와 문명 사이』(2012), 『영남을 넘어 ─ 상주 우복 정경세 종가』(2013), 『한강 정구와 무흘구곡 이야기』(2014) 등이 있으며, 공역으로는『영총』(2007), 『역주 고대일록』(2009, 한국고전번역원 우수번역서 지정) 등이 있다.

남명학의 생성공간

초판1쇄 인쇄 2014년 11월 17일
초판1쇄 발행 2014년 11월 27일

지은이 정우락
펴낸이 이대현
편 집 이소희
펴낸곳 도서출판 역락
　　　　서울 서초구 동광로 46길 6-6 문창빌딩 2층
　　　　전화 02-3409-2058(영업부), 2060(편집부)
　　　　팩시밀리 02-3409-2059
　　　　이메일 youkrack@hanmail.net
　　　　등록 1999년 4월 19일 제303-2002-000014호

ISBN 979-11-5686-121-8 93810
정 가 35,000원